高铁外记

孟广顺◎著

中国工人出版社

谨以此书

献给为中国高铁无私奉献的建设者

楔子

在广袤的中国大地上，有一群建设者默默地奉献着自己的青春，他们自主创新，创造出了一个个大国品牌，中国高铁便是其中之一。当下，中国高铁已进入贴地飞行的时代。高铁属于新型的交通方式，完全颠覆了传统铁路的低效局面，为人们提供了快捷的出行方式，并对国家和地区的经济发展产生了深远影响。从建设客运专线到“和谐号”动车组列车，再到时速 350 公里的“复兴号”，仅仅 15 年时间，中国高铁运营总里程已位居世界第一，形成了密集的高铁网，覆盖众多大中城市，给人们的出行带来了新的选择。

高铁的普及，改变了市域间的版图，改变了人们的生活，突破了城市的空间瓶颈，使人们的生活半径大大延长，从根本上缓解了春运压力，满足了最重要、最庞大的客流需求，代表中国真正意义上走进高铁时代。

平稳、舒适、快速是对高铁的一致评价。但是，大多数人并不知道高铁是怎样建成的，是如何穿山越岭、飞跨江河、出隧上桥，在广袤的大地上构成纵横交错的高铁运输网的。其中复杂的技术难度、工艺流程、建造过程以及铁路人和中铁人克服了多少困难、做出了怎样的奉献与牺牲等，正是本书所要全方位展示给读者的。

中铁人是一群奔波在中国大地上的“吉卜赛人”，是国家的开路先锋。这个特殊的群体，始终听从和响应党和国家的号召，积极投身于国家经济建设和高铁事业发展，用生命与鲜血书写了中国高铁史。这群人风餐露宿、无私无畏、可以为国家献出一切、敢教日月换新天，创造了一个个无愧于党、无愧于国家、无愧于时代、无愧于人民、无愧于自身的丰功伟绩。

毫不夸张地说，没有中铁人的感恩报国、爱岗敬业、严谨精细、创新超越的优秀品格，没有中铁人勇于攀登、拼搏奉献、为国家争光、为民族争气、打造中国品牌的理想追求，就没有中国高铁的辉煌成就。

在十几年的高铁发展历程中，中铁人创造了享誉世界的“高铁精神”。它集中体现了以爱国主义为核心的民族精神和以自主创新为核心的时代精神，融合全球，超越期待，把标准刻进骨子里，把规则融进血液中，从而推动中国高铁走向世界，与国际主流交融、共享发展成果。它是展现在世人面前的一道亮丽风景线，令世界瞩目与惊叹。这种精神深入人心，家喻户晓，增强了全民族的自信心和自豪感，成为广大人民群众心中永不褪色的光辉旗帜。

中铁人怀着对职业的认同感、责任感、荣誉感和使命感，坚守诺言，功崇惟志，团结奋进、敢于创新、苦干实干、后发赶超，弘扬正能量，打造不朽丰碑，使其成为社会的中坚、人民的楷模、民族的精英、国家的脊梁，是中国工人阶级中一个闪光的群体。

随着高铁的迅猛发展，每年都有大批新建高铁项目上马。这一年冬天，中铁工程局集团又新中标了地处西南某穷困山区青阳县境内的南北高铁项目。接到“新建南北铁路站前工程 ZQ——2 标”23 亿的中标通知书后，在新落成的办公大楼前，一串长长的鞭炮被点响，职工们兴高采烈、欢呼雀跃，一张张年轻的面孔笑逐颜开。集团公司立即召开上场会，设立项目机构，组成了以局副总工程师铁建任项目指挥长、金帼英任副指挥长兼总工、政工干部党红旗任党工委书记、肖一虎任副指挥长兼物资设备部部长的项目班子。他们率领参建五公司、路桥公司下设的一、二分部全体职工，冒雪日夜兼程火速奔赴工地，拉开了南北高铁建设会战的序幕……

第一章

石惊天、赵化亮和朱红军从西北金城出发，驱车赶赴新中标的南北高铁工地，是在冬月上旬一个阴沉的下午。从西北到西南，需要横跨几个省份才能到达工地所在的偏远山区。他们启程时仅仅是小有落雪，走到半道雪已经下得纷纷扬扬不着边际了。大雪覆盖了大地、群山和所有的枯草，视野所及呈现出满目苍凉和一片银白。

石惊天是五公司副总经理，这次被选派当南北高铁的一分部经理。赵化亮和朱红军都是一般的科级干部，在分部的职务，一个是项目副经理，一个是工程部部长。他们和其他上项目的人兵分几路，都赶在了大雪天出发。另一班人马是分部书记朱子来和总工王若云，也行进在风雪中。

从车里朝前看，能隐隐约约辨别出远方东西一长溜高山的影子；朝后看，刚刚经过不久的村镇和民居都被掩埋在了风雪迷雾中。泥泞的公路像一条黄色的麻绳，撕裂了铺满雪的原野，路的两边只能看到几棵从雪里钻出的矮树。傍晚时分，雪越下越大，路面结冰难行。尽管所有车辆都开着昏黄的雾灯小心翼翼地行进，但有的大车还是滑进了路边的侧沟，躺在雪沟里忽闪着转向灯等待救援的到来。幸亏给石惊天驾车的司机是常年跑工地经验丰富的老师傅，技术十分了得，行车速度虽然慢却没有侧滑。但没过多久，他们的车出现了比其他迎面开来或紧随其后的车辆更加严重的问题，最后彻底抛锚停在了积满雪的路边，司机不得不搭乘过路车辆，跑回后面的镇子去找修车师傅。

车外天寒地冻，车内没有暖气，石惊天三人饥肠辘辘，蜷缩在车里不停地骂娘。赵化亮裹着军大衣说：“光骂管个蛋用，还是先解决温饱吧。”说完，扭转身子伸手从后车窗玻璃下提出一包东西，扒拉着找出一只烧鸡、一包面包和几包方便面，又翻出一瓶白酒，粗大的手指正好碰到吉他琴弦，发出一阵乱音。石惊天下车站在风雪中搓着手跺着脚前后看，嘴里骂道："妈的，这大雪下的，前后连个人影都没有。车坏到冰天雪地，前不着村，后不挨店，今夜咋过？"朱红军下车站在路边撒尿，把地上的落雪滋出一个个大小不等黄黄的水窝，眨眼工夫就结冰了。"镇上的修理工不知能不能来，等着吧。"于是，三个人又回到车上，抓起白酒瓶你一口我一口地轮流喝着取暖。鸡腿是赵化亮的最爱，石惊天和朱红军想从他手中分得一块，他却几口把两只鸡腿各咬一半，哈喇子吐得满鸡腿都是，双手将鸡腿举在半空笑嘻嘻地馋他们。"你这货。"石惊天嘟囔，"叫我们咋吃？"赵化亮像是没听见，朝后仰着身子，自顾自地就着烧鸡喝起酒来。

黑夜被遍地积雪映衬得如同白昼。石惊天受不了车内的寒冷，让朱红军和赵化亮下车去雪地里找来一些湿漉漉的枯木，在越野车前十多米的地方，花了好大工夫才燃起一堆篝火，蹿腾起来的火苗立刻就把周围映红了。他们蹲在篝火前把手伸向火焰边取暖，随后，赵化亮从车内拿出吉他，回到篝火旁拨弄着琴弦说："今夜都别睡了，我弹吉他给你俩唱首歌如何？"见无人响应，他接着说："多有情调的夜晚啊。一边大雪漫天飞，一边篝火燃烧激情，再用歌声唱出咱们这群'吉卜赛人'的豪迈，让大地和雪记住这一刻吧。"石惊天拉拉羽绒服上的棉帽说："你唱，非把狼招来不可。"朱红军说："这里不是西藏、青海、新疆和内蒙古，没有狼。"赵化亮调着琴弦说："我就唱个《今夜无眠》吧。"于是，他浑厚的声音回荡在了雪野与天空之间。

火光映照着雪野，他们就这么啃着烧鸡冒雪在歌声中等待。两根鸡腿骨和鸡肋被扔到了背后的雪地上。不知是什么时候，石惊天蓦然发现，在他们三个人背后不同的方向，有几处格外醒目的绿光。三头面目狰狞的饿狼分别出现在东南、南和西南方向，对他们形成了半圆形包围之势，只是因为怕火没有扑上来而已。它们时而用长长的舌头舔着嘴和鼻子，低头闻着雪地来回转圈，时而抬头盯着篝火旁的三个人。狼在互相交换着眼色，它们闻到了鸡骨的肉香。当然，如果这三个人能用来果腹饱餐一顿更好。它们在等待着篝火熄灭的机会。

赵化亮唱完歌后，蹲在篝火旁搂住吉他出神，显然是想起了跟他提出离婚的妻子蓝燕儿。朱红军全然没有注意到这些，一踮一踮地跺着脚说："还是上车吧，太冷。”石惊天却拉住赵化亮和朱红军的衣角，暗示他俩朝身后看，这一刻空气凝住了。“三只狼!”这三个字几乎是赵化亮和朱红军同时喊出来的，声音有点儿恐怖和哆嗦。“快上车。”石惊天急促地喊，“狼在盯着咱们。”“哎呀，妈呀，”赵化亮惊骇地喊，“还真是狼，快跑。”

三个人惊慌失措地钻进车内关好车门。赵化亮把吉他扔到后座，长长地叹了口气，暗想幸亏石惊天发现得早，不然三个人今晚就要被狼吃了。三只狼见他们跑上车后，从不同方向迅速跑近篝火，围着篝火堆转着，叼起鸡骨头大嚼起来。嚼完鸡骨头后见没有东西可吃，便围向汽车，在周边转来转去，最后竟跑到车前蹲在地上仰天长啸，漫无边际的雪野回荡起一阵令人不寒而栗的狼嚎。

石惊天紧张地问：“车上还有几只烧鸡?”赵化亮转身扒拉着塑料袋，回答还有五只。石惊天说打开车门全扔下去。赵化亮抱着塑料袋极不情愿地说：“全扔下去咱们吃啥?”朱红军侧转身子焦急地说：“你是要命还是要烧鸡？不给狼吃，狼就会吃咱们。听经理的，全扔出去。”于是，前后三个车门都拉开了一道缝，几只烧鸡被扔到车外的雪地上。看到烧鸡，狼立即扑上来抢夺，其中两只还互相撕咬起来，而后才叼起烧鸡跑到十几米外的雪地上啃吃。看着狼的吃相，赵化亮骂道：“妈的，把烧鸡全吃光啦。”朱红军说：“五只烧鸡填不饱它们的肚子，吃完还得跑回来。”“咱们的中标项目都在没有高铁的鬼地方，穷山恶水。大冬天上场，没得商量。唉，死在半路都没人来替咱们收尸。”石惊天忽然指着窗外说，“呀，狼又回来啦。”果然，三只狼吃完鸡又回到车前，直勾勾地盯着前车窗玻璃。赵化亮绷紧了神经，不解地说：“这里怎么会有狼呢？它们是从哪儿跑来的?”石惊天淡然一笑说：“一定是从西部跑来的，它们筑在山林里的窝被毁了，它们找不到吃的，所以才会来跟踪咱们。”这场雪地遇险，着实让石惊天三人惊惧不已，好在没过多久，司机搭乘修车师傅的大车赶来，他们才捡回三条命。

同一天冒雪出发的并不只是石惊天他们三个人。为新中标项目设立的局指挥部和两个项目分部，所有赶赴工地的人都在与家人告别，哪怕是家里有再大的困难也都义无反顾，因为他们既是铁路人，又是中铁人，这是所有中铁工程局系统项目管理的惯例。一提中铁，不了解的人大都像喝多了酒的醉汉一样犯迷糊。广义地说，中国铁路总公司、中国中铁、中国铁建都可以被称为中铁，但真正的中铁是后面两家。尤其中国铁建是整个铁道兵兵种集体改工转业而成的，当年的司令员和政委，分别是陈再道和吕正操，都是开国上将。这两大系统组成了中铁的主干，男男女女、老老少少加起来上百万人，国内国外到处都是他们的队伍和影子，这个局那个局多得眼花缭乱。各局的人平常相遇或聚会吃饭，见面后寒暄、握手、拥抱是少不了的，亲热得很。饭桌上喝得再醉，仍会端着酒杯摇摇晃晃地走到对方面前，一只手按住对方的肩膀，嘴角沾着没擦干净的残渣，嘴里喷着难闻的酒气说："这杯酒咱必须喝，不喝不够哥们儿。"听着全是兄弟朋友。但一遇到铁路或高铁和地方项目投标，就瞬间"反目成仇"，摇身一变化作一群地地道道的饥饿的狼，谁也不让谁。当然，中铁最大的长处是没人去的地方他们都敢去，没人做的项目他们都能做，或抛家舍业，或告别卧病在床的父母，或远离新婚妻子和幼小的儿女，一转身含泪走了，个个都是用钢筋混凝土浇筑成的汉子。石惊天和赵化亮自参加工作起，就在荒山野岭中度过了一个个春秋，从泥泞中一步步走来。石惊天说："咱这一辈子可能就这命，不认不行。"

半路差点被狼叼走，简直成了奇闻。与石惊天三个人有着同样遭遇和经历的，是局指挥长铁建和党工委书记党红旗，一个 49 岁，一个 46 岁。修建青藏铁路时，铁建与党红旗在海拔四千米以上的高原上共同战斗了 5 个年头。他与狼遭遇是在可可西里。黄昏时分，铁建一人独自返回项目部时，被一头狼尾随了。他走狼也走，他停狼也停。铁建毕竟当过兵，知道怎么对付野狼。恰逢过年，局指挥部从格尔木买的鞭炮还没放完，他便把剩下的几挂鞭炮常揣在口袋里，在工地寂寞时就坐在山头上点燃几个，扔向高原纯净的空中"啪啪啪"地听响取乐。那次，在狼离他约 30 米的地方，他想起了口袋里的鞭炮，停住脚边点香烟边掏出半挂鞭炮，点着后用力朝野狼砸去，立时伴着点点火光就听见噼噼啪啪的炸响声。狼知道遇见了对手，只好灰溜溜地跑掉了。此事传开，全局上下在为他捏把汗的同时，更盛赞他的机智。

而性情温和、心地善良、为人忠厚、处事理性的党红旗，遇狼时却不是这番景象。当然，追他的狼比跟踪铁建的多，不是一头，而是几头。在高原深秋的中午，职工和民工都回到项目部吃饭，党红旗一个人看守工地，狼闻到人的气味迅速过来围猎。高原上手机没有信号，那一刻他叫天天不应，喊地地不灵，党红旗头嗡地就大了。人快到绝望的时候，往往就会急中生智。他快速跑向最近的一根电线杆，不知从哪来的力气，脚下像生出铁钉似的“噌噌噌”三下两下就爬到了顶端，死死抱住电线杆不敢动弹。他浑身哆嗦着朝下看，狼就舔着舌头朝上看。狼眨巴着饥渴的眼睛望着他，又是嚎叫又是转圈，爬不上去就蹲在电线杆下，指望党红旗能掉下来。最后，吃完饭的民工和职工赶来才把他救下。一想起遇狼的一幕，至今他仍心惊胆战。

此时，石惊天和赵化亮等人还在雪地上慢腾腾地赶路，铁建和党红旗已经乘坐飞机又转汽车赶到了工地所在地——青阳县城。

新建南北高铁一中标，集团公司董事长夏江在组建项目组织机构、考虑局项目指挥长人选时，把全局处级以上干部的花名册拿来翻了几遍，也没找出一个合适的人选。他正一脸严肃地在办公大楼前低头散步时，偶然看见局副总工程师铁建从楼里走出来。于是，他眼前豁然一亮，喊住铁建说：“老铁，我正愁找不到最优秀的指挥长，怪我这脑子一时发蒙，咋就没想起你来呢?”

铁建很谦恭，就问夏江是不是想让他去当南北高铁指挥长。夏江犹豫了一下，说是有这个想法，但考虑到他爱人韩秋柳卧病在床，女儿铁宏歌没考上大学在复读，家庭离不开他，所以就犯难了。铁建对夏江的信任进行了一番感谢，但没接夏江的话茬儿。夏江明白他的心思，离开时还是忍不住试探着说，为了便于铁建照顾妻子和家庭，从上一个项目下来已经让他在机关待了四五个年头了，现在高铁建设进入高峰期，集团正是用人之际，希望铁建能克服家里的困难，出任这条高铁的指挥长，让他回家与妻子商量一下。铁建毫无思想准备，推辞说最好选其他人，自己回家也试着跟韩秋柳说说。

铁建是个老铁道兵，参加过自卫反击战，敌人的子弹和弹片躲着他飞，命大没死。从战场下来集体转工并入中铁后，他担任过多条铁路大线的指挥长，带领队伍创造出许多精品亮点工程，是高铁建设的功勋，后来成为中铁工程局集团副总工程师。韩秋柳是农民出身，与他相差 3 岁。因铁建是参加反击战的英雄，年轻时又一表人才，经媒人介绍，两人一见面她就一眼看中了铁建胸前那朵鲜艳的大红花，在崇尚英雄和军人的年代，毫不犹豫地嫁给了铁建。婚后韩秋柳很快怀孕，生养了个漂亮的宝贝女儿铁宏歌。但韩秋柳坐月子时条件很差，又是冬天，住在工地潮湿的帐篷里，铁建因天天上工地无法照顾，有时还用冷水洗衣，着凉落下了病根，遇到阴天刮风下雨，她全身的骨头里像有数不清的蚂蚁不停地啃噬，疼得钻心。铁建带她到处求医，吃了很多药也不见好转，后来确诊是类风湿，随着时间的推移会越来越严重。若脱掉衣服看，她的身体骨节已经变形，走路都需要人搀扶，大半是卧病在床，基本成了废人，自此再也没上过班。如果没得这个病，韩秋柳至少会成为科级干部。因为妻子生病，铁建的家庭极其困难，他虽然心里很苦但却一直坚持上工地，把韩秋柳留给渐渐长大的女儿照顾。

漫天大雪纷纷扬扬，城市路灯在雪中发出橘黄的光亮。铁建回到家拍打掉身上的落雪，把衣服挂在门口的衣架上才走进客厅。韩秋柳穿着厚棉衣坐在沙发上，两只木拐搁在沙发一侧。去年高考落榜正在复读的铁宏歌，正蹲在沙发边拿着暖水袋帮韩秋柳焐腿。娘俩见铁建回来很开心，但铁建的神情却不比往常，说了句“我去做饭”就转身走进了厨房，这让韩秋柳和铁宏歌感到有些莫名其妙。韩秋柳“老铁老铁”地喊着，又把铁建从厨房里唤出来，问他有什么事瞒着她们。铁建起初死不承认，经不住韩秋柳和铁宏歌一再追问，才把夏江找他谈话的情况说了。“我去工地，就没人照顾你们娘俩了。”铁建忧心忡忡地说，“还是让集团再选其他人。”

韩秋柳伸手把铁建拉到身边坐下，深情地说：“老铁，这么多年都是我拖累你和孩子，你现在年富力强，正是闯事业的年龄。为了我整天待在机关你也难受，咱们全家都要靠单位，单位对得起咱，咱们不替单位着想谁替单位着想?”言语间，韩秋柳的脸上露出从未有过的坚强。“我一个废人，有口饭吃就行。现在高铁建设需要咱们，咱们就要为国家和单位出力。你不去是为难组织和夏董，我反而心里不安。”铁宏歌却舍不得铁建走，想起生活的艰难，她顿时抹起眼泪来。

看到宝贝女儿掉泪，铁建着实心疼，抬手帮她抹了抹泪水，又替韩秋柳拉拉棉衣。他担心妻子和女儿谁都无法照顾谁，但妻子又一再催他下决心，便叮嘱铁宏歌好好复读，并照顾好母亲。“我去工地后，你别忘了每天吃药。”韩秋柳顿时潸然泪下，说有药锅自己能熬，项目重要，催他快走。

第二天，铁建给夏江回话说，接受组织派遣，同意出任局项目指挥长。在漫天大雪中，他提着行李箱，带着满心伤感离开了妻子与女儿。他站在小区院子里，心事重重地朝楼上窗口望去，发现韩秋柳和铁宏歌正趴在窗台前抹着眼泪朝他挥手。

铁建搭乘一辆出租车朝火车站赶去，坐在闪着黄灯的车上，他想到二分部梁场书记袁听枫肯定也在经历与自己一样的离别之苦。袁听枫的丈夫姜再明是个好人，这么多年一直在地方机关工作，和在铁路工地的妻子长期两地分居，姜再明一个人带着女儿姜小珊在城里上学。如今，姜小珊抱住袁听枫的腿不让出门，号啕大哭："妈妈，我不想让你走。"袁听枫心酸难过，蹲下身吻着女儿，说："听爸爸话，妈妈得赶火车啊。"姜小珊满脸泪水，无奈地"嗯"了一声。袁听枫一手抹泪一手提着箱子快步下楼。"妈妈，你早点回来……"听到背后女儿的哭喊声，她的心都快碎了。

铁建坐在车里盘算着，这次上工地的女人共有 9 个，个个是年轻且有着高铁工作经历的女大学生。26 岁的二分部梁场女总工安雪容最为俊俏，唇红齿白，目如明珠。交通大学铁道工程专业毕业后，她被分配到路桥公司工作，一直从事铁路制运架梁工作。这次南北高铁项目，她与孔庆荣、袁听枫、高永恒搭班子。安雪容经人介绍与邓立强已相处两年。邓立强接手了母亲创办发展起来的物贸公司，转眼就成了私企老板，在西北这样的二三线城市也算得上是"富二代"。为送安雪容，他开来了自己的那辆黑色"大奔"。安雪容说："不用车送了，我打个车去车站。""打什么车呀，上车吧。"邓立强把行李箱塞进后备厢，又替安雪容拉开车门，等她坐进去后，他才绕过车头转到左边，拉开车门钻进车里边发动汽车，边说："雪容，春节你要回来，咱们两家都说好了初二订婚。"安雪容掏出纸巾擦了擦前窗玻璃上的哈气，算是答应了。

铁建在看上去有些低矮甚至破旧的火车站候车大厅，与一起上工地的万红山、宝铁、崔凌花等人会合，每个人都各自揣着心事。梁场试验员紫祺是铁建的远房外甥女，见到表舅过来，马上迎上去替他拉箱子，"你上工地，我舅妈和表妹咋办？"紫祺问道。铁建说："你舅妈坚强着呢，宏歌会抽出时间照顾好你舅妈的。"大家就这么在候车大厅里人挤人地等候着。过了好一阵子，大喇叭里终于喊检票上车。铁建和所有人拉着行李箱随着熙熙攘攘的旅客，挤上了早已过时但仍在铁道线上跑的绿皮火车。火车驶出站后，大片大片的雪花扑打着车窗，遮蔽了他们的视线。

局指挥部班子成员铁建和党工委书记党红旗、副指挥长兼物资设备部部长肖一虎先期来到工地所在的青阳县。

石惊天带领的一分部人员冒雪赶了一天一夜的路。第二天夜里，石惊天和他的人马还在路上慢悠悠地开车跑着。二分部梁场人员到达青阳县城后，把越野车和皮卡车往旅馆门前一停便开始歇息了。孔庆荣是经理，袁听枫是书记，高永恒是副经理，几个人找了一家小酒楼正吃着火锅，屋里热腾腾，烟雾缭绕，大家都看着窗外的大雪一个劲儿地发愁。孔庆荣端起酒杯抿一口酒说："下午谈了一处农家院子，几间正房，东西厢房能做饭住人，盖好后一直空着，租金很便宜，够项目部临时办公，咱们先搬过去住下来，袁书记、雪容、紫祺她们一到就可以开展工作。梁场建成咱们搬走后，还可以放设备，也可以租给施工队用。"高永恒说："那就明天去看房，签租赁合同。"袁听枫说："最好半年一签。"

孔庆荣没想到，一分部石惊天和书记朱子来分乘的越野车还在路上，急人得很。崇山峻岭完全被雪覆盖了，路上有许多行驶和抛锚的车辆，行人十分稀少。石惊天的车追上朱子来的越野车时，王若云非要与朱红军换车挤到石惊天的车上来。"遇到狼了？"王若云不相信地说，"有狼？""三头呢。"赵化亮说幸亏他带了烧鸡。王若云一声惊叫："哎哟，我的妈呀！太吓人啦。"石惊天说："车如果修不好，你们只能到狼肚子里去找我们了。"

铁建和党红旗、肖一虎、办公室主任兰花朵、工程部部长万红山在县城一家宾馆住下。肖一虎比铁建小两岁，两人是老战友，他个子挺高，但干瘦干瘦的，浓眉斜眼不说，还有点三白眼，给人的印象有点狡诈狡猾。他与铁建一起当兵，在自卫反击战中出生入死，受伤后被铁建从火线上背下来捡回了一条命，后来又一起转业到一个单位。他对铁建的升职和能力，一直不太服气。这次让他当副指挥长兼物资设备部部长，还是铁建副手，嘴上不说，心里却挺不满。此时，他在宾馆里给石惊天打电话，追问他们走到哪儿了。石惊天回答说正赶呢。肖一虎立时就火了，说："就差你们分部没到，怎么搞的？抓紧跑。"王若云坐在后座听到了肖一虎的声音，发牢骚说他简直像催命鬼似的。

肖一虎转身对铁建说："你说说，跟你出征从来没有好的时候，大雪封门，还要上场，真不如坐在家里喝二两。"铁建侧目盯着肖一虎，说："刚上来就埋怨，你可以不来嘛。"肖一虎哼了一句，说："不来行吗！"铁建走到窗边望着窗外落雪，说："上来了就啥也别说。我这人就这样，一旦接受任务，确立了目标，会义无反顾、勇往直前，就像在战场上夺取阵地，不管前面有多少障碍，有多大困难，敌人再凶神恶煞，都要冲过去，杀他个片甲不留，把旗帜插到阵地山头上，宣告胜利。"他停顿了一下又说，"咱局指还差帼英一人，不要再催一分部石惊天他们了，连夜赶路万一出车祸没法交代。”

肖一虎不服气，说：“二分部梁场人员能赶到，一分部就不能赶?”铁建抓起手机给石惊天拨了过去，问他们现在到哪儿了。手机里传来石惊天的声音，说还有一百公里，雪太大视线不好，车滑到沟里了。铁建一惊，忙问伤人没有，谁在车上。石惊天回答说同车的是王若云和赵化亮。铁建松口气说：“不行就住下，明天再赶。”肖一虎在一旁却发牢骚，说：“叫他们早点到，他们偏拖拖拉拉。咱们历来是军事化管理，一声令下，困难再大都必须到达指定地点。我看他们太缺乏时间观念。”

铁建没有理会他，自言一句：“王若云也在车上。”兰花朵补充说：“她离婚了。”肖一虎说：“她是离了，金帼英也离了，我看这个项目快成离婚女人收容所了。”兰花朵嘟嘴哼哼了两声，说他说话真损。铁建皱着眉说：“老肖，你都快五十的人了，说话能不能积点口德?”肖一虎说他是忠言逆耳。铁建挥手，说：“还忠言逆耳，你肚子里有几只蛔虫我不清楚? 你让惊天他们下雪天赶夜路，路面全是冰，催他们等于是催命啊。咱们职工的命就这么不值钱吗?”肖一虎有点不悦，说：“唉，你这是什么话? 说我让他们送死? 天地良心。”党红旗插话说：“铁指挥不是这个意思。特殊情况特殊对待，晚一天没关系，后面赶一赶就是了，眼下上场咱们应该以安全为主。”兰花朵直称党红旗说得对。肖一虎不敢反驳铁建和党红旗，就讽刺兰花朵真会拍马屁。兰花朵不高兴，也只好嘟着嘴躲到一边。

铁建瞪着肖一虎，说：“你这个脑子啊，历来想问题跟别人不一样。你夜里开个车去雪路上试试，看能不能把你翻到沟里去。幸亏惊天他们人车无恙，这要弄出事来，咱们不成了出师未捷身先死吗?”肖一虎站起身翻着眼皮，拉着长音说：“行，战场上你是头儿，你说了算，那时咱俩都是军人，我只有服从的份儿。转业到中铁工程局，你我都是干项目出身，可你提职却比我快。眼下你又要领导我，真是纳闷了，我到底比你差在哪儿了?”铁建眯起眼睛，朝他伸出小拇指，说：“哪儿也不差，就差那么一丁点儿。心态，你的心态出了大问题，总认为谁都不如自己，老子才是天下第一，不能用正确的做事方法对待工作和同事。所以，大家才给你起个外号叫‘笑面虎’。”听了这话，肖一虎更来劲儿了，说：“你能当指挥长，我为啥不能当? 我也当过兵、扛过枪、打过仗。论工作经验与能力，干过的项目没亏损，这次为啥让我给你当副职？”党红旗听不下去了，在一旁替铁建帮腔，一句一个老肖称呼着，说：“组织肯定考虑你和铁指挥是战友，好搭班子，还没上场你就跟老战友较劲，这恐怕不太好吧。”铁建笑着指着肖一虎说：“现场如战场，上来后都别给我和老党来里格楞，少啰唆。”

石惊天和王若云、赵化亮的车滑到了沟里，司机用木棍拨弄了老半天积雪，上车发动倒车，仍然不起作用，还是在原地打滑。石惊天看轮胎没安防滑链，就脱下棉衣，从车上找出一把刀把它割成几块垫到车轮下，这才使打滑的车轮吃住路面“噌”地倒上了公路。

第三天，虽然雪停了，但天气仍阴沉沉的。局指人员都到达了现场，唯独总工金帼英还没赶到。金帼英出生在铁路世家，父母双亡，又无兄弟姐妹，不免有些孤单。土木工程硕士研究生毕业后，她选择进入中铁工程局，后来成为全局高铁施工技术的中坚力量，很快就被提到正处级岗位。参加工作后不久，她与金融系同学郭富海结了婚。婚后没半年，郭富海被银行总部派往澳洲开拓市场，便劝她辞职一起出国，金帼英拒绝了。没想到，郭富海在国外与同事发生了婚外情，想办移民，回家休假时就提出要与金帼英离婚。那时金帼英已经怀孕，郭富海并不知情。她冷静地说：“我什么都不要，将来只要我的孩子。”离婚后，儿子男男出生了，她走到哪儿就把男男带到哪儿，在山沟里一手把他带大。这让她对爱情和婚姻产生了抵触，生活中变得很冷淡，经常会给向她示好的男人难堪。

金帼英刚接到局里的任命，想进入高铁市场的民企就找上门来“挖”她了。在一家酒店的咖啡吧，她与五十多岁孙姓的董事长面对面而坐，男男坐在她身边望着对面陌生的面孔。那人拿出一张银行卡看看正面，又看看反面，然后递到金帼英手边，说：“我们集团虽然是民营企业，但也想进军高铁建设市场，就缺你这样的技术和管理精英。今天我亲自跟你谈，是想让你成为我们集团管理团队的一员，过来当总裁。只要你愿意，年薪 200 万元，在最高档社区解决 150 平方米的一套三居室，同时解决你孩子的入托入学问题，并配备专车、司机和秘书。这张卡呢，是你过来预支的年薪 100 万元。”陪同人员在旁边附和着姓孙的，对金帼英说：“给你的这些条件，是经过公司董事会研究的，大家都欢迎你过来。这条件在业内也算是非常高的，望你能仔细考虑一下，尽快给我答复。”

男男伸手去拿那张银行卡，被金帼英一把拉住，随即笑着把银行卡退给了姓孙的，真诚地感谢了一番，说这张卡她不能要，让给她点时间仔细考虑考虑。姓孙的决心很大，十分执拗地对金帼英说："不管要不要，我们挖你是挖定了，还有什么条件都可以提出来，公司会设法满足你的要求。"金帼英莞尔一笑说斟酌后再答复。而后姓孙的便满怀希望地回去等她的决定了。

最早知道这件事的是铁建的妻子韩秋柳。金帼英参加工作的第一个工地，是在铁建任指挥长的项目上。知道韩秋柳得了这样的病，金帼英每次从工地回总部机关所在地金城办事，都会提着东西来看她，让她很感动。两个女人到一块就有说不完的话。韩秋柳曾经为金帼英与郭富海离婚感到惋惜，劝她为了孩子能复婚就复婚，但金帼英的心已经死了，像黄河里涨潮时滚滚东流的浪头一去不复返。金帼英难得遇到这样一位知心朋友，既像经年的大嫂，又像会疼人的姐姐，内心把她当成了亲人。如今，自己已成为集团的技术精英，从当年一个项目上的小技术员发展成了与铁建平起平坐的项目总工，面临未来前途和命运的抉择，她自然想到了韩秋柳。

冬天的寒风、冰雪对类风湿病人来说很要命，全身骨节疼痛难忍，把人折磨得死去活来。韩秋柳刚吃完药忍痛坐在窗前，金帼英的电话就打过来了。铁建早已到工地，她以为金帼英也到了现场。金帼英先在电话里问候一番，接着一五一十地把姓孙的如何高薪聘请她的事说了个清楚，言语中很犹豫，想请韩秋柳就到底去还是不去帮忙拿个主意。韩秋柳听后发出一声惊叫，说这么高的年薪，这么好的条件，好事啊，催她去。金帼英则反问她一句："去吗？"韩秋柳说："去呀！男男上学是大事，又稳定，不去还等什么？"金帼英说："按说应该接受这个条件，我一个女人带着孩子常年在工地确实很费劲，这是个机会。"少顷，韩秋柳就自觉失言，说这件事还得再慎重考虑，别着急答复他们。

韩秋柳挂断金帼英的电话，紧接着就打给了铁建，想让铁建帮着拿个准。她说开出的条件很有诱惑力，金帼英为了孩子去是对的，不能挡人家。铁建皱着眉说："秋柳呀，你以为到民企好干？给的钱多，待遇优厚，同样出的力也多。在咱们中铁是照顾不了孩子，在城市里虽然稳定，也未必能照顾得了，去了就等于把自己卖给了个体老板。再说，队伍都上来了，她当总工的要跳槽，我这个指挥长咋当？"几句话把韩秋柳说蒙了。

第二天，姓孙的董事长由部下陪着，来到之前见面的地方等候金帼英。金帼英领着男男正在前往，手机铃声却响个不停。她从挎包里掏出手机一看，是集团董事长夏江打来的，便停住脚步赶紧接听。夏江语重心长地说："帼英啊，有件事我通知你，南北高铁项目是咱们局新中标的一项大工程，你担任项目总工，队伍已经到达现场。听说有个民企要挖你，你很犹豫，所以我亲自打个电话给你。你毕业以后就来到了咱们局，是全系统的技术拔尖人才，很受组织和领导的器重，又是处级干部，更是共产党员。咱们是中铁的一分子，要讲政治、讲大局，必须有家国情怀和奉献精神，不能被眼前的利益所惑，更不能辜负了党的培养。中铁作为央企才是你的靠山和平台。目前，中国高铁建设正需要你这样的人才和骨干，咱们不但是高铁建设者，更是中国崛起的中坚力量，中铁需要你，国家需要你呀！"

金帼英一听，马上猜到是铁建找了夏江。面对这样铿锵的言语，换个人可能会觉得好笑。在这个诱惑颇多的社会，还有讲家国情怀和奉献牺牲的吗？那一刻，金帼英不知道该如何回答，后来她越想越觉得夏江说得有道理，感到姓孙的高薪聘请像是在她面前设下的一个陷阱，如果一步不慎踏进去，可能一辈子就搭进去了。

她选择了遵从自己的内心。夏江的话让她想起了父亲去世前的交代。父亲弥留之际用颤抖的手拉住她说："帼英，我和你妈都是一辈子的老铁路，你是吃着铁路的饭、听着火车汽笛声长大的，是咱们铁路人的后代。不论什么时候、什么情况下，都不要忘本。爸爸的心愿就是希望你和你的儿子、孙子把这份事业永远继承下去，千万别离开铁路，那里才是咱们的根和魂。"

多少年来，父亲的这些话一直回荡在金帼英耳边。她停住脚步出了神，然后转身把电话打给了姓孙的。"实在对不起，孙董。"她说，"去你们集团工作的事情不用再谈了，我爸妈都已不在，离开了央企，我等于又失去了一个妈。"姓孙的在电话里很失落，沉默了半天。

当天，金帼英做出了最终的抉择。在高铁车站，她一手牵着男男，一手拉着特大号的红色行李箱，挤在熙熙攘攘排队赶车的人流中，登上了"复兴号"高铁列车。

第二章

金帼英带着男男先坐“复兴号”高铁列车，再换乘绿皮火车，几经辗转才到达南北高铁施工现场。自她启程后，铁建一直关注着她的行程，与她保持着电话联系。她能够加入项目管理团队，铁建一下子轻松了许多，也十分感慨，心想金帼英肯定又把小家伙带来了。这孩子真是个可怜虫，走到哪儿带到哪儿。“唉，咱们这一代铁路人哪，什么样的大事都赶上啦。”铁建先是望着窗外叹息，然后对党红旗和兰花朵说：“六次大提速、撤销分局合并站段、大规模铁路建设、铁路改制，高铁从无到有、再到领先世界，爷爷那一代人没干的事，被咱们这一代人干完了，到下一代孙子辈，铁路没得可干，可以坐享其成了。”党红旗说：“是不容易，谁让咱们加入到铁路行列呢？无怨无悔。”

铁建给兰花朵交代，局指挥部入住后腾一间大点儿的宿舍，买好电暖气，不能冻着孩子。兰花朵早已想到这些，晚上亲自开车去车站接金帼英和男男。

兰花朵赶到时，绿皮火车已缓缓进站。停稳后，金帼英手牵着男男，手拉着旅行箱、挎着背包走出车厢来到站台。兰花朵跑过来亲切地喊了句金总，就蹲下身子去帮男男焐手。他们出站再坐汽车到达指挥部已是深夜。

翌日早晨，太阳从东方升起，照耀着群山和大地。青阳县城及边上的村庄上空升腾着袅袅炊烟。河流、道路覆盖着积雪，远远地能看到少许车辆和行人。金帼英一早起来，站在局指租下的五层办公楼上前后左右地看着周围的环境。这是一处临街的大院子，出门就是大街。院内还建有一排平房，院子里的花圃里覆盖着积雪，只有清掉积雪的小径露出了弯弯曲曲黄色的地面。

男男还在睡梦中，兰花朵就跑来喊金帼英去吃饭。等她把男男叫醒，穿好衣服来到食堂，铁建、党红旗、肖一虎、兰花朵、工程部部长万红山等人早已围在一张圆桌前等她。餐桌上摆了几盘馒头和稀饭、咸菜。男男倚在金帼英椅子旁扒着碗看大家。铁建笑着侧脸看男男，说："小家伙不认识咱们这些人，都做个自我介绍。"等桌子上的人自我介绍完，金帼英贴在男男耳边说："以后妈妈如果有事不在，你就跟兰阿姨玩。"男男一点陌生感都没有，就这么认识了这些人。

铁建咬口馒头问金帼英是不是真放弃了，金帼英笑笑说放弃了。党红旗问她后不后悔，金帼英淡然地摇头说："不后悔，还是咱们央企靠得住。"铁建点着头说："帼英，你一来，咱们如虎添翼，几条高铁你都是总工程师，经验丰富。看取的这名字，金帼英，明显就是巾帼英雄的意思。带着不到五岁的儿子来工地，就得有这股劲儿才行。"这一夸奖，倒把金帼英说得有些不好意思，当即就让万红山马上组织精测队进行全标段交桩复测。

铁建说："眼下，咱们要紧盯各分部快上场、快安家、快开工，多开点、多完成投资、多抢进度，工程要一次成优。哪个分部做不到这几点，先拿分部经理是问。"肖一虎接话称，如果分工他管现场，他自有办法。铁建说当然由他管现场，让肖一虎不要光盯自己，还要盯邻标段的铁攻，并要常去看铁攻的进度，做到知己知彼、百战百胜。

肖一虎侧耳细听，心里却埋怨铁建，说："让我管现场，当特务。你咋好事不找我?"铁建嘿嘿一乐，说："施工情报很重要。其他标段的组织、技术、工艺、标准化做得好，咱就要学过来赶超他们；其他标段没做到的，咱们要创造新的盖过他们。他们慢了，咱们猛冲；他们快了，咱改变施工打法狂追不舍，总之咱们的目标是争第一。"党红旗扒拉完碗底的粥，放下筷子说："老铁历来就这样，不论在哪条线上从没打过败仗。肖一虎你到别的标段去看，就说咱们学习取经，铁攻说不出啥来，因为咱们谦虚。"铁建催肖一虎物资设备招标年前要搞完，必须按程序和规范组织，党工委要监督，谁都不能胡来。

肖一虎把头摇得像拨浪鼓，说上前线打仗就干过侦察，现在又派上用场了。铁建说自己是项目第一责任人，工程方面的事儿什么都得管。他让党红旗主抓项目党建、征地拆迁、廉政防范，协调地方关系；让肖一虎主抓施工现场组织、安全，包括队伍和物资设备招标与管理；让金帼英主抓技术、质量、试验和变更索赔。其他人各司其职。说完，铁建问党红旗有何意见。

党红旗顿时瞪大了眼睛，说：“这就算分工了？”铁建点点头，说：“如果大家没别的想法，就等于开了个圆桌会议。”党红旗强调工作分工虽然没有错，但程序不能少，要到正式会议上说才行，并形成正式文件下发，不然下面怎么知道局指领导谁管哪一摊？铁建觉得党红旗说得有道理，就当场让兰花朵起草个分工文件发下去，局指挥部就算正式开张了。

当天晚上，铁建开车跑了很远，赶到青阳县所在的地级市参加业主单位南北公司召开的动员会，顺便向业主董事长张福臣、副总经理兼总工王忠理和监理以及设计单位报了个到，同时也与铁攻寒暄了一会儿。散会后，各参建单位参会人员陆续走出会议室。铁建、铁攻和其他人都围拢在了张福臣身边。张福臣把铁建和铁攻介绍给其他人。王忠理告诉铁建和铁攻，以后技术上的事情让项目总工找他对接，谈话气氛很是融洽。

张福臣指着铁建和铁攻说：“看你们俩名字取的，一个铁建，一个铁攻，很具有代表性，像是亲哥俩。”铁攻说：“我们都姓铁，的确是一家，不是亲兄弟胜似亲兄弟。”张福臣听后就笑了，说：“你们都是铁路上的嫡系部队、骨干力量。没有你们，短短十几年工夫哪来的高铁通车近三万公里？现在不但通车里程世界第一，咱们自主知识产权的高铁技术、车辆技术都走在世界前列。估计连外星人都清楚，高铁就是咱中国的一张名片。”

一番话把大家说得浑身骄傲。张福臣抽一口烟又说：“现在，西方的东方的，发达的落后的，所有国家都对咱中国高铁刮目相看，巴不得让咱们去帮助他们修高铁，都是铁建和铁攻你们的功劳。”

铁建把话接过来，说：“跟随‘一带一路’倡议往外走，展示中国高铁的技术与实力，没有哪个国家能跟咱们比。”张福臣嗯了一声，随即就发出了警告和提醒：“你们的实力没得说。不过话说回来，在国外修得再好，在其他线上干得再漂亮，那都是以前的事儿，我不管。我现在就管你们能不能把这条南北高铁的工期、质量、安全、标准化以及社会效益搞上去，干到国内一流、世界领先。”

铁建知道张福臣这是在试探他和铁攻的态度，便信心十足地说：“放心张董，南北高铁大通道是国家战略，如果干不上去，到时拿我和铁攻是问。”铁攻也就随口呼应。王忠理看他俩态度坚决，故弄玄虚地说：“张董可是眼里不揉沙子的人，他不听你们说，只看你们怎么做。干好了啥都好办，干不好就彻底拜拜。”

张福臣哈哈大笑，笑得很豪放，说：“王忠理说的对，干好了给你们记功、请你们喝大酒；干砸了不光拜拜，还要清你们的场，停你们全局的牌。”张福臣接着下达目标说：“这条时速350公里的高铁，四年工期只能提前，不能拖后。现在是冬天，不到两个月就要过年，时间很紧。冬季要做好一切开工准备，能开的工点全部开起来。桥隧、搅拌站、梁场、试验、队伍、物资招标等，千头万绪，春节一过，就要马上掀起大干高潮，就看你们铁字号了，成败全在你们。”

张福臣的话分量很重，让铁建和铁攻着实感到了压力。连夜返程时，铁建坐在车上一句话也不说，只是不停地抽烟，琢磨了一路如何才能实现良好开局，其中最关键的是梁场年前能不能建起来。于是，他打电话给二分部梁场经理孔庆荣和书记袁听枫，寻问梁场的安营扎寨情况。孔庆荣在电话里汇报说，梁场建起来前只能先租个农家院办公用，等建好后再搬过去。

孔庆荣在旅馆里跟铁建通电话的当口，安雪容也在跟邓立强通话。邓立强告诉安雪容说，他刚与王叔通了个电话，弄得安雪容莫名其妙。安雪容问：“哪个王叔?”邓立强说是业主公司的副总兼总工王忠理，跟他爸是同班同学。他爸跟王忠理说了，他的物贸公司想去参加项目组织的物资材料招标。安雪容又问：“王忠理答应帮你了吗?”邓立强说：“我爸找他，他能不答应吗？别说是同学，光我爸是个厅级干部他也得给面子啊。”邓立强还向王忠理透露了安雪容是他的女朋友，让多关照点儿。安雪容听后心中有些不悦，说：“你跟他说咱俩关系干啥呀？我又不求他什么事儿。”邓立强的理由是王忠理是业主单位领导，上面有人罩着工作好开展，这样的关系别人想找还找不到呢。

安雪容站在旅馆一头的走廊里，不高兴地说：“立强，以后我这边的事你不用找人，我不想让太多人知道你我之间的关系。你妈把这个物贸公司转给你，你还是把精力用到公司业务上吧。”她这么一说，手机那头哑巴了好一阵子，只听邓立强说到工地参加招标时会来看她。安雪容很不解，王忠理咋就突然成了邓立强爸爸的同学。

第二天上午，阳光明媚，只是雪后的寒风把人的脸冻得生疼。孔庆荣和袁听枫从房间走出来，抓起从老农手里要来的院子钥匙，喊上安雪容、紫祺和高永恒，一起乘车去了先前看过的那所农家院。他们打开大门后发现，这处院子由正房和东西厢房合围，在西边紧挨着院墙下搭建的一间简易的小房子里安装有锅炉和土暖气。站在大门内回头看，院子前面是一块开阔的菜地。袁听枫扫视着四周，说："这院子还不错。"孔庆荣拿钥匙去开正房的房门，推开房门时发出一阵吱吱嘎嘎的声响。他们迈进屋内的一刹那，一只大花猫"喵喵"地叫唤着从屋里蹿出来，把三个女人吓得惊叫不已。"吓死我啦。"紫祺躲在袁听枫身后，双手抓住她的双肩恐慌万状。

他们在惊恐中察看屋内的每一个角落。窗户玻璃是破碎的，屋里不仅堆满了农具和杂物，还布满蜘蛛网，靠墙的一块彩条布遮盖着一个长方形的物品。

安雪容惊怵地说："经理，这是啥地方啊？"

孔庆荣毕竟是男人，胆子大一些，说："房东是两位老人，先前他们住，后来搬走了。"说着，他和高永恒走上前把彩条布揭开，呈现在眼前的是一口长方形的棺材，三个女人吓得直往后退。

袁听枫说："屋里咋放棺材？"

高永恒倒不在意，说："肯定是房东为自己准备的。"

安雪容有些胆怯，说："这种地方咱们能住吗？"

紫祺浑身哆嗦着，声音也有些颤抖，说："住这里我害怕，晚上会做噩梦的。"

孔庆荣又"哗"地把彩条布盖到棺材上，说："棺材棺材，升官发财，南方人还专门抢棺材呢。咱们中铁人命硬，啥样的牛鬼蛇神都不怕。东厢房伙房加餐厅，西厢房办公加会议室，我看挺好。"他让袁听枫三个人住隔壁一间，他和高永恒住放棺材的这间，吩咐高永恒去找几个零工打扫布置一下，买点家具就算正式安家了。

中铁人在项目上大多如此。租房当驻地或安装彩钢房算是好的，多数职工和民工都是住帐篷，对这样的工作和生活条件早已习以为常。安雪容搬进这处院子后，心里一直犯嘀咕，既担心又害怕。她打电话给邓立强说了自己所处的环境，邓立强立马就把这消息传到了王忠理的耳朵里。王忠理说搞施工不是养尊处优，待待就习惯了，再不行把安雪容调出去。邓立强果真就动了这个脑子。

王忠理坐在办公室里刚挂断邓立强的电话，又有两个电话接连打了进来。一个是上级高司长打来的，告诉他一会儿有个叫郭富海的来找他。另一个是肖一虎在公司楼下打给他的。这俩人几乎是前后脚来到王忠理的办公室，只是郭富海比肖一虎早到了一步。郭富海是第一次来南北公司，在楼道里路过一间办公室门口就看一下门牌，十分小心。他看准王忠理的房间号后才轻轻叩门，然后站在门外等待答复。“请进!”等屋里传来回音，他才推门进去。王忠理把他上下打量个遍，问他是谁。郭富海提着沉甸甸的皮包站在门口连连点头，先自我介绍一番，再把来的目的汇报清楚，并且故意透露了与金帼英的关系，最后才说是高司长让他来的。

王忠理立马客气起来，让他到沙发上坐，告诉郭富海关于参与设备招标的事，他会给肖一虎打个招呼，称肖一虎马上就到。郭富海感激涕零，忙从皮包里掏出一捆东西塞入王忠理办公桌下面的抽屉。王忠理心知肚明，客套地谦让了几句，又继续聊起郭富海与金帼英的问题。郭富海一言难尽，但第一次见面又不好不回答。于是说他和金帼英是读研时的同学，她学工程专业，毕业后进了中铁；他学金融专业，毕业后去了银行系统。在学校里是他追的金帼英，参加工作后就结了婚。婚后不久，他被银行总部派去澳洲组建分部开拓业务，金帼英则留在了铁路工地。

郭富海没再往下多说，却更勾起了王忠理的好奇心，也只好硬着头皮回答。说在澳洲他遇到了后来的这位，是跟他一起出去工作的银行女同事，这才有了后来的婚变。当时两人想一起留在澳洲，自己就回来跟金帼英办了离婚手续。王忠理有些惊讶地噢了一声，有点幸灾乐祸地问孩子是不是他的，弄得郭富海很尴尬，不得不点头承认。郭富海说离婚时金帼英没告诉他已经怀孕，后来才知道她把孩子生下来了，起名叫男男，抚养权归金帼英，走到哪儿便把孩子带到哪儿，不让他看。离婚这件事对金帼英打击很大，想起来他就后悔莫及，内心一直愧对她。

王忠理与郭富海坐在沙发上，边喝茶、抽烟，边这么胡乱地聊着，好像早已是老熟人、老朋友。王忠理接着问起郭富海为什么从澳洲回来。郭富海说总部知道这件事后就把他调回国内，落了个鸡飞蛋打。再后来，银行越来越不景气，业务不好做，收入也不高，自己一赌气辞掉工作出来单干了，便混到了今天这个地步，不得不在铁路上做设备代理，挣口饭吃。

王忠理继续追问郭富海是不是单身，郭富海也只有如实说，感到自己快成了透明人。他现在还是和当初在澳洲的那位女同事同居但没结婚，都怪自己眼高手低。王忠理递上一支烟，问郭富海有没有想过复婚。郭富海说他很想复婚，可金帼英死活不干。

王忠理拿手指点着郭富海，说："怪你，当然她也有责任。女人啊，伤透了心就不会再回头。"对王忠理的指责郭富海只能听着，最后叮嘱王忠理说："如果你去工地见到金帼英，千万别跟她提我参加设备招标。"王忠理警觉地问金帼英知不知道他在铁路上代理设备。郭富海煞有介事地说知道，但尽量不让她知道得太详细。王忠理起身从沙发边转到办公桌前，说学金融的高才生可惜了。

俩人正在屋里聊着，肖一虎提着东西敲门进来，他是来向王忠理报到的。王忠理很客气，把郭富海介绍给了肖一虎。郭富海自然谦虚，上前紧紧握住了肖一虎的手。王忠理说大家都是朋友不必客气。郭富海很高兴，一天之内就搭上了王忠理和肖一虎两条线，庆幸比到处拉关系结识一些业主和甲方来得容易。

这次会见，王忠理、肖一虎和郭富海各有收获。当然，王忠理收获了金钱，肖一虎收获了信任，郭富海则收获了为金帼英所在项目供应设备的机会。王忠理送肖一虎下楼时，专门说郭富海是上面领导推荐的，设备招标时多关照他，同等条件优先使用，并且把邓立强公司和两家隧道队伍想参与物资供应和承包隧道的事情一并做了交代，让肖一虎把这两件事办好。肖一虎对待王忠理像对待主子般地言听计从，并没有感到任何压力，表示一定让王忠理满意。

肖一虎与郭富海相遇在南北公司楼前，也像王忠理一样问起郭富海和金帼英的事来，问金帼英带的男男是不是他的儿子？郭富海苦笑着嗯了一声，说一岁就跟着她。肖一虎同样问是谁的原因，郭富海承认是他造成的。说着，郭富海把肖一虎拉到一个僻静的地方，从提包里掏出五万块钱塞到肖一虎怀里，让他设备招标时多费心。肖一虎假装推辞却没把钱退给郭富海，说王忠理有交代，让他安心等通知。然后肖一虎钻进车内，从车窗里伸出手晃了晃，一溜烟走了。

局指和两个分部租房安营扎寨完毕，项目一展开，外包队、材料和设备供应商以及当地黑恶势力便各显神通，蜂拥而至，采取不同手段对项目领导进行"围猎"。一分部租住在公路边临街的一栋三层小楼，楼前的广场不大，侧面有个大门，后面则是一所挺大的院子。石惊天把书记朱子来、总工王若云、副经理赵化亮、工程部部长朱红军、隧道队队长宝铁、一号搅拌站站长兼试验员崔凌花、桥队队长王方太、安质部部长梁丽丽等人都叫到会议室分工，让王若云先把隧道图纸给大家弄齐，强调先抓交桩、图纸、征地和队伍招标，尽快开隧道。

开完早会，石惊天接到电话通知，让他跟随党红旗和肖一虎去县政府支铁办赵主任办公室商谈征地拆迁事宜。赵主任却把乔三叫到办公室与党红旗他们见面。乔三故意露出脖子上粗大的金项链，朝党红旗三个人点点头。

党红旗瞅着他的脖子，说：“你这项链够分量，有钱哪，不勒脖子?”乔三转转脖子，趾高气扬地答道：“不勒，习惯了。”

赵主任见场面有些尴尬，赶紧介绍说：“乔总是这片地界上有头有脸的人物，有很多产业，你们一分部管区大桥压的矿就是他的，双方有个配合问题，可以说谁也离不开谁。”党红旗说现在紧要的是征地拆迁，看何时对接一下。乔三马上接过话称不用找赵主任，他可以帮忙摆平。赵主任说乔三在这方面确实有一套。肖一虎便热情地招呼乔三并留了对方的手机电话，谦虚地说：“我们在这地界上人生地不熟，到时有事可就找你了。”乔三拍着胸脯称包在他身上。赵主任寒暄几句把乔三打发走，才真正向党红旗、肖一虎和石惊天交了实底，说：“这个人惹不起，本来不想介绍他跟你们认识，但一位县领导找我，实在推不掉。”赵主任提醒党红旗他们跟乔三打交道时要小心点儿，因为他在县里关系很硬，手下还有一帮痞子，在地面上能办事，但要慎用。

赵主任说话的口气明显有些无奈，并且很厌恶。肖一虎却把赵主任的话当成了耳旁风，因为他管现场，想尽快进地开点好好表现一番。由于赵主任出面介绍，乔三认为姓赵的是想保住自己的位置，不敢轻易得罪他背后的靠山，中铁工程局的人在这地盘上更离不开他。当天中午乔三就主动打电话约请肖一虎吃饭。肖一虎跟乔三说请党红旗一起参加，实际上只把一分部石惊天和朱子来叫上，去了县城一家酒楼。走进包间后，桌子上已摆满了丰盛的菜肴和茅台酒。乔三十分客气地邀他们入座，又让年轻漂亮的女服务员给每人倒满酒，然后端着酒杯说了一些谦虚的话。肖一虎如同见到知己一般频频端杯，石惊天和朱子来端着酒杯犹豫起来。肖一虎见状愣了一下，先端杯一饮而尽，嘴里发出醉人的响声。他喝完对石惊天和朱子来说：“乔总在县里可是了不起的人物，能呼风唤雨。他今天一片诚意，主动提出帮咱们，真是天大的好事。”

乔三受肖一虎这么抬举，马上接话说：“地面上有啥事尽管说，哪块地进不去，兄弟我帮你们蹬开条血路。”肖一虎伸出大拇指夸赞：“看看，多仗义的兄弟。乔老弟，能不能先帮一分部把路基段的树伐掉？”乔三胸有成竹地拍着胸脯说没问题，这事他来办。肖一虎说：“惊天、子来，我看这样，如果乔总真能把树伐掉，清表、土方可以让他先干。”

石惊天和朱子来当着乔三的面不好说，等吃完饭来到停车场时，石惊天上前扶住满脸通红有些站立不稳的肖一虎，问他这人用得起吗？一个痞子，后面给找麻烦咋办？肖一虎不耐烦地咂嘴弄舌，说：“由我介绍你们还有啥顾虑？在哪儿施工不依靠这些人打头阵，何况他是县领导介绍的。”石惊天说：“我觉得咱走的不是正路。”肖一虎倚在车门上，指责石惊天：“啥叫正路？谁进地快谁就是正路。哦，照你这么说，你们走的都是正路，我走的就是邪路？有本事你们去把路基红线内的树伐掉呀？既没本事，又不借用社会势力，工程能干得动吗？再说，你们分部压的矿就是他的，如果不给他点儿甜头，后面压矿怎么解决？你们大胆用，有事我担着行不行？”

石惊天提出这事需要跟铁建和党红旗汇报一下，肖一虎拉开车门又“哐”地把门推上，说：“汇报个屁。我主抓现场，有必要跟他们汇报吗？就这么定了，让乔三帮着伐树，清表和土方让他先干，进去再说。”

两天后的上午，太阳高照。一分部路基段还覆盖着厚厚的积雪，一棵棵树木就被挖掘机刨开冻土层连根拔起，伐倒在雪地上。乔三手下开来的两台装载机将大树挂在铁斗上拖走，在雪地上留下粗细不均的雪痕。乔三披着呢大衣，戴着墨镜站在一旁指挥，对手下人喊着：“全伐掉，谁挡就打谁。”

一分部现场发生的这一切，铁建并不知道。石惊天和朱了来赶到办公室向他汇报时，党红旗和肖一虎正在铁建屋里。铁建一只手猛力地敲击着桌面，明显很生气，说进地这事怎么能上来就跟当地痞子打交道呢？问肖一虎是不是他安排的。肖一虎不敢承认，就推脱说是赵主任介绍的，党红旗当时在场。党红旗说赵主任专门交代过要慎用，反问石惊天和朱子来为什么要用乔三伐树和清表。石惊天吞吐半天，不得不把肖一虎抬出来。肖一虎无话可说，一味强调是为了尽快展开工程。铁建带着怒气说：“老肖，你不懂咱们施工单位的规矩吗？这是在惹祸上身。”铁建让石惊天和朱子来先把伐树和进地、清表停下来，必须走正规途径。

石惊天有些犯难，说树已经伐掉不少。铁建瞪着他说："让你们停下来就停下来，不能开局惹上麻烦。"铁建明确指示肖一虎："你安排的事，你牵头负责跟乔三算账，该多少是多少。"肖一虎不服气地把头扭到一边，推托说牵不了这个头，既然让他抓现场，由乔三打个头阵又有什么关系。铁建板起脸来说："关系大了，就是不能用，用了他们后面会被纠缠不清。"

铁建下达停工命令，肖一虎不得不带上石惊天和朱子来去现场找乔三。工地虽然寒冷，但乔三手下伐树和清表却干得热火朝天。肖一虎三人来到乔三身边，说有个事需要跟他商量，伐树能否先停一停。一句话引起了乔三的警觉，思忖着问了句为啥。肖一虎说没有手续怕县里找麻烦。乔三根本不相信，口气生硬地说没人敢找麻烦。石惊天上前直截了当地说："乔总，我们需要走正规途径办理伐树手续。你干的这些活儿，咱们可以先结算。"乔三已经想到问题出在中铁工程局内部，便阴冷地说："这点钱算不了什么，我可以不要，先帮你们把地进去。"他环顾着肖一虎三人说，初次共事希望中铁工程局不要骗他。

乔三被叫停工的当天下午，一分部压矿地段立刻就惹来了麻烦。石惊天正在办公室安排工作，突然接到测量人员报告，说测量遇到阻工，与看矿的青年对峙起来了。他不得不放下手头的工作驱车赶到现场。

矿区拉着一道用铁丝网围成的院墙，把整个矿区都圈了起来。进入矿区有个木栅栏大门。就在大门外，三个社会青年正与四名测量工争夺测量仪，双方发生了对峙，还引来一些看热闹的村民。测量工们气愤地说不让进地测量是违法。一个青年一巴掌就打在了说话的测量工脸上，说："违法？这个地界上的法就是三哥定的。"其他三名测量工上前阻挡理论，质问凭什么打人，要求把仪器还回来。几个青年又围上来，抓住其中一名测量工的领口，嘴里喊着老子想打谁就打谁。对方蛮横无理地称不经他们同意，私自进来测量踩坏了矿，要先赔钱再说。看热闹的村民你一句我一句地发着牢骚，为测量工打抱不平，直骂那几个青年欺负人，修高铁是造福百姓的事儿，乔三没得到利益才这样干，这帮痞子真该死。

石惊天走进人群时，三个青年抽着烟，斜着脑袋直瞅他。石惊天说没经他们允许进地测量是自己不对，但工期不等人，朝青年索要仪器。那仨人吃不准他是什么人，但猜肯定是头儿。测量工说石惊天是经理。青年们凑到一起私下嘀咕了几句，然后说看在经理的面上，饶过他们这一回，再有下次不经允许进到矿区，别说对他们不客气。说着，对方就把仪器推到了石惊天面前。石惊天接住仪器，安慰测量工们一定要忍。

与地方势力的第一次较量就以这样的结局收场，铁建并没太当回事儿。晚上没见肖一虎在食堂吃饭，琢磨他到底去了哪儿，便借着夜间积雪的映照，带万红山驱车夜查，看看两个分部的人员都在干什么。越野车停在二分部梁场租住的农家院前的村道上，铁建推门走进院子，把脸贴在正房房门的玻璃窗朝里看，所有人员都在烤着电暖炉熟悉图纸。他很满意大家的这股心气，憋不住一声咳嗽，被紫祺听见了。孔庆荣、袁听枫、安雪容等人急忙拉开门跑出来把他和万红山拽进了屋里。

大约半个小时，铁建满怀兴致地走出院子，但他并没有直接回局指挥部，而是去了一分部临时租住的路边小楼。二层楼办公室开着灯，但没人。会议室关着门，灯光透过窗户玻璃照出来，玻璃里边布满哈气。肖一虎、石惊天、赵化亮和王方太四个人正抽着烟打麻将，朱子来坐在旁边，左看看石惊天的牌，右看看赵化亮的牌。满屋弥漫的烟味能把人呛死，麻将撞击桌面“噼里啪啦”的声音在夜间格外刺耳。

铁建推门进去的时候，肖一虎四个人和朱子来光顾着低头看牌出牌，都没注意铁建和万红山已走到他们身后。铁建怒视着他们五个人，心想怪不得肖一虎晚饭没在局指挥部食堂吃，原来跑这儿打牌来了。他走近麻将桌伸手把牌弄了个稀里哗啦，几个人这才如大梦初醒般呆愣在原地。铁建一边看着他们，一边抓起几只麻将扔到桌面上，讽刺地说他们四个人麻将打得好，把石惊天等人说得脸上挂不住。他们知道这次惹祸了。

铁建板着脸问房子是临时租的吧。石惊天的身子都有点儿战栗，支支吾吾地说等过些天分部驻地建好就搬到工地去。铁建又问什么时候能建好，朱子来插话说正在跑地。铁建追问谁在跑，赵化亮不分轻重地说经理和书记都在跑。铁建听着就烦了，说：“都在跑？哼，是在靠社会上的人跑吧？你们自己跑到麻将桌上来啦？”屋里的气氛顿时紧张起来。“麻将桌是哪来的？”他又问。肖一虎满不在乎地说是从房东家借来的，晚上没事随便玩玩。铁建指着肖一虎说：“你作为局指副指挥长跑到下面来打麻将，成何体统？”肖一虎苦着脸辩解说白天工作，晚上娱乐一下没什么大不了的。铁建气得在屋里来来回回走，说别以为是战友就不敢说他，在这个项目上不管是谁，只要犯了规矩照样收拾。而后，铁建走近麻将桌用手一按，自动洗牌机“哗哗”地转了起来，“还是自动的，挺高级嘛！打几圈啦？”“三圈。”“玩多大的？”“十块。”铁建问朱子来有没有打，朱子来说只看没打。

“让你们打个够。”铁建气愤地一把将麻将桌掀翻在地，“时间这么紧，你们几个当头儿的竟带头打起麻将？项目班子除了总工王若云没打，你们全齐了，领导是你们这样当的吗？”

铁建真的火了。肖一虎把头扭到一边抽烟不再说话，石惊天不停地做检讨，铁建将他们连骂带批了好一顿训。“大冷天你们以为局指不来检查对不对？”他指着石惊天说，“你还是分部经理，要你这样的经理干什么？打牌赢钱吗？要赢钱回家去赢，这儿不是你家，想干啥就干啥。你说说，是你们分部的施工用地征下来了，还是分部驻地建好了？搅拌站通过验收了？重点工点可以开工了？一点儿紧迫感、危机感都没有，还当什么经理？你们这样能带出好的队伍来吗？这条线上强手如林，你敢保证能打胜仗，能争第一？屁。我看你们只能是残军败将。我承认，你们都是麻将高手，怎么不想想如何成为把这条线干成精品的高手？啊！”

朱子来赶忙把责任往自己身上揽，说都是他的错，作为项目书记没有搞好监督。铁建说：“你这个书记还有脸提监督，连你自己都监督不好，还想监督别人？真该给你们俩送个外号，一个麻将经理，一个糊涂书记。这么下去，你们俩可以打道回府，这儿需要的是在工地上带领弟兄们冲锋陷阵、敢打敢拼的虎将，不需要你们这几个只会打麻将的脓包。”他转身又骂赵化亮和王方太：“你俩一个副经理，一个桥队队长，领导想玩你们就陪着玩，真是一丘之貉。有这工夫，怎么不去研究研究悬灌梁怎么干？钢桁梁怎么安装？隧道怎么打？”

肖一虎再也沉不住气，埋怨铁建太不给他面子。铁建说想要面子就带头干点正事。铁建严肃而不容置疑的口气，令肖一虎像吃了只苍蝇似的卡在嗓子眼儿里上不去下不来，眨巴两下眼睛再也不吱声了。

临走前，铁建让万红山把钱全部没收，还警告石惊天四个人要么明天一早把检查送到他桌子上，要么等着回家。

第三章

那一夜，局指和一分部都没消停。石惊天四个人愁眉苦脸，既怨自己不争气，又悔恨上了肖一虎的当，恨不得抽自己嘴巴。接着，石惊天一脸怒气地对朱子来大发雷霆，质问他为什么不提醒，担心铁建回局指一说，第二天就会在工地上传开，当领导的脸面实在没地方搁。他让赵化亮找东西把麻将桌砸了。麻将桌是房东家的，赵化亮很为难，解释说砸了得赔人家。石惊天抑制不住愤怒，说赔就赔，钱他掏，找斧子把它劈了。朱子来见状赶紧上前拦住石惊天，把责任一个劲儿地往自己身上揽。王方太埋怨铁建有点小题大做，被石惊天怼了几句。“给我滚!”就这样王方太被石惊天轰了出去。

王方太在院子里与朱红军撞了个满怀。朱红军进屋发现气氛紧张，很是纳闷。朱子来叹着气说：“幸亏你没来，你要来一起打，咱们分部可就全军覆没了。”朱红军无奈地摇头，直言他和王若云图纸和施组还看不过来，没有闲工夫陪他们玩。石惊天沮丧地侧脸瞧瞧他，说都别废话，今晚不睡觉也要把检讨写完交上去。

铁建回到局指挥部已近夜里十一点。他把肖一虎、党红旗、金帼英都叫到办公室，讨论如何处理一分部。肖一虎边抽烟边跷着二郎腿来回晃悠，极不在乎的样子，弹弹烟灰哼哼着说：“打个麻将至于这么跟下面的弟兄较真吗?”铁建指着肖一虎没有一点好气：“你说呢？按说连你都应该一起处理。”

肖一虎翻着眼皮摊开两手，说：“处理吧，我接受。可你没这个权限。”党红旗说：“别说我们没这个权限。我和老铁处理不了，可以上报集团处理，总有办法，只不过看你是项目班子成员、副指挥长，给你留点机会。”金帼英平和地对肖一虎说："你主管的队伍、物资、设备招标都没进行，不应该去一分部打麻将。"肖一虎听着刺耳，不依不饶地说："嗯哼？金总，咱们都是副指挥长，当然你兼总工，有啥资格说我？"金帼英依然笑着说："我如果做错，你也可以说我，咱们当领导的不能明知故犯。"

铁建看不下去，又把话题引到了乔三身上，说肖一虎队伍刚上来就让一帮社会青年去一分部路基段伐树干活，引狼入室，想没想过后果。肖一虎诡辩称这是他分管的工作，出了事他负责。铁建打断他说："少来这一套。你分管就可以说了算？那要我们指挥长和书记干啥？"铁建提醒他以后所有的队伍、物资和设备招标都必须上会集体研究。

第二天一早，石惊天和朱子来拿着四个人的检讨书准时交给了铁建。他俩战战兢兢、规规矩矩地站着不说话。铁建抽口烟瞄一眼检讨书，让他俩去对面兰花朵办公室等候结果。然后铁建走到门口喊兰花朵，让她把党红旗叫过来。

不大一会儿，党红旗推门进来。铁建抓过四份检讨书递给他看，说队伍刚上来，不抓工作带头打麻将，这次要杀鸡给猴看，没收的钱已经让万红山上交了财务。党红旗看完说检讨写得还算深刻，态度很诚恳，也认识到了错误，问铁建是不是想得严重了点儿。铁建板着脸说："不是想得严重，打麻将本身就是个严重的事儿。一败坏咱们领导的名声，二带坏了职工队伍。要让业主知道，人家不说一分部谁谁谁打麻将，而是说中铁工程局领导带头打，你说这会造成何等影响？"

党红旗认为影响肯定不好，但如果处理太狠，也会影响一分部的情绪和积极性，现在正是需要大家齐心协力、凝聚力量的时候，他建议通报批评批评算了。听着这话，铁建就斜着眼睛诡秘地笑，问党红旗是不是石惊天四个找了他。党红旗断然否认，劝铁建改改脾气。铁建不认可党红旗的做法，说脾气是娘给的，改不了，没脾气想干高铁这一行，难。谁都敢不听命令，想怎么干就怎么干，有令不行，有禁不止，要把工程干成精品样板那是吹牛。

党红旗委婉地说："组织选我跟你搭班子，看的就是咱俩性格互补。你上火，我浇浇水；我有时软点儿，你就绷绷弦，给下面拿拿龙，他们谁也跳不起来。"

铁建听后火气渐消，听从了党红旗的处理意见。党红旗说："我找他们谈个话，让他们长长记性，再罚一个月的奖金。"

铁建补充道："那再给他们定个目标，年前施工准备阶段，一分部必须拿第一，让他们戴罪立功。否则，新账老账一起算。

石惊天和朱子来不知道能有这种结果。他俩沉着脸在兰花朵办公室等候处理，不时扭头观察对面屋里的动静。兰花朵扮着鬼脸，说钱交到她这儿入了财务账，对俩人好一顿数落。朱子来沮丧地说是肖一虎提出要打他们才打的。兰花朵拿眼瞟着朱子来，说："他让你们跳楼，你们咋不去跳楼？"石惊天对兰花朵满嘴赞美之词，喊着她兰主任，奉承她了解领导的风格，让她分析一下领导会怎么处理他们。兰花朵说不知道，除非他们能戴罪立功。她抿嘴笑笑后又说："你们一分部带了个坏头，枪打出头鸟，不处理你们处理谁？"立时，石惊天和朱子来就紧张了。

兰花朵又说："不用害怕，党书记一定会找你们。"

果不其然，党红旗手里拿着检讨书从铁建办公室出来，站在兰花朵门口示意石惊天和朱子来跟他走。俩人跟党红旗来到办公室，坐在桌前两把椅子上。党红旗把检讨书摊开，说："这是你们的检讨书，你们自己说像个当领导的样子吗？上来打麻将，还赢钱，要是跟外部施工队这么打赢钱的，那你们就成了变相受贿。我看你们哪，危险，想进大牢。"说着，他端起茶杯连喝两口水，又开始批朱子来："你是分部书记，净给我这个局指书记丢脸，外面肯定说我没管好下级。书记带头，把经理、副经理、施工队长全带到麻将桌上去了。"

朱子来哭笑不得，说自己确实没打。党红旗说没打不能说明就称职，没看住下面人员就是失职。有那闲工夫，咋不提醒大家多研究研究工作，怎么征地拆迁、早点开工。朱子来听着懊悔地赶紧做起检讨来。党红旗又说："你们怎么没有压力感呢？咱这标段长近二十多公里，两头隧道，中间是桥和路基，恰似二郎担山，要过好些村镇。二十多亿的投资有十几个亿都是你们一分部的，四年工期三年要完，标准那么高，工艺那么复杂，时间那么紧，不是闹着玩的。"石惊天说没感到有什么压力。党红旗说："没压力哪来的动力，本来要狠狠处理你们，通报全项目、集团和你们所在的五公司，但考虑到任务和你们的前途，还是顾全大局，给你们谈个话当面批评，通报也就不发了。但你们要戴罪立功，把活干好，年前两个分部评比，形象进度、实物工作量、完成投资，你们必须拿到第一，今后不能再犯类似的错误。"

俩人离开局指时在楼道里碰见了铁建。"这次饶了你们。"铁建说，"年底拿不到第一还要找你们算账。”

麻将风波处理得可谓圆满，肖一虎却认为铁建有些过头，讨好般地打电话给石惊天，说不是原则性错误不用太当回事儿。石惊天说打麻将挨处分不值，专门提示他下次来一分部千万别再提打麻将的事儿。肖一虎也明白其中的意思，清楚石惊天是在拒绝他，心中不免窝了一肚子火。

天气十分寒冷，阴霾的天空布满了灰云，太阳从云层里露出了苍白的脸。当天下午，铁建驱车先去工地看征地拆迁，然后准备到县里找赵主任和王县长，因为红线内永久性用地和红线外临时用地要征五六千亩。设计院根据卫星拍摄的暗绿色影像图，不管不顾地一道线划过去，高铁线把村子一劈两半，需要拆除的民房很多。他知道县领导不发话，光靠施工单位去拿地是怎么也推不动的。

离开局指前，铁建跟金帼英打了个招呼，让她有事打电话。金帼英正组织两个分部总工和工程部部长在会议室里审查图纸和编制实施性施组。朱红军边看电脑边抽烟，把金帼英、王若云、安雪容呛得直捂鼻子。与他相邻而坐的安雪容不停地用手扇烟雾，很是嫌弃地一把夺过他嘴里冒着青烟的烟蒂。朱红军哎哎地叫喊着埋怨安雪容。王若云说雪容是关心他，还哎哎哎。朱红军无奈地瞅着安雪容直笑。瞧他那乖戾的样子，王若云就开始在安雪容身上打趣，说：“你要是嫁给朱总，他准是个怕老婆的好男人。”安雪容即刻脸红假装不高兴，噘起小嘴。王若云觉得失言，道歉说是看朱红军抽烟开玩笑的，让他俩都别当真。朱红军嘿嘿乐，说：“我当真安总能干吗？”安雪容假装生气说着“去你的”，又把烟递到了朱红军手里，“抽死你”。万红山坐在电脑旁偷笑，说安雪容可是有对象的人，听说还是个老板，知道姓邓但叫不上名字。安雪容直言不讳地说叫邓立强。

金帼英打断他们的话，让大家研究仔细点儿，看看还有什么地方可以进一步优化和变更，一同记下来向业主和设计院反映，争取一步到位，不能落到其他局后头。随即金帼英问起一分部有没有漏项，王若云便翻看着图纸说，一分部桥隧相连，主要是隧道，弃渣场不够，还得增加弃渣场才行；再有景阳隧道有一段地质六级围岩，属于高风险，标书施组方案做的是采用钻岩台车机械化施工，可能得改人工开挖。金帼英让王若云记下来，先按标书中的机械开挖做，弃渣场肯定要增加，把运距做足。

朱红军补充说洋河隧道地质倒不是太差，但勘测资料显示有溶洞，关键几个大的悬灌和钢桁梁拖拉，只要担负的悬罐加钢桁梁桥建成，就不会影响全线轨道板施工，因为洋河隧道在管区的顶端。金帼英听后也就没再提什么要求。没等金帼英发问，安雪容主动摊开图纸，解释说梁场主要是规模，制梁存梁生产区、提梁作业区、钢筋绑扎区和生活区，征地按二百二十亩做。一座搅拌站上双机120搅拌机，水洗沙搭建雨棚，原料库全封闭。800孔900吨箱梁，制梁台座建8个，双层存梁台座72个，只要工期不提前太多就没问题。金帼英思忖一会儿，说梁场选址与线位并行可以，但工期按四年排不行，需要按两年半排，万一上面一句话提前，施组就要废掉重新做，还得再增加制梁和存梁台座，要满足1000孔梁的生产需求。她让万红山再好好捋一捋，最后给铁建详细汇报一次，争取尽快送给业主会审与批复。

金帼英不知道，此时肖一虎正拿着一叠资料出现在兰花朵办公室门口，迈进门直接给兰花朵递来一摞单据，称是上场以来的差旅费，让给他报销。兰花朵接过单据翻看后又塞给肖一虎，嘴里客气地喊着肖副指挥，告诉他没有铁建签字报不了，请他理解，不要为难自己。肖一虎有些恼怒，抓起单据摔在桌子上，称他自己大小也是个副指挥长，为啥铁建不签字就不能报。兰花朵说哪有领导自己给自己签字报销的，肯定不行。

肖一虎气哼哼地掏出手机就给铁建打了过去，问他项目班子成员和副指挥长不算领导之类的话，把铁建搞得一头雾水，仔细听后才弄清原来肖一虎嫌自己没有报销签批权，还怪他做事太霸道。

肖一虎在电话里与铁建吵架的声音很大，惊动了会议室里的金帼英、党红旗。他俩从走廊两头走到兰花朵门口，看到肖一虎左手拿着手机，右手气愤地抓起单据，说："行，老铁，你玩得太绝了，我不报了行不行？你不仁，也别怪老战友不义。"说完就挂断了电话。

站在门口的党红旗张了张嘴想说话，被金帼英阻止住。她对肖一虎说："报销按规定由指挥长一人签字，你自己签完字拿来报是搞特殊。"肖一虎正在气头上，转脸问金帼英特不特殊与她有啥关系？让少管他的事。金帼英鄙视地一笑说："有关系，要像你这样没规矩，我也可以自己给自己签字报销。这种事我有责任管。"肖一虎从嗓子眼里哼了一声，说你连自己的事都管不好还来管别人，有本事去管管你前夫郭富海。

肖一虎等于在金帼英的伤口上撒了一把盐，噎得金帼英瞪大眼睛半天没说话。党红旗和兰花朵没想到他能说出如此伤人的话，都一时愣住了。党红旗把金帼英拉到身后，对肖一虎说自己签字报销本来就不对，提金帼英个人的事更不对。肖一虎很漠视地冷笑着说他知道铁建、金帼英、党红旗几个人穿一条裤子，合起来一起欺负他。党红旗虽然很生气，但仍然很有耐心地解释说："咱们当配角的要到位不越位，这是起码的态度和原则。"

肖一虎摆着老资格，厉声呵斥党红旗，说："老子当年上前线时，你们一个个在哪儿啊？现在当个书记、总工就想来教训我，也不撒泡尿照照自己。还是别在我面前盛气凌人，让态度和原则见鬼去吧。"他说完甩手走出了兰花朵的办公室。

金帼英情绪低落，脸色十分难看。她没有再回会议室，而是来到办公室坐在椅子上生闷气。王若云走出会议室来到金帼英屋里，直骂肖一虎缺德，要陪着金帼英去找他，问问他为什么要提郭富海。俩人顺着走廊一前一后来到肖一虎的办公室门口，见他正坐在办公桌前低头写着什么。金帼英一脚踢开门迈进屋，王若云跟在她身后。肖一虎并没在意金帼英俩人的到来，抬眼瞥了瞥她俩，继续低头写东西。金帼英怒气未消，一把抽开肖一虎面前写满字的纸，逼他说清楚为什么要提郭富海。

肖一虎扔掉签字笔，朝后仰着身子，说："郭富海是你的前夫就不能提吗？"王若云帮腔说她和金帼英都是离了婚的，两人各有各自的轨道，她一辈子不想提过去的事儿，肖一虎不该这样伤金帼英。肖一虎起身走到窗边抽出一支烟点着，说："郭总通过业主找了我，他人不错，顺便提一句难道犯错误？"金帼英严肃地说："他找你不关我的事儿。我只有一个要求，项目设备招标不能让他进来。"肖一虎瞪着金帼英问她是命令还是哀求，让她搞明白谁在负责招标。金帼英说："不管谁负责都不能让他进，算我求你行不行？"

肖一虎有了一种胜利者的满足，说："假如人家的报价合适或者有领导交代非让他进来呢？"

"谁交代了？"

"这个问题我没有义务跟你说。"

金帼英不想再跟他纠缠其他的，还是质问为什么要提郭富海。肖一虎便嘲笑起金帼英来，说："我希望你们复婚。"他故弄玄虚称郭富海背景很大，设备代理也不错，跟他离婚得不偿失，把金帼英气得说不出话来。

王若云听不下去，心里边骂肖一虎，边拉住金帼英的手以示安慰，说：“你有个完整的家，何必拿离婚、复婚取笑我们呢?”

肖一虎围着她和金帼英不怀好意地转了两圈，上下打量着她俩，言称人人身上都有弱点，清楚自己的弱点就好，千万不要孤芳自赏。王若云不想再听肖一虎戏谑甚至侮辱性的言语，知道他听不懂英语，就用英语骂他脑子进水，简直就是一头蠢猪，让金帼英不要理他。金帼英也用英语骂肖一虎比蠢猪还蠢，脑袋被驴踢了。面对两个会说英语的女人，肖一虎暗自猜想她们一定是在骂自己，却又听不懂说的是啥意思，只有愣在原地乖乖听着的份了。

对局指楼里发生的这一切，铁建当时在工地检查全然不知。他根本没把肖一虎电话中索要签字权的事儿放在心上，更不会想到肖一虎与金帼英之间产生口角与冲突。站在白茫茫的雪野上，他的眼睛冻得都有点儿睁不开，手也有些僵硬。看着孔庆荣和袁听枫两人抻开摊在他面前的梁场平面布置图，心里基本有了梁场的大致轮廓。投标时的方案把线位搁在了北侧，箱梁生产后直接在路基上提梁运架。分部驻地需要征地两百二十亩，只是征地还没跑下来，年前能不能建成梁场是铁建最为关心的。袁听枫看出了他的担心，说县支铁办和吴镇长都已答应，村里的工作也已经做好，就等确定每亩地的补偿价格。铁建折身朝停在雪地上的越野车走去，要求孔庆荣天气再冷也要把搅拌站、料库、钢筋加工棚和梁场建好，争取打响第一炮。

站在雪地里发愁的并不只铁建一个人。铁建正要上车的时候，邻标段的指挥长铁攻打来了电话，手机听筒里一直在叫苦连天。铁攻说邻标段都快把他难死了，上场以后征地还没接上头，不是村子、风景区就是压矿，头大得很。铁建听着就哈哈大笑起来，戏称铁攻可以好好看风景。铁攻说风景区环保过不了，啥也弄不成。铁建一只手把住车门，一脚车里一脚车下，说自己这边不但有矿，还有养狐场和养貂场，不是在隧道口就是在大桥边，都是难处理的事儿。铁攻说年前征地款下不来，出不了活，验不了工，计不了价，年后还不知咋过呢。铁建说世上无难事，只怕有心人，没有过不去的火焰山，什么风景区呀、矿呀、狐狸呀、貂的，拆迁户不搬不拆高铁就不修了吗？要相信车到山前必有路。

鼓励归鼓励，铁建内心却有些高兴。他挂断手机钻进车里，落下车窗玻璃冲着孔庆荣和袁听枫说："我本家兄弟正发愁呢，咱们要趁机加快速度。"他的越野车刚发动向前移动，响着铃声的手机又显示出石惊天的名字。电话里石惊天称他正在跟村主任谈隧道口便道和征地的事儿，同意景阳隧道先开工，补偿后面再谈。铁建听着就像打了鸡血一样兴奋了，一拳抡在前扶手上，他要的就是这个结果。接着，在电话里就听见石惊天哇哇吐酒的声音，并结结巴巴地向铁建提出隧道第一个进洞发奖金，舌根明显发硬了。铁建说，只要一分部打响全线第一炮，奖金大大地有。

石惊天白天因征地喝醉丧失了战斗力。晚上，为了尽快进地，铁建只好带一分部朱子来、梁场的孔庆荣和袁听枫去宴请王县长和赵主任。到达酒店包厢，王县长和赵主任以及年轻的吴镇长早已坐在包厢里喝茶，丰盛的饭菜也已经上桌。

朱子来提着一箱白酒走进包厢搁在酒水柜上。王县长看着那箱酒有些傻眼，指着酒说："咱们这几个人这么能喝吗？"铁建哈哈大笑，说喝不完搁着，下次再喝。

王县长知道铁建请他和赵主任吃饭的目的是为征地，便开门见山地说："只要地方政府能解决的，一定帮你们解决，支持高铁建设就是支持我们自己发展。"铁建夸赞县长站位高，并表明今天他带两个分部来拜访几位领导，主要是想征地再加快点儿，最好先进地后面再谈补偿，或者边进地边谈价，这样不耽误开工和进度。王县长犹豫着，把目光落在了赵主任身上。赵主任说上面政策标准都有，但钱没到老百姓不干。孔庆荣单刀直入说："红线内征地款是地方政府出，跑不掉。我们可以先干起来，临时用地县里定个标准，我们自己想办法顶上。"朱子来喊着说："人车马秣的都上来了，窝一天工损失的可不是一个钱两个钱，该花的钱我们会花，关键是时间不等人。"赵主任主动表态说支铁办没问题，只要县里同意，他马上执行。王县长端着杯，告诉铁建县里已经下通知，这两天就召开沿线村镇征地拆迁大会，尽快把这些问题明确下来往前推。他转头问吴镇长拆迁有没有问题。

当着县长的面，吴镇长当然信心十足，表态说没问题。镇长口气虽然坚决，但专门提出隧道口有家养狐场，大桥旁边有户养貂场，可能都要费些周折。王县长将信将疑地说了句："有那么难弄吗？"袁听枫说："在其他线都遇到过，什么狐狸和貂不下崽、老母鸡不下蛋、女人不怀孕啊什么的，都赖我们。弄一帮老头老太太成天没事出来阻工，说说不得，打更打不得，不给钱不让干。”王县长对赵主任和吴镇长说：“如果发生此类事件，你们俩负第一责任。”

袁听枫听着很激动，向王县长汇报梁场建设工期很紧，用地计划已报给支铁办，看能不能抓紧先按临地进去建场，业主要求年前必须建成。王县长用一种很钦佩的眼神瞧着袁听枫说女同志建高铁真不容易，指示赵主任、吴镇长想法开开绿灯。吴镇长说：“那这样吧，先按临地征，每亩价格还是原来谈的两万八千元，如果行，明天开始量地。”

听了这话，铁建有些动心，忙端起酒杯单独敬王县长、赵主任和吴镇长酒。自此酒场上的气氛开始活跃起来。孔庆荣、袁听枫倒满酒起身，说：“我们俩用三个‘小钢炮’敬三位领导。”说着就一口喝干了。王县长哈哈大笑，伸出大拇指：“强将手下无弱兵，女同志一端杯，不是八两就是一斤，这杯我干”。

袁听枫又端了个满杯走到赵主任身后，也让赵主任满上。她说着又一口干下，像喝水似的。赵主任瞧着满杯酒有些胆怯，直称这么多干不了。袁听枫端起酒杯举到赵主任脖颈处，说主任不干她就灌，引得全桌人大笑。实在没办法，赵主任只好端起酒杯说：“喝醉你可要扶我。”袁听枫说：“不要说扶，我背你都行。”

赵主任端着酒杯看了看，想一饮而尽，但没喝完就一口吐了出来。朱子来后面再端满壶敬酒时，他说什么也不喝了。等每个人端着满壶酒轮流敬完一圈，一箱白酒已喝了个精光，只剩下酒瓶横七竖八地倒在地上。

实际上，铁建也好，朱子来、孔庆荣、袁听枫也罢，在地方领导面前都是打肿脸充胖子硬撑而已。他们知道酒桌上喝不出感情与信任，不把地方领导喝得心服口服，竖大拇指，想拿地进地展开施工是很困难的。当他们离开酒店开车回工地的路上，都已难受得不行了。三辆越野车打着双闪停在路边，铁建和朱子来、孔庆荣、袁听枫一个个蹲在雪地上哇哇大吐，冬夜的空气中混杂着难闻的酒气。司机只好从车上取出一瓶矿泉水走近铁建，让他喝口水漱漱口。铁建吐完接过矿泉水猛喝一口，然后仰高脖子让水在嘴里转了几个来回，用力喷在了雪地上，转身喊：“啊哈哈，弟兄们……都吐啦！”

袁听枫摇晃着身子，嘴都不利落了，说：“指……指挥长，我第一次喝这么多……我想打人……”朱子来醉醺醺地贴近袁听枫，说：“你想打……打人，我想抱……抱你呢。”“滚！滚!”袁听枫喊着把他推到一边。朱子来也推袁听枫一把，叫她扭过头去，说要撒尿。铁建长吸一口冷气喊：“这酒喝得酣畅……淋漓，年前咱们的任务不愁了。”他嘱咐朱子来等人明天盯着量地。

铁建回到局指挥部，被司机扶着从车上下来，又歪歪倒倒地上楼。兰花朵听到动静从办公室迎出来，急忙打开办公室的门把他扶进去，又是沏茶又是打水，一阵忙活。铁建眯着双眼斜躺在沙发上，右脚上的鞋不知啥时脱掉了，半条腿耷拉在沙发边沿上，让兰花朵把党红旗、肖一虎和金帼英全都叫过来。兰花朵把水放在茶几上，急忙跑出了办公室。

第一个进来的是金帼英。她瞧着铁建的醉态，奇怪他咋喝成了这样。铁建坐起身看着她怔怔地傻笑，抹抹嘴巴问男男在哪儿。金帼英说男男早已睡下，他喝多了也赶紧睡。铁建满嘴喷着酒气挥了挥手。等党红旗和肖一虎披着棉衣进来，他哈哈乐着说：“这顿酒没白喝。喝出了效率，喝出了用地，喝出了进度啊。窗外白皑皑，屋内热腾腾，高兴。”

党红旗也被酒闹得一直呕吐，称快喝吐血了。铁建说修高铁不吐几次血，不掉几斤肉，想踢开头三脚连门儿都没有，问党红旗地咋样了。党红旗舌根发硬，说地下来啦！隧道口便道、弃渣场马上可以进。旁边的养狐场正在做工作。炸药还得再找公安局。铁建双手撑在茶几上，低着头，很难受的样子，说二分部梁场明天也要进地，让肖一虎他们盯着。只要冬天把地拿下来，能开的工点全开起来，便道拉通，隧道进洞，梁场具备打梁条件，就能旗开得胜，直言下面的弟兄们给力。对这句话，肖一虎有些吃味，歪着头问铁建：“下面弟兄们给力，我们不给力吗?”铁建扭头望着肖一虎说：“给力呀。”当初夏董派他们跟他搭班子，他还不想要呢。党红旗埋怨他是真喝多还是假喝多。铁建抬起头说：“多啦！但头脑清醒着呢。”铁建指着肖一虎说他太爱倚老卖老，太爱争个权夺个利什么的。肖一虎不服地指着自己说：“我倚老卖老，争权夺利?”“不是吗？如果不倚老卖老、争权夺利，那你为啥打电话找我，要自己签字给自己报销?”肖一虎愤愤不平地说：“我堂堂一个副指挥长，连个签字报销的权力也没有，所有权力都攥在你一个人手里，还有民主吗?”金帼英瞥了肖一虎一眼说她不要权力，只管干好活。铁建双手拍着沙发扶手对肖一虎说：“我的权力是组织上赋予的一支笔。你也干过项目，当过项目经理，不该提这么幼稚的问题。我知道你心里不服，但能不能学学老党和帼英？咱要的是齐心协力把这条线完美地干下来。”肖一虎没再提此事，把手里的资料扔在茶几上，说是明天两个分部劳务队伍招标方案和劳务队名单，合格名录以外的个别队伍需要安排，事先通个气也算集体研究的。党红旗问：“合格名录以外的队伍？谁介绍的？”“业主。”金帼英追问业主是谁。肖一虎说是王忠理交代给他的两个隧道队，由一分部安排。

铁建拿起资料看来看去，抓起笔将两个队伍划掉了，说张福臣没给他打招呼，其他人介绍的一律不考虑，就算集团领导介绍也不行。领导插手的队伍，下面不敢管，管不了，工程非干砸不可。“我想，”铁建望着肖一虎，用一种怀疑的口吻说，“业主王总不会让你在咱们标段安排队伍吧？”肖一虎立刻急赤白脸地对铁建说：“好像队伍是我私下要安排似的，不信你可以打电话问王总。”

铁建挥手打住，说如果是他交代的，给王忠理回个话请他理解。肖一虎很是愕然，说王忠理分管技术、变更、信誉评价，不安排等于得罪了他。铁建说得罪就得罪了，不相信他王忠理敢公报私仇，这么没觉悟。金帼英接过话说：“肖副指挥，我已跟你说过，设备招标有一家不能用，希望你别给我找麻烦。”

孔庆荣和袁听枫回到临时驻地农家院，安雪容和紫祺立即从屋里跑出来，架住袁听枫跌跌撞撞进了屋。她躺在床上偏说自己没喝多，还教训起紫祺两个，尤其对安雪容的对象邓立强要求她调出中铁极为反感。袁听枫说在城市上班的爱人姜再明也想让她调出去，免得长期分居。说自己哪儿也不去，就在工地干，梁场书记虽然官不大，只是个科级，但干高铁是名垂千古的事儿，她骄傲。安雪容听着，就把她按在了被窝里，说：“邓立强就是想让我调走。”袁听枫听着火暴脾气就炸开了，鼓动安雪容别听他的。“你调走我都不同意，他要是有这个想法，干脆早吹，成也好不了，不信走着瞧。”紫祺帮她倒水，说：“袁姐，过去有句俗话，叫宁拆十座庙，不拆一桩婚，你干吗鼓动雪容跟邓立强吹啊？”袁听枫不服，就说如果雪容说的是真的，这婚她该拆就得拆。安雪容坦白邓立强怕婚后两地长期分居，受不了这样的生活。

袁听枫撩开被头，伸出雪白的胳膊说：“受不了叫他去找别人，你不要嫁给他。像你姐夫，整天坐在办公室，一月三五千块大票，一年不出去一回，体会不到咱们在野外施工吃的是啥苦。姐这么多年在野外跑惯了，让我待在一个地方不动还真憋得慌。时间一长，只要两人在家就三天一小吵，五天一大吵，气得我恨不得马上回工地。”

紫祺帮她掖被子，说：“谁不想有个安定的生活环境，像咱们这样的有几个？”

袁听枫长长地呼出一口气，紫祺闻到了呛人的酒味。袁听枫说：“中铁近百万正式职工，女的也得有几十万，加上带的劳务队民工得有上亿人，哪个不像咱们这样？咱们修高铁就不是生活？真是奇了怪了。”

袁听枫非让紫祺和安雪容要嫁就嫁中铁人，言称嫁社会上的人不靠谱，图的就是婚后理解。安雪容和紫祺拗不过被白酒支配的袁听枫，只好关灯歇息。

那一夜，凡因驻地拆迁去跟县里领导喝酒的人，没有一个睡得踏实。

他们所有人想的就是赶紧把征地拿下来，尽快开工。已经到了凌晨时分，一分部石惊天、朱子来、赵化亮仍聚集在会议室里东拉西扯地聊工作。石惊天的想法就是景阳隧道争取放响全线第一炮，吩咐赵化亮把隧道架子队队长宝铁喊起来。赵化亮出门站在楼道里就“宝铁，宝铁”地喊。不一会儿，宝铁披着衣服跑了进来。石惊天斜躺在椅子上说明天隧道开始进地，让宝铁他们都去盯着，协助劳务队进场施工。他还专门交代便道硬化和隧道洞门、锚固墙的质量都要干漂亮。宝铁说他明天一早去，李卫民的劳务队已经上来，后面再履行招标手续，设备也已拉到了现场，在村头搁着呢。

第二天一早，金帼英驱车来到一分部楼下，正站在楼前与王若云说着工作上的事儿，石惊天从楼道里出来了，望着金帼英一时愣住。那一刻，或许是金帼英的干练与美丽冲击了他的内心，或许是对一个三十来岁的年轻女人当全线总工有些不屑一顾。在石惊天瞄金帼英的同时，金帼英也悄悄地看了他一眼。她对这个脸膛黝黑、显得有一丝粗犷的汉子也有一种莫名的感觉，但视线随即就挪开了。

石惊天问是不是来找他的，金帼英说是。石惊天听完就没再追问下文。站在一旁的王若云说：“压矿那一段测量进不去，影响全线贯通复测，金总着急呢。”金帼英说：“矿区测量解决不了吗？”石惊天不敢直视她，把目光转向别处，言称金帼英是局指总工，能不能贯通复测应该问自己。听着这话，金帼英立马耷拉下脸来，说征地是一分部的事儿。石惊天带着一种讽刺的口吻说：“你们女人本事都大，我们在你们领导下工作。”

王若云先瞧瞧金帼英，又看看石惊天，显得十分尴尬，赶紧帮打起圆场，说：“经理，压矿在咱们管区，总不能让金总去负责征地吧？”石惊天挠着头，有点儿轻蔑地说：“金总，你是局指总工，正处级，我是个副处级。你力度大，是不是帮我们……啊，女人出面好办事嘛。”金帼英十分生气地说：“贯通复测就耽误在你这里，你要没能力当这个项目经理，我可以让铁指挥给你们公司吴董打电话把你换掉。”金帼英说完转身走向越野车。王若云哎哎地喊着追过去想挽留，但她已“嘭”地带上车门开走了。石惊天点着烟，望着驶去的车辆，说他就烦别人来兴师问罪。

金帼英回到局指，给铁建汇报了一分部压矿测量以及与石惊天见面的情况，当然带着怨气。铁建板着脸把手中的笔扔到桌子上，说：“他石惊天敢这么说？”金帼英哼了一句，说一个分部经理还那么高傲，没见过。铁建不住地安慰金帼英，让她不要生气。“你管技术，有很多办法可以治他，学霸气点儿。”铁建说，“有些男人不拿拿龙，不知道女人的厉害。”

此时的石惊天，正和书记朱子来走在线路的雪地上，越野车跟在后面慢慢地跑着。石惊天手里夹着烟，吸一口，吐出的烟雾立即散尽在冰冷清新的空气里。手机响起，原来是铁建打给他的。朱子来看着他的脸色在通话过程中越来越凝重，就问啥事儿。石惊天挂断手机，停住脚步，说铁建给他下了死命令，要求必须在两天内完成矿区贯通测量。停了乔三的伐树和清表，他有可能用压矿来卡进度。朱子来说：“嗯。乔三会抓住压矿的机会，跟咱们进行利益交换，甚至敲诈。”石惊天说矿区要想贯通测量，还真没别的办法，只能去求他。俩人想到了乔三一定会向他们提交换条件，十有八九是要活干。

于是，石惊天让朱子来先回项目部，一个人直接去县里找支铁办赵主任。办公室门口左边挂着“支铁办”三个字的门牌，屋里一对破旧的沙发和一张起皮的茶几，一张较小的办公桌摆在窗户下，靠墙摆着一组铁皮柜。听说石惊天要来找他协调压矿测量事宜，赵主任忙打电话通知让乔三赶过来。

石惊天走进屋里的时候，乔三已经坐在了有些破损的沙发上，翻着眼皮瞥了瞥石惊天，连屁股也没抬一下。赵主任见石惊天来了，就从办公桌后面转到沙发前，寒暄起来：“乔总，你的手下挡一分部进场测量，还要扣仪器可不对啊。矿区内的大桥肯定要建，至于你提出的压矿补偿，后面可以慢慢跟南北公司谈嘛。贯通复测搞不成，全线都开不了工，这咋行呢？”

乔三嘴里叼着雪茄，两手摆弄着玉手把件，玩世不恭地瞪瞪赵主任，又瞪瞪石惊天，摇晃着脑袋一言不发。石惊天与赵主任会意地对视一下，说："乔总，我们干的是国家大工程，在这里要待好几年，以后可能谁都有求着谁的时候。今天希望你能高抬贵手，让我们先把矿区测量搞了。压矿补偿谈妥前，大桥暂时不开工，如何？"

"我管你们干的是什么工程，不经我同意随便进我的矿区就是不行。"乔三收起玉把件起身，"老赵，我看你挺替他们说话，维护他们的利益呀。"

赵主任说："哎，乔总，你的利益我也在维护呀。"

乔三手中来回掂着玉把件，对石惊天说："那好。看老赵的面子，我可以让你们进矿区测量，但要考虑给点工程干，我手下的弟兄等饭吃呢。就算咱们双方做个交易，一手交钱，一手交货，只要给活儿，什么都好说，怎么样？"

赵主任很惊讶，反问道："我给肖副指挥交代了，不都已经开始伐树和清表施工了吗？"

"又让我停啦。"

赵主任莫名其妙，问石惊天："停了？"

石惊天思忖良久向赵主任解释说："没手续怕土地部门找麻烦，所以暂时停一停，后面可以视情况而定，但眼下贯通测量不能耽误。"赵主任听后打着官腔对乔三说："既然你进去施工了，尽快让他们把矿区测量做完吧。"

说话间，石惊天的手机响起提示音，打开一看，显示是赵主任。很显然，当着乔三的面不好说的话，赵主任偷偷用短信形式，提醒石惊天不能答应乔三的要求，不然后患无穷。

第四章

石惊天找赵主任协调的第二天，乔三果然放一分部精测队进入矿区展开了测量，他还派了三个青年跟在测量工后头监视他们作业。工人们扛着仪器、踩着积雪，在天寒地冻的雪地里找到中线，用一个上午才终于完成对矿区的贯通复测。于是，石惊天跑到局指向铁建报告情况，恰逢金帼英正在屋里汇报工作。两人互相看了一眼，谁也没说话。其实，他们各自心里都明白，上次见面话不投机令双方都不舒服。石惊天自然不能提第一次见面就惹金帼英反感的话题，只说乔三跟他讨价还价做交易，要工程干。“这人难缠得很，只要被他黏上，就像狗皮膏药一样撕不掉。”铁建用右手拇指和食指比画着，“能进矿区测量，只是你们一分部万里长征走出的一小步。”铁建告诉石惊天，大桥压这么个矿，要他做好打持久战的准备。随后，铁建对石惊天能亲自去找乔三做工作夸赞了一番。石惊天一边瞄着金帼英，一边表现出一副扬扬得意的样子，没料到铁建话锋一转，问道：“听说帼英去找你，你高傲得很哪。”石惊天一听就愣了，连声说没有。

坐在沙发上的金帼英板着脸，接过话茬，说：“还没有，你们男人很了不起。”石惊天瞅着金帼英，说：“不要嘲笑我好不好？”“惊天，你和金总虽然都是交大毕业，但帼英为什么能当到正处，你却是个副处，说明她比你更优秀。”铁建知道石惊天丢了面子，乐呵呵地说，“帼英是全局出了名的技术尖子，全国三八红旗手，一有项目中标，都抢着要她去当总工。而你呢，管现场是把好手，但混得像个土财主，你以为训金总可以像训你下面的职工啊？”

石惊天支支吾吾半天，实在是有口难辩。金帼英看到他很尴尬，既想笑又来气，冷冷地说："看你那样，就让人想起过去的县太爷。"石惊天听不下去，起身走到门口又回头瞪着金帼英说："真是哪里有女人，哪里就不得安生。"金帼英生气地大声直喊："石惊天，你给我站住。"而此时石惊天已一脚门外一脚门里，还故意扭头朝她扮了个鬼脸离开了。

刺眼的阳光再次洒在群山和大地的时候，呼啸的北风也停歇了，白茫茫的雪野显得格外壮美。在白雪与黄色的村庄之间，远远就可以看到进场后堆在村头和工地边上的钻机、挖掘机和其他施工机械。在漫无边际被积雪覆盖的线路上，每间隔一百米就插着一杆小旗，标识出路基中线。

终于，石惊天、朱子来与赵主任、吴镇长和另外几个人踏着积雪开始丈量土地，并做起登记。身后一台大型推土机跟着清表，在雪地上推出一条六十米宽的路基边线。铁建的越野车沿着插小旗的路基行驶，一看到量地，他便极度兴奋。进地是每个施工单位前期的头等大事，地征不下来，再有本事的领导也施展不开拳脚。坐在车的前座，铁建激动地一巴掌拍在大腿上，岁月在脸上刻下的皱褶都舒展开了。

越野车在离石惊天和赵主任不远的小路边停下。铁建从车上跳下来，与大家一阵寒暄，握着赵主任和吴镇长的手，那种激动和问候的语调都近乎殷勤了。赵主任穿着厚厚的棉大衣，戴顶棉帽子，两脚沾满了泥雪，被冻得有些狼狈，嘴巴都有点儿不听使唤了，他告诉铁建先解决特大桥用地，不耽误施工。铁建当然很满意，转身对石惊天和朱子来下达命令说，交完地必须抓紧开钻，一天都不能耽误，要把全局最优秀的外部桥梁队伍拉上来，让技术人员抓紧放样，往上调钻机，特大桥先开钻。接着，铁建就与赵主任聊起了那晚喝酒的事，直夸袁听枫是个厉害的角色，说梁场也在等着去量地呢。吴镇长凑到跟前，拉了拉棉帽，说已经通知村里钱主任同时开始了。铁建乘胜追击，对赵主任和吴镇长提出了更高要求，说红线内用地今年冬天可要全交出来，附着物必须清点完，拖到开春老乡栽上树苗，等庄稼长起来麻烦就大了。赵主任此时显得十分为难，不做更多表态，只说争取，最后发出一声感叹，言称老乡的工作很难做。

铁建听明白了赵主任的话外音，拍着脑袋，说："哟，我咋忘了呢。这大冷天的，你们不容易，量地的加班费我包了！"这话像一针鸡血打在了所有量地人员的身上，个个笑逐颜开。

吴镇长说：“两天后景阳隧道可以动工。”

铁建一把握住吴镇长的手，说：“兄弟，就这样，咱们一言为定。”

一分部进地总算有了眉目，铁建乘坐越野车碾着积雪赶往梁场。他站在雪地上朝四周一看，头就大了，满目空空如也，没有丝毫量地的迹象，不禁皱起眉头，量地的人呢？

吴镇长确实通知了马上量地，可问题就出在了洋河村委会钱主任身上，这把孔庆荣和袁听枫急得如热锅上的蚂蚁。他俩穿着厚厚的棉衣，愁眉苦脸，心情沉重地去村里找钱主任。而姓钱的却躲着不见他们，气得袁听枫直骂“老娘那场醉酒白喝了”。孔庆荣说：“他在跟咱们耍心眼儿，有的村官比泥鳅都滑。”孔庆荣中途接到铁建从现场打来的电话，无疑是追问为什么没有量地。他俩解释说钱主任老奸巨猾，谁的话都不听。

此时，钱主任正躲在乔三公司的茶室里，与老四和自己的侄子一起喝茶、打麻将。每个人身边都摆着一沓钱，满室乌烟瘴气，“哗啦哗啦”洗牌的声音不绝于耳。乔三叼着雪茄，眯着一只眼，掂着手里的麻将对钱主任说：“修高铁千年难遇，是不可多得的发财机会，一定要抓住，机不可失，时不再来呀。”钱主任的侄子坐在旁边看着牌，称乔三为三哥，说：“我叔这个主任当了几届了，这样的机会哪能让它跑掉呢，我还想趁机发财呢。”老四说：“过了这个村就没这个店，有钱大家一块赚。”钱主任翻着眼皮说：“这个我懂。”当他随手打出一张牌时，乔三哗地推倒手中的牌，一下和了。“老钱，中铁工程局梁场占了你们村的地，别这么快进。”乔三说，“想办法给村民造点福。”钱主任说：“姓孔的经理和姓袁的书记要见我，我躲出来了。”乔三伸出大拇指：“这就对了。哎，老钱，咱们先说好，梁场的活儿你可以干，但沙石料你别跟我争，我包啦。”“建场都是些小活儿。”钱主任的侄子对老钱说，“叔，你支持支持我，怎么也得让我挣点钱吧？”

出乎铁建和孔庆荣、袁听枫意料的是，就在这天夜里，梁场所要征用的雪地上停了许多拖拉机和牛车，一群黑压压的人，有的卸树枝，有的在雪地上打钢钎，有的插树枝，显得甚为忙碌。早饭后，孔庆荣、袁听枫、高永恒、安雪容和紫祺一起来到梁场征地处，只见雪地上留有深深的车辙，一夜之间地上插满了枯树枝，有的成排成行，有的歪歪扭扭。望着这情景，孔庆荣和袁听枫气得破口大骂。他们先用手机拍完照留下影像资料，然后走向雪地，开始弯腰拔掉枯枝。"强盗、刁民，"孔庆荣喊，"都动动手，全给我拔掉。"整整一个早上，他们一边骂，一边在雪地里一根接一根地将枯树枝拔掉并堆在一起。

孔庆荣和袁听枫赶到局指汇报，打开手机给铁建和党红旗看现场录像资料。铁建看完坐到沙发上，让他们保存好，必要时拿给县里和镇里看。孔庆荣说："一夜之间插起来的，全被我们拔掉了。"袁听枫气呼呼地称村民肯定是有村干部支持的，不然他们没这么大胆子。党红旗想带孔庆荣和袁听枫亲自去找钱主任，不仅想解决强行插栽这件事，更要催他尽快量地。铁建思考着，分析这么做的背后一定有什么动机，让孔庆荣和袁听枫再去找钱主任，弄清情况后，他和党红旗再出面。铁建还嘱咐孔庆荣，如果他有什么要求，回头再研究。孔庆荣有些犯难，试探着问："如果他提过分要求，我们是答应还是不答应?"

铁建的回答自然是见机行事，孔庆荣和袁听枫听完也就明白了领导的意图。俩人再次去村里堵钱主任。他们来到钱主任家中，发现这是一处崭新的宅子，宽敞的院落，屋里摆着像样的家具。钱主任抽着烟坐在正房上座，他的侄子坐在旁边的椅子上。孔庆荣和袁听枫进屋后依次坐在右手下座一侧。

钱主任故作姿态地说："哎呀，这些村民，怎么能这么干呢?"他让孔庆荣俩人放心，这件事一定严肃处理。袁听枫看出他是虚情假意，说："主任，年前我们的梁场不但要建起来，还要打第一片梁。前几天，王县长和赵主任、吴镇长在酒桌上亲口答应进地，并且让吴镇长通知了村里，不知道你接到通知没有?"钱主任假装为难，问："那价格最终怎么定?价格定不下来，村民不干啊。"孔庆荣说："还是按原先咱们商谈过的，吴镇长说暂按两万八千元一亩。"钱主任坐在椅子上，端起茶抿了一口慢条斯理地说："我们村比较穷。人穷志短，村穷官累呀。进地请你们放心，我一定按县长和镇长的指示，想办法尽快落实。不过，村里有个小小的困难，看能不能帮着解决一下呢?"

孔庆荣与袁听枫早就想到会有这么一道坎，并且这道坎是迈不过去的。于是说只要不违背政策和原则，他们尽力解决。钱主任的侄子在一旁插话说："违背啥政策和原则啊，我叔有困难你们不帮解决，那进地的事也解决不了。"钱主任倒是一本正经起来，瞪了侄子一眼："啧，瞎说啥呢?闭嘴。"

孔庆荣和袁听枫从钱主任家出来，并排走在村庄的街道上。俩人都一脸不高兴，不知道该不该向铁建汇报。袁听枫带着怒气骂道："王八蛋，提这条件，也是个小官大贪，苍蝇一只，不汇报怎么能行。”

铁建得知姓钱的提出条件，是在去工地的路上。孔庆荣在电话里报告说，姓钱的提出两个条件，一个是给他买辆车，说是村委会用。铁建问：“买什么样的车？”“没说。”“另一个呢？”孔庆荣说：“建场的活儿至少给他的侄子安排一半。我和袁书记商量，这两件事都没法给他办。”

铁建将手机贴在耳边，涨红着脸半天没说话。良久，他才强忍着火气答复：“没法办也得办，除非梁场不进地。”“两件事都要办吗？”“办第一件，给他买个车。记住，上他私人的牌照。干活儿的事不能安排。”铁建说完挂断手机，气得一拳砸在前扶手上，骂道：“高铁就是块唐僧肉，谁都想捞一块。真是阎王好见，小鬼难缠。”

可当铁建和党红旗再次来到梁场征地处的时候，只见满地堆放着散乱的枯树枝，遍地是挖开的土坑。一伙村民把袁听枫和高永恒团团围住，正在叽叽喳喳地理论。雪地上没有任何量地的迹象，仍是一片空白的雪野。

铁建站在远处瞧着村民和袁听枫，说：“老党，看到了吧？就卡在村里。现在看来，姓钱的提出来的事不办，地就进不去。”党红旗十分生气，说要去找吴镇长和赵主任。铁建拦住他，说把姓钱的提出来的事办了再看。孔庆荣已经去买车了，买了车他再不组织量地，就要找他好好说道说道。

孔庆荣买完车向铁建进行了汇报。他进村送车时，铁建也驱车赶去了姓钱的家中。崭新的小轿车已停在钱主任家门外的胡同口，引来一群围观的村民。几个男孩上前伸手摸着车身和反光镜，围着车戏闹。钱主任的侄子轰赶着村民和孩子，众人转眼散去。这时，钱主任从院子里走出来，看着轿车立马就心满意足地笑了。

孔庆荣掏出车钥匙递给钱主任，说：“上去试试？”钱主任接过钥匙，拉开车门钻进去观看，然后点火发动，很满意地连连点头。

铁建的越野车开到新买的车后头停下，又围过来一帮孩子。铁建从车上下来，走近孔庆荣，指着小车问：“买回来了？老钱人呢？”孔庆荣指着车内说：“他正试驾呢。”铁建走到车旁俯身朝车内看了看，钱主任熄火急忙推开车门出来。铁建冷峻地问：“钱主任，车还行吧？”钱主任点头哈腰，十分客气地说：“够村委会用，啊，够用。走，进屋喝茶。”

“不了。”铁建望着崭新的院落说，“老钱，你这小院不错嘛！在村里算得上宫殿啊，至少也得花十几二十万吧?”钱主任的侄子很骄傲地说：“三十万。”铁建呵呵一笑，说：“还是村官有钱啊。”钱主任感到铁建话中有话，忙说：“哦，铁指挥，咱们明天就量地，我亲自组织。”铁建盯着他说：“我要早来拜你的码头就好了，土皇帝，惹不起呀。”

钱主任果真没有食言。第二天，他真的就穿着棉衣，在雪地上组织村民前后张罗量地了。袁听枫和高永恒及几个村民手里拿着本子，边清点树苗等附着物，边不停地在本子上记录。新买的小车就停在地头。

钱主任的侄子跑近袁听枫，说：“袁书记，我叔亲自组织帮你们量地，这活儿下来得给我干，我有的是队伍和设备。”袁听枫白了他一眼没有说话。从那眼神中钱主任的侄子感到了袁听枫对他们的厌恶与反感。

当天，钱主任心情大悦地驾驶着新买的轿车穿过县城一条大街，又拐了个弯停在一家饭店门口。乔三从饭店里走出来，正好与钱主任相遇。乔三不解地问：“老钱，听说你已经组织给二分部梁场量地了?”钱主任嘿嘿一乐，说赵主任给他打了几次电话，已经耽误了好几天，拖不过去了，再不组织量地县长和镇长要追他的责。

乔三围着轿车转圈，不怀好意地盯着钱主任，用一种怀疑的口吻说：“是吗？这车是他们给你新买的吧?”钱主任搪塞不过去，只能说是给村委会买的。乔三指着钱主任说：“记住，后面你要配合我。”说完他转身走了。

铁建处理完梁场征地的事，与肖一虎、万红山急着赶去一分部的景阳隧道工地，参加开工仪式。在这座隧道口的下面是个山村，紧邻隧道口坡下搭建着劳务队的活动板房工棚。周围高山连绵起伏，山上白雪皑皑。赵化亮正站在坡道上督促施工人员修建施工便道。

山坡隧道口已被刷去覆盖层的山皮土，挖出的一块平地上停着几台大型设备和汽车。一张桌子上面放着杀好的鸡、鱼、点心和三杯酒，桌子前面一只绵羊已被捆好躺在雪地上。一长串红色的鞭炮铺满了山坡，一群大人小孩围在山坡前看稀奇。

铁建乘坐的越野车沿村道往村子里开过来，路边两台推土机正在一块平坦的空地上平整场地。他坐在车里扭头望着窗外。肖一虎告诉他一号搅拌站，15万方量，专供景阳隧道和大桥施工，年前可以建成投产。铁建又问谁负责这个站。工程部部长万红山指着车窗玻璃外一个身穿棉大衣站在寒风中指挥工人施工的身影说，她叫崔凌花。铁建点头笑了，说崔凌花像个站长的样子。

铁建没有在一号搅拌站停车驻足，让车直接开到了便道跟前。他和肖一虎、万红山下车，绕开正在施工的便道徒步走到了仪式现场。石惊天和朱子来赶紧跑过来，报告说仪式都准备好了。只见头戴安全帽的职工和民工早已列好队，架子队队长宝铁和劳务队队长李卫民站在另外两列队伍前面。铁建抬头望了望隧道口上方的高山和周围的群峰，长长地舒了一口气。而后，他们走近供桌，看到满桌子供品，还要杀鸡宰羊，心想中午工人们可有的吃了。

随着铁建一声令下，站在外围的赵化亮转身朝山坡上挥手喊："放炮！……宰羊。"瞬间鞭炮齐鸣，震耳欲聋，工地上升腾起一股绿烟，众人欢呼鼓掌。一个民工用一把长刀捅进羊的脖颈，一股鲜血直喷出来，羊在地上挣扎着死去。石惊天则把一瓶白酒和桌上的三杯酒同时洒在隧道口前的雪地上，然后转身对着洞口喊："开干！"

顿时，山坡上响起发电机的轰鸣声。几个风枪手把风枪抵在肩头"哒哒哒"地将钻杆打入山体。民工开始搭建工棚、安装水风电和砼搅拌设备，工地上一片忙碌景象。就这样，景阳隧道正式动工了。铁建让万红山把这消息报给业主，成为放响的全线第一炮。

仪式结束后，石惊天邀请铁建和肖一虎到工地值班室歇息。透过窗户，他们能看到山坡上的民工正站在高高的山脚下施工作业。承包这座隧道的是全局评比表彰过的优秀劳务队，队长就是李卫民。工地已经组织上来三十人，最终要上到一百二十人。劳务人员是从湖南、湖北、重庆、山东、河北等省招来的，干不好随时可以更换。铁建对这支劳务队印象很深，他们长期跟着企业干，打过许多突击，从来没闹过事儿，是支不怕吃亏、关键时刻冲得上、能打硬仗的队伍。他心想不能亏了这样的队伍。

石惊天解释说："已经把这样的队伍吸收成了内部架子队。队长、副队长、技术主管、安全、质量等九大员都是咱们的内部职工。这些劳务队已经成为咱们高铁建设的主力军。""是呀，光用不管不行，要严管善待。"铁建说，"让他们感到跟着咱们央企干，要比跟着包工头干更安全、更实惠。前些年，为什么那么多外部队伍闹事儿？有些不法包工头花钱找关系，从内部拿走工程就层层转卖。到了真正施工的劳务队手里，一百块钱的工程就变成了五十块、六十块，剩下的被包工头剥削走了，他们要么变着法子偷工减料，要么干一点就开始停工闹事，狮子大开口搞索赔，围堵项目部，围攻政府，组织游行，恶意讹诈。所以，我们只能建立黑名单，明令封杀这些队伍。不这么做，铁路建设没希望，高铁跑起来隐患重重。亡羊补牢，教训深刻。”石惊天说局里出台了六十多项管理规定。不等铁建追问，他就把“六条禁令”如数家珍地重复了一遍。一是禁止未经公开招标违规安排劳务队伍，以各种名义规避招标、暗箱操作；二是禁止使用上级和集团公司列入“黑名单”的劳务队伍；三是禁止劳务队未签合同先上场、付预付款、未计价付款和超拨款；四是禁止转包分包；五是禁止将大额资金直接打入劳务队异地个人账户、用大额现金支付劳务费；六是禁止搅拌站交由劳务队购置和管理。

“行，你这个项目经理够格。”铁建满意地笑着说完，扭头提醒肖一虎，“老肖，听到了吗？禁止未经公开招标违规安排劳务队伍，以各种名义规避招标、暗箱操作。我划掉的那两支队伍就是这一类，不守规矩，就会犯暗箱操作的错。”

肖一虎当即脸色发青，辩称事事都按铁建说的办，从没有不守规矩。

“你分管三项招标，守规矩是前提。”铁建说，“还是那句话，隧道设备咱自行投入，协作队伍实行工序单价承包，搅拌站不准委外建站和加工，大宗材料除了甲供和甲控，局指集中采购。还有项目分部重心下移，不能当甩手掌柜，管理要一竿子插到底，直接管到作业面。每月对下计价不允许层层上报，只准局指和分部技术、工程、计划口的人员与作业队一起现场实测，当场签字，谁都不能给我玩虚的。”铁建还提醒石惊天要下狠心整治“四乱”。例如，现场有个别职工收了民工队几条烟、喝一顿“猫尿”、塞几百块钱，包工队拿个单子往前一递就敢乱签单、乱计价和重复计价、乱租设备、乱拨款，实在要不得。有些队伍签单的时候喊你爷，签完平常没事儿，完工后清算就拿出来打官司，一赔就是上百万元甚至几百万元，教训极其深刻。

在中铁系统，过去有些黑心包工队就是这么干的。下面有的职工爱占便宜，爱贪蝇头小利，并不考虑包工队为什么请唱歌、跳舞、下馆子，为什么送烟、送钱，他们是无利不起早。送几百块钱就得想法捞回几万元、几十万元甚至几百万元才满足，已经到了不治不行的地步。

石惊天很明白铁建提醒的意义，承认下面有些人不知道利害关系。上场时，他给每个职工都上过廉政课，打过预防针，谁违背规定就处理谁。铁建说："这就对了，一定要管住内部职工，发现一个处理一个，绝不能手软。只有这样，工程才能管出个样子，做到工程优质、干部优秀，也才能保护好每一名职工。"

铁建让朱子来把站在高处亲自操作打风枪的宝铁和李卫民叫过来。俩人把风枪交给民工，一起从山坡上跑下来，站在铁建面前时显得很拘束。"嗯，像个干活儿的样子。"铁建上下打量着他俩，不住地点头，"这座隧道可是上下关注的重点，你们俩能干好吧？"

还没等二人回话，窗外山坡下的便道上传来的争吵声打断了他们。透过窗玻璃，铁建看到一群人围住了推土机、赵化亮和工人，想必是有人出来阻工，便吩咐石惊天下去看看。原来一名村妇趴在修便道的推土机前面挡住了施工，石惊天、赵化亮、宝铁、李卫民和工人都在跟那名妇女理论。

肖一虎陪着铁建走出值班室来到坡下。"咋回事儿？"铁建问。石惊天转过身来，说："下面这户养狐场说咱们的发电机和风枪响，吓得狐狸不吃食、不睡觉、不产崽，怪上我们啦。"

"简直岂有此理。咱们就这么袖手旁观，两眼一瞪干看着？"铁建听着就来气了，说着上前扒开人群走近那名妇女，"哎，我问你，狐狸受惊吓不跑出来找我们，你跑出来阻什么工啊？"

村妇伸开两只胳膊死死扒住装载机的铁斗，质问铁建是咋说话的，说养狐狸是为了下崽卖钱，它们是动物不是人，所以待在圈里。铁建嘲笑地说："狐狸是动物，不是人，所以不跑出来。你是人，所以就跑出来阻工。我们的风枪打到你家养狐场里去了吗？"村妇无理取闹，说："没打到养狐场，但声音震动大，狐狸最怕惊吓，死了好几只，你们必须赔钱。"

对这样的场面，在几十年的铁路施工中，铁建可谓司空见惯。于是，他让村妇先下来让施工队干活儿，并郑重地告诉她有事可以去找镇里。但村妇不依不饶，说："俺不找镇里，就找你们。你们施工，我家狐狸养不成了，不赔钱你们别想干。"

村妇的行为激怒了铁建。他指着村妇怒斥道："今天隧道动工，你跑出来捣乱，我看你连动物都不如，纯粹不讲理。来人，给我架走。"早已气愤不平的赵化亮、宝铁、李卫民和几名民工冲上前把妇女架到了一边，接着就传来一阵妇女的号哭声。“不要理她，接着干！”铁建理直气壮地说，“记住，以后遇到这样的人，绝不要客气。”

处理完景阳隧道妇女阻工的事，肖一虎随铁建一回到局指，就接到了赵主任打来的电话。还是乔三伐树、清表干活儿那件事，言称某县领导找了他，让他再跟肖一虎说说，乔三所干的那段土方让他继续干，免得他缠着领导。肖一虎一口答应再进一步协调。赵主任坐在办公室里，端起茶杯喝了两口，说：“我也是没办法才给你打这个电话。”最后，赵主任让肖一虎见见乔三。

肖一虎把赵主任的话当成了“圣旨”，没跟铁建打招呼就把乔三约到了镇上的茶楼包间，两个人面对面喝起茶来。乔三提来一个纸袋放在了肖一虎的脚下。肖一虎根据经验判断，里边装的不会是别的，一定是成捆的票子。

乔三端着茶杯说：“肖哥，伐树干到半截让我停下，他们给我结算二十万块钱。我下面的弟兄想干活儿，这么点钱怎么能要呢。”肖一虎边思量边亲切地称呼着乔三老弟，说钱该要的还得要，有成本嘛。乔三却认为双方事先说好的树由他伐，活由他干，并帮着补办手续，可刚干一点儿就被叫停了，弄得他直犯糊涂。“在这地面上，土方不让我干，其他人也干不动。再说，我提前储备了几十万立方各类土，谁能做到这一点？只有我乔三。”他十分自信地说，“照顾我点儿，也不会让你们吃亏。大桥压了我的矿，我松松口，你们就进得快，否则……”

乔三虽然没有把话说完，但肖一虎已听出他想表达什么意思。很明显，乔三不松口，压矿地段就别想进去施工。肖一虎将茶杯端到嘴边，吸溜吸溜地来回吹了两遍，说：“好，兄弟，算我欠你个人情。”

肖一虎答应帮乔三找石惊天和朱子来，而那时俩人正踩着雪察看路基段施工。几台推土机把雪野推出一道黄土带，手机在口袋里震了老半天，石惊天才掏出来接听。肖一虎对石惊天说，乔三伐树这段路基还没了结，他有现成的土方，别人有土也拉不进来，还是让他干吧。石惊天拿着手机先是没说话，想了想只能将铁建抬出来，把乔三干活儿的事怼了回去，还反问肖一虎，说指挥长不让用乔三咋办？肖一虎在手机里似乎很强硬，称他是管现场的副指挥长，铁建不过是说说而已，出于施工的需要，可以让乔三帮着打开局面。

“赵主任刚刚又找了我，还是要给他个面子，让乔三把这段干完，后面的活儿再说，就这么办吧。”

说完，肖一虎就挂断了电话。石惊天感到此事没有商量的余地，便转头问朱子来咋办。朱子来束手无策，只是愁眉不展地看着他。

乔三嘴里叫着“痛快!”，对肖一虎如此卖力甚为感激，伸出大拇指对他一番赞美。这次双方都给了对方足够的面子。乔三当即从茶几下提出那只纸袋摆在茶几上，表现得十分侠肝义胆，说：“要认我这个兄弟就拿着，我认你这个哥。”

肖一虎提起纸袋掂了掂，嘴上说不好意思，心里则早已乐开了花。石惊天和朱子来顶不住压力，又不好向铁建如实报告情况，怕挑起领导之间的矛盾，只好让乔三重新复工。

朱红军作为工程部部长，按照石惊天的安排，站在路基边线外积雪覆盖的田地里监工，眼睁睁地看着乔三的推土机在前面清表，大型挖掘机跟在后面进行基础土方开挖，并且旋挖钻机也开动了。

现场发生这样的大回转，铁建还被蒙在鼓里，知道这件事是在后来的一天上午。他带万红山去路基工地检查，越野车还行驶在便道上，就远远发现石惊天、朱子来、朱红军都站在路边袖手旁观，而乔三的身影正在离他们不远的地方。他立刻意识到原定的事情发生了变化，心情瞬间变得沉重起来。

车缓缓地停在路基段的农田小路上，铁建和万红山踏着积雪朝现场走来。铁建明明知道是乔三的队伍在施工，但见到石惊天和朱子来、朱红军及乔三第一句话还是假装问：“开钻啦？哪家队伍?”石惊天当面不得不承认是乔三的队伍。乔三赶紧上前点头哈腰，称他就是乔三，红线内的树是他帮着伐的。铁建这时才正眼瞧他，说：“不是先让你停了吗？咋又上来了?”乔三一时语塞，只好说是石惊天通知他上来的。

“队伍没招标就进来了？签合同了吗?”

“没有。”

“没签合同就进场？单价咋定的?”

石惊天说：“先按指导价计。”

“先停下，等队伍招完标再说，咱们不能明知故犯。”铁建扭头对乔三说，“哦，乔总，请你理解一下。”

铁建的态度就是命令，乔三和石惊天、朱子来都十分尴尬，朱红军踏雪跑上路基，朝乔三的队伍连连挥手叫停了施工。

铁建叫上石惊天和朱子来一起回到局指挥部，把安全帽用力扔在了会议室的桌子上，又让兰花朵把党红旗和肖一虎喊了进来。他问石惊天和朱子来，上次伐树刚停下没几天，谁同意把乔三又拉进场的？不招标、不签合同就让一个当地社会上的人进来施工，胆子可真不小。石惊天俩人面面相觑。肖一虎瞪着他俩，生怕他们把他说出来，坐在会议桌旁的椅子上，显得有些不淡定了。

党红旗问上次伐树结算了吗？石惊天说没有。肖一虎故作镇定赶紧把话接过来，说："乔三不要钱，就想干点活儿，赵主任一再让他干这段土方。"党红旗说："赵主任特别交代过乔三要慎用，你应该清楚啊，老肖。"铁建沉着脸，故意问党红旗："这次是你安排的？"党红旗说没安排。接着他又追问石惊天和朱子来，让他俩如实说来。石惊天吭吭哧哧半天，最后不得不说是肖一虎一手安排的。肖一虎认为自己被出卖了，对石惊天和朱子来恨得咬牙切齿，却又不敢当面发作。

"我就知道背后有人操纵。"铁建这话说的就是肖一虎，"光凭石惊天和朱子来你们俩没这么大胆子。"铁建又转问肖一虎为什么非要用乔三？肖一虎辩称是给赵主任面子，不然以后不好找支铁办帮忙。铁建哼了一声，说支铁办不用他去找，这种安排队伍的面子谁都不能给，问他背后是不是与乔三有什么交易？这番责问，肖一虎听得很刺耳，感觉像一把刀子扎在自己心口，气呼呼地站了起来，让铁建说话要负责任，反让铁建说出他与乔三有啥交易，他管现场不过是为了处理好地方关系。

铁建直视着肖一虎，摆手示意说："别激动！坐下，坐下。咱俩当兵就在一起，你了解我，我更了解你，许多事情你我心里都明白。既然你与他没啥交易，石惊天、朱子来，限你们分部先把乔三的队伍清出去，如果招标他能中，再进场施工。"肖一虎歪头看着铁建说："何必把事做绝呢？都已经进场干起来了，叫他们怎么清？又咋算账？想等着打架是不是？"

肖一虎这句话把铁建惹恼了。铁建说："打架？你是在吓唬我吗？我铁建啥人你应该清楚，战场上死都不怕，还怕几个社会上的人？还是那句话，成败在用队伍、管队伍，不符合规定的，一律给我清出去。"

会议室里充满了火药味。石惊天赶紧接过话茬说马上组织招标。铁建又下一道指令说，招标可以，但上次说过的那两支隧道队，从没在局里干过，绝不能使用。

铁建急于打开施工局面，一边厘清现场，一边催促局指总工金帼英带一分部总工王若云和梁场总工安雪容去与业主南北公司进行对接。金帼英出发前，连安雪容也没料到，她的男友邓立强为了参与项目物资招标，提前赶往了南北公司所在地。邓立强乘坐已经过时且与高铁、动车相比显得有些陈旧的绿皮火车软卧前往。火车飞奔在山区，白雪皑皑的峰峦和山间从车窗外一闪而过。邓立强当然想到了女友安雪容，因为安雪容就在南北高铁工地上。他歪躺在软卧车厢下铺上，百无聊赖地玩了一会儿手机游戏，结束后就给安雪容拨打电话，问她在不在工地。

梁场尚未建好驻地，还在临时租赁的农家院平房里办公。安雪容接到电话问邓立强在哪儿。他说在火车上，工地马上要进行物资招标，他爸给王叔打了电话，他去见见他，想让安雪容也过去，在南北公司见个面，省得再去工地了。安雪容模棱两可，说要看工作能不能走开，并问他能待多久。邓立强告诉她去看看王叔，再见见各局负责招标的领导就回去。

王忠理知道邓立强来的目的，就打电话通知了肖一虎。于是，在邓立强赶往业主公司的同时，肖一虎也在驱车前往。他认为这是个与业主密切联系的好机会。他和邓立强虽然没有相约，却在王忠理的牵线搭桥下凑到了一块。

邓立强在青阳县火车站下了车，打了出租车直奔南北公司。他提着一包东西进入大楼，在走廊里终于找到了王忠理的办公室。王忠理听到敲门声，从里边走到门口拉开门，见来人是邓立强，便热情地邀请他进去，拍着他的肩膀问他咋来啦。邓立强一口一个王叔地叫着，说是他爸让他来看看。随即他就把手上提的那包东西放在王忠理的办公桌下面，并称这是他爸的 点心意。

肖一虎赶到南北公司的时候已是中午。王忠理和邓立强已在饭店包间落座并点好了菜。肖一虎进来一番寒暄后，王忠理端着杯指着邓立强说，这位就是给他交代过的强盛物贸公司邓董，让他俩认识一下。王忠理又向邓立强介绍说，肖一虎是中铁工程局分管物资设备招标的副指挥，让邓立强以后喊肖叔。

邓立强谦虚地朝肖一虎点点头，举杯敬他。肖一虎当着王忠理的面儿不敢不接受邓立强的敬酒，讨好说王忠理给他交代过，参加物资招标可以与他直接联系。邓立强自负地介绍强盛公司的业务，称在其他线也给中铁的一些单位供着物资材料，在这条线上让肖一虎多关照。“都是自己人，不必客气。”王忠理见气氛已经很融洽，就借势发挥说，“立强年轻有为，公司做得很大，咱们再扶他一把，以后有什么事让立强来办。”肖一虎懂得王忠理说这话的意思，很痛快地举起杯与王忠理和邓立强碰到了一起。

酒过三巡，邓立强打算把安雪容抬出来，说女朋友就在中铁工程局项目上。肖一虎有些莫名其妙地问是谁。王忠理开口说：“是你们梁场总工安雪容。”肖一虎“噢”了一声，说原来是小安总呀，真是绝配。肖一虎埋怨邓立强为啥不早说，早说他就让安雪容一起跟着来了。王忠理夸赞安雪容这么年轻就当总工不简单，让他回去转告铁建和党红旗，在工地上多给她一些关照。

王忠理端起酒一口闷下，问肖一虎上次说的几件事有没有难度。肖一虎故作犯难，称难度不小。他说自己分管的物资设备这一块没问题，可那两个隧道队伍不太好办。王忠理听后露出不悦，问谁不同意。肖一虎说：“还能有谁，都是大指挥长说了算，我那老战友铁建呗。他说张董没给他打招呼，别人介绍一律不安排。”

对这样的答复，肖一虎心知肚明。虽然他与铁建是过命的战友，但铁建对项目的严格管理，让他心里很不舒服。当利益发生冲突时，两人之间再好的感情也就变得黯然失色了。

王忠理绷着脸说：“行，铁建不同意算了，没必要求他。这事就当我没说，我让其他局来办，但物资和设备招标，你要办好。”

肖一虎不停地给王忠理道歉，说：“你看我一个副指挥说了也不算，这点小事都帮你办不妥，实在不好意思。”“不关你的事。”王忠理说，“铁建不给我面子，我也可以不给你们面子，没关系。来，咱喝酒。”

肖一虎显然是故意把矛盾引向铁建，一句话便将他推到了王忠理的对立面。

第五章

金帼英把儿子男男撂给兰花朵看管，带王若云、朱红军和安雪容四个人乘坐一辆越野车赶往南北公司，去与王忠理对接技术变更。金帼英坐在前座，王若云坐在后排左边，朱红军坐在中间，安雪容挤在右边。

工地距离南北公司需要两个多小时的路程。越野车行驶的一级公路，像一条长长的飘带牵着远处的群山。两侧是走势渐高的丘陵，上面覆盖着厚厚的积雪。路上的车辆不多，她们的车就越发显得有些孤单。

金帼英她们的任务是先把施组报给业主，然后再去设计院见卢总体。安雪容先发感慨，说起钱主任利用手中权力让梁场买车的事来。“咋那么贪啊，不买车不给梁场进地，成本太大，这也太混账了。”朱红军嬉笑着说干什么都要发生成本，找对象还需要成本呢。王若云取笑他，一点成本和代价都不花就想娶媳妇，到时等着着急吧。朱红军嘿嘿傻乐，称他不着急，追他的姑娘都在后面排队呢，随便挑。

金帼英笑道：“真是蹬鼻子上脸。朱红军，你个老铁，除了干咱们这一行的，地方姑娘谁找你？”

朱红军让金帼英不要这么说，称自己是不想找中铁同行，两个人都在野外跑，将来没法照顾家。王若云白了他一眼，说：“咱老铁就不成家了？你想找还找不到呢。”朱红军嬉闹称要找就找安雪容这样的。安雪容一听扯到了自己身上，羞涩地扭身说打死他，调侃他明明找不到还吹牛。朱红军觉得折了面子，就较起真来，说信不信找一个给她们看看。金帼英顺坡下驴，说：“行啊，这条高铁修完之前你找一个让我们三个瞧瞧。”朱红军不敢再嘴硬，说他担心安雪容被姓邓的那小子一脚蹬了。安雪容嘟着嘴，赌气说被蹬了也不会找朱红军。“他凭什么蹬我？我为什么要蹬他？”安雪容说，“你想捡便宜是不是？”王若云和金帼英一个在前，一个在后地哈哈大笑。朱红军很丢份，说：“你们俩要真散了，来找我。反正咱们都是困难户。”金帼英说：“朱红军你困难，雪容不困难，就死了这条心吧。”朱红军哈哈笑着说，自己本来也没这心，但他可以吹牛，安雪容不能吹，他是男人他怕谁。

车跑了一路，三女一男在车上嬉闹了一路。等快到市里的时候，金帼英才提醒他们时速350公里的高铁不是闹着玩的，技术口不能马虎、凑合。安全质量也好，技术工艺也罢，都是终身制，谁出问题谁负责，身家性命和企业兴亡都在每个人的肩上。

她们赶到南北公司时，王忠理、设计院卢总体和几个工作人员已经在会议室里等候。金帼英让朱红军把一大摞施组分别递给王忠理和卢总体。王忠理翻看着施组称，发过来的电子版他大致看了一遍，施组做得还不错，就是个别工期节点安排还要调整。金帼英说主要有些现场与设计不符，需要提前做变更，并谦虚地请王忠理和卢总体多费心。

安雪容与朱红军紧挨着坐，提出梁场投标报价预算给的建场费不够，差一千多万元，让王忠理想办法给解决。王忠理抬眼看了看安雪容，问：“你就是梁场总工安雪容吧？”

安雪容吃惊地望着王忠理，说：“我是。王总，你知道我？”王忠理诡秘地笑道：“知道，你们的情况我都清楚。”但谈到建场费不足时，他却推辞说看看钱从哪里出。“还不是你跟卢总体一句话的事。我们打梁本身就不挣钱，亏可亏不起。”安雪容说话间带点撒娇。“反正我就找你，不解决我天天来。”卢总体倒非常欣赏安雪容的性格，夸她一个女孩子能有这股劲儿，十分难得。

“本来就是嘛，景阳隧道是重点，现在不变，等干起来再变，影响可就大啦。”王若云说，“弃渣场和围岩类别变更得早点帮着做，不然进度上不去算谁的？”

王忠理斜眼盯着王若云，直称她又是一位女将。看样子不到黄河不死心，不见棺材不落泪。金帼英说：“那怎么着？都有压力，我压力更大。技术和变更方面，我是牵头人，你和卢总体的工作做不下来，我们铁指挥那人管你是男的还是女的，从不讲情面，我怎么交差呀？”

朱红军插话说："所以，谁都愿当项目经理，不愿当总工。你们再不支持，我们这些总工只有撂荒，爱谁干谁干。"

朱红军本来说这话没有别的意图，可王忠理听着却不顺耳，合上施组瞪了他一眼，有些烦躁地说："哎，你别跟我讲这些，干不干是你们的事儿，我们业主单位不看你是谁，就看你干得怎么样。不能说变更做不了，你们总工就撂挑子，全成了我们业主设计单位的责任。"

王忠理一句话把朱红军弄得面红耳赤，他解释说不是这个意思。而王忠理反问朱红军那是啥意思？金帼英见状赶忙打圆场，说："王总别见怪，他不会说话。我们这些总工得靠你们业主设计支持。支持力度大，我们干得更好；支持的少，干起来就费劲。"王忠理这才继续翻看施组，称金帼英说得在理，该支持的他们会全力支持。施工、设计和业主是一根绳上的蚂蚱，干不好谁都跑不掉，他这个总工先挨板子。卢总体摘下眼镜擦了擦镜片，诉苦说："你们以为设计总体好当啊？一条线的技术设计都在我身上，压得直不起腰来。"

中午，金帼英执意要请客，让王忠理和卢总体给个面子。王忠理说那就给她个面子，其他局的饭不吃，中铁工程局的饭得吃，谁让她们是一支娘子军呢？半边天，了不得呀。

金帼英在凯悦酒店订了888包间。会议结束临出门时，王忠理叫住了金帼英。俩人走在楼道里，王忠理直言有个事一直憋在心里。金帼英不解，问他啥事。王忠理反问金帼英，说铁指挥是不是铁面无私很古怪？金帼英更是摸不着头脑。"老肖来跟我汇报，他有两支隧道队伍想在你们那里干点活儿，铁建硬是从招标队伍名单中给划掉了。"王忠理说，"还说除非张董给他打招呼可以安排，任何领导介绍的队伍一律不考虑。老肖也只好作罢。"

金帼英提醒王忠理不能听肖一虎的，而后把肖一虎说两支队伍是他交代的和盘托出。听到这话，王忠理停住脚步，有些发急，骂肖一虎胡说，"你看我是爱介绍队伍的人吗？这年头，避嫌还避不过来呢，与我一不沾亲、二不带故，我何必招这些麻烦？不过，话说回来，即使是老肖自己的队伍，同等条件也可以考虑使用嘛！哪能谁的面子都不给？"

金帼英边走边思忖，称回去把他的意思转达给铁建。王忠理却挥手制止了，说："算啦，这种事不要给老铁说。哎，金总，你前夫是叫郭富海吧？"

金帼英猛然愣住："王总，你干吗也跟我提他？"

王忠理淡淡地一笑，说：“郭总人不错，他想参加这条线的设备招标，有领导找我，我就顺便推荐了他。这事，我对你可是明人不说暗话。”

金帼英态度坚决地说：“我们早已离婚，他是他，我是我。他的事我不管，更不想听，最好以后别跟我提他。”

一番话把王忠理弄蒙了，他不解地歪着头瞧着金帼英说：“你跟郭总的关系这么僵？刚才，我之所以当着大家面关注你们那个安雪容，因为她是我老同学未来的儿媳妇。她的对象现在就在这儿，中午还想跟咱们一块聚呢。”

金帼英、王若云、朱红军、安雪容从南北公司办公楼出来，往饭店方向走去。安雪容先捅了一把朱红军，嫌他不会说话，如果不是金帼英出面救火，真不知道怎么收场。王若云也边走边埋怨他光知道搞技术，是个书呆子。朱红军狡辩称想刺激刺激王忠理。“还想刺激人家？王忠理什么样的施工单位没见过，什么样的人没打过交道？”金帼英说，“就你那两下子，跟雪容和若云学着点儿吧。”

朱红军绷着嘴不敢与金帼英争辩，只说王忠理是个色鬼，因为看她们都是女的才同意出来吃饭。安雪容拉了他一把，说：“哎，我们女的怎么了？就比你们男的有优势，色是他的事儿，不色是我们的事儿，谁想占我们便宜没那么容易。”王若云帮腔斥责朱红军，让他说话要注意，并用警告的口吻说：“王忠理出来吃顿饭就色啦？简直奇谈怪论，他不就是想帮咱们吗？说出去对人家不好，对咱们也不好。工作就是工作，哪来的色不色？”

金帼英和王若云进到包间后点起菜来，朱红军在一旁倒水，安雪容则跑到大堂等候邓立强。显然，王忠理通知了邓立强一起参加。邓立强看到安雪容后急忙嘘寒问暖，说很想安雪容，但见她一面真难，并问她在工地咋样。安雪容望着他，说在工地挺好的，金帼英、王若云、紫祺等都是女的，在一起工作可快乐了。

邓立强松开安雪容的手，失落地说：“哦，这种生活我不习惯，将来咱们结婚后还这样分居的话……”

邓立强话说了一半又收回去了，安雪容觉得他心里压着事儿，还没等开口，邓立强果然就问她能不能调出中铁。“大学学的就是这个专业，能调哪儿去呢？”她委婉地拒绝了他的这个要求。邓立强倒是没有说啥，告诉她是晚上的火车，想让安雪容下午留下来陪他。安雪容张口就说不行，正在弄施组，吃完饭下午必须跟金帼英回工地。

朱红军从房间出来接王忠理和卢总体，发现安雪容与邓立强正站在大厅说话。他不清楚这个长得白白净净的帅哥就是安雪容的男朋友。于是，走过去一边招呼着安雪容，一边怀有敌意地直视着邓立强。安雪容发现了朱红军的这种微妙反应，便拉着邓立强的手，主动把俩人互相介绍给了对方。邓立强也煞有戒心地盯着朱红军，勉强地向他伸出了手。朱红军只好尴尬地说要接王忠理转身离开。

更尴尬的场面发生在酒桌上。王忠理坐在圆桌中间，右边坐着卢总体、王若云、朱红军，左边坐着金帼英、邓立强和安雪容。恰巧，安雪容坐在了邓立强与朱红军中间的位置。王忠理先介绍了邓立强，又让安雪容把金帼英等人介绍了一遍。大家跟邓立强寒暄过后，王若云就起哄让邓立强和安雪容俩人要多喝，并首先端起酒杯敬酒。“虽然喝不过你们，但为了争第一，我们女同志顶上去。”王若云说，“金总，咱们先干！”说完一饮而尽。看到她这样豪饮，卢总体嘴里连啧几声，说什么都不敢端杯了。

邓立强对朱红军和安雪容的关系有一种说不上来的感觉，心里总是有些不是滋味。饭吃了将近一个半小时，他琢磨了朱红军一个多小时。临快结束时，邓立强突然端起一大壶酒与朱红军对起阵来，非要两人一起喝下去。朱红军不甘示弱，端起满壶酒瞪着邓立强，说：“雪容你看着，这杯酒我一口干掉。”一气喝下去后，朱红军嘴里吐着酒，身子晃了两晃就倒在了桌子下面。

朱红军被王若云和安雪容扶上了车。金帼英从酒店出来，站在门口与王忠理、卢总体和邓立强告别。邓立强让安雪容留下，但安雪容却说了句埋怨的话：“看你把他喝的，出事咋办？”“呵呵，你那么关心他。”

安雪容听出了他的醋意，没再做更多的解释。她认为邓立强在酒桌上与朱红军对阵，是故意让她难堪，只是当着那么多的领导不好劝，憋着一肚子气。于是，安雪容与他轻轻地握了一下手，随金帼英和王若云上车离开了。那一刻，邓立强望着消失的车，心中不免落寞得厉害。越野车驶出城区不久，朱红军挤在后座王若云和安雪容中间，低头打起了呼噜，忽然车子猛地一颠，他伸长脖子“哇”地一声大吐，尚未消化的酒和菜从他的胃里反抽上来，直接喷到了前座金帼英的位置上。醺人的臭味令三个人不得不捂住嘴，不约而同地大叫：“哎，朱红军，你咋吐车上了？”

朱红军啥时吐的，吐到了哪儿，晕了多久，自己一点都不清楚。虽然司机中途停车清理了车内的残渣，但清不掉吐酒后的腐味，等回到项目部他才算有了一丝清醒。

这顿午饭对兰花朵来说同样很闹心。她带着男男和铁建、党红旗及局指工作人员是在食堂里吃的。吃到半截，男男用勺子扒拉着饭碗，不停地问妈妈咋还不回来，铁建和党红旗无论怎么哄都不起作用。兰花朵很耐心，一手端着碗，一手拿着小勺给男男喂饭，说妈妈出差了，让他听话快吃。可男男推开她手中的勺子，直喊不想吃。铁建把男男抱在怀里，问他为什么不想吃。男男说要等妈妈回来再吃，说着说着就低头哭了。

男男从椅子上下来，跑出食堂来到院子里。兰花朵只能跟在后面追出去，嘴里发着牢骚，说金帼英外出后谁都哄不了男男，还得给他找个幼儿园上才行。金帼英在半路接到了兰花朵打来的电话，听说男男既不吃饭，也不睡觉，心里顿时着慌了。她让兰花朵把手机递给男男接听。男男接过手机，听到金帼英的声音，嗓子里就发出了哭腔，问她在哪儿，啥时能回来。金帼英急切地问中午为啥不吃饭、不睡觉，男男只说“我想你”。听到这三个字金帼英的双眼蓦然间湿润了。

王若云说：“金总，男男离不开你。”

金帼英坐在前座有一丝难过，说：“我这儿子一岁就跟着我在山沟里转，连个幼儿园也没上过。大伙儿看大的，跟没爹没娘的孩子差不多。”她的这种感慨与无奈，是别的女人难以体会到的。冬天黑得早，五点多钟西方天际就见不到一丝亮处了，只有路灯发出昏暗的光晕。有些路段融化的积雪结成了冰，司机不敢将车开得太快。金帼英坐在车上，突然莫名其妙地想起了一个人。

傍晚，寒风凛冽，卷起一片雪末扬向空中。石惊天开车到局指挥部向铁建汇报工作。驶进院子时恰遇兰花朵陪男男在花圃边堆雪人。他锁上车，在灯光照耀下走过去，问兰花朵天这么冷为啥还在外面玩。兰花朵说男男要等金帼英。石惊天什么话也没说，蹲下身用手在雪堆上捏出鼻子、嘴巴、耳朵和眼睛，男男蹲在他身边目不转睛地看着，突然笑着指石惊天，说雪人像他。石惊天哈哈大笑起来，说自己没有这么难看。兰花朵就在一旁起哄说真的很难看。男男扭着身板愣是说不难看，逗得石惊天开心了一回。

两束光照进院子来，兰花朵知道是金帼英回来了。金帼英借着灯光，透过车窗玻璃看到了石惊天正在帮男男焐手。她跳下车跑向男男，嘴里喊着：“儿子，妈妈回来了。”完全没有理会石惊天。石惊天心里清楚金帼英还在生他的气。男男从石惊天的手里抽出小手，一下子就抱住了金帼英。

金帼英问：“想妈妈了？”男男抽泣着说：“想。”

金帼英心酸地蹲下身把男男搂在怀里，久久没有松开。兰花朵和石惊天愣在原地不知道说什么好。男男告诉金帼英，说：“兰阿姨陪我堆雪人，石叔叔帮我捏了雪人的鼻子、眼睛、嘴巴和耳朵，还帮我焐手。”金帼英并没有领石惊天的情，攥住男男的小手，瞅着石惊天问他来干什么。在昏暗的灯光下，两人目光相遇的那一刻，石惊天有些浑身不自在，只说来找铁建汇报工作，陪男男玩了会儿。金帼英瞪着他没有说话。

石惊天终于第一次进到了金帼英的办公室，是男男把他叫上去的。本来，金帼英要带男男上楼，但男男却拉着石惊天不肯走。他不上，男男也不上。金帼英执拗不过，这才和石惊天一人拽着男男的一只小手一起上楼。

石惊天坐在沙发上一直陪男男玩，不敢跟金帼英说话。金帼英坐在电脑前看图纸，瞧也不瞧他。石惊天很清楚，她一定在想两人怎样才能互相下台阶。金帼英确实假装不理石惊天，心却怦怦乱跳。你不是看不起女总工吗，那看你如何离开这间办公室。石惊天也在猜测她的心理，抬眼偷偷地瞄了瞄她，起身对男男说有事要走，让他自己玩，男男再次拉住了他。

男男的出面阻拦，使金帼英从办公桌前起身来到沙发旁边，一边瞪着石惊天，一边讽刺说：“我们女人比不上你们男人，以后你还是少来找我。”石惊天很尴尬，忽然觉得对不起金帼英，连连道歉。金帼英嘲笑说：“今天知道说声对不起，真难得。”石惊天心里开始有些放松，哀求别再嘲笑他。金帼英则认真地说以后看不起女同志，就别到她屋里来。石惊天记住了她的话，虽然被一个女人教训了一顿，但这个女人的个性却深深地印在了他的脑海里，并产生了一种莫名的吸引力。

翌日上午，铁建和党红旗乘坐越野车直奔梁场，拐下公路驶进梁场主干道。路面尚未硬化，全是黄土，只用碾压设备推平碾了几趟，两侧拉着细细的长线，预示着即将浇筑混凝土。眼看着春节就要到了，梁场建设进展不理想，铁建心急如焚。他认为梁场进地不容易，孔庆荣和袁听枫找钱主任磨破了嘴皮，最后还给他买了辆车，受穷的还是老百姓。究其进地晚的原因，铁建反思后得出一个结论，认为党红旗事先没去拜访这位姓钱的。

党红旗说带孔庆荣和袁听枫去找过姓钱的，他答应得很好。铁建哼了一声说，当面答应，背后设置障碍。基层好村官有，但像姓钱的这样的村官也不少。他们才不管你什么国家工程不国家工程呢，只要自己能捞到油水就行。党红旗一声感叹说，苍蝇还得继续拍。

铁建俩人停下车后拉着领口走向施工区。一辆辆推土机、挖掘机正开足马力在雪地中作业。孔庆荣和袁听枫穿着棉衣站在寒风中指挥着机械施工，钱主任侄子一直跟在孔庆荣身后，追问梁场答应了他叔叔建场的活儿由他来干，为什么让其他队伍干上了。孔庆荣扭头看了看没有理会，径直往前走。钱主任侄子又转头追上袁听枫。

袁听枫不耐烦地扬着手臂说："去去去，这些活儿不适合你干，回家等着吧，到时会通知。"一句话把姓钱的侄子噎回去了。铁建、党红旗走过来，问钱主任侄子来干什么，那小子还是咬定建场的活儿说好地让他干，现在又变卦了。铁建拍着钱主任侄子的肩膀，说："小伙子，建梁场你干不了，回去跟你叔说，抽空我请他喝酒，别在这儿捣乱了。"

实际上，梁场大部分正在清表，有一块刚开始挖基础。几台推土机轰隆隆地从眼前推着雪与黄土驶过，白雪在推土机挡板前被翻滚聚起的黄土覆盖住，越滚越多，最后被推成一堆，用装载机铲进铁斗，举向空中倒进了自卸车厢内。铁建站在雪地上，很欣慰，能在冬天开工建场，还算不错。他对孔庆荣和袁听枫说，给姓钱的买车的钱也花了，活儿不能再让他侄子插手。孔庆荣担心不给他侄子安排点活儿，后面还会设卡。铁建说："怕什么呀，兵来将挡，水来土掩。姓钱的知道那辆车是怎么来的，把柄攥在咱们手里，不怕他捣乱。"

铁建能管住现场的职工和劳务队，却管不住肖一虎。他在工地转了一天，傍晚拖着疲惫的身子回到局指食堂吃饭，数了一圈人头，发现肖一虎不在，本想打电话找他，一想算了。对一个倚老卖老且自以为是的人来说，外人说啥都没用。何况两个老战友自当兵时就不分你我，可以无所顾忌。现在的肖一虎内心有所变化甚至变态，他失落在对整个项目没有控制力和话语权上。铁建心想他愿意出去吃饭就出去吧，反正孙悟空跑不出如来佛的手掌心。

肖一虎没有跑去别的分部，而是偷偷去了镇上的酒楼，与乔三鬼混去了。他嗜酒成性，乔三摸准了他的脉，就备了两瓶茅台酒招待他，只要端杯，他就一口干。

往往在这种情况下能坐在一块喝酒的人，都有一定的利益交集，或有所图，或相互利用。乔三这样精明凶狠的人能请肖一虎喝酒，自然不能白请。他嘴里一口一个“肖哥”地喊着，把肖一虎的骨头都喊软了，感觉两个人好像是已经喝过血酒、盟过毒誓的拜把兄弟。酒过三巡，乔三说：“你那老战友让我先撤出去，招标完如果能中再进场。假如我中不了，是不是那段路基就不让我干了？”肖一虎咂巴着嘴承诺说他会尽力，但也不敢打包票。乔三看他已经听进去了就说：“行，肖哥，你的心意我领了，不管成不成我都感谢你。”肖一虎将酒杯举在半空，说不在乎这一时，后面的活儿多的是。即使这段路基土方真不成也没关系，以后还可以再找机会安排！

两人喝到将近十点钟，肖一虎才回局指。三层楼爬了老半天，爬一层歇一会儿，整个楼道里充满了酒糟味。上楼后，他没有直接回宿舍睡觉，而是跌跌撞撞地扶着墙朝铁建的办公室走去，站在门口“咣”地推开了屋门。铁建拿着笔正趴在桌前看施组，被肖一虎这一举动惊得一愣。肖一虎进屋就一屁股坐在了沙发上。

铁建斜脸瞧着他问在哪儿喝的，肖一虎抡着胳膊舌根发直地说在街上小店，还称自己没喝多。铁建不待见地低着头继续看施组，问他今晚又被谁拉拢腐蚀了。肖一虎装出可怜样儿，说谁能腐蚀他呀？接下来又打着赵主任的旗号，直截了当地替乔三说起情来，说乔三就干那点活儿，还让他参与招标，无法向赵主任解释。铁建看他为乔三开脱，扔掉手中的笔站起来，指着他说一猜就知道被乔三灌了“猫尿”，这么下去十分危险，让他不用去跟赵主任解释，到时自己会跟他说明白。肖一虎也站了起来，可身子仍不停地晃悠，说不管怎么处理，别让他在中间为难。铁建有些烦，纳闷地问，这件事有自己和老党，他有什么可为难的。肖一虎有些招架不住，话没说完就打着饱嗝，晃晃荡荡地回宿舍睡觉去了。铁建望着他的背影连连摇头。

这一夜，梁场同样不平静。农家院内正房墙角下的小锅炉房里，几块蜂窝煤被塞进火炉内，通红的火苗蹿起来，把热水通过裸露在外的管道供到屋里，整座房子有了一丝暖意。紫祺和袁听枫、安雪容站在明间说话，孔庆荣端着一脸盆衣服从房间里出来，紫祺看看孔庆荣，机灵地上前夺过脸盆，非要帮他洗。孔庆荣谦让，被大大咧咧的袁听枫制止，说女孩子就是干这活儿的，让紫祺去洗。孔庆荣心里明白，铁建是紫祺的表舅，他不想让铁建以为紫祺像在梁场分部受了多少气似的。

紫祺端着一脸盆衣服，在从门框上方照射下来的灯光下打开水龙头放出热水，脸盆里立时冒起热气。作为梁场中心试验室主任，她对孔庆荣有一种特殊的感觉，认为他是高铁制梁场的能人，真正的男子汉，有着男人的粗犷和气概，但她又不好意思说，只能表现出女孩子的细心与体贴。从内心说，梁场的最高领导就是孔庆荣，紫祺想引起他的注意，不希望其他女性跑在自己前面接近他。而孔庆荣只是把她看作梁场的一名普通女员工，不想让袁听枫和安雪容看出他对一个女孩子多么亲近。这样，紫祺反而显得主动，他却变得被动了。

紫祺接完热水端进屋，蹲在门口挽起袖子认真地来回搓揉衬衣和秋裤。脸盆里的水立时就变成了浑浊的咖啡色，而她没有丝毫嫌弃的意思，仍然那么使劲地搓揉着。袁听枫一看她那劲头，就大致判断出了她对孔庆荣的感情。

此时，安雪容则没那么关注紫祺。她接到邓立强打来的电话，裹着羽绒服躲到了院子里，生怕袁听枫和紫祺听到他们的对话，也给自己保留一点私密空间。邓立强说见面时间太短，心里很不是滋味。安雪容只能百般解释，说刚上场工作实在走不开，让他理解一下，春节放假她一定回去。邓立强听着就没了脾气，说不理解又能咋样，找她这样的人真让人郁闷。他让安雪容听他的，还是想法调出来。

安雪容这次没有拒绝，就用秦观的《鹊桥仙》里“两情若是久长时，又岂在朝朝暮暮”来安慰他。“我不是牛郎，你却成了织女。”邓立强说着便问起朱红军来，充满敌意地说姓朱的那小子有没有喝死，咋看他都不像好人。安雪容与邓立强聊着聊着便不知不觉地拉开了院子大门走了出去。她看到一辆小车停在院墙外，便下意识地走过去，手机里质问邓立强为什么说话那么损，并埋怨说朱红军喝多吐了一车都是他灌的，劝他不要见个男的就看不惯人家，还说工地上的人好着呢，朱红军就是项目上的技术尖子。

安雪容越这么说，邓立强就越反感，告诉她不想再见到朱红军。“你这人太怪了，人家朱红军到底咋啦？没招你惹你，看你心眼小的。”说完很干脆地挂断了电话。

这一番通话内容，被早已跟在她身后的朱红军听得一清二楚，他的心里倒是感激起安雪容来。安雪容完全没有察觉到身后有个人，等她打完电话转过身来，发现朱红军出现在面前时，吓得一声轻叫。

安雪容捂住胸口："朱红军，你可吓死我啦，你咋神出鬼没的呀?"

朱红军哈哈大笑，说自己早来啦，因为她的手机一直占线，所以在外面等了好久。他还说听到刚才她和邓立强通电话了。"他好像对我怀有敌意?""他没说你什么，你别多心。""论条件，我们工地上的人不如你男朋友。我们缺的是稳定，但不缺真诚和淳朴。"安雪容问朱红军黑天开车来是不是只想说这些，朱红军说就想来见见她，说着转身就走了。安雪容叫了一声，想和他多说会儿话，可朱红军早已钻进车里打着火，闪着两束雪亮的灯光驶去了。

第二天上午，其他人员上工地后，赵化亮、朱红军和孔庆荣、袁听枫、安雪容分别在各自的会议室里组织物资设备招标。前来报名的劳务队、供货商，手里抱着资料，把会议室围得水泄不通。特别是一分部，乔三、老四、郭富海与一些陌生的队伍都向赵化亮和朱红军递交资料，肖一虎不知啥时也来到了现场。他站在外围先与乔三和郭富海会意地使着眼色，后来发现邓立强公司的一名年轻业务员急急火火地朝前面挤去。赵化亮接过他的资料翻看着，问他是哪个厂家。对方说是强盛物贸公司的，来参加钢材、钢绞线和水泥招标。朱红军侧脸看着赵化亮手中的资料，知道邓立强没来，不免有些疑虑。肖一虎凑到赵化亮和朱红军跟前，暗示他俩收下邓立强的法人委托书就算过关了。

肖一虎挤到郭富海面前，贴着耳根对他说用别人的名字报名。郭富海心领神会，挤到前面递交了资料。赵化亮问参加啥招标类别，他称参加隧道设备和桥模投标。赵化亮看着材料正犹豫时，肖一虎再次凑过来，让他俩一定要确保强盛物贸公司和这家设备单位中标。朱红军疑惑地问价格高让不让他们中。肖一虎称先报价再议标，是业主介绍来的。

朱红军心里大致有了底，走出会议室站在阳台上拨通了安雪容的手机，告诉她邓立强这家公司来报名参加物资招标，肖一虎有指示，看她的面子就让他们先报价后议标，想法让他们中。安雪容知道朱红军的良苦用心，先谢了他，嘱咐他千万不要违规。朱红军说："虽然你已经有男朋友，但遇到你是我的荣幸，我想把你当最好的朋友，但愿你也能把我当男闺密，可以吗?"安雪容微笑着说听懂了。

报名表递到石惊天手里后，他看着登记表，拿起笔在报名人乔三的建筑公司后面连打了三个问号。赵化亮站在旁边问啥意思，他只说了三个字"用不起”。赵化亮诡秘地笑了笑，自然是心领神会。

一分部租住在路边的三层小楼里，显然不是长久之计。铁建和石惊天的目标是春节前必须搬入工地新建驻地。虽然临时用地刚征下来不久，几排活动板房却已经安装起来，银色的烟筒从房顶位置伸出来冒出青烟。民工们仍在继续安装着新的彩钢房。石惊天陪同铁建穿行在安装好的活动板房过道上，几个头戴安全帽、抬着房板的人从身边吃力地走过去。俩人来到操场前的板房内，朝里伸头看了看。铁建计算着进度，估摸至少还得十天才能搬进去。石惊天向他保证十天内入住。铁建最后给了他十天时间，年前搬进去正式办公。刚开工，很多事情还没办，尤其乔三干活儿和压矿的事很棘手。石惊天明白铁建的想法，劳务队招标报名后，他在乔三公司的后面做了记号。

“可以让他参与，但不能让他中，不给他钻空子的机会。”铁建说完嘴角微微向上，歪着头看了石惊天良久，眼睛还一眨一眨的，这让石惊天有点不知所措。“哎，听说你小子给金总道歉了？”

石惊天听着憨憨地笑了，说不跟女人一般见识。铁建说：“金总头发长见识也长。女人面皮薄，男人就要学会维护女人的形象。”“她也太盛气凌人了。”石惊天窃窃地说。铁建说自己没看出来，然后就扯到了韩秋柳身上。的确，年轻时韩秋柳嫁给他，吃了不少苦，他这个转业军人，大小也是个官，但从没敢跟老婆大声说过话。为了和谐，铁建让石惊天以后也让着点儿金帼英。

石惊天应允了铁建，称以后注意。铁建拉开车门钻了进去，把胳膊肘搭在落下窗玻璃的车门上，说这个项目在技术上要靠金帼英、王若云她们几位女将，叫他拿出点男人的气度来。铁建还说女人怕哄，两三句好话就把她们的心融化了，并且让他记住，女人认真起来比男人更重情义，甚至会为值得的人把命豁出去，这就看男人的本事了。石惊天听得很认真，琢磨他的这番话有道理。毕竟铁建过的桥比自己走过的路还多，石惊天就把他的教诲记在了心里。

铁建回到局指，党红旗和朱子来拿着一叠单子跟了进来，反映隧道要动工了，炸药供应的事需要他们两位主官出面找找公安局。党红旗说带朱子来去过几次，厂家直供不可能，都要经过公安局下面的保安公司派专车专供，送到工地一万两千多元一吨。如果不用，两座炸药库的方案就批不下来。铁建问其中差价多少。朱子来数着指头算，炸药管得很严，肯定会拉高成本，中标价是七千多块钱，一吨就要往里搭四五千块，光这一项就赔大发了。铁建听着头就大了。这玩意儿不管严不行，中国这么大，十几亿人，管不好、管不住，会到处出乱子。“上面的政策不是对咱们一个单位，哪儿都一样。”铁建说，“我看这样，老党你再亲自出出面，争取招标一家公安局核准的当地化工厂，让化工厂给咱们直供。”朱子来说当地有个第二化工厂，直供每吨价格也就高两三千块钱。铁建眼前一亮，让朱子来喊上赵化亮就去了青阳县第二化工厂。

朱子来走后，铁建端了一杯茶，与党红旗两人坐在沙发上，有些事能定的让党红旗直接定，不用请示。党红旗却说铁建是指挥长，项目一把手，他只是配角，有些事不请示他不敢做主。

两人就这么海阔天空地聊起来。铁建夸奖一分部进地有大起色，基本走在了全线的前头，需要给两个分部开个工程例会，给下面灌输灌输怎样干好这条线的理念、方法和要求，把大伙儿的劲头鼓起来。党红旗无疑是赞成的，认为应该建立例会制度，不能让职工闷着头往前干。

当工作说得差不多的时候，铁建直接就把话题转到了男男身上，话语间挺替金帼英发愁。一个女人带着孩子来高铁工地，又是一天都走不开的总工，别人家的孩子都有个温暖的家，可男男从小就像个野孩子，谁看了谁心里难受，真难为了金帼英。党红旗说金帼英够坚强，她前夫的确很糟糕。铁建提醒他这件事不能提，不然金帼英会翻脸，因为她嫌丢人。当初，铁建想让集团另选总工，就是看她带个孩子可怜，把她留在机关相对稳定，可以把男男带好。可集团研究来研究去，找不出能力水平比她更强的人，只好选了她。孩子从小没有父爱，再得不到母爱，这孩子啊……说着两人一同叹息起来。

党红旗既动情，又伤感，说自己的孩子是孩子，金帼英的孩子也是孩子，应该将心比心。男男在指挥部基本是放养。不论兰花朵还是其他人，有一个算一个，照顾得再好，也比不上亲生父母，可金帼英哪有工夫照看他。于是，铁建将自己的想法说了出来，组织出面帮男男在镇上找个幼儿园，谁有空就帮着接接送送，在幼儿园里有孩子做伴，起码不孤单。费用由他出一半，让金帼英出一半。说到这儿，党红旗把话抢过来，说一年用不了几个钱，他来出。

铁建打断党红旗，说道：“男男是咱高铁人的后代，也是高铁事业的未来，费用那就咱俩共同承担。”

党红旗朝铁建伸出大拇指，说：“老铁，我就佩服你这人。自从生了宏歌，嫂子一直病恹恹地躺在床上，加上宏歌今年高考失利还要复读，两个人吃你一个人的，已经够难了，份子钱就别管了。”

铁建固执地说钱能挤出来，非要尽一份心。党红旗吊起嗓子说：“知道，你还不是要抠着自己，我总比你手头宽裕，别再提了。”铁建琢磨着当地的情况，把镇上的幼儿园在脑子里过了一遍。好一点的幼儿园很难找，但在这山窝窝里能有个幼儿园上就不错了。不管好赖，只要男男有人看、有人管就行。他们这一代人一辈子待在山沟里没关系，谁叫这群修铁路、建高铁的老铁们选择这一行，干上了这个职业呢？既然选择了，就不能有丝毫怨言，更不能忘记初心，但像男男这样老铁人的后代，不能把他们耽误了。

铁建让党红旗年前抽空把吴镇长请到指挥部吃个饭，让他帮帮忙，在镇里找个好幼儿园，争取春节后一开班就把男男送过去。俩人商量男男上幼儿园的事，并没有告诉金帼英，他们不想让她知道。之所以操这样的心，完全是为了让金帼英把时间和精力全身心地投入高铁建设和工程技术中。

入夜后，北风又呼呼地刮起来。局指领导班子本来人就不多，吃完晚饭后，大伙都自觉地来到会议室，先收看了半小时新闻联播，然后党红旗、金帼英就凑到了铁建的办公室。各分部把招标资料报给肖一虎后，他也拿着开标记录闯了进来，把资料放在铁建和党红旗面前的茶几上。铁建一行行查看着中标候选队伍，很自然地想起了他划掉的那两家隧道队伍，问肖一虎在没在其中。肖一虎说没有通知那两家队伍来报名。铁建称赞他落实得不错，两家队伍算有自知之明，知难而退。铁建看到乔三队伍的投标报价，比别的劳务队高出许多，很是生气，让肖一虎转告一分部不能使用。

金帼英起先没说话，她内心对肖一虎有一种抵触。看铁建说起队伍，自然想到了去南北公司时王忠理跟她提过的事儿，于是直白地说，王忠理专门跟她谈了队伍的事，是肖一虎向他汇报铁建不同意安排那两个包工队，还说他根本没向任何一家施工单位介绍过队伍。

说到最后，金帼英问肖一虎两支隧道队伍到底是谁的。这话有点当场对质的味道。肖一虎没想到自己被出卖了，王忠理怎么会把他推到台前，一时愣在了沙发上，回了回神才说不相信王忠理会把隧道队伍的事安到自己头上，埋怨金帼英怀疑他。金帼英不甘示弱，鄙视地说：“王忠理说了哪怕是你的队伍同等条件也可以使用。”

肖一虎恼羞成怒，伸手指向空中说：“我对天发誓，天地良心，我自己没有一支队伍。”

“那乔三进一分部干活儿算谁的?”金帼英紧逼着问。

肖一虎用邪恶的眼光瞪着金帼英，说乔三为什么会进来，可以去问赵主任。党红旗没有提乔三的事，责怪肖一虎，说内部碰头研究的事情，怎么能到王忠理那里去卖铁建呢？肖一虎不承认这一说法，狡辩称他没有出卖铁建，要把王忠理叫到一块儿对质。铁建早就听明白了怎么回事，说：“老肖，你真不该背后给我下这种刀子，把我推到矛盾的对立面。这下好啦，假如那两个隧道队真是王总介绍来的，这次招标都没来报名，他肯定恨我，以后咱们没有好果子吃。”

铁建这番话使屋里的气氛变得尴尬而紧张起来。肖一虎扫视着每个人，在心里评估着铁建三个人的情绪，之后便愤愤不平地说：“你说我会干那种事吗？再说两个隧道队即使是王总介绍的，他们中不了标，王总作为业主方领导，心胸也不会那么狭窄，咱们不能以小人之心度君子之腹。”

面对这样的场面，铁建很淡定，甚至淡定得令肖一虎有些心虚。党红旗和金帼英都盯着他，看他怎样表态，铁建却把话题岔开了，说：“但愿如此。老肖，乔三没中标，这回你可以名正言顺地通知他退场。他不退场，新中标单位就无法进场，这个工作由你去做。”肖一虎没料到，铁建竟会以其人之道还治其人之身，把真正的难题推向了自己。

第六章

肖一虎清楚自己处在哪个量级上，明白自己不是铁建的对手，只好装出认输的样子，硬着头皮喊上石惊天，把乔三约到茶楼里跟他谈队伍退场的事儿。

乔三不接受队伍退场这一结果，双眼透着凶狠的目光，质问肖一虎和石惊天玩谁呢？石惊天只能以报价太高，评标小组无法向其他施工队交代，万一有人告状，大家都要跟着受连累为由回绝。乔三认准是铁建找理由清退他，但又不能直说，便追问是谁的主意。肖一虎一口一个老弟打圆场，劝乔三息怒，表明自己想让他干这一段，但报价确实比其他劳务队高，这次不中还有下次。少顷，肖一虎又转脸对石惊天交代说下次有活儿一定要安排乔三的公司干，把前面的损失补一补。不等石惊天表态，乔三便恶狠狠地提出退场也行，但无论如何要给他补偿。石惊天说按当初说好的价格计价结算，初估了一下，完成的实物工作量加上伐树清表，总费用不会超过一百二十万元。肖一虎说多加三十万元，乔三心里掂量着把脸扭到一边，称需要考虑考虑。

乔三实际上不是想要一分部补多少钱，而是要面子和工程。他在当地也算得上是个有头有脸的人物，被中铁工程局清除出场，传出去他会名声扫地，今后没法在地面上混了。再说钱是死的，工程是活的，有了工程做就会日进斗金，钱会哗哗地流进他的口袋。于是，在后来的一天晚上，铁建正组织各分部人员在三楼会议室召开工程例会，还没等他说完话，乔三就带着两个青年上楼来了。他们在会议室门口探头探脑地朝里看，并冲着肖一虎打了个招呼，恰被铁建瞅见，于是让会议先停一停。

大伙儿在会议室门口与乔三相遇的那一刻，才清楚会议中途叫停的原因。

其他人都站在楼道里等候，铁建把党红旗、肖一虎、金帼英、石惊天、朱子来留了下来，又让万红山把乔三叫进去，两个青年始终跟在身后。“坐吧。”铁建说道。乔三直视着铁建、金帼英与石惊天，问为什么没让他中标，谁能给他一个解释。党红旗最先搭话，说报价高出限价太多，评标结果排名垫底，所以不能中标。乔三却不这么认为，对此产生怀疑。石惊天说如果不信，可以把各家报价拿给他看。乔三摆手说不必了，评标不公平，他要抗议。

铁建起身盯着乔三严肃地说：“你可以抗议，但项目招标，我们遵守的是规则，坚持的是公平。如果你的报价在合理范围内，我们会使用你。现在，只能遵守评标结果。”乔三梗着脖子看了看他，又看了看肖一虎，说：“铁指挥，你要这么说，那我啥也不说了。前面干的活儿，希望你们能给我如数结算，不要亏了我。”铁建请他放心，一分部会实事求是，既不会多给，也不会少给。乔三无话可说，带着两个青年转身走了。

众人再次被叫回会议室继续开会。石惊天汇报说一分部的目标是年前所有洞外工程抢出来，大小临做完，两座隧道全部进洞。只要进洞，这个冬季进度就有了保障。铁建问万红山隧道断面多大，他挠着头竟没记起来。的确，隧道断面不一样，面积也不一样，他需要查一下。万红山没能回答上来，铁建当着参会人员的面儿，脸一下子板起来了，责问他这个部长是怎么当的，连断面多大都说不上来，让他下去好好补课。万红山既尴尬又羞愧，整张脸鼓胀得发红。

乔三的到来，加上万红山对断面数据的生疏，让铁建很不高兴。金帼英发现了他情绪的变化，立即回应铁建的提问，说轨道以上断面 100 平方米，垫层以上面积为 110 平方米，二级围岩开挖面积是 131 平方米，三级围岩开挖面积是 145 平方米，四级围岩开挖面积是 148 平方米，五级围岩开挖面积是 165 平方米。她的回答缓解了会场尴尬的局面，令铁建大为高兴，说总工就是总工，技术参数都在脑子里。他的表扬与肯定，让王若云、安雪容等人都朝金帼英投来羡慕的目光。金帼英则泰然自若地看了一眼石惊天，发现他虽没有正眼瞧自己，却用眼角的余光一直在瞟着自己。这时，朱子来又说出一个好消息，炸药库方案公安局马上批复，并同意二化炸药直供。猛然间，会场变得活跃起来。

散会前，铁建给孔庆荣和袁听枫下了一道指令，梁场建设已经开始，分部驻地活动板房安装施工也在同时进行，要他们半个月内从农家院搬到新驻地办公。

仅仅过了不到两天，石惊天和朱子来拿着乔三递来的结算补偿报告来找铁建，让兰花朵先把报告搁在他的桌子上。铁建来到办公室，发现报告上的结算加补偿总额达五百万元，气得一巴掌把报告拍飞了，吓得在场的人都没敢吭声。

朱子来弯腰捡起报告重新递给铁建。铁建抓着那张写满讹诈的纸在空中晃着，对石惊天和朱子来说：“你们的麻烦来了。”铁建让肖一虎自己看看，乔三干那么点活儿，竟要求结算加补偿五百万元。引进来一只狼，羊群永远不会再有安宁。面对这种讹诈，铁建让在场人的说咋办。党红旗说照实结算。朱子来则说满足不了乔三的胃口，他不会退场。肖一虎翻着眼皮想为自己开脱，说这事怪就怪赵主任，硬要让他干。铁建一听大为光火，怒斥肖一虎，说赵主任交代过要慎用，不是肖一虎硬逼着一分部用乔三伐树、干土方，也不会到现在这个地步。肖一虎憋着一口气，再次声明乔三不是他的队伍。石惊天站在铁建办公桌前，一脸正气地冲着肖一虎说：“高铁建设一直在斗争中前进，咱们这些高铁建设者，不会在任何人面前低头。”铁建极为恼怒，指着肖一虎，让他对这件事负责。

金帼英参加会议的时候，兰花朵一直陪男男在会议室外面的楼道里玩。男男隔一会儿就躲在走廊门口朝会议室里偷看，时隐时现地露出半张小脸。兰花朵把他拉到自己屋里去玩，问他自己好不好。男男跪在她的办公椅上，说更喜欢石惊天，石惊天帮他焐手和陪他玩。男男从兰花朵的办公桌上抓起一个橡皮筋不停地往手指上缠，还自言自语说要是有个像石惊天那样的爸爸就好了。兰花朵听着一时没反应过来，只瞪着一双美丽的眼睛看着男男。

寒冬的早晨，太阳慢慢从东方地平线上升起，白皑皑的群山被阳光照得有点儿发红。村庄和道路两旁干枯的树木只剩下光秃秃的枝干伸向天空。周围平坦地带仍被白色覆盖着，唯有通向山区的高铁线路被清掉积雪后呈现出黄色的路基，立在河岸边的钻孔已经开始作业，湿滑的便道上一辆砼灌车在艰难地前行着。

十天以后，一分部搬进了工地附近新建成的活动板房。早上，大家挤在洗漱间洗漱。最先是崔凌花与赵化亮一起在水池边刷牙。赵化亮仰着脖子“咕噜噜”叫着，边洗边问凌花砼试件结果出来没有。崔凌花用牙刷捣着牙缸回答他出来了，配合比没问题，检验批合格。赵化亮让她上午去搅拌站，给现场交代好。崔凌花说建成投产后她得搬到搅拌站去，有事去找宝铁。

两个人洗漱完刚离开，朱子来和王若云又挤进来。王若云边接水边催朱子来，说隧道马上进洞，大电还没接，让他赶紧去找电力局。朱子来脖子上搭着毛巾，挤着牙膏，直讲大电没接到洞口，太难协调了，喝酒都把胃喝成了萎缩性胃炎。王若云说哪条线都这样，征拆、三电迁改、乡村道路、炸药等，没有一件省心的事儿。朱子来说，新线没有既有线和站改还好，遇到既有线改造，光铁路局站段配合费都付不起，张口就是几百万元、上千万元、几千万元，简直没边儿。他很纳闷，都是铁路系统，如果中铁不把铁路和高铁修起来，铁路局运什么呀？这倒好，中铁搞施工，路局却把施工单位当“唐僧肉”，啃得越多越好，也不知道是哪儿的规定；有的还把敲诈了工程局的配合费弄成小金库随便花，一查一个准。朱子来感到太不可思议了。

王若云刷着牙，也发起牢骚来，说高铁干得越多亏得越多，哪个工程局都是负债经营，靠贷款维持运转，施工单位干亏，既有线配合费这一块就亏不少钱。都说民工是弱势群体，其实真正的弱势群体是工程局。他们谁也不敢惹，谁也得罪不起，不论在哪儿干，业主、监理和设计说啥都得听着，低头哈腰求他们，多说一句就死定了，有时候干得很憋气。

朱子来洗完脸，把毛巾往脸上一捂，来回擦了两遍，埋怨说都什么年代了，铁路工费定额还是一天几十块钱，现在有一天几十块钱的工费吗？找个小工一天都一两百块。工地再遇到窝工，工费又亏进去一大块，哪来的效益？沙石料招标时一吨不到两百块，这些最有油水的地料全控制在当地涉黑人员手里。只要一开干立马涨价，不涨不供，施工单位走投无路，给呗。可工程干完了，地材地料不调价，一亏又是几千万元甚至上亿元，没有地方讲理。

几个工人在洗漱间里进进出出，王若云收起牙具，说设计院也一样，现在这种反腐形势，对有的人不起作用，本来是正常的设计变更，可不给钱不变，主要是那些专册，胆子大着呢。国家花大钱修高铁，却出现了一些腐败分子，一出事全都一窝端。

朱子来咂了两下嘴巴，说有的设计人员把本不该用的技术、材料设计进去，再介绍队伍来承包，都有利益关系。有些材料、技术产品厂家把设计攻下来，用上以后结果废了，造成极大的浪费，也没人被追过责，简直是历史的罪人。

王若云走在朱子来身后，说这种事多着呢，没法说，也没人敢说，只能发发牢骚，都怕企业被收拾。如果再这样下去，有些人肯定要倒大霉。

宝铁和赵化亮没有在洗漱的间隙瞎聊，吃完饭让车把他俩和崔凌花送到一号搅拌站，而后里里外外地转了一圈，又向崔凌花交代了建站注意的事项，才步行去景阳隧道。他们穿着厚厚的棉衣，袖着双手走在村道上，偶尔有一两辆小车迎面驶来，俩人赶紧闪到路边。

数九天很冷，离过年也越来越近。隧道刚开工不久，他们恐怕无法与家人团聚了。宝铁说："我无所谓，让回就回，不让回就在工地过，回去无非看看父母热闹几天，又没个对象，地方上的女人看不上我这样的。不过，你可不一样，你必须回去，结婚后你们连个孩子也没有，蓝燕儿孤伶伶一个人在家过年心里肯定难受。"赵化亮说自己不愿回家，因为过年连个年味都没闻够又要跑回来，把时间都耽搁在路上，光路费就给铁路作了贡献。

两人就这么聊着，不知不觉来到了工地值班室，抓顶安全帽戴上，然后爬到隧道洞口。他们朝山下一望，冬日的山村升腾着袅袅炊烟，像一幅图画一样令人心驰神往。李卫民和民工打风枪的声音传遍了整个山村，隧道已经开始打导向墙，这让他俩踏实了许多。

景阳隧道在管区东段，石惊天和王若云担心的却是西段。洋河特大桥已经开钻，钢筋笼加工都是工厂化生产，就怕笼子下不到底出现断桩。洋河隧道临建搞好了，隧道用地也征了下来，可天太冷进洞困难。石惊天问劳务队上来多少人，朱红军说五十多个。"这点人管什么用。"石惊天说，"再多上些。"

王若云让王方太紧盯大桥，提醒梁丽丽要把住质量和安全。梁丽丽说她要把王方太盯住，因为他是桥队队长，队长怎么说施工队就怎么干，不按质量标准施工，她就找王方太。看着梁丽丽那股劲儿，王若云笑得很开心，说大桥和特大桥以及悬灌拖拉技术含量很高，哪一个点的质量出问题，谁都逃脱不掉管理责任，追责肯定先追到王方太和梁丽丽头上，让王方太要听梁丽丽的。

王方太的确很听梁丽丽的话，上场后处处照顾着她。后来大伙儿才知道她们两家住一栋楼，从小在一个院子里长大，还是在一个学校念的高中。双方父母都是老铁路，王方太一直拿梁丽丽当妹妹。

比石惊天更急的是二分部梁场。一大早，孔庆荣、袁听枫、高永恒、安雪容和紫祺在临时租住的平房内吃完饭，一起来到院子里。孔庆荣让高永恒赶紧去工地，并告诉各厂家年前预付款下来就计价结账。高永恒拉着领襟汇报说，搅拌机厂家已付了一部分，其他临建厂家还没有付，各家一直在催款。袁听枫叹着气，诉苦说工程局历来队伍难带，没干多少活儿先要钱是常有的事，这样的队伍以后不能用。要求每个人把精力放在建场上，大电问题她和孔庆荣再去找电力局。

安雪容主动提出自己去盯台座施工。中心试验室设在梁场，试验室建不好，进来的设备没地方搁，都放在老乡家里，这让紫祺很上火。袁听枫安慰紫祺说跟她一块去现场，哪个施工队不好好干，就管管他们。

安雪容说："袁姐，到了工地，你说话注意点方法。"袁听枫说："姐就是这种风格。有的施工队没活干来求咱们，如果用了他们再不好好干，姐能饶他们吗？总不能让那些队伍一边挣咱们的钱，一边祸害咱们。这样的队伍我袁听枫一个不要，统统把他们赶走。"

高永恒伸出大拇指，一个劲地笑着称赞。袁听枫说该温柔的一定温柔，不该温柔的，她绝不会客气。孔庆荣听着就乐了，称她是女汉子。干高铁这一行，太温柔管不住施工队。有时男人到工地上说话都有队伍不听，更何况女人呢。安雪容说袁听枫一发火，她和紫祺都怕，哪个施工队敢不听话？袁听枫说："别夸姐，我头晕。"说完，她们就进屋收拾一番去了工地。

铁建吃完饭，站在院子里分别给石惊天和孔庆荣打电话询问了现场的情况，这对他来说已经成为一种习惯。得知两个分部都把工作安排得井井有条，就十分轻松地回到办公室。前脚刚进，肖一虎和金帼英便一前一后各自拿着资料迈了进来，两个分部的劳务、设备、物资招标结果需要他签字。

肖一虎把文件递过去，铁建从桌子上抓起笔一页页翻看，再次问起乔三队伍退场的事，要求他亲自去谈，把结算价压下来。肖一虎想拖拖再说，太过于主动反而会陷入被动。铁建像没听到，在中标结果上签完字，把表扔给他，说两个分部可以正式发中标通知书，签好合同再进场，但还是那句话，肖一虎必须抓紧把乔三的队伍处理掉。

肖一虎说："好吧，我尽量，不过谈起来的确有难度。"

铁建没再纠缠此事，又拿起物资招标结果一页页审查，发现"强盛物贸有限公司"在一二分部都中了物资包件，既有钢绞线、土工，又有防水材料，再看公司注册地，跟铁建他们所住的是一个城市，于是感到纳闷。金帼英凑到跟前看了看，说好像是安雪容男友的公司。肖一虎称不清楚，肯定是这家公司的价格合适，所以评标小组才评他们中标。既然不熟，铁建就没再多问，接着又翻看设备中标表，设备厂家同样一个不熟。金帼英十分关心郭富海代理的厂家有没有参与，肖一虎冷笑着说没有。她不信，从铁建手里拿起中标单位名册看，确实没有发现郭富海代理的那家公司，于是悻悻地把表格还给了铁建。

金帼英和铁建都没想到，肖一虎明修栈道，暗度陈仓，背后为郭富海的厂家和邓立强的公司打了埋伏。在他的授意下，他们全部采用障眼法，用别人的名字报名投标，竟然蒙混过关了。

肖一虎对于铁建让他处理乔三的队伍，内心极不情愿。与此同时，乔三也正提着四条中华烟去找赵主任。赵主任说自己抽不起这么贵的烟，问他啥意思。乔三站在他的办公桌前，直言不讳地说是领导让他来找的，中铁工程局队伍招标愣没让他中，前面干的活儿办理结算他不能再吃亏。

赵主任点点头，说："听说了。不过，你张口五百万元，是不是有点太离谱?"

乔三坐在沙发上，从铁盒里掏出一支粗壮的雪茄来回看，说不离谱就挣不到钱，只要后面让他接着干，前面这点钱他可以不要，请赵主任再出面协调协调。

赵主任没有正面回应，明着不敢得罪乔三，心里却骂他贪得无厌。乔三自负地瞧着赵主任，说："咱们祖祖辈辈都在这个地方，谁都挪不走，可是抬头不见低头见啊。"这话意味深长，赵主任听出有点威胁的味道，但他表现得不卑不亢，告诉乔三这件事他不便参与太深，可以联系肖一虎和石惊天，还是双方自行解决为好。乔三沉思良久，同意赵主任把肖一虎和石惊天约到一起进一步谈谈。

当天上午，肖一虎、石惊天和朱子来赶到县城，与乔三约在了一家茶馆，重新回到了谈判桌前。乔三身后站着两个青年，明眼人一看就知道那是他的贴身保镖，看上去非常唬人。石惊天并不在乎他的这种架势，把一份工程量和计价清单递给乔三，让他自己看，说他提出的补偿太高，满打满算干了不到一百二十万元的活儿却要五百万元，一分部真的办不到。乔三也不正眼瞧石惊天，斜眼看着屋顶，称既想让他退场，又不想给补偿，责问石惊天天下没有这么不讲理的央企吧？朱子来说不是他们不讲理，而是乔三所提的要求太过分。乔三扭头瞪着朱子来，说：“我过分？你们不过分吗？请我帮忙进来伐树进地，树伐了，地进了，干活儿却又反悔，三番五次折腾我。”

肖一虎看石惊天和朱子来都在场，既不能指责乔三，又不能替他说话，便软硬兼施地和起稀泥来。他劝乔三让一步，在正常计价的基础上，多给他加三十万元退出去，让中标单位进来先干。乔三不满意肖一虎的调解，说不是不给肖一虎面子，要么让他接着干，要么补偿五百万元两清，否则谁也别想干，反正他的设备和人手都在现场。如果不够，他可以再拉一帮弟兄天天蹲在工地，让石惊天和朱子来考虑。

“你这是讹人。”

“石经理，你说话要负责任，我讹你们了吗？”

朱子来指着乔三说：“你提这样的条件就是讹诈。”

乔三哈哈大笑起来，说在这地头上没人敢不买他的面子，让石惊天和朱子来别以为自己是央企，能插翅从天上飞过去。他一句话，会让中铁工程局寸步难行。

石惊天很生气，把茶杯推到一边站起来说，是肖一虎把乔三引进来的，让他与乔三谈，而后叫上朱子来俩人拂袖而去。

肖一虎十分尴尬，心里对铁建恨得咬牙切齿，劝乔三说这事不怪石惊天他们，是铁建独断专行，年轻时是这样，现在还是这样。乔三并没有同情肖一虎，只言知道他背后一直在帮忙，所以不怪他。肖一虎奉劝乔三别跟一分部闹僵，但可以咬住五百万元不松口，回头他再去做铁建的工作，尽量让他接着干。

石惊天和朱子来没有直接回项目部，而是去局指找铁建了。不多时，肖一虎和党红旗也都赶回了指挥部。石惊天俩人把乔三要么坚持要五百万元，要么接着干的无理要求细说了一遍。铁建敲着桌面说他早提醒过，一旦沾上这样的队伍迟早会被讹诈，让肖一虎汇报最后咋谈的。肖一虎面带难色，称谈起来确实有难度，双方悬殊太大，按说是一分部理亏，伐树是着急进地才找乔三帮忙的，伐完树地进了，让他停下来撤出去，确实有点难为人家。

肖一虎再次抬出了赵主任，说这事如果传到赵主任耳朵里，即使他不说啥，但委托他的县领导，也会认为中铁工程局谁的面子都不给，怕对下一步工程推进有影响。铁建深知肖一虎的套路，直视着他说："照你这么说，还是咱们的责任喽?"

肖一虎说暂不论谁的责任，他当初答应乔三进来干，党红旗知道这件事，也是为了加快进地速度。党红旗不认可他的说法，说知道这件事，但没答应让乔三进来干，肖一虎也没说过把乔三安排进来。

肖一虎和党红旗争执不下，铁建坐在椅子上沉默不语，十分憋气。这样的事情很棘手，但总得要解决和处理，就问石惊天和朱子来俩人啥意见。石惊天说乔三对外扬言不让他干谁也干不成，并要扫平一分部。铁建听后忽然大怒，不相信共产党领导的天下，他乔三能翻得了天。

朱子来此时却显得很冷静，提醒铁建这件事如果处理不好，乔三肯定要闹事。党红旗提出抓紧向王县长和赵主任报告，让县里早出面干预。铁建说可以报告，但关键在一分部，如果乔三敢带人闹事就把现有职工组织起来。回头又问肖一虎咋处理。肖一虎觉得做工作的机会来了，便摸摸下巴说，他的意思还是让乔三干完手头现有的活儿，后面让他撤出去。理由是乔三占着场地，清场需要时间，也许要花几个月。他承认这件事有责任，但不是为了自己，他向组织检讨。

"得得得!"铁建烦躁地挥着手说，"检讨管个屁用。"铁建再次征求党红旗和石惊天、朱子来的意见。党红旗考虑了半天，说让乔三把这些活儿干完也行，但必须接受咱们的招标价，签好合同。肖一虎见缝插针，说乔三有土，只要同等单价，也可以用他。

铁建的意志被肖一虎和乔三绑架了。思前想后，他不想刚上场就在当地闹出太大的动静，只好忍下这口气。"你这是让我骑虎难下，打掉牙往肚子里咽呀。"铁建怒视着肖一虎说："那就按党书记的意见办，让乔三干完目前的清表、钻孔和垡板施工，路基土方由中标队伍干。如果再来抢活儿，那就采取措施，高铁阵地不能让他这样的当地队伍霸占住。"

当日，石惊天通知乔三继续施工，肖一虎在办公室里拍着手自鸣得意，连忙打电话给乔三表功，说自己做了多少思想工作，也落了一身埋怨，这让乔三对他感激涕零。肖一虎的目的一再得逞，并不是铁建装聋作哑，而是他从整个项目全盘考虑，心里十分清楚此事总体上影响不了大局，也尊重了党红旗的意见和建议。

物资和设备招标定标后，肖一虎同样四处卖好。他打电话给南北公司王忠理，先检讨隧道队伍的事没办好，后表功一手操作让邓立强中了一分部的材料包件，郭富海中了设备包件，问他还有啥指示。王忠理仰躺在办公桌后面的椅子上，笑得很开心，直夸奖肖一虎办得好，回头会让他们好好感谢他。肖一虎客气地回应了两句，挂断电话哼着小曲又拨给了郭富海，把中标的消息告诉他。

郭富海正在车上，接到这个消息，很是高兴。肖一虎站在窗前边打手机边踮着两脚，身体扭曲得变了形。肖一虎告诉郭富海这次评标可费了老劲，幸亏听他的劝告没用自己的名字，加重语气说金帼英还专门审查了中标单位名单，好在没看出有郭富海代理的厂家。郭富海听完表示一定要来面谢。肖一虎假惺惺地让他不要客气，最后说金帼英真不咋样，太绝情了，这回招标差点把郭富海赶尽杀绝，要不是他亲自操作绝没有中标的可能，说郭富海离婚离得好。郭富海电话里让肖一虎别告诉金帼英他中了设备标，他不想提她，更不想让她知道。

邓立强接到肖一虎传来的物资包件中标的消息时，正趴在桌上盯着电脑玩游戏。他一听中标立马来了精神，坐正了身子。肖一虎自然卖弄一番他在项目上的影响力和控制力，故弄玄虚地说打完招呼后，朱红军确实给了安雪容面子，让邓立强最好打个电话感谢感谢朱红军。邓立强醋意大发，说是不管别人，只认肖一虎。邓立强总觉得朱红军对安雪容没安好心，这次去王忠理那里见到朱红军，安雪容对他好像有些暧昧。

“如果真觉出他们之间有啥，说明你眼睛还算亮。”肖一虎奸笑着说，“我也觉得他们关系不一般。邓董，你可要小心啊。”

挂断电话，肖一虎在屋里转着圈子琢磨起邓立强的话来，也开始怀疑朱红军跟安雪容到底是什么关系。

距春节不到二十天，一分部终于在现场建成了新驻地并搬入办公。驻地的前后几排一律用活动板房搭建。最前排是会议室加办公室，出门便是宽阔的操场。搬家这天，会议室内布置一新，墙上挂满了各种图表、标语。会议桌的每个座位前都安了一只麦克风，顶头的墙上吊挂着投影屏幕，处处显示着项目管理的现代气息。而在外面的操场上，一分部人员穿着厚厚的棉衣或羽绒服聚集在一起，地上摆满了长长的鞭炮。

朱红军不知道肖一虎在背后借招标之事挑拨他和邓立强、安雪容之间的关系，依然兴致高涨地与王方太点燃鞭炮。随着一阵炸响，空中蹿腾起一股蓝烟。王若云和梁丽丽两手捂住耳朵站在寒风中瞧着他们放鞭炮，脸上绽露着喜悦。

庆祝仪式结束后，周部长拿着请款报告找到石惊天，告诉他项目部账上没钱了，说约好了梁场财务王部长一起去局指要款，向他请假。石惊天抽了口烟，催他抓紧去，还派自己的车把周部长送到了局指挥部。

兰花朵接过两份要款报告，用奇怪的眼神看着两位部长，问他们是不是约好的一块来要钱。周部长和王部长不承认，哭穷队伍干活儿没钱付，人车马秣的到处用钱，让兰花朵找铁建说说抓紧拨款。兰花朵说铁建和党红旗在开会，局指的上场费都是从集团借的，业主预付款不到，局指也没钱，让他们再撑撑。

正说着，石惊天和王若云从楼下上来，站在兰花朵门口朝里探头望了望，转身走到对门，推门进了铁建的办公室。俩人没料到党红旗、金帼英和男男都在屋里。见石惊天进来，男男喊着叔叔跑到他跟前，一把拉住他的手。

几个人寒暄后，铁建让石惊天和王若云坐在沙发上，他从办公桌后面走到沙发边也坐了下来，对金帼英说关于男男的事儿他跟党红旗有个想法，看她同不同意。金帼英顿时有些莫名，问他们啥想法。铁建直言金帼英太忙，男男没人带，再有两年也该上学了，他们修高铁不能耽误了孩子。兰花朵还没结婚，陪孩子玩可以，一遇到孩子哭闹便束手无策，还不如石惊天呢。所以，他们想在镇上给男男找个幼儿园，春节后开班把他送过去。有小孩一起玩，性格也不会孤僻，是有好处的。王若云听后一阵惊喜，夸赞他和党红旗的主意好。金帼英却犹豫起来，发愁放学时谁能准时接男男。

党红旗说："好办。咱指挥部谁在家、谁有空谁去接。红山、花朵、杨晓，还有门卫，哪个都行。惊天有空也可以顺路去接嘛！大伙把男男当自家孩子养，总比在指挥部散跑着强。"

石惊天赶紧把话接过来，说他和王若云有空也可以帮着接接送送。金帼英白了他一眼，讽刺说他瞧不上她们女总工，男男不用他管。石惊天脸憋得通红却不敢言。金帼英问怎么去找吴镇长，铁建瞅着石惊天一个劲儿地偷笑，说只要金帼英同意，他和党红旗会安排好。中铁职工在这儿修高铁，是支持当地发展，孩子上个幼儿园找镇里肯定会办，事情就这么定了下来。

从铁建屋里出来，金帼英领着男男往办公室走，石惊天跟在后头摸了摸男男的头，让男男跟他再见。金帼英来到办公室门口转身盯着他。石惊天明白她想说啥，望着她说："你心里结冰了，需要加温。"金帼英欲言又止，瞪了石惊天一眼，石惊天则转身离开下楼了。

王若云和党红旗留在了铁建的办公室。金帼英和石惊天刚走，铁建就接到了赵主任的电话，还是乔三那件事，说有领导让他跟铁建再说说。铁建半答应半回避，说有了处理方案，不过要看乔三表现。说完向赵主任发出邀请，让他陪王县长和吴镇长有时间来局指吃顿饭。赵主任以为铁建想密切与地方的关系，答应由他去请示县长。

党红旗随后回了自己办公室。屋里只有铁建和王若云两个人。铁建往她的茶杯里添了添水，问王若云还有没有其他事。王若云说自己没啥事儿，随口问起韩秋柳和铁宏歌怎么样。铁建说两天没给家里打电话了。王若云伤感地说，整个家就靠他撑着，让他多保重。铁建温存地望了一眼王若云，避开了她的话题，聊起洋河隧道进洞的事，让她回去抓紧督促一分部组织队伍动工。王若云说不用他操心，仍问自己能帮韩秋柳做点啥。铁建微微一笑谢过她，说啥都不用，宏歌在家呢。王若云发现铁建很不领情，从沙发起身走出了办公室。到了门口她又回头看了他一眼，铁建朝她挥挥手，一直望着她的背影消失在视线里。

洋河隧道开工的日子，现场搭起了临时搅拌站，摆满了机械设备，发电机嗡嗡作响。虽然不再举行像景阳隧道动工那样的仪式，但石惊天命赵化亮、朱红军和劳务队长李鹏飞也要渲染一下气氛，在洞口上空飘着几只气球，也拉起长长的鞭炮。不久，当地村民都听到了鞭炮声和风枪以及机械的作业声。

一天早上，金帼英夹着一摞资料来到铁建的办公室。铁建正伏案看图表，头也不抬地把她让到沙发上坐。金帼英把资料放在茶几上，告诉他南北公司通知施组已经通过批复。铁建两眼一亮，催她抓紧派人去取，让两个分部严格按施组执行。"帼英啊。"铁建不经意地说，"你们几个总工都是女的，隧道施工将来进洞是个麻烦事儿。"

金帼英很是愕然，问女的咋啦。铁建说有的隧道队忌讳女人进洞，觉得不吉利，尤其是南方的队伍，女人只要进洞一出来，就噼里啪啦没完没了地放鞭炮，说是驱邪气。金帼英极为不悦地说："都是穷毛病，隧道队才有邪气呢。隧道施工女人不能进洞，那学地质和隧道专业的女科学家、女隧道专家多着呢，哪个不进洞？有的老局还组建女子工班搞开挖呢，人家怎么没事？轮到这个项目女人就不能进洞了，这么多穷讲究。"她让铁建不能答应隧道队的这种做法，到时不让她进洞，隧道施工遇到问题，谁愿进谁进，出了问题她不负责。

铁建一听金帼英口气不对，赶紧乐呵呵地说，十里不同音，百里不同俗，怕干起来以后出个啥事儿怪到她们女人头上。金帼英说凭什么怪她们女总工，男人进洞就没事？一口咬定是歪道理。她还说过去有的女同志不进隧道照样塌方，都是施工队不按要求和标准施工、步距超标、二衬与掌子面拉得过大，要不就是偷工减料、仰拱边墙开挖过长、初支钢格栅悬空造成的。铁建觉得失礼，"嗯嗯"地应和着，称她说得有道理，隧道队讲究让他们讲究去，去现场后该进的进，他铁建肯定支持。金帼英矜持地抿嘴笑了，说他要是听隧道队那些奇谈怪论，歧视女同志，趁早另选总工。

铁建无言以对，只好假装埋怨金帼英冤枉了他。金帼英则追问一分部谁说的女人不能进洞。铁建摇着头站起来不停地解释，让她不要去找下面的人。金帼英猜想肯定是石惊天说的，因为景阳隧道率先开工。铁建见事情惹得有点儿大，劝她不要冲动。金帼英很倔强，说没冲动，理性着呢。铁建说："你刚才还说要找石惊天呢。"

"他要剥夺我工作的权利，不找他找谁？"金帼英说，"隧道进洞后如果真像你说的这样，我非得跟他较较真不可，看谁拧得过谁。"

面对金帼英的强硬铁建只好说："好好好，你厉害。"金帼英抱起资料走了，铁建问去哪儿，她只撂下一句话："现场。"

铁建顺口一提的事儿，金帼英却认真起来，这让他知道了女人的厉害。金帼英前脚离开，兰花朵后脚就拿着两个分部的请款报告进来了。铁建说沿线还有不少电力迁改需要找电力局，已让一个分部先去联系，没准儿还得准备些钱，不然迁不动。兰花朵向他报账，说上场费从集团借了三百万元，花得差不多了。局指正在办开户，估计这几天能下来，预付款一到才好办。铁建问账上还有多少钱？兰花朵如实回答不到一百万元，两个分部的计财部长都来要钱，等着拨款呢。一百万元不到，给谁拨不给谁拨着实很挠头。铁建问两个分部的计财部长在哪儿，兰花朵说让他们回去了，只能给他们解释，业主预付款一到，立马下拨。

当即，铁建把党红旗叫过来，商量拨款的事儿。党红旗说两个分部都不容易，还是先给他们拨十万二十万的应付一下吧，不然会影响下面的情绪。铁建犯愁，说账上不到一百万元，那一个分部先给二十万元。快过年了，局指怎么也得留上几十万元。兰花朵提议先拨，局指真没钱再找集团财务借，预付款到后一并还。

铁建终于在两个分部的请款报告上签了字，把石惊天和孔庆荣高兴得不行。石惊天没想到的是，金帼英离开铁建办公室后，叫上万红山乘车赶往了景阳隧道。越野车行驶在山村湿滑的道路上，周围满山积雪。路过设在路边的一号搅拌站大门口时，她发现门卫室已建好，上百号民工正冒着寒风赶工作业，几台机械在场内来回倒运着材料。院内几排活动板房已安装成型，搅拌机、料库、围墙、地磅也已安装完毕。一台吊车在吊装料筒，上面印有“中铁工程局”字样。

金帼英的目的地不是搅拌站，但路过肯定要进去看看。越野车拐进搅拌站院内的空场里停了下来，宝铁和崔凌花手里各拿一张图迎上前来。宝铁在皮帽上又戴了个安全帽，像从威虎山上下来的，直称天冷冻耳朵。金帼英扣好安全帽，说：“宝铁就你怕冷，人家凌花咋不冷啊。”崔凌花说耳朵不冷，脚冷。金帼英低头看了看她的脚，就穿了一双旅游鞋。崔凌花跺着脚说穿皮棉鞋走路累。金帼英嗯嗯两声，夸赞搅拌站的场地选址不错。宝铁汇报说整个搅拌站占地不到一万平方米，离隧道工地一公里，这块空地是找村里做工作要下来的，再有两天便能建完，他和崔凌花一直盯着。金帼英察看着现场说具备运输条件，可以减少混凝土运输距离，又没有水源地和保护区，还避开了崩塌、滑坡、水淹等不良地质灾害区域。

崔凌花展开图纸汇报，称完全照批准的规划选址和建场，金帼英对建场很满意，随即又去试验室看了看。试验室内压力试验机、混凝土含气量测仪、养护室设备等应有尽有。金帼英提醒宝铁和崔凌花，混凝土生产一定要把住方量，方量消耗出去，钱“哗哗”地就没了。

金帼英来到景阳隧道时，洞口马达轰鸣，风枪哒哒作响，一台大型隧道三臂钻孔台车停在设备停放区。石惊天看到金帼英手提安全帽往洞口走来，马上迎了上来。宝铁和万红山跟在金帼英身后。石惊天热情地说欢迎，金帼英边走边看，讥讽他假话连篇。石惊天笑脸相陪，完全不像第一次见到她时的态度，他谦逊地介绍说正施作洞门，信息化都上，洞内将安装摄像头，洞外实行门禁功能，进洞施工人员必须通过登记的电子芯片严格把控，在LED屏幕上公示才能入洞。

金帼英爱答不理，称呼他石大经理："隧道干得好是你的功劳，干不好也是你的责任。"石惊天显然不好意思，说这样称呼是在损他，他在她领导下工作，不过是个现场干活儿的。万红山和宝铁从没有见过石惊天这样的谦虚，偷偷笑着躲到了一边。

金帼英冷冷地说："我可领导不了你。不过，你今天还算谦虚，但谦虚不代表你做的都对。"石惊天诧异地说："我哪儿又做错了？"金帼英没有正面回答，指着三臂钻孔台车问保养没有。石惊天说保养了，标准配备，导向墙套拱和超前大管棚超前锚杆马上打完，并且潜孔钻机、小导管都用上了，马上可以放炮进洞，里边能不能用还得看地质情况。金帼英抬头望着洞门哦了一声，要求洞口和明洞施工推广"零开挖"进洞理念，遵循"早进洞、晚出洞"原则，尽量避免对山体大挖大刷，适当延长明洞和隧道长度。

金帼英看工地是假，找石惊天的麻烦是真。看到最后，金帼英问起高位水池有没有偏开正洞位置。石惊天指着山顶说离正洞洞顶远着呢。金帼英看到一个人正在洞口作业，戴着安全帽挺卖力，问那个人是谁。宝铁凑过来说是劳务队队长李卫民。她让宝铁把他喊了下来。石惊天向李卫民介绍金帼英是局指总工程师后，李卫民连连冲她憨憨地点头。"你是劳务队队长？""副队长，宝铁是队长。""听口音你是南方人？"李卫民自报家门称是湖南的。金帼英说："刚好，我正要问你们个事呢。"

石惊天揣摩不出她要问啥事儿。金帼英直截了当地说："听说你们对女同志进洞很忌讳，有人说女同志一进洞隧道就会出事，对吗？"李卫民没弄明白金帼英说这话的含义，顺口"是呢，是呢"地回答着。金帼英问谁跟铁建说过这事儿，他们个个互相瞧着，一时摸不着头脑。宝铁和李卫民都称没去见过铁建。金帼英低头向洞口坡道走去。石惊天眨巴着眼睛，直喊有点晕，追问金帼英李卫民说了什么。金帼英反问："说什么你不知道？"石惊天没有回过味来，说确实不知道。金帼英厉声地说："石惊天，你不是说不让女同志进洞吗？

我和若云都是女的，隧道进洞后遇到技术问题，你别来找我和若云，自己想办法解决，我们不伺候你。”说完，金帼英喊上万红山匆匆离开了。

冬日的群山覆盖着积雪，在阳光下格外耀眼，路上行驶的车辆来往穿梭着、喧嚣着。从高空俯瞰，山间白皑皑的雪地上有一段段开工的路基和桥梁，一些钻机竖立在雪地之上。

金帼英的越野车向山下开去。万红山坐在后座边劝金帼英别生气，边替石惊天说好话。金帼英认为宝铁和李卫民在现场够不上指挥长这个级别的领导，能接触上铁建的只有石惊天。她越想越生气，心想女人不能进洞，隧道遇到问题，看石惊天来不来找她。

而石惊天和宝铁、李卫民站在值班室外的空场上，对金帼英说的话百思不得其解，他俩问石惊天说啥了惹金帼英不高兴。石惊天摸着脑袋想了又想，终于恍然大悟，想起了他跟铁建说过女人进洞不吉利的话，而这话是李卫民说给他的。

李卫民说：“是有讲究，可没让你对外说呀。”石惊天猛敲一下他的头，说：“都是你惹的祸，看来金总真的计较了。她明着是来检查工地，实际是想弄清楚谁跟指挥长说的不让女人进洞这话。”宝铁劝石惊天有空去跟金帼英解释解释。石惊天明白她是总工，技术上的事都归她管，以后再来工地，让宝铁和李卫民谁都不能再提这件事。李卫民说行，以后女人进洞放行，出洞放炮。石惊天听着，飞起一脚朝他的屁股踢了过去。

第七章

铁建乘坐的越野车从公路上拐进了梁场场区的主干道，他问司机金帼英去了哪个工地，司机说车出去的时候说去一分部。铁建一听便猜到金帼英准是去找石惊天的麻烦了。

铁建到达梁场时，几百号工人在呼啸的寒风中干得热火朝天。远处雪地上摆放着大堆制梁模板和龙门吊等待安装的大型设备。挖掘机、装载机正在进行土方制存梁台座施工作业。生活区的两排活动板房已安装完毕。两台 120 搅拌机和料筒已安装就绪，上面同样印着单位的标识。钢筋加工棚也在封顶，储料库、试验室的活动板房已经建好。虽然天寒地冻，砼灌车仍顶着严寒浇灌场内道路，路面上盖着一层棉被和彩条布。

高永恒身穿棉大衣现场指挥挖掘机施工，嫌换填深度不够，让司机再往下挖。作业队队长打手势指挥挖掘机深深地吃入地下。

孔庆荣头戴安全帽站在主干道上喊着，让生活区必须加暖气，不然冬天职工受不了。高永恒满腿泥土，跑去告诉施工队，又转身问打梁区保温养生作业要不要加。孔庆荣说用蒸汽养护，先把生活区和试验养护室的加上。等他再扭头时，发现钱主任的侄子带着两个青年又追着袁听枫朝他走来了。

钱主任的侄子还是来要活儿的，并且说是钱主任让他来的。袁听枫径直往前走着，问他们能干啥，一名青年跟在后头说啥都能干。袁听枫讥笑着说啥都能干，还用到这儿来要活儿。钱主任的侄子伸手拉袁听枫的衣服，想让她停住，说村里的地都被征用了，哪怕给干点儿场平也行。袁听枫转身瞪着那家伙，猛地甩开他的手，让他们去前面找孔庆荣。

“你们咋又来啦？”孔庆荣极不耐烦地说。另一青年死皮赖脸地央求说，别人的活都快干完了，也没给他们安排一点儿，太不够意思。孔庆荣找了一大堆理由搪塞。钱主任的侄子强调别人能干他们也能干，手头有的是钩机和运输车。他叔帮征了地，答应得好好的却把活儿都给外面队伍干，很是不高兴。

孔庆荣推托说没有答应任何人，这些队伍都是县上安排的，让他回去转告钱主任去找县领导。钱主任的侄子说他不去找，逼孔庆荣答复到底给还是不给。孔庆荣故意挠头，说：“你们可真难为人，我一人做不了主，还得招标，价格又低，你干下来不挣钱，怎么向你叔交代？”身后的青年绷着脸，说：“不相信不挣钱，糊弄鬼呢？不行告诉主任把工地停喽。”

这句话惹恼了袁听枫。她凑上前愤怒地指着三个人，说：“敢？了不得了你们！给你们活儿干就行？你以为这地是你们家的？这是国家的。”

钱主任的侄子无力反驳，只强调他叔帮忙给梁场征了许多地，不然建场也开不了工。袁听枫说：“帮征地是他应该的，群众不选他当主任，他想帮征地还帮不了呢。征了地，就应该给你们安排活儿干？把梁场所有活儿都给你家得了。征地是签过合同，付过款的，别以为你叔是村主任就在这儿横行霸道，孔经理给你面子，老娘我没面子给你们。”孔庆荣听她嘴里冒出了“老娘”两字，生怕传出去不好，立即挥手制止，把事揽过来自己处理。

孔庆荣拒绝了钱主任侄子的要求。磨了半天，三个家伙仍在工地外围转悠着，不一会儿又转到了袁听枫和孔庆荣身边。袁听枫厌恶地问咋还不走。钱主任侄子一甩烟头，说想最后再问一遍，是不是真的一点活儿都不给。孔庆荣皱着眉头说他们磨叽。钱主任侄子气急败坏，发狠警告说这儿的活儿不给他们，谁也别想干，不信走着瞧。

说完，三个家伙哼哼唧唧地走了。袁听枫站在背后指着他们喊：“回去告诉你叔，就说我姓袁的不同意。还没人敢在老娘面前撒野呢。”孔庆荣想这下可把钱主任得罪了，回头还不知道他们会出什么幺蛾子呢。

铁建的越野车开进场内停在了孔庆荣和袁听枫面前，他俩喊着指挥长，上前拉开车门。铁建在车里看到三个青年走过去，嘴里骂骂咧咧的，不知发生了什么事儿。孔庆荣和袁听枫一五一十地向他叙述了一遍。袁听枫说老钱的侄子在她和孔庆荣面前耍横，这样的小混混不骂不行，不信反了他们。孔庆荣稍有顾虑和担心，钱主任在梁场征地中出面做了不少工作，这一来地价和大电使用可能会出现反复，将来运梁车过路，有可能会组织全村人出来挡道。袁听枫理直气壮地说，他敢组织人挡道，她就敢到县里市里去告他。

铁建一边看工地一边琢磨着这件事的后续影响。他认为未必有孔庆荣想的那么严重，从梁场征地看，钱主任虽然有点儿贪，但总体上还是有大局观念的。将来他敢组织村民挡梁车，除非他这个主任不想干了。因为老钱索要的那辆车，到什么时候都是抹不掉的证据。孔庆荣说如果他阻挡施工，会想办法把车要回来。铁建说不到万不得已不要那么做。铁建问他们答应过老钱给他的侄子安排工程没有，袁听枫摇头说提出来过，他们没答应。铁建心里有了底，猜想没准儿是老钱的侄子打着他的旗号来要活儿。基层村主任、村支部书记想为老百姓办好事的占大多数，当然，也有一些贪的、坏的。老钱的侄子不能代表老钱，让他们不要产生误解。

袁听枫气愤的是那帮小子说话太气人，好像中铁人是他叔叔领导下的农民。如果事情真的有所变化，大不了她袁听枫到姓钱的家里赔礼去。铁建说真到那一步上面会有人找他，现在着急的是把梁场建起来，一开春能打梁，时间和速度就是胜利。

孔庆荣打发走钱主任侄子，看到中心试验室的门开着，他知道紫祺在里边正安装调试设备，便绕过铁筋加工区走了进去。紫祺穿着厚厚的棉衣在试验室安装设备仪器，忙得满头大汗。他从门外走进屋里时，紫祺一个人满手油漆和铁锈，连个帮忙的人手也没有。

孔庆荣上前拉开紫祺，让她放下设备，自己弯腰憋红着脸把仪器搬起来，紫祺则协助他把仪器摆上做好的水泥台上。孔庆荣拍拍两手，告诉她这玩意儿还真沉，搬不动别硬搬，万一砸到会受伤。紫祺掏出湿巾让他擦擦手上的铁锈和黄油，内心顿时生出一种幸福的感觉，认定他是个暖男。于是，她深情地望着这个男人，大胆地问起他谈过几个女朋友。孔庆荣不知怎么回答，良久才说谈过但都没成，女方看不上他。紫祺说在这里要干好几年，不知道要去哪儿找。

孔庆荣还没想过这个问题，一时还真不知道说什么。孔庆荣的确观察过紫祺，也拿她与兰花朵做过比较，某种程度上他更喜欢兰花朵的娇纵。更因为铁建是紫祺的表舅，对她多少有所戒备。铁建和金帼英、袁听枫、万红山进来后，倒是铁建先提起了紫祺个人的事儿，说她妈天天打电话，催他赶紧帮紫祺找个对象。袁听枫说姓邓的那小子是社会人，想把雪容调出去，挖她墙脚，雪容同意，她不同意。金帼英听了这话，嫌袁听枫管得太宽。袁听枫辩称，她跟安雪容一块混了这么多年，她要调走还真不乐意。紫祺撒娇般地摇着袁听枫，说安雪容没说要调走，她也没嫁出去，让袁听枫不要着急。铁建以表舅的身份提醒紫祺，要嫁就嫁中铁人，内部好小伙有的是。袁听枫呼应说，自古肥水不流外人田，女的嫁到外面去，中铁的光棍不是越来越多了？梁场的好小伙远在天边，近在眼前，女孩子容易灯下黑。

离开试验室后，铁建把金帼英和袁听枫支配到另外一处作业区，他带上孔庆荣和高永恒去看制存梁区域时，发现安雪容和朱红军俩人并排走在提移梁区后面的大桥线位上。铁建提醒孔庆荣，说他也老大不小了，个人问题到了该考虑的时候。孔庆荣腼腆地一笑回答正在考虑。铁建说：“哦，那好，你觉得紫祺怎么样？”

孔庆荣肯定了紫祺，又说俩人都在梁场，是上下级关系。铁建猜出他是怕别人说闲话。孔庆荣没否认，心里确实有这个顾虑。但另一个重要的原因是他内心喜欢另一个女人。

孔庆荣不知不觉地把目光投向了远处的朱红军和安雪容。俩人头戴安全帽，手拿资料正在提移梁区和大桥线位上查看，身后每隔三十多米就有十几个工人在进行场区作业。安雪容对朱红军说架梁开始后，箱梁从这里上桥。所以，这座特大桥一分部必须早点抢出来。朱红军先是表示有压力，后来便把话题扯到了肖一虎和邓立强的身上。他对安雪容说起这次邓立强的公司中了一分部物资包件，邓立强对他有看法。

安雪容听后很吃惊，问道：“肖副指挥怎么跟你说的？”朱红军说：“他的意思好像我对你有不轨之心，提醒我不要打你的主意。还说业主王总很关注你，因为你未来的公公是他的同班同学，我很生气……说实话，尽管我很喜欢你，但咱们除了工作，我何时打过你的主意？”安雪容称肖一虎在胡说，劝朱红军不要听他胡言乱语。朱红军情绪很低沉，说：“我一直在想，既然肖副指挥这么提醒我，说明你男朋友对我有成见，甚至对咱俩都猜疑。上次喝酒他把我灌醉，我能感觉到他对我的极度不信任。现在，我都不知道该怎么与你相处。”

安雪容拉了拉朱红军的衣袖，说：“邓立强想让我调离局里，我没答应。

我习惯咱们一起工作时的状态，更不想把自己淹没在一个不喜欢和不属于我的环境中。所以我想，你应该表现得更好，这才是我想看到的。”

安雪容走着走着突然掏出手机打给了邓立强，追问他跟肖一虎说了朱红军什么，邓立强自然死不承认。安雪容说：“你没跟肖一虎说，他为什么会提醒朱红军不要打我的主意？我们除了工作上的接触，没有半毛钱的关系，你为啥这么不自信？”邓立强在手机里笑称自己很自信，如果不自信也是安雪容的工作环境给他造成的。所以，他劝安雪容调出去就没啥事了。安雪容说：“这件事我要认真考虑。但我提醒你，你的内心有再多的想法，有再大的疑虑，也不要把坏情绪带给或强塞给别人，不要困扰你以外的人。”

邓立强说：“我一直控制自己，因为我对你有着真挚的爱。”安雪容说：“真爱永远建立在相互信任和支持的基础上。关于肖一虎，我总觉得他浑身有股邪气，负能量很大。跟他交往，你会被一股令人不寒而栗的阴气和雾霾笼罩着、覆盖着、包裹着，始终不见天日。时间一久，或多或少都会受他的影响而改变自己。”邓立强对安雪容的说法很不认可，说那只是她的感觉，肖一虎和王忠理是真正帮他的人。安雪容停下了脚步，说：“既然你这么认为，说明咱俩的交友观、人生观、价值观没在同一个频道，那以后你对和我一起工作的同事就不要妄加猜测和怀疑。”

这件事发生在乔三负责的路基段复工那天。肖一虎、乔三、朱红军三个人站在工地上监督施工作业。肖一虎走近朱红军后故意夸赞安雪容和邓立强郎才女貌，家庭背景也好，让他不要打安雪容的主意，因为她是业主王忠理关注的人，未来的公公是王忠理的同班同学。朱红军被这样的“忠告”气晕了头，转身离开工地走了，回到项目部郁闷了好几天。

肖一虎留在工地跟乔三打得火热，不停地夸赞他讲兄弟义气，活儿干得很好，为一分部打头阵，这活儿不让他干都说不过去。乔三瞅准了机会，抱怨光干路基以下工程量太少。肖一虎假装为难，说：“哎呀老弟，你能接着干已经不容易了，是我冒着挨骂和受处分的风险帮你争取过来的。老铁的想法是非清你出去不可，我好说歹说才同意你把这些活儿干完。难啊！我也是为兄弟你两肋插刀。”肖一虎问他跟一分部谈完合同没有，乔三回答说当然谈完了。肖一虎说，上次让他不要跟石惊天和朱子来闹僵，看来是对的，闹僵这活儿还咋谈呢？乔三把抽了半截的雪茄甩手扔到身后的雪地里，称当时确实很生气，不是看肖一虎的面子，早带兄弟把一分部扫平了。

肖一虎阴险地说：“杀鸡不用牛刀嘛！如果嫌活儿不够，悬灌梁特大桥那边还有些便道和基坑开挖，你可以去试试。”

那天，乔三确实与一分部签了路基段的劳务承包合同。临出门时，乔三对石惊天大发了一顿牢骚，明确地表示这点活儿虽然签了合同，但他心里很有气。从上场开始一直帮一分部的忙，最后给的活儿不够塞牙缝，他像个叫花子，是来捡残羹剩饭吃的，一分部实在对不起他。石惊天一句多余的话都不说，直言在他的权限内，只能如此。乔三立马提出悬灌梁特大桥还有些基坑开挖和便桥施工，让石惊天最好给他干，也算补偿，其他不再说什么了。石惊天凭着特有的警惕和敏感，直称这样的事他做不了主。乔三说：“好吧，既然你做不了主，那我不怪你，到时我手下的兄弟们想去做这一块，我可就管不了啦。我要得到该得的份额。”望着乔三离去的背影，石惊天万般无奈地摇了摇头。

乔三坐进奔驰车，一出大门就给老四打电话，让他多带几个兄弟去悬灌梁特大桥工地，想法把那边的活儿抢到手。“假如不给咋办？”“还没有办法吗？蠢货。”骂完，乔三挂断电话把手机扔在了后座上。

肖一虎又在给一分部埋下新的祸根。这一天，他按铁建的交代去邻标段察看铁攻的管区进度。白色越野车沿着山根下的公路行驶，满山仍覆盖着积雪，偶尔才会出现一处施工场地。肖一虎坐在车内来回张望，脸上堆满了沾沾自喜的神态。他想头三脚难踢，铁攻这个标处在崇山峻岭中确实难，他们还没怎么动作，倒给铁建留了机会。想着便掏出手机打给了铁攻。一听说是铁建的副指挥长来，铁攻非常客气和重视，派综合部主任又是下楼接，又是在食堂安排饭菜。铁攻端茶递到肖一虎面前，客气地说：“肖副指挥，您来怎么也不提前通报一声啊？搞得我措手不及呀，坐。”肖一虎也挺机智，称铁建委托他来看看。其实铁攻早已猜到了他的来意，是铁建派他来摸情况的。

中午，铁攻在食堂多加了几个菜，打开一瓶白酒倒满两个酒杯。肖一虎端杯而饮，很享受的样子，夸赞铁攻沿途已开了些工点。铁攻咂嘴说：“不如你们呢。业主通报里征地和开工点你们排第一，愁死我啦。”肖一虎说：“我们是见缝插针，也难着呢。”铁攻说：“都难！你们征地快，一下子展开了，而我这儿现在还没征下来多少。队伍不敢上，上来窝工，钱哗哗地往外流。又到年关，施工队很难组织劳务。年前势头起不来，正月十五以后再上，又得一两个月才能进入正常施工。真是一步赶不上，步步赶不上。”

肖一虎几杯酒下肚后，话自然多起来，说：“老弟，说真心话，坐着车看看你的工地，我都没信心。来前我还想，不知道你们要落后多少呢，但看完后真觉得咱们有差距啊。”说完竟哈哈大笑起来，还举杯要恭喜铁攻。铁攻端着杯惊得睁大双眼，抓住肖一虎的手，说：“稍停老兄。你刚才说啥？我们落后，你这么幸灾乐祸？”肖一虎说：“你进度落后，我才敢留下来喝酒。你要是跑到我们前头，我哪有脸喝你的酒？对不对？你本家兄弟是能人，太有能耐啦。”

铁攻放下酒杯生气地说：“老兄，你是笑话我，还是瞧不起我？”肖一虎停顿了一下，说：“你固然厉害，但咱们不是在竞争嘛！竞争就有先后，我们争的就是第一。管理嘛，多向你本家兄弟学着点儿。”铁攻听完板着脸说：“这酒我是不能陪你喝了，我现在是落后你们，但不至于被你们甩几条街。年后我会把进度赶上去，到时你等着请我喝酒吧。”

肖一虎一看铁攻急了，知道自己的话说过了头，反邀铁攻坐下来喝酒。铁攻站在桌边带着怒色说：“回去给你们指挥长带个话，我铁攻再笨，也不至于笨到拿兄弟局当笑柄，哼！”说完，饭也没吃转身走出了房间，只剩肖一虎尴尬地坐在饭桌边。

铁建从梁场出来已是中午，来不及回指挥部便把车停在路边一家小饭馆门前，跟石惊天一起要了几屉小笼包和几碗紫菜汤，正准备吃时便接到了铁攻的电话。“我们现在是落后你老兄，但你的副指挥长在酒桌上取笑我，认为我们是吃素的，是不是有些过分了。”铁攻一口一个本家兄弟，提醒铁建以后别再派人去偷看工地，更不想再见到肖一虎。铁攻的口气很生硬，这让铁建极为尴尬，只有一个劲儿地赔不是。等铁攻挂断电话，他把筷子扔在了餐桌上。他没想到，本来是让肖一虎去摸情况，却惹得铁攻一肚子气，简直是成事不足，败事有余。

吃完饭，铁建带着石惊天直奔洋河特大桥工地。桥头的雪地上用一顶毡布搭建着一只窝棚，王方太正蜷缩在里边避风。两个民工则操作着钻机正在钻孔施工，泥浆池周围用绿色的网纱围挡着，池里满地泥水。“咱们的人呢？”铁建问。石惊天朝四周看了看，径直走到窝棚门口，抬起脚猛踢了两下。王方太戴顶皮帽子，穿件蓝色的棉大衣，像地鼠般地从窝棚里钻了出来。铁建站在泥浆池边，绷着脸没说话。王方太知道问题在哪儿，泥浆池本该用硬围挡，可材料没进来就凑合着先简单围了一下。

“这么围一下也敢开钻？如果业主来工地检查评比咋办？光这个围挡就把全标段的得分抹掉了。”铁建指着泥浆池狠狠地说，并命一分部拆了重围。

石惊天当即派人去买硬防护材料，王方太则与民工一起动手把原围挡拆了。铁建要求必须一次整到位，别再费二遍工夫。他望着钻机，让石惊天他们一定要吃一堑长一智，在一个新工地犯过去早已改过的错误实属不该。

这时，石惊天的手机突然响起来，是赵化亮从悬灌梁特大桥工地打来的，报告说乔三的人来抢活儿，双方快打起来了。铁建嘴里骂着混账东西，决定去会会乔三的人。于是，他和石惊天、朱红军分乘两辆越野车，一前一后驶向了去悬灌梁特大桥工地的山路。

悬灌梁特大桥横跨纵向流淌的河流，河流两侧左边是沿河而建的既有铁路，右边是沿河而建的公路，两岸是陡峭的山岭，主墩设在两岸的河滩上。越野车在两山之间的干线公路上穿行，从车窗往左看出去，能看到公路左侧下方宽阔的河里流淌着清澈的激流。

远远地，一车装载机横在公路中间挡住了去路，形成了堵塞。前方两山脚下的河滩里各竖立着一台钻机。一群施工人员穿着厚重的棉衣伫立在钻机旁。钻机旁的泥浆池拉起硬围挡防护。两台钻机上各蹲着一个痞子模样的青年，还有两个青年站在公路边的钻机前阻止施工。王若云、赵化亮和梁丽丽站在老四和两个青年对面正说着什么。遭遇堵车的人都围拢过来你一句我一句地谴责乔三的人。人群中有人喊道：“咱们找车把装载机推到河里去。”

老四挥动长刀恶狠狠地叫嚣着：“我看谁敢？不想要命了是不是？小子，想必在一这带都听说过三哥吧？我是老四。今天谁要敢动老子的装载机，先把小命留下。”

愤恨的围观群众纷纷后退，但还是有人忍不住喊道：“这叫什么事儿？中铁工程局不给你们活儿，用机械堵路，大家又没得罪你们。”老四咬牙切齿地说：“那也不行。如果你们想过去，就让中铁工程局赶紧把活儿给老子定下来。”赵化亮怒斥道：“请把你们的装载机挪开。”“你让挪我们就挪？也不撒泡尿照照自己。”王若云头戴安全帽挤到人群前面，指着老四说：“不挪后果自负。”老四左手提着长刀，嘻嘻哈哈地贴近王若云，右手伸向王若云的脸颊，戏谑说：“工地上还有这么漂亮的少妇，味道好极了。”王若云愤怒至极，边骂流氓边抬手一巴掌扇了过去。老四捂住脸瞪着王若云，“啪”地一巴掌反打过来：“臭娘们，敢打我?!”并竖起长刀对准了王若云。赵化亮和工人见状，一拥而上把老四等人围在了中间。

在人群外围，铁建和石惊天两人乘坐的越野车缓缓驶近装载机并停下。铁建一看横在路上的装载机还真把路挡了。前面过不来，后边过不去，混凝土罐车自然也被堵在了后面。

石惊天走到老四跟前指着装载机，问老四设备是谁的。老四右手旋转着一把长刀，扭头斜视着天空，蛮横无理地说冬天没事干，过来凑凑热闹，找中铁工程局讨口饭吃。梁丽丽挤到石惊天身边，指着老四说他们不让干活儿。老四说：“这里是我们的地盘，我的兄弟可都在呢。”梁丽丽指责道：“你们要无赖，强行干活儿，强买强卖，还打人，有本事找县里去!”老四瞪着眼睛，突然用刀顶住梁丽丽的下巴，说：“哼！小妞，脾气不小啊，敢跟老子叫板？县长、书记办公室老子推门就进。这小脸蛋蛮漂亮嘛！是不是想在上面留个记号?”

石惊天冲上前拨开老四的长刀，把梁丽丽拉到身后，说：“这么说你们是乔三的马仔，到底想干什么?”老四说：“你姓石，是这儿的经理吧？我们不干什么，就是想让你可怜可怜我们这帮兄弟，便道和钻孔设备我们都有现成的，只要我们干，这一带什么样的事儿都能帮你们摆平。”

铁建站在外围目睹了这一幕。他让朱红军通知王方太把装载机开过来，越快越好，并告诉职工和民工做好相应的自卫准备。石惊天挤在人群里，面对老四等人血脉贲张。老四蛮横无理地说：“不给活儿干也可以，给补偿也行啊，能补多少，石经理?”说着，老四又把刀顶住了石惊天的前胸。石惊天厉声呵斥说：“你们平时欺负老百姓，现在又欺负到我们中铁头上了。高铁的活儿可以给所有劳务队干，就是不能给你们这样的人干，你们死了这条心。”“不给是不是？好，我要捅了你们。”老四气急败坏大声叫嚷，“过来兄弟们，今天要见血。”

老四等五人手抓长刀站成一排对着石惊天、赵化亮、王若云和梁丽丽，被堵的群众都站在石惊天一边。石惊天睁大充血的眼睛，上前一步说：“来呀，捅！有胆现在就捅!”赵化亮怒气冲冲：“经理，跟他们少废话。兄弟们，打他个王八蛋。”一个青年把刀往赵化亮眼前晃了晃，瞪大眼睛，说：“打？不怕死的上。”

铁建从人群后挤到前，扒开石惊天和赵化亮，直面老四等人。王若云见铁建来了，眼泪唰唰地流下来。铁建拍了拍她的肩膀说了句“不怕!”

石惊天挡住铁建，让他不用管。“今天我管定了。”铁建推开石惊天走近老四问：“你是乔三的手下？”老四惊骇地问铁建是谁。铁建说：“我是局指挥长铁建。这大冷天的，你们在我的工地上来这一套！我对你们虽有耳闻，但百闻不如一见！”一个青年仍不知深浅地说：“在这地头上没有不怕三哥和四哥的，你指挥长怎么啦？三哥、四哥一声号令，照样把你撂倒。”

铁建仰天大笑，说：“好啊，我倒想见识见识你们的厉害。”老四说：“只要我和三哥一张嘴，兄弟们马上都带家伙过来。”铁建沉着地问：“我想知道你们到底有多少人马？”“对付你们，几十个兄弟够啦。”铁建嘲笑道：“啧啧，远远不够！你手下的兵太少。你知道我们现场有多少人马？少说五六千。就算你有五六十个小喽啰，不过是我们的百分之一，每人吐口唾沫都能淹死你们。”老四开始有所顾忌，后退一步问铁建想怎么样。铁建说：“不是我想怎么样，而是你们想怎么样？还拿刀想捅我的经理、总工，划我女职工的脸？我看你们是吃了豹子胆。来，让我看看你的刀有多快。”说着，铁建一把夺过老四手中的长刀用力一掰，刀弯成“L”形，而后被远远地扔到积雪的河冰上，长刀在冰面上还打着转儿。老四看着眼前的这一情景愣住了，浑身战栗着要求铁建还他刀。铁建靠向老四，说着“来，我还你……”“啪啪”甩出两记耳光，把老四打得后退几步倒在了雪地上。围观群众都在喊：“好！打得好！该打。”老四捂着脸被两个青年扶起来，指着铁建说：“你敢打我？”

铁建说：“打的就是你这号无耻之徒……你们没有真正杀过人，老子才真杀过人呢！”老四和身后的青年目瞪口呆地望着铁建，心生惧怕。

“你杀过人？”

“杀过。老子当兵第二年就上了自卫反击战前线，抢修过运输线，蹲过猫耳洞，用子弹打过，也用刺刀拼过，杀得敌人遍地淌血、满地找牙，尸体一堆一堆的。”铁建指着老四几个人说，“就你们几个，敢拿我老铁的职工来试刀，找错地方了。告诉你们，我们中铁人脚踏山河，立着是大桥，横着是隧道、是路基、是轨枕，死了是永不消逝的路魂。在我们的肩膀上铺着万里无缝的钢轨，头顶上是飞速奔跑的高铁。我们就是这么一个铁骨铮铮的群体，是一群在地球上留下痕迹的人。”

铁建掷地有声的话语引来一阵掌声。王若云和梁丽丽站在人群中，望着铁建的身影流露出一种感激的目光。

“四哥，咱们……还是回去吧？”

“回去？”铁建说，“这么走太便宜了你们，先向石经理和王总、梁部长道歉。”老四哭丧着脸规规矩矩地走到石惊天、王若云、梁丽丽面前一一道歉。此时，王方太已经把着方向盘从装载机驾驶楼里探出半个身子。铁建说：“从今以后，你们到哪儿去要活儿我不管，就是不能到我中铁工程局管区来。来一次弟兄们打一次，这是我的命令。我们不打群众百姓，只打在这儿横行霸道的地痞流氓。再阻挡施工找你们乔三算账。”

王方太跳下装载机钻进人群。梁丽丽见到王方太心里更觉委屈。赵化亮说她是被老四们拿刀吓的，王方太二话没说走到一个青年面前一个耳光扇了上去，骂道：“敢拿刀吓唬我妹妹。”青年捂住脸直指老四。王方太冲到老四面前举起拳头，被铁建制止住：“方太，把他们的装载机推到河里去。”

装载机没有被推进河里，老四几经求饶，铁建才同意他们自己开走。王若云在现场目睹了对峙场面，心中对铁建的敬佩油然而生，说：“你对付坏人的那一刻，真让人钦佩，哪来的那么大气魄？”“我们在战场上连死都不怕，还怕几个坏人吗？”在这之后的一天上午，铁建去一分部工地，与王若云并肩走在山路上又说起了那天的事。“咱们中铁人的命硬，给他们，他们都拿不走、搬不动，怕什么呀?！怕就别来干高铁，哪条线不是在斗争中抢出来的？”

王若云觉得自己在铁建面前十分渺小，嘴里连说两声“是呢，是呢”。铁建说：“修高铁不但要与天斗，与地斗，还要与人斗，无时无刻不在斗争。当然，还要跟自己斗。要想战胜敌人，首先要战胜自己。我担心的是大家在遇到困难时往后缩，结果没被敌人打倒，反而自己打倒了自己。”于是，王若云半开玩笑半认真地夸赞铁建是真正的大英雄。

老四没能完成乔三交给他的任务，反而被铁建、石惊天等人搞得极其狼狈。乔三叼着雪茄半躺半卧在椅子上，恶狠狠地瞪着他。老四说这次丢人了，被铁建搅得一塌糊涂，真想晚上带几个弟兄做了他。乔三把雪茄搁在烟缸上，不紧不慢地说：“行了，你对付不了铁建那帮人。”他让老四老老实实地待着，别再有把柄落在姓铁的和姓石的手里。

乔三再次找到肖一虎，肖一虎埋怨乔三的手下太笨，不该采取那种耍横的方式，铁建是从战场上走过来的人，不吃那一套，要活儿该讲究点儿方式方法。乔三把烟头扔在雪地里，说瞅准机会他会亲自上手。肖一虎警告说还是先把眼下的活儿干完，如果这时候乔三出面，铁建不会放过他。乔三说这次是老四去的，他本人又不在现场，铁建找到他，他也不会承认。“哎呀老弟，你想得太简单了。”肖一虎说，“我那老战友可不是傻瓜，你不在现场，他就不知道背后是你在发号施令？没准儿，他还会把我和你们扯在一起。”

第二天，乔三接到了石惊天的电话，让他到局指去一趟。乔三本以为肖一虎会在局指等他，可没想到肖一虎去了南北公司。乔三来到办公室时，铁建直截了当地说：“乔总，行啊，背后耍起无影手来了。”乔三转着眼珠子，假装莫名其妙，直言听不懂。“老四是不是你的人？”“老四？他咋啦？”

“你真不知道还是装不知道？他带你的弟兄到工地抢活儿，还挥舞着长刀吓唬我的职工。可惜，他不是对手。”铁建说，“看来有人背后给你支着儿，有仙人指路啊。”

乔三哭丧着脸死不认账。铁建瞪着他说：“拿我和中铁工程局的职工当猴耍，以为就你们聪明。看看你们这副嘴脸，明明是自己，却不敢承认。知道很多事情是错的，却不停地说违心的话、做违心的事。嘴上说的比唱的好听，心里却恨我恨得要命，在你们身上我看到了人性的丑陋。”骂到最后，铁建劝乔三回去好好管教管教手下，如果下次再敢到工地抢活儿、耍无赖，他会让他们立刻从施工的路基段滚出去。

一天晚上，铁建和党红旗、金帼英把王县长、赵主任、吴镇长请到了局指挥部食堂。席间，王县长对铁建教训乔三和老四拍手叫好，说这帮家伙横行乡里，老百姓没人敢惹。他曾警告过他们，再阻挠高铁施工等着进局子。赵主任直言不讳地说乔三在县里有些关系，花钱买通了各种关节。这帮人被公安局抓过，今天抓，明天放，不疼不痒，出来后变本加厉，只有铁建这样的外地队伍能震得住。党红旗端着杯说，乔三他们的事本来想向县里报告，这下好，铁建一出手解决啦。铁建说对付什么样的人，跟干工程一个道理，看对方是谁，什么毛病，对症下药。乔三这些人，你软他们就硬，你硬他们就软。不过，还是让他占到了便宜。

王县长对铁建说，没准儿这帮小子下次会请你老铁去喝酒。铁建哈哈大笑起来，说："乔三请我喝酒，我能跟他们同流合污吗？八抬大轿抬我都不会去。否则，当地群众怎么看我们？噢，堂堂一个局的大指挥长跟当地臭名昭著的地痞臭味相投，一块吃饭喝酒、称兄道弟，成何体统？"金帼英说铁建想得对，中铁人修高铁同样有个取信于民的问题。

酒喝到一半，铁建趁着酒兴向王县长提出三件事，除了征地和年前走访，最重要的是男男上幼儿园的事情。"这是一件私事。"铁建说，"金总的儿子男男从小跟着她在山沟里转，四岁多也没上个幼儿园。金总很忙，顾不过来，想在镇里找个幼儿园，年后把他送过去。"

王县长转头把这件事交代给了吴镇长。"小事！你们都不用操心，明天我让镇上最好的幼儿园园长留一个指标。谁家孩子都可以不上，保证金总儿子入园。"吴镇长说，"请县长和各位领导放心，办不好拿我是问。"一听男男上幼儿园的事有了着落，金帼英端酒站了起来，说男男入园的事能解决，去了她一块心病。说完先干为敬，一仰头把满杯酒喝了下去。

肖一虎回避了那个酒场，他正拎着包赶往南北公司去见王忠理，而此时，郭富海早已在王忠理的屋里。王忠理弯腰掂了掂脚下的提袋，问郭富海又提的啥东西。郭富海嘿嘿一笑，客气地说没啥，请他别介意。王忠理笑眯眯地说："这次你代理的设备中标，你的前妻金帼英不知道是你，老肖帮了不少忙，回头你要去感谢他。"郭富海频频点头，说报名时肖一虎专门提醒他不要用自己的名字，怕金帼英看出来。

王忠理说："上次她来我这儿汇报施组，我顺口提了你一句，惹得她很不高兴。看来你们之间误会很深啊。"俩人正说着，肖一虎推门进来了。郭富海起身客套地寒暄，肖一虎没想到郭富海也来了。王忠理说："郭总，肖副指挥办事很利索，你们搞设备和材料的，都不知不觉地中了标，还不谢谢老肖。"郭富海起身向肖一虎连连鞠躬。肖一虎摆手说："不用谢我，谢王总，他的指示我只管落实。哦，郭总，你儿子在指挥部谁有空谁带，像个野孩子。这回给你提供了去工地的机会，有空你可以去看一看，毕竟是亲骨肉嘛。"郭富海愧疚地说他只能偷偷去看男男。金帼英如果看到他去看儿子，会大发雷霆。肖一虎点着烟，酸溜溜地说："你那个老婆也不是什么好脾气，要事业不要家庭，尤其跟铁建天天混在一起，别人不好说而已。"王忠理劝肖一虎，当着郭富海的面儿别乱说。肖一虎说铁建太毒了，因为当地一家队伍干点儿小活儿的事，把他骂得体无完肤，俩人差点儿翻脸。

事情往往就这么巧。张福臣签发完年底平推检查通知，径直朝王忠理的办公室走来，推门进去蓦然一愣。王忠理赶忙介绍郭富海，说他是金帼英的前夫，供应设备的。张福臣问他为啥离的，郭富海尴尬地说俩人性格不合。张福臣沉默良久，歪着头问："性格不合两人离啦，你来给中铁工程局供设备，前妻又在局指当总工。你活得可真凑巧啊。"一句话把郭富海说得无言以对，神情紧张地缩到后面。

张福臣把通知递给王忠理，专门交代平推检查通知今天要发下去，不许各局搞花架子，现场要实事求是。都快出门了，他又扭头问郭富海："这次平推检查在工地会见到你的前妻，要不要向她问好?"郭富海灰头灰脸地低着头说，金帼英个性太强，见到她还是别提他为好。张福臣一脚门内一脚门外，斜看着他说："女的能当总工，肯定得有两把刷子，没个性干不了技术活儿。既然离了，说明你们俩再没有关系，各有各的选择嘛！但愿你们互不干扰对方的工作和生活。"

第八章

金帼英努力地想忘掉那段婚姻，她不想见到郭富海，对男男更有一种保护心理，不允许郭富海靠近他。由于男男对石惊天格外喜欢，她也逐渐地开始注意这个男人。石惊天几次对女人不敬，让她有些反感，直到景阳隧道洞口出现偏压，他来请她去现场指导，才算有了缓和。金帼英严肃且嗔怪地问，是来请她还是向她报告。石惊天低头不好意思，只说处理方案需要她把关，请她去现场实地察看一下心里才踏实。金帼英瞅着他冷笑，说："我上次说过，你们不让女同志进洞，有事不要找我。你为啥还要来?"石惊天摸着头苦笑，承认那句话确实是他跟铁建说的。金帼英扑哧笑了，称早知道是他说的。她郑重地告诉石惊天，说世上最伟大的是女人，没有女人干不成的事业。石惊天虚心接受了她的批评，容忍了她的矫情，金帼英自然开始对他有所接纳。她告诉石惊天处理洞口偏压，要加强套拱内预埋的孔口管定向和定位控制，严格按设计确定上抬量和角度，确保钻孔定位准确才行。再有，明洞边墙地基承载力要满足设计要求，渣体杂物、风化软层和积水必须清除干净，绝不能超挖回填虚渣。明洞外边墙基底，在垂直线路方向要按设计要求挖成一定坡度和向内斜坡，提高基底抗滑力。如挖到设计标高不符合图纸要求，要及时提出变更设计。说到最后，金帼英看在石惊天知错能改的份上，答应去现场看看，但告诫他以后再也不准说女人不能进洞这样的话。

与金帼英之间的误会得到化解，石惊天十分欢喜。离开金帼英的办公室，他就被铁建叫上车去了景阳隧道。他告诉铁建，刚才向金帼英认了个错才算过了这一关。铁建说金帼英生起气来像老虎，不生气的时候像绵羊，人好着呢。

男男年后上幼儿园，铁建让他有空多去接接送送，可以密切密切与她的感情，石惊天说金帼英肯定会说他别有用心。

“啥别有用心。就是别有用心又咋啦？都是三十多岁的人了，一个离异，一个天天在工地泡，啥时脱单呀。即使你们俩有缘凑到一起，谁能说什么？”铁建说，“这种事没啥不好。男男跟你好，离不开你，她金帼英心里也会掂量掂量。孩子有个爹，不管是不是亲生的，总比没有好。如果你不嫌她离过婚和有这个孩子，我可以帮你们俩撮合撮合。”石惊天有些犹豫，说金帼英是局指总工，正处级，他是分部经理，副处级，哪会看得上他。铁建说：“干吗这么自卑？咱搞施工靠的就是你们这些分部经理。她总工就高贵、分部经理就低人一等？还不是跟你我一样，铁打的颜色，任何时候都变不了、褪不掉。我觉得你们俩挺般配，级别、职务都不能代表什么，不过是工作需要，分工不同。”

去景阳隧道刚好路过炸药库，铁建让司机拐进去看看。一辆炸药运送车从炸药库院子里驶出来，封闭的后车厢上印有“二化”二字。越野车拐进院内停下，库房四角安有摄像头，进门紧贴院墙有一排木架，挂着灭火器、铁锨、水桶、扫帚等消防用具。一排宣传栏上贴着进入库房重地须知、民爆物品流向管理制度等。一条大黑狗冲着铁建和石惊天“汪汪”乱叫，两名库管员从值班室里迎出来，其中一名是年轻的民工，嘴里叼着香烟。铁建伸手从他嘴里把香烟揪下来扔在地上用脚踩灭，问他是哪儿的。青年民工后退着说是劳务队派来的。

“李卫民劳务队的？叫什么？”

“王大成。”

铁建说：“王大成？惊天，为什么不安排咱们的内部职工看库？”

石惊天解释说此人是老李的小舅子，另一名中年库管员才是咱们的内部职工。铁建说管炸药吸烟，是不想要命啦。他让王大成背背炸药库的管理要求。王大成立时紧张了，吞吞吐吐，吭吭哧哧地背了一遍。“还有一条你没背。”王大成摸着回答说没有了。铁建很生气，训斥道：“炸药库管理员不准吸烟，这个你不知道？‘二化’的车刚走，炸药雷管一入库，小烟你就叼上了，要是一丁点儿烟火被风吹到库房里，周围几里地的村庄瞬间会被夷为平地。管炸药的吸烟，等于坐在炸药桶上。”说完便要求石惊天马上换人。

王大成被轰回景阳隧道工地，李卫民正在掌子面上指挥安全员处理危石，钢钎捅向洞顶，巨石哗地滚落下来了。见王大成站在洞口喊他，就从掌子面上跑下来问咋回事儿，王大成神色慌张地把炸药库里发生的事前后过程学了一遍。李卫民一听就恼了，敢在炸药库吸烟，真不知道死活。嘴里骂着，抬手一巴掌打在了王大成脸上，之后把他发配到开挖班去干活了。

王秋燕听说弟弟受了委屈，就把丈夫李卫民拉回伙房跟他大吵了一顿。李卫民也很生气，说让王大成进隧道干活儿叫苦连天，去看炸药原本是个轻松的活儿，却惹出这档事，真不知他能干什么。王秋燕停住手里的活埋怨说，这么多年都跟着李卫民干过来了，这次对她弟弟太狠了。李卫民说王秋燕是太照顾他了，如果不是她弟弟早开了他。王秋燕甩掉手里的厨具，说开了王大成她也回去，不跟李卫民整天在这山沟里受这等洋罪。李卫民蹲在门口，抽着烟说："要走你们姐弟一块走，现在不是过去自己单干，而是被中铁工程局收编的劳务队。"王秋燕说李卫民："是你愿意被收编的，过去干得好好的，钱也比现在挣得多，现在倒好，挣得少脾气倒长了。"李卫民说："钱挣得再多有什么用？现在挣得是比以前少，就是个工费，但我们现在是个人，是央企下面的正常人。就你这个弟弟，还大成呢，吃嘛嘛香，干嘛嘛不成，天天给我丢人现眼。"王秋燕与李卫民争吵不休，气呼呼地拉着王大成要离开工地回家，恰被铁建和石惊天撞了个正着，好说歹说才把王秋燕和王大成留住。

局指和分部上上下下都在为迎接业主年底前的最后一次平推检查做准备。石惊天和赵化亮正在景阳隧道查看进洞施工，乔三坐着黑色奔驰车找来了工地。车拐上坡道在空场前被栏杆挡住了，乔三和一名青年只好从车内下来。石惊天转身看去，只见乔三身披呢子大衣，叼着雪茄摇晃着身子走了过来。石惊天迎上前说："何事劳你大驾光临？"乔三抽一口雪茄，左右看了看，说路基段恢复施工后，俩人一直没有见面。石惊天说："你已经在施工，还有什么事？"乔三来回转着脖子，说："路基段是在施工，但进矿区测量时说过的事情至今可没兑现。"石惊天十分惊异，问他什么没兑现？乔三说他做事历来是桥归桥，路归路，一码是一码，从不重复计算。他进路基段施工，是前期帮石惊天伐树进地换来的，所以应该干活儿。而进矿区测量，双方的交易只进行了一半，他守信了，石惊天没守信，要求给他个说法。石惊天挥动胳膊指着周围说："你自己看哪些工程能干，隧道你打不了，高铁特大桥你没干过。我也考虑过你还能干什么，但没有一样你的队伍能干得下来。高铁施工人命关天，不像修个猪圈、垒个鸡窝，可以随便糊弄糊弄，一旦出质量问题，到头来钱没挣着，人再被抓，得不偿失，你自己说怎么办？”

乔三嗓子里发出一阵呜噜声，说：“有那么严重吗？几十层的大楼我们照盖不误，高铁我们可以学着干。”赵化亮说：“学着干高铁是要交学费的，搭上几千万元你都不一定能学会。”乔三用手指点着石惊天的胸脯，让他做人要实在，当初既然说可以视情而定，那他就等好消息。石惊天让乔三在开工地段随便挑，只要能承受得起亏损，他想干哪一块都行。这番话把乔三着实吓住了。他怒视着石惊天犹豫地哼了一声，甩掉手中的雪茄钻进车里走了。

为了应对业主的平推检查，各分部紧张地准备了一天一夜。第二天，铁建、党红旗、金帼英、肖一虎、兰花朵、万红山、杨晓等指挥部人员全体出动，陪同张福臣、王忠理、黄总监、卢总体以及现场监理于工等人到工地检查。肖一虎和杨晓坐一辆越野车在前头带路。业主乘坐一辆中巴车紧随其后。肖一虎用手机联系石惊天，说检查组第一站看景阳隧道，问他准备得如何。石惊天说都准备好了。的确，石惊天做了充足的准备，满山遍野插满了彩旗，洞口前摆放着一张桌子，上面放着几摞安全帽。几十号工人身着统一的迷彩棉服，头戴安全帽排列在隧道口前面的空场上等候领导到来。但万万没想到的是，养狐场的村民突然聚集在路口挡住了上山的通道。赵化亮催村主任说检查组马上到了，赶紧把这些人弄走。一个中年男人说挡的就是领导，只有领导才能帮他们解决问题。赵化亮着急地对村民说：“项目部已经给你们解决了一回，钱也补给你们了，咋还嫌不够？”一个女人又跳出来说：“当然不够，死了几十只狐，老狐下小狐，小狐再下小狐，赔这么点钱怎么能行？狐死了怎么能不怪施工呢？”又一个男人嚷嚷着说：“不怪你们怪谁？你们不放炮狐狸就不会受惊吓，死一只至少一万块。”赵化亮劝他们等检查完再说，不要挡道。另一个女人有些激动，说：“我们就是靠养狐狸吃饭的，不赔钱今天就要找领导。”村主任的脸色很难看，没有一个村民听他的话。霎时，村里围拢过来看热闹的人越来越多。

石惊天和李卫民、宝铁起初站在高坡上，看着赵化亮与村民一直争执不下，十分生气，心想这些人今天肯定不闹不罢休，想给一分部难看。李卫民愤怒地招呼王大成，让他准备好装载机，再闹开车撞下去。

铁建和张福臣全然不知道景阳隧道发生了什么。他和党红旗陪同张福臣坐在前面，金帼英与王忠理、卢总体、黄总监坐在后面。每人手里都拿着一份汇报材料。张福臣满意地说根据开工点看，中铁工程局在全线排第一。而王忠理对张福臣的这一表态不以为然，他提醒金帼英全线拿第一可不容易，让他们要有思想准备。

在景阳隧道的坡道下，那几户养狐场的村民把赵化亮围在了中间。石惊天急得满头大汗。为了消除挡道和阻力，他和李卫民、宝铁三人走下去，不得不与村民理论。其中一个男人情绪激动，说施工队放炮吓死了他们的狐狸，不赔钱谁也别想从这里过。宝铁急得团团转，说："还要赔多少？你们以为国家的钱想讹多少就讹多少吗？"另一个男人说："我们不讹，就是要个理儿。"石惊天质问："要什么理儿？狐狸养死了要我们赔钱，这就是你们的理儿？"一中年妇女扬着胳膊说："我们是农民，领导来检查就得给解决问题。"石惊天说："要解决问题，你们还是去找镇里，上次赔钱已经照顾了你们，今天再拿这个来说事儿，别说对不起大家。"一男人冲上前一把抓住了石惊天的领口，说："你们想怎么样？"石惊天用力将那男人甩开，接着女人冲着村里喊起来："中铁工程局打人了！"

隧道前的职工和民工先是站在高台上朝下望，听到女人的喊声后，都十分气愤地跑下来，把村民团团围住，双方呈现出对峙状态。石惊天打电话通知肖一虎，老百姓闹事挡路，快跟养殖户打起来了，让检查组先去看其他工点。肖一虎把这一消息转告了铁建和党红旗，铁建的脸色立马沉了下来。俩人私下商量后，谎称景阳隧道有辆车坏在了便道入口，正在抢修，请示张福臣能不能先去看梁场。张福臣笑呵呵地应付着，其实他心知肚明，又不能不给铁建留面子，便若无其事地答应先去看梁场。

现场的工人仍在与挡道的养狐村民对峙。石惊天知道检查组改变了路径，气恼地指着村民说："业主领导今天不来啦，你们继续挡吧。"说完，他让赵化亮赶紧去悬灌梁特大桥工地，叮嘱这个检查点不能再出问题。赵化亮走出人群，叫了辆皮卡，急速离开现场朝悬灌梁工地赶去。

阻工的村民不相信石惊天的话，认为他一定在说谎，嘴里骂骂咧咧地称不给解决问题，即使领导不来谁也别想进出。李卫民忍不下去了，指着闹事的村民骂道："给脸不要脸！"话音刚落，一个女人冲上来一巴掌打在李卫民的脸上，愤怒地说："敢骂人，打死你个南方佬。"李卫民抓住女人的衣襟，一拳将她打倒在地，现场顿时乱作一团。石惊天见状怒吼："都住手，咱们的人先撤回去。"工人与民工全停手撤到一边。旁边一个村民用手机拨通了报警电话。李卫民急红了眼，挡住石惊天让他不要管，掏出手机拨打给王大成："把装载机开下来撞死他们。"王大成早已坐在装载机驾驶室里，接到李卫民电话，把手机扔在座位上，发动了机器，顿时响起轰隆隆的马达声。

李卫民挥舞双手，说："谁有种不怕死就挡，撞死我赔钱。"这时，王大成开着装载机顺着坡道轰隆隆冲下来。"给我撞。"村民们看装载机真的冲下来，个个迅速躲到便道两侧，挡道的养殖户见势不妙急忙跳离便道。男村民吵吵嚷嚷地喊："他们不要命了，真撞。"李卫民怒道："以后谁敢再挡道，拿命来。"

此时，派出所的警车开到了便道下，从车上下来两个身穿制服的民警，勒令装载机停在了便道上，接着把王大成从驾驶室里叫下来。民警走到装载机前来回看了看，问："刚才谁闹事？"石惊天上前先介绍了自己的身份，指着几个挡道的村民说："他们听说业主来检查一直挡道，还打了我们的职工。"民警把村民叫过来。几个养殖户的男人和女人哆嗦着身子，辩称是王大成要用装载机撞他们。"凭什么撞你们？"男人和女人支支吾吾语塞了。李卫民说："狐狸死了说是被我们放炮吓的，讹过我们一回，今天又要讹。"民警并没有多说，把王大成和几个村民一起带回了派出所。

平推检查组到达梁场时，受到了热烈欢迎。职工们头戴安全帽，穿着厚厚的棉工作服列队站在主干道两侧，巴掌都拍红了。整个梁场彩旗飘飘，众多的机械设备、高大的料库、龙门吊，巨大的制梁模板和耸立的搅拌站，整齐的生活区等，令张福臣惊叹不已。他笑着对铁建说："这么大规模的梁场，能在冬天抢出来不容易。全线梁场你们第一个建成，速度最快，标准也很高。"铁建扶了扶安全帽说弟兄们很拼，昼夜不停地点着火堆、路上盖着被子保温，男女老少齐上阵。

场内全部硬化了，就是少点儿花花草草，只有等开春再种。

梁场台座已经完成，梁模及钢筋绑扎也已就位，四周用彩钢板围成了小房子，第一片梁已经准备好开打了。张福臣在制梁区和存梁区边走边看，站在箱梁端头，把身子探进箱梁里左右看了看。这时，王忠理钻进梁模，仔细找准一处绑好的钢筋，拿尺子量起钢筋间距来，并查看搭接绑扎。量完他又在小本子上做记录。安雪容见状赶紧钻了进去，盯在王忠理身边看他记录什么。

王忠理称钢筋间距有点儿过大，可以算作缺陷。安雪容说钢筋加工是工厂化生产，不应该出现这种情况。王忠理把尺子扔给她，让她自己量。安雪容哭笑不得，说立马改过来，请他不要影响整个项目的排名。王忠理没有理会她的建议。

一行人走出了保温房。安雪容知道不良记录在平推检查中的利害，心中很是不安。她与袁听枫和金帼英轻轻嘀咕了一阵后，袁听枫和金帼英都凑到王忠理跟前让他不要扣分，王忠理却不接茬。安雪容想起邓立强说过，王忠理与他的父亲是同班同学，于是不得不利用这层关系，一口一个王叔，说邓立强天天给她打电话，怕她工作干不好，要是扣分，她这个总工就没法干了。王忠理似乎听懂了她的意图，但仍未置可否，说不是冲着她给的不良记录。至于冲着谁下这样的结论，他并没有明说，安雪容听得也很糊涂。

随后，王忠理又走向钢筋加工棚，对应着查看标识标牌做着记录。金帼英、安雪容和袁听枫紧跟过去。王忠理弯腰看着标识、型号，嫌弃堆码垫的高度不够，钢筋会生锈。生锈后的钢筋受力跟新出厂的不一样，属于严重不达标。金帼英满脸不高兴，让他多看看好的地方。王忠理不理会金帼英，边往前走边说，检查不讲成绩，只挑毛病，除非完美无缺。挑不出一点儿毛病，他这个业主总工就成了老好人。这让金帼英、安雪容和袁听枫很是紧张。

检查组终于离开梁场去了一分部驻地。安雪容打电话给在洋河特大桥的朱红军，告诉他王忠理检查既严又细，让他多注意，不然会被扣分。朱红军有些紧张，立马告诉王方太，让他再盯紧点儿。张福臣和王忠理在驻地院子里转了一圈，并没有去朱红军和王方太把守的洋河特大桥工点。

处理完阻工的石惊天还在景阳隧道工地，一直关注检查组的行踪。听说检查组到了一分部驻地，他打电话给赵化亮，询问悬灌梁特大桥工地的准备情况。赵化亮和邵帅此时正在处理另一起阻工事件。一群老头、老太太穿着厚棉袄、坐着马扎挡在工地旁边的路上。天冷受罪，他俩苦口婆心劝那帮老人回去。

而老头们点着烟，说回去也没事儿，就待在这儿。活儿不给他们当地人干，钱都被外面的人挣走了，到哪儿也说不过去。邵帅说这座特大桥是他搞的劳务承包，干活儿需要招标，国家工程不是谁想干就让谁干。另一个老头说：

"俺们不管这些。谁给我们当地人活儿干，谁就是好人。"赵化亮问："今天谁让你们来的?"那帮老人七嘴八舌地说是乔三让他们来的，一天一百块钱。说着，就从口袋里掏出馒头啃起来。"俺们都带着干粮呢，中午在这儿吃，不走啦!"赵化亮听说这帮人是乔三雇的，便悄悄打开手机录音，对准老头、老太太又故意问了一遍，留下了证据。赵化亮说："路上车多，你们都这么大岁数了，要被车撞着咋办?"几个老太太说她们不怕，谁撞着谁赔钱。这岁数再活也活不了几年，被轧着撞着还能给儿子、孙子留点儿赔命钱。

这帮老人拉拉不得，打打不得，赵化亮和邵帅只好掏出手机打给石惊天，把乔三花钱雇人阻工的事如实汇报，让检查组不要到悬灌梁特大桥来。

石惊天神色紧张地边下令把他们劝走，边打电话向党红旗报告。党红旗走近铁建小声把情况一说，铁建气得满腔怒火，说："又是乔三，先不管他。"他让党红旗问问景阳隧道那边处理得怎么样，如果平息了先去景阳隧道。

工地恢复了平静。隧道前面的空场上又排列出了几排整齐的队形，大家都在等待业主的到来。检查组的大车穿过彩门，径直开到了隧道前的空场。石惊天亲自带头，欢迎的掌声在山谷回荡。等张福臣和检查组成员下车时，身穿工服、戴着上岗证、笔挺地站在一侧的职工，有的递来矿泉水，有的递来安全帽，秩序井然。检查组查看一处设施时，铁建躲到一边给乔三打电话，骂道："你小子行，让一帮老头、老太太挡我的路。"乔三坐在办公室里，抽着雪茄，自然不承认是他派的。"不是你派的，是你花钱雇的。"铁建严厉地说，"给我难看是不是？好，限你三天内立即从路基段给我滚出去。"

铁建打电话的当口，张福臣和王忠理等人已经走进隧道。肖一虎走在王忠理身旁凑近他的耳朵，故意提醒说："王总，你看这隧道……"王忠理会意地点了点头。掌子面上边墙标注的红线里程为四十多米。王忠理扭头问谁是队长，石惊天急忙把宝铁和李卫民叫到面前，说他俩一个是架子队队长，一个是副队长，优秀劳务队。王忠理指着边墙问："边墙每循环开挖支护多少?"石惊天回答："不超过 2 榀钢架。"金帼英也在一边解释，仰拱开挖前先做完钢架锁脚锚杆，每循环开挖进尺不超过 3 米。张福臣又问隧道开挖后初期支护封闭成环，四级到六级围岩封闭位置距离掌子面规定多少。石惊天说不大于 35 米。王忠理说："现在里程是多少?"宝铁指着边墙回答 45 米左右。于是，王忠理掏出布尺让李卫民沿着边墙量起来。

“步距超标。”王忠理收起尺子转身说，“我为什么问这个问题？你在现场还不知道这些硬性规定吗？开挖断面尺寸是满足了设计要求，但开挖轮廓线不清晰，说明量测没跟上。边沟、电缆槽、边墙基础本应该同时开挖，但你们没有开挖。所有开挖应按图纸标明的开挖线加入预留变形量后的尺寸进行施工，预留变形量，应该根据量测成果及时进行调整，这几个问题非常严重。”石惊天抹着额头上的汗珠，解释说刚进洞后续施工正在跟进。张福臣当众肯定要支持王忠理，说：“这个问题王总提的对。”

铁建很没面子地拉下脸来。他心里清楚王忠理是故意挑刺，便怒骂石惊天、宝铁和李卫民，问他们这些问题为什么不注意。王忠理完全不顾铁建的感受，给了个不良记录。铁建瞪着王忠理猛然把安全帽摔在地上，怒吼道：“石惊天，你这个经理是怎么当的？还有宝铁和老李你们俩，难道光抢进度就行了吗?”

所有人都被铁建的举动惊呆了，愣在了掌子面上。王忠理当然知道铁建为什么发火，恼怒地望着铁建，说：“哎，铁指挥，你这安全帽摔给谁看呀？别以为你们开工点多、进度快，全线第一非你们莫属，我看排个第二、第三就不错了。”

铁建佯装笑脸，说：“哦，张董、王总，你们别多心。我看不得干活粗的人，你们来检查发现得及时，提醒得很对。”张福臣拍拍铁建的肩膀让他没必要发这么大火，好在刚进洞不会出大的问题，抓紧做上。至于评比排名回去再商量。

检查组走后，石惊天、朱子来、王若云、赵化亮、宝铁、李卫民都挤在工地值班室。安全帽“咣当”一声被摔在桌子上，满屋子一阵沉闷。石惊天发火道：“本来隧道第一个进洞，一心想让业主看道风景，却落得个不良记录，你们一个个是干什么吃的？年底排名和信誉评价要被扣分，怎么交代？抬不起头来啊!”王若云说隧道施工都是轻车熟路，谁能想到王忠理故意挑刺。石惊天板着脸说：“这是他挑刺吗？是咱们过程中没做好。你们每个人都要眼睛向内找找自己的问题，别怪人家业主。”王若云泪如雨下，说：“是我这个总工失职。”宝铁愧疚地说不怪王若云，怪他忽视了那些工序，主动请求处分。

李卫民诚恳地说：“经理、书记，这件事谁都不怪，就怪我这个副队长没当好。如果真扣全线的分，这个月的工费我不要了。”石惊天扫视着每个人，说还没见过铁建发那么大火，一分部丢了中铁工程局的脸，一定会追责，到时他去领受吧。

铁建送走检查组回到局指挥部，并没急于处理景阳隧道被记不良记录的事，而是把肖一虎、石惊天和赵化亮叫到局指，并通知乔三把雇老头、老太太挡道的事儿说清楚，双方做个了断。铁建怕弄不准情况被乔三抓住把柄，问赵化亮有没有证据。赵化亮拿出手机给铁建看，说在现场录了音，铁建这才踏实。

乔三接到电话一刻也不敢耽误，坐上奔驰车直奔了局指，下车后裹着大衣走进楼门。当他推开铁建办公室门的时候，发现肖一虎、石惊天和赵化亮都在里边，当即心虚地站在门口不敢进去。铁建阴沉着脸说："乔三，你小子一边赚中铁工程局的钱，一边坑中铁工程局，是不是？"乔三瞅着肖一虎喊了声肖哥，随即又改口称呼肖副指挥，诡辩称阻工老头、老太太不是他的人。赵化亮拿出手机在乔三面前晃了晃，说抵赖不掉，手机里有现场录音。铁建侧脸瞧着肖一虎，说："老肖，你俩关系不一般啊，肖哥？呵呵，拜过把兄弟？"

肖一虎连连摆手称没有的事儿，埋怨铁建怀疑他，说乔三是乔三，他是他。铁建说："我看你们俩好得像一个人似的。"肖一虎转头让乔三说与他有啥关系。乔三支吾搪塞，说："肖副指挥，你不是说不让闹吗？那帮老头、老太太没闹啊。"肖一虎见乔三卖了他，急赤白脸地说："你不能这么黑我呀，我哪知道你们闹没闹。"尽管肖一虎不承认，但铁建相信乔三说的是真话。的确，检查组进来前，肖一虎私下与乔三通电话，让他找一帮人去挡一挡道，同时嘱咐他不要把事情闹大。

铁建转到肖一虎背后，摆手说："不用再表演啦，老肖，咱俩是战友，看看做的这些事，你还是我曾经在战场上一起出生入死的战友吗？丢中铁工程局的人，你脸上能有多大的光？"肖一虎一边责怪铁建诬赖他，一边暗示让乔三说挡道的到底是不是他的人。乔三心领神会说不是。石惊天让赵化亮放录音给乔三听，录音里传出了那帮老头、老太太的话音。石惊天说："你花钱雇他们，还敢说不是你的人？想抵赖不成？"乔三怒指着赵化亮道："敢说我是痞子？"赵化亮愤怒地说："乔三你不是痞子是什么？"乔三吼叫开来："老子是痞子又能怎么样？我还是黑社会呢。"铁建怒不可遏地抓起茶杯啪地摔在地上，指着乔三吼道："给我滚出去！惊天，马上下清场通知单，清他出去。"

乔三灰溜溜地退出铁建的办公室下楼走了。铁建质问肖一虎，说："我心里一直憋着一口气。乔三花钱雇人挡道，你打过电话鼓动他派人去挡道，到底安的是什么心。"肖一虎说自己警告过乔三不要闹事，可他不听。铁建问他为什么不提前报告。肖一虎辩称谁能想到他会花钱雇人。铁建生气地指着肖一虎说："你呀你，上场以后这一桩桩的事我想了个遍，他之所以敢胆大妄为，是你在背后给他撑腰。作为央企的一名处级干部，为什么要干这种吃里扒外的事情？"

肖一虎有些坐不住，恼怒地说："你别血口喷人，我哪儿吃里扒外？"铁建绷着脸不高兴，说："你又在犯以前的老毛病，我知道你没当上指挥长心里很不舒服，是不是搞垮我，你才高兴？乔三、王忠理一再找麻烦，每件事似乎都与你有关，你能给我一个合理的解释吗？"肖一虎气呼呼地说："战友归战友，工作归工作，你从战场上把我救下来，我有什么理由搞垮你？我也是个有良心的人哪。你为什么会有这种想法，能不能也给我一个合理的解释？"

铁建和肖一虎一顿大吵，令在场的石惊天和赵化亮很尴尬。晚上，兰花朵通知局指召开平推检查总结会，石惊天在工地处理完乔三清场的事，先去县城买了个高铁动车组机车变形玩具，然后来到局指金帼英的办公室门外，犹豫片刻才叩门。开门的是男男，见石惊天站在门口，脸上立马乐开了花，问他怎么好几天不来了。石惊天进屋后把玩具拿给男男看，并演示了一遍，男男高兴得手舞足蹈。金帼英站在办公桌前望着石惊天，虽然嘴上埋怨他不该花钱买玩具，但心里感到很温暖。男男蹲在地上自个儿摆弄起玩具，俩大人则聊起一些无关紧要的话题。良久，石惊天才说想去业主那里找找王忠理，不能让他因隧道扣分。金帼英用怀疑的口吻说："你去顶用吗？"

石惊天说不顶用也得去，是一分部惹的祸。金帼英收拾桌上的材料，说她跟铁建会出面，让王若云跟上，他把现场好好抓抓。石惊天说他和朱子来已经做好了思想准备，会上会主动请求处分。

开了一晚上总结会，铁建分析了梁场分部和一分部的情况，自始至终没提半个有关处分的字，反而表扬两个分部执行力很强。"平心而论，今天在现场对一分部有些不公平，一分部挨了一顿训，我还当着那么多人的面摔了安全帽。但张董对咱们中铁工程局这一段的成绩还是肯定的。"铁建说，"两起挡道，一分部处理完一起，虽然改变了行车线路，但最终没耽误业主过去看。另一起拿一帮老头、老太太没办法，悬灌梁工地的检查取消了。梁场分部检查出了一点儿小毛病，是我和党书记没抓好，不是你们的责任。”

听着这些话，石惊天和所有参会人员个个如释重负。散会后，袁听枫本来喊安雪容一起回梁场，可朱红军以技术上有事商量为由，拉着安雪容出去吃宵夜。俩人到镇上找了一家小饭馆，要了两盘羊肉，热腾腾地涮起火锅来。在工地上能找到一个合得来的女孩子不容易，朱红军自然十分殷勤，夹一筷子羊肉放在安雪容盘里，还问她喝不喝酒。安雪容抿着嘴笑着说：“我可是上场以来第一次出来吃宵夜，也是第一次跟你们男人吃。”朱红军笑了，觉得自己很幸运。俩人边吃边聊起春节回不回家的事儿，安雪容说要回去见男朋友，朱红军有些失落，说：“他要是对你不好，你就……”话说了一半没再往下说。安雪容奇怪地扭头问他：“你是请我吃饭，还是到这儿来追我呀？我可是有对象的人。”朱红军说：“你说啥就是啥，在这大山里要一块干好几年呢。”他又问起安雪容会不会觉得有点儿孤单。安雪容沉默了。朱红军说以后若是有空或遇到什么不开心的事情可以出来聊聊。安雪容用筷子敲着锅边说：“你平时讲话不怎么样，今晚咋变成八哥了。”朱红军望着她露出憨厚的微笑。夜很深了，冬日满天星斗下，俩人踏着积雪一起走回项目部。

参会人员离开局指后，王若云和紫祺来到铁建的办公室。铁建是紫祺的表舅，在工地上当然要对她多加关心。王若云原以为铁建要处理他们一分部，结果相反，于是专门来跟铁建打个招呼。铁建低头沉思着，说本来想处理他们，可不全是分部的错，所以免了。特别是石惊天、朱子来和王若云都抢着担责，令他很感动。紫祺和王若云从铁建的办公室出来，朝兰花朵的屋里看了看，正好看到兰花朵把剥好的橘子递给孔庆荣。王若云指指屋里，拉拉紫祺说：“看这俩人。”紫祺的脸一下子沉了下来，故意咳嗽了一声，屋里的兰花朵和孔庆荣这才看到门口有人。等转脸朝门口看时，紫祺已经挽着王若云的胳膊朝楼梯口走去。

石惊天接到李卫民打来的电话，说王大成被派出所带走一天还没回来，让他看能不能想想办法。深夜，石惊天和李卫民来到派出所，一名值班干警接待了他们。李卫民谦卑地请求能不能把王大成放出来。干警一副冷面，称笔录做完了，他的行为和性质很严重。石惊天边赔笑脸边递烟，说村里挡道的人都放回去了，为什么王大成还不放出来？干警看着他，说村民都是当地的，派出所有时也拿这些人没办法。石惊天质问难道中铁的职工来这里干高铁，双方都有错，村民说完能回去，中铁职工就不能回去？干警不耐烦地挥挥手，让他去问所长。

正在僵持之时，吴镇长走了进来，干警毕恭毕敬地敬了个礼。吴镇长跟石惊天和李卫民寒暄着，说铁建亲自打电话，他肯定要来保驾护航。就这样，王大成才被领了回来。王秋燕见到弟弟回来哭成了泪人，问有没有挨打之类的话。李卫民说："打什么打？就问了问情况。"王秋燕埋怨都是李卫民出的馊主意，把王大成往坑里推。李卫民看着媳妇悲喜交集，咧嘴笑着说上阵亲兄弟，打仗父子兵，遇到事儿王大成不上谁上？王秋燕说："他要坐牢你也去坐牢？"一句话把李卫民给噎住了。

隧道步距超标，宝铁和朱红军亲自带班赶工。王若云从局指回来，带安质部部长梁丽丽摸黑来隧道看了一遍施工现场。宝铁半夜要吃面条，崔凌花从一号搅拌站做好，装在饭盒里送到了工地值班室。宝铁从隧道里出来，望着热气腾腾的面条，感动地说："长这么大，除了老娘关心过我，没哪个女的关心我，你是第一个。我就是个带工的，算最底层。"说着便狼吞虎咽地扒拉着吃起来。崔凌花望着他憨憨的样子，掏出餐巾纸帮宝铁擦脸，说："我也在最基层。"从这一刻起，两人有了一种默契和奇妙的感觉。

第二天，安雪容和袁听枫、紫祺一起在场内查看梁场施工，安雪容的手机突然响起，是邓立强打给她的。邓立强想和安雪容商谈春节回家初四订婚的事儿，说是双方老人商定的。安雪容不相信他的话，认定是他故意催。邓立强说："你快回来吧，我天天都想见到你。"安雪容突然想到了平推检查梁场出的岔子，对邓立强说："你让你爸跟王叔说一声，年底评比不要扣我们的分。"邓立强沉默了一会儿说："这事我不能管。那是你工作上的事儿，我不能让王叔为难。"安雪容听完脸色阴沉下来。她没想到邓立强拒绝了自己，心中极为不悦，说："你……，这事你都不管，挂了吧。"说完，她先挂断了电话，心想还没结婚就这样，婚后还不知道怎么回事呢。

铁建下达清退乔三的命令后，石惊天、朱子来、赵化亮、邵帅约乔三在镇上茶楼见面谈具体退场细节。他们要了个包间，沏好了茶等乔三来。半个小时后，乔三还是没来，来的是老四。石惊天问乔三为啥没来，老四说有事来不了，让他来会会各位。赵化亮说那帮挡道的老头、老太太是乔三雇的，只想与他谈。老四斜脸看着房顶，不屑一顾地说与乔三没关系，是他花钱雇的，让赵化亮他们有话就说，有屁就放，言语极不客气。

朱子来说："你们不够意思，上次铁指挥都跟乔三说得很清楚，工程都是招标选择的队伍，你们干不上活儿不能玩这种阴招。"老四呵呵一阵假笑，说在他们地盘上有活儿不给他们干，还有理了？赵化亮说这是国家的大工程，只能按国家的规定办。老四玩世不恭地哼哼着："好啊，你们按国家的规定办，今天还找三哥干什么？"石惊天瞪着老四说："既然你代表乔总，那坐下咱们好好谈谈。来，兄弟，先喝杯茶。"

老四摆手说："先说清楚，咱们不是兄弟。上次打我兄弟的那个人在哪儿？敢仗着姓铁的在场打人，除非他从此消失，再让我见到他非要了他的小命不可。"说话间啪地从腰间抽出一把刀拍在茶桌上。"说吧，什么事儿？"石惊天说："你们在这地面上是有头有脸的人，要活儿我们理解，也给了你们一部分干，可别没完没了。上级规定，活儿不是谁想要就要，我们也不能想给谁就给谁，主要看对方有没有这个能力。因为这是时速三百五十公里的高铁，万一干出问题怕你们承担不起责任。"

老四歪着脑袋说："你们去了解了解，这地面上哪栋楼不是我们盖的？哪条街的市政不是我们搞的？哪条路不是我们修的？干你们高铁有什么呀？不就是个桥和土方嘛，有什么了不起。"

石惊天说："你们干的其他工程，我不敢说，但干高铁你们恐怕还真没这个能力。你知道高铁的桩是用多大的钻机打的？悬灌梁施工吊篮是怎么挂上去的吗？路基垡板是怎么做出来的吗？"其中一名青年瞪着石惊天，凑到老四跟前蛮横地说："四哥，少跟他们废话，还是那句话，其他活儿到底给还是不给？""那好，我就说三点。"老四说，"一是给活儿，只要给活儿啥都好办。二是不给活儿给钱，补偿点辛苦费和茶水费。三是既不给活儿，也不补钱，那就给命。"

赵化亮生气地抓起杯子摔在地上，指着老四骂道："给活儿、给钱、给命？来，有种的今天先把我的命拿去。"

邵帅也怒目而视，说要拿也把他的命拿走，工地就是不能再进去。顷刻，双方剑拔弩张对峙起来了。老四示意青年闪到一边，说找乔三来谈就是这个待遇吗？石惊天示意赵化亮和邵帅闪开，说："你们提的这三点要求，我们一点都满足不了，你们也别想再花钱雇人捣乱了。”

老四看石惊天四人软硬不吃，顿时紧张起来，说：“三个条件一个也不答应，反而给我们提要求？连门儿都没有。”

朱子来义愤填膺，说：“那你们想怎么办就怎么办，早晚有你们吃亏的时候。”老四指着朱子来的胸脯咬着牙说：“吓唬谁呀？老子进过局子，蹲过大牢，吃过号子里的窝窝头，难道还怕你们?”

石惊天站起来，用力拨开老四的胳膊，掏出清场通知单啪地拍在茶几上，说：“咱们今天就谈到这儿，这是清场通知单。你回去转告乔三，从今天起路基段立即停工退场，希望你们好自为之。”

说完，石惊天和朱子来、赵化亮及邵帅走出包间，头也不回地离开了茶楼。

第九章

石惊天和朱子来离开茶楼并没有回项目部，而是直接乘车去局指向铁建汇报。铁建在屋里边踱步边思考，让石惊天和朱子来做好思想准备和预案，什么条件都不能答应，答应他们等于犯罪。铁建说：“既然下了清场通知，你们回去立即组织计划、工程、财务人员，对他们完成的实物工程量进行计价。清理完报给帼英，让她好好审审，不能让老肖参与。该给的给足，不该给的一分也别想讹走。如果乔三的设备不拉走就扣在工地，绝不能让他们再进来。同时，通知中标队伍做好进场准备。”石惊天和朱子来认真听着，不时地点头。他们的想法是既要加强防范，又要组织好现场，并加快悬灌梁特大桥的进度，不给乔三捣乱的机会。

老四回去后，乔三接过清场通知单气得差点吐血，嘴里不停地骂石惊天和朱子来是不知死活的混蛋，问老四怎么谈的。老四把三条一一说了出来。乔三咬牙瞪着老四，脸都变形了，抬手一巴掌扇了过去，说：“要命？你带人去杀了他们？”老四捂着脸不敢吭声。

乔三愤愤不平地抓起手机打给肖一虎，强调不能从现在的路基段退出来。肖一虎说铁建的决定谁也改变不了。乔三说如果退场损失可就大了，让他再帮忙说说。肖一虎深思一会儿说：“下清场通知单都不跟我说，我过问还有用吗？这次检查，我叫你不要组织挡道，你偏不听，后果很严重。老铁还把我狠骂了一顿。”

乔三得到了肖一虎的指点，第二天一早带了几十名青年赶到现场，明显是要闹事。铁建和石惊天得到消息，叫上万红山、朱子来、朱红军、王方太等人纷纷赶到工地，双方形成对峙局面。石惊天强硬地限乔三两天内必须把设备撤走，否则永远别想再拉出去。乔三一副凶神恶煞的样子追问凭什么清他。铁建走到乔三面前说："凭什么？凭你雇人挡道、派人到工地抢活儿阻工。就这一条，你不能再继续施工。"乔三气急败坏，称他有合同，可以去法院起诉。石惊天说，你可以去起诉，不过我们有你进场时的承诺，条款上写得很清楚，恶意阻工、拖延工期、拖欠民工工资、讹诈等，违反其中一条就自动退场。乔三无言以对。铁建义正词严地说："乔三，放你进来干完这段路基是照顾你，但你们并不知足。你这样的队伍我们用不起。你只对钱负责，可我们要对国家负责。所以，必须清你们出场。"

乔三离开现场直接到县支铁办找赵主任，恰巧党红旗正在赵主任办公室汇报此事。赵主任喝了口茶说该清，他们实在不像话。乔三这样的人，这样的队伍，他是不支持的。阻挡高铁施工等于给他这个支铁办主任出难题。进度上不去，市县领导打板子要打在他身上。再说，乔三到处托关系找人要活儿干，有的领导对他无可奈何。直夸铁建干了件好事，他解脱了。

正说着，乔三推门一步闯了进来，见党红旗在顿时愣住了。赵主任惊讶地问哪阵风把他吹来了。乔三气势汹汹地说："老赵，领导让我来找你。请你评个理，中铁工程局为什么说清我就清我？"党红旗站起身温和地说："这是项目两级班子的意见，不是铁建的主意和想法，因为你们没有履行承诺。"乔三怒指着党红旗说："姓党的，你不用来哄我。老子看肖副指挥的面子，帮你们打开缺口进场，你们却不讲信义，用完一脚把我踢开，以为我乔三好欺负是不是？那咱们以后走着瞧。"党红旗说："乔总，这段时间干的活儿和完成的工程量，该怎么计价会给你怎么计价和付款，但你们的行为让我们感到后怕。这是高铁，不是你干的小市政和小房建，糊弄糊弄就能过去，进度、质量、安全都有严格的标准和要求。所以，还是等以后有机会再合作吧。"

乔三气恼地把脸扭到一侧，说："合作？还有机会再合作吗？账算不清、补偿不够我的损失，跟你们没完。"赵主任把茶杯抵在嘴边故意吹茶水，说："乔总，这是国家的重大工程。有事可以好说好商量，但干扰中铁工程局的施工恐怕不行，市县领导不会放过你。这是个原则问题，领导找我，我也帮不了你。"乔三恶狠狠地盯着赵主任，说："行，你可以不帮我，我回去向领导汇报。但压矿的事，以后你也别再找我，我不相信大桥能从我的矿区上飞过去。"

高铁历来在斗争中发展。中铁人与自然斗，也与人斗，不论内部还是外部，他们从来没有退缩过。与乔三的较量确是一场正义与邪恶的斗争。乔三说不相信大桥能从矿区飞过去，给了肖一虎一个理由。党红旗回到局指向铁建和肖一虎反馈情况，肖一虎说一分部大桥要过矿区，乔三卡着不让过还真没办法。他的意思是为了大桥能过矿区可以给乔三让步，不一定非要跟他闹僵。铁建明白肖一虎的心思，说："不是我们想跟他闹僵，而是他以激怒我们的手段和方式，逼着清他出场，这能怪谁呢？"肖一虎眨巴着眼睛，说他也承认乔三有做得不对的地方，但这样一来谁都没有了台阶可下，那以后压矿的事怎么谈呢？党红旗说不清他出场，压矿就能谈下来吗？铁建指着肖一虎，手不停地抖动着，说："乔三认的就是一个字——钱。因为钱比鬼能，钱是阎王爷，是鬼的主子，鬼只不过是钱的店小二和奴才，这个你懂吗？"肖一虎指着铁建和党红旗说："这世道有不认钱的吗？你们哪个不认钱？"

铁建讥讽地凑近肖一虎，用鼻子在他身上一阵乱闻，说："我闻出来啦，老肖，你全身上下骨子里充满了铜臭味。我看钱就是你爹。乔三欺行霸市的最后只能是自我毁灭。他太膨胀了，人的一切祸根都源于自我膨胀，这是亘古不变的真理。"

肖一虎在铁建和党红旗面前没占到什么上风，再次接受乔三的邀请，跑去茶楼喝茶了。乔三把茶杯放在茶几上，说把他清出去，太欺负他了。肖一虎往乔三身上推原因，说都是他花钱雇人挡道惹的祸。肖一虎告诉他铁建从来不吃这一套，让他讲究点策略，事情既然已到这个地步，后面把验工计价顺顺当当地做完，不要再让手下搞事，或许以后还有机会再帮他弄点事做。乔三也很懊丧，就听了肖一虎的，但他把这笔账记到了铁建头上。

乔三的设备终于被拖出了场，堆在了便道上。石惊天派工程部部长朱红军、桥队队长王方太、路基队队长老刘和几个年轻技术员与乔三的人一起，踏着积雪测量土方量，双方时而发生争执。尽管如此，铁建压在心里的那块石头终于落地了。

孔庆荣和袁听枫向铁建报告，梁场的第一片箱梁浇筑已经准备就绪，只待确定参加仪式的领导，铁建安排党红旗和肖一虎在家应对这件事。因为景阳隧道平推检查，他在现场摔了帽子，与王忠理闹得有些别扭。他知道要缓解这个矛盾，解铃还须系铃人，不亲自出面平息一下王忠理的情绪，年终信誉评价排名肯定会大打折扣。加之马上过年资金紧张，还需要请求业主拨款，于是一大早带上金帼英、王若云和兰花朵，一路疾驰去了南北公司。走到半路，南北公司董事长张福臣的电话打了进来，他告诉铁建，黄总监将代表业主、监理、设计三方参加首片梁浇筑仪式，已在去梁场的路上了。黄总监到现场一看，制梁台座上用彩钢板搭起了保温棚，把已等待浇灌混凝土的梁体保护在了房子内，蒸氧房上部留出的灌注混凝土的作业天窗，旁边停着巨大的混凝土输送泵车，长长的输送管已伸向蒸氧房上部的天窗内。几个工人已穿戴好防护衣、面罩、棉皮手套，手持捣鼓棒站在高高的顶部等待命令。制梁台座内侧车道上，搭建起一个简易背景墙，地上铺着红地毯，上面的横幅写着“中铁工程局梁场首孔九百吨箱梁浇筑仪式”，主席台前列队站立着身着工装、头戴安全帽的工人，主干道上铺开一长串鞭炮，空中飘扬着彩色气球，可谓是万事俱备，只欠东风。黄总监作为主要嘉宾，乐得合不拢嘴。

袁听枫看黄总监心情大悦，急忙凑上前，提出首孔梁开打，让他建议张福臣给梁场加点分，黄总监很痛快地答应了。仪式一结束，他拿起手机打给张福臣，说光凭首孔梁浇筑，年底排名就该给中铁工程局加分，冬天抢出来确实不易。张福臣满口肯定，称如果都像中铁工程局这样，南北公司可以在全路建设项目中抢得头彩。

中午吃饭的时候，张福臣在食堂里专门对王忠理谈及此事，问他意下如何。王忠理停住手中的筷子，说他已经给一号搅拌站加了分，梁场不应该再加。张福臣边吃边说，搅拌站是搅拌站，梁场是梁场，人家建得确实不错，这个也要考虑。王忠理有些不爽，说：“张董，我认为对中铁工程局隧道该扣的分还是要扣，特别是老铁，敢在现场摔帽子，是摔给你我看的，也太不拿咱们业主当回事了。”

张福臣停住筷子扭脸盯着他，说：“老铁没有这个意思吧？我看他不是那种不懂礼的人，他摔帽子不是冲咱们。”但王忠理始终认为铁建那是完全不把业主放在眼里的表现。张福臣不赞同，说他想的有点偏。业主对进度、质量、安全、投资等都有要求，根据大施组计划排出来，施工单位就得赶、就得冲，谁不想在年底评比中争个第一？还是理解万岁吧。

铁建四个人赶到城边已是中午。他们在附近找了个小饭馆，随便点了几个小菜，吃了口饭，给张福臣留足了午休的时间。到达南北公司时已是下午，兰花朵先去找了业主会计，把拨款审批单办好，而后直接进了张福臣办公室请他签字。张福臣正要问铁建为啥还没到，就听到敲门声，铁建来了。兰花朵拿着审批单，朝铁建扮了个鬼脸兴高采烈地跑了出去。铁建说光忙现场了，没来见张福臣和王忠理。张福臣把他邀到沙发上坐下，说只要把活儿干上去，比来多少趟都强。有的单位天天往公司跑，现场就是打不开局面，来得越多越让人烦。整天来不是这个解决不了，就是那个推不动，事事让业主帮着协调，那要施工单位干什么？像铁建这样带着成果、拿着货真价实的进度和投资来汇报，他高兴。

铁建谦虚地笑着，说："张董，我们西北的局实在，不会讨好人，不会讲大话空话，只会埋头苦干，这也是缺陷。"张福臣说要的就是这样的施工单位，务实求真，重在落实。他说铁建来得正好，他已让综合部通知，明天下午开全线年底评比总结会，开完过年。铁建问各单位排名出来没有，张福臣说全线的亮点目前都在中铁工程局，全面开花，上午首孔箱梁又浇筑，很难得，但景阳隧道扣分的事儿，王忠理还是有点想法，让铁建去找找他，等把初排结果报上来，再做最后调整，总之，不能让老实人吃亏，更不能让干得好、干得快的单位寒心。

金帼英和王若云来到王忠理的办公室，坐在他桌子对面的椅子上。王忠理不冷不热地翻看着资料，也不抬头看她俩，气氛有点儿尴尬。金帼英一撇嘴朝王若云做了个鬼脸，壮着胆子向王忠理提出增加过路涵和检查不要扣分的事儿。王忠理把资料扔在桌子上，慢腾腾地说变更可以叫设计院拿方案，但隧道检查不扣分有难度，谁都想争第一，总得讲个公平。他跟眼前的两个女人磨叽半天，最后才抛出心里话，说："看你们铁指挥摔帽子的那种态度，评分只能扣了。"金帼英赔笑脸说："哎哟，王总，你怎么那么多疑呢？铁指挥可没那么小心眼。""你这是什么意思？"王忠理瞪着金帼英说，"你是说你们铁指挥不小心眼，我小心眼喽？"金帼英着急地连连摆手，说："王总，你咋想这么多呢？我是说铁指挥摔帽子发火是冲着一分部没干好，不是冲你和领导。"

王忠理不想听这两个女人的解释，排名权在他手里。他告诉金帼英和王若云他们最多排第二名。王若云说排第二名铁建不会放过她，是不是看他没来道歉心里还有气。王忠理若无其事地说铁建爱来不来。

此时的铁建从张福臣的办公室出来，站在楼道里正给王若云打电话，让她出来一下，俩人来到楼梯口。铁建问她说通王忠理没有，王若云说没有，他不松口，让铁建进去见见他。铁建示意王若云先进，他随后来。王若云回到屋里后，铁建站在门口敲了两下门，然后推门进去。见铁建亲自来了，王忠理也不再说什么，几个人坐到了沙发上。铁建故意问金帼英和王若云有没有向王忠理汇报工作。王若云夸王忠理很支持。王忠理挥着手，说："哎，老铁，你说的汇报我可不敢当。你们组织干活儿很有一套，可以功高盖主。"

铁建明白他话里有话，说："王总，对我摔帽子还真有意见啊？"

王忠理冷冷地说："我哪敢呀。你老铁是牛人，说一不二，在这条线上举足轻重，不敢惹、惹不起啊。"

铁建说："你是业主，我是施工单位，话说反了吧？"

王忠理坦白地说挑了点隧道的毛病，铁建当场把帽子摔啦，弄得他很下不了台。铁建一个劲儿地解释说真没那个意思，只是恨下面干不好活儿，再次向王忠理道歉，并给他拜个早年，说着起身郑重地给他鞠了个躬。王忠理摆手说免了，他在公司就是个具体负责技术工作的跑堂，没什么权力，即使有权力也不会用，对中铁工程局他真是服了。金帼英接话说方案、变更、计价、信誉排名等大权都在他手里，动动哪个权力都会让他们受不了。王忠理唱着高调说权力是把双刃剑，不能乱用。

铁建拜托王忠理明天开会前可否将排名往前提一提。王忠理说知道他们想拿第一，又推托说确实有难度。铁建已与张福臣沟通得差不多，心里有数，说："这样，王总，你把中铁工程局排第一报给张董，他若不给不怨你，说明我们的工作还有差距。"

铁建和金帼英、王若云刚离开王忠理办公室，肖一虎便从工地给他打来了电话，试探性地问年终排名能不能弄个第一。王忠理的回答是铁建来了，找了张福臣又找他，但最多排第二。肖一虎暗暗窃喜，说排第二就不错了，排第三都说得过去，让他别为难。这倒让王忠理大感意外，说铁建来道了歉，排第三……话没有说明白的原因，是他没搞懂肖一虎葫芦里到底卖的是什么药。肖一虎说："王总，你可别听我这老战友的，他太独断，谁的面子都不给，弄得我一点权力都没有，只能跟他跑腿。"

王忠理清楚肖一虎与铁建在工作上有些隔阂，俩人的话谁的都没听，拿着排名表呈送给了张福臣。第一名是另一家单位，第二名是中铁工程局。张福臣看着排名表皱起眉头，签字笔在桌子上连敲几下，最后笔尖落在排名表上，把第一和第二打了个“Z”形的钩。王忠理面无表情地站在桌子对面，张福臣瞄他一眼，明显感到他有异议，呵呵笑着说：“忠理，我知道你心里憋气，才把中铁工程局排成第二名。大家都很看重年底的这次排名，咱们要公平对待。虽然你评的第一名也不错，但综合评比我认为还是老铁他们走在前头，征地、开工点及进度、投资，老铁最快、最多。如果给他排个第二，他心里会服气吗？”

王忠理认为隧道现场有些问题，他扣铁建的分是应该的。张福臣在屋里踱步说是有点儿小问题，可他们立行立改了。所以，业主不能对施工单位一棒子打死。再说，哪个单位的隧道、桥和路基没有小问题？要看主流。这样才能把大家的积极性调动起来，比、学、赶、帮、超。这次给中铁工程局第一，没准年后春季一大干，其他局又排到第一了。王忠理心里窝火，又不得不强忍怒气，问张福臣是不是铁建找了他。

张福臣停住脚看着王忠理，说找了，接着反问道：“他不是也去找你了吗？人家大指挥长来找正常，咱们当业主的不能凭个人好恶来进行排名。当然，你也是从工作角度出发。今天全线首孔九百吨箱梁浇筑，哪个做到了这一点？所以，我想隧道那点问题，信誉分该扣的扣，但梁场该加的分加，他们还是第一名，其他局说不出话来。黄总监还专门在梁场打来电话，请求给他们加分呢。”

傍晚时分，铁建和金帼英、王若云、兰花朵四个人始终没有离开南北公司大楼，而是站在楼道的一头商量怎么办。他们并不知道张福臣已将排名调整过来。铁建让金帼英三个人一起去请王忠理，看他能不能出来吃个饭。王忠理桌子上摆着张福臣用笔调整后的排名表，脸色有些难看，问她们咋又回来了。

金帼英瞅瞅排名表，心中暗喜，向他表达了铁建想请他出去吃饭的意思，让他赏个光。

王忠理头也不抬，说：“你们局的饭不好吃，老铁本事大着呢。”他以明天要开会为由推辞了。不知深浅的兰花朵拉住王忠理的胳膊，问到底排第几名，王忠理把排名表递到她们三人面前，说：“你们看吧，本来是第二，现在成第一了。不瞒你们，我给你们排的是第二，这个第一是张董给你们改的。我不要你们买我的好，所以饭也不吃你们的。”

铁建得知结果后，心里踏实了。几个人找了一家宾馆登记住下，等着党红旗、肖一虎赶来参加第二天的总结会。排名第一的消息立马传回了工地，宝铁首先给崔凌花打电话，告诉她隧道没有影响排名。崔凌花说得第一，她负责的一号搅拌站有一份功劳，因为给加了分。宝铁对她好一阵夸奖与赞美，兴奋地拉着她去吃宵夜了。朱红军把排名的消息告诉了安雪容，开玩笑喊着她“容儿”，被安雪容好一顿讥讽，说：“朱头，你以为自己是靖哥哥啊，臭美。”朱红军嘿嘿一笑，倒觉得有一种幸福感。安雪容提醒他说梁场还加分了呢。朱红军说年底评比两个分部可以并列第一。安雪容说才不跟一分部并列呢，净想得美。朱红军越发大胆地说：“工程上咱们并列第一，生活中也做个并头莲嘛!”此话听起来是玩笑，却表达了朱红军的心声。安雪容听后连骂了三声“猪头”。

晚上，兰花朵在宾馆住下后，与孔庆荣手机视频。孔庆荣背对着门，斜靠在办公桌前的椅子上。此时，紫祺悄无声息地推门进来，轻轻地把门掩上，孔庆荣全然没有发觉。视频里兰花朵娇声娇气地让孔庆荣赶快谢她。紫祺从背后看到孔庆荣手机屏幕上的兰花朵，紧绷着脸，气得鼓起了嘴巴。兰花朵说等她回来就给各分部拨款，让孔庆荣好好请客。她看见紫祺突然出现在了手机屏幕上，惊愕地提醒孔庆荣看身后。孔庆荣转过身来，发现紫祺不知啥时进来的，赶紧挂掉了视频。紫祺生气地说耽误了他谈情说爱。说着要转身离开，被孔庆荣一把拉住了，劝她别生气，称与兰花朵在说信评得第一的事，没有谈情说爱。紫祺甩开他的手，说：“还没谈情说爱，看那热乎劲儿，不理你了。”她内心喜欢孔庆荣，而孔庆荣则有意无意地追着兰花朵，三个人就这样陷入了一场爱情的纠葛中。

金帼英外出时，通常把男男留给兰花朵看管，但兰花朵也一同前去时，只好把男男丢给石惊天。自从那次陪男男捏雪人后，石惊天成了男男的一个依靠。中午，石惊天打开宿舍的电暖气，让男男好好睡了个午觉，他既不哭也不闹。晚上十点多，金帼英回到宾馆，放心不下男男，直接拨通了石惊天的手机和他视频，此时男男已经在石惊天的床上睡着了。金帼英问男男有没有闹，石惊天说没闹，下午还坐他的车去工地转了一圈。说着，石惊天用手机对准男男，让金帼英看了看他熟睡的小脸。金帼英说晚上俩人睡一张床挤得下吗？石惊天说挤得下，有时单人床都能挤下两个大人。手机里看不出金帼英是脸红还是脸白，但她此时既深情又无语地沉默起来。良久金帼英说行吧，晚上要盖好被子，她明天下午开完会才能回来。挂断视频，金帼英坐在床边发愣，脸上露出一丝慰藉。

第二天，全体参建单位领导都按通知要求如期参会。主席台上方LED屏打有“南北公司年终评比表彰总结会”的字样。张福臣、王忠理等业主领导都坐在主席台上，铁建、党红旗、肖一虎、金帼英纵向坐成一排。张福臣主持，让王忠理宣布年底检查评比排名并通报，评比排序第一名是中铁工程局，获得奖金八十万元。

中铁工程局在众多同行面前露了一回脸，铁建和党红旗、金帼英当然无比喜悦与自豪，唯有肖一虎表面上显得很荣光，内心却十分愤恨。他希望信评名次排得越靠后越好，杀杀铁建的威风和傲气，但事与愿违。回程途中，他坐在车的后座上，也不跟前排的铁建说话，独自生起闷气来。

兰花朵搭乘党红旗的车回局指，金帼英和王若云坐另一辆越野车往回赶。冬日天短，还不到五点钟天就黑了下来。离镇上还有几十公里的时候，王若云提前打了个电话给石惊天，问他在哪儿。石惊天说他和男男与吴镇长及幼儿园许园长在镇上的香满楼酒楼。

远处噼里啪啦时而有鞭炮的炸响，夜空中绽放出几处烟花，已经透出过年的气氛。金帼英和王若云赶到酒楼直接进了包间，吴镇长和许园长、石惊天及男男围坐在圆形餐桌前，桌子上摆满了菜肴。这顿饭是石惊天为男男上幼儿园张罗的。他以拜年为借口把吴镇长和许园长约到一起吃顿饭，目的是想在春节前把幼儿园的事落实下来。金帼英和王若云进来之前，石惊天问清了中班入托费一年四千六百元，从口袋里掏出一万块钱交给了许园长，说是金帼英委托他代交的。

许园长掂着厚厚一沓崭新的票子说交多了，数够学费后把多余的钱递到石惊天手里。石惊天推开许园长的手说，剩余的请她给幼儿园的老师买点年货过年，这是金帼英的一点心意。吴镇长见他们推来推去，端着酒杯对许园长说算了，就当来年的学费吧，特意交代许园长一定要把男男入托的事办好，因为他答应过王县长要把这件事办好。许园长抚摸着男男的头让吴镇长放心，并对石惊天说他们来这山沟里修高铁，老百姓都盼着早点通车呢。她会亲自安排男男入学，找个最好的老师带他。石惊天马上站起来，代表金帼英连敬了吴镇长和许园长几杯。

金帼英和王若云没想到石惊天这么细心，竟为男男上幼儿园的事把镇长和许园长请出来吃饭。她们进到包间后好好感谢了一番吴镇长和许园长，又喝了一阵子酒，场面很是热闹。席间，金帼英脸色绯红，目光频频投向石惊天，让他感到了一种说不出来的爱意。

结束后，王若云故意回避，让司机把她和男男先送回项目部。石惊天和金帼英并肩朝项目部走去。金帼英问他真喜欢男男，他承认说喜欢，因为男男聪明懂事。金帼英问指挥长说过什么，石惊天说铁建想让他认男男做干儿子，让男男认他当干爸。金帼英沉默良久，说："你觉得合适吗?"石惊天侧脸看着她，说："你认为合适就合适。"金帼英暗中抿嘴笑着，让他以后不要叫她金总，私下可以喊她帼英。

年终评比获得了八十万元奖金，如何对下分配成了铁建考虑的一个问题。晚上，铁建把党红旗、肖一虎、金帼英召到会议室开碰头会，决定通报表彰两个分部，并给内部排名第一的梁场奖二十万元，给一分部奖十五万元。接着把两个分部的领导召唤到局指进行宣布，不料双方争了起来。梁场人员自然高兴，袁听枫快言快语，说全线第一个建场的是他们，首孔九百吨箱梁浇筑的是他们，业主给加分的是她们，所以梁场得第一天经地义。王若云争辩说，给一分部评第二不公平，隧道是全线第一个进洞，搅拌站也加了分。隧道检查即使有点儿小毛病也没影响全局排名，凭什么给他们排第二。

铁建看两个分部争论得面红耳赤，哈哈大笑起来，用手敲着桌子说他们争吵他高兴。从争吵中他看到了希望，看到了弟兄们的上进心。但让大家记住，在可以把握的部分尽力而为，最终结果要顺其自然不能一味强求，因为任何事情的成败都是相对和可以转化的。

"咱们所站的地方，就是中铁工程局。咱们怎么样，中铁工程局便怎么样。咱们是什么，中铁工程局便是什么。咱们有光明，中铁工程局便没有黑暗。中铁工程局终将选择咱们这些热爱和忠于企业的人，也终将记住那些为中铁工程局无私奉献的人。"

铁建的话引来一阵掌声。到了后来，石惊天涨红着脸表态，说他们会争取赶超。肖一虎冷嘲热讽，说希望一分部能赶超上来，但依他看，一分部那个干法，赶超有难度。石惊天听后气鼓鼓地喊着："肖副指挥，你太瞧不起我们了吧？下一次，一分部不吃不喝也要把第一夺回来。"

局指的这次奖金发放和排名，在一分部引起轩然大波。夜深了，朱红军、赵化亮、王方太和梁丽丽还聚集在项目部会议室，七嘴八舌地议论着，发泄各自的不满。梁丽丽说给一分部奖十五万元，梁场多奖五万元，把人都弄糊涂了。王方太说少拿五万元，总比没有奖金好。朱红军啧啧地咂着嘴，责怪王方太咋这么没有上进心呢，谁在乎那五万元，在乎的是名声。赵化亮扬了扬手，说他要找经理和书记，除了局指奖励外，项目部应该拿出一部分钱来给大家过年，百分之五的奖励基金就该用在奖励上。

孔庆荣散会后没有与袁听枫一起回梁场，而是满腔热情地从会议室出来，转身钻到了兰花朵的屋里。兰花朵正坐在电脑前看账目，扭头发现他进来了，笑着问他来干啥。孔庆荣说没啥事儿，来看看心中的女神。兰花朵说既然把她当成女神，是不是应该给她供个牌位，天天下跪磕头。孔庆荣凑近她说，他不供她，只会哄她开心。兰花朵知道孔庆荣对自己有好感，对他也有一种感觉，有时见不到或听不到他的声音，反而有些不习惯了。

袁听枫和安雪容回到梁场，把紫祺、高永恒也叫到了会议室。紫祺问经理去哪儿了，袁听枫说准又找兰花朵去了。紫祺嘟着嘴说他俩都中了毒。袁听枫眨着眼，莫名其妙地追问中了什么毒。紫祺说中什么毒，喝了爱情的毒药。高永恒迷惑地说："不会吧？经理说他去找兰部长要钱，施工队都在等着结算，发了钱回家过年。"他们正东一句西一句地瞎聊，朱红军拿着图纸赶来梁场，站在门外敲门。紫祺拉开门一看是他，就喊："雪容姐，你的搭档来了。"

安雪容知道他来的目的，只是心照不宣。袁听枫也清楚他深夜找安雪容不会有其他事，不过是对她有些暗恋罢了。于是，把他俩推出会议室，让到隔壁一间单独的办公室去。朱红军关上门，在桌子上故意铺开图纸让安雪容看。安雪容看了几遍也没看出啥问题，感到很奇怪，说线位标高与架梁冲突的事解决好了，哪有什么技术上的事啊？朱红军嘿嘿一乐，说其实没啥事，就是来看看她。安雪容扭头笑着说："是没得第一心里难受吧？"朱红军摇头说："你们得第一，我们也高兴。铁指挥和党书记真难为情，手心手背都是肉，第一只有一个，给谁不给谁啊。所以，给了梁场，我来送个祝福。"安雪容很欣慰，说有他的祝福她很高兴，问他是真心的吗？朱红军摊开两手说："真心呀，不相信？"安雪容含情一笑说相信，谢谢他。

石惊天、朱子来回到项目部，计财部周部长从食堂里弄了几个小菜和一只烧鸡端到会议室，又提了两瓶白酒，把赵化亮和王若云喊了过来，几个人闷闷不乐地聚在一起喝闷酒。赵化亮坐在旁边，嘴里含着鸡腿，怀抱着他心爱的吉他，右手拨弄着琴弦，说与二分部比少了五万块钱，别再折腾了，还是算了吧。说完自弹自唱《散了吧》——散了吧，认了吧。算了吧，放了吧……该原谅，该潇洒。别回想，别留下……他粗犷的声音很具穿透力，像根钢刺扎在石惊天和王若云心上。王若云喝下一杯酒，执拗地要去找铁建讨公道，说不信铁建敢把她一个女的怎么样。

赵化亮继续自弹自唱，石惊天转身伸手按住吉他琴弦，让他不要再扰民。赵化亮这才停止弹唱，把吉他搁到一边，伸手抓起另一只鸡腿塞进嘴里。一个多小时后，几个人都喝多了趴在桌子上。王若云倍感窝囊，喝着喝着就哭了。石惊天让周部长不要再给她倒酒，但她指着酒杯勒令："倒！不倒我瓶干!"说着抓起酒瓶咕噜咕噜连喝几大口。石惊天气呼呼地叫王方太通知宝铁和李卫民立即赶过来。

宝铁和李卫民接到电话，一刻也不敢耽误，开着皮卡车直奔项目部。李卫民猜不到深更半夜叫他们去会有什么事呢？宝铁说隧道的事呗。两个分部排第二，等于倒数第一，大家都像吃了苍蝇似的，吐不出，咽不下，真倒霉。李卫民说大不了上场以来的工费他自己担，两个月的工钱他能承受得起。宝铁说劳务队付出了心血，只是检查期间没搞好。

皮卡车从公路上驶向便道，不一会儿就拐进了项目部院内。俩人从车上下来后直奔会议室。进门一看，屋内一片狼藉，桌上尽是倒掉的酒瓶。石惊天、赵化亮、王若云醉倒在桌子上，他俩立时被眼前一幕惊呆了。

朦胧中，石惊天感到有人进来。他抬起醉醺醺的双眼，摇晃着头指着宝铁和李卫民，抓起一只茶杯朝他俩砸过去。幸亏宝铁闪得快，杯子从墙上弹回来落在地上摔了个粉碎。石惊天舌根有些发硬，说："看看你们是……怎么干的。"说完，直着身板靠在椅子上，两眼发怔看着他俩。

那一晚，石惊天和王若云几个人折腾到半夜。男男睡着后，金帼英反而有些放不下石惊天，便斜躺在床上不停地拨打石惊天的手机，都始终没人接听。

石惊天被架回宿舍，囫囵着身子往床上一躺呼呼大睡，摆在桌子上的手机响个不停，他也懒得接听。

金帼英打不通石惊天的电话，又拨打王若云的手机，同样没人接听，气得她把手机扔在被子上，自言自语纳闷人都跑哪儿去了。少顷，她抓起手机又给朱子来拨了过去，终于传来了朱子来的声音，问她这么晚怎么还没睡。金帼英问石惊天和王若云去了哪儿，俩人为什么都不接电话。朱子来说都喝醉了，金帼英十分惊讶。

金帼英挂断电话躺在床上，关掉灯，双眼望着屋顶。她情不自禁地幻化出一幕幕的场景。隧道口她对石惊天发火；石惊天陪男男打雪仗，堆雪人；男男拉住石惊天不让走，他给男男送来了玩具。越想这些，金帼英的心里越是泛起波澜，许久才翻身睡去。

腊月二十六的早晨，周围乡镇和山村都已散发出浓浓的年味。铁建和党红旗及指挥部的所有职工聚在食堂吃早餐。他们谁也没想到，一分部会把排名看得那么重。金帼英说评奖排名评出了矛盾，把士气评没了。两个分部都差不多，排出个第一、第二，反而把大家的积极性打了下去。党红旗说比、学、赶、超、帮，这次名次不好，下次肯定往好里干。兰花朵噘嘴说不见得，一个高兴一个不高兴。线下主体靠一分部，他们不干，这条线哪干得上去。铁建听着纳闷地说评比还起了反作用了。金帼英这才把昨晚石惊天和王若云、赵化亮觉得窝囊，郁闷喝酒，个个烂醉如泥，还伤心大哭的事说了出来。

“噢，谁都不服谁。”

铁建虽然嘴上不承认两个分部排名出现了负面效应，但内心也后悔不该分先后，让他们并列第一就好了。泼出去的水无法收回，只能换一种方式进行补救。他合计，再有四天就是大年三十。于是，吃过饭他和党红旗计划了一下指挥部春节谁走谁留，让兰花朵排个值班表，督促她赶紧将各分部的款拨下去，再把指挥部人员的工资发了，让大家回家过年。兰花朵提出给局指人员也应该发点奖金。铁建说该发，业主奖励八十万元，对下发了三十五万元，局指还有四十五万元，那就发二十万元，不超过梁场总数，并同意回家过年的职工明后天可以离开，但初七都必须回来，坚持了多少年的归队时间不能改。

上午九点半，铁建和党红旗安排完工作才带上万红山去县里走访，兰花朵和万红山往越野车上装了一些从西北弄来的土特产。县城街道两旁全是卖年货的摊位，摆满了各式各样的服装及过年的喜庆货品，天空不时响起鞭炮声。车被赶集的人群堵塞，行进很困难，即使鸣笛也不管用。坐在后座的万红山看见乔三带着两三个青年站在一摊位前吆喝着什么，铁建让司机开过去。越野车开过乔三身旁时按了一声喇叭，铁建从后视镜里看到三个青年对着越野车指指点点，不用说准是看到他们了。进到县政府大院，铁建与党红旗把万红山留在车上，俩人上去给王县长和赵主任拜年。赵主任把他俩迎到王县长斜对面的一间接待室，里边布置很简陋，一圈黑皮沙发，主宾背后是一幅山水画。铁建和党红旗落座后，一名女服务员端来茶水摆在他俩身旁的沙发上，然后退了出去。

王县长进来后与他俩寒暄握手，和铁建并排坐在沙发上，不停地夸中铁工程局上来这么短时间，组织很得力，工程推进很快，县委县政府当作头号工程动员全县提供保障服务。铁建自然对地方政府表示感谢，更在王县长面前把赵主任夸成难得的干将，令他欣喜若狂、满面春风。拜了早年，工作也汇报得差不多的时候，党红旗说乔三的队伍前阵子被清了出去，他一直缠着一分部，清算工程量漫天要价，不断骚扰，还放出狠话。王县长认真听着，扭头指示赵主任通知公安局刑警队，再闹先把他抓起来，敲高铁的竹杠，不信政府治不了他。

同样在这天上午，吃完饭后石惊天把项目部的所有人员召集到会议室，讨论与乔三结算的事情。朱红军翻看着计价材料，汇报说乔三在路基段干的所有工程量全部进行了计量，套出单价，实际完成总额九百八十三万元。路基队队长老刘说，这个数字还多计了一点儿。王若云听后，要求把多计的砍下来。石惊天知道这个计价数乔三如能接受，顺顺利利地结算就谢天谢地了，所以并没支持王若云的意见，安排朱红军报到局指，让金帼英进行最后审核。

铁建与乔三擦肩而过。越野车去了县城，奔驰车来了局指。车停好后，乔三带着两个青年上楼，他推开肖一虎办公室的门进去了，两个青年留在楼梯口边抽烟边观察动静。乔三与肖一虎隔桌而坐，递过一张工程量清单和计价表，嘴里喊着肖哥，让肖一虎看这样做行不行。肖一虎抓着计价单皱起眉来，说两千万元太多了。乔三说他干了至少一千万元的活儿，其他是窝工、机械费等，退出来总得要给补偿。肖一虎很无奈，说那就先按这个数谈。

此时，金帼英从电脑里打印出一分部报来的计价表看了看，然后走出办公室。她发现两个陌生人站在楼道里，于是十分警惕地瞥了他们一眼，转身走向肖一虎办公室。推门后她发现乔三正跟肖一虎嘀咕着什么。肖一虎猛然愣住了，起身说乔三要找一分部进行工程量计价清算。

金帼英盯着乔三，说："你不去找一分部，找肖副指挥干什么？"

乔三咬着嘴唇，说："肖副指挥管现场，找他不行吗？计价加补偿总共两千万元，只要给够，咱们井水不犯河水。”

金帼英口气坚定地说：“这事你不用跟我说，计价和补偿是能算出来的。再说，央企有央企的规矩，恶意讹诈不会有好结果。”

肖一虎将计价单递给乔三并使眼色，称金帼英说得有道理，让他还是去找一分部先谈。乔三接过计价单，说可以去找一分部谈，如果谈不下来，他还要找指挥部，希望不要为难他。金帼英告诉他，局指从不为难谁，工程量计价会实事求是，超出部分也不会无原则地让步。乔三说：“好啊，金总，你总得为你儿子考虑考虑吧？”

金帼英吃惊地瞪着乔三，说：“为我儿子考虑？你啥意思？谁敢动我儿子一根手指，我跟你拼命。”

“哼哼，那就请你在结算中别跟我作梗。”乔三扔下一句狠话转身走了。

第十章

金帼英在肖一虎办公室偶遇乔三并不是意外。她一直感觉肖一虎与乔三内外勾结。现在办理结算，乔三竟拿男男来要挟自己，很是愤怒。她离开肖一虎的办公室，收拾了一下资料，下楼叫上司机径直去了一分部。

王若云听到门外梁丽丽喊“金总来了”，急忙从办公室出来把金帼英迎进屋。

金帼英问昨晚咋都喝醉了，王若云不好意思地低下了头。梁丽丽沏好茶端过来，说都喝哭了，哭得很伤心。王若云称自己怎么不记得。梁丽丽捂嘴笑着说：“看看，王总，你喝多失忆了吧？经理拿杯子差点儿砸到宝铁呢。”王若云这才将信将疑地说了句：“是吗？”金帼英说没得第一，至于喝得酩酊大醉吗？打谁手机谁都不接。王若云说心里憋屈，她这个总工当得好没面子。金帼英说没人议论你们，排名说明不了啥，很正常。王若云告诉金帼英，石惊天和朱子来都去了景阳，肯定又去收拾宝铁和李卫民了。她顺手从桌头抓过计价单递给金帼英，说这是对乔三队伍的计价结算，总共完成九百八十三万元。金帼英接过计价单说看过了，乔三刚刚找肖一虎提要结算两千万元，简直是讹诈，谈判起来肯定很艰难。

金帼英本想把乔三威胁男男的事儿告诉石惊天，但没能见到他。石惊天与朱子来一起进了景阳隧道，进口率先开工，洞壁上红漆标注着施工里程是六十五米。前面的掌子面衬砌台车高高地耸立，工人们头戴安全帽、身着工装正在进行二衬及仰拱开挖作业，跨过连接仰拱开挖与掌子面的栈桥，隧道掘进机又在钻孔打眼，噪声很大。宝铁和李卫民以为石惊天又来收拾他们，有点儿慌神。他俩和崔凌花陪着石惊天和朱子来，在洞内打着手电筒查看洞顶二衬及施工各个环节，脚上沾满了泥土。

看现场实际是石惊天打出的一个幌子。他们走出隧道后来到值班室，石惊天坐在椅子上点了一支烟，问宝铁和李卫民知道他和朱子来为什么来吗？他俩低下头先做起了检讨。崔凌花说昨晚他俩从项目部回来几乎一夜没睡，还把她喊上来聊隧道的事儿，都挺难过。石惊天瞬间内疚了，说话的语气也变得平和许多，说昨晚是他做得不对，不该用杯子砸他们，希望他俩能理解。朱子来自责地说，领导的一言一行对职工的情绪影响非常大。石惊天挥手说："什么都不说啦，春节我不回去，大年三十要来工地与你们一起过年。"

金帼英遇见石惊天是在隧道外的路基上。前方是大桥，几个工人头戴安全帽，身穿棉袄，腰间捆着绳子，脚下全是泥水，正从事着钻孔作业。金帼英边走边看，像是检查，又心不在焉，就把乔三到局指找肖一虎提出计价清算两千万元的事儿告诉了石惊天。

石惊天惊愕地说："他这是讹诈。朱红军带人现场实测计价不到一千万元，他找肖一虎敢这么要？"

"当初是肖一虎引他进来的。"金帼英说，"肯定让他帮助解决问题，乔三还威胁说，如果给他的计价清算不够，核减他的工程量，让我替男男考虑考虑。"

石惊天安慰金帼英，让她不用担心，天大的事情有他和弟兄们顶着。这一刻，金帼英感受到了前所未有的慰藉。

铁建和党红旗离开县政府直奔了一分部。石惊天和朱子来回到项目部时，王若云、朱红军、梁丽丽已经陪着他俩在会议室里聊了半天。铁建坐在椅子上，说马上放假了，他和党红旗过来看看，然后说起石惊天和王若云夜里喝闷酒的事儿。朱子来怕大家都尴尬，把话题岔开，说弟兄们很努力，马上过年了，谁都不提回家的事，整天蹲在工地上。铁建明白朱子来的用意，顺着他的话说："咱们这群人，不论男的女的都是另类。社会上的人不能理解，因为价值观不同。别人都想着能早一天回家就早一天回家，与老婆、孩子团聚团聚，享受个天伦之乐。可咱们这群人整天想的是怎样逢山凿路、遇水架桥，风雪无阻，简直天壤之别。"石惊天说："建成高铁就是咱们最大的快乐。"铁建瞄着石惊天点头，说："是呀，咱们这群人的快乐谁也比不了。安排安排，该回家过年的回家过年吧。”

只要上了高铁工地的中铁人，在他们的脑子里几乎都没有过年的概念。梁场打梁已经开始，马上又要放假走人了，孔庆荣决定年前把砂石料招标的事情做完。招标通知发出后，前来报名的砂石料供应商把会议室围了个水泄不通。

孔庆荣、高永恒、袁听枫和紫祺坐在会议桌里边一排，紫祺负责登记，高永恒接着每一家的报名资料。袁听枫从会议桌里边转到外面轰赶着投标人员，让他们排成一长溜，不允许抽烟。投标人员前后拥挤着，交头接耳嚷嚷着，不情愿地站成一排，有的把烟直接扔在地上踩灭。袁听枫这才发现钱主任的侄子也带一名青年前来投标。扭头再朝操场上一看，只见一辆凌志越野车开进来停在会议室外，车上下来几个青年人，气势汹汹地朝会议室走来。

那些人很横，走近队列扒开所有人员，直接不让他们参加投标了。投标人员很不服气，议论着不走，鄙视地说两个青年算老几。钱主任的侄子挤到两名青年面前，问三哥咋没来。一名青年说他们代表三哥，另一名青年则说：“三哥跟你叔说好了，砂石料我们来供，你别投。”其他投标人员弄不清两名青年是何方神圣。钱主任侄子说：“哎呀，真是有眼不识泰山，三哥的人，还不快撤。”其他投标人员立马胆怯地纷纷躲到了后面。

袁听枫和孔庆荣发现许多投标人员闪开了，便走到门口上下打量着几个青年。

“你们是哪儿的?”

“当地的。”

孔庆荣怀疑地说：“拿你们的资料来看看，还有身份证。”

袁听枫把钱主任侄子喊到一边，问他这帮人是哪儿的。钱主任侄子悄声说是乔三的人。袁听枫走到孔庆荣面前贴近耳旁转告了他。他当时一愣，转身走进会议室与高永恒和紫祺交代。紫祺收起了登记本，暂时停止了接收报名资料。

高永恒站起来喊：“哎哎哎，各投标人，刚接到通知，由于年前马上放假，招标暂停。年后另行通知，请大家回去吧。”

投标人员议论纷纷，发着牢骚从屋里出来。一名青年蛮横地大声责问为什么要等年后，是不是在耍他们。孔庆荣走到青年面前，问他们的法人是谁。另一名青年脱口而出说是乔三，为什么不让他报名。袁听枫接过话茬，称年前来不及，请回吧。

袁听枫和孔庆荣冷静处理和应对了投标现场的混乱局面。铁建接到紫祺的电话后，说做得对，年前不招了，年后再来也不让他参与，砂石料不能让他们控制起来，更不能选择一家，要考察几家进行议标谈判。

乔三得到停止招标的消息，当时就急眼了。他打电话给肖一虎，称这明摆着是在堵他。肖一虎边在局指下面的花园里散步，边称还没听说这件事。乔三认为这样做太绝情，对他这么大成见，肯定是铁建定的。肖一虎停住脚步思索一下，说有可能，但又劝他年前还是先把路基段结算办完为好。乔三恶狠狠地说："行，年前我要拿到钱。"

局指和分部回家过年的人已经开始订购火车票，陆续准备离开。青阳县城虽然不大，商品也不比城市繁多和高档，但大家总想给家人带点礼物回去。这天上午，石惊天抽空开车去了县城。集市沿着大街一溜摆开，乡下进城赶集购买年货的人熙熙攘攘，汽车和摩托车来回乱窜，到处都是吆喝声和鞭炮声，对联摆满一地，红红火火，年味实足。穿梭在人群中的石惊天，不时抬头看商店的招牌和街头的商品，走进一家服装店，参照着男男的身高买了一套儿童服装。

石惊天手提童装从商店出来，再转到一家摊位前时，发现铁建手里拿着一只胸花正给摊主交钱。石惊天站在他背后没说话，铁建一扭头两人差点儿撞脸。不等问他买的啥，铁建就把胸花递给石惊天看，说："没啥买的，过年了，给你嫂子买个胸花戴上，一会儿再给姑娘买件羽绒服，让她穿个新鲜。"

铁建一投入工作便忘记了一切困难与烦恼。他内心的苦是别人无法替代和排解的。韩秋柳患类风湿十几年越来越严重，甚至到了无法自理的程度。女儿铁宏歌一边复读，一边又要照顾她，倍感生活的重压。上工地后，他把家里的重担全甩给了一个孩子。铁宏歌经常给他打电话，盼着他早点儿回家，有时说着说着就在电话里哭起来，令铁建十分内疚。年关到了，尽管生活很拮据，可他想给老婆与女儿买件礼物，哪怕不值钱也是对两个女人的一种安慰。于是，他与石惊天围着小摊转悠半天，又给铁宏歌买了一件米黄色的羽绒服。

梁丽丽正挽着王方太的胳膊逛街，看见铁建和石惊天的一刹那，显得有些惊慌了。她不想让领导看到自己与王方太相恋的情景，脸绯红地站在了铁建和石惊天面前。她看见石惊天手里拿着儿童服装，问给谁买的。不等石惊天开口，铁建先说话了，直言是给男男买的，过年了小孩子都要穿新衣服。

铁建刚回到局指，石惊天后脚就到了。他从车上下来，手拿包装盒直接上楼，贴在金帼英门口听了听里边的动静，然后才推门进去。金帼英正在屋里写方案，见他右手拿着东西，问他买的啥。石惊天将包装盒递给金帼英看，她起身从抽屉里拿出一个信封，邀他到沙发上坐下，埋怨他不该花钱买衣服，称原来的衣服都穿不完。说着，把手中的信封塞给石惊天，说应该好好谢谢他，男男上幼儿园的事，是他找吴镇长和许园长一手操办的，并把钱都交了。

“这是男男上幼儿园的钱，里边有一万元，我得给你。”金帼英话里透着真诚，可石惊天推辞说钱不能要，算他的一点心意，金帼英一人带孩子不容易，铁建和党红旗都争着要出这笔钱，都不用，他一个人的钱够了。金帼英望着信封说，内心很感激他们这些兄弟，在项目上把她们母子照顾得非常周到。现在她上无父母，下无兄弟姐妹，一到逢年过节，心里特别难受，男男小，还不懂这些。自从离婚后，前夫郭富海没来看过他几回。

“男男喜欢你，可能他需要有你这样一个叔叔。”

石惊天嗯了一声，让她把钱收起来，算给男男的压岁钱，也算给下一代教育出的一点份子。金帼英说：“这个不行，你得拿着，不然叫别人知道会说闲话。”钱又递到了石惊天的手中，他不知哪来的胆量，顺势抓住了金帼英纤细的手，两人就这样默默地对视了良久。

“你不要，那算我欠你的。”金帼英温情地说，“这两天职工都要回家，春节你留下来陪陪我和男男好吗？”

石惊天毫不犹豫地说：“我不回家，就是想陪你和男男一起过年。”

石惊天在金帼英屋里的这段时间，王若云拿着一只小包来到局指，上楼直奔了铁建的办公室。铁建撂下手中的笔，起身把王若云迎到沙发边，亲自给她倒茶。王若云从小包里拿出一包东西放在茶几上，说：“嫂子有类风湿，我也没有别的，抽空去城里找了点治类风湿的中药，据说很管用，你带回去给嫂子吃上试试。”铁建很感激，抓起来看了看，谢过王若云，称一定带回去，不过韩秋柳的病很难治好了。

王若云沉闷地说：“我知道你心里苦，宏歌升学又没考好，都是烦心事儿。不过你一心扑在工作上，外人都看不出来，真让人佩服。”

铁建苦笑了一下，说：“有什么好佩服的，我本姓铁，更是中铁人，应该完成上级交给的任务，在一天就干好一天。你嫂子的病不是一年两年了，我和宏歌也很累，但只要有方子能治，我下多大本钱也要给她治好。”

王若云很羡慕铁建对韩秋柳的感情，让她更感动的是这么多年，铁建对久病不愈的妻子不离不弃，可见他是多么善良，从心底里对他有些暗恋。铁建感叹家家有本难念的经，说她年纪也不小了，总不能一个人这么长期下去。干完这条高铁得好几年，遇到合适的该找还要找，不然老人整天牵挂。王若云低着头，说她是个看重缘分的人，一切都随缘。铁建说看看指挥部或项目上哪个人合适，只要她能相中，他以组织的名义给她提，有很好的理由。王若云望着他摆手拒绝了。

王若云从铁建屋里出来，直接走进了对门兰花朵的办公室。此时，兰花朵正低头做账，见她进来，喊了声王姐，问她见了指挥长还是书记。王若云若无其事地说指挥长要回家，过来看看。兰花朵低着头直笑，把王若云笑得摸不着头脑。兰花朵说她真关心指挥长。王若云听出话中另有别意，说指挥长多难啊。兰花朵追问她，让她说这是不是命。王若云说人不跟命争，她离婚是不是也是命。兰花朵放下笔，望着王若云，说：“要我说，咱能成为中铁人是命，指挥长家里这样是命，你离婚也是命，怪你当初看走眼、没找好。”王若云点着头，承认第一次没找好，如果有下一次，她一定把眼睛睁大点儿。

王若云下楼正要离开局指时，一辆奔驰车从院子外开进来。她一看便知是乔三来了。果然，车一停好，乔三和一个青年从车上下来，提了一大包东西想上楼，被门卫追过来挡住了，说什么也不让他进楼道。很明显，乔三是经过一番周密安排和精心策划来见铁建的，刚好借春节拜年之机，拉拢腐蚀一下铁建，把他套牢，以解决计价清算的事情。

乔三站在楼下给铁建打电话，说他在楼下，想上去见个面。铁建想，来得刚好，正要找乔三算账。于是，铁建派兰花朵下楼把他接上来。铁建将党红旗喊来，叮嘱说：“乔三来见我，是黄鼠狼给鸡拜年，没安什么好心，你在屋里待着，看他耍什么花招。”接着，铁建又把肖一虎也喊过来，让他俩在场做证。

兰花朵领着乔三和青年到了铁建办公室门口，推开门把乔三引进去，然后退出来，顺手把门带上了。乔三见到肖一虎和党红旗，习惯性地喊了句肖哥和党书记，俩人分别向他点了点头。铁建不冷不热地说过年了，咋想起他来了。乔三暗示那名青年把东西搁在沙发旁边。铁建见状，急忙拒绝说来见面别提东西。说着他便去提那些东西，却被乔三用身子阻挡住了。

四个人都在沙发上坐定。铁建半仰在沙发上，说：“听说你向一分部提出清算加补偿要两千万元？是不是没谈拢闹岔了？”

乔三假惺惺地说：“铁指挥，其他咱们不提，今儿个就是来给你拜个早年。”

铁建讽刺地说：“给我拜什么年呀，在这地面上，我得给你拜年才对。”

乔三自然不敢接受，变得十分谦虚。党红旗催促乔三，说马上要开会，有什么事让他直说。乔三摆摆手说没事。铁建转身把那包东西提到茶几上，两手扒拉着礼品，拉着长音说：“我来看看里边装的都是些什么……”铁建一样样拿出来瞧了个遍，中华烟六条，二两虫草一盒，值八九万元。另一个纸包里，一捆十万元的票子，这让铁建惊出一身冷汗。铁建说：“乔总，这些东西你都得拿回去，我老铁可受用不起。”

乔三拒绝说：“铁指挥，你是嫌少还是客气？”

党红旗说：“老铁既不嫌少，更不是客气，我们都没见过这些东西，太吓人了。乔三皱着眉头为难地说：“你看看，这不是不让我出门吗？”铁建摆手示意，说：“乔总，有事咱说事，还是别来这一套。你这么弄，是把我往狱里送啊，我后半辈子还想过安稳日子呢。”

站在旁边的那名青年一看就是个痞子，流里流气的样子，右手食指和中指间夹着烟，让铁建给石惊天说句话，结算办利索点。铁建转头问肖一虎进展到哪一步了。肖一虎故意回避说他不管一分部的事。乔三说：“铁指挥，结算的事，石惊天他们软硬不吃，只有靠你和党书记说句话，照顾一下我这帮兄弟，我们真是吃了不少苦。”铁建笑着说：“你提的条件有点太过分，张口两千万元，要不就一要活儿，二要钱，三不给活儿就要命，这话是你手下老四说的吧？”乔三和那名青年顿时目瞪口呆。

铁建义正词严地接着说：“说实话，我们中铁人，全国各地、国内国外都走遍了，什么样的人都遇到过、领教过、对付过，什么样的事情也都经历过，可从来没见过你们这号人，要活、要钱、要命。啧啧，你们是不是太狠了点儿？”

乔三不接铁建的话，说：“假如钱不给够，再给安排点活儿也行，我们保证不再找你们的麻烦。”铁建说：“活儿是不可能再安排了，至于你们想找麻烦，我们也不怕。上次在工地跟老四说过，要干，咱们就干一场，看谁能把谁打趴下。要和，咱们好说好商量。你乔三既然主动找上门，那得给你上上课，专门讲讲这个‘和’的道理。”铁建从茶几上端起茶杯，轻轻抿了口，慢条斯理地讲起了传统文化。他说中华文化的核心和精髓在于“和合”二字。“和”是什么？是和谐、和平、祥和；而联合的“合”呢，是结合、合作、融合。

党红旗偷笑着望着乔三，那一刻，乔三的面部表情不是尴尬，而是难看得厉害，更是沮丧。肖一虎皱着眉头不时抬眼看乔三。铁建也不管乔三能不能听进去或听得懂，只管讲他的，说汉代有个大儒叫董仲舒，他向汉武帝提出来用“天人合一”的儒家思想来管理国家，讲的是人与自然的关系。还问他们读过《中庸》没有，说《中庸》里边讲的“和”是说人际关系。《老子》说“万物负阴而抱阳，冲气以为和”。《论语》说“礼之用，和为贵”“以和为贵，亲仁善邻，协和万邦”。他之所以说这些经典中“和”与“合”的目的，是让大家知道，从古到今，大到国家、小到家庭，再到社会，离开“和”就没“合”可言。说着还把“和”与“合”的英文发音说了出来。

肖一虎听得不耐烦，说：“老铁，你吐什么鸟语啊。”那名青年在乔三耳边嘀咕了一会儿，乔三摆手打断铁建，让不要再讲了。铁建嘲笑地说：“嫌我讲得不好？”

乔三喊上青年起身往外走，铁建提起那包东西追在后面让他拿走，可人已经走到楼梯口，乔三边跑下楼边说东西不要了。铁建把东西递给党红旗，交代说让万红山把东西扔到楼下去。

“想拉拢腐蚀我，也不看看老子是谁。”铁建愤怒地说，“老肖，看到了吧？社会多复杂，如果你和老党今天不在场，我还有嘴说不清了。别把他们想得太好，这帮害人虫啊，歪招有的是。”

这件事很快在两个分部传开了。晚上，朱红军送安雪容和袁听枫去车站赶最后一趟车回家，路上还在骂乔三和肖一虎。她们都知道他俩穿一条裤子、狼狈为奸，在逐步看清肖一虎的面目后，为一分部结算捏着一把汗。

袁听枫和安雪容是第一批回家过年的人。县级车站很小，都是过站车，并且没有高铁通行，线路上跑的还是老式绿皮火车。到车站后，朱红军拉着两个行李箱，安雪容和袁听枫挎着各自的小包走向站台。袁听枫对朱红军说：“雪容都要回家订婚了，你还献什么殷勤。”朱红军理直气壮地埋怨袁听枫缺乏人情味，回家订婚就不能来送一送？他又不抢邓立强的新娘。袁听枫转身贴近安雪容，悄声说朱红军对她有点意思，让她可别糊弄他，不然他会伤心的。安雪容说糊弄他干什么呀，真的回家订婚。

朱红军从口袋里掏出一个锦囊握在手中，与安雪容握手时顺便递到她的手里，说是送她的订婚礼物，语气既认真又忧伤。安雪容打开一看，竟是一只玉坠，嫌太贵重又塞给了朱红军，一时弄得他进退两难。袁听枫拉拉安雪容的手，说："你看看，小朱子多有心，拿着吧。"扭头又对朱红军说："雪容收了你的玉坠也不代表什么，以后你可不能拿这个说事。"朱红军苦笑着说袁听枫想多了，他是真心祝福她。

安雪容翻看着玉坠，很不好意思，说让朱红军留着以后用。朱红军伤感地呵呵一笑，称在这山沟里用不着，意思是说找不到对象有可能会打一辈子光棍。

火车早已停靠在站台下的铁道上，车厢门也打开了，乘务员笔挺地站在门口准备迎接旅客。不一会儿，喇叭里传来广播进站的提示，紧接着看到从天桥上涌来一批旅客。朱红军把箱子递给安雪容和袁听枫，催她们上车，袁听枫站在车厢门口安慰他别多想，说如果以前安雪容没谈男朋友，她赞成他俩处。安雪容接过拉杆箱，依依不舍地望着朱红军，轻柔地安慰他，让他在工地多保重。朱红军伸出手与安雪容握在一起，俩人久久不肯撒开。那种感觉非常奇妙。安雪容拉着拉杆箱跟袁听枫上车后，隔着车窗玻璃再扭头望朱红军时，看见他已背过脸去了，不敢再看他们。

老式绿皮火车在夜幕里呼啸驰过，列车的窗户透出一排闪过的灯光，夜里苍茫的大地又开始落雪了。袁听枫和安雪容睡在同一组硬卧的上下铺，她已在下铺躺下迷迷糊糊地入睡，安雪容却久久不能入睡，躺在上铺发微信。

朱红军回到宿舍后收到安雪容的微信："红军，我回头看你送我进站的那一刻，你好像有些难过，是为我哭了吗？"朱红军躺在床上立马回复："有点难过，但眼泪没流下来。虽然知道你节后会回来，但心里好不是滋味，请允许我祝福你。"眨眼工夫，安雪容又回复过来："还是叫你朱头吧，有时候爱情与友情很矛盾，更多的是身不由己，相信你能理解。为什么以前老天不让我认识你，也许这就是所谓的无缘吧。"朱红军回复："以前不认识你，是因为老天没有做出安排。如今认识你，是上苍赐予的缘。世上没有无缘，只有无心。"

安雪容回复："在你心里我有那么好吗？"朱红军回复："尽管相识不久，但在我心里你就是那首歌——你是我的玫瑰，你是我的花……回家订婚吧，不想再扰乱你的心绪。"

安雪容回复说邓立强明早在车站接她，别为她分心，更别为她忧伤和难过，相信朱红军会找到比她更好的心上人。朱红军在回复中与安雪容立下一个约定，假如这次订婚失败，就回来找他，给他一次爱她的机会。

安雪容回复说："朱头，你又咒我。你相信我会订婚失败？"朱红军回复说他是说假如。于是，安雪容回复说行，假如真如他所说，那她一定回来找他。朱红军回复说有她这话知足了，一言为定。

第二天早晨，火车终于到达金城火车站。车站建在耸立的山脚下，空间十分狭窄，也很陈旧，完全没有东部发达地区高铁车站的高大与宽敞。出口外的站前广场，寒冷中挤满了接站的人群，还有一些拉着行李箱赶火车回家过节的旅客。袁听枫的丈夫姜再明和安雪容的男友邓立强在人群中边跺脚取暖，边不时地眺望出站口，等待她俩出站。她俩拉着拉杆箱，随人流检票走出站后四处寻觅。邓立强首先看到了安雪容，边朝她挥手边疯狂地往前挤。姜再明也看到了袁听枫，可他既没挥手，也没那么激动，走到袁听枫跟前笑了笑问："回来了？"袁听枫瞅他一眼，说："不回来不得急死你呀？"夫妻的语言常常是心领神会。他们与安雪容和邓立强告别后，姜再明说："天挺冷的，走吧。"袁听枫挽着丈夫的胳膊，问："女儿呢？"姜再明回答说："小珊在家等着呢。"

袁听枫和安雪容顺利地回到了家中，但留在工地的人却依然忙碌着年前的工作。因为要与乔三办理结算，金帼英来到工程部万红山的办公桌前，俩人一起对着电脑计算工程量和计价单。万红山指着屏幕上的一张表格和一排排数据，说："金总，一分部工程量计价是对的，总数九百八十三万元。乔三结算报告要两千万元没道理。"

金帼英说该砍的全砍下来，打印几份，把电子版发给一分部。她打电话给石惊天，说乔三队伍的计价单审核完了，不到一千万，按万红山发过去的审核数结算，乔三的结算报告完全是讹诈，不能考虑。

金帼英向铁建汇报了审核情况。铁建接过材料看了看说："这帮小子想一口吃个胖子，坑我们。真正干的活儿一分不少他的，想讹诈一分钱都不能给。谈不拢搁着，拖到他自己主动回到谈判桌上来。"

腊月二十八这天上午，乔三带了两个青年找到了一分部。石惊天知道他是来谈判的，便把朱子来、朱红军、王若云全喊进会议室。坐好后，乔三朝石惊天扔过来两份自己做好的结算单。石惊天看着单子说："乔总，你这个两千万元的结算请求我们不能认。我们有现场实测的工程量计价清单，你的人员也在上面签了字，咱们双方必须以事实为依据来谈这个问题。"乔三不讲理，怒视着他说："两千万是算出来的，我并没提过分要求，年前尽快把钱给我。"朱子来说："年前最多预拨一部分，前提是双方必须谈妥并签结算合同。否则，项目部一分钱也拨不出去。"乔三开始耍横，一巴掌拍在椅子扶手上，说："好啊，你们可以不拨，我也可以让弟兄们来你们项目部吃饭。"石惊天说："乔总，我们算过你完成的工程量，实际应结算数不到一千万元，两千万从何而来？"

乔三说其他是应该给他的补偿。石惊天把结算单推到他面前，说双方的结算数差别较大，他提出的补偿金额没有依据，希望双方都能本着实事求是的原则，拿出真诚的态度来解决。乔三歪着头质问他的态度不真诚吗？朱子来说："你的态度我们不敢苟同。从你递交的结算单看，是故意想把事情弄复杂，因为你的预期超出了我们的承受能力，项目部无法解决。"乔三摇着头，拍了一下椅子，说："行，处理不了谁也别想过好年。"

石惊天不慌不忙地说："乔总，任何事情总得有理有据。局指最终核定的工程量和计价额不会错。你想多要可以理解，但我们没有权力按照你的结算数额进行结算。"乔三站起身来，咬牙切齿地说："局指是谁？不就是那个小娘们儿卡我吗？"石惊天立马愤怒了，指着他说："你再敢说一遍？"乔三说："那你们想好咱们再谈，总之我是不会让步的。"王若云把结算单扔给乔三，站起来说："那什么时候双方形成一致意见，什么时候再谈付款的事儿。我们是央企，钱在我们口袋里，不怕拖，拖再久对我们也没啥损失。如果不据实结算，我们拖也能拖死你。"

乔三气鼓鼓地从项目部出来，钻进车里拨通了肖一虎的电话。肖一虎在屋里来回走动，虽然表面上显得镇定自若，心里却扑通扑通跳得厉害，说："老弟，谈判你不要客气，反正我们是公家，你是个人，总不能让你吃亏。"乔三说："肖哥，还是你够意思。他们想采取拖延战术，行啊，我等着。年前不付款，我手下的弟兄可要找他们去讨饭吃。"肖一虎奸笑着说："是呀，有些人不给点颜色看看，不知道马王爷三只眼。”他的点拨着实令乔三脑洞大开，果真开始琢磨起如何让石惊天和金帼英尝尝他的厉害了。

三九天零下十几度，洞外是干不成了，只有隧道洞内能干，两个分部的职工都开始订票回家过节了。石惊天和王若云决定留下来，让朱子来处理完乔三结算的事就动身回去，免得都耗在这里。朱子来说铁建都没走，他不能提前离开。

此时的赵化亮却躲在一旁，忧心忡忡地说他不想回去。石惊天奇怪地问他不是回去还要检查身体吗？赵化亮支支吾吾不表态。王若云奇怪地说：“你回去怕见蓝燕儿？”石惊天打断她说赵化亮有他的难处。王若云对赵化亮说：“我要是你老婆，有家不回，我会怀疑你在外面有人。”赵化亮自嘲地说：“会有人找我这样的？”

石惊天把朱子来和王若云支出会议室，拉拉凳子靠向赵化亮，问道：“化亮，你以前跟我说，结婚这么多年没孩子要去检查，到底是你的问题还是蓝燕儿的问题？”

赵化亮感叹说蓝燕儿没毛病，是他的问题。

“什么问题？”

“我……那方面不行。”

石惊天很吃惊，一个大老爷们儿怎么会出现这种情况呢？赵化亮无奈地点点头说：“参加工作后一直两地分居，与蓝燕儿在一起有障碍，从没过过正常的夫妻生活。我跑了很多医院，吃了许多药，什么办法都想过，就是治不好。蓝燕儿一直闹着要跟我离婚。这事我跟谁去说？”

石惊天若有所思地问：“还有什么好的办法吗？”赵化亮摇头说，所有医生都说他这种障碍没得治。所以，他只有上工地，不敢回去见蓝燕儿。

石惊天沉思说：“唉，咱们这些人长期不与老婆一块生活，确实会出现这种情况，想想好可悲。”石惊天劝他越是这样越要回去，劝劝蓝燕儿不要离婚。赵化亮悲伤地告诉他，回去两人见面就吵，生不如死。石惊天说越不回去别人越怀疑他，蓝燕儿越不高兴，干脆走吧。回去找医院能治再治，春节期间工地上的事不用他管。

赵化亮在石惊天的劝说下，当天与梁丽丽坐着一趟车离开了工地。王方太留在工地值班，只能到车站送送梁丽丽。两家在铁路小区住一栋楼，从小青梅竹马，梁丽丽回去，王方太家的事也会办得妥帖。

旅客进站后，赵化亮和梁丽丽放好行李箱聚到一个硬卧车厢里，茶几上摆满了水果与面包。梁丽丽问他："晚上到家，蓝燕儿会接你吧?"赵化亮木讷地说接吧。

梁丽丽又说："你跟蓝燕儿姐怎么不要个孩子?"赵化亮稍停，回答说蓝燕儿要当丁克。梁丽丽咯咯地笑起来，说："想当贵族呀，不能吧？听局里人说，蓝燕儿怎么想跟你闹离婚？有什么解决不了的矛盾?"赵化亮脸色阴沉，说没有。梁丽丽说都这么传，局里那些人抬头不见低头见，有事传得快着呢。赵化亮说蓝燕儿对他很好，那些都是瞎说。

火车刚刚开动，赵化亮便开始与蓝燕儿手机视频了。赵化亮问蓝燕儿在干吗，蓝燕儿直问他回不回家过年，赵化亮说跟梁丽丽正在火车上。

接着，梁丽丽听到蓝燕儿说赵化亮回不回来都一样，不如一个人过年清静。梁丽丽很是奇怪，夺过赵化亮的手机，喊着蓝燕儿姐，问外面对他们两口子有些传言，到底咋了。蓝燕儿冷冷地说没什么，让她问赵化亮。手机被赵化亮按断了，梁丽丽好奇地问他们俩到底咋回事，赵化亮不情愿地说没啥，说完身子一歪躺下了。

人该走的都走了，没走的还在扯乔三结算的事。下午的时候，铁建把金帼英、党红旗和肖一虎叫到他的办公室，将计价单扔到肖一虎面前，说："老肖，乔三张口一讹就是两千万。当初说不让用他，你却背后压着一分部把乔三引进来，这个麻烦你要想法解决。"肖一虎抓过单子瞅了瞅，又扔给铁建，说这件事他不想再落埋怨，工程量清单是金帼英负责审的，那请她协调一分部处理，他要回家过年。

金帼英很生气。肖一虎当初惹出来的麻烦，自己不敢承担责任，如今要把这个难题甩给别人，真是可恶透顶，于是说："我最终审核的我负责，你惹出来的麻烦你处理，处理不完你别走。"肖一虎回怼金帼英，说她没这个权力不让他回家过年。铁建指着他说："乔三这件事有的纠缠，你老肖脱不了干系。"肖一虎瞪着铁建，推脱说从此他不再过问总可以了吧?

还没等党红旗说话，铁建的手机突然响了，是石惊天打过来的，报告说乔三结算不认账，一帮人把项目部围了。铁建听后火冒三丈，下令让石惊天派人把他们赶出去。这时，金帼英的手机也响了起来。她掏出手机问："你是谁?"

里边传来了乔三的声音，说："金总，你出手狠啊。工程量计价是你审的，把我两千万元的活儿审得不到一千万，这笔账我会记在你头上。"金帼英气愤地说："是我审的又怎么样？我不能不对企业和国家负责，不服你可以起诉，这笔账你可以记到我头上。"说完就挂断了电话，骂乔三是无赖。铁建两眼喷着怒火瞪着肖一虎，说："老肖，你先别回家，现在就去一分部，把乔三闹事解决完你再走。否则，你就留在工地过年。"

肖一虎也憋了一肚子火，心里骂乔三真不是东西，帮了他反而添麻烦，后悔当初不该沾他的钱财，但现在退也来不及了，只能大事化小，小事化了。见铁建大发雷霆，他一刻也不敢耽误，下楼乘车驶出了局指院子。到达一分部驻地时，他发现石惊天等人与乔三及几个青年已经对峙起来，双方互不相让，不停地争吵，场面混乱不堪。

石惊天满脸怒气地指着乔三，说："乔三，你要敬酒不吃吃罚酒，我们也没办法。想讹诈，你找错了门，超出计价的部分，一分钱休想拿走。"

乔三蛮横无理地要求，不管一分部怎么算，年前必须付款。朱子来指着大门请他们立即离开。乔三身边的青年指着石惊天，嘴里不干不净地说："今天老子还不走了。"石惊天看他们既不谈，又不走，对朱子来说："把隧道队的人全都调过来。"

肖一虎的车在院子门外停了下来。他没有下车，更没有进去，而是坐在车内，把窗玻璃落下一道缝朝里张望。乔三听见朱子来在调队伍，来了个好汉不吃眼前亏，朝几个青年挥了挥手，向院外走去。肖一虎发现他们出来，让司机加油离开了一分部。

乔三撤离项目部后，王若云带着朱红军赶去了景阳隧道。两板二衬打得像孩子尿布似的，难看得要命。王若云当场把宝铁、李卫民和崔凌花狠狠批了一顿。朱红军也跟着批来批去，激怒了宝铁和李卫民，三个人当着王若云一阵顶撞，弄得各自都下不了台。王若云让崔凌花好好分析配合比和原材料，又命李卫民和宝铁从工序及工艺上找找毛病，看看问题到底出在哪儿，布置完后与朱红军上车离开了工地。王若云拉着脸坐在前座，一路数落朱红军，嫌他话多。

"我批他们你听着就行了，还一句句地刺激他们。"王若云说，"跟我出来，部长就你这水平？"朱红军扒着后靠背，说："现在二衬谁还出现蜂窝麻面，我看了就来气。"王若云说："有时出现这种情况也正常，谁敢保证每一板都没半点瑕疵。”朱红军说：“关键取决于态度，他们这种不认账的态度能干出高质量的精品吗?”王若云说：“态度好不好我可以来说。”朱红军不服气，说：“就凭宝铁和李卫民，隧道能干好才怪。”王若云说：“你咋学会背后说人闲话了，嫌宝铁和李卫民态度不好，还不是人家天天盯在隧道里，你行你去干呀。”朱红军后仰身子，让王若云不要袒护他们，质量上不去，首先是她这个总工不称职。

王若云有些怒了，让司机停车，说：“我称不称职是你说的？你多大领导？教训完他们来教训我，下去。”

朱红军后悔刚才说过的话，尴尬地检讨自己错了，这大冷天，不能让他下车走回去。司机见王若云沉默不理，让朱红军下去截个车回项目部。朱红军无奈，只好开门跳下去，站在路边望着远去的越野车，气愤地一脚挑飞路边的积雪，直称离过婚的女人就是变态。

王若云回到项目部，石惊天在办公室透过窗户发现她一个人从车上下来，走出去问朱红军为啥没回来，王若云说被她从车上轰下去了。“咋啦?”“不懂事。”

此时的朱红军一边理着羽绒服领口朝隧道方向小跑，一边回头寻找来往车辆。路上的行人车辆极少，他不得不掏出手机打电话求救，让李卫民派车把他接回去。此时，他已经冻得浑身哆嗦，脚指头开始生疼，清鼻涕也悬在了鼻尖上，看上去十分狼狈。

崔凌花正在彩钢房里帮李卫民老婆王秋燕端菜，听说朱红军打电话要车去接他，想起隧道里的一幕，赌气对宝铁说不接，让他走。宝铁说准是被王若云赶下车了。他毕竟是工程部部长，都是为了工作，大气点。说着，他从桌子上抓起皮卡车钥匙，开车把朱红军接了回来。

酒足饭饱之后，朱红军被送回了项目部。他满脸通红从车上下来走向石惊天的办公室，把门咣当一声推开闯了进去，歪斜的身子差点栽到门里边。王若云正在屋里跟石惊天说隧道的事儿，看他醉醺醺的样子，拿眼直瞪他。石惊天问：“呵，中午跑哪儿喝去了?”朱红军打着饱嗝，说宝铁和李卫民把他接去喝了顿小酒。王若云嘲讽地说：“不错嘛，还有人管你酒、管你饭。”朱红军扶住桌子嫌王若云真不知道心疼人，差点把他冻死。

石惊天说：“看你们俩，一个总工，一个部长，车一路去，人两路回，有意思？红军，以后跟领导出去少说话，该你说你说，不该你说你听着。隧道那点事王总说，你别插嘴嘛。”

下午，刚刚四五点钟天就开始黑了。宝铁把崔凌花送回一号搅拌站。几个身着棉工服的劳务工，头戴安全帽操作机械还在生产混凝土。装载机从宽敞的料库里载满砂石料隆隆开出来。宝铁和崔凌花绕过生产区走进试验室，核对半天配合比通知单上的数据，没有发现问题。宝铁说再查原材料，看看砂石料粉尘含量超没超标。崔凌花答应回头再做试验，说话间不停地搓手。屋里通了暖气，但并不暖和。宝铁伫立在她对面，让她把手伸出来。崔凌花煞有戒备地把双手藏到背后，惊愕地问他要干什么。宝铁哈哈地笑着说给她焐焐。她在惊愕中渐露笑脸，腼腆地将双手伸了过去。宝铁拉住她的手，掀起自己的棉衣塞到腋下，顺势把崔凌花搂在怀里。崔凌花红着脸将头贴在他的胸前，委屈地说上午王若云把她说得可难受了。宝铁抚摩着她的秀发，让她别介意。中铁人干高铁，每天都是这样吵吵闹闹过来的，谁跟谁从不计较。宝铁称王若云离婚后脾气变得急躁，其实是刀子嘴豆腐心。此时，崔凌花感到了宝铁的宽厚，仰头望着他轻轻地说：“你真好。施工队长看起来粗，实际很会体贴人。”

宝铁笑着说：“自从你管这个站后，陪着我在隧道里哭，在隧道里笑，我还真喜欢上你了，你说怎么办?”崔凌花幸福地笑着，抽出右手用指头搓了搓宝铁黝黑的脸庞。

第十一章

景阳隧道劳务队除了春节留下来的劳务工，其他民工都回家过年了。李卫民和王大成走不开，就打发王秋燕动身回家。老人和两个孩子在家留守，她再不回去过年，整个家会变得冷冷清清，想起来她的心头便泛起阵阵酸楚。

王秋燕边收拾东西边念叨，称干这么多年工程，她和孩子啥样的苦都吃过，什么样的罪都受过，就这命。只要在工地上顺顺当当的，其他的不用李卫民管。临出门，王秋燕心疼地嘱咐李卫民，让他跟王大成在工地上别苦着自己。

火车票没有订到，只能坐长途卧铺汽车。王大成把皮卡车开进破旧的县长途汽车站，停好后把行李箱取下来进到站里，让王秋燕看着行李，他跑到售票口买票。不一会儿工夫，他拿着车票回到王秋燕身边。这时，旅客们已经开始检票。王秋燕最后一个检票上车，安顿好行李后，找到座位坐下，才长长松了口气，然后朝车下的王大成挥手告别。汽车开动驶出了车站，王大成站在原地望着远去的汽车，听着远近传来的鞭炮声，十分怅然。

该走的都走了，该留的也都留了下来。马上到大年三十，可工作仍要进行。石惊天、王方太由钱主任带路，来到洋河特大桥要穿过的一处新盖不久的房子和院落前。进到院内他俩才发现钱主任的侄子不知啥时也跟来了。钱主任把石惊天和王方太向户主做了介绍，提出年前想拆一两户，让户主搬个地方腾腾房子做个表率。男户主怒气冲冲地说："不管谁是主任谁是经理，也不管是哪个局的，都滚出去。马上过年啦，这么冷的天让全家到哪儿去找房子？"钱主任说县乡早已明确了标准，公示后会通知他们。女户主从另一间屋走出来，愤愤不平地说："是通知了，但也得有地方搬才行。你们站着说话不腰疼。这事出了正月再说，找到地方搬，找不到地方不搬。非要我们搬，我们全家就到你姓钱的家里去过年。"

石惊天好言相劝，说这两天搬不了可以理解，但出了正月十五一定想法搬，不然会耽误工程。"搬不搬你说了算？哼，你算老几？"男户主说着，心疼地流起泪来，"房子刚盖没两年，高铁偏偏要从我家过，钱是补了，但工夫、辛苦钱谁赔？"

钱主任的侄子在一旁煽风说："对，不能搬。"钱主任抬手一巴掌朝他侄子打过去，骂道："给我滚！"钱主任的侄子捂脸往院外走，恶狠狠地说："你打我？为了他们你打我？你不是我叔。"不料，女户主端着一盆脏水走过来，说："没啥商量的。你们走，不走我拿刷锅水浇你们。"钱主任挥手制止，让她不要撒泼。可那妇女根本不听劝阻，瞪着眼说不行，又问一遍走不走，三人面面相觑。"不走是不是？"话音未落，那盆脏水哗地就泼了过来，三人吼叫着跳起来躲闪开。

石惊天三人来到村头，停住了脚步。钱主任转身指着村庄，称征地难，村子拆迁更难。要拆几十户，他这个村主任快难死了。石惊天和王方太夸了他几句。钱主任长叹一口气，说基层群众工作最难做，家里人也埋怨，里外不讨好。看看他那侄子，整天跟在他屁股后头想干点小活儿。就说梁场吧，他费了多大力气才把地征下来，梁场建好了，孔庆荣和袁听枫答应给村民安排活儿，可到现在连个影都没有，他又不能说啥。

石惊天立即领悟了钱主任的意思，说不过是想让侄子干点活儿呗。钱主任给石惊天递过烟来，谦和地说："哦，石经理不用为难。"石惊天告诉他，高铁活儿村民干不了，出了问题他这个主任都要被追责。这把钱主任着实吓了一跳，睁大眼睛问有这么严重？王方太说乔三的队伍都干不了，被清出去了。钱主任吃惊地说你们敢清他？清了他，他去梁场供材料，还不是一样在高铁上挣钱。回头又说梁场不讲信誉，他们后面还要从村里拉大电，他可做不了这个工作。石惊天和王方太体味了半天钱主任的话，那意思很明显，他可以帮做当地村民的工作，但要照顾到他的利益。

石惊天和王方太悻悻地回到项目部。一进屋，王方太便发牢骚，嘴里不是骂声就是埋怨声。朱子来问咋了。王方太说："被拆迁户女人泼了刷锅水。泼妇真泼。”朱红军哈哈大笑：“真的？泼身上了吗？”石惊天瞥王方太一眼，说：“听出来了吧？老钱话里有话，要咱们和梁场帮他侄子弄活儿干。”

院子里聚集了几个要账的工头，传来一阵吵吵嚷嚷声。石惊天走到隔壁财务室，问周部长咋回事儿。他拿出一沓单据，告诉石惊天是来要账的民工队。路基队、桥梁队、隧道队工费该打的都打到民工个人的银行卡上了，他们可以在家里取钱过年，剩下给工头的管理费已经开好支票，就等他签字。石惊天抓过签字笔在每一份单据上签了字，一家家结清，让他们回家。

整个一分部其他施工队年前的事儿就这么平息了结了，唯有乔三的结算始终没能办清。肖一虎从一分部回到局指，推门进了铁建的办公室，脸上显露出不满情绪。铁建问：“谁又惹你了？”肖一虎掏出烟扔在茶几上，坐在沙发上的党红旗说：“处理乔三的事，老铁惹到你了？”肖一虎抽出一支烟点着，说谁都不出面，让他去处理，质问铁建到底安的什么心。

铁建说：“好心。乔三除了听你的，谁能说得动他？你想回家过年，他的事处理不好，你于心何忍？”

于是，肖一虎抱怨铁建把他放火上烤，称他算是看出来了，俩人根本不是什么战友。铁建起身走动着，说：“战友是不争的事实，想赖也赖不掉。不是战友，还不管你肖一虎呢，要跟乔三混就去混，早晚混到局子里去。”肖一虎不服地瞧着铁建，说哪跟乔三去混了，太小瞧他了。铁建说：“总之，跟他混也好，不混也罢，他结算的事处理不完，你肖一虎不能走。”

党红旗摆手说：“今天都腊月二十九了，你们该走的都走吧。”铁建说：“不急，再等等，工地上确实没事了再走。过年事小，工地事大，三十晚上到家也不迟。”肖一虎试探问今晚他回去行不行，铁建思考着，扬手说：“走吧，现场有事你在电话里也要盯着处理。”

肖一虎总算可以回家过年了。局指并没安排人送他，只有司机开车把他送到火车站，一个人拉着行李箱悻悻地进站上车。他乘坐的是夜间的过路车。绿皮火车在夜幕里疾驰，车厢内的灯光齐刷刷地成为一条线，在黑夜的山间一闪而过。

肖一虎独坐在餐车里，要了四盘菜，一瓶酒，就那样自满自饮，一脸的红胀。他夹起一粒花生米送入口中，边嚼边扭头望着窗外，内心憋闷得喘不过气来，心里骂铁建上场以来处处为难他，何时拿他这个老战友当过人看？成绩全是铁建的，所有的错都让他承担。如果铁建不仁，那他肖一虎就没必要讲义。他在心里想着骂着，端起酒一口喝下后，发出一声长长的叹息。

项目上每年过节都是两个主管一个回家，一个留在工地值班。石惊天让朱子来回去，他主动提出留下，实际上是为了陪伴金帼英和男男。从小一起长大的闺密丽娜同样惦记金帼英母子，打电话问她和男男在哪儿过年。金帼英欣悦地说："我无家可归能去哪儿，在工地过年呀。亲，都想死你了。"丽娜嗔怪地说："自从上工地连个电话都不给我打，还想死我了，假话。"金帼英嘻嘻笑着说忙得四脚朝天，不打电话不等于心里不想。

丽娜是个只活好自己的女人，平常穿着打扮非常时髦和精致，一头秀发高高地耸起，棱角分明的脸颊常施粉黛，一看就十分独立和自我。她与金帼英年龄相仿却仍独身一人，把看着长大的男男视为己出。此刻，她坐在办公室里，放下口红又拿起镜子来回照个遍儿，问金帼英工地怎么样。金帼英告诉她说好着呢，山清水秀，如诗如画，让她来一块过个与城市里不一样的年。丽娜放下镜子，当即满口答应，称她们公司的孙董还念叨金帼英，刚好有事跟金帼英商量。第二天，丽娜果真买好车票，带了满满一箱子化妆品、日用品和男男喜欢的零食，登上了去工地的列车。

火车于晚上到达青阳县火车站。金帼英带上兰花朵和男男，由石惊天开车提前赶到车站等候丽娜。上场后，局指和项目部与车站关系很熟，他们与车站管理人员打了招呼，直接走向站台。大约过了半个小时，进站列车鸣着汽笛，开着刺眼的灯光缓缓驶进站。车厢门打开后，丽娜拖着行李箱，着一身鲜艳的红呢子大衣第一个下车，金帼英一眼就认出她来了。俩人欣喜若狂地"亲，亲"地喊着，抱在了一起，把男男、石惊天和兰花朵都看愣了。直到男男站在她俩旁边喊"妈妈和大姨"，丽娜才反应过来弯腰抱起男男，叫着儿子又是亲又是啃。石惊天和兰花朵一个拉着行李箱，一个牵着男男的手走在前面。丽娜转头看了看石惊天，问金帼英来这俩月就找好了？金帼英抬手轻轻敲打丽娜的削肩，挑眉笑着说啥找好了，是一分部的经理。丽娜哈哈大笑，说她以为是金帼英新找的男友呢，看上去比郭富海强多了。

"我看不错耶。亲，你是不是对他有好感，不然怎么会让他跟着来接我？"

金帼英说："司机放假回去了，让他当司机。"

丽娜被拉到县政府宾馆安顿下，金帼英说她们姐妹说会儿话，让石惊天和兰花朵先回去。二人烧好水后，下楼坐在车里等着金帼英。直到深夜，金帼英才带男男从楼上下来。

第二天一早，男男还在睡觉，金帼英就起床去了宾馆，把丽娜领到了局指来。丽娜来到金帼英的宿舍，看到满屋凌乱不堪，脸上露出不可思议的表情。金帼英看出了丽娜的心思："亲，我们就是这种条件，不像你的闺房那么温馨有情调。"丽娜脸上的表情不停地变化，说这条件也太差了吧。金帼英说过年收拾收拾就好了。丽娜开始埋怨当初她要进她们公司多好，就不用受这份洋罪了。

金帼英陪丽娜来到铁建的办公室，党红旗正在里边。铁建上下打量着丽娜呵呵一笑，说名字和人一样洋气，问她来这儿习不习惯。丽娜很有礼貌地笑笑，说她又不是住在皇宫里的皇亲国戚，习惯着呢，但表情很勉强。铁建用好奇的目光盯着丽娜，说不比不知道，一比吓一跳。虽然和金帼英是闺密，看看她这打扮，这皮肤，像贵族大小姐。再看看金帼英和他们这群人，像个土包子，真是天壤之别。丽娜说金帼英可不土，人也漂亮，打扮起来洋气着呢。党红旗夸赞说金帼英过年回不去，丽娜来陪她们娘俩过年，很难得。铁建说明天大年三十，与一分部民工喝完辞年酒，他再赶火车回家。当即商量好，丽娜与铁建、金帼英跟民工一起过除夕。

丽娜来了，紫祺和朱子来坐一趟火车回家了。孔庆荣送走紫祺从车站回来，没有直接回项目部，而是去局指找兰花朵，打电话把她从楼上叫了下来。兰花朵穿着一件米黄色的羽绒服，从楼里出来后，拉开越野车的门钻了进去。孔庆荣坐在驾驶座上，隔着挡位伸出右手拉兰花朵的左手，说指挥长身边有俩宝贝疙瘩，一个是她，一个是紫祺。兰花朵缩回手，说咋拿她和紫祺比呢。孔庆荣说没比，指挥长把她俩都一样看待。兰花朵问她和紫祺谁更优秀？孔庆荣狡黠地说都很优秀。兰花朵噘着嘴说要下车，被他一把拉住，说在他心里，兰花朵当然更感性和优雅。兰花朵心里暗暗高兴，抿嘴笑问找她干吗。孔庆荣说过年了，想给她买个礼物，商场还没关门，要拉她去逛逛。兰花朵看表说天晚了，明天县里要来慰问，铁建和党红旗都在楼上研究如何接待，她实在走不开，只能改日。孔庆荣没再坚持，猛然歪着身子趴向兰花朵，在她脸上轻轻地吻了一口。兰花朵并没生气，暗中下意识到地用手摸了摸脸颊，骂了一句"臭夫子"。

上午十点钟，王县长和赵主任、吴镇长带县镇里慰问组，在镇政府院内把一扇扇泛白的猪肉扔上皮卡车，又装上一桶桶食用油、面粉、熟食等年货，披红挂彩浩浩荡荡地启程奔赴景阳隧道工地和梁场，工地上顿时沸腾了。铁建、党红旗和石惊天等留下来的人员早早地就在彩门下面的坡道处等候，部分职工和民工则在洞口前的空场上列队站成了两排。

王县长和赵主任、吴镇长乘坐的轿车和一辆载满慰问品的皮卡车，一前一后来到彩门前稍作停留，等三个人从车上下来，车子又朝坡上开去。铁建和党红旗笑容满面地迎接王县长，陪他来到队列前朝队伍挥了挥手。石惊天站在前面招呼工人，大家在寒风中热情地鼓起掌来。

王县长和赵主任与两列职工和民工一一握手后，铁建面向队伍首先发表了一番热情洋溢的讲话，对县、镇两级政府的慰问表示了感谢，之后又说了一些鼓动和煽情的话，使队伍情绪十分高涨。轮到王县长讲话时，他清了清嗓子，首先代表县、镇政府对现场职工表示慰问，夸赞职工们春节期间舍家忘我，精神实在难能可贵，让地方政府和领导很感动。字字句句都在表达青阳县的百姓天天想高铁、盼高铁，通高铁是全县经济发展中的一件大事，这靠的是党中央的英明决策与领导，铁总的统筹规划与推动，更靠中铁职工，没有他们的奉献牺牲，就没有中国高铁。一句话，不忘初心，同心协力，路地共建，谱写南北高铁新篇章。讲话一结束，他和赵主任把职工们招呼到车前，从皮卡车上亲手搬下猪肉，将年货发送到每个人手中。李卫民第一个接过一扇猪肉扛在肩上，满面春风，脸上的皱纹笑得都挤到了一块。宝铁和崔凌花也喜笑颜开地提着油和面回到队列中，这一刻是上场以来少有的轻松和愉悦。

这样的慰问场面，同样山现在一分部驻地、洋河隧道工地和二分部梁场驻地，一直折腾到将近中午。送走王县长和赵主任，铁建和党红旗等人来到一分部的会议室歇息。明天便是年三十，党红旗催铁建坐夜里的火车抓紧回去。不然，韩秋柳有病，铁宏歌一个人在家，这年没法过。大家都赞同，劝他早点回家。王若云直视着铁建，看他的态度。铁建端起茶水，吹着气，说过年不差这一天，他还要等等，明晚去景阳隧道和职工、民工吃个年夜饭，鼓励鼓励大伙儿，喝完辞年酒再赶火车两不耽误。

“老党，不是说你书记不重要，而是下面把我这个指挥长的角色看得更重。”铁建轻轻拍拍党红旗的肩说，“咱们俩都去工地与大家过年，你想想，那职工、民工是什么心气啊？”

王若云忧心忡忡地说：“指挥长，那你家里过年咋办？”

铁建淡淡一笑，说：“你韩姐和宏歌理解，能过。哎，惊天，洋河隧道已经进洞，这个冬天和春节，你们要紧紧抓住隧道施工不放松。”

石惊天告诉他，这些天留下来的人都在紧盯隧道。铁建问架子队队长是谁，石惊天说他和朱子来商量，年后能不能把局指工程部学隧道专业的工程师杨晓调过来当隧道队队长，和李鹏飞两人带劳务亲自管。内部骨干带劳务，杨晓确实是个人选。铁建思索着，让年轻人到洞子里好好锻炼锻炼也有好处，但调杨晓需要金帼英同意才行。党红旗提醒石惊天，让他严格保密，不然金帼英知道了会翻脸。

此时的金帼英正在宾馆与丽娜聊天。男男趴在里间床上，聚精会神地在看动画片，金帼英和丽娜则坐在外间的沙发上说话。她们像离散多年的故人，天南海北、家长里短，如同春蚕吐丝那般没完没了。

丽娜说：“亲，你昨晚说那个石经理是个有心人，他真的对你和男男好吗？”

金帼英绷紧嘴唇望着丽娜：“你怀疑吗？”

“我怀疑你的眼光，但不怀疑你现在的感觉，因为你与郭富海的第一次婚姻很失败。”丽娜说，“作为闺密，我不能不替你把把关。”

金帼英说：“爱死你了，不过我还没有考虑过第二次婚姻。”丽娜盯着金帼英的眼睛，说：“你早对他动了心思，但很犹豫，这是你眼睛告诉我的。”金帼英扮着鬼脸，说石惊天人的确不错。丽娜直起身子说既然他不错，如果真成了，俩人一起都调出工程局不是更好吗？

金帼英瞪大眼睛，说：“亲，你说什么啊？”

丽娜摆出职业女性的姿势，说道：“首先，我来是真心陪你和儿子过年，不想让你孤独，因为你孤独我跟着难过，你我就像一对同性恋，谁也离不开谁。”

金帼英蹙眉，说丽娜好恶心，她的性取向可没出问题。丽娜听着就笑了，立即声明，自己也不是同性恋。金帼英问其次呢？丽娜站起来围着沙发转圈，说其次，她这次来带有一项重要任务，继续挖金帼英到她所在的公司去。所以，她才说，如果金帼英真能跟姓石的走到一起，干脆连他一块挖走。金帼英假装吃惊，开骂道：“哎哟，我的天哪！你这特务，是来搞策反的呀。我们反策反，就不怕把你给策反喽?”

丽娜哈哈大笑，说：“我，你们策反不了，因为我现在的条件、环境比你们好得多得多。这山沟里呀，可以来过年，也可以来旅游玩几天，但对我没有吸引力。”金帼英撒娇般嘟着嘴，说：“亲，我已经离不开这山沟了咋办呢?”丽娜瞪大眼睛，问她是不是因为姓石的在。金帼英说才不是呢，因为正在建设新的高铁线。丽娜皱着眉像是很发愁的样子，说：“哎哎哎，亲，不带这么玩的，连句真心话都不说。你要真对他有感觉，我也可以帮你牵牵线，挖不挖你们另说。”金帼英说牵什么线啊，要谈我们自己就谈了。丽娜嬉笑着说：“嗨，咱们是闺密，闺密就是相互之间没有秘密，甚至可以代谈男朋友。”

金帼英认真地说：“我哪儿也不去了，就在这里干。我老父亲临走时给我交代过，并且千叮咛万嘱咐，我不能违背了他的夙愿啊。”

丽娜听完无言以对，说：“好吧，我成全你。”

石惊天安排完工地上的事，开着越野车来到了宾馆。他换了一身西装，把羽绒服扔在座位上，下车后提一篮水果，走进了宾馆大厅。开门的是金帼英，她惊讶地望着石惊天。丽娜见他提着水果篮进门，更是惊呆了。她看到了一个与昨天晚上完全不一样的人，气宇轩昂，男人味十足。石惊天一派绅士风度，把水果篮摆在茶几旁边，问金帼英中午能不能请她和丽娜一起吃个饭。丽娜惊喜地把右手捂在胸前，说：“请我?”石惊天说是的，因为她是金帼英的客人与闺密。丽娜此时有些嫉妒，贴近金帼英耳边说石惊天可真是个精品男人。

石惊天在宾馆餐厅订了个包间，点了一桌好菜，把金帼英、丽娜和男男都请下来。他给两个女人各倒了一杯红酒，倒完先端起来，说为丽娜接风。金帼英也有点小骄傲，石惊天在自己的闺密面前表现出了很好的素质和修养，给她脸上贴了不少金粉。丽娜先瞄一眼金帼英，又转眼看看石惊天，问他在工地上苦不苦。石惊天憨厚地一笑，说不苦，中铁人历来是苦中作乐，享受不一样的人生。

“是呢，是呢。平常看不出来，你们有如此高远的境界。”

金帼英嫌她说话酸，什么如此高远，工地上的人都实实在在。丽娜表情古怪，说她们公司想挖金帼英，金帼英却不去，天天泡在工地上，心中早没了半点诗意，还转头问石惊天她说的对不对。石惊天勉强笑着，说中铁人的诗意全写在大地上和山河间。金帼英本身就是一首华丽的诗，像她这样的女总工，是真正的巾帼英雄。丽娜听着鼓起掌来，说都快被石惊天的赞美陶醉了，他是个很有情调的男人。

金帼英板起脸来说："石惊天，你别在我闺密面前卖弄风骚好不好？受不了你们。"丽娜哎哟哎哟小声叫唤着，问金帼英干吗对石惊天那么凶。石惊天嘿嘿乐道："哦，大部分都是我的错。比如，金总一开始安排工作，我从内心里不太接受。"金帼英白了他一眼，对丽娜说没想到他今天敢当着闺密的面认错，平常工作中可不是这样，像钢筋一样想弯都弯不过来。石惊天很谦恭，说自己主要想表达一下心意，老总的闺密来了，如果都不知道给金帼英个面子，那显得他也太不会做人了。"你认可吗？""啧啧，亲，石经理太成熟了，我绝对认可。"丽娜举起杯说："敬你！"

金帼英也举起杯，碰完喝了一口，催丽娜抓紧吃，说晚上没准儿铁建和党红旗会请她去指挥部吃饭。丽娜既喜悦，又愕然。她觉得受到这样的礼遇规格太高了。石惊天说这就是金帼英的面子，上上下下对她的工作都认可。他甚至想，如果有一天金帼英需要他……石惊天的话说到半截打住了，金帼英听出了他的意思，用筷子敲盘子，嫌石惊天当着她闺密的面乱说。

午饭后，金帼英领着男男，与石惊天一起从楼上来到宾馆大堂。金帼英当着丽娜的面不好说，但心里有些不高兴，说石惊天很会表现，见了丽娜像话痨似的。石惊天莫名其妙地眨巴着双眼，弄不清自己哪儿又错了。金帼英问他想在丽娜面前表现啥，还穿西装、打领带，是不是来见丽娜相亲啊，能不能保持点本色。

石惊天无地自容，说穿工服出来接待你的闺密就好了？让她咋看咱？金帼英板着脸说，丽娜咋看都没关系，在女人面前又是认错，又是夸奖，还表态，问他能不能摆正自己的位置，挖苦说这是他取悦女人的惯用伎俩。石惊天无言以对，双手抱头，说："哎哟，帼英，我是给你争面子，不能让丽娜瞧不起咱在工地上的中铁人。"

金帼英不买账，说道："少来，丽娜跟我从小就是闺密，还用你给我争面子。我再怎么样她都能包容我、高看我。上场前代表公司来挖我的就是她，她知道我在高铁建设领域中的分量。"

石惊天摊着两只手，只好认错，称是他误会了。金帼英埋怨还把她说成是华丽的诗，和所有中铁人一样，她就是一个整天跟钢筋混凝土打交道的普通人，没有那么炫目。金帼英问石惊天是不是看上了丽娜，要看上她会帮他说合，有想法尽管说出来。石惊天哭笑不得，说这是哪儿跟哪儿啊？看这身臊惹的，让金帼英尽管批评，他都接受。

石惊天换上了平常穿的夹克服，一进铁建的办公室就垂头丧气地坐在了沙发上。铁建低头看他一眼皱起眉头："这是咋了？请客还请出烦恼来了？"石惊天无奈地摇头，直称女人真不好伺候。金帼英敲门进来，发现石惊天在屋里便扭过头去。铁建看看两个人一时糊涂了，伸手指指石惊天又指指金帼英，问他俩是咋回事儿。金帼英坐在沙发上，把石惊天请她和丽娜吃饭的事儿从头到尾复述了一遍。铁建听完一阵哈哈大笑，说石惊天没错，是金帼英想多了。他花钱请她的闺密是礼节，不但给她脸上贴金，也给工地上的中铁人添彩加分，怎么就想歪了呢。

金帼英指着石惊天，说与丽娜见面还专门穿上西装，故意表现自己，平常嘴笨得一句好话不会说，可在饭桌上却诗兴大发，快成八哥了。铁建又哈哈大笑起来，说："金帼英，你可是高级知识分子，咋会犯这种低级错误呢？首先，环境不是在隧道里，是在宾馆。其次，见的人是职业女性。再次，咱中铁人不是人们眼中的土老帽。石惊天穿西装、打领带不代表他有别的想法，我去见领导和客人还穿正装呢。没谁规定中铁人非得整天穿工服，浑身不是泥就是水。这是对客人的尊重，也抬高了你的身价。至于石惊天在饭桌上说话偏文雅，并不是讨好丽娜，下属个个胸无点墨，见人话都说不溜就好看了？人人都像石惊天这样就好了。"

金帼英忽然抿嘴笑了，说铁建就会护着石惊天。铁建说不是护着他，是他表现出了中铁人的内涵和底蕴，应该好好表扬。接着，铁建说还有个想法没跟他俩说呢，想听听丽娜的意见后再看。金帼英很好奇，问他啥想法。铁建故意卖乖，光冲着石惊天和金帼英笑，到底什么想法始终没跟他俩讲明白。

傍晚时分，丽娜被接到局指，先与金帼英聊了会儿天，然后被铁建叫到了办公室。她看着墙上工程图表上面用红色涂标了开工点和桥涵、隧道、路基的进度情况，直称看不懂。铁建站在她身旁不停地解释，才让她多少听懂了一点儿。丽娜夸赞铁建很伟大，中国高铁就是他们这群人在这样的办公和生活环境中建成的，太了不起了。铁建转到茶几旁抓起一只橘子开始剥皮，说没有什么稀奇的，中国人需要志气。丽娜走到小黑板前看到上面写满英语单词，问他这年龄还学英语？铁建走到她面前把橘子递过去，称有空背几个单词，多学点东西总能用得上。丽娜接过橘子走到沙发边坐下，赞扬他是个人才，并说她们公司一直想进入高铁施工领域，但没这方面的人才，只能花高薪到处挖人。说到这里，铁建恍然大悟。上场时有公司高薪聘请金帼英，心想不会就是她们公司吧？

丽娜捂嘴咯咯直笑，说他猜对了，就是她们公司。她寻找的最佳人选就是金帼英，可惜金帼英一条道走到黑，认事不认钱。能把金帼英劝下留住的，也应该是他铁建。铁建笑了，说："咱俩可是棋逢对手、将遇良才，冤家一对呀。我们这支高铁建设大军，什么样的人才都有，比如，中午请你吃饭的那个石经理，也和帼英一样是个难得的干将。"

铁建把丽娜逐步引到自己想表达的主题上，问丽娜对石惊天印象如何。

丽娜夸赞说很不错，不但帅气，还特懂礼节，真想把他和金帼英一起挖到她们公司去。铁建摆手打住，让她这个问题免谈，再说即使挖石惊天，他肯定也不去，只要金帼英在他就不会走。丽娜很不解，说有时无法理解金帼英，放着一年两百万元的高薪不要，偏在这山沟里混一辈子，抛家舍业这么辛苦，图个啥呀。铁建回答得干脆利索，说不图啥，就图中国高铁事业大发展。

丽娜被铁建说傻了，一时竟没反应过来，眨巴着眼睛半天没说话。心想世上还有这种境界的人，这完全颠覆了她的认知，顿时不敢相信自己的耳朵了。铁建看她傻愣愣地有点儿断篇，就说有件事想听听她的意见，这才把她拉回到现实中来。铁建说金帼英难得很，既要抚养孩子，又要干事业。除了母爱，男男一点父爱都没有。石惊天对男男很好，考虑了好长时间，想让男男认他当干爸，不知跟金帼英提出来是否妥当。

丽娜从开始的吃惊逐渐恢复平静。她想铁建这样做的目的，不仅仅是让金帼英在工地上有个依靠，更可能是为他们的将来做个铺垫，对金帼英倒是没啥坏处。铁建说只管当下，管不了他们的将来，说如果丽娜能帮着撮合，双方认下干亲，可就积大德了。

傍晚，周围的乡村传来此起彼伏的鞭炮声，礼花在空中绽放。铁建和党红旗让兰花朵在食堂里安排一次聚餐，除局指人员外，把两个分部的领导都叫了过来。所有人围坐在包间一张硕大的圆桌前，每人面前都倒满了红酒和白酒。

铁建致开场白时，把丽娜好好地介绍了一番，众人都盯着看她，石惊天却把目光故意转到男男身上，生怕再引起金帼英的误会。他们端着酒和饮料相互祝福、问候和拜年，整个夜空都弥漫着他们的喜悦，多数人都喝得东倒西歪了。

金帼英和丽娜喝得脸庞发红，俩人挽着胳膊上楼来到办公室。丽娜咯咯笑着说，工地过年跟城里还真不一样，怪不得金帼英不肯去她们公司，原来他们的工地像个大家庭。金帼英站在办公桌前端起水连喝几口，说她不能离开这个集体，在这里才能找到家的感觉。丽娜醉眼迷离，搂住金帼英的脖子，说自己喝醉了，想跟她说件事儿。金帼英扭头问啥事。丽娜撒开她认真起来，正要提认干亲的事儿，兰花朵却推门进来，把她们叫去了铁建的办公室。

喝完酒从食堂出来，铁建知道丽娜跟金帼英在一起，就把石惊天和兰花朵喊到了他的办公室，随后吩咐兰花朵去找金帼英、丽娜和男男。等她们说笑着走进来，兰花朵很懂事地退到了门外并随手把门带上。丽娜心知肚明该做什么。她把男男搂在怀里，问他过年想不想爸爸，男男嘟起小嘴说爸爸好几年都不跟他和妈妈一块过年了，妈妈每次过年都哭。金帼英低着头有些伤感，称走到这一步有啥办法。丽娜顺水推舟，搂住金帼英的双肩，说有办法。转头问男男想不想有个爸爸，男男不假思索地说想。丽娜假装无意地说："亲，我看石经理对儿子挺好，干脆让儿子认他做干爸得啦。"

金帼英没想到丽娜会提这个问题，她以为是石惊天私下安排的，就疑惑地抬头看他。石惊天没料到丽娜会提出与铁建一样的想法，觉得事情有些突然，一时有点儿不知所措。铁建见时机已到，就把思虑已久的打算和盘托出，称对金帼英和石惊天、男男都是件好事，让金帼英认真考虑考虑。金帼英的心情十分复杂，既没表示反对，也没认可，便沉默起来。丽娜说如果两人都能接受她和铁建的建议，可以去隔壁商量商量。于是，石惊天主动喊金帼英去隔壁。金帼英被丽娜从后面推着，勉勉强强地跟着石惊天走出了铁建的办公室。

金帼英倚在桌子边，直勾勾地盯着石惊天，板着脸说："石惊天，我问你，是不是你让铁指挥提的？"

石惊天一口否认，说没有，是她闺密提的。金帼英带有一丝怒气，问他从什么时候开始打她的主意。"我觉得你喜欢我。"石惊天大着胆子说。"你以为工作上有时找你商量，我就喜欢你？太自信了吧？"金帼英回应道。石惊天只好说是自己产生了错觉，那认干亲的事儿就等于丽娜和铁建白说。

金帼英和石惊天一前一后地再次回到铁建的办公室，铁建问他俩有啥想法。金帼英担心项目上的人瞎说，传得满城风雨不好。铁建说传就传，说就说，是他让丽娜帮着说合的，都三十多岁的人啦，总不能为别人活着。丽娜在一旁帮腔，说铁建做得对，常年这样不是办法，当总工又忙，还是给孩子找个信得过的叔叔好，不能让心灵再受创伤。石惊天直截了当地称他不怕传言。金帼英又拿眼瞪石惊天，说："你不怕我怕。"铁建说："帼英，你是单身母亲，有什么好怕的，惊天人实在，对男男又好。这个项目干好了，我会推荐重用他。如果你俩没意见，就让男男今晚认石惊天当干爸，这样以后也名正言顺。"

金帼英和石惊天相互看看对方都没说话。丽娜走过来拉住金帼英的手，说这不是什么坏事，她替金帼英做主，当见证人。铁建叮嘱石惊天，让他跟家里说好，别认了干儿子家人不同意。石惊天吞吞吐吐地说早已跟家里人透过。金帼英假装生气地说她没同意就敢跟家里人透气，原来一直对她心怀不轨。铁建哈哈笑着，对金帼英说，是他让石惊天先给家里打招呼的，单位的大部分人都清楚她的处境，孩子不能有妈没爸。父母离婚，苦的就是孩子，还是认个干爸好。铁建转头问男男让石惊天给他当干爸好不好。男男不假思索地说了声"好"。于是，石惊天把他抱起来，在小脸上猛亲了一口，喊着儿子将他举到了空中。

夜深了，鞭炮还在不停地放。丽娜由金帼英陪着，石惊天亲自开车把她送回宾馆。两个女人一起上楼，石惊天坐在车里等着。丽娜进到房间先脱掉外衣，一身紧身衣显露出优美的线条，在金帼英面前转了两圈，自恋地说自己的身材如何好。金帼英假装不悦，说："美死你，没生过孩子，胯没张开，当然身材要比生过孩子的女人好。"丽娜走到金帼英跟前伸手搂了搂她的腰，说："虽然生了儿子，可你的身材也是天下无双啊，哪个男人不喜欢。"金帼英转过身轻轻打她，说："妖精，你才来，今晚咋突然提认亲的事呢，搞得我措手不及。"丽娜摊开两手，说是铁建与她商量的，觉得是件好事，认就认了呗，对儿子好。金帼英说知道他们为她好，可多让人难为情啊。丽娜捧着金帼英的脸看着她，说："你呀，心里乐意着呢，甚至都想过将来，因为你看中了石惊天这个人，只是作为女人嘴上不说。口是心非往往是女人一贯的表现手法。"金帼英推开丽娜的手，笑着骂她是小妖精。丽娜说她是金帼英肚里的蛔虫。

金帼英和丽娜、石惊天离开后，铁建把党红旗叫了过来，夸耀自己做了一件很了不起的大事儿。党红旗坐在沙发上，说他是不是有点儿多事，谁知道金帼英心里怎么想，万一有别的想法，不是把他怨上了。铁建很自信，说他不会干那种没把握的事儿，早摸准了石惊天和金帼英的脉，才让丽娜提出来。党红旗说这种事拉扯成，好了没关系，还落个人情；拉扯成不好，落一辈子埋怨。铁建哈哈大笑，称金帼英如果真不愿意会当场说。认了，说明她心里早掂量过。他俩都互相有好感，为什么今晚两人都同意？是心有灵犀一点通。

兰花朵退出铁建的办公室，躲在门口偷听，把屋里发生的一切都听了个明白，惊叹中带着惊喜。孔庆荣喝完酒回到梁场宿舍正在洗漱，兰花朵便拨通了他的手机，说要跟他透露个秘密，嘱咐他绝不能对外讲。孔庆荣匆匆放下牙具问啥秘密，兰花朵先让他做保证，不然不跟他说。孔庆荣连连点头，举手保证对谁也不说。兰花朵就把听到的石惊天和金帼英认干亲的事儿一五一十地说给了孔庆荣听。孔庆荣吃了一惊，说好事啊，他还想给男男当干爹呢。

此话一出，兰花朵生气了，说："去去去，你给男男当干爹去吧。"她非说孔庆荣看上了金帼英，挂断电话把手机扔在了一边。孔庆荣披着衣服坐在床上重拨过去，兰花朵就是不接。孔庆荣只好给她发微信，让她接电话，不然就开车去局指找她。后来，兰花朵终于接了他的电话，冷言冷语地讽刺孔庆荣说的是心里话，以后不再理他了。孔庆荣哭笑不得，说只是一句玩笑话，真没那个意思和想法。石惊天当干爸，他和金帼英是一个愿打，一个愿挨，与他没关系。

兰花朵跟孔庆荣闹了一顿脾气，逼得孔庆荣不停地道歉，称呼着她女神，说心里只想着她一个人，春节了想给她买个礼物，问她想要啥。兰花朵矫情地说想要他的心。孔庆荣说行行行，颗红心在呢，鲜红鲜红的。说到这里，兰花朵才捂嘴咯咯笑出声来，让他把心掏出来看看是红的还是黑的。撒完气后，她对孔庆荣说男男是个乖孩子，他是大家的儿子，既是认了石惊天当干爸，谁有空谁都要帮一把手。孔庆荣应着，说石惊天当干爸是一箭双雕，后面瞄准的是金帼英。

孔庆荣与兰花朵聊得很尽兴，没注意手机里有紫祺发进来的语音，等与兰花朵挂断后，才发现在同一时间，紫祺给他拨了不下十次电话，于是赶紧回拨过去。紫祺早已回到城里的家中。此时，她裹着棉衣靠在床上，情绪有点儿低落，问孔庆荣手机咋老占线，一定是跟兰花朵视频，说孔庆荣喜欢她。孔庆荣只好把兰花朵说他的秘密全都说给了紫祺听。紫祺拿着手机，说兰花朵知道了，等于全项目上的人都知道了，提醒他以后不能跟兰花朵来往过密，还叮嘱孔庆荣在工地上不能随便请兰花朵吃饭、逛商场，因为他大小是个分部经理，不然她就告诉表舅铁建，还问他记住没有。孔庆荣明白紫祺对他的爱恋，她在盯着自己的一举一动，说记住了她的话，并感谢她的关心。

这天深夜，石惊天离开局指没有回项目部，而是去了景阳隧道。金帼英正准备睡时，手机铃声响了。男男光着身子从被窝里爬起来接通了视频，看到石惊天出现在屏幕上，喊了声干爸，问他在哪儿。石惊天说在隧道工地，让他把手机递给妈妈。金帼英接过手机问找她干吗，石惊天说想看她一眼。金帼英又问认干亲他到底安的什么心，他称喜欢男男，也喜欢金帼英。此时，金帼英绷住双唇望着屏幕半天没说话，良久才说："你想好，别后悔。""不后悔。"石惊天说，"今晚的事儿，你好像不高兴?"

金帼英说："我在想……你是个什么样的人。"

石惊天说："我是什么样的人，以后你会更了解。"

那一夜，石惊天与金帼英通完视频，站在隧道口外的便道上，抬头看了看清冷高远的夜空，心潮澎湃，他在想与金帼英俩人以后的路该怎么走。金帼英帮男男盖好被子后躺下，关掉灯也无法入睡，脑海中回荡着这样一段话——"爱得早也好，迟也罢，抑或说你是不是那个所谓'对的人'，都并不重要。重要的是在我看你的时候，你也正巧抬起头看我；在我爱上你的那一刻，你也刚好爱上了我……"

第十二章

大年三十早晨，冬日的太阳缓缓升起，覆盖着积雪的群山在晨光的照耀下显得极为纯洁。从零零落落散布在山里山外的村庄和乡镇里，传来此起彼伏的鞭炮声。连接各村的公路上，偶尔有车辆来往。

金帼英一早给男男穿上石惊天买的那身新衣服，把他打扮得十分帅气。楼道里还悄无声息，男男便跑出去边喊拜年啦，边一间挨一间咚咚咚地敲门，把铁建、党红旗、兰花朵、杨晓和万红山全都叫了起来，顿时楼道里一片欢声笑语。

金帼英陪丽娜在食堂吃完早饭，拉着男男回到办公室，刚看了一眼洋河特大桥悬灌钢桁梁拖拉方案，王若云就推门进来了。她站在金帼英背后翻看了两页，对丽娜说她这位闺密可是项目的大拿，大年三十还在看方案，也不嫌累。丽娜坐在沙发上，手里拿着化妆盒在描眉画眼，称金帼英从小就能吃苦，论勤奋她自愧不如。金帼英说方案不好做，做方案的思路、方法、措施还不错，但要早点定稿交给业主组织开论证会。王若云夸朱红军在技术方面是个人才，就是有时候黏糊，都说他与安雪容好，一块工作关系好又咋了。丽娜说人就是个怪物，看不得别人好。王若云说她和金帼英的第一次婚姻都失败了，不知是眼睛蒙了灰还是命不好，但愿安雪容别步她俩的后尘。丽娜说正因为如此，她才坚持独善其身，婚姻是不能拿来玩的。

金帼英抓起方案走到沙发前坐下，抿嘴一笑说不经历反而好。她和王若云的失败，在于双方的差异太大，对生活的态度和认知不一样。她们的前夫追求的是稳定，愿意两人整天厮守在一起，而她和王若云常年东奔西跑，双方谁也容不下谁，没关系，失败了从头再来。王若云摇头说哪有那么容易，再来一次挫折咋办？到了这个年纪她都怕了。丽娜收起化妆盒，说怕又有什么用呢，不如勇敢地面对。或者学她，即使单身一辈子，也不去爱情的海里游泳。金帼英对丽娜说，她和王若云已经不可能学她了，问王若云再有下次还会不会找地方上的人。王若云说地方上的人不全坏，像袁听枫的老公姜再明就是个好人，称得上模范丈夫。金帼英埋怨称前面没碰上好的，她和王若云当总工是同一战壕里的战友，如果安雪容和朱红军能走到一块，在工作和劳动中建立感情、收获爱情是再好不过的事儿。

王若云凑在金帼英耳边，轻声说："哎，你别笑我。你说我怎么从心里老惦记铁指挥长啊？家庭那么多困难，总觉得他好可怜。但他从没耽误过工作，那股投入劲儿让人佩服，人真好。"

"你跟我说实话，是不是有感觉？"

王若云羞涩地说没有，随即又贴近金帼英耳边，问她是不是对石惊天更有感觉。丽娜莫名其妙地指着金帼英和王若云，说她俩有秘密。金帼英嬉笑着说："我俩真的有秘密。看惯了雪雨风霜，我们才逐渐明白那些年少轻狂时怎么也悟不透的道理。经历曲折坎坷，我们才慢慢知道自己和谁在一起最舒服。走过沟沟壑壑，我们才终于懂得有一个可以让你完完全全卸下面具的人在身边是多么幸福。"

王若云笑嘻嘻地说："是呀，人生总有不期而遇的温暖，遇见时才知道那个人在的时候，寒冬也是暖春，流年笑掷，未来可期。"

丽娜讥笑她俩像诗人，说出来的话都有诗意。仨人正在屋里说笑，铁建推门进来，要带金帼英、丽娜和男男去工地转转，体验一下现场，越野车已在楼下等着了。他发现王若云在场，说了句"若云也来了啊"。王若云瞄了铁建一眼，把头扭到了一侧。

越野车行驶在山路上，起伏的山峦如银龙飞舞连绵不绝，满山积雪在阳光下格外刺眼。铁建坐在前座，金帼英和丽娜坐在后座，男男挤在她俩中间。金帼英跟丽娜打趣地说，今天铁建亲自陪着她下工地，看看高铁是怎么建成的，待遇比谁都牛。丽娜望着窗外心情愉悦，山川大地如诗如画，景色优美，在这种地方施工会忘掉所有压力。铁建一听她就是外行，光会看热闹，不会看门道，施工难度在后面呢。山是很美，可山大神大，不能不敬畏。看外表，江山如画，谁知道隧道打进去里边是什么，或许有宝藏，或许是陷阱，一条条的断层和暗河，一个个的溶洞，以前在其他线都遇到过，压力很大。

越野车沿着施工便道先通过路基地段，几台管桩机停在路基上，路基下是一排排的混凝土预制管。铁建示意司机在路基旁停车，几个人从车上下来走向路基。丽娜指着管桩机问是什么机械，铁建解释说是路基管桩施工用的设备。铁建指着其中一台说这种叫液压式静压机，声音小，不太扰民，又指着另一台说这种叫柴油式锤击打桩机，声音大。路边堆的管桩，每一根都要用这两种机子打到地底下，打完在上面做筏板和钢筋混凝土桩帽，经过检测后才能一层层填土。金帼英说每一根深达三十米左右。丽娜惊讶地张大了嘴巴。铁建继续介绍，说这是高铁路基施工用的筏板，五十厘米厚，软土路基都要这么处理，不然地基会下沉，高铁列车跑起来不安全。

男男看到洋河边上有人，扯开嗓子哇哇地喊话。声音传到洋河这边，朱红军、王方太和老刘扭头看过来，知道铁建和金帼英来了。河边上挺立着桥梁钻机，三个人都两脚泥巴地走到了岸边。越野车沿着便道朝河边开过来停下，男男下车便跑向河面要滑冰，被王方太快步追上一把抱住。

丽娜下车后高跟鞋猛然踩到了泥水里。“哎呀，看我的高跟鞋。”金帼英扑哧笑了，从口袋里掏出纸巾递过去，取笑她可真是贵族大小姐，敢穿高跟鞋来工地，不怕闪了腰。

朱红军汇报说，洋河特大桥要趁枯水季节把围堰打起来，开春一化冻，水就涨上来了。铁建对丽娜说，中铁的兄弟们就是这样战天斗地的，寒来暑往一刻不曾停过，天天两脚泥、一身水。丽娜蹲在旁边用纸巾擦拭高跟鞋上的黄泥，一路高兴的神色从脸上消失殆尽。等丽娜站起身，铁建说：“到工地　看，不如你想象中的高铁好吧？我们何尝不羡慕城市生活啊，咖啡厅一坐，天南海北调侃一通，悠然自得。过年了，职工们有的都不能回家，但从不后悔，从无怨言。”

铁建说这话是有感触的。回到城里家中过年的那群人，此刻正在享受短暂的团聚。肖一虎吃过早饭后，从菜市场买了些年货，走在他身边的是安雪容的男友邓立强。他手里提着一包东西，脖子上围条红色围巾，身穿呢子大衣，显出年轻人的时尚。邓立强喊着肖叔，说回来过年还没请他喝酒呢。肖一虎把手里的东西提给邓立强看了看，说抽空喝两盅，问邓立强今天过年又去哪儿，邓立强说去找安雪容。肖一虎阴阳怪气地问他听说没有，一分部经理石惊天与局指总工金帼英的儿子认了干亲，他是冲着金帼英去的，项目上有些男男女女乱着呢，提醒邓立强要备加小心，最后补了一句安雪容还是不错的。邓立强显得忧心忡忡，告诉肖一虎想让安雪容调出来。肖一虎停住脚步，眯缝着眼说是个好主意，让他快去。

安雪容约了邓立强一起去看韩秋柳，拜早年。两人一见面，邓立强说来前在街上碰到了肖一虎，顺口提起石惊天认干亲的事儿，问安雪容工地上有的男女很乱，是不是真的。安雪容瞪着邓立强，说简直胡说八道，问他是不是相信肖一虎。邓立强很尴尬，称倒不是相信他，只是夫妻长期分居是个问题。

紫祺一早来到了铁建家中，她要陪韩秋柳和铁宏歌过年。袁听枫带着丈夫姜再明赶在安雪容和邓立强前面，在客厅里陪韩秋柳说话。安雪容和邓立强到来时，铁宏歌正在厨房烧水。紫祺开门把他们迎进来，嘴里喊着拜年。袁听枫、姜再明与安雪容和邓立强寒暄问候了几句，紫祺分别把安雪容和邓立强介绍给韩秋柳。安雪容同样把邓立强介绍给韩秋柳和铁宏歌，并说他们准备初四订婚。

袁听枫瞅着邓立强，问紫祺回来找没找对象，并说要找就找中铁的，别找社会上的男人。邓立强的脸色有些难看，没想到袁听枫对社会上的男人有这么大看法。袁听枫一本正经地说："听说你要求雪容调出中铁?"邓立强直白地说："全家都是这个意见，女人天南地北整天不着家，将来有了孩子怎么办?"紫祺反驳说："按你这么说，我们中铁人就不成家要孩子了?"邓立强冲紫祺尴尬地笑着，但很是不爽，直言他可能不太习惯，长期两地分居，让人受不了。韩秋柳接过话说中铁人都这样，两地分居谁也照顾不了谁，让邓立强把中铁单位的性质给家里说清楚。邓立强说家里想让雪容调回市里来。安雪容的脸色沉下来，说她可没想着要调出来。

听着她们的对话，坐在旁边的姜再明无意间说道："也难怪，找你们系统的就是麻烦。家不像家，夫妻不像夫妻，日子过起来很煎熬。"袁听枫两眼瞪着姜再明，生气地说："你少废话，现在嫌我们，当初干什么去了？要嫌我们中铁的人不好，干脆离婚，你再找别人。"

姜再明被说得一时语塞，很没面子。紫祺看出气氛不对，赶忙劝道："哎，袁姐，姐夫说的不是这个意思。咱们确实像吉卜赛人，你在工地上照顾不了人家，还不兴姐夫说两句啊？”袁听枫是直性子，说结婚前知道她是中铁的，怎么不提出来。姜再明强忍着，打圆场向袁听枫道歉，说算他说的不对。袁听枫满脸不悦，说：“小邓，雪容是我们梁场总工，高铁打梁指望着她呢。你和家里人的想法肯定不现实，你可要提前想好。”

韩秋柳拉了拉袁听枫，劝她改改脾气，姜再明说的是实话，她欠家人的太多。袁听枫说他在政府工作，整天往办公室一待没事干，她还真不习惯这样的生活方式，长年累月跑惯了，在一个地方待不住。

邓立强受到袁听枫和紫祺的挤对心里很憋气。他失望地对安雪容说：“要按你们中铁人的想法，婚还订不成了？”安雪容问他是啥意思，是不是不答应调出来，他家就不同意。邓立强没有回答她的追问，沮丧地把头扭到了一边。安雪容很是生气，让邓立强回去告诉他父母，他们家不同意，她还不同意呢。说完，她跟韩秋柳和在场的人打了声招呼，提起挎包转身出门走了。

安雪容与邓立强因为袁听枫的几句话，在订婚的关键时刻引发了矛盾。姜再明埋怨袁听枫是她这张破嘴惹的祸。回到家，女儿姜小珊坐在客厅里边吃水果边看电视，袁听枫和姜再明扎着围裙在厨房里准备年夜饭。“你看看闹得多不好。过年啦，咱们去看韩姐，又不关咱家的事儿，你偏那么多话，弄得雪容和小邓闹别扭。”姜再明站在水池边杀着鱼，“万一婚订不成，两家还不怪罪到你头上来？”袁听枫边择菜边说：“我看你跟小邓差不多，找我们中铁女的条件还挺高，非要调出我们系统才行。我们干得好好的，凭啥要听你们的？你们男的在地方工作，整天坐在机关里钩心斗角，谁也见不得谁好，我们还不适应呢。你们怎么不说把自己调到我们单位来？”

姜再明说婚前就清楚中铁的性质，从来也没要求袁听枫调出来，但在邓立强和安雪容面前说那么多干啥，他们正在决定婚姻大事的十字路口，她嘚波嘚说个没完，弄得大家都下不了台。袁听枫反唇相讥，说邓立强非要安雪容调回城里才订婚，制运架梁还干不干。姜再明说这是拆人家婚，不够积德。袁听枫把菜扔在地上，愤懑地说：“是姓邓的德行不行，贪图安逸享受，干不了大事。修高铁上现场的人，包括那些农民工，哪个家庭不是常年两地分居？社会上许多人只知道坐高铁舒服，车一开像子弹一样嗖地飞出去，上千公里路程几个小时到了，但谁知道中铁人在工地上吃的是什么苦。”姜再明停住手里的活儿，说：“你们在现场辛苦，是共和国的功臣，但不能因为邓立强想叫安雪容调出来就破坏人家婚姻。”

整整一个上午，两个人一来二去争吵个没完没了。袁听枫不想背破坏别人婚姻的黑锅，说订不成婚也怪不得她。姜再明觉得她胡搅蛮缠，把鱼扔在水池里转身离开了。听到父母吵架的姜小珊跑到厨房门口发着脾气，让他们过年了不要吵架，然后关掉电视钻进了自己的房间。姜再明说全家被袁听枫搅得不得安宁，以后想回来就回来，不想回来也别吵他们爷儿俩。

袁听枫白了姜再明一眼，推开他，擦擦手走进姜小珊的房间，把女儿搂在胸前，内疚地说着对不起，拉着她要去客厅。姜小珊看着书头也不抬，只说好不容易回来不能气爸爸。袁听枫听了姜小珊的话，从房间出来再次进到厨房，从背后拦腰抱住姜再明，把头贴在了他的背上。良久，她让姜再明转过身来，说：“吻我……”姜再明转身冲她笑笑，俯身深深地吻了下去。

安雪容一气之下离开了韩秋柳家，邓立强紧跟着就追了出去。尽管他很郁闷，中午还是在市里最高档的一家五星级酒店订了个桌位，死拉硬拽才把安雪容请去一起吃饭。俩人对面而坐，邓立强倒了两杯红酒，不知道内情的人看上去既浪漫，又有情调。盘子里盛满邓立强夹的菜，安雪容一口没吃，看着盘子发愣。邓立强搁下筷子问为什么不吃，她气呼呼地问他家里到底是啥意思。邓立强苦恼地说就想让她调出来，避免婚后两地分居。

安雪容问：“调出来我干什么？”

邓立强回答道：“咱有自己的公司，出来跟我一块干不是很好吗？”

安雪容说：“你是私企老板，我调出来跟你干私企有这么好吗？”

邓立强自傲地笑着说：“随便一做就比你现在挣得多。”

安雪容鄙视地说：“你能不能不提挣多少钱的事？满身铜臭味。我有正当工作，并且在央企大小也是个总工。高铁无时无刻不在改变着人们的生活，国家需要我们这样的人。我一甩手跑了，怎么向组织交代？”

邓立强笑着说：“组织？谁是你的组织？组织管什么用？多给你发奖金还是提拔你当领导？我的生意现在做起来了，需要人手，你出来正好嘛。”

安雪容执拗地说：“我在中铁很知足。你把钱看得重，我看得不重。钱挣得再多，你能花几个、吃几个？一张床够你睡一辈子，一栋房子够你住一辈子，钱存在银行里不过是一堆数字，有什么意义？”

最后，安雪容表态说，如果邓立强家非要让她调出来，她需要重新考虑俩人的婚事，不能因为邓立强把大学学的专业和毕业后干了这么多年的工作都放弃。邓立强听着急了，问安雪容能不能考虑考虑结婚以后怎么办。安雪容怒怼说："你考虑过我的感受吗?"

两个人无休止的争吵，惹得餐厅里一些食客都扭过头看他们二人。邓立强问安雪容为什么不想调出来跟他一块做事。她坚定地说调出来跟他混，钱有可能挣到，但到头来能混出啥名堂。邓立强不服，说一笔生意就能挣一大把票子。安雪容说为了他家的生意连她个人的感受都不顾，让邓立强去挣钱好了，她不需要，要想订婚别拿让她调出来当条件，她不会舍下努力多年得来的岗位。邓立强无法说服安雪容，气急败坏地吼叫着，称她是铁了心当流浪人，不订就不订，天底下有的是女人。安雪容很愤怒，抓起餐巾甩到餐桌上，边往外走边说："告诉你邓立强，天底下也有的是男人……拜拜!"邓立强怔怔地望着安雪容离去的身影，气恼地抓起一只高脚杯啪地摔在地板上，红酒洒了一地，满地都是玻璃碴。

安雪容跑出餐厅没有回家，而是打电话把紫祺和袁听枫叫到了一家咖啡厅。她要了几杯咖啡，然后难过地抽泣起来。此时，紫祺、袁听枫看着她才感到事情不妙。紫祺递过纸巾安慰说："你们不能好好谈吗?""谈过啦，我们俩不在一个频道上。"安雪容接过纸巾擦了擦脸上的泪水，"他让我跟他单干，还说天底下有的是女人。"

袁听枫气冲冲地说："邓立强真是个自私鬼，光考虑他父母和个人，这种人吹了也好，他走他的阳关道，你过你的独木桥，免得结婚后再闹离婚。"

安雪容说："见面就跟我说一件事，让我调出来帮他一起如何如何挣钱，除了钱没有其他的了。我不能成天跟一个只认钱、不讲任何事业的人在一块。"紫祺抿了一口咖啡说挣钱也没错，但要牺牲安雪容去挣钱是得考虑考虑，雪容不是他的附属品，有自立能力，更不用他养活，凭啥非让调出来，他干吗不想法调进来。袁听枫抓住安雪容的手，说早劝过她和紫祺，嫁就嫁给内部的人，都能理解对方。金帼英和王若云到今天这个地步，就是因为前夫和姓邓的一样，等钱挣足了，在社会养个"小三"，把老婆和亲生儿子都不要了，这种人靠不住。紫祺叹息说女人就怕离婚，一旦离开单位，咱们什么都不是。挣钱靠男人，花钱靠男人，寄人篱下，失去自我，到那时没有任何人格、尊严和话语权，人家想怎么对你就怎么对你，只能打掉牙往肚子里咽。她劝安雪容如果确实合不来或者两人想不到一块，就干脆点儿，千万别拖泥带水。安雪容平静地说已跟邓立强明确表示，她不出来跟他做公司，不能为他放弃这么多年的努力和奋斗结果，他愿去找谁就找谁。袁听枫为安雪容打抱不平，称只要邓立强敢说天底下有的是女人，那就郑重告诉他，天底下也有的是男人。

袁听枫的开导和紫祺的说服让安雪容的情绪平静下来。此时，安雪容的手机响了，显示是朱红军。安雪容打开视频接听，盯着屏幕上出现的朱红军头像，让他有事快说。朱红军问她说话这么冲是不是订婚失败吃了枪药。安雪容不耐烦地说订完了，好着呢。“真订啦?”“谁骗你?”“那……祝福你！挂了吧。”

朱红军的口气明显消沉。安雪容赶紧哎了一声让他别挂，追问还有没有其他事儿。他说事先的约定等于开了个玩笑，没事啦。

“假如我还没订呢?”

袁听枫和紫祺听着朱红军所说的约定一时蒙了。紫祺接过手机问事先有啥约定，朱红军没有回答，袁听枫就好奇地追问他俩约定了什么。安雪容寻思片刻，才把朱红军送她上车后发的微信内容说给了她俩听。紫祺说看来朱红军还真是个有心人，起码能够沟通、互相理解。袁听枫摇着安雪容，劝她回工地之前把事情敲定下来，不能两边扯着。安雪容说，如果邓立强这几天再来找她见面，跟他最后谈一次。

离开咖啡厅，袁听枫让紫祺把安雪容送回家，已是大年三十的下午。袁听枫在回家的路上，打电话把安雪容与邓立强谈崩的消息告诉了韩秋柳，说两个人连午饭都没吃成。韩秋柳围着毛毯坐在沙发上，直怨邓立强家干吗非要安雪容调出来，叫袁听枫再好好劝劝他们。袁听枫说俩人真要分手那是没缘分。一个要往东，一个要往西，心里分着呢，强扭的瓜不甜。

姜再明听说安雪容和邓立强出了岔子，边打扫卫生边埋怨上了袁听枫，直怪她上午多嘴，袁听枫反驳称这事怪不得她。

“咋不怪你?上午你当着韩大姐和紫祺的面儿不说那些话，雪容能跟小邓生气吗?”姜再明说，“话痨似的，你有想法也不能说出来嘛。我说你破坏人家婚姻你还不服，现在服了吧?”

袁听枫倔强地说不服，如果安雪容真跟姓邓的吹了，她举双手赞成。就他那样，工地上的技术干部随便拉出一个来都比他强。会赚钱又能怎么样?能给国家做多大贡献？嘴里直骂钱是什么东西。姜再明怨声载道，说钱不是东西，是王八蛋，但是能大补。袁听枫夺过姜再明手中的扫帚，怒气冲冲地怼他，说：“补补补，补你个蛋。”夫妻俩面对面伫立着，然后扑哧笑了起来。

紫祺在安雪容那儿又待了一会儿，好好安慰了她一番，然后才往家走。她打了个出租车，一上车便掏出手机打给了铁建。此时，铁建和金帼英、丽娜、朱红军、王方太、男男还在洋河特大桥工地上。听紫祺一说安雪容有可能订婚失败，立时皱起眉来，问谁的原因。待听清前因后果，他最后说了一句“该吹”。

金帼英和丽娜、朱红军、王方太站在寒风中目不转睛地瞧着铁建。他挂断后掂着手机问朱红军知不知道安雪容与邓立强分手的事儿。朱红军假装不知情，冲他摇了摇头。“又失败一个，谈崩了。”铁建说，“以让雪容调出去作为订婚条件，这家人也太奇葩了。”

邓立强回家把中午跟安雪容见面发生的不愉快向家里人如实陈述一遍后，全家紧急商量对策，并与未来的亲家、安雪容的父母进行沟通，但安雪容已心灰意冷。双方婆说婆有理，公说公有理，也闹得很不开心，最后都赌气说这婚不订了。

邓立强一个人来到公司，在办公室里站也不是，坐也不是，抓起一摞文件啪地摔在桌子上。接着找了一个纸袋子，从保险柜里拿出二十万元人民币包好，打电话把肖一虎约到了茶楼。老奸巨猾的肖一虎明明知道袋子里的东西是啥，却假惺惺地推让。邓立强说肖一虎帮了他这么多，过年表示一点心意。肖一虎坐在邓立强对面的沙发上，吐出一口长长的烟雾，笑眯眯地说先帮他保管着，话音未落便把纸袋提到了自己脚下。然后，关心地问起邓立强跟安雪容还有没有挽回的余地。邓立强端起茶杯仰头喝下，摇头说不知道，所以很郁闷。肖一虎说郁闷啥呀，吹了也好，在城市里找个安安稳稳的，比找工地上的女人强。

邓立强怀疑地问安雪容是不是在工地上有人了，肖一虎含糊其词“唉”了一声，说反正都传她跟朱红军有说不清的关系。说着，他拿起手机拨给了石惊天，狡黠地笑着说：“惊天，听说你认了男男当干儿子，你和金总的婚事……啊？”

石惊天正准备去工地，一手拿手机，一手关门，听到肖一虎说这话，立刻沉下脸问他是啥意思。肖一虎称大家都已经知道铁建帮着牵线，说他一个没结过婚的男人这么优秀，何必找一个离过婚并且带个孩子的女人，实在有点不划算。石惊天反感地说："这是我个人的事，我乐意。"挂断电话骂肖一虎是狗拿耗子。肖一虎打这个电话还开了免提，是故意给邓立强听的，说："听到了吧，邓总，都是这货。老铁带的没几个正经人。"

肖一虎得意忘形之际，手机突然响了起来。他看是乔三打来的，稍加犹豫后才按下接听键。乔三在电话里称呼着肖哥，说年不好过，今天都大年三十了，退场的钱看样子拿不到手，成心不让他过好年。肖一虎故作惊讶，问结算还没谈妥吗？乔三说没啊，姓金的大数核死了，姓铁的盯着，姓石的一分不想多给，想请肖一虎帮忙拿个主意。肖一虎感到事态有点严重，被两头挤得实在难受，就嫌乔三要的两千万元确实有点多，双方都让让步，两头往中间凑凑，总有解决的办法。乔三说今天是最后一天，拿不到钱他年过不去。肖一虎十分理解他的苦衷，提醒他说，铁建、金帼英和石惊天不让你过好年，你也可以让他们过不好嘛。他问乔三见过金帼英的儿子男男没有，就是局指散养的那个小野孩，可以在他身上下下功夫，不给金帼英点压力怎么好谈呢？一分部可以让她重新核量。乔三茅塞顿开地睁大了眼睛，直称肖一虎是个高人。没过一小时，局指门外停了一辆面包车，门卫发现车内坐着两个青年，他们把车窗玻璃落下一道缝，时不时地朝院内张望。

铁建带金帼英、丽娜和男男中午在一分部随便吃了口饭，又朝洋河隧道去了。车刚停稳，便接到了集团公司董事长夏江打来的电话，询问工地情况如何。铁建汇报称项目总体进展顺利，只是肖一虎安排的一支带有涉黑性质的当地队伍惹了些麻烦。夏江说他心里清楚，肖一虎这个人有点邪。

肖一虎与邓立强会面结束后，想了半天，回家提个文件包去了局机关。铁建与夏江通电话的当口，他已经走进办公大楼，轻轻敲了几下夏江办公室的门进到屋内。夏江见是他，赶紧撂下电话示意他坐。肖一虎拘束地坐在夏江对面的椅子上，寒暄几句话，搬弄起是非来，把铁建给石惊天和金帼英牵线认干亲的事儿说了一遍。夏江说这有什么稀奇的，正常呀。肖一虎狡诈地笑着，说他觉得很不正常，在工地上大指挥长牵线，让分部经理跟单身女总工认干亲，外面准会说局指挥部成了婚姻介绍所。夏江边摇头边说他太八卦，看不得内部职工好。铁建帮金帼英和分部经理牵线认个干亲，没啥大不了的。工地上没人传播这种小道消息，倒从他嘴里说出来了，让他封住自己的嘴，一块搭班子，还是少说为妙。

夏江打发走肖一虎后，再次拨通了铁建的电话，把认干亲的事儿稍加点了一下，嘱咐说肖一虎也没什么恶意，让铁建别再去问他，并提醒金帼英和石惊天都要注意影响。铁建极为不满，说肖一虎拿这件事当笑料，那德行永远改不了。

肖一虎被夏江狠狠训了一顿，很不甘心，离开夏江办公室后又给业主总工王忠理拨通了电话，直接说石惊天跟金帼英好上了，讥笑石惊天真是没见过女人，找个什么样的大姑娘不好，偏找个离过婚的单身妈妈，品位太低。王忠理幸灾乐祸，与他探讨如果金帼英的前夫郭富海知道了会怎么样。肖一虎说郭富海有点窝囊，被金帼英治得一愣一愣的。王忠理提醒他不要把此事告诉姓郭的。肖一虎撂下电话，眨眼就打给了郭富海，直言他前妻没法说，一边把他拒之千里之外，孩子不让看，设备不让供，原来是对姓石的早有想法。“郭总，你别生气，只要姓石的对男男好，你没有什么可担心的。”肖一虎装出一副菩萨心肠，说当初离婚是对的。郭富海很无奈，回答他说随金帼英去吧，只是担心儿子会不会受委屈。

王忠理与肖一虎通完电话后，直接打给了正在悬灌梁特大桥工地的金帼英。他坐在回家的汽车上，先客气地给金帼英拜了个年，紧接着说认干亲的事儿，赞叹是天大的好事，问啥时喝他们的喜酒。金帼英听着脸色立马变了，愤恨地问王忠理是不是肖一虎跟他说的。王忠理回避着，让她别问了，即使肖一虎说的也没什么恶意。金帼英口气十分强硬，说：“王总，他是浑蛋，你不是吧?”

王忠理被金帼英噎得无言以对，没料到她会如此发火，本想还击两句，手机里已传来嘟嘟挂断的声音。在金帼英与王忠理通话的过程中，手机里进来一条短信，内容是“帼英，听说你让儿子认了姓石的当干爸，我不会干预。只要你跟男男好，我就放心啦。祝新年快乐！郭富海。”金帼英看完又气又恨，瞬间变得烦躁起来。

男男被司机留在了洞口，铁建和丽娜、朱红军、王方太头戴安全帽走进了隧道，没有发现落在后面的金帼英满脸不高兴。丽娜从没进过隧道，更没见过这么大的洞子，边走边抬头朝上看，生怕隧道塌下来，腿脚都发软了。铁建说这是双线隧道，通车后要对开跑两列高铁列车。他们来到隧道掘进约八十米的位置，看见二衬台车高高地耸立，上方裸露着防水板，挖掘机轰鸣作业。十来个工人分成两拨儿，一拨儿在距掌子面三十米的地段开挖仰拱，一拨儿在掌子面支钢拱架，洞顶初喷和钢拱架呈现出肋骨状。

铁建手中的手电筒在洞顶照来照去。他和金帼英、丽娜和朱红军发现洞顶有片片阴湿的水印，洞壁边角排水沟内涌水不断，开挖的边墙也呈悬空状态。铁建皱眉问带班的队长呢？“没人带班。”满脸尘埃的民工说，“队长回家过年了。”“监理也没在？”“也回家过年了。”铁建十分恼火地骂道：“都跑回去了，不知道是过年重要还是施工重要。开挖悬空、仰拱不打会塌下来，这要捅大娄子。”他转脸让朱红军转告石惊天，不过年也要把边墙解决掉。

铁建的大发雷霆，令金帼英、朱红军、王方太和丽娜目瞪口呆。他认为是明知故犯，违章作业。队长不在现场，领班的不在现场，分部也没配人，放手让劳务队自己想怎么干就怎么干，这还了得？他问石惊天没来现场，王若云到哪儿去了。朱红军哆嗦着回答说王若云去了景阳隧道。金帼英让朱红军马上通知她过来，隧道安全隐患太大，要被业主发现又是个重大不良行为。铁建严令他们不论采取什么办法，天黑之前必须接上钢拱架，连夜把仰拱打起来。

铁建从隧道出来，摘下安全帽，脸色阴沉地站在洞口，对朱红军说：“你只是个部长，今天大年三十不想骂你，但这么干不行。你看看人家李卫民的劳务队，那才叫有责任心呢。两个孩子常年舍在家里，只让媳妇回家过个年，老李一天到晚都盯在隧道里。再看看这座隧道，你们都当甩手掌柜，活干成这个熊样，换我，早头撞南山啦。”

铁建说着，拨通电话叫万红山和杨晓现在赶到洋河隧道来，盯着把边墙悬空做实，否则他俩都别想过年。此事刚好给了铁建另一个理由，他问金帼英年后能不能把杨晓调给一分部当这座隧道的架子队队长，把他用好。

“调杨晓过来，那工程部呢？”金帼英一惊说，“是不是惊天的主意？”

“不是，你别瞎猜。”铁建说，“他们要不到学隧道的人，是我刚想到的。惊天处理乔三的事头大着呢，哪有工夫想这事啊。”

石惊天的确被乔三搅得有些昏乱。他没有陪铁建和金帼英看工地，而是让朱红军和王方太陪同，自己留在项目部应付乔三。当时，他和周部长提着安全帽正要上工地，刚走到操场，乔三的奔驰车拐进了项目部的院子，和老四及两个青年一起从车上下来。他知道乔三是来谈结算的，便把他们迎到了会议室，双方隔桌而坐。乔三弹着雪茄烟灰，一副傲慢的样子，说："石经理，俗话说山不转水转，做人做事总得给自己留条后路。你们给的这个最终结算数我不能接受。当然，这一切不全是你的缘故，姓金的把我干的工程量核减了近千万元，也太狠了点吧?"

石惊天说工程干了多少很清楚，并不是金帼英故意核减数量，而是根本没干那么多，谁敢把国家的钱白白送出去？他们这种算法，只能说是讹诈和勒索。老四听不下去，恶狠狠地质问什么叫讹诈和勒索，嫌石惊天说话太过分。石惊天严厉地说："过分不过分你们自己掂量。总之，没有依据支撑，谈不到一个点上，一分钱都不可能付出去。"

乔三捻灭雪茄，说今天大年三十，谁也别找不痛快，让石惊天给个话，今天能给多少钱。正说着，乔三的手机响了，在局指盯梢的青年向他报告，说姓金的儿子不在，被姓铁的带出去了。乔三用手捂住手机，轻声但严厉地训斥道："给我盯着，把事办好。"石惊天全然不知男男已经被乔三的人盯梢，等乔三挂断电话后，石惊天说："乔总，咱们还是先谈好，等双方达成协议、签订完结算合同后，一分钱不会少你的。"乔三摇头说："我也知道今天想把钱拿回去不可能，不过我的要求是可以过初一，但不能过十五，望你们好自为之。"

石惊天站起来说："乔总，俗话说大路朝天，各走一边。我希望双方的结算不要节外生枝。如果真的争执不下，咱们可以找第三方重新验价。大不了，凭你方和我方手里的原始内业资料，咱们法庭上见。要不，你起诉我；要不，我起诉你。如果你方胜诉，那我认输；如果我方赢了，那你只能执行法庭的裁决。你想走哪一步棋，由你自行选择，我方奉陪到底。"

面对石惊天的坚决，乔三哑口无言，双手按在桌子上瞪着石惊天，蛮横无理地说他既不找第三方，也不会起诉，就缠着他们，直到彻底解决为止。

铁建在回局指的路上，得知双方谈判不欢而散，对石惊天亮明了态度，说耗着他，看他能撑多久，直至回归到现场实际量上来。他又话锋一转，告诉石惊天今天最重要的任务是先把洋河隧道仰拱打好。石惊天当即抓起手机给李鹏飞打了过去，说："行，你小子够胆，竟敢偷偷跑回家过年，知道隧道里干成什么样了吗?"回到老家的李鹏飞此时正跟一帮朋友喝酒，听他发火，急忙承诺初二回工地。石惊天不听解释，说边墙开挖悬空不打仰拱，这么个干法还是趁早退场。没活儿时，死皮赖脸地来参与投标要活儿干，有了活儿又不认真组织，问李鹏飞是不是想进入全局黑名单啊？初二不回来，立即把他清退出场。

石惊天赶到洋河隧道的时候，王若云、朱红军、王方太、万红山、杨晓都已经在隧道里开始指挥民工作业，现场有点儿乱了阵脚。“把掌子面给我封闭掉，保护好围岩，别干啦。”朱红军站在仰拱栈桥上气冲冲地喊完，又指着开挖仰拱的几个工人说，“你们不知道怎么干吗？非得大年三十挨骂就好了。今天必须把钢拱架接好、连夜打仰拱。”

石惊天绷着脸，用手电照遍洞子的每一个角落，问谁让这么做的，十几个民工都不敢吭声。石惊天气呼呼地说今天仰拱打不完，谁也别想过年，让王方太通知周部长送盒饭进来。他心里清楚，这帮民工真不知道死活，钢支撑上面虽然有锚杆，但受力不大。整个开挖形不成闭坏，边墙钢拱架不及时接拼，拱部往下压，边墙往中间挤，下面往上拱，除夕夜是想关门“包饺子”啊。

“我看过观测数据，在正常范围内，没变化。”王若云说，“梁场离洋河隧道距离最近，就让梁场供混凝土。”

这天中午，石惊天和王若云顾不上吃饭，直奔梁场去找孔庆荣，让他安排人开机生产混凝土。正在食堂吃饺子的孔庆荣为难地瞪大了眼睛，说：“哎，惊天，你不是开玩笑吧？人都放假回家过年啦，到哪儿去找人啊？”王若云说铁建下达了命令，金帼英交代不管放不放假、过不过年，也不管去哪儿找人，必须马上组织人开机生产，保证给洋河隧道供混凝土，仰拱一刻也不能耽误。孔庆荣一脸愁容，把盛饺子的碗扔在案板上，嘴里一阵嘟囔与埋怨，心想一般过年初六前不用混凝土，怎么洋河隧道现在突然提出要供混凝土呢？

石惊天和王若云离开后，他打电话给金帼英想证实是否属实。金帼英说边墙和仰拱支撑没做，劳务队队长李鹏飞就跑回去过年了。边墙悬空，铁建下令今晚无论如何把仰拱打起来，让他先找人抓紧开机。崔凌花负责的一号搅拌站没有停工，但运距要远十几公里，还是由梁场生产供混凝土更节约成本。

铁建回到办公室，把党红旗喊了过来。他找出一堆地质资料往桌子上一摔，让党红旗看。洋河隧道目前里程正处在四级围岩，人都放假走了，劳务队留下几个人，怕是石惊天他们除夕夜只能在隧道里过了。金帼英扒拉两口饭又匆匆地去了工地。党红旗长长地哀叹一声，说遇到这类事咋办呢，只能女人当男人用，男人当驴用。

石惊天、王若云陪着金帼英乘车到达一号搅拌站的时候，崔凌花身穿厚棉衣早已站在呼啸的寒风中等他们。站内搅拌机仍在轰隆隆作响，罐车停在搅拌楼下等待装混凝土。崔凌花汇报说工人们明天初一倒班。金帼英沉思半天，说梁场工人都放假回去过年停产了，只有靠这个站供给洋河隧道使用，成本虽会增加一些，但也别为难孔庆荣了。接到不用再临时找人开机生产的通知，孔庆荣瞬间喜笑颜开，双手合十谢天谢地，大年三十不再加班赶工，简直幸福得不知所措。

离开一号搅拌站前，石惊天向金帼英提出洋河隧道实在没有可派上去的人手，问她能不能把杨晓年后调给一分部。金帼英问是不是早打了杨晓的主意。他吞吞吐吐地说和朱子来考虑过。金帼英听完转身钻进了车内，看也没看石惊天，称不跟她说就挖人，有些过分。石惊天望着驶离搅拌站的越野车，十分茫然。王若云拉拉他的衣角，说杨晓调过来工程部也没几个骨干，应该年后再提调杨晓的事儿。石惊天听着有道理，不禁有点后悔，说晚上来工地过年再向她赔罪。

冬日西斜的太阳罩着一层光晕，北风渐渐刮起来。洋河隧道里十几个民工仍在照明灯照耀下紧张地施工和拼接钢拱架。装载机用硕大的铲斗托着型钢开进洞内，仰拱开挖好的部分工人正在绑扎钢筋。朱红军、万红山、杨晓站在旁边监理并指挥着施工。王方太有些疲惫地走向洞口，去一号站给罐车带路。

崔凌花接到加班生产混凝土的指令，立即安排站内所有人开足马力。装载机铲起一斗砂石料填进搅拌机料斗。搅拌机组轰鸣，套着保温外罩的水泥罐车停在搅拌机前，水泥成品直接输进罐里，自动计量仪器显示出各种参数。后面的罐车一辆接一辆等候着。她穿着棉大衣朝大车司机喊："这一车可以拉走了。"

第一辆罐车刚装满混凝土，王方太也正好赶到。他下来与崔凌花进行了短暂的交底，折身钻进停在场内的越野车，朝后挥手喊："跟上我的车。"

傍晚时分，洋河隧道仰拱开挖作业处，成排的钢筋已绑扎好，边墙拱架拼接还在继续，有少许民工靠在边墙上歇息。朱子来走上前，从口袋里掏出一沓人民币给每人分发，说是今晚的过节费，一人一百，是石惊天奖赏大家的。年长的民工拿到钱后，激动地轰赶工友："快，别歇着，继续干。"

王方太的越野车在洞口停下后，他跳下车指挥后面跟来的混凝土罐车往洞里开，洞内顿时传来几声罐车的汽笛声。朱红军从洞内跑到前面引导罐车闪着黄灯朝仰拱处倒车。民工分成几组准备好了混凝土浇筑工具，洞内响起一阵金属碰撞的声音。三名民工身穿皮鞘、戴着口罩，一只防护帽把脸遮盖掩实，手提捣鼓棒站到绑好的仰拱钢筋上。朱红军对民工和司机喊："浇筑时一定要捣鼓密实，开始。"混凝土从罐车滚筒后面的出口哗哗地浇筑到了仰拱处。

天渐渐黑下来，除夕夜到处都燃放起鞭炮和烟花。王方太和所有人累得腿都懒得挪动半步，心里更是心烦意乱。杨晓浑身是泥，把安全帽摘下来提在手中，困倦地说年夜饭吃不成了，吃盒饭吧。

洞内充斥着震耳欲聋的噪声和烟尘。最后吃饭的是朱红军和两名民工，他们坐在离作业面不远处的边墙根下，端着盒饭大口大口吃得很香，旁边摆着一堆早已吃完的饭盒。

第十三章

三十这天，金城张灯结彩、喜气洋洋，市民们提着大包小包匆匆往家赶。有些来往穿梭的车辆或在车头车尾贴上神祇，或在反光镜上扎上红绸缎避邪，行驶得都很急促。

邓立强自从与安雪容谈崩后，整日郁郁寡欢。过年就要订婚却出了岔子，他不知道该如何处理了。于是，提着拜年的礼品，开着奔驰车去了铁建家。袁听枫一早里里外外地把家收拾利索，出门去铁建家看望韩秋柳，刚坐下不久邓立强便开始敲门。铁宏歌把他邀进屋坐在韩秋柳侧面的小板凳上，他显得很拘束。韩秋柳客气地请他喝茶，他应着却没喝。袁听枫问他来有什么事。他不好意思地回答说，跟安雪容定好的初四订婚，但遇到个问题解决不了。韩秋柳佯装不知，问啥问题。

邓立强无奈地说，他爸妈和亲戚都想让她调出来，主要是怕结婚以后长期两地分居，想要孩了也是个问题，安雪容偏不出来，还要分手，不知道该怎么办。

铁宏歌说为什么非要雪容姐调出来？邓立强称肖一虎说工地上乱，他和家里人不放心。邓立强求韩秋柳和袁听枫能不能劝劝安雪容，并给组织上说说让她调回来，这样一切问题都迎刃而解，如果能办他可以花钱。

韩秋柳凑近袁听枫耳语。袁听枫鄙夷地侧脸瞟着邓立强。韩秋柳说这不是花钱能办的事儿，关键是两家观点不一致，一个要调，一个不愿调，工作难做。邓立强听着心里凉了半截，问还有什么好的办法。袁听枫说唯一的办法是回去跟家里人商量，不要强求安雪容调出来。中铁系统的职工都这样，不应该作为订婚的条件。邓立强发愁称他的父母和亲戚非让她调出来不可，如果调不回来，让他宁可再找稳定一点的。

"小邓啊，你们家条件也太苛刻啦。"韩秋柳说，"雪容干得好好的，非得要她调出来，她能舍得吗?"

邓立强有些着急，说："阿姨，她不调出来我受不了，一上工地两人天各一方，常年分居，我天天在外跑业务，谁知道工地上是些啥人呢。"

韩秋柳和袁听枫、铁宏歌最不爱听这样的话，立马把脸拉了下来。铁宏歌不高兴地说："我爸和表妹都在工地上，他们都是好人。"

袁听枫带着讽刺的口吻说："小邓，你的意思是说雪容不是正经人呗？我们都常年在工地上，是啥人不但我们自己清楚，全社会都知道。没有我们这些修高铁的人，出去跑业务哪有你坐的高铁?"

邓立强觉得说错了话，抱歉地喊着"袁姐"，说婚后男女分居都不方便。万一女的在工地跟哪个男的好上，都蒙在鼓里。袁听枫霎时来气了，说："你真行，原来是怕被绿呀，怎么不说说你们这些当老板的天天在外面花天酒地、吃喝嫖赌、包二奶、养小蜜，瞒着老婆干坏事?"邓立强难堪地连忙摆手，说袁听枫误会了。袁听枫坚持称没误会，说他把中铁人看得太轻薄了，一个大男人，心眼比针鼻还小，怕安雪容在工地上胡搞，还是算了吧，这个工作她和韩秋柳都帮不上忙，不然安雪容会埋怨她俩一辈子。

韩秋柳沉下脸来，说："唉！小邓，你们家对雪容连个信任都没有，让我们去劝雪容，你说是为了她好还是坑她?"话说到这份上，邓立强再也不提让安雪容调出来的事。袁听枫把邓立强送出门，咣地把门关上，对韩秋柳说安雪容真是看错了人，直骂一家人是什么东西，把中铁人看成上工地搞"破鞋"的了。韩秋柳拉袁听枫坐下，说社会上啥人都有，凭邓立强说的这些话，安雪容坚决不能跟他成，嫁到他家也好不了。铁宏歌上前帮韩秋柳拢了拢头发，旗帜鲜明地站到了她和袁听枫一边，直言安雪容不想吹她都鼓动吹。

华灯初上，城市上空时不时有礼花绽放，街道上灯火辉煌，长龙似的车辆来回穿梭，到处是大红灯笼高高挂，饭店门口贴满了对联和福字。回家过年的这群人，一家家、一户户地身着新装、提着酒欢天喜地地走进饭店，并与熟人打着招呼，互祝新年。

安雪容一家人围坐在桌旁吃着年夜饭，她一直摆弄手机，几次调出朱红军的号码欲拨又止，最后还是忍不住，低头发微信向朱红军祝贺新年，问他吃没吃年夜饭，并说回来过年不好，想回工地，但始终没有得到朱红军的回复。她焦虑不安地等待着，无心与家人对饮，甚至连菜都没夹一筷子。

朱红军那时正在隧道里，里边没信号。他没想到在另一个地方还真有个心仪的女人在关心着自己。落后的山区没有基站，大山把他与安雪容之间的信息完全阻断了，留给俩人的是满心惆怅。

苦痛和彷徨只有在活跃的氛围中才会忘却或变淡。铁建、党红旗和金帼英答应去景阳隧道与李卫民所带的民工一起过年，整个工地沸腾起来。洋河隧道打仰拱算不上太大的事情，朱子来主动让石惊天陪同铁建等人，他和朱红军、杨晓盯在洋河隧道里。石惊天和王若云傍晚前赶到，先指挥宝铁、李卫民和王大成在彩门和隧道洞门上挂起大红灯笼，贴上对联。每间彩钢房门上也贴上了“福”字，弄出一番过年的景象，然后进到食堂，检查年夜饭准备的情况。

案子上堆满鸡鸭鱼肉和鲜菜，厨师与王大成等几个民工正在食堂里忙碌着摆放桌椅碗筷，白酒和红酒堆放一地。李卫民认为，铁建和党红旗、金帼英来与民工一起过年是给他面子，得意扬扬地对厨师说，菜做得好有奖，做不好罚酒。厨师扎着围裙、头戴厨师帽忙着手里的活儿，自信地说：“老板放心，五桌饭小菜一碟，保证让领导和大家吃得称心，过得开心。”李卫民顺手给厨师递上一支烟，嘱咐要卫生第一，厨师笑嘻嘻地接过烟夹在耳朵上，让他等着瞧好。

石惊天、王若云穿过宿舍走进劳务队食堂，俯身看着一灶台各种诱人的肉和菜，满意地呵呵一笑，吩咐李卫民等铁建和党红旗到的时候要放鞭炮，把洞里的兄弟们都叫出来夹道欢迎，宝铁自告奋勇说他来组织。石惊天转头问王若云要不要做几道拿手菜让铁建和大伙儿尝尝。王若云脱掉羽绒服，说：“行！过年嘛，等会儿我下厨。”

石惊天正兴致勃勃地查看食堂，突然一个电话打了进来。他没想到乔三像个幽灵似的阴魂不散。黑色奔驰车停在村道一侧，乔三穿着呢子大衣，在一名青年的陪同下站在便道边，抽着雪茄等他露面。石惊天从彩钢房夹道里走出来，径直来到乔三面前，问他有什么事还要追到这里来。

乔三深深地吸一口雪茄，说：“我有一事相求，听说金总的儿子认你当干爸，想必你和她的关系不一般。”

石惊天警惕地说："你到底想说什么？"

乔三说："我想说的是，你们分部的大桥压了我的矿，今后你我还要打交道。今天来找你，是想求你帮个忙，对你来说不难。我在路基段干的活儿，都大年三十了，你们一分钱也没有给，我提出结算两千万元，金总压掉一千万元，这个数字我当然无法接受。所以，有她的指示，你们才不给我结算付款。"

石惊天说："你错了，我们有诚意，但是你的要求超出了我们的结算底线。"

乔三晃着脑袋，说："是吗？如果我已经拿到结算款，就不来找你啦。这么说吧，为了今后咱们在压矿这件事上的合作，我想请你帮忙给金总说说，最终结算数请她高抬贵手，再给我放宽一些。凭你跟她的关系，可以说是易如反掌，就看你想不想帮兄弟这个忙。"

石惊天称结算不是哪一个人说了算，并且都要有结算依据。乔三说金帼英今晚随铁建来这里过年，希望石惊天有机会把话传过去。

石惊天漠视着乔三，问他要说不上话呢？乔三冷笑着，说双方不要把事情做绝，并夸男男很可爱，大年三十就不再打扰。说完后退几步，转身与青年走到车旁钻上车驶去。石惊天望着远去的奔驰车久久不能平静。仅仅是要结算，乔三不至于跑到这里来，猜想他一定另有目的。

铁建和党红旗、金帼英还没从局指出来，石惊天看了看手表，时间来得及，便乘车赶往局指挥部，把见乔三的情况汇报给了铁建。

"不能答应他。"铁建发怒道。

"他要为难帼英咋办？"

这句话正被一脚迈进屋的金帼英听到。她说："你们在说谁？"

"乔三。"

乔三见完石惊天，回到县城跟老四一起喝酒去了。他手里端着酒杯，摇晃着脑袋说："石惊天不一定会给金帼英传话，她手中的笔头不松，钱就拿不回来。"老四立马接话说："弟兄们刚得到消息，姓铁的今晚要带局指的人去景阳隧道工地吃年夜饭，姓金的也带儿子去。"乔三喝下酒把杯放在桌子上，阴险地笑着，称机会来了。他让老四安排几个办事牢靠的兄弟跟着，见机行事，给金帼英点颜色看看，同时嘱咐不要闹出大事，就把孩子弄来一夜，第二天给她送回去，让老四亲自看守，不得有半点失误。

乔三离开景阳隧道后不久，一辆面包车停在了景阳隧道下的山村便道入口处，车上的三个青年嘴里叼着烟观察来往车辆和行人。乔三是为试探虚实才故意来见石惊天的。暗中发生的这一切，铁建、党红旗、金帼英和石惊天都全然不知。

石惊天急着赶到局指向铁建汇报，实则是内心忐忑不安，甚至有一种不祥之感。他看金帼英和男男安然无恙，这才又提前返回景阳隧道工地。越野车刚开出院子，男男手举着一串呲花从楼里跑出来，铁建和党红旗发现他脸上都是口红印，问是谁亲的，丽娜跟在后面捂住嘴笑了。金帼英掏出纸巾边擦边说还能有谁，让丽娜的樱桃小口不要抹这么红，太撩人。丽娜手拿化妆盒照镜子，说没人让她撩。铁建说丽娜，大干季节来，到工地上一走，职工哪还有心气干活儿。

丽娜咯咯笑着，自恋地说："因为我漂亮，不是妖精。"

金帼英逗趣说就是小妖精，丽娜只冲她笑了笑。党红旗对铁建说洋河隧道打仰拱已经开始浇筑，可以放心了，让他吃完年夜饭赶快上火车回家。他和金帼英再去洋河隧道安慰一下加班的工人，毕竟大年三十还在卖力。丽娜十分不解，问干完就行了呗，晚上干吗还要再进隧道。铁建说干高铁不是女人坐在家里绣花，但要有绣花的功夫。

中铁人要有绣花的功夫？在丽娜眼里这简直可笑。金帼英对丽娜说："你别瞧不起指挥长，他要是个女的，绣起花来没准儿比咱们女人强。"丽娜拉起铁建的手来回翻看，说："铁指挥，让我看看，你这双手整天抓钢筋混凝土还绣花？谁信。"

铁建缩回手说："小瞧我是不是？我们中铁人的意志是钢筋混凝土浇筑出来的，比钢筋混凝土还硬。但我们的内心比水还柔，比火还热，双手比古代抚琴的女人还巧。好，等我有空绣个花给你看看。"

天黑下来以后，铁建、党红旗和金帼英、兰花朵、丽娜带上男男乘两辆车赶到景阳隧道。在灯光照耀下，彩门内的便道两旁站满了夹道欢迎的队伍。石惊天、宝铁和李卫民分别站在列队的最前头。两辆越野车开着大灯驶来，停在彩门外的便道口，铁建、党红旗和金帼英等人先后下车，并把男男从车上抱下来。列队民工响起一阵热烈的掌声——"领导过年好！"立时山坡上点响了一捆千头的鞭炮，整个山村淹没在过年的气氛中。

丽娜没经历过被民工夹道欢迎的场面，跟在金帼英后头不敢说话。石惊天喊着“铁指挥”“党书记”，走下来把男男抱在了怀里。铁建朝列队民工挥手致意，对石惊天说：“我和老党没那么大的谱儿，让大家散了吧。”

“行。”石惊天朝队伍喊，“兄弟们，解散，回屋吃年夜饭去。”

金帼英和男男的身影，被早停在坡下面包车里的三个青年看得一清二楚。乔三和老四随即得到消息，他们寻找的目标终于出现了。

铁建等人走进食堂四处打量，里边布置一新，墙上贴着新年快乐，四个墙角对拉着纸花，中间吊着一只大红灯笼。王大成和几个民工往桌子上端菜、倒酒。石惊天把男男交到兰花朵手上，与宝铁和李卫民一起安排民工十人一桌就座，空下一桌留给搅拌站的崔凌花。领导在一号桌坐下后，石惊天凑近铁建和党红旗，问他俩谁先说两句新年祝福语，党红旗谦让说当然是指挥长。铁建说：“行，我就给大家讲几句。”于是，石惊天向众人拍手，让大家静一静，说了一大堆领导对景阳隧道高度重视和关心厚爱的话，欢迎铁建致新年祝酒词。

铁建起身站在一号桌边，清了清嗓子，热情洋溢地说局指领导来这儿过年，主要是慰问大家，对李卫民劳务队好一顿夸赞。之后，他把话题转向民工，说他们有一种优秀的品质，有为中国高铁建设献身出力的精神，有舍小家为国家的高尚情操，都是有血有肉的男儿，家里有多大困难、有多浓的思乡之情都深深埋在心里，在艰苦的隧道环境里忘我工作，没被儿女情长拖住后腿，他很感动。

铁建的一番开场白多次被掌声打断，有几个民工泪流满面。少顷，他又说隧道是全线的控制性工程，隧道打不通，想架梁、铺轨、通车都是空话。他相信有各位弟兄的奉献与牺牲，会克服千难万险，圆满完成隧道施工任务。一句话，没有大家的同舟共济，奋发图强，就没有中国高铁。说完，他端起酒杯给民工拜年，民工们边鼓掌边站起来举杯共饮，满屋群情激奋，吵吵嚷嚷得厉害。

王若云一直偷偷瞄铁建。等屋里静下来，她歪着身子靠近铁建说：“你讲话真煽情。”铁建端着杯子扭头看她，会意地笑了笑。俩人都心照不宣，明白对方的心情与用意。酒过三巡后，宝铁和李卫民带一拨拨民工来到一号桌，开始轮番给铁建和党红旗、石惊天、金帼英、王若云、丽娜等人敬酒。

金帼英端杯红酒，说："亲，这些功臣的酒咱们得喝，端吧。"

丽娜脸色绯红，哎哟哎哟叫唤两声，矫情地说："亲，我已喝了好几杯，再喝就醉了。"

铁建说："醉了回去睡觉，反正初一没事儿。喝了这一杯，不然弟兄们说你瞧不起他们。"听了这话，丽娜才勉强地端起杯一口喝下，喝完俯在铁建耳边说："铁指挥，过年喝起酒来，这些人怎么不要命啊！跟土匪似的，真让人受不了。"铁建呵呵笑着，说："还受不了，多热闹。你在城市里过年哪里见过这种气氛和场面？民工们整天在隧道里干活儿，平常没什么娱乐活动，过节喝几杯，可以解思乡之苦。"

这晚，王若云喝多了。相互敬酒中，她的身子一歪差点扎到铁建怀里，幸亏被铁建一把扶住。铁建把兰花朵叫到身边，让她先陪王若云回项目部。跌跌撞撞地走出食堂时，兰花朵看到几个鬼鬼祟祟的人影立马躲到了暗处。她疑惑地打量了一眼后，才与王若云朝着越野车走去。

年夜饭一直吃到晚上九点才结束。铁建要赶十点半的火车，洋河隧道仰拱施工没来什么不好的消息，他便打电话让杨晓回指挥部把他的行李装上，到车站跟他会合。送走铁建后，金帼英让丽娜先带男男回宾馆，她和党红旗、石惊天再去洋河隧道看看。男男说什么也不跟丽娜走，非缠着石惊天陪他放呲花。金帼英说："惊天，你先带他吧，别去洋河了，我跟书记去。"哄了好一阵子男男，她才和党红旗钻进越野车驶离。石惊天把男男抱上自己的车，驶出彩门的那一刻，停在路边的那辆面包车紧紧跟在了后面。

王若云被兰花朵扶回项目部后，俩人没有多待便乘车赶往青阳火车站去送铁建。之后，兰花朵直接回了局指。而王若云则被万红山火急火燎地喊去工地等候党红旗和金帼英。两辆罐车停在洞口，堵住了党红旗和金帼英的越野车。与王若云和万红山会面后他们一起走进洞里。罐车正在仰拱处浇筑混凝土，里边机械声轰鸣、烟尘弥漫。在距作业面不远的边墙根下，两个民工就地蜷缩成一团睡着了。党红旗走近边墙根低头看看叹了口气，然后脱下身上的大衣盖在其中一个民工身上。金帼英也要脱下军大衣，被万红山挡住，自己脱下大衣盖在了另一个民工身上。

王若云指着地上的民工说："他们干一天了，累的。"

民工被党红旗的举动惊醒，喊着"书记"忽地坐起来，想把大衣还给党红旗和万红山，被金帼英用手按住："盖上，再睡会儿吧。"民工激动地看着她和党红旗，又看看身上的大衣，最后还是站了起来，说："谢谢领导。仰拱还没打完，我们得去干活儿。"党红旗不禁感叹，这群民工是多好的弟兄们啊。

兰花朵回到局指，被丽娜叫去宾馆聊天。俩人一边嗑瓜子一边看春晚。丽娜问她金帼英咋还没回来，兰花朵说通宵加班是常有的事儿。丽娜不解地唉了一声，说进一次隧道就够了，简直是暗无天日。可金帼英每天都往隧道里跑，活得快不像个女人了。要调到她们公司去，哪还用她钻隧洞，一年两百万元的高薪过了这个村可就没那个店了，金帼英偏偏看不上，不知她到底想啥呢。兰花朵惊得睁大两眼，说："一年两百万元？我的天哪，这对我来说简直是天文数字。"然后扳着指头盘算开来，说她在工地上一年最多挣十万元，够干二十年的。

丽娜看着电视说："可不嘛。婚姻又失败，儿子找干爸玩都不跟她，好悲催，她愣不觉得生活艰难。我看她呀，也快成钢筋混凝土浇筑的了。我来陪她过年，主要是怕她孤独，可她钻进洞子里不出来，男人应该干的活儿全被她干了，生活还有什么乐趣？愁得我肝疼。"

兰花朵喊着她"丽姐"，说金帼英是事业型的女人，这一点谁都比不了。丽娜说虽然她和金帼英是最要好的闺密，但不赞同她的生活方式。兰花朵知道她和金帼英身处两种不同的环境，丽娜无法理解中铁这个群体在工地上的生活状态，也就没再说什么。

铁建由杨晓陪同坐上了回家的火车，两人在同一组硬卧车厢。铁建坐起来看了看手表，时针已经指向深夜十一点半，透过车窗玻璃可以看到火车经过的村庄上空绽放出朵朵礼花。他没有心思观赏过年的美景，既惦记洋河隧道仰拱施工情况，又惦记孤独在家的韩秋柳和铁宏歌。手机突然响起，他抓起接听，屏幕上出现的是紫祺的头像："表舅，在火车上吧？"

铁建望着手机屏幕说："硬卧，车上没几个旅客。紫祺，你在陪舅妈和宏歌看春晚？"

紫祺在铁建家待了一整天。她和铁宏歌在陪着韩秋柳看电视，回答说："在看，舅妈和我妹问你到哪儿了。"

铁建扭头朝窗外看了看，说他也不知道到哪儿了，反正明早到家。随即，手机那头传来了铁宏歌的声音，说："你快回来吧，幸亏紫祺姐在，不然我妈又受不了啦。”还不等他说啥，韩秋柳的脸就映在了屏幕上，唰唰流着眼泪，心疼地问他晚上在哪儿吃的年夜饭，火车上可没饺子吃。铁建说车上没有，明早到家再吃。韩秋柳说回来吧，她们在家等他，叮嘱他在车上好好睡一觉。铁建挂断手机，十分怅然地望着窗外出神。少顷，他又拨打金帼英的手机，但传来嘟嘟嘟的声音。

隧道里没信号，消息进不去也出不来。党红旗、金帼英和王若云等人沿着边墙深一脚浅一脚地走近作业面，看着民工浇筑混凝土。朱子来说弟兄们都累瘫啦。党红旗鼓励大家抓紧干完回项目部去吃年夜饭，酒管够，初一躺在被窝里睡一天大觉。

石惊天带男男回到项目部，由于放假回家和上工地的人都走了，整个项目部显得很冷清。他知道仰拱没打完，留下来的人都在隧道里，先去食堂看了看年夜饭准备得咋样，后陪着男男放呲花、看电视。周部长去了一趟工地，回来时发现一辆面包车停在门外的便道上，并没在意。

驻地院子大门半敞着，没人把守。石惊天回办公室取东西，男男拉着周部长从会议室里出来放呲花。周部长捂着肚子叫个不停，说：“男男，你在这儿别跑，叔叔肚子疼，上完厕所回来陪你放花。”说完，转头跑回了生活区。男男一个人站在院子里，光顾着扬手甩呲花，没注意到门外几个鬼鬼祟祟的人影朝他跑来。而后，面包车开着大灯疾速驶去。男男歪斜地躺在座位上睡着了，一名青年手里拿起一瓶饮料奸笑：“嘿，还真管用，只灌了两口。”接着，车内传来一阵狂笑。

周部长蹲在厕所里好久不出来，龇牙咧嘴一脸痛苦的表情。他扎好腰带回到操场后，四处寻找男男却不见踪影，以为男男回屋去了。折身跑回会议室，嘭地推开门闯进去。石惊天问男男呢？周部长立刻浑身发炸，惊慌失措地说：“我刚才肚子疼上厕所，男男没回来？”

石惊天立马惊醒，说：“没啊。你没看住他？”

周部长懊丧地说：“就一会儿工夫，能跑哪儿去？”

石惊天大惊失色，从椅子上站起来，说：“快去找。”

两个人冲出会议室，近乎歇斯底里地大声喊叫起来“男男——男男——你在哪儿？”找遍生活区和工作区，仍未见男男回应，顿时感到事态不好，石惊天急出了眼泪。院子里没找到男男，石惊天把做饭的三位师傅也喊上，跑到院外从不同方向对着山坡和光秃秃的田野大呼小叫，颤抖的喊声回荡在夜空里，在几里外都能听到，但夜空中炸开的礼花和远近传来的震耳欲聋的鞭炮声，淹没了他们的声声呼唤。

“你把孩子给我看到哪去啦？男男回不来，我要了你的狗命。”

几个人返回会议室，石惊天愤怒地打周部长。他吓得浑身哆嗦，号啕大哭，后悔不已连声向石惊天道歉，称拉泡屎的工夫男男不见了，真有点见鬼，发誓一定把男男找回来。说着转身就往室外跑，一位师傅拉住他，让他赶紧报警。石惊天手足无措，咬着牙抬手自扇耳光，骂自己是该死的混蛋，男男丢了怎么给金帼英交代？他想这种天大的事情不能捂着，必须告诉她。

金帼英刚走出隧道便接到了这个不好的消息。她不敢相信自己的耳朵，立马浑身战栗，说：“你说什么？男男不见啦!”

党红旗和王若云听说男男丢了，在震惊中当即把朱子来、朱红军、王方太、孔庆荣、高永恒、万红山、老刘、宝铁、李卫民、王大成和丽娜、兰花朵及民工都召集到一分部会议室，周部长和石惊天跪在金帼英面前痛哭流涕，气氛极度紧张，空气都凝固了。

金帼英眼里含着泪，愤怒地指责石惊天：“你还是干爸，怎么不亲自带他？你还我儿子，还我儿子……”王若云焦急愤恨，抬脚踢向周部长，骂道：“你饭桶啊，连个孩子都看不住，真想剥了你的皮。”

石惊天十分沮丧，泪流满面，抓住金帼英的手，说：“帼英，是我对不起你……我一定把男男找回来。”金帼英甩开他的手扭头大哭，怒吼道：“你去找，去找，我要我的儿子。”

屋里的人都乱了阵脚，只有党红旗焦急中保持着冷静。他拨通铁建的手机，把这一坏消息做了汇报。火车还在夜幕里呼啸奔驰，铁建躺下刚要入睡，被党红旗这个电话惊得腾地从卧铺上坐了起来，双眉紧锁，发出急促的指令：“出动所有人去找，无论想什么办法都要把男男找回来。”然后嘴里骂着混蛋，离开卧铺站在过道里，双手叉腰望着黑乎乎的窗外。

金帼英、党红旗、石惊天和所有人都没想到会发生这样的事。女人都在陪着金帼英掉泪，不停地安慰她。党红旗给派出所打电话，但没人接听。值班干警正在看春晚，等懒洋洋地走到电话机前时，铃声已经停了。众人聚集在会议室里，党红旗说今晚大家都别睡，所有人都行动起来。他让周部长去派出所报案，女的留守，其他人兵分几路去找。金帼英痛哭着冲出会议室，嘴里念叨着一定要找回儿子。在漫漫黑夜里，从便道到公路，再到附近的村庄，都传着金帼英、石惊天和那群男人、女人撕心裂肺的呼唤声。

“男男，你在哪儿……”

“你快回来呀！我的儿子……”

男男到底在哪儿呢？他被几个鬼鬼祟祟的青年用面包车拉到县城边上的一栋平房内，在失去意识的沉沉睡梦中，又被抱进一间幽暗的屋子，躺在床上睡去。乔三上前看了看，伸手贴近男男的鼻子试了试气息，阴险地问：“没过量吧？”

老四点头说：“没有，一点点。”

乔三恶狠狠地指点着老四的胸脯，命令他今夜亲自看守，明天一大早再把男男送到指挥部门口去，做到神不知鬼不觉，来无踪去无影，如果有个三长两短，就剁了老四。

新年的钟声敲响，夏江看完春晚正要和家人吃饺子，接到党红旗的电话，把饺子搁在一边，一脸凝重地说：“老党，动用一切可以动用的力量，无论如何也要把孩子找回来。”而肖一虎听说这一消息，脸上却露出阴险的奸笑，心里想大年三十孩子丢了，乔三啊乔三，你小子够狠，然后边与家人吃饺子边喝起了小酒。

列车仍在飞驰，铁建和杨晓再也无法入睡，俩人穿好衣服，站在车厢接口处不停地打电话。一名女列车员和女列车长听铁建在电话里说孩子走丢的事，嘀咕着围拢过来，惊骇地说：“咋？除夕夜孩子丢了？”铁建沉重地说孩子在高铁工地丢了，正在找。女列车员和列车长这才知道他们是高铁建设者，站在她们面前的是项目指挥长。女列车长恭敬地喊着“铁指挥”，说如果需要铁路部门协助，她可以向上级报告让铁路公安协查。铁建心里很清楚，称孩子不会在火车上。列车长安抚几句后顺着过道去了前面的车厢。铁建坐在下铺，双手抵住额头思索，不时看手机等待男男的消息，杨晓坐在身边一直陪着他。

凌晨两点，金帼英和石惊天那群人仍在公路、村庄和田野的不同方向寻找着。两名公安干警来到项目部后，边勘查现场询问情况，边不停地做着笔录。干警说院子里没有安装摄像头，是盲区，看不到孩子的行动轨迹，又没见有行人车辆来往，所以，一时难以判断孩子是自己走失还是被人拐走。各路人马都没有发现男男的踪影。三更天的时候，众人聚集在了局指挥部会议室。金帼英不停地哭泣，两眼有些发呆，丽娜、王若云、兰花朵、崔凌花坐在一侧安慰着她，会议室陷入一片沉闷之中。

党红旗愁眉不展，来回踱着步子，时而低头思索。石惊天等人垂头丧气，不敢正眼看金帼英。食堂里的碗筷空摆在桌子上，煮好的一盆水饺，没有一个人吃，全都坨成了一团。师傅坐在板凳上吸烟，抬眼望望办公楼上的灯光，叹了一口气，摇着头自语“苦命啊!”火车上，杨晓趴在茶几上睡着了。铁建坐在铺边低头打起瞌睡，身子猛然往前一栽惊醒，双眼迷怔着喊出一声“男男”。过了一会儿，才意识到是自己产生了幻觉，抓起手机给党红旗拨过去。党红旗走出会议室来到楼道，告诉铁建男男仍没有下落，金帼英的精神有点撑不住了。铁建命令继续找，有消息第一时间给他来电话。

这天深夜，张福臣披着衣服斜靠在床上打通铁建的电话，说出这么大的事情，分析分析到底是走失还是被人偷了。铁建捏着头皮说人为的可能性大。张福臣又问会不会遇害，铁建给他的回答是不敢说。“得罪谁了?”“帼英坚持原则办理计价结算，得罪了乔三。”

张福臣问：“敢肯定是他们干的吗?”

铁建有点儿含糊，说：“还不敢，只是分析。”

张福臣让铁建转告党红旗，如果需要出面找市里、县里，随时给他去电话。

韩秋柳整整一夜没合眼。她披着衣服靠在卧室床头，忧虑地自语说这可要了金帼英的命，祈祷老天保佑男男能回来。之后，金帼英接到了她的电话，宽慰说孩子一定能回来，劝金帼英多保重。金帼英听到韩秋柳的声音，当即呜呜地哭出了声：“韩姐，我可怎么办呀?”一时间，会议室里的女人又都陪着金帼英掉起泪来，男人则呆呆地望着她。石惊天悔恨交加，抽泣着打自己的脸。又过了一个多小时，多数人都撑不住，趴在桌子上睡着了。金帼英的泪水已哭干，嘴里仍然一句句地念叨着男男。

朱红军没有睡意，下楼到院子里，边抽烟边给安雪容发微信，说所有人都在局指，男男还没找到，不知生死，心里很沉。安雪容躺在床上，看完微信马上回复朱红军，称这个年过得都不舒心，但愿男男能回来。

石惊天愧疚得要死，从会议室出来蹲在楼梯口呜呜地哭。党红旗、孔庆荣跟出来安抚他。最后，抹一把眼泪说他要回分部去。孔庆荣问："你回项目部干什么？"石惊天边下楼边说："万一男男回来呢。"

早晨六点半，东方天际发白，聚在局指的人都趴在桌子上呼呼入睡，只有金帼英睁着两眼，嘴里还不时喊着男男。此时的男男在那所阴暗的平房里，睁开眼从床上坐起来看了看四周，房间拉着窗帘，开着灯，一个胖子和一个青年站在床前。男男揉揉眼睛问："叔叔，这是哪儿？"

老四假笑着坐在床边摸了一下他的前额，说："男男，妈妈加班，你走迷路了，叔叔把你接回来睡了一夜。"随后他给乔三拨通了手机，说男男醒了。手机里传来乔三的声音，让老四把男男送回去，并叮嘱不要让男男看到是什么车。男男听到老四打电话，问是不是跟干爸打的，老四摇头说不是。男男从床上下来，喊着要去找妈妈。

男男再次被抱上了小车。小车停在局指门口，男男被放下来，青年指着电动伸缩门让他进去，然后钻进小车开走了。电动大门还关着，男男跑过去，双手把住门连声朝里喊："妈妈……妈妈……干爸……"

几乎一夜没睡的朱红军、王方太、宝铁、李卫民早已从楼上来到院子里，石惊天走出楼道正要回项目部，隐隐约约听到了男男的声音，先是怀疑自己的耳朵出了毛病，等男男再次大声喊叫时，才相信那声音是真实的，全都不顾一切地跑向大门口。男男透过电动门缝看到的第一个人是石惊天，边晃荡铁门边大声喊："干爸……干爸……"石惊天和朱红军等人抑制不住激动，冲到大门口，对着门卫室大喊："开门，快开门。"

电动伸缩门缓缓打开，男男出现在了众人面前，冲着石惊天喊了一句"干爸"。石惊天看见男男哇地放声大哭，眼泪唰唰地流下来。他蹲下身子张开双臂一把将男男搂在怀里，哭泣着说："男男……我的儿子……"男男愣在他怀里，问："干爸，你为啥哭呀？"石惊天紧紧地搂着他，声音颤抖着说："你回来干爸高兴。"

朱红军第一个跑上楼冲进会议室，激动不已地朝里喊："书记，男男回来了，真的回来啦。"党红旗腾地从椅子上站起身，不敢相信地问："男男回来啦？真的回来啦？"

这个消息像春雷一样震醒了趴在桌子上睡觉的众人。大伙儿既震惊又惊喜，几乎异口同声地说："啊，男男回来啦！他在哪儿？"金帼英不相信眼前发生的一切，双手捂住嘴忍不住哇地哭出声。所有人跑出会议室急匆匆下楼，石惊天则含泪抱着男男往楼上跑，其他人跟在后面，喜悦地嚷嚷不休，他们在楼梯拐弯处与石惊天等人相遇了。

金帼英冲在最前面，看见男男的那一刻，她屏住了呼吸，站在石惊天和男男面前，泪水不停地流，扑上前抱住男男："儿子……我的儿子……"

看到这样的场面，众人都流下了激动的泪水。男男像迷失很久又重新回到母亲身边的小鹿，喊了声妈妈便紧紧地贴在金帼英怀里。金帼英爱恨交织，一只手抱着他，一只手不停地打他的屁股，责怪地问他昨晚跑哪儿去了。男男委屈地大哭，把头晚操场上的经过说了一遍，称有三个叔叔突然跑进来把他抱上车，说带他去找妈妈。党红旗吃惊地问是哪里的叔叔，男男摇头称不认识。金帼英心疼，边哭边将男男搂在怀里，说："好儿子，回来就好，以后再也不许离开妈妈。"

众人前后拥簇着母子俩回到楼上，金帼英一直紧紧地抱着男男，坐在床上先是搂着他亲个没够，后来表情就有点发呆，问男男为什么要一个人跑出去。男男说周叔叔去拉屎，干爸在屋里打电话。站在床边的石惊天惭愧地说对不起她和男男。金帼英心灰意懒，头也不抬，更不看他一眼，冷冰冰地说："你走吧，以后不要再来见我儿子。"挨坐在床边的丽娜捅捅金帼英，意思是不要说这样的话。石惊天继续道歉，说自己真不是故意的。

金帼英对石惊天说："儿子是我的生命，是我在世上唯一的亲人，我不能没有他。"并质问他是不是想男男丢了才好。石惊天不知所措，掏心窝子说他把男男当亲儿子待，如果有这种心，天打五雷轰。金帼英眼睛发直，说没这种心，为啥不亲自看好男男。石惊天焦灼不安，称到这个地步，他能说什么呢？一切都是他的过错，打他骂他都行，只是不要怀疑他的真诚，不要误会他。

发生这样的事情，当然不是几句话能解释清楚的，也不是找个理由就能解开金帼英的心结，立马得到她的原谅。石惊天不会花言巧语，每次都在重复着那几句话，说愿意承担这个错误和责任。男男回来了，他在金帼英这儿很尴尬，很难受，便和朱红军、王方太及老刘坐一辆越野先回了项目部，其他民工在他们后面也回了景阳隧道和洋河隧道工地。

天已大亮，村民还沉睡在梦中，周围山村出奇地宁静。看守的门卫是雇的临时工，年前回家过年了，遥控器压在门垛上。从夜间到凌晨，进来出去的人与车都是各自取下遥控器打开伸缩门。昨夜的慌乱致使大门始终半开着。石惊天和朱红军三人下车拉开电动门走进去的一刹那，看到操场上三根旗杆下摆着一个白色的花圈，花圈中间硕大的黑色“奠”字格外醒目。他们跑过去指着花圈怒吼：“这是谁放的？谁放的？”

石惊天怒不可遏，抬脚将花圈踢翻，又猛跺两脚，骂道：“来祸害我们。”王方太说准是乔三他们干的，一群狗东西。

“去把菜刀拿来，把它给我剁碎扔出去。”

石惊天怒气冲天，叫老刘把一箱两千头的鞭炮抱出来放，赶赶邪气。王方太和老刘一个跑进食堂找菜刀，一个跑到办公室把整箱鞭炮抱出来铺在地上。石惊天从王方太手中抓过菜刀，将花圈砍得七零八落；朱红军点燃一长串鞭炮，随着一阵噼里啪啦震耳欲聋的轰响，操场上升起一股刺鼻的蓝烟。

石惊天沉着脸浑身发紧，恨不得把摆放花圈的人找出来杀掉。他回到办公室，目光呆滞地仰坐在椅子上连抽了两支烟，这时才觉出一丝疲倦和困意，上下眼皮开始打架。正想打个盹儿，回家过年的朱子来的电话把他拉回到清醒状态。朱子来在手机那头用低沉的声音说，他知道从昨天到现在石惊天很难过，赶上这么多事儿，所以没敢打电话。其实，他心里很沉重，没能替石惊天分担压力。石惊天说自己现在无颜见金帼英，不知该如何求得她的原谅，接着又把刚才被坏人摆了花圈的事细说了一遍。朱子来听后劝他，被放花圈和男男走丢一夜绝不是偶然的，一定有人为原因，提醒他和金帼英在工地还是小心为好。

石惊天说：“等年后你回来咱们商量。这个年我没敢给家里打电话，麻烦你到我家去一趟，代我看看老爷子和老太太。”

朱子来应了他，让他放心，说一定去给老人拜年。石惊天内心再也承受不住压力，挂断手机往桌子上一扔，竟抬手抹起了眼泪。

第十四章

大年三十，对铁建和石惊天、金帼英以及其他人来说，是个令人悲伤和煎熬的除夕夜。铁建坐了一夜火车，快到站时才接到男男平安归来的消息，悬着的心才猛然踏实，用一双激动的手捂住了黝黑的脸膛，杨晓发现他哭了。

大年初一早晨，城市街道上行人和车辆稀少，偶尔有出租车来回穿行，在城市上空也弄不清从哪个方向传来阵阵鞭炮声。站前广场张灯结彩、喜气洋洋，前来接站的人很少。铁宏歌和紫祺挽着胳膊站在出站口朝里眺望，充满了企盼。一刻钟的工夫，绿皮火车鸣着汽笛开进站内，铁建和杨晓从货架上取下行李走出车厢，站在站台上呵出一股白白的热气，喜悦地说："啊，终于到家了。"

铁宏歌和紫祺一直盯着出站的旅客。"我舅出来了。"紫祺指着站内往外走的人流说。铁宏歌很激动，朝里不停地挥手，等铁建和杨晓通过检票口拉着行李出来，紫祺喊了两声"舅舅"拥上前，铁宏歌却站在原地，等铁建走上前来，泪水不自觉地流了下来："爸……你回来啦？"

铁建悲喜交加地看了看她俩，伸手抹去铁宏歌脸上的泪水，问道："你妈好吗？"铁宏歌哽咽着点头说好。

杨晓把行李交给紫祺后，自己走了。铁建三个人打了一辆出租车回到居住的铁路小区，又爬了几层楼才到家。铁宏歌走在前头掏出钥匙打开门，冲着屋里就喊："妈，我爸回来啦。"

韩秋柳头发凌乱地躺在卧室的床上，满怀希望地盯着客厅，颤抖着嘴唇说："老铁……回来啦？"

紫祺进门后钻进厨房去做早饭和烧水。铁建顾不上脱去棉衣便进到卧室，坐在床边喊了句“秋柳”。韩秋柳既高兴又伤感，说：“我动弹不了，不能去接你。”铁建受不了重逢瞬间带来的欢欣，眼里忽然生出泪来，伏在床边把她搂在怀里，说：“你受罪了。”他握住妻子变形的双手不停地颤抖。韩秋柳泪流满面，说她不争气，苦了孩子。铁建抑制不住伤感，深深地哀叹了一声。

“你去工地，就靠小歌了。”韩秋柳极为难过地说，“不然我连饭都吃不上。”

铁宏歌走进来，站在床边劝韩秋柳过年不说伤心的话，要高高兴兴的。铁建从口袋掏出那只鲜红的胸花别在了妻子领口下的衣服上，韩秋柳深情地望着铁建，说：“我戴上有什么用？出不了门，也没人能看到。”

铁建安慰她说戴上喜庆，今年病就好了。韩秋柳明白丈夫是在安慰自己，说：“我知道这个病好不了，就是舍不下你跟孩子。”铁建边安慰妻子边走到客厅，从箱子里拿出羽绒服返回卧室，对铁宏歌说是给她买的。铁宏歌接过羽绒服，并不开心，说：“爸，你花钱给我买衣服干啥？我有穿的，还不如把钱省下来供我上大学呢。”女儿已经够委屈了，铁建和韩秋柳不忍心让她跟着受罪，催她赶快穿上试试。再扭头时，铁建发现卧室床头柜上一个带“贺”字的红包，问谁送的。韩秋柳说是党红旗家属来家中看她留下的两千块钱，让铁建带回去还给人家。

吃过早饭，铁建给韩秋柳穿大红棉衣，把她架到客厅坐在沙发上。韩秋柳叹口气说铁建在才像个家，可年后一走，她们娘俩这日子又不知道咋过了。铁建说过完年他想请个保姆来照顾韩秋柳和铁宏歌。韩秋柳舍不得花钱，而铁建毫不犹豫地说花多少钱也得找，不能他一走苦着她们娘俩。铁宏歌也不赞成他的想法，说她放学回来可以照顾母亲，还是省着点。铁建说昨晚这一路，他心里难受得不行，幸亏男男回来了，金帼英和工地上的人，心才不会散；加上铁宏歌考学，发愁着呢。花钱雇个保姆可以让铁宏歌安心复读，韩秋柳也不用跟着受罪。韩秋柳说铁宏歌是她的命根子，只要能下地，就可以给她做饭，也能照顾自己。紫祺在一旁听着，对韩秋柳和铁宏歌说：“舅妈，这事要听我舅的，我出钱。”铁建对紫祺说：“钱不用你出。咱家就这条件，但不能让她们娘俩跟着我受苦，只要我身体行就能挣到钱。”说完，他起身去翻行李箱，拿出王若云带给韩秋柳的中药，让她今天煮上喝。

铁建到家之后，听说大年初一有人在一分部院子里摆花圈，立马打电话问石惊天搞没搞清楚是谁干的。石惊天说都猜是乔三那帮人夜里放的。铁建稍加沉思后说，越是这时候越要沉住气，扔了就行了，不要对任何人提。挂断电话后他对韩秋柳和铁宏歌说，大年初一有人上门摆花圈，这帮人太歹毒了。紫祺说工地有坏人，提醒铁建要小心点。铁建叉腰骂道："来阴的，还怕他们不成？只要被我知道这两件事是乔三干的，绝对不会饶了他。"

接近中午时，朱子来、梁丽丽、赵化亮先后来到铁建家拜年，韩秋柳身穿红色棉衣坐在沙发上，铁建忙着接待，紫祺和铁宏歌沏茶倒水，大家互相问候，倒也引来满屋欢笑。朱子来穿一身新装，接过铁建递来的烟，说昨夜工地发生这么多事，他没在现场，要向铁建检讨。韩秋柳称他在不在都会发生，怨不得他。紫祺端水给赵化亮，问蓝燕儿咋没跟他一起来。赵化亮勉强笑着称她回娘家了。韩秋柳说大初一回什么娘家，问是不是有啥事，赵化亮连连摇头说没事。梁丽丽说蓝燕儿想要个孩子，铁建说这么大岁数是该要个孩子了，催赵化亮要以高铁的速度加快生，赵化亮听着只是苦苦一笑。

坐在韩秋柳旁边的梁丽丽有心无心地拉起她的手不停地看，惊讶骨节变形这么厉害，说袁听枫提议由回城过年的人出钱，想帮她雇个保姆，也好让指挥长在项目上集中精力工作。铁建摆手拒绝，称自己的工资、奖金比梁丽丽她们拿的高，心意领了。朱子来说他们几个家里都没负担，别说是指挥长，就是普通职工大家该帮也得帮。紫祺连说是，谁家有难大家都得帮扶。企业是个大家庭，不能少了人文关怀和人情温暖，她赞成袁听枫的提议。之后，几个人逗起嘴来，说梁丽丽与王方太家住一栋楼，青梅竹马，结婚可别忘了请他们。梁丽丽含羞地嗔怪说还没确定关系呢。铁建夸奖梁丽丽还是找内部的好，说安雪容找的那个邓立强，本来初四打算订婚，听说现在有点悬了。紫祺和梁丽丽也你一句我一句地带着怨气，说肯定成不了。铁建听着，就拿昨晚除夕夜男男走丢的事说起来，称当地社会环境复杂，啥都有出岔子的可能。

朱子来和梁丽丽、赵化亮离开没几分钟，袁听枫一家和安雪容等人手里提着东西先后来到了铁路小区。他们聚集在铁建家楼下互相问候一番后一起上楼，令铁建、铁宏歌和紫祺手忙脚乱。袁听枫仍然风风火火，嘻嘻哈哈，指着每个人说今天来拜年，不开心的话谁都别提，只准说吉利的话。姜再明逗乐称只要袁听枫不说就不会有人说，惹得满屋的人大笑。

姜小珊坐在韩秋柳旁边，调皮地嘟囔："我爸妈到一块就掐架。"转身看韩秋柳的衣服，夸她过年穿得好漂亮，伸手去摸了摸她的胸花。铁建说县城里的东西不贵。安雪容说铁建很有心，再便宜韩秋柳也喜欢。韩秋柳爱慕地看着铁建，说有病这么多年，铁建从没说过半句累，她知足了。铁建削完苹果递给每个人，劝大家都要知足，昨晚除夕过得很不平静，党红旗和留在工地的人忙了一整夜，好歹男男自个儿回来了，不知金帼英这年咋过呢。安雪容纳闷男男咋会走丢，袁听枫说听到这个消息，心扑通扑通都快跳了出来，想着自己不在家，姜再明万一看不住女儿，姜小珊也走丢可咋办。姜小珊嘟着嘴，称她才走不丢呢，问铁建工地上是不是有坏人。铁建说有，他们干的工作太容易得罪坏人了。姜小珊说干吗不把坏人抓起来。韩秋柳递给姜小珊一个橘子，说不是不报，时候未到。女人一辈子图啥？就盼着大人孩子平平安安。铁建直称金帼英命苦，孩子连个照应都没有，让袁听枫她们回去劝劝她赶紧找个伴。

袁听枫话锋一转，问安雪容跟邓立强初四订婚的事是不是就这么拉倒了。安雪容低下头嗯了一声，称俩人自年前谈崩再没见过面。袁听枫一扬手说别理他，更别发愁，劝安雪容回工地再找好的。姜再明怨道："你说说你，大年初一来拜个年，问雪容这个干什么呀？哪壶不开提哪壶，你心里舒服啊？"

袁听枫用两眼瞪姜再明，让他别管，称安雪容的终身大事，她当书记的就该关心。紫祺笑着摇她，说行了，不让问就别问呗。袁听枫执拗地说才不听他的呢，回来说每一句话都不合姜再明的意。姜再明明显不耐烦，摇头说真拿她没办法，怎么劝都劝不住，直性了，嘴又快，这么多年他忍啦。袁听枫接过话茬，让他别忍，如果有想法早点提出来。姜再明也有点急了，称自己能有什么想法，要有想法早跟她离婚了。袁听枫再次当着铁建和韩秋柳的面吵起来，说："离！离！我还想跟你离呢。"韩秋柳拉住袁听枫，劝道："好了，大年初一说啥离婚呀，多不吉利。"

铁建沉稳地说："唉，咱们工地上的人，心里的难事多着呢。现在过年一家团聚高兴，等回去的时候，哪个心里不是酸酸的？人生最苦是离别嘛。"

铁宏歌听到爸爸说这些伤感的话，顿时想起了自己小时候的事儿，说："我上中学的时候，我爸从工地回来过年，再回工地时，我和我妈趴在窗户上看着我爸下楼，不忍心他走。后来我写了篇作文叫《背影》，还在班里拿奖了呢。”

同是初一上午，邓立强身穿呢子大衣，脖子上围条红羊绒围巾，手里提着东西去肖一虎家里拜年。肖一虎着一身新衣，喜气洋洋地拉开门把他迎进去。邓立强进门把东西放在客厅桌子上，双手抱拳作揖，问肖一虎的老婆大年初一去了哪里。肖一虎把他邀到沙发边坐下后，边沏茶边说一早出去串门了，女人就爱东走走、西串串，除了瞎逛就是打麻将，能有啥新鲜的。随后，俩人东拉西扯瞎聊起来。邓立强说这个年过得很窝心，肖一虎摇头笑了，说：“窝心的事人人都有，比你和雪容订婚更大的事，是昨晚除夕，指挥部金帼英的儿子走失一夜，今早自个儿又回来啦，你说怪不怪？”

邓立强吃惊地呀了一声，说走失一夜，是不是有人跟金帼英过不去。肖一虎眨眨眼，说：“人哪，尤其是女人不能太刚烈，更不可不食人间烟火，不给自己留后路。金帼英是这样的人，我看安雪容跟她差不多。俗话说新年伊始、万象更新。邓总啊，别为订婚的事烦恼，该舍的要舍，能放的要放，天无绝人之路。”

傍晚的时候，铁建去了夏江家一趟，既拜年又汇报工作，之后夏江叫上他一起来到黄河边散步。冬季滚滚东流的黄河水清澈无比，河滩上有少许捡黄河石的市民。夏江戴顶鸭舌帽，双手插在上衣口袋里，不时抬眼眺望河面和对岸，语重心长地说金帼英的儿子能回来，是吉人自有天相。他认为这件事不是那么简单，当地情况复杂，让铁建好好分析分析背后的原因，严防黑恶势力对内部职工造成伤害。铁建边走边说：“从男男走失和被摆放花圈两件事来看，背后有一些人非常歹毒，干工程得罪既得利益者在所难免，只要做事光明磊落，一切邪恶的东西都见不得阳光。”夏江用赞赏的口气说：“是啊，咱们这些人，什么样的大风大浪都经历过，在正义与邪恶的较量过程中，中铁人始终会站在正义一边，绝不能退缩。”

“老铁，除了老肖，选你、党红旗和金帼英三个当这条大线的指挥长、书记和总工就是因为你们有一身浩然正气。”夏江又说，“这件事对帼英虽然是不小的打击，但也是考验和锻炼，挺过来再坚持住，一定能够战胜一切困难。”

铁建坚信金帼英能做到，称回去好好安慰安慰她，对昨晚发生的事儿，仔细摸清背后的情况再向夏江汇报。

初二这天，恰逢王县长和赵主任来局指给党红旗拜年，几个人坐在沙发上边喝茶边说话。王县长说他已让县公安局查了，由于监控系统不完备，男男走失还真不敢定性是刑事案件。至于有人在一分部放花圈一事，他肯定地说与乔三那帮人有关，因为只有一分部才与他有经济纠纷和争议，已安排县刑侦队密切关注乔三的动向。党红旗给王县长递过一支烟，说他一直思考，会不会是工地上的民工发现男男走远，好心把他看管一夜，早晨又把他送回来。赵主任说："这种可能性不大。男男走丢的那个时段，一分部院子里不会有民工进出，都在隧道里抢活儿，最有可能是乔三那帮人。他们把法律研究得很透，贴着边沿走，犯法但又很难抓住他们的把柄，更难治他们的罪。"党红旗称赵主任说得有道理，真是有惊无险，他和老铁会查个水落石出。王县长斩钉截铁，态度很坚决，让党红旗有空再寻找一下线索，只要拿到这件事的犯罪证据，不管张三、李四，还是王二麻子，县委县政府会当机立断采取措施。

送走王县长和赵主任，党红旗给石惊天打电话，问有没有新的线索。石惊天郁闷至极，把自己关在办公室里，两眼红肿，心事重重地坐在椅子上不停地抽烟，烟缸里堆满了烟蒂，整个屋子烟雾弥漫。王若云推门进来直喊呛人，眯着双眼用手扇掉面前的烟雾，上前把石惊天叼在嘴边的香烟夺过来踩灭，说一个人难过又有什么用呢，还是去给金帼英赔个不是，时间久了会求得原谅的。石惊天苦闷地说金帼英对他误会很深，他有口难辩，一直在琢磨是谁干的这件事，若抓到那些人非杀了他们不可。他坚毅地对王若云说，自己下定了决心，只要时机成熟，不管金帼英误会不误会，同意不同意，接受不接受，他都要娶她，让她带着男男过门。

从男男走丢的那一刻起，金帼英确实心急如焚，很替儿子担心，胸中充满了无比的仇恨。吃过早饭，丽娜叫她带男男去宾馆说话，免得坐在宿舍或办公室里胡思乱想。刚跟丽娜上楼进到房间，铁建就打来电话，对她说这样的事不会再发生，如果压力实在太大，可以带男男回家休息一段时间，或他找夏董给她换个项目，躲开这个地方。金帼英回复说："不，我哪儿也不去，就在这个项目上干。"

铁建没有料到经历这件事后，金帼英如此坚定和执着，便没再更多地劝她。男男正趴在沙发上看电视，金帼英挂断电话走到他身边坐下，丽娜公司老板孙董的电话又打了进来。孙董说昨晚的事他都听说了，打电话还是原先跟她谈过的，如果工地危险，欢迎她回来加入他的公司，条件可以再加，问她如何。

金帼英表示感谢，而后委婉地说既然上次已经决定，不会再考虑去他们公司，铁了心在中铁工程局干，请他早点考虑其他人。姓孙的在电话里问丽娜在不在，金帼英把手机递给她。丽娜寒暄拜过年，对方让她再好好劝劝金帼英。

丽娜挂断电话，说："孙董还在想着你的事儿，这可是真心关爱。"

金帼英瞟着她说："不是关爱，是趁火打劫。"

丽娜焦急地在房里转着圈，说："公司给你的待遇高、条件好，你干吗不考虑？你是真傻还是假傻？"

金帼英异常镇定，说："丽娜，我哪儿也不去，就在这儿干，看那帮人能把我们娘俩怎么样？我要跟他们干到底。"

丽娜走到金帼英面前发怒了，说："我可是真心为你好，咱们若不是这么多年好姐妹，我有必要管你吗？你以为放着好待遇不要，你就伟大，就有个性，就具备中铁人的气节是不是？可到头来谁管你以后的事情？"说到这里，她双手叉腰扭过脸去，过了好久又转到金帼英面前说，"本来是心疼你，同情你和男男，想好好陪你高高兴兴过个年，可从昨晚到现在，我才明白，你连孩子最基本的安全保障都给不了，我为你和儿子流够了眼泪，担惊受怕伤够了心。"

金帼英眼里噙满泪水，走近丽娜拉住她的手，说："丽娜，你是我唯一最亲最近的姐妹。你能到这山沟来陪我们娘俩过年，并且跟着我受这么大惊吓，与我一起分担压力和痛苦，让我很感动，但我真的下定了决心在这个项目上干。我不能离开工地，更不能退缩，不想违背自己的内心。所以，不要再强迫我了好吗？亲。"

丽娜平静了一下情绪，心平气和地说："好吧，既然我无法改变你，只有顺从你。我回去找个充足的理由说服孙董不要再打你的主意。但我要提醒你，你对石经理有误会。他把男男都当成了亲儿子，不能因为三十晚上的事就对他不冷不热、不理不睬。因为我坚信，将来有一天，他有可能会爱上你，真正找一个对你好的人不容易，把握好。能答应我吗？亲。”

金帼英点头嗯了一声，露出柔媚的微笑，含泪轻轻地把丽娜拥在了怀里。男男坐在沙发上不知道金帼英和丽娜发生了什么，两眼怔怔地望着她俩。

石惊天、王若云和王方太来到局指，只见到党红旗、万红山和兰花朵，没看到金帼英和丽娜，一问才知道她俩带男男去了宾馆。于是，王若云打电话给金帼英说，她和石惊天等人都在局指会议室里吃水果呢，让她抓紧回来。石惊天见机会来了，又像接丽娜那样亲自开车去了宾馆，男男见到他亲切地喊着干爸扑上来。金帼英板着脸不理石惊天，丽娜捅捅她说：“你怎么不理人家？”金帼英啥也没说，跟着丽娜和男男上了车。从宾馆到局指虽然只有十分钟的路途，但石惊天感到路很漫长，边开车边想了许多，想到最后只有一点，金帼英还会不会重新接纳自己。

回到局指会议室，前晚那种沮丧痛苦的情形烟消云散，有的只是你一句我一句的欢笑声。后来，几个人又把话题转到了男男走失上。兰花朵怒骂那帮缺德玩意儿，给男男喝的饮料里一定掺了迷魂药，问男男能不能认出睡觉的那个地方。男男摇头说是矮屋子，具体在哪儿不知道。金帼英恨之入骨，要再报警。

石惊天说给铁建打了电话，铁建要求一定要冷静，现在知道有人故意所为，表面上看起来是走失，实质上是绑架；男男小，说不清，缺乏真凭实据，报警也没用。他们没伤害男男，带走又送回来，目的不是对男男咋样，而是要给金帼英和每个人一点颜色看看，因为影响了他们的利益。

铁建认为，那些恶人不敢真伤害男男、金帼英和内部人员，除非他们想自我毁灭。将男男走丢和一分部早上院里被摆花圈联系起来分析，干这两件事的人只有乔三。

不等石惊天把话说完，王方太就愤怒地骂乔三是狗娘养的，要带人去找他算账。石惊天瞪着王方太说：“你带人算什么账？你以为他们会认吗？铁指挥是分析，弄清大概是谁，做到心中有数。另外，他怀疑这件事的背后会不会有人支着儿？如果有，这个人到底是谁？为什么对我们的行踪了如指掌？”

一席话把众人惊得一脸茫然，你看看我，我看看你。金帼英蓦然醒悟，说想起来了，乔三退场后曾打电话威胁她，叫她为男男想想。王若云满怀疑虑地说："可以怀疑，但不能认定是他们带走了男男。"

石惊天说："指挥长提醒我们要沉住气，对外不能声张，要让乔三他们知道咱们没有丝毫胆怯，更不会退缩。我会在结算问题上把住，狐狸的尾巴早晚会露出来，到那时再想法收拾他也不迟。"

石惊天和金帼英他们就这么在会议室里分析揣测着。男男站在会议桌前的凳子上，伸手抓起糖果和花生。其他人有的吃橘子，有的嗑瓜子，有的在抽烟。

石惊天不时地瞄金帼英，关注她的情绪变化，可金帼英只把目光盯在男男身上，不给他递半个眼神。

党红旗在办公室忙活一阵后才走进来，把男男揽在怀里，问他什么样的叔叔把他抱走的，男男手里剥着糖嘟囔说一个大个、一个瘦子和一个胖子共三个人，并且叫出了他的名字，说要带他去找妈妈。听着男男的描述，在场的人都认定，抢男男的三个人是乔三的手下，可眼下还真拿他们没有办法。

肖一虎最清楚其中的内幕。初二闲来无事，他突然想起来应该去铁建家坐坐拜个年，既散步锻炼了身体，又能表现出对铁建的尊重。于是，溜达着穿过几条街，又拐了个弯才走进铁路小区。站在铁建家的客厅中间东看看西望望，像没来过似的一样陌生。铁建喊着"老战友新年好"从里屋出来，坐在沙发上端起茶壶倒茶，说："你看看，本来我想去给你拜年，没想到你倒先来了!"肖一虎说："给我拜啥年啊，你是指挥长，正职，我是副职。"

铁建摇头挥手说："去去去，什么正职副职，一块共事干项目没那么多事。"肖一虎端茶品尝，闻着杯里散发出的浓浓香气连夸几声好茶，然后说三十晚上听说男男走丢，他头嗡地就大了，这要有个三长两短可怎么得了。铁建察言观色，说天有不测风云，人有旦夕祸福，金帼英做人正派，自得上苍护佑。肖一虎听后脸上的肌肉抽动了一下，似笑非笑地说："对对对，好人有好报嘛。"

铁建问他除夕夜几点睡的，他拉着长长的腔调"哎呀"一声，说哪睡得着啊，工地出这样的事儿，心一直悬着。铁建沉思了片刻，试探说男男毫发未伤，已经基本弄清是谁干的了。肖一虎脸色骤变，十分紧张地说："是吗？这么快就弄清楚了?"

铁建瞪着他，神色严厉却很淡定，说弄清楚了，男男不是走失，是被绑架，县公安局已经立案抓了几个人，并且通报说有内部人员参与。肖一虎从沙发上腾地站起身，问内部谁参与了。铁建哈哈大笑，说："老肖，你着啥急啊？莫非与你有关？"肖一虎认真起来，说："嗨，老铁，咱俩是老战友，怎么能跟我开这种玩笑呢？"

肖一虎嘴上埋怨铁建，心里发虚得厉害。他没有心思在铁建家多待，告别后快步出门匆忙离去。铁建站在门口朝楼梯挥手说慢点儿走，肖一虎却尿急般地头都没回，只把右胳膊举过肩膀朝后摆动了两下。铁建回到屋里走近窗台伸长脖子往楼下院子里看，发现他边打电话边向小区外走去。

临近中午，乔三在家中跟朋友喝酒正在兴头上，手机响了几遍，他才懒洋洋地拿起来接听，看屏幕上显示是肖一虎，略欠了欠身子喊着"肖哥"，说正要给他拜年呢。手机里传来肖一虎急促的声音，急赤白脸地说铁建已经知道三十晚上谁绑架了男男，怀疑他背后参与，问县公安局是不是抓了乔三手下几个兄弟，到底是咋回事。乔三先是一愣，稍后把酒杯放在桌子上，直骂铁建是胡说诈人，让肖一虎千万不要信，称手下的弟兄都在家过年喝酒呢。再说，他也没干违法乱纪的事，所有的事与他一概无关，总之三个字——不知道。听乔三这么一说，肖一虎心中的石头终于落地，挂断电话停住脚步抹了抹额头，拍着胸脯逐渐镇定下来，咬牙骂道："铁建，你也学会来这一套了！竟然唬我。"

铁建转身倚在窗边，一直揣摩肖一虎在跟谁通电话以及试探会引起怎样的反应。还没等想出个结果，王忠理的电话就打了进来。铁建先客套地拜年，然后才得知邓立强为订婚的事登门拜访，已经站在门外，让铁建无论如何见见他。铁建拉开大门，果然发现邓立强提着礼盒，正等铁建开门。

邓立强进屋像祥林嫂似的诉了一肚子委屈，把与安雪容回城后俩人发生的争执和矛盾复述了一遍，还扯出他爸与王忠理的关系，想请铁建帮忙劝安雪容调出来。铁建早知道他和安雪容之间发生的一切，既没表态说行，也没说不行，表面应付，内心却反感至极，话语中多多少少挖苦了他一顿。邓立强摸不准他的想法，自觉尴尬，说句"拜托"便退出了家门。

铁建拨通了袁听枫的电话。他从邓立强的话里听出来，他们全家都担心安雪容在工地上乱搞男女关系，想让他找袁听枫和孔庆荣把安雪容放走。对这个莫名其妙的无理要求他十分生气。袁听枫听后，气得差点跳起来，喊上紫祺风风火火地赶到铁建家。铁建不相信这家人会凭空生出这种想法，提醒袁听枫没准儿邓立强还会缠着她继续活动这件事。紫祺气愤地说世上还有这样的人，算安雪容瞎了眼，让袁听枫绝不能搭理姓邓的，否则是把安雪容往火坑里推。袁听枫严肃地说："肯定要管。姓邓的敢来找我，就怼死他个兔崽子，咱们中铁的女人比他高尚得多。"

铁建担心处理不好此事会影响安雪容的情绪，过完年回到工地，对梁场工作也不利。紫祺劝他不用操心，她和袁听枫去找安雪容，让她做到心中有数。铁建如释重负，说："那好吧。你们见了雪容可要讲点策略，别直肠子似的把所有话都捅出去。"

紫祺和袁听枫离开铁建家，先给安雪容打了个电话，问她在哪儿。此时，安雪容正在逛街。她们约好了在一家咖啡厅见面。袁听枫点了三杯咖啡，把咖啡推到她俩面前，称铁建跟她和紫祺通报了邓立强家里的情况，问他们两家到底咋说的。

安雪容闷闷不乐，说："还是那样。他的父母和他本人一心想叫我调出来。我不同意，我父母也不同意。"

紫祺问她咋想，安雪容说她不想调，也不能调出来，这个婚邓家愿订就订，不订就算了。袁听枫叹了口气告诉安雪容，邓家坚持让她调出去并不是单纯出来一起做公司，而是一家人有别的想法。安雪容睁大双眼纳闷地望着她俩。紫祺看了看袁听枫后才说邓立强去找了她表舅，想叫他做她本人和袁听枫的工作，他们家的真实想法让人无法接受。安雪容惊异地问邓立强找铁建说了什么。袁听枫只好一五一十地说邓家的真实想法是结完婚两个人不在一起，在工地时间一长怕她乱搞"破鞋"。霎时，安雪容气得脸色煞白，浑身哆嗦，吃惊得不敢相信自己的耳朵，泪水也即刻涌了出来，说："什么？怕我在工地找男人？这是侮辱我的人格。怪不得他说天下有的是女人，原来这么肮脏。"

见安雪容真生起气来，紫祺安慰她说："现在社会上一些人确实存在心理缺陷、人格分裂、灵魂扭曲，不是用你的心就能感化和说服的。"袁听枫说："跟你说这些，是想让你心里有个数。万一他再找你谈，你心里也好有个底啊。"

安雪容愤怒地说："还有什么可谈的？既然如此，我就死了这条心，该放弃的放弃。"

三个人正说着，袁听枫的手机突然响了，掏出一看是陌生号码，问是哪位，对方即刻回答是邓立强，问她现在在哪儿，想过来见个面。袁听枫捂着手机十分犹豫，问紫祺和安雪容见还是不见，紫祺说见，看他还有什么花招。

邓立强急急火火地赶到咖啡厅的时候，紫祺怕安雪容与他撞在一起，让她先离开了。邓立强身着呢子大衣、脖子上围着围巾，手里夹着个手包，穿过大街走进咖啡厅，服务员很有礼貌地把他带进包厢。袁听枫和紫祺不理他，俩人坐在沙发上看着手机。邓立强显得有些拘束，解下围巾，脱去呢子大衣扫视了一下屋内，忽然看到了茶几上安雪容落下的手机，问安雪容是不是刚来过，这部手机是她的，外壳还是他买的呢。

紫祺机灵地抓起手机装进包里，说："是我的，我用的也是粉红色外壳。"

邓立强不好意思，说他弄错了，以为安雪容刚走呢。袁听枫板着脸让他有事直说。邓立强坐在袁听枫和紫祺对面的沙发上，谈起了他跟安雪容的婚事。袁听枫佯装无事，说不是都说好了吗，还来找她干啥。邓立强愁眉苦脸称没说好呢，一直别扭着，问她能不能劝劝安雪容。

"劝她调出来？"

"是啊！我爸妈和家里亲戚都是这个意思。"

紫祺低头看手机，故意打断袁听枫和邓立强，说手机上的一篇文章写得真好，随即念出标题"我们干掉了贵族，所以流氓横行"。袁听枫调着嗓子称都看几遍了，说现在社会上的一部分人真让人想不透，流氓之所以是流氓，并不是因为其财富多少，而是缘于他们内心里的流氓意识。她问邓立强，看过这篇文章没有。邓立强一副窘态，吞吞吐吐地说还没看。紫祺拿着手机站起来，在狭小的包间里来回走动着，鄙视地瞟着邓立强，用讽刺的口吻念道："正因消灭了贵族，流氓才应运而生。贵族精神消亡了，流氓意识得到发扬光大。 些人的流氓本性表现得淋漓尽致，从语言流氓到行为流氓，再到意识流氓，咱们这个曾经的礼仪之邦，何以到了这个地步？"

袁听枫附和说："那上面不是说嘛！中国人说'我们消灭了地主富农'。外国人回应说'我们消灭了贫农'。中国人说'我们消灭了贵族'。外国人回应说'我们消灭了流氓'。唉，把流氓发动起来消灭了贵族，并不会使流氓变得高尚，只会使流氓变得更加流氓，而且诱逼更多的人变成流氓。"

紫祺边笑边瞅邓立强，继续念道："从平民到贵族，再到流氓都没有明显的界限。贵族之所以是贵族，并不在于财富有多少，也不在于权力有多大，而在于具有一种高贵的精神。缺失贵族精神的人，即使富可敌国，也不过是带着流氓本性的暴发户。流氓之所以是流氓，并不是因为一无所有，而是因为内心里的流氓意识。流氓群体有穷人，也有富豪；有平民，也有权贵；有白痴，也有天才。贵族精神代表人类文明的高端，流氓意识代表人类野蛮的底端。几乎所有人，既有向往高尚的意念，也有向往卑鄙的情欲。这就是人性与兽性的争战。人性战胜兽性，人就走向高尚；兽性战胜人性，人就走向卑鄙。写得真到位。”

袁听枫明白紫祺念这篇文章的用意，想笑又不敢，讪讽地说：“小邓，听明白没有？我跟紫祺讨论过这篇文章。有些人本来是平民，大多数平民一生都在高尚与卑鄙之间徘徊，要么追求高尚而有望成为贵族，要么走向卑鄙而成为流氓。人追求高尚很困难，走向卑鄙很容易，成为流氓易如反掌。高尚与高贵的境界就是‘富贵而不淫，威武而不屈’，我们中铁人就有这种贵族精神。”

紫祺偷偷笑了，仰望着天花板说：“贵族精神有三种内涵：一是诚信，二是道义，三是使命感。安雪容就是个使命感很强的项目总工。”转脸问邓立强她说得对不对。邓立强语无伦次，只回答三个字：“也许吧。”

袁听枫接过话说：“什么也许？一看你对雪容就不真心、不诚恳。你跟我和紫祺说说，你们家为什么非要雪容调出中铁？怕你的生意没帮手？将来要了孩子照顾不了家？还是怕婚后两地分居，雪容在工地上找男人，给你戴绿帽子?”

邓立强无言以对。袁听枫怒视着他说：“小邓，你一个大男人，别这么多疑好不好？我们女人本来在工地上就不容易，找个对象再脏心烂肺不信任、不疼爱，还不如不找。刚才我问的那几条，你家里人如果占一条，你还是亲自去跟雪容解释吧，我帮不了你。”

邓立强犹豫一会儿，说：“我和我父母确实有些担心……”

紫祺不屑一顾地说：“担心什么？我们不是都在工地上？中铁的女人多着呢，大部分都是大学生，有的还是博士研究生呢，你找雪容不吃亏。要我，我还不找你这样的小老板呢。”

邓立强无地自容，辩称订婚前不说好，结婚后再说这些事更麻烦。袁听枫说：“嫌麻烦就另找。天底下有的是男人和女人嘛，谁离开谁都能活。安雪容不愿意调出来，我作为梁场党工委书记，代表一级组织，更不同意她调出来。”邓立强自讨没趣，摇头称明白了，抓起呢子大衣、围巾和手包起身走出了包间。袁听枫望着他的背影哼了一句，对紫祺说瞧他那德行。

袁听枫回到家，姜再明已经在厨房里做饭，孔庆荣打来电话给她拜年，顺便问起安雪容的婚事，得到的答复是快吹了，因为再好的女孩子也经不住被侮辱。孔庆荣让袁听枫转告安雪容，快刀斩乱麻，不要含糊，吹！怀疑中铁人等于怀疑中国高铁。袁听枫和他的观点高度一致，连铁建都是这个意见，只等安雪容下决心，不要担心嫁不出去，生活一直是在斗争中进行的。

袁听枫挂断手机走到厨房门口朝屋里“姜再明，姜再明”地连喊了两声，见没人应声就走进去看。姜再明正围着围裙杀鱼，早听到她跟孔庆荣的通话，于是清理着鱼鳞说：“唉，我说的话应验了吧。雪容订婚眼看着要黄，你说怨谁？”袁听枫说：“怨谁也怨不到我呀，是姓邓的家里人要求太过分，还怀疑雪容。你要敢对我那样，我非把你踢出二里地去。”

姜再明呵呵一笑，说：“我哪敢哟，但这事你确实不该多嘴。”

袁听枫不服，说：“我多嘴？我看不下去。看姓邓的样儿，有俩钱就不知道几斤几两，谁知道他背后做了多少见不得人的事儿。”

傍晚，城市上空又传来噼里啪啦的鞭炮声和大街上的汽车喇叭声。紫祺知道安雪容心情不佳，就去她家待了一会儿，然后俩人一起下楼挽着胳膊走上了大街。紫祺说邓立强和他家里人的想法确实很气人，安雪容伤心难过，她十分理解。她和袁听枫觉得邓立强既配不上安雪容，也不适合她，劝她还是早下决心。安雪容低沉地说已跟家里人商量过，这次婚不订了。

紫祺惋惜地说：“唉，怎么说呢，两心相隔。咱们女人看男人，钱不是最重要的，人长得帅不帅也不是最重要的。重要的看这个人的心，看男人有没有文化底蕴。文化可以支撑一个人的品格、品质和层次，更能决定男人的内涵。有文化的男人都有可能成为流氓，没文化的男人离流氓边缘更近。灵魂是骨子里的东西，是不可重塑的。要想改变一个人，特别是想改变一个心灵肮脏的男人，比登天还难。所以，不管你怎样决定，我和袁姐包括我舅都会站在你这边。”

安雪容心里感到很宽慰，她决定离开邓立强。紫祺提醒她婚姻是两个人的事情，不能自己说分手就分手，要跟邓立强把话说到明处。安雪容说邓立强这两天打电话要见她，到时会把这一决定对他说清楚。紫祺突然停住脚步拉住她，让她千万别提朱红军如何如何。安雪容惆怅地说：“这与朱红军没有任何关系，也不是因为朱红军我才跟他分手，是他先说天底下有的是女人，巴不得跟我分手，能怪我吗?”

天黑以后，紫祺与安雪容才各自回家。虽然安雪容嘴上说与朱红军没关系，心里却极其矛盾。对邓立强的彻底失望，令她思前想后，反而对朱红军更加关注了。而朱红军脑子里没有别的女人，远在工地每一秒都在惦记安雪容，迷茫的心情到了无法排解的地步。他到局指党红旗的办公室，心神不定地坐了不到半小时，下楼后在院子里恰巧碰到孔庆荣和兰花朵，便被拉着一起去了镇上一家酒楼吃火锅。孔庆荣与朱红军并排坐在兰花朵对面，俩人先往自己杯子里倒满白酒，又给兰花朵倒了少许的红酒，过年难得这么轻松、自由和清静。孔庆荣夹一筷子羊肉放在兰花朵面前的火锅里，称袁昕枫在电话里说安雪容订不成婚了，男方家里人太苛刻，提出的要求很令人窝心。朱红军说他早有预感安雪容与邓立强成不了。兰花朵奇怪地望着他说，安雪容简直吃了迷魂药，干吗非要找个小老板。转头问朱红军这次订婚出现差池是不是与他有关系。朱红军脸上带有一种说不出来的怒气，端着酒称安雪容是梁场总工，他够不上。而后皱着眉反问兰花朵，订婚失败与他有什么关系。他和安雪容只是工作时一块聊聊，走前还祝福安雪容订婚成功呢。兰花朵说：“你不能掺和到雪容订婚这件事里去，说不定因为你订婚才出了问题。”朱红军马上拉下脸来，说：“我什么时候掺和她订婚的事了？按你们说的，她订婚不成功好像我当了第三者似的。”

孔庆荣与朱红军碰着酒杯说：“我们可没说你是第三者。不论男女，人人都有爱人和被爱的权利。即使有第三者，只要心如止水也起不了波澜。雪容订不成婚有啥好怕的？咱们这群人本来就难找对象，大不了她回来我们给你撮合撮合。”

朱红军手里举着筷子，说：“算啦，你们别给我撮合，还是先看看你们俩能不能成吧。”

“用你管啊。”兰花朵说着抓起白酒灌朱红军，“喝！不喝就是你闹的雪容订不成婚。”

朱红军这下急了，反驳说：“哎，兰花朵，你可是局指办公室主任兼计财部部长，你说出来的话代表铁指挥和党书记，我承受不起。你要这么说，这酒我还真不喝了。安雪容这次订婚成与不成，与我没有半毛钱的关系。”

俩人一来二去，使屋里的气氛顿时紧张起来。孔庆荣赶忙打圆场，拉朱红军坐下，称不过是跟他开个玩笑，又埋怨兰花朵不该把他与安雪容订婚的事扯到一起。兰花朵生气地站起来，抓起餐巾布甩在座位上，噘着嘴矫情地哼了一声，直呼孔庆荣的名字，说以后再也不想跟他一块吃饭。三个人的晚宴就这样不欢而散了。

第十五章

朱红军回到项目部一头扎进宿舍，手机却不离身，他想等安雪容的电话。果然，手机响了，他忙按开视频通话，屏幕上立马闪现出安雪容娇美的面庞。

安雪容关着闺房的门，拿着手机站在桌子旁边，从屏幕上看到朱红军酒后通红的脸和发怔的眼睛，问："喝多啦？"

视频中的朱红军明显有些激动，对着手机笑了半天，说晚上跟孔庆荣和兰花朵小聚了一下。安雪容说："你们开心，我不开心。"朱红军知道她订婚出了问题，说工地上都在传订婚失败跟他有关系，他好郁闷。"我的事与你有什么关系？"安雪容说，"朱红军，你别自作多情好不好？"朱红军说他盼着安雪容好。感情要真出问题就回来，他会信守俩人的约定。安雪容忽然涌出泪来，说："约定管什么用？你以为我真会找你呀？"

朱红军执着地说："工地上说啥我都不怕。邓家对你不好，婚别订了，回来吧，我等你。"

"你可以等我，但这几年的感情就这么付之东流了？谁能理解我？"

朱红军不忍心听到安雪容的哭声，安慰她别勉强自己，给感情套上无形的枷锁。安雪容伤心地称枷锁已经无解。

第二天中午，袁听枫在她家附近的饭店订了个包间，把朱子来、杨晓、赵化亮、梁丽丽召集到一块，又安排紫祺把安雪容叫过来聚会。他们边吃边聊，问赵化亮为什么蓝燕儿没来。赵化亮掩饰称俩人一直没孩子，蓝燕儿很自卑，所以回娘家了。紫祺说也是，结婚这么多年怀不上，哪个女的也受不了。袁听枫嘟囔着催他们赶紧封山育林，赵化亮只是苦苦一笑。实际上，三十晚上吃年夜饭时，他与蓝燕儿讨论过关于孩子与婚姻的事。赵化亮端杯红酒，对蓝燕儿说非常感谢她陪自己走过婚后这些年，他给予不了蓝燕儿其他的，唯有敬上一杯酒。蓝燕儿酸楚地说，结婚几年她守活寡守了几年，看到别人都有个活蹦乱跳的孩子，心里特别不是滋味。她没别的要求，不管男孩女孩，只要能生一个就知足了，可赵化亮的身体实在让她看不到希望。

赵化亮愧疚地说对不起她，身体本来有毛病，常年在工地，一累更治不好了，医生说越是两地分居越会出现这种情况。但他是央企员工，不能因为身体有毛病就不上工地。结婚至今他很痛苦，又没地方去说，提出实在不行俩人就分开，让蓝燕儿再找个正常人。蓝燕儿说，她平时经常对赵化亮发无名火，其实心里很爱他，可他又不能给自己幸福。赵化亮听着便郁闷起来，说蓝燕儿怎么选择他都同意。那一晚，他们俩在十分沉重的情绪中度过了除夕。

席间，朱子来提起铁建想叫杨晓到一分部当洋河隧道架子队队长的事，问他愿不愿意。杨晓说铁建在回来的火车上问过他想不想下去锻炼，领导让去他就去。梁丽丽说，当一个人不喜欢做某件事时，就算他才华横溢，也无法发挥；当一个人喜欢上了某件事，他发挥出来的能力会让你大吃一惊。所以，一个人没有成绩，不一定是他没有能力，很可能是因为不喜欢。杨晓嬉笑着说他属于那种喜欢某件事的人。酒喝得热火朝天，吵吵嚷嚷，盘子里的菜吃了个精光。

聚会快结束的时候，袁听枫称有个事要跟大家商量，项目上准备搞精准扶贫，党红旗给她下达了指示，铁建家实在太困难，提议看有什么办法帮帮他。聚会的人七嘴八舌地议论开来。“一分部王若云都给韩姐带回了中药治病，咱们能不能从经济上支持支持他。”袁听枫说，“如果大家不同意也没关系，我拿出一部分钱帮韩姐找个保姆。指挥长回工地，家里没人能照顾她和宏歌。我总认为，咱们每个人是小家庭，可企业是个大家庭，项目上更是如此。指挥长就像家长，遇到困难咱们不伸手谁伸手！”

安雪容和紫祺同时举手，同意出一千元。朱子来和梁丽丽、杨晓也都毫不含糊地同意出一千元，有的当场把钱掏出来搁在了桌子上。唯独赵化亮不吭声，把脸扭到一边。袁听枫斜脸问：“化亮，你有意见？”

赵化亮犹豫地说：“我……跟蓝燕儿商量商量。”

其他人开始起哄，笑话他一个大男人当不了媳妇的家，一千元钱的自主权都没有。赵化亮感到很没脸面，低下了头。紫祺拉了拉袁听枫，说不要再为难他。袁听枫凑近赵化亮，问他有啥难处，他看看众人欲言又止。

袁听枫看出了他的心思，让大家坐会儿，把赵化亮喊到隔壁的一个包间去说话。赵化亮搓着两手，说他的事难以启齿。袁听枫说都是过来人，有啥不好说的，一定替他保密。赵化亮顿时难过了，说他的事只有石惊天知道，蓝燕儿要跟他离婚。袁听枫很吃惊，问为什么。赵化亮说自己那方面不行，有障碍，所以才没有孩子。袁听枫瞪大眼睛，说真不知道他是这样，如果因为这件事蓝燕儿提出离婚，有空就去找她聊聊。赵化亮说："结婚这么多年，她心里苦，我心里也苦，不离会耽误她一辈子，离了我又舍不下她。"

袁听枫走在前，赵化亮跟在后又回到了包间。袁听枫从口袋里掏出一千元搁在桌子上，说是刚才赵化亮没带钱，出包间正巧碰到熟人现借的。杨晓说赵化亮借钱都加入，精神高尚啊。袁听枫感动地举杯："来，大伙太给我面子了，我出两千元。这点钱对我们算不了什么，可对铁建一家来说是大钱，不请个保姆他在工地上不安心，大家帮得对。"紫祺说很多时候，帮助别人就是帮助自己，直夸袁听枫这个提议好。袁听枫觉得很自豪，说自己爱去工地，就是喜欢这种大家庭的感觉，团队的力量是无穷的，姜再明有时候不理解这一点。梁丽丽逗她，说："姜大哥是个好人，袁姐你要懂得，爱你的人会一直愿意为你付出，你爱的人却不一定愿为你付出半点。现实中，真正对你忠诚的都是曾经给你恩惠的人、爱你的人。"袁听枫拿眼瞥紫祺，微微笑着，说姜再明是很爱她，但有时候也气她，把在场的人差点儿乐翻了天。

临散场，朱子来问谁能帮介绍个知根知底的人，不管年龄大小，只要能照顾韩秋柳和铁宏歌就行。赵化亮说老家有个大嫂想出来做保姆，不知道如何。袁听枫让他把农村大嫂叫来，谈妥每月的工钱，紫祺负责安顿好后再回工地。

其实，蓝燕儿并没有回娘家，而是不愿跟赵化亮出席这样的场合，一人闷在家里，把头天剩的饺子用油炸了炸凑合了一顿，这样的生活她已经习惯了。从饭店里出来后，袁听枫听赵化亮说蓝燕儿在家，直接跟他去了。见袁听枫进门，蓝燕儿把她邀到沙发上，边递苹果边沏茶倒水，热情得很，并喊着"袁姐"，说："本来要去给你拜年，你却先来了。"袁听枫拉住蓝燕儿，说今天来主要是为了他们两口子的事，赵化亮马上又要回工地，有什么话别闷在心里。

蓝燕儿明白，一定是赵化亮跟袁听枫说了要离婚的事，先是低下头不语，解释称她跟赵化亮没啥。赵化亮的心情有些沉重，说袁听枫不是外人，有啥直说，他能承受得了。蓝燕儿瞧着赵化亮，说："既然你是这个态度，我就跟袁姐说，我想离婚。"赵化亮沉着脸支支吾吾，冲着袁听枫说离婚是年前俩人说好的，他同意。袁听枫说："蓝燕儿，我知道你心里确实很苦，但化亮也不愿意自己这样，不能动不动就离婚啊？不是说你们没感情，而是他身体有毛病。现在社会上的年轻人因为工作压力大，整天熬夜、喝酒、抽烟，这方面不行的很多，也不是他一个。"蓝燕儿霎时委屈的泪水在眼眶里打转转，说这么过一辈子，最后要啥没啥，连个孩子也没有，那病治又治不好。赵化亮惭愧地低下头，用右手搓左手，把手上的泥垢都搓掉了，说确实没信心。

袁听枫一时无语，叹了口气说："蓝燕儿，一日夫妻百日恩，说离就离，心里真难受。你能不能不提离婚的事？再给化亮个机会，让他重拾信心，不然，他在工地上哪有心思工作？"

蓝燕儿很无奈，说："袁姐，你说我们该咋办？"

袁听枫说："劝你们三思而行，世上没有后悔药吃。现在技术发达了，不行去做个试管。试管不行就抱养一个，不管男孩女孩，一手养大跟亲生的一样。"蓝燕儿心灰意冷，称试管做不成，都查好几回了，全是死精，又有障碍，基本没任何希望。抱养很难上户口，再说很多抱养的小孩，长大还是跟自己的亲爹亲妈好，没有血缘怎么都不行，家里人也不同意抱养。赵化亮愧疚地说，他一直觉得对不起蓝燕儿，甚至想让她到外面找个男人，生个孩子抱回来养，他认了。

这句话惹恼了蓝燕儿。她从沙发上抓起一只垫子朝赵化亮砸了过去，气愤地骂着"不要脸"，说她要到外面找男人，现在就不会坐在这儿，她不是那样的人。袁听枫抬手打了赵化亮一巴掌，直怪他不懂事，说他再不行蓝燕儿也不至于到外面去找男人生孩子。赵化亮更觉得委屈，说没有别的办法，只有离婚。蓝燕儿听着更火了，不再给袁听枫留面子，站起身说离就离，早离早好。赵化亮也沮丧地站起来冲蓝燕儿大声吼叫，说要离就离，想咋办咋办，明天他回工地。蓝燕儿低头嘤嘤地抽泣，把身子扭到一侧，场面一度不可收拾。袁听枫拉住蓝燕儿，劝俩人坐下，说哪个女人遇到这种情况都会委屈，还是冷静点儿，离婚的事儿暂且搁一搁。

工地上了解赵化亮的身体和婚姻状况的只有石惊天。他知道赵化亮回家过年肯定也解决不了生孩子的问题，只会在矛盾和痛苦中待上几天。作为经理，虽然很同情自己副手的境遇，可由于三十晚上的那场惊险，使他和金帼英的关系一下子变得紧张了许多，根本无暇顾及别人的事儿，都没能想起来给赵化亮和蓝燕儿打个电话安慰、调解，只想怎样才能消除金帼英对他的误会。

第二天上午，充足的阳光照耀群山和大地，片片积雪覆盖着山峦峰巅，与墨绿色的森林形成鲜明对比。山脚下的山村上空升起缕缕炊烟，时而有刺破天空的爆竹闪现出一点光亮，接着传来嘣啪的响声。放假没事的党红旗，待在局指要么看看电视、翻翻书，要么下楼驴推磨似的在院子里转来转去，闲下来十分无聊，又想起金帼英和石惊天仍在闹别扭，便叫上他俩和丽娜，带上男男，开两辆越野车去附近的藏马山风景区逛逛。

景区堆满积雪，景色虽美却掩盖不住冬日的荒凉。

石惊天极度讨好金帼英，拉着一蹦一跳的男男走在上山的小路上，党红旗和金帼英三个人跟在后头。丽娜瞧着山间景色欣喜若狂，弯下腰从路边的草丛中捧起一团雪扔向远方，整个人陶醉了。党红旗邀她夏天再来。金帼英停在台阶上说，她和丽娜各有自己的生活圈子。丽娜是来玩的，而她是为修高铁扎根深山的，游山玩水的心境不一样。

党红旗指着远山，说冬天天冷，风景区游客少，但这里有个美丽的传说。男男凑近他问有没有马藏在山里，党红旗呵呵乐着，给男男和金帼英他们讲起民间传说来。相传秦始皇七巡天下，三登琅琊，也来过这儿寻找不死灵药。有一天，秦始皇正手托着灵药，不知从哪儿突然跑出来一匹白马，叼起灵药跑进这座山里。始皇帝派重兵搜捕好多天，始终没有发现白马的影子。白马隐居于此山之中，被百姓奉为灵兽，便把眼前这座山称为“藏马山”。丽娜听着，娇媚地撒起娇来，大呼小叫称太神奇了，等她想结婚的时候，一定来这里找自己的白马王子。石惊天见缝插针，边瞅着金帼英边跟丽娜开玩笑活跃气氛，让丽娜回城找她的白马王子去。丽娜逗金帼英，说石惊天就是那匹藏在这座山里的白马，让她一定牵住他的缰绳。金帼英心里仍然生气，说技术上的事儿都管不过来，更没有闲心管他，让他愿往哪跑往哪跑。石惊天听出她的话既带有怨气，又透着爱意，叹气说不干项目不知道，接了这样的活儿，才知道担子有多重，脑子里整天想的是怎么干得快、干得好，还不能出任何问题，每个工点都像演电影似的一幕幕在眼前过，压得睡不着觉。每条隧道、每座大桥、每段路基有哪些技术难题、采取什么措施和方案解决，需要做哪些工作，想得头皮发木。丽娜说这就是她为什么选择在城市工作的原因。党红旗在半山腰的一块大石头上停住，抹了抹额头上的汗，说："丽娜，你只负责养活你自己，可我们不但要养活全局职工，还要给国家上缴利税，哪个项目干不好或者干亏了，全局一两万名职工就没饭吃、没钱挣，很难稳定。"

金帼英站在台阶上瞭望风景区，偷偷瞄了一眼石惊天，说施工企业是一般性竞争行业，中铁单位这么多，平常一起开会、吃饭，酒杯一端张口不是兄弟就是哥们儿，亲热得很。可投标时全是一群狼，互相撕咬争饭吃，谁也不让谁。党红旗摇头说如今央企、国企、民企，从事建筑的人和单位太多，僧多粥少，都想捞口饭吃，只有八仙过海、各显神通。不过，施工企业要想占领市场获得份额，干好活是第一位，光靠跑关系、投机钻营不是长久之计。

金帼英说："是呀！咱们就要展示实力。我仔细研究了地质资料，这条线全是喀斯特地貌，洋河隧道标明有暗河和溶洞，景阳隧道标明有六级围岩，现在刚进洞还看不出来，只能打到标注里程才清楚。"

石惊天很自然地接过她的话，说地质雷达超前预报、TSP、红外探测、水平钻孔都要跟上，争取早预测早预报。这些天他琢磨这条线四年工期，一定要用两年多干完线下主体，把架梁、铺设无砟轨道的时间留足，防护和附属工程同时做，不能前松后紧，只能前紧后松，否则工期难保。金帼英跟在身后，说几条隧道和悬灌梁特大桥是打通架梁通道的关键，必须争分夺秒干出来，特别是洋河和景阳高风险隧道，如果遇到特殊地质要抢时间突破。

中铁人就是这样，不论多大的矛盾，只要一谈工作立刻会化干戈为玉帛，何况石惊天和金帼英还有感情成分。党红旗见他俩的关系有所缓和，连忙称赞金帼英思路对，命令石惊天按她说的去努力。金帼英消了心中的气，又问起杨晓的事来，埋怨石惊天和朱子来背着她要求调杨晓，纯粹是瞎起哄，这令石惊天始料未及。他解释说是铁建看洋河隧道力量弱，才提出来调杨晓当队长，如果金帼英不同意，他找公司董事长吴青云再调人。金帼英的理由是局指工程技术口也缺人，如果杨晓调给一分部，工程部没地方找比杨晓合适的年轻技术干部。

党红旗带着他们在山上待了一个多小时，因天太冷才下山。丽娜听不懂石惊天与金帼英所谈工程上的事儿，就陪男男玩，把他逗得很开心。下山时，她问金帼英男男走丢的事，他亲爸知不知道，金帼英点头又摇头。她不知道该怎样回答这个讨厌的问题。

过年闲来无事，郭富海开车拉着东西跑去给王忠理拜年。王忠理问他有没有听说儿子走失的事儿。郭富海称肖一虎初一给他打电话说了，正准备去看男男，并与金帼英谈谈，如果能复婚就复婚，不能复婚看能不能把抚养权要回来。王忠理朝郭富海伸出大拇指，鼓动说这个想法好，金帼英毕竟是女人，一个人带个孩子很难。工地上都传她跟石惊天正在热恋，将来把儿子带到男方家，人家肯定不会对男男好，所以把抚养权要过来是对的，催他抓紧去见金帼英。

郭富海听了王忠理的蛊惑，当天就给男男带了好些东西，先坐高铁，后又转绿皮慢车来到了工地。他在县城订了宾馆，但不知道丽娜年前早已住进来。金帼英从山上下来，刚回到宿舍洗漱一番，便接到了郭富海打来的电话。郭富海说来看看儿子，希望她能把男男带过去让他见见。金帼英思考半天，还是把男男交给兰花朵看着，一个人走出局指院子大门，拦了辆出租车去了宾馆。

金帼英来到宾馆楼前，下车后没有直接去郭富海的房间，而是去找丽娜，告诉她郭富海来了，让她陪着一起去。丽娜二话没说，陪金帼英敲开了郭富海的房门。郭富海以为金帼英和男男到了，急匆匆拉开门，看到金帼英和丽娜，顿时愣住，问丽娜怎么也来了。她俩走进房间，随手带上房门。丽娜满屋看看，然后拉金帼英坐在沙发上，反问郭富海来干什么。郭富海泡两杯茶搁在茶几上，说来看儿子，问金帼英为什么不带男男来，他们娘俩好不好。金帼英低着头，说自己和儿子好不好用不着他关心。郭富海不知所措，说：“帼英，听说儿子走失后我很着急，更担心你们娘俩的安危。”

之后，郭富海暗示丽娜，说他想单独与金帼英谈谈。丽娜明白郭富海在赶她走，瞪他一眼起身退出屋来，扭头告诉金帼英她回自己房间等。

郭富海等丽娜不情愿地离开后，便走上前与金帼英并排坐下，伸手抓住她的手，说：“帼英，放心不下你和儿子我才赶来。我一直想，你若同意，咱们还是复婚吧，以免你和儿子受罪，起码我是他的亲生父亲。”

金帼英甩开郭富海的手站起来躲到一边，说：“郭富海，当初你不顾我们的死活，从国外回来一句话就离了，我啥都没说。你知道这几年我带着儿子是怎么过来的吗？你在澳洲享受你的幸福，我吃苦受累也要把儿子养大，他是我的一切，可你为儿子尽过半点责任吗?”

“我是没尽到做父亲的责任，所以我常常自责。”郭富海羞愧地说，“帼英，请你原谅我好吗?”

金帼英伤心地说：“大学毕业后，你我都做出了一个错误的选择，只怪我当初太天真，太相信爱情，这是我一辈子都说不出来的痛。现在你来找我复婚，觉得我还会走回头路吗?”

郭富海起身跟在金帼英身后，又转到前面直视着她，称心里仍然爱着她，请金帼英一定要相信。金帼英嘲笑着说，她不会再相信一个曾经抛弃过她和儿子的人。郭富海愁肠百结，说：“你可以不相信，但我对你和儿子的爱永远存在心里。在中铁工作这些年居无定所，如果不同意复婚也可以，为了男男的成长，能不能考虑一下把抚养权让给我?”

金帼英愤怒了，指着郭富海说：“你说这话是显示你有钱还是显摆你是个合格高尚的父亲？我有能力把儿子养大，把他培养成一个对国家有用的人，这个问题免谈。”

郭富海走近金帼英说，既然都是这个心愿，那就复婚吧，他会加倍偿还和弥补以前的过失。金帼英再次躲开并怒视着郭富海，质问他这次来的目的，是不是以看儿子的名义来跟她提复婚和索要儿子的抚养权。说完朝郭富海脸上吐了一口唾沫，说以后再也不想见到他。

金帼英准备往外走，却被郭富海转身挡在门口，焦急地用双手按住她的双肩，仍在表白他是真心的。金帼英推开他的手，并用挎包砸向这个曾经爱过的男人，说：“告诉你，我已经找到了比你更爱我的人。”

郭富海仍然站在门内不动，直视着金帼英，说他不相信一个没有结过婚的男人会真心爱她。金帼英冷静地回答：“爱不爱我，我自己心里清楚。”警告他可以推销设备赚钱，但绝不允许进中铁工程局的项目。“躲开!”金帼英说完，一把将郭富海推到一边，拉开门气冲冲地走了出去。郭富海站在门口望着她的背影，久久没能回过神来。

金帼英心情沉重地来到丽娜房间，把挎包一扔坐在沙发上掉泪。丽娜猜测俩人肯定谈得不愉快，但没想到郭富海会提复婚并索要男男的抚养权。

“他太天真了吧?”丽娜说，“咋啥都敢想啊？卑鄙的家伙。男男的抚养权绝不能给他，不能让儿子生活在他的阴影之中。”

“抚养权不给他，更不可能复婚。”金帼英回答得很坚定，没有半点儿余地。丽娜围着沙发转圈，说：“那就结了。他可能心里还抱有希望，也许还真的爱着你。不过，尽管是儿子的亲爸，这种人已经不值得你再回头。当初结婚后出国的时候，我提醒过你，男人会随着环境和条件的变化而改变。他能上天时，会甩掉地上所有的参照物；等摘不到星星坠落地面后，又想找回地上原来的一切。”

丽娜劝金帼英必须坚持住，金帼英作为回应，毫不怀疑地点了点头。丽娜说现在这种情况，郭富海离金帼英越远越好。年过完她也该回去了，这几日就像活在梦幻里，喜忧参半，她真想为金帼英大哭一场。金帼英说自己没那么可悲，人生本来就是一场梦，人人如此，回家过年的那些人也如此，像梁场总工安雪容，婚姻还没开始就要重新来过，世上很少有完美无缺的生活。

作为女人，金帼英的感性与体悟大有看透人生的意味。在郭富海与她见面的这一刻，紫祺正在城里陪安雪容逛商场。俩人在女装柜前转来转去，实际并不买东西，不过是散心而已。紫祺边看衣服边问安雪容，这几天朱红军跟她联系了没有。安雪容愁容满面，说与邓立强订婚失败的事已经在工地上传开，有人怨朱红军掺和他们的婚事，简直莫名其妙。紫祺又问她心里到底喜不喜欢朱红军，她沉默片刻，称喜欢归喜欢，但绝没到那种谈情说爱的地步，况且跟邓立强订婚没个结果，她绝不会那么做。

紫祺完全相信安雪容的为人，说朱红军人很实在，精明中带一点傻劲儿，上工地的女孩子，除了正式确立关系找对象，没有一个胡来的。安雪容正是因为邓立强的家里人不这么看她和中铁的女人，所以才生气。紫祺好心要打电话给邓立强，把他叫过来与安雪容见面，让他们有话当面说清楚。安雪容犹豫不决，说不用主动找邓立强。紫祺说冤家没有不碰头的，不管结果如何，回工地前还是把话说清楚为好。没过多久，也不知安雪容先给邓立强打了电话，还是邓立强主动找了安雪容，他俩约好在咖啡厅见。紫祺把安雪容送进包间，在大厅找个地方等着，让他俩好好聊，邓立强如果敢欺负安雪容，她立马冲过来救场。

邓立强走进咖啡厅大门直接去了包间。门开着，安雪容见邓立强进来，坐在沙发上没有起身，而邓立强站在她面前有些拘束和陌生，故装镇静地咳了两声，安雪容也没回应，两人都陷入了沉默。

安雪容将头扭到一旁，冷冷地问："找我有什么事？"邓立强呆呆地瞧着她，称这两天他和家里人一直在想，可能俩人……意思是不合适，但话到嘴边没有说出来。他憋了半天才带着怨气说，调出来换个稳定的环境有那么费劲吗？

安雪容早已猜出他会提这个问题，坚定地说自己的观点很明确，她不想离开单位。"那你想流浪一辈子？""我当初选择了当一名中铁人，现在已经离不开了，从没后悔过。"

邓立强气得在屋里来回踱步，最后停在安雪容面前，说："你调出来跟我一块干，是缺你吃、缺你穿还是缺你钱花？当个专职太太要比你现在幸福多少倍。"

安雪容执拗地回答说："你有你的人生法则，我有我的人生目标。我不愿荒废自己的专业，更不愿在年轻的时候无所作为。何必把你要的生活强加于我？我不想当你心目中那种寄生于男人的专职太太，这就是咱俩之间的距离。"邓立强怒吼起来："行，那你追求你的人生目标去吧。仅这一点就说明你对我没有真心。"安雪容怒斥道："你对我有过真心吗？你和你家里人让我调出来的真正原因，是怀疑我婚后会在工地上找其他男人，侮辱我的人格……没想到原来你们一家人这么卑鄙、下流、无耻。"邓立强被安雪容这几句话骂得一时语塞，立时气急败坏，说："我们卑鄙、下流、无耻，你正直、纯洁、高尚。好，事到如今，你说怎么办吧？"安雪容转过身去，问邓立强想咋办。邓立强咬着牙，那劲头恨不得把这个曾经喜欢的女人生吞下去，说："看来咱们无缘，那就分手吧。祝你好运，再见！"邓立强怒气冲冲地走出包间。安雪容早已做好了分手的打算，但心里的委屈无处诉说，坐在沙发上静默片刻，忽然趴在茶几上号啕大哭起来。

紫祺躲在屏风后瞧见邓立强走出咖啡厅，皱着眉头跑向包间，发现安雪容正在哭，俯身摇晃她的双肩，问她到底咋了。安雪容把脸埋在双臂间，边哭边说彻底分手了。紫祺愤愤不平，说分就分，谁怕谁。话音未落便把她从沙发上拉起来，要陪她回家。"噩梦结束了。"紫祺说，"你的人生在新的一年将会翻开新的一页。"安雪容抹着泪眼，称还不如不回来过年。

紫祺把安雪容送回家后，压不住火，打电话把安雪容与邓立强分手的消息告诉了铁建。铁建扎着围裙在厨房里准备做晚饭，听到这个消息，只嗯嗯地应了两声，啥话也没说，明显是同情、愤怒中又夹带着对安雪容的怜悯，最后说：“让时间和工地去解决吧。”他放下电话愣了愣又钻进厨房。

没过几分钟，又有电话打进来，铁建有些嫌烦，但还是围着围裙耐着性子把手机抓起来看，是王若云的。王若云告诉他，洋河隧道劳务队队长李鹏飞已经回到工地，可以复工了。他说那就好，李鹏飞再不回来就要清他出去。王若云在宿舍里一只手拿着手机，另一只手抓着笔，在一张白纸上写满了“铁建”两个字，称最近在工地上想了很多事情。铁建问想啥，她在手机里不说，只抿嘴笑，称等会儿发个微信给他看，随即叮咚一声提示音响，微信就过来了。铁建打开看，心里默读：“爱情，就是彼此永不止息的思念，是永远放不下的牵挂，是心甘情愿的牵绊。不管相隔多远，无法抑制的仍然是对彼此的想念，然而，乍然相逢的一刻，他翩翩的身影却在你眼里开出了翻翻腾腾的花……想念，在时光中穿梭，一丝一丝地把心抽紧，抽紧……原来，想念是糖，甜而忧伤。”第一条刚看完还没来得及思索，第二条又蹦了出来，内容还是对美好爱情向往之类的肉麻话：“徐志摩曾说，一生至少该有一次，为了某个人而忘了自己，不求有结果，不求同行，不求曾经拥有，甚至不求你爱我，只求在我最美的年华里，遇到你。”她最后来了一句：“指挥长，你能理解吗？”铁建看完思索着，生怕铁宏歌闯进来看到，迅速删掉了微信内容。他心里明白，王若云是在向自己暗示某种东西，传达一种感情信息，可他绝不敢接受，于是回复道：“理解，愿你能找到中意的另一半。”

王若云正沉浸在某种幻想之中，被门外“王总，王总”两句喊声拉回来。王方太说李鹏飞马上到项目部，石惊天让她到会议室去。王若云裹上羽绒服，跟在王方太后面跑去。

李鹏飞知道年前闯了祸，过完初二就匆匆往工地赶。来到一分部院子，车没停稳便跳下来，摸着口袋里装了烟才进去，看见石惊天、王若云、朱红军、王方太和老刘都在会议室，就点头哈腰地给每个人拜年。石惊天手里拿着一支笔，板着脸说：“你年过得舒服，我们过得可不咋样，替你加班还挨训。我问你，这条隧道是不是你中标接下来的？”李鹏飞忙赔笑脸说是。王若云瞪着他说：“既然是，你还大甩手？一点规矩都没有，竟敢偷跑回家过年。你看看年前上来的哪个劳务队像你这样？说走就走，你是来干活挣钱的还是来当大爷的？”

李鹏飞生怕被扣钱，请求原谅，从烟盒里抽出几支烟毕恭毕敬地递给在座的男人。朱红军接过烟说：“我们三十晚上亲自带班，帮你打仰拱到半夜，累得像驴一样。你咋不懂得做人要诚实，干活要实实在在呢?”王方太训斥说，像他这样的劳务队一抓一大把。要钱跑得比兔子都快，干活儿连个人影都见不到，以后再这样干脆撤场算了。李鹏飞有些后悔，哆嗦着身子说不会了，今天夜里就开始掘进，其他人员这两天都赶回来。石惊天冷静地说，关键时刻能救他的，只有他自己，后面再不好好干，绝不会心慈手软，到时别怪他无情。李鹏飞苦笑着说，让石惊天等人看他以后行动，干不上去劳务费一分不要，卷铺盖走人。石惊天说，过几天从内部派个队长来，组成架子队，叫他必须配合好。李鹏飞喜出望外，拍手欢迎派个队长来，这样他的压力会小很多。

金帼英和兰花朵带着男男去车站送走丽娜，直接开车去了一分部。她的车进院，李鹏飞的车出院，正好开了个对过。石惊天和王若云透过窗户发现金帼英和兰花朵领着男男朝会议室走来，起身离开会议桌走到门口相迎。王若云惊喜地问金帼英咋来了，兰花朵抢先回答称去车站送丽娜，顺道过来看看。石惊天拉住男男的手，问他想干爸没有。男男亲切地喊了声干爸，问铁爷爷咋还不回来。石惊天说铁爷爷过年快回来了，说着不好意思拿眼瞄金帼英。坐下后，金帼英问石惊天，洋河隧道马上复工，是不是非要调杨晓来当架子队队长。王若云赶紧抢话说，确实需要放他过来，能不能找个人顶替他。金帼英说局人事处给她打电话，说有个叫李欣欣的应届生过完年来实习，想派到项目上来，所以只有把李欣欣留在局指工程部。金帼英两眼瞟着石惊天，却对王若云说，是看她的面子才把杨晓放过来。王若云瞄瞄金帼英，又瞅瞅石惊天，笑着说甭管冲谁，只要同意把杨晓调过来就行。石惊天无意说是铁建点名要调杨晓。金帼英拉下脸，对石惊天说：“不是你要的是不是？花朵，咱们走，杨晓不给了。”

金帼英本来同意放杨晓，见石惊天不领情，喊上兰花朵领着男男上车走了。王若云埋怨石惊天，让他赶紧去追金帼英。来到局指金帼英的办公室门外，石惊天听见金帼英正与王若云通电话，说她考虑一分部隧道管理人员少，为了减轻隧道施工压力才同意把杨晓调过去，可石惊天硬说是铁建点名调的，她就生气。王若云在电话里劝她，说男男的事已经把石惊天弄得很狼狈，一见金帼英他就胆战心惊，浑身不自在，劝她别再责怪他了。金帼英将手机贴在耳边，走到门口开门，蓦然见石惊天站在门外，立即挂断了电话，问他跟来干什么。石惊天进屋站在金帼英对面，说他是来赔礼道歉的。金帼英看看他后移开视线，说既然是指挥长要调杨晓，你去找指挥长要人好了。石惊天赔着笑脸，说知道金帼英是为了他才同意放杨晓，但自己嘴笨，不知该如何表达谢意。金帼英说没人给他压力，干吗话都说不清楚。石惊天很真诚地望着她，坦言没人给自己压力，只是这几天无法集中精力想工程，睁眼闭眼、满脑子都是男男走丢和初一被放了花圈的事，想尽快弄清是谁干的。金帼英愣了愣神，说指挥长让等他回来再处理，那就等他回来。石惊天刚毅的目光透着愤怒，说为了她和男男一天都等不了。金帼英缓缓地走到石惊天面前，让他答应必须把所有精力都放在工程上，说自从认了干亲，不管有没有将来，俩人再也分不开了，所以不单单把他看成同事，更把他看成亲人。石惊天听着很感动，俩人渐渐恢复平静，撇开调杨晓的话题，聊起郭富海来看男男了。石惊天问俩人见面谈了什么，金帼英犹豫半天，说郭富海想复婚，并索要男男的抚养权。石惊天有些惊慌失措，连说不行，坚决不行，问她答没答应。金帼英看着他的样子心里感到一阵温暖，说她把郭富海骂得体无完肤，走了。石惊天这才踏实下来，保证自己会把男男当成亲儿子，不能交给别人抚养。

杨晓还在城里过年，金帼英通知他找李欣欣，先见见这位要来实习的大学生。他把李欣欣约到一家茶座面对面聊起来。李欣欣瓜子脸偏圆，明眸皓齿，肤如凝脂，五官十分精巧端庄，一头乌发向后梳着，传神的眼睛透着羞涩。杨晓从没见过如此漂亮的姑娘，两眼直勾勾地盯着李欣欣看，把她看得都有些难为情了。

李欣欣微笑着躲避他的视线，娇羞地问杨晓约她来有什么事。杨晓这才端起茶杯说，金帼英让问问她什么时候去工地实习。李欣欣说过完年就去。杨晓哦了一声，说高铁工地很苦，他在局指工程部任工程师，马上下去当隧道架子队队长，金帼英想让她留在局指接替他的岗位实习，并告诉她工程部部长叫万红山。李欣欣没想到能留在局指工程部，担心只有书本知识，到现场什么都不懂。杨晓装出一副学长的样子，说不懂可以学嘛，他刚毕业实习那会儿也是如此，殷勤地说到工地后可以教她。李欣欣惊喜地说好哇好哇，那可以认他当师傅。杨晓心里很得意，又提醒她去工地实习要做好吃苦的思想准备，当地很复杂，三十晚上男男被拐走一夜。这句话把李欣欣吓得打了个寒战，问工地还有拐卖孩子的，咋会发生这种事。杨晓说其他局项目经理还有被绑架的呢，干项目风险大着呢。李欣欣问被拐的是谁家孩子，杨晓告诉她局指总工金帼英是单身母亲，她的孩子。

杨晓与李欣欣分开后从酒店里出来，打电话给金帼英汇报见面的情况。金帼英听说他跟李欣欣聊男男走丢的事儿，顿时火冒三丈，批评杨晓不该跟新来的实习生提及此事，直骂他不长脑子。杨晓正走在过街天桥上，听金帼英在电话里发火便停住脚步，胆怯地连说两声对不起，称只是想把工地的情况给李欣欣做个介绍。金帼英说可以介绍工程和局指挥部的情况，男男走丢又不是什么光彩的事儿，提它干吗，光凭这一点，就该让他下到隧道队去，最后还骂了他一句缺心眼。

李鹏飞对杨晓的能力和为人有所怀疑。洋河隧道已开始复工，掌子面上的民工正在打锚杆和管棚，还有几名工人戴着口罩、穿着防护服操纵湿喷机械手进行喷锚作业，满隧道都是烟尘。李鹏飞跟在朱红军和王方太后面从隧道内走出来，试探着问杨晓这人怎么样。朱红军说杨晓学的是隧道专业，对隧道施工很内行，清楚隧道的套路。王方太说："李鹏飞，你那个德行还怀疑杨晓啊，指挥长亲自点将调过来，如果俩人将来闹不和就是你的责任。"朱红军站在洞口值班室门外，说地质资料显示隧道有溶洞，里程还没到，超前预报要跟上，遇到溶洞肯定耽误工期。李鹏飞发誓说只要不是特大溶洞，采取措施及时，他保证打到景阳隧道前面。王方太"哎哎哎"地叫着，对李鹏飞说牛皮不是吹的，泰山不是垒的，要想干出样子，需要拿出点真功夫，劝他别再找骂，走到被清除出场那一步，以后再想从中铁系统投标拿活儿怕是痴心妄想。

几天的假期即将结束，回城的人都知道工地上已经复工，个个在家里都坐不住了。赵化亮与蓝燕儿闹了一场别扭，想提前回到工地。临返程前，他决定给蓝燕儿买身衣服，背着包在商场女装部前挑来挑去，衣服刚挑好，就碰到了安雪容和紫祺。俩人把他喊进商场内的咖啡屋，找到空座点了三杯咖啡。赵化亮从包里掏出衣服让她俩看，安雪容抓过衣服抖开，夸他眼光还不错，蓝燕儿穿上一定好看。赵化亮说他明天回工地，已经联系好老家的大嫂，大哥到时把人送过来，留了紫祺的手机号便于联系，一个月三千五百元的工钱。紫祺说来后先付一个月工资，她带大嫂到铁建家去，不用赵化亮再操心。

这当口，一个小女孩跟在父母身边从眼前走过，赵化亮目不转睛地望着她发愣，安雪容"哎哎"地喊他两声，他仍然望着小女孩没反应。安雪容盯着他问咋了，想孩子？赵化亮失落地说从结婚到现在还没抱过孩子呢。紫祺说袁听枫在工地，姜再明一个大男人带姜小珊有时不方便，不如让蓝燕儿帮着带姜小珊，集团内部双职工有把孩子托管给朋友的，问他同不同意。赵化亮说同意，只是不知道袁听枫和姜再明意下如何。

安雪容和紫祺逛完商场直接去了袁听枫家。袁听枫听后说认蓝燕儿当干妈她都同意，又问姜小珊愿不愿意，姜小珊乖巧地说愿意。这可乐坏了姜再明，说行，蓝燕儿有空带姜小珊，这回有帮手了，出个差啊，出去喝个酒啊什么的，算有了时间。以前袁听枫不在家，他哪儿也不敢去，既当爸又当妈。袁听枫称蓝燕儿帮带孩子，她和赵化亮之间的事也就有缓了。

赵化亮提着包回到家，把新衣服披在蓝燕儿身上，从身后推她对着镜子照来照去，问她喜不喜欢。蓝燕儿的脸上露出笑容，说喜欢，问他明天是不是真走。

赵化亮转身回到沙发旁，沉闷地说在家老惹她不高兴，不如早点回工地。蓝燕儿把衣服放到沙发背上，坐在赵化亮身边搂住他的脖子流下泪来，说其实她不愿意赵化亮走，知道他心里有压力，可有时控制不住自己，主要是对未来看不到希望。赵化亮说要有一点儿办法，也不至于让她跟着自己受委屈了，如果真想离就去办手续。蓝燕儿问是不是真的愿意跟她离，赵化亮回头贴住蓝燕儿的脸，说他不愿意蓝燕儿离开，因为爱才不愿意让蓝燕儿跟着受苦，是自己不争气，有时恨不得去死。蓝燕儿听后呜呜地哭出声来。赵化亮帮她抹了抹眼泪，把在商场碰到安雪容和紫祺，三人商量帮袁听枫带姜小珊的事说给她听，问她是否乐意。蓝燕儿看了赵化亮老半天，答复说乐意。

铁建和韩秋柳知道这件事，是袁听枫和姜再明来家串门时说起的。袁听枫说赵化亮明天要回工地，早一天晚一天都要走，遇到蓝燕儿闹离婚，他更待不住，回工地反而落个清静。姜再明开玩笑也让袁听枫快回工地，他跟姜小珊爷俩在家没事。袁听枫说在家里还真待不住，现场已经复工打梁，那她也回去。铁建看袁听枫两口子又开始呛呛，就打断她的话，问赵化亮回工地后蓝燕儿会不会到法院去。袁听枫称不会，实际上她爱赵化亮，只是他身体不行，连个孩子也生不出来，作为女人面子上过不去，生活感到乏味。铁建哀叹了一声，说中铁人这辈子都奉献给了高铁，到头来家里都有很多不顺心的事，真是忠孝不能两全。他边说边检讨自己，觉得欠韩秋柳和铁宏歌太多。韩秋柳坐在沙发上，双腿盖着棉被，说这一辈子遇到铁建很知足，万一哪天她死了，让袁听枫帮铁建再找一个，别亏待了他和铁宏歌。袁听枫摇着头说她想哪去了，病一定会好起来，指挥长马上要回工地，她和朱子来、安雪容、紫祺、梁丽丽、赵化亮一起帮她找了个保姆，是赵化亮老家的大嫂，人到后看看行就留下，不行就退掉，钱的事不用管，到时紫祺负责带人来。

铁建连忙摆手称使不得，让袁听枫把赵化亮和蓝燕儿的事落实好再说，赵化亮毕竟是项目副经理，管一大摊子生产。姜再明这才把蓝燕儿同意帮着带姜小珊的事情说出来，一下子消除了两家的烦恼。

第十六章

再过两个晚上，回城过年的这群人又该与家人告别，重新回到遥远的山区工地，犹如非洲草原迁徙的角马群，年年月月、月月年年必须跨过马拉河，来了去，去了来。那种离别的悲苦，留在每个人的心底。

初四这天，安雪容躲在闺房里哇哇大哭了一场。紫祺知道她不好受，吃过午饭先打了个电话给她，后赶到她家劝了半天，死拉硬拽从家里把她叫出来去了黄河边的公园。冬日里的河水很清很静寂，泛着微微的波澜向东流去。紫祺挽着安雪容的胳膊走在用石板铺就的人行道上。安雪容脸色阴郁，从里到外透着无限的伤感，说她想哭，一辈子都不想再见到邓立强。紫祺叹气，望着黄河说："这座城市是你的伤心之地，更是你我的生养之地。伤心也好，痛苦也罢，都将成为抹不去的记忆。不管咱们这群人如何漂泊不定，四处游荡，终究要在这个地方老去。城市里的爱情，对你我都不适合，能放下还是放下吧。"

其实，邓立强也陷入了痛苦之中。借着正午的阳光，他不停地抽烟，独自来到黄河公园散步，走了一段后站在黄河边挡墙前，吐着长长的烟雾，目光散乱地看着对岸，完全没想到紫祺会陪安雪容也来到这里。紫祺眼尖，先看见邓立强，劝安雪容过去最后见一面。安雪容转身要走，被她拉住了。邓立强看到安雪容和紫祺后，急切地跑过去，对安雪容说能否再谈谈。紫祺见状说她要上洗手间，故意回避。安雪容对邓立强说一切都结束了，不用太关心她。邓立强说结束了就不能看看她吗？

安雪容坚决地说："不需要，你开始你的新生活，我回大山里去修我的高铁。咱俩就像两条平行的钢轨，永远不可能并成一股道。"

邓立强表白说其实心里很爱她。安雪容瞪着他说爱她为什么拿她当小孩哄，还那样怀疑她，没有给过她丝毫的尊重。邓立强一时语塞，往前跨了一步，几乎快要贴近安雪容的脸，说过去的让它过去，俩人可以重新开始。安雪容转身躲开，连连摇头说她没想过，也不会再去想。邓立强感到了绝望，称他明白工地上有个人在等安雪容，但无法跟他相比，即使将来与那人走到一起，双职工不能照顾家，又有什么幸福可言呢？安雪容清楚邓立强是在暗指朱红军，很气恼，叫邓立强不要再侮辱她的人格，有些事邓立强能做出来，她做不出来。邓立强直白地说不管她爱不爱听，他都要说出来，假如回去找不到相爱的人再回来，他永远等她。安雪容告诉邓立强以后不要再来打扰她的生活，说完转身朝另一个方向走去。邓立强怅然若失，无奈地望着她的背影，扔掉烟头发狠地朝她喊，说他不会就这样放手。

留守的人想不到回城的人有这么多烦恼。过了几天喝酒、打牌、睡觉的闲散日子，感到无着无落。石惊天和王若云带着朱红军、王方太看到洋河和景阳两座隧道与桥梁工地都已陆续复工，就与金帼英通电话说一起去镇上找许园长，把男男上幼儿园的事情敲定下来。党红旗则带着万红山来到梁场，发现搅拌站已开始生产混凝土，装载机装着砂石料从封闭料库开出来，蒸气锅炉冒着腾腾的热气。钢筋加工区里的数控机床弯箍机也在加工钢筋，虽然人数不多，但复工的劳务人员都在不同的区域和岗位忙碌，制梁区的劳务人员蹲在钢模里绑扎着钢筋，存梁区大型龙门吊也在缓缓移动，把制好的厢梁挪出制梁台座。看到这一幕，党红旗长长舒了口气，称放假闲得慌，在工地跑惯了，一天不干活儿就难受。孔庆荣边应和着党红旗，边让高永恒清点人数，催劳务队抓紧上人，并通知袁听枫和安雪容抓紧回来。

袁听枫在家待得够够的，嘴上不说，心里巴不得回工地去，可又放不下姜小珊。姜再明最懂她的心思，入夜后就帮袁听枫收拾行李。姜小珊坐在沙发上看电视，忽然画面中一列高铁列车飞速行驶。袁听枫抚摸着她的头发，说明天妈妈要回工地了，让她听爸爸的话，每天放学早点回来。姜小珊听到这话，关掉电视哇地哭了，她不愿意袁听枫离开自己和爸爸。袁听枫找出很多理由安慰她，姜小珊仍紧紧抓住袁听枫的胳膊，说啥不让她走。姜再明在客厅里收拾好东西，拉了拉行李箱，说东西都在里边，问袁听枫看看还需要带啥。袁听枫打开箱子翻看一遍又扣上，称齐了，就这些，缺什么到工地再买。姜再明感叹说，平常她回来俩人像个仇家，见面就吵，可真要走又舍不得，心里很不是滋味。袁听枫把姜小珊送进卧室看书，又把姜再明拉进卧室顺手带上了门，忧伤地搂住他的脖子，说一想要离开他跟女儿，心里可难受了。姜再明帮她抹着眼泪，劝她别难过，当领导就得带头，安抚她回工地后不用担心他和姑娘。这话让袁听枫听得很感动，往床上一仰主动倒了下去，顺势把姜再明拉到了自己身上……

初六，该返程的都要返程，袁听枫同样该走了。一早，姜小珊房间的门还关着，姜再明拉着行李箱准备送袁听枫下楼赶火车。袁听枫悄步将姜小珊的屋门推开一条缝，含泪朝里看了看，又轻轻地带上。姜再明站在门口帮她系好围巾，她流着眼泪轻轻吻了他一下，说："女儿还在睡觉，别叫她，她醒了不让我走。"姜再明说："你走吧，小珊没醒，我不能送你了。"

姜再明心酸地望着袁听枫提箱子下楼，袁听枫含泪站在楼梯拐弯处回身朝他挥了挥手，然后才往楼下走，脸上挂满了泪水。来到院子里，她朝楼上回望，看到推开的窗户露出姜再明的半拉身子，一直看着楼下，抬手又抹了抹眼睛。袁听枫见到这一情景，泪水止不住地流，拉着行李箱伤感地离去。

"爸爸，妈妈。"姜小珊醒后眯瞪着眼睛坐起身喊，"爸爸……我妈呢？"姜再明听到喊声转身冲进姜小珊的卧室，走到床边说："妈妈回工地了，你在睡觉，没叫你。"

姜小珊身穿薄薄的睡衣，先是坐在床上号啕大哭，接着跳下床追出门外，边往楼下跑边哭喊："妈妈，我要妈妈……我不让你走……"她穿着睡衣一口气跑到院子里，蹲在地上依旧这样哭号，嘶哑的声音在小区里传荡，几家住户都推开了窗子朝她看来。姜再明抓起一件羽绒服，快步从楼上追到院子里，用手里那件棉服包裹住姜小珊，父女俩流着泪紧紧地拥在一起。姜再明含泪蹲在地上，失落地说："乖女儿，妈妈走啦，咱们上楼……"

姜再明回到家中，躲在屋里一个人默默地悲伤了好久。听姜小珊在客厅里哭喊，赶紧抬手抹掉脸上的泪水。姜小珊推门进来，扑在他怀里抽泣着说："爸爸，我要妈妈……"姜再明不知道该如何回答孩子，俩人禁不住抱头痛哭。那一天，姜再明一个人孤独地走在一条僻静的小路上，双目直视前方，表情忧苦。他在排解自己离别的苦痛。

赵化亮和安雪容、梁丽丽等人都在初六这天赶回工地。车站广场到处是拎着大包小包赶火车的旅客。赵化亮拉着行李箱独自朝进站口走去，一步三回头朝后眺望，始终没发现蓝燕儿的身影。而蓝燕儿穿着赵化亮买的那件衣服，搭乘一辆出租车，催司机开快点，很急促。出租车停在广场出入口路边，蓝燕儿急匆匆交钱下车跑向进站口，但赵化亮已经进站。她看到了他的背影，低头拉着行李箱，一身悲怆地消失在春运的人流里。蓝燕儿抑制不住自己的感情，泪水流满脸颊，轻轻地喊了句“化亮”，可那声音淹没在了广场的广播声中。

安雪容由父母陪着下楼。父亲佝偻着身子与母亲一起站在寒风中，跟安雪容说了许多心疼的话。然后，安雪容才恋恋不舍地拉着行李箱往小区门口走，到门口又停住，转身朝父母挥手：“爸、妈，你们回去吧，别冻着。”两位老人站在院子里抹着泪水，怅然地望着安雪容走出大门。

梁丽丽提着行李箱从小区门洞里出来，她的父母和王方太的父母四位老人围着她交代，最后王方太的母亲把带给王方太的一包东西交给她。走出小区后，她站在门口双眼含泪喊：“妈，阿姨，你们回去吧，我走了。”

朱子来、袁听枫、安雪容、梁丽丽和赵化亮上了同一列绿皮火车。她们聚集在一组硬卧车厢，坐在下铺两边，每个人都心事重重。梁丽丽抬眼看袁听枫，问她心里是不是还在难受。袁听枫抹抹眼角，说珊珊一定在哭。安雪容难过地说：“有什么办法，我爸妈也哭了。”

列车像一条绿色长龙，承载着这群人的悲伤与欢乐，迅速钻进隧道。跑了整整一天，晚上才到达青阳县火车站，安雪容一下车便被朱红军单独接走，不知去了什么地方。梁丽丽拉着箱子从站里出来，王方太见到她先把行李箱接过来，贴过去要亲她的样子，她挽住王方太的胳膊狠狠拧了一下，说：“你咋不避讳人呢？”工方太笑嘻嘻地说：“你让人想得厉害。”她亲昵又妩媚地朝王方太使眼色，与赵化亮和袁听枫走到停车场，分别乘各自的越野车回了一分部和梁场。

朱红军拉着安雪容直接到了镇上的一家酒楼，要了个包间，点了几个小菜，俩人隔桌对坐，心情都有些忧郁。朱红军边给安雪容夹菜边说，年过得不开心，在工地上有很多牵挂。安雪容生气说回家前朱红军咒她订婚不成，问他现在是不是很得意。朱红军既有愧意又感到欣喜，称走前是说着玩的，没想到真会这样。安雪容怅然若失，感叹几年光阴白白流失，不知道以后怎么办。朱红军说有些帅哥看起来人模狗样，其实很自私，没有一点担当。安雪容问他会不会也像邓立强那样自私。他伸手拉住安雪容的手，真诚地说他只有一种自私，就是把她当作珍品收藏在心里。年前俩人有过约定，他会兑现自己的承诺。安雪容犹豫着说，临来前邓立强发狠不会就此罢休。朱红军朝前弓着身子安慰她，说分手不是她的错，总不能勉强把自己一生托付给一个不可靠或根本不值得去爱的人。安雪容用两只炽热而疑虑的眼睛盯着朱红军，问他值不值得托付。朱红军说："你可以不爱我，但我会用生命来爱你，不会让你失望。"

最后离开城市回工地的是铁建、紫祺、杨晓、李欣欣和肖一虎，而肖一虎没有跟铁建他们一路走。他乘后面一趟绿皮车，一人坐在餐车里要了四个菜，自满自饮地喝起酒来，离开餐车时脸喝得通红，表情很古怪。

赵化亮的老家大嫂被紫祺先接到家中交代有关去铁建家当保姆的事儿，她数完一个月的工钱递到大嫂手里，说这是第一个月的工钱，三千六百元，让大嫂数数。农村大嫂说没错，接过钱装进棉衣里层口袋。紫祺又把韩秋柳姓什么叫什么，有什么样的病，表妹铁宏歌在复读等，一一介绍给大嫂听，问她搞家务一个人行不行。大嫂憨实地点头连说："行行行，农村活比这累多了，能干得了，化亮交代过。"

紫祺听后还算满意，带她提着大包小包赶去铁建家。铁建马上要回工地，在屋里收拾东西时，顺手从书架上翻出一个作文本，里边是铁宏歌上小学五年级时写的一篇作文，题目叫"背影"，左上角留着老师用红笔批改的高分，定神一看是写给他的。

爸爸：

您还好吗？长这么大，我很少能见到您。我印象中的您一直是照片中的那个很瘦很瘦、很年轻很年轻、很帅气很帅气的爸爸！

与从工地上回家的您每一次短暂的相见，总伴随着一次难以割舍的分离！每次您离家返回工地的时候，我总会不由自主地大哭一场，您的背影总被我那不争气的眼泪所模糊。我不是爱哭的小女孩，可我见您一面的机会实在是太少太少了！记得有一次，您又要离家去工地，那是个阴雨霏霏的下午，潮湿的空气好似我的眼泪在飞，我的心跟那潮湿的空气一样凝重。我不敢送您下楼，而是站在阳台上，看着院子里的您弯腰驼背拖着行李箱向小区门口走去。您回过头来微笑着向阳台上的我挥手的一瞬间，刻意地挺直了腰，示意我回屋里去。那不断线的泪水再次湿润了我的眼睛，我不忍心看到爸爸一回又一回地离开家啊！于是，我立即回到客厅，胡乱穿上鞋子飞似的追到楼下。可是，您已经拖着行李箱走出了小区大门，我看到的只是您那不再年轻的背影……爸爸，您知道吗？我捂着嘴，在心里默默流泪，我不敢让您听到我哭泣的声音，因为我怕您担心我，影响您的工作。爸爸，我爱您！

您的宝贝女儿

铁建一边读一边感动得热泪盈眶，抬手抹了一把眼泪，慢慢合上作文本收起来装进了行李箱的夹层，以后他要走到哪里就把作文本带到哪里。铁宏歌在厨房里烧水，他拉着箱子从屋里出来，韩秋柳落寞地坐在沙发上，两眼有些呆滞，嘴里喊着老铁，说："又该走了，以前这样，现在仍这样。走吧，我们娘俩在家能凑合着过。"铁建坐到她身边，抬手正了正她棉衣上的胸花，安慰说他也舍不得走，可其他人都已经回去，他当领导的不能不走，让铁宏歌多照顾妈妈。铁宏歌穿拖鞋端着水从厨房来到客厅，问他能不能在家过完十五再走。铁建愧疚地说等不到那时候，职工一归队就要大干，拆迁等很多事情还等着他去处理。铁宏歌忽然愁容满面，说："你走我妈咋办呀？"韩秋柳劝女儿说只要给她做口饭吃就行。

铁建和韩秋柳、铁宏歌不知道紫祺带着大嫂已经走进小区。大嫂背着行李跟在后头，紫祺指着单元门教她记住4楼402，户主姓铁，一提女人有类风湿病，左邻右舍都知道。铁建给韩秋柳和铁宏歌说起袁听枫等人帮着请了保姆的事，韩秋柳直喊太费钱，说真来了，就让保姆跟她和铁宏歌一块住，反正铁建一走只剩她们娘俩。铁建说花钱是小事，只要不增加铁宏歌的负担，把学习搞好考个好大学，就了了他和韩秋柳的一桩心事。他去项目上工作能多挣点钱，可以供铁宏歌上学和治好韩秋柳的病，苦点累点没关系。铁宏歌既感动又心疼，哽咽着喊了一声"爸"，随即听到有人敲门，拉开一看是紫祺领着一位中年村妇站在门外。她用奇怪的眼神上下打量着那村妇问是谁。紫祺说是保姆。农村大嫂进屋把包裹搁在门厅，拘束地问候铁建一家。紫祺喊句舅妈，介绍说是赵化亮老家的大嫂，让她和铁建看看行就留下，不行再帮重新找。农村大嫂笑容可掬，说在农村什么家务活都能干，化亮交代她要照顾好韩秋柳和铁宏歌，住的地方不用讲究，沙发上一躺就一夜。大嫂眼里有活儿，伸手抓起散落在地上的垃圾扔在纸篓里。铁建走到屋里拿钱出来往大嫂手里塞，说既然来了就留下吧。大嫂摆手拒绝，称第一个月的工钱已经给了，她只管干活儿。铁建转身看紫祺，问谁给的钱。紫祺说是大伙儿给的，并从口袋里掏出一个信封递给铁宏歌，叮嘱她说这是付完第一个月工钱剩下的，放在她那儿下月再付。铁建夺过信封，说雇保姆的钱谁都不能给，回去要还给大家。接着对紫祺说，朱子来、袁听枫、安雪容、梁丽丽和赵化亮都已回工地，让她回去收拾收拾跟他和杨晓一起走。

第二天早上，大嫂在厨房里打扫卫生，铁建把韩秋柳从卧室扶到客厅沙发上，铁宏歌穿好衣服从房间出来，看见行李箱立在门口，知道铁建真的要去赶火车了。铁建嘱咐她除了学习，有空多照顾照顾妈妈。铁宏歌眼里噙着泪水，说："爸，真不愿意你回工地。"铁建替铁宏歌抹掉眼泪，让她别哭，一哭他更走不成。韩秋柳哆嗦着身子站起来，说："让你爸走吧。走与不走，我都一样。"她挥手示意铁宏歌去送送。铁建提起箱子走到门外，不舍地看着韩秋柳。韩秋柳朝他扬手说走吧，而后扶住门框看他和铁宏歌下楼，泪水终于夺眶而出。铁建沉重的脚步停在楼梯上，双眼湿润，让铁宏歌快上去看看韩秋柳，说她肯定难受。铁宏歌点头应着，却站在楼梯上没动，眼看着铁建提着箱子下楼。

铁建拉着箱子往院外走，不断回头朝楼上看，只见四楼的窗户前韩秋柳和铁宏歌正望着他，楼上楼下都在相互挥手。韩秋柳抹着泪说年年回年年走，走一次哭一次，她不想让铁建看到自己难过。他难过，她的心会像刀子割似的，随即便是一声哀叹。

绿皮火车拉着长笛在群山和原野间飞奔。铁建、杨晓并排坐在下铺一侧，紫祺和李欣欣并排坐在对面。杨晓把铁建和紫祺介绍给李欣欣，也把李欣欣介绍给了铁建和紫祺，说她是集团派到项目上实习的。李欣欣很有礼貌地冲铁建和紫祺微微一笑，那美玉般的相貌把紫祺惊得一时愣住了，连声说好漂亮。铁建望着李欣欣，问她哪年毕业，多大，学的什么专业。杨晓机灵地说她学的是工程管理专业，也就二十二三岁，还是小姑娘。铁建扭头看着杨晓，说："哎哎，没问你。"杨晓赶紧把脖子缩回去，引得紫祺和李欣欣捂嘴偷笑。铁建又问李欣欣在学校谈没谈对象，遭到紫祺埋怨，说："舅，你问人家谈对象干啥呀？"铁建说问问有啥不可以，她来实习，毕业时肯定局里接收。如果有对象也面临找接收单位的问题。李欣欣摇头说在学校没找。杨晓说没找好啊，紫祺也没脱单呢。紫祺噘嘴瞪他，说自己都没脱单还管别人。李欣欣看着杨晓又捂嘴笑起来，然后谦虚地说自己刚走出校门，很多东西还要到工地上去学。杨晓接过话茬，热情地说他可以教。铁建呵呵乐着，说李欣欣锻炼好留下来挑大梁，让杨晓到工地后把工作给她交个底，然后卷铺盖走人，去洋河隧道。杨晓挑着双眉，说李欣欣一来，他倒不想下去了。铁建故意说不想下去也行，那把岗位腾出来给李欣欣实习用，先待岗一边玩去。紫祺幸灾乐祸地说他是表舅钦点的，给了成长平台也不知道说声谢谢，杨晓这才向铁建表达了一番谢意。

回家过年的人走后，蓝燕儿手里提一袋东西，失落地走在大街上，拐过一条街便进入袁听枫家的小区。姜再明正在厨房做饭，姜小珊听到门口有动静，跑去门口透过猫眼朝外看。姜小珊开门让她进去，转身跑进厨房喊："爸爸，蓝阿姨来了。"姜再明急忙从厨房出来，甩甩两只手问蓝燕儿咋来了。蓝燕儿把手里的东西搁在门厅桌子上，说来看小珊。姜再明把她让到里边沙发坐下。蓝燕儿抚摸着姜小珊的头发夸了半天，说她又乖又漂亮，叹气自己要有这么个女儿就好了。姜再明削好苹果递给蓝燕儿，说没有也好，有了就牵肠挂肚。蓝燕儿接过苹果又搁下，苦笑着说有孩子的家里没人管，有空能管的又没孩子，反差太大。蓝燕儿从交通大学毕业后没分到中铁，择业去了市园林局，时间相对宽松。蓝燕儿说袁听枫在工地上，姜再明上班没空的时候，可以把姜小珊放到她家去，她喜欢有个孩子做伴，会把姜小珊当亲闺女待。姜再明当场叫姜小珊认了干妈。之后，姜再明问她是不是真要跟赵化亮离婚，蓝燕儿难以言表，只嗯了一声，说因为一辈子不会有孩子。姜再明说："别离啊，早晚要一个就行呗。"蓝燕儿尴尬地说："要真能生个孩子就不离婚了。"姜再明听着，便夸起赵化亮来，说他人本分，工作很努力，在工地上压力大，让蓝燕儿换位思考一下，维系一个家庭不容易，人这一辈子什么样的事情都有可能碰上，有时候真的无能为力。

那一夜，袁听枫回到宿舍，一手拉开床上的被子，一手拿着手机与姜小珊视频，家长里短地聊了一个小时，问女儿跟姜再明吃的啥。姜小珊说吃的饺子，并告诉她她走后姜再明很伤心，一人躲在屋里流泪，后来又下楼出去散步了。袁听枫心里难受，让姜小珊把手机递给姜再明，劝他以后再难受也不要让姑娘看见。姜再明说她一走爷俩觉得好孤单，需要好几天才能缓过来，但笑着嘱咐袁听枫，让她在工地上照顾好自己，不然他在家里这头挂孩子，那头挂她，担惊受怕。袁听枫说她也一样，除了工作就是牵挂他们爷俩吃得如何，喝得如何，休息得怎么样，开不开心等，每天晚上躺在被窝里想的净这些，有时心都快碎了。

铁建和紫祺、杨晓、李欣欣也是在夜里到达现场的。万红山和兰花朵去车站把他们接回来，党红旗和金帼英、石惊天早站在局指楼下等他们归来。李欣欣腼腆地看着他们，铁建把她介绍给了每个人。万红山一直在暗中盯着李欣欣看，杨晓看出了那种不正常的表情与眼神，她的美丽着实令众人吃了一惊。

紫祺回到梁场，阵阵欣喜涌在胸中，深更半夜跑进孔庆荣的办公室，说这个年咋这么多事，留在工地和回家的人没有一个安宁的，尤其安雪容带着满身伤感回来了。孔庆荣说也有好事，比如石惊天认了男男当干儿子。紫祺不高兴地问他是不是也想认一个，孔庆荣拿起桌上的笔敲敲紫祺的额头说她瞎说。紫祺笑着问过年期间有没有请兰花朵吃饭，孔庆荣低头不语，只抬眼看她。紫祺撒娇说："哼！准请了，瞒我。"孔庆荣说兰花朵的脾气不如她好。紫祺追问光脾气不如她好吗？孔庆荣说："当然，你还有一个当指挥长的表舅。"紫祺说表舅与自己没关系，铁建又不宠她。孔庆荣称："谁说指挥长不宠你？你是他其中的一个宝贝。另一个宝贝是兰花朵。"紫祺立马噘起嘴来，把自己与兰花朵相提并论，看来他心里装着兰花朵。她对孔庆荣说："以后别再理我了，你还是去找兰花朵吧。"孔庆荣坐在桌前愣愣地望着她，心想过完年回来还真长了脾气。

安顿好铁建、李欣欣之后，金帼英送石惊天下楼，俩人站在弯月下的院里说话。金帼英问石惊天为什么不问问她的过去，石惊天称不想知道，只遵从自己的内心和感觉，相信不会错。金帼英说自己的过去与他想的不一样。石惊天说他现在注重的是这一刻的她，因为现在的她才是真实的，她的过去曾经属于谁或者有过何等的幸福，又有过怎样的悲伤，对他来说毫无意义。他喜欢的是她能够陪他在这样朦胧的月色下站在这里说话的状态，这正是他想要的生活。金帼英停住脚，望着他暗中微笑，说如果有一天突然另一个人蓦然出现在俩人之间，他会怎么样。石惊天面对着金帼英呵呵一笑，说他会义无反顾地坚守。

石惊天刚坐车回到驻地办公室，王若云便推门进来，站在办公桌对面东聊西扯，话里话外自然离不开铁建和金帼英。石惊天把刚才在局指院内说话的内容复述了一遍，王若云拍着巴掌说有戏了，真为他们高兴，然后抓起手机拨打给金帼英，问她给石惊天吃了什么兴奋药。男男已经睡着，金帼英穿着睡衣斜躺在床上，假装生气地骂她“八婆”，说就不告诉她，然后俩人开起玩笑来。

第二天一上班，金帼英把万红山、杨晓和李欣欣叫到办公室安排工作，让杨晓把工作交给李欣欣，直接去一分部报到。李欣欣在工程部实习，给万红山当助手，有空跟他跑跑工地。杨晓说李欣欣在工程部学不到现场经验，也应该到一分部去实习，他可以带她。万红山则让李欣欣哪里也不要去，留在工程部，他可以教，先熟悉熟悉管理制度和工作流程，弄不懂的可以随时请教金帼英和他，很快能适应现场。万红山这么一说，杨晓嫉妒地把头扭到一边，李欣欣莫名其妙地看看他俩，觉得十分奇怪。

吃过早饭，铁建找到党红旗，把带回来的两千元钱还给他。党红旗拒绝说他又不是亿万富翁，韩秋柳病重需要用钱，不过是个心意。铁建拗不过党红旗，便把肖一虎和金帼英叫到办公室，又与党红旗拉拉扯扯老半天，还是没能把钱退回去。铁建感动地说，袁听枫她们每人还捐款帮找了个保姆，专门照顾韩秋柳和铁宏歌，他得把钱还给大家。党红旗说，大家既然捐钱，就没打算再拿回来，干脆别再费这个口舌。铁建接着说春节工地上闹的动静够大，至今乔三退场结算没能谈妥，让肖一虎还得出面找乔三，结算完抓紧叫他滚蛋。肖一虎推托称乔三的工作他出面不合适，再说乔三也不一定听他的。金帼英说工程量是她复核的，不到一千万元，想多要绝不可能。肖一虎试探问有没有缓冲的余地，最好能折中一下。金帼英冷冷地说：“谁拿儿子要挟我都不怕。总价就那么多，你们愿给他多少给多少，我不会昧良心，已经没有修改的余地。”肖一虎试探说男男走失与乔三他们应该没关系。铁建早瞧出肖一虎的心思，说早晚会弄个水落石出，结算之事还是让肖一虎负责到底，因为是他把乔三安排进来的。

肖一虎明白逃不开责任，打电话给乔三拜年，说已回到工地。乔三听后来了精神，把肖一虎邀到镇上的茶楼喝茶，嘴里喊着肖哥，说肖一虎回来他就有了主心骨，从年前到现在一直拿不到钱，问他这事咋办才好。肖一虎端起茶品了品，说金帼英这个女人霸道得很，结算数她不会再改。乔三奸诈地冷笑着，说不怕她霸道，总有一天她会为自己的行为付出代价。肖一虎劝乔三实在不行先按复核的数额结算，后面再找铁建要活儿，合情合理，总不能亏，拖在这里也是个损失。乔三把茶杯放在茶台上，称这么结他不干，要两千万元至少也得结到一千五百万元。肖一虎很无奈，让乔三再跟石惊天去谈谈，只要不吃亏，他也落个心安理得。

乔三最终还是给了肖一虎面子，随后带老四和一名手下去了一分部。石惊天把他们引进会议室，问结算的事是不是商量好了。老四一脸横肉，扯着大粗嗓子说商量好了，结算底线是一千五百万元，一分都不能少。石惊天称复核不到一千万元，他们的这种要求项目部做不到。乔三点着雪茄，说姓金的必须重新核，总之十五之前要把钱拿到手。石惊天不卑不亢地说："我们是真诚的，只要双方达成协议，后面的事都好说。我们的底线是以复核数为依据，不可能因为多给你结算，我们大家都背上纪律处分。"

乔三摇晃着脑袋，玩世不恭地说不为难一分部，只提两条，一是他会找姓金的重新复核，看还有多少没给够。二是如果确实就复核那么多，吃亏他认了，只希望后面能再给他安排部分工程做些补偿。朱子来与石惊天挨坐在一块，称这两条哪一条都无法答应乔三，更不会向他承诺和保证，双方还是以事实为依据来决定最终结算为好。老四见石惊天等人软硬不吃，乔三又无计可施，发狠道："行，如果这么办事，咱们当不了朋友，只能成为敌人。"

离开一分部驻地，老四坐在车的前座，提示乔三不管想什么办法都得让金帼英把数字改过来，不然亏大了。乔三闭着两眼仰在后背上，从嗓子眼里哼出一声，说男男走失一夜还不够，命老四以他的名义发短信把她约出来。金帼英接到短信猜想一定是工程量复核的事儿，当即打电话把这一消息告诉了石惊天，之后让万红山陪着下楼来到门外。奔驰车停靠在路边，老四站在车旁见金帼英走出来，用手指轻轻敲了两下车窗玻璃，乔三这才推开车门，披着呢子大衣从车内下来。金帼英走到车前怒视乔三，问找她有什么事。老四抢先说乔三见她没别的事，问一下复核的工程量是不是有误，比他们干的活儿少算了近千万元。金帼英怒斥老四是不是现场带工的，老四边后退边支支吾吾称不是。金帼英说："那就闭上你的臭嘴。"乔三抖抖大衣走近金帼英，夸赞她不愧为女中豪杰，说话都有个性，希望她能再重新复核一下他们干过的工程量，结算数至少要达到一千五百万元。金帼英严词拒绝说她无能为力。乔三挑衅说如果真不想改那也没啥，说着贴近她的耳根小声问：“听说你儿子大年三十晚上走丢，心里还好受吧?”随后阴险地笑着说等她的消息。乔三都快钻进车里了，又手扶着车门转过头说：“哦，有人传话说，下次你儿子如果再走失，恐怕就很难再见到他了。”让金帼英好好想想。

女人的第六感使金帼英隐隐约约感到乔三的结算与肖一虎背后有着某种联系。肖一虎趁工地还没完全复工，提着硬通货跑去南北公司给王忠理拜年。王忠理客气两句，连声说中铁工程局这个年过得可不顺当，男男大年三十晚上走丢，与金帼英的倔强不无关系，并称郭富海想把儿子的抚养权要过来，不知最后谈得如何。肖一虎说金帼英处事天不怕、地不怕，拿着儿子的性命当儿戏，这样的女人不得了。俩人正聊在兴头上，郭富海也提着东西推门进来了。王忠理坐在沙发上并未起身，说咋学肖一虎来拜年还带东西啊。郭富海频频朝他和肖一虎点头问候，顺手把一个大纸包放在了沙发背后。王忠理问他儿子的抚养权谈得怎么样，郭富海坐下摇头称不理想。肖一虎挑拨说继续要，金帼英把男男放在指挥部根本没人管，孩子可怜得很。王忠理为郭富海倒茶，告诉他马上要春季大干，金帼英忙起来根本没时间照看男男，让他继续要抚养权。郭富海一脸畏难情绪，肖一虎说据他分析，是金帼英得罪了人，背后有人盯着他的儿子。郭富海只唉唉地发愁，说金帼英做事只为自己考虑，一分部还欠他部分设备款，让肖一虎看看能否帮说说给结了。肖一虎答应一定尽力，说金帼英与石惊天热乎得让人受不了，郭富海与金帼英离了婚，这事还真没法管。郭富海十分尴尬地说：“我只管我儿子。”

石惊天从工地赶到局指时，金帼英已与乔三在门外见完面。他俩和万红山回到楼上把情况向铁建和党红旗详尽述说，铁建冷静地说：“看到了吧？狐狸尾巴终于露出来了。从乔三说的话里可以断定，大年三十男男不是走失，是被他们绑架，想给咱们一个警告，这是逼咱们出手。”党红旗建议再去报案，铁建在屋里走动着说不报，让金帼英不用担心，乔三他们没那么大胆子再做绑架的事。提出一方面看好男男，另一方面必须主动出击。他给石惊天交代，让他回去与朱子来商量惩治乔三的具体办法。

肖一虎从南北公司回来，上楼后发现党红旗、金帼英和石惊天都在铁建的办公室里，心里打鼓，琢磨他们在商量什么。于是，他也进去坐在沙发上，观察每个人的一言一行，打着自己的算盘。铁建把金帼英与乔三的际遇简要说了说，近乎怒不可遏，说事情明摆着，敲诈与绑架，他们这是犯罪。这一点他早分析到了，在乔三背后还有另一只无形的手在操纵，不然他们怎么会知道大年三十晚上党红旗和金帼英会带男男去一分部。石惊天痛恨说一定有内鬼。肖一虎有些惊慌失色。党红旗问肖一虎怎么看，他连说没什么意见，这帮人是可恨。铁建说："老肖，咱把丑话说到前头。平常你与他们交往密切，如果掌握他们的行踪，希望你能提前如实告诉我和党书记。我相信你不会参与其中。如果参与，那你我多年的战友之情，从此一刀两断。"肖一虎感到铁建和金帼英在怀疑他，气急败坏地说天地良心，他不可能胳膊肘儿往外拐，再弱智也不至于背地里干这种伤天害理的事情。"你要相信我。"肖一虎以攻为守，"不相信我，我就找夏董离开这里，这样行了吧？"党红旗挥手劝他别急，说不是怀疑他，而是对每个人都有提醒的必要。肖一虎怒气冲冲地说他没想到铁建能说出这种话。铁建直视着他说："以前为了维护班子的团结和权威，虽然我不多说，但一直在观察。从当兵到现在，你不了解我，还是我不了解你啊？可以说咱俩死了，即使烧成灰都能认出哪个是你，哪个是我。在大是大非面前，我铁建从不会让步，不会退缩，更不会当睁眼瞎，有的只是迎面痛击。乔三为了干活结算、抢要工程捞取钱财，竟敢绑架男男，威胁咱们的总工。他们不仁，别怪咱们不义，这次绝不放过他们，谁愿透风就去透，愿报信就去报，我倒要看他无法无天，能嚣张到几时。"

男男的事在继续发酵。傍晚吃过饭，工地上所有的女人都赶到了局指，金帼英的办公室聚满一屋子人，她们的脸上只有愤怒，七嘴八舌地说要去政府告乔三。王若云规劝金帼英，让她最好带男男回避回避，一分部做个让步算了。金帼英一口回绝说："不行，一步都不能让。再说，为什么要回避？为什么要怕他们？这回就是死，我也要跟他们斗争到底。"袁听枫赞成金帼英的态度，让她不要怕，不信邪能压正。她们会团结起来，同生死，共命运。男男是她的儿子，也是大家的儿子，大伙儿豁出命也要保护好他。

危机正在发生。不仅是金帼英和男男，更是正在掘进中的洋河隧道。一声炮响地动山摇，一股烟尘从隧道里冲出来，接着洞口通风机轰然响起。放炮后，几个头戴安全帽、扛着钢钎排险的安全员、民工和赵化亮、朱红军、李鹏飞一起进入了隧道。来到掌子面，赵化亮等人用手电照遍洞顶和洞壁，只见一股暗流涌了出来。工人报告说这一炮进尺三米五。李鹏飞拍手说好，一炮三米五，两天三个循环，这个速度一个月可以掘进一百米以上，光爆效果也不错。他当即保证能干到景阳隧道前面。赵化亮眨眨眼嫌他吹牛，指着上面让他看那股暗流，说观察了好久，涌水没排进排水沟，不知道流到哪里去了。朱红军用手电照着涌水的地方，提醒李鹏飞注意观察，要找到源头，并称杨晓来后会大有用武之地。

杨晓从局指下到一分部先向石惊天报到，后与李鹏飞见面，说在哪儿都一样，都要干活儿，他就是这么个苦命人。话锋一转，称在火车上，铁建问他想不想下去锻炼，起初没想那么多，学隧道专业的，要下只能来一分部，还真想甩开膀子干点事儿。既然来了，他和李鹏飞一定要把洋河隧道干好，不过有个条件，劳务队必须听他的指挥。石惊天当场问李鹏飞能不能做到，李鹏飞向他和朱子来保证能做到。

这天，铁建带着万红山从隧道里出来，走进工地值班室，把安全帽咣当扔在桌上，问李鹏飞，杨晓过来后如何。李鹏飞起身毕恭毕敬地直称好，拍马屁说可帮了他大忙。铁建说："你小子春节偷跑回家过年，工地没人带班，这是要乱套哇，所以才把杨晓调过来。"杨晓汇报说："隧道主要抓规范作业，尤其步距不能超标，缩短循环时间，这样进度才能上来。当然，目前劳力还不够。"李鹏飞点头哈腰说还在上人。万红山却轻蔑地说杨晓是工程部下来的，要把所有的本事亮出来让大家看看，如果干不上去，他的隧道专业算白学了。杨晓不以为然，喊着万部长，说在工程部万红山是他的领导，现在更是领导。他不会的东西可以向万红山学，请他来指导，如果说这条隧道干不好，只能说明万红山这个工程部长不称职。万红山被噎得涨红着脸无话可说，只拿眼瞪杨晓。

铁建看出他俩之间的别扭，纳闷地说："红山，过去你和杨晓在一个部门，杨晓下来了，你说话却带火药味？为啥呀？"杨晓讥笑他带实习生带得爽了。万红山指着杨晓更是发急，说如果再胡说就砸烂他的狗头。铁建摆摆手，说他俩都经不住诱惑，回头又问杨晓对当这个架子队队长有没有信心。杨晓挠着头说还真没把握，建议铁建让他回工程部，让万红山下来当队长。万红山握起拳头冲杨晓挥了挥，引得众人一阵哄笑。

铁建从工地回来，刚进办公室，肖一虎就端着水杯、耷拉着脸跟进来，把水杯放在桌子上，让铁建跟他说清楚为啥冲他说那些话，是不是认为他与乔三有啥勾结。铁建白了他一眼，反问他真不知道啥意思？乔三他干的是违法乱纪的事，提醒他小心，别被乔三带到坑里去。肖一虎说不用铁建提醒，他知道自己该做什么，更知道该怎么做。少顷，又说铁建侮辱他的人格，不要以为是指挥长就可以对他发号施令，这一套对他来说不灵。铁建从烟盒里抽出一支烟，嗒嗒地在桌面上猛磕两下，说肖一虎肚子里的花花肠子谁不清楚，猜也猜个差不多。他从战场上把肖一虎背下来，绝不容他与乔三那帮人混在一起祸害内部职工。肖一虎朝铁建伸手，说："有证据吗？拿出来啊。还战友？有你这样的战友吗？小心我告你诽谤。"

第十七章

肖一虎气得两眼发怔，离开铁建的办公室，又钻进党红旗的办公室，在屋里叉着腰转来转去。党红旗暗笑，说他如果与乔三没什么瓜葛，有啥可着急的呢。肖一虎转过身，让党红旗说他与乔三有啥瓜葛，铁建和金帼英要疑神疑鬼怀疑他，问党红旗是不是也怀疑。党红旗从办公桌后转到前面，摆手说："我不赞成你的想法。你想想，如果老铁和金总真的怀疑你，还会当着你面说这件事吗？不要妄加猜测，何况你俩是出生入死的战友。"肖一虎冷笑说："铁建故意讲给我听，看看说的那些话，句句像刀子扎在我心口上，伤人像喝水似的轻松。"党红旗安慰他别为一句话伤和气，有则改之，无则加勉。肖一虎较真说没有什么可改的，说完甩手而去。党红旗摇头自语称肖一虎简直无药可救。

肖一虎一时气不顺，还没到悬灌工地就给乔三打电话，问男男走失一夜的事是不是他干的。乔三坐在办公室的茶台前，边喝茶边转悠着眼睛说为什么这么问？肖一虎语带怒气，称现在铁建和金帼英都怀疑他，这回可惹了大祸。乔三不以为然，说结算的钱都没给，铁建他们还想怎么样？肖一虎说："想怎么样？想对付你。所以，你们要备加小心。"乔三眯缝着两眼说："好啊，等他们来。"

石惊天在如何对付乔三的问题上思前想后，在路基段工地找到金帼英。俩人头戴安全帽，并排行走在山路上。石惊天问她这件事怎么处理才好，金帼英满怀仇恨，说想让乔三他们受到惩罚，不论采取哪种方式。石惊天说跟他想的一样，但不想连累她和铁建，他单独处理这件事。征得金帼英的同意后，石惊天乘车直奔悬灌梁大桥工地去找朱子来和赵化亮。石惊天点燃一支烟，长长吐口烟雾，望着悬灌梁桥墩说，他和金帼英都咽不下这口气，又不想连累太多人。朱子来也在想拿什么办法来对付乔三。石惊天看着朱子来说已经想好怎么办，需要他和赵化亮配合。

万红山从工地回到工程部办公室，李欣欣正坐在电脑前学着做资料。两个人的座位相邻，万红山掏出一块巧克力随手扔给她。李欣欣接住，问他年纪轻轻的是不是低血糖。他哭笑不得，停顿了一会儿说，他跟铁建去工地，杨晓竟提出自己回工程部，让他下去当队长，直称杨晓目的不纯，八成是冲她来的，嘱咐李欣欣多加小心，离他越远越好。李欣欣很不悦，沉默着不回他的话。万红山站在她身后说他看得出来杨晓喜欢她，让她说实话是不是也喜欢杨晓。李欣欣没有多言，起身走开，不耐烦地称自己没来几天，哪会那么轻易喜欢一个人，还是不谈这些好。万红山说杨晓在工地跟他叫板，不能说俩人互不喜欢吧。李欣欣生气地回怼说喜欢就是喜欢，不喜欢就是不喜欢。一个人值得去爱就爱，不值得去爱就不爱，事情就这么简单。万红山瞧着她，佯装笑容，说他喜欢李欣欣这种性格，一张极具吸引力的俏丽脸蛋，外表看起来稚嫩，内心却敢爱敢恨，指着自己问他值不值得爱。李欣欣重新回到电脑桌前，说："如果值，是因为你还算真诚；如果不值，是由于你太聪明。石惊天自身有可爱之处，所以金帼英能接受他，同意让男男认他当干爸。"万红山惊讶地说，时间这么短她就了解这么多，让她说来听听。李欣欣说阳光不阴暗，诚实不虚伪，正直不掩饰，这才是做人的优点。万红山说领导不一定喜欢石惊天。李欣欣称她不这么认为，这样的男人不但领导喜欢，女人更喜欢，有血性。他甚至会为金帼英和男男付出生命的代价。所以，没有个性和血性的男人不配做男人。李欣欣的几句话竟把万红山说得愣在了原地。

沉沉的夜幕笼罩大地之后，李欣欣打电话找杨晓。杨晓钻进了隧道，自然接收不到信号。她又打电话给王若云问杨晓去了哪儿。王若云正漫步在项目部的操场上，内心充满忧虑。她得知项目经理与书记密谋了一个大胆计划，担心真要实施起来有风险，尽管都是为了项目发展，也都是为了国家利益，可毕竟有风险。

朱子来在操场上碰到她，看出了她的心事，安慰说他和石惊天商量过，只有以谈判为由，把乔三引到项目部来才有机会逼他就范。他想十五前清算了结，靠谈判不可能解决。王若云问让朱红军和王方太去买花圈干啥，朱子来说搁在会议室等乔三来，抓住他的把柄，石惊天会趁机报男男被绑一夜之仇，一箭双雕。

此刻，局指院子里虽然在夜幕的覆盖下显得沉寂，却没有片刻宁静。金帼英和石惊天内心充满了太多的不确定性。金帼英担心朱子来能不能把乔三约出来，石惊天对此充满信心。他觉得乔三想要钱，肯定会来，只要来到一分部，会让他哑巴吃黄连。金帼英望着他心中充满忧虑，希望能事如人愿，既佩服他的胆大心细，又怕他弄巧成拙，使事情更加复杂。夜色下俩人伫立着，她对石惊天说真不希望他出任何事。

第二天晌午，一只黄白相间、中间写有黑色“奠”字的花圈摆在会议室靠门的墙边，项目部人员围坐在一起，空气都有些凝结，大家都在等待着一个决定。按商量好的方案，万事俱备后，朱子来拨通乔三的手机。乔三还躺在被窝里，持续响几次才懒洋洋地露出半个膀子抓过手机，有气无力地问是谁。朱子来喊着乔总，说他十五前想要钱可以来项目部具体谈谈。乔三听到这话，腾地从被窝里爬出来，问需要谁去。朱子来说又不让你背钱，一个人来就行了。

乔三挂断电话并没有立即起床，而是从床边抽出一支雪茄点着，狐疑着怎么会主动打电话让他去结款，想着想着，拿起手机拨通了肖一虎的电话想先听听他的建议，以便谈判时心里更有底气。两个人在电话里一阵嘀咕后，便乘着黑色奔驰快速朝一分部驶去，坐在后座一副稳操胜券的样子。

石惊天在项目部紧张地布置着，让朱子来一个人在会议室等乔三，他和其他人都撤出去隐蔽好。乔三到后，他和赵化亮、王方太和宝铁冲进去，朱红军负责组织人把司机堵在门外，今天不但要逼他在结算单上签字，还要叫他把绑架男男的事说个明白，留下书证。奔驰车驶进分部院子，停在了会议室门外的操场上。乔三慢慢地打开车门，环视一下院内的情形，发现只有朱子来和朱红军两个人在等候，便下车迈着方步走进了会议室。这时陆续过来几名职工把守住了会议室门口。

乔三进去扭头看到了摆在门口的花圈，吃惊地问朱子来这是怎么了。朱子来说大年初一收到的礼物，摆在这儿做个纪念，问他清不清楚这个花圈的来历。乔三称不清楚，嘴里还骂是谁这么歹毒，大年初一送这晦气的东西。朱子来递给乔三一份结算单，说这是结算底价，希望他能接受。乔三抓起结算单看后，憋口气问为什么还是原来的数字，他接受不了。话音刚落，早就候在隔壁房间的石惊天、赵化亮、宝铁、王方太，拿着工具冲进来，并把会议室门反锁，上前拧住乔三的胳膊将他摁在了凳子上。乔三哎哎地叫唤着，边反抗边问想干啥。石惊天左手一把揪住乔三的头发，把他的头死死摁在桌面上，嘴巴都被摁得有些变形，右手一巴掌狠狠抽在他脸上，骂道："混蛋，说，三十晚上是不是你绑架的男男？"

朱子来赶快打开手机录音器等待乔三的回答。乔三疼得直咬牙，说没干绑架男男的事儿。石惊天又一巴掌打下去，说："再说不是就拧断你的脖子。说，谁打电话威胁金总的？谁让你三十晚上把这花圈放在院子里的？威胁女人算什么本事？有本事冲老子来。告诉你，她是我的女人……"他紧接着一巴掌一巴掌地抽起乔三来。"不说是不是？把他的胳膊往上抬。"乔三扭曲着脸，疼得哇哇直叫却无可奈何，"是，是我派人送的。"

"你以为不知道是你？"石惊天继续骂道，"只有你这狗东西才会干出这种伤天害理的事。"接着从腰间掏出把铁锤在乔三眼前晃了晃："信不信砸烂你的狗头。"乔三喊："兄弟，求求你们饶了我。"石惊天朝他脸上吐口唾沫，说："以后再敢打我女人和儿子的主意，要你的狗命。"

朱子来抓过结算单递到乔三眼前，说："你要两千万是讹诈，这个最终结算数是你的人签过字的，你到底认不认？"乔三精神几乎崩溃，终于说他认。石惊天命朱子来将早已备好的印泥盒递到乔三面前，乔三被宝铁和赵化亮摁住的手哆嗦着在结算单上签字并按下了手印。

乔三受了莫大的屈辱。当日回去，他捂着半边红肿的脸疼得龇牙咧嘴，老四拿热毛巾帮他轻轻敷上去。乔三恶狠狠地指着老四，让他带几十个兄弟把一分部平了。老四战战兢兢地喊着三哥，说被他们欺负理应让弟兄们去出这口气，如果不绑那孩子、不送那花圈，石惊天他们也不会下这么重的手。乔三伸手一巴掌扇在老四脸上，抓起桌上的茶杯摔了个粉碎，骂道："看人家打了我你高兴是不是？现在就去，给我往死里打。"

老四奉命带了一帮人，拿着长刀、短刀和棍棒，气势汹汹地朝项目部赶来。石惊天预料到乔三会有这一招，提前组织好上百名职工严阵以待，并提前通报了当地派出所。老四及二十多个青年来到项目部先是大吵大闹，职工们手持铁锹、钢筋在操场上怒目相对，不允许他们向前一步。石惊天站在队伍中，大声喊一嗓子："来，不怕死的往前走！"但对方没有一个人敢向前跨一步。

一个青年看到职工人人眼里都喷着复仇的火焰，实在心虚，凑近老四胆怯地说，石惊天那边人多，打起来会吃亏。石惊天手持钢筋往前迈一步，后面的职工就往前跟一步，那阵势如大兵压境。老四带来的青年个个发怵，你看我，我看你，谁也不敢动手。老四明知打不得，但在乔三的催促下又不能不打。正无奈之际，警笛声声，由远而近，那些青年顿时惊慌失措。“四哥，警察来了，怎么办?”老四瞪一眼石惊天，挥手喊：“先撤！你等着!”慌乱中，众青年提着刀具飞快跑出院子。身后的职工队伍仍巍然屹立，如泰山般不可动摇，一股正气在空中扩散，驱散了阴霾，太阳渐渐拨开云层洒下一道道光芒。

肖一虎知道一分部发生了冲突，是乔三打电话给他通气的。他安抚乔三一定要沉住气，这回结算亏了，回头再给石惊天找点麻烦、要些工程，不给可以断其道路，还说乔三是地头蛇，不用怕。挂断电话，肖一虎向铁建办公室走去，进门大嚷大叫说石惊天跟乔三他们打起来了，两个分部都出动了人手，差点引起群体事件，并惊动了县里的警察。他称这次收拾乔三算解恨，但负面影响极大，没准儿还会抓人，麻烦在后头呢。铁建紧皱眉头，告诉他已经知道乔三组织手下的人到工地闹事：“兵来将挡，水来土掩。为了高铁建设，哪容得乔三横行!”

事发当日，公安局说乔三报了案，要来项目上调查。事前，王若云曾经有过担心，如今神情更加紧张。石惊天却极其平静，告诉每个人谁都不用怕，主意是他出的，有什么事他一人担。王方太愤愤不平，干高铁受到这种干扰，要调查必须把男男走失一夜和摆花圈的事一起搞清楚，否则去政府上访。宝铁挥动手臂，说是乔三他们到项目部来闹事，不能这么不讲理。大家想想觉得也是，渐渐放下担心各自工作去了。

金帼英和石惊天并肩走在工地的雪地上，脚下发出咯吱咯吱的响动。她突然停住脚步，睁大双眼望着石惊天，问他为什么当着那么多人的面跟乔三说她是他的女人，自己可从来没有答应过他。石惊天自信她会成为自己的女人，这样乔三往后就不敢欺负她，因为他会给她撑起一片天。“为了你和男男，我愿意付出一切。”金帼英沉默不语继续往前走，心里暗喜，说挺佩服石惊天的胆识与智慧，但也为这次行动捏了一把汗。

第三天，一辆警车开进局指挥部院内停下，两名手拿公文包的公安干警从车上下来匆匆上楼，把公文包放在会议室的桌子上。铁建和党红旗预料会有今天这样的局面，胸有成竹地坐在干警对面准备应对一切。一名干警说他们来找石惊天和朱子来核实一些情况，请局指给予协助。铁建一脸严肃，面无笑容，问核实什么情况。干警翻开文件夹，称乔三报案说石惊天和朱子来采取暴力手段，胁迫他在结算协议上签字。党红旗冷静地说："乔三是恶人先告状。他多少次强买强卖，严重干扰国家重点工程建设，致使我们队伍窝工，车辆断道，机械停转，你们是不是也该好好查一查？"另一名干警谦和地说他们是履行职责和公务。铁建认真地说："配合没问题，我们手里也有乔三许多实施犯罪的第一手资料，请你们核实一下。"

于是，铁建见机将乔三的恶行一一道来。一是自上场以来，乔三一伙人一直干扰施工、恶意阻工、抢要工程。二是退场后蓄意讹诈，提出退场费两千万元，实际干了不到一千万元的活儿。三是因为工程量据实核减，三番五次地打电话威胁女总工程师及孩子的人身安全。四是多次组织地痞到项目部聚众闹事。尤其是大年三十晚上，他们绑架男男一夜，初一早晨又给送回来，已构成刑事犯罪，并且初一早晨还在一分部院子里摆了花圈。铁建请他们对这几个问题最好调查清楚后再来找分部两位同志。两名干警边听边记，对铁建讲的这些感到吃惊，一时没了主意。一名干警说："那我们先回去，把你反映的情况向领导做个汇报。如果情况属实，责任不在你们。"说完，收拾好文件包起身离去。

这场风波的化解让党红旗感受到了铁建的机智与经验。铁建反倒沉着脸让他通知石惊天和朱子来立即赶到局指。石惊天和朱子来抹着头上的汗珠急匆匆走进会议室，他们认定自己扮演了一个胜利者的角色，所以不怕挨批，更不怕挨罚。刚刚坐定，铁建、党红旗和金帼英从楼道里进来了。铁建说："你俩小子擅自行动找乔三算账，光图一时痛快，破坏了我整个计划。还有孔庆荣，也带人去增援。知道这样做的后果是什么吗？"

石惊天和朱子来丈二和尚摸不着头脑，不知道他所说的是啥计划。金帼英也纳闷问有啥后果。铁建说："啥后果？轻者拘留，重则判刑。你们都被抓走，工程还干不干？再说，本来想施上一计，拉拢拉拢乔三手下的人，给点小甜头，摸清到底是谁绑架了男男，又是谁摆了花圈，把证据抓到手以后再一网打尽。可这么一来，不但计划全泡汤，还被乔三倒打一耙。"石惊天说这件事与任何人没关系，全是他的主意，有事他承担。

乔三得知公安局没抓石惊天和朱子来，反而被铁建拿住许多证据，猴急地去找肖一虎。俩人沿着山路往河滩深处走去，越隐蔽的地方越能保守秘密。乔三咬牙切齿地说："肖哥，没想到姓石的打好了埋伏。在这地界上从来没吃过这么大亏，这口气我咽不下去，所以我报了案。"肖一虎抬头望着大山，说报案没用，因为没人看到，拿不出证据，可石惊天手里有他的有录音录像，字也是乔三亲笔签的，又按了手印。石惊天和朱子来精着呢，是老四带人去一分部闹事，而不是石惊天带人上门去打乔三。所以就报案的利弊来讲，没有事实依据，没有人证物证，口说无凭，难治石惊天和朱子来的罪。而铁建手里证据很充分，万一公安局一查到底，谁都无法收场，他也难以洗干净，劝乔三隐忍为上策。这顿分析，把乔三说的没了半点心气，脸色极其难看。肖一虎提醒乔三说保自己不出事，才能下回有钱挣。他要被卷进来，乔三别想在高铁建设中再挣钱，让乔三把报案材料撤回来，回头再想办法。

铁建和党红旗在施工现场查看作业，沿着一座正开工的大桥向前走，看到开工点有了大干景象，心中十分高兴。他们边看边聊，称石惊天和朱子来抓住乔三的软肋使出这一招倒是很解气，这下施工该没人捣乱了。可党红旗说，虽然为了企业，但他俩无组织无纪律，检讨一定要做。不过，石惊天敢说金帼英是他的女人，并且敢为她和男男挺身而出，看来金帼英是真入了他的心。爱，有时候可以让人疯狂。石惊天天生就是块当项目经理的料。为干好工程天不怕地不怕，冲劲十足，是少有的干将，这项工程交给他对了。为防止事态扩大，他再次提醒铁建提前到县政府去找找王县长和公安局的李局长。

俩人赶到县政府的时候，李局长正在会议室里向王县长喋喋不休地汇报乔三的案子。王县长见他们来，把俩人请进去。李局长说乔三确实报了案，被告对象是姓石和姓朱的项目经理、书记，证据虽不足，但程序必须要走，因为没有程序不能结案，还是要找他们来做个笔录，弄清为好。党红旗称呼着李局长，说金帼英的孩子三十晚上走失一夜是真，初一早上一分部发现院子里摆花圈也是真，不但有照片，还有乔三威胁金帼英的手机录音。乔三组织人冲到项目部聚众闹事不可否认。所以，公安局请先调查清楚这几件事再找石惊天和朱子来为好。李局长说这是两个案子，要分开断，既然报案就得有个结果。铁建从口袋里抽出一支烟慢慢点上，说是一回事，不查起因先定结果，他不服。既然这样，当着县长的面，他和党红旗正式向公安局报案，需要的证据马上送来。孩子夜里不是自己走失，而是有人策划实施绑架，必须弄个水落石出，请求县里能高度重视。王县长听后与李局长咬起了耳朵。

李局长刚从县政府出来回到办公室，乔三就一路小跑追进来，边递烟边在他耳边嘀咕，想把案子撤掉。李局长板着脸坐在办公桌后的椅子上很不爽，但乔三在当地毕竟算得上是有头有脸的人物，便应承说："可以帮你撤案，但你要自己去找铁指挥解释。"乔三离开时，李局长像是警告又像是提醒，说今后如果再为非作歹，老天也保不了他。

元宵节到了。万红山和李欣欣拉着男男在局指楼下点呲花，夜空里噼里啪啦到处传来放鞭炮的声响。两个分部和各隧道口、大桥工地都挂起大红灯笼，职工们端着汤圆在食堂里边看元宵晚会，边热议节目里的内容。铁宏歌坐在家中的沙发上与铁建通电话，问他吃汤圆没有。

铁建站在局指办公室窗前，望着窗外空中绽放的礼花回答吃了，接着让韩秋柳接电话。韩秋柳问回工地后事情处理得怎么样，前方有点啥事儿，后方的人整天替他们提心吊胆。修建一条高铁靠的不仅仅是现场那群建设者，还有更多人为这条高铁操心费神。铁建说都已经处理好，请她放心。

石惊天赶到局指时，男男刚好放完呲花，便拉着他的手上楼回到金帼英的宿舍。男男跪在窗前的椅子上看天上的月亮。金帼英和石惊天各站在一边守护着他。"干爸，妈妈，快看，有人放花，都快打到月亮上去了。"石惊天低头望着可爱的男男，金帼英用爱慕的眼光看着石惊天，俩人的脸上荡漾着一种幸福和甜美。她挪动身子靠近石惊天，问公安局有没有找他。石惊天从椅子上抱下男男，说没有，让她不用担心，他和朱子来啥也没做。

元宵节晚上，景阳隧道夜间施工没有停。宝铁和崔凌花穿着厚厚的棉服、头戴安全帽，在月光下相拥着一起走进隧道。一辆混凝土罐车轰隆隆从俩人身边开过去，灯光映照着他们的脸庞。崔凌花怀着一份敬意，说宝铁与石惊天一起替金帼英出了口气，好伟大，问他以后会不会保护她。宝铁伸手搂住她的腰，称要给她当一辈子守护神。崔凌花没有躲闪，顺从地朝他贴近，说："我还没说嫁给你呢。"宝铁调皮地笑着说："现在这个世界，什么样的事情都有可能发生。可能睡觉时还平静无比，睁开眼就爆发核战了；还有可能会梦一般地穿越星际，出现奇迹已经不是什么新鲜事儿。"

梁丽丽同样挽着王方太的胳膊，在月光下沿着便道走向大桥工地。片片积雪映衬着俩人的身影，前方则传来钻机的响声。王方太说由梁丽丽陪着他感到很幸福。梁丽丽喊着他“方太哥”，说现在最幸福的是金帼英，看看石惊天的执着和真诚，她感动得都想哭。王方太说：“以后我也会感动你。”说完，王方太凑近梁丽丽猛地朝她脸上亲了一口，两人的笑声融进了月夜。

按照李局长的叮嘱，乔三要去见铁建，先打电话给肖一虎，问铁建在不在局指。肖一虎说在，让乔三见到铁建说话要注意，不能留下任何把柄。乔三赶到局指楼上，见到铁建后虽然讨好，内心却充满怒火，说是来给铁建道歉，但一提起铁建，他就恨得咬牙切齿。铁建见乔三来略感意外，问他来干什么。乔三微微弯腰点头，称来向他道歉。铁建坐在沙发上岿然不动，冷笑着又问道什么歉，不是向公安局报案要抓石惊天和朱子来吗？乔三苦笑着连称是一场天大的误会，他亲自找李局长把案撤了，很对不起。铁建淡定地说：“撤了案你不觉得吃亏？”“我认输行不行？”“认不认输在于你个人。你撤案，可我们报的案不能撤。”乔三脸上的肌肉禁不住抽搐起来，口气立马软下来，直称错了，请求铁建原谅。

其实，铁建也懂得得饶人处且饶人，但从气势上一定要对乔三造成无形的威慑。中铁人从不与人为敌，更想化干戈为玉帛，但毛主席讲的那句话不能忘，“人不犯我，我不犯人；人若犯我，我必犯人”。这话让乔三听出一身冷汗，他还想做更多的解释，被铁建摆手打住送出门去。乔三不得不擦着额头上的汗，像逃出屈辱之地般灰溜溜地走了。

金帼英从工地回到局指，听说乔三来过后，直接冲进铁建的办公室，怒形于色，语气刚强地说：“我儿子被绑架，就这样平息不追究了？还有王法吗？这么轻易放过他，我和我儿子天天生活在压抑、恐惧之中，谁替我讨回公道？”

金帼英的苦是精神之苦。内心的那种苦痛只有她自己知道，别人说理解其实只是一种安慰罢了。她对铁建的责备自有她的道理。可在铁建看来，虽有一万个理由不放乔三走，但从建设南北高铁的工程大局来说，还是要以化解各种矛盾为主，为工程营造良好的施工环境才是根本道理。这是大家与小家的区别。于是，他解释道：“乔三怕我们报案抓他，主动找到李局长把案撤了。看来他背后肯定有人给他支着儿。他来道歉，说明不但心虚，背后还有更心虚的人。放心，不管是谁，男男被绑架和大年初一早上摆花圈这两件事，公安局真查，他们谁也跑不掉。可是，咱当下工程任务这么紧张，如果乔三不撤案，公安局真启动调查，即使咱没事，也得配合，多少会影响石惊天和朱子来的工作。你受委屈，我们都知道。如果能拿这个换来工程的顺利进展，牺牲一下也值！”这就是中铁人的性格和品质，多少委屈与心酸都无条件地往肚里咽。金帼英哭过，也砸过杯子，但在铁建的劝解下，这次她最终忍了，只为一个目标，按期完成工程任务。

党红旗一直怀疑乔三道歉的诚意。在工地碰到铁建和王若云，问乔三撤案后会不会耍别的花招。王若云义愤填膺说应该把他抓起来，看他还能耍什么花招。铁建望着施工现场正在干活的工人，沉默了片刻，说抓不抓他目前是次要的，最主要的是要尽量减少外界对正常施工的干扰。当然，也不排除有人在背后给乔三支着儿。“谁？为什么要给乔三支着儿祸害咱们?”王若云奇怪地问。铁建长叹一声，说：“唉，老肖这个人哪，一两句话说不清。见钱眼开，不知深浅，谁给他实惠他就为谁卖命，是典型的利己主义者。”

金帼英也感到在乔三背后有一只无形的手伸向自己。这么了结，她心中确实有疙瘩，但想法再多也要服从大局。一段路基已经清表完毕，石惊天和金帼英穿着棉衣，头戴安全帽站在路基上，远望积雪渐渐融化的大山和工地。后方远处的测量工在测量，几台机械设备紧跟在后面作业。前方的一座大桥竖起许多钻机，工人在紧张地施工。马上全面开工了，石惊天让金帼英别再对铁建发火。金帼英说这次放过乔三，以后再发生这种事怎么办？石惊天自信地说：“他还敢吗？社会上有很多这样的人，你不招他他偏偏招你，等你真正出手时，原来竟那么不堪一击。这种人是典型的贱骨头。”两人就这么边看工地边聊，沿着线路方向朝前走去，一直融入冰雪世界中。

石惊天随金帼英回到局指时，铁建和肖一虎刚进屋。几个人坐在会议室说事。肖一虎歪坐在椅子上，不拿正眼看人，气氛不太融洽。他横着脑袋讥讽石惊天厉害，作为分部经理很多事情不请示、不汇报，擅自做主，没人能管得了。铁建蔑视地让他说哪件事没请示。肖一虎说与乔三结算的事，年前早该结完，可偏偏不结，现在惹出这么多乱子，公安局还想找他调查了解呢。金帼英惊觉地问：“找你了解啥？你参与了哪些事儿?”肖一虎猛然从沙发上跳起来，敏感地质问金帼英他参与了什么，说她想搞诬陷。铁建不耐烦地打断他们，瞧着肖一虎，说都不要再提此事，有这工夫还是琢磨琢磨春季大干怎么开展吧。

党红旗与铁建和王若云分开后，叫上朱子来去洋河村找村委会钱主任，站在村头商谈征地拆迁事宜，时而有拖拉机哒哒哒地从街道上开过去，几个村民围在一起交头接耳。钱主任指着临街的几间民房说村里的事不好办，这户人家已经搬走，明后天可以拆掉先干。党红旗知道老钱话里有话，说修高铁拆迁是最头疼的事儿，只要拆迁能顺利解决，他提啥事都好办。钱主任心里不踏实，一再说自己尽了全力，梁场征那么大片地他全办了，可孔庆荣和袁听枫把说过的话全忘在了脑后。朱子来递上一支烟，说他侄子的事记着呢，不就是想找点活儿干吗。钱主任挥手称先不提，把拆迁搞完再说。不过，梁场大电变压器虽然已经安好，大电送不过来，他也没办法。“为啥?”“村里负荷不够用，你们等等吧。”

“哎哎哎，老钱。”党红旗说，“一分部拆迁是一分部的事，梁场大电可耽误不起，尤其打梁期间不敢断电，不然一片梁全废了，八九十万元的损失呀。”钱主任诡异地笑着说会尽力，神情却不屑一顾。

二月底，漫山遍野开满了花，尤其山脚下西南特有的油菜花，把坡地装扮成了金色的海洋。这天晚上，铁建把各分部领导召集到局指开会，布置春季大干。党红旗扫视一圈会场，说天气马上转暖，各项工作必须全力往前推，征拆要全力出击，已开工点的要开足马力，争当第一，勇创一流。大干计划宣布完，铁建问石惊天和孔庆荣两个分部有什么想法。这一问来得太突然，石惊天没有准备，半晌无语。金帼英瞄着他，提示说大家都表个态吧！石惊天赶紧把话拾起来：“一句话，撸起袖子加油干!”铁建连说好，第一，劳力要上足；第二，机械配置要到位；第三，物资储备要持续跟进；第四，管理措施要跟上。第五，要抓住关键和主要矛盾，以打通架梁通道为主线，以强力突破卡脖了工程为重点，强征拆、抓隧道、抢大桥、突击路基，实现全面展开的新格局；第六，人人都要有全局一盘棋的思想，服从命令，听从指挥，发挥团队的作用。他特意要求石惊天把两个隧道队的作用发挥好，夸杨晓去后隧道变化很大，要多鼓励，让他和李鹏飞与景阳隧道宝铁、李卫民摽起来干，只有隧道打通才能一通百通。石惊天表态说保证完成任务。金帼英看看李欣欣，说她虽然是实习生，工作很主动，熟悉情况早、进入角色快，有空还去洋河隧道学施工，是块好材料。万红山瞄着李欣欣，脸上露出一种复杂的表情。铁建说：“是呀，咱们都要有杨晓、李欣欣这种勇于吃苦、勤学上进的精神。红山，你好好带一带欣欣，自己也要注重加强学习，不然指挥部中枢神经会瘫痪。”万红山不情愿地说了一个“是”，很没底气的样子。

会议开到一半，党红旗对孔庆荣和袁听枫说，上午他跟朱子来陪钱主任去洋河村拆迁，提起当初答应的没兑现，问他们答应他什么了。孔庆荣俩人感到莫名其妙，坦白说没有，该办的都办了。党红旗摆摆手称不可能，让他们再想想，钱主任说梁场变压器和高压线安好也送不了大电，村里负荷不够。袁听枫咬定是姓钱的作梗，因为他的侄子要活儿没给他安排。党红旗说症结就在这里。铁建摇头骂老钱，说他贪得无厌，即使大电能拉上，弄不好他一不高兴也会掐掉，那才叫大麻烦。正说着，孔庆荣的手机不停地震动，拿起一看是高永恒，就问他啥事。高永恒说：“村里大电说啥也不给拉，自发电功率不够，正在打梁，快把现场职工急得爬树了，这咋办？”与会人员全都惊呆了。

制梁区打梁被迫停止。混凝土输送车停在制梁台座旁边等候混凝土，戴着安全帽、穿着棉工装的工人们三三两两地聚在一起，有的抽烟，有的嬉笑聊天。搅拌站混凝土罐车全都停在一侧等候装灰，搅拌机已停止了运行。

孔庆荣、袁听枫从局指开完会回到梁场已是半夜，全场一片漆黑，只有少部分区域靠发电机自发供电才透出一些光亮。他俩和高永恒、安雪容提着安全帽从控制室一侧走来，站在搅拌站朝周围环视。袁听枫走到高压变压器下仰头朝上看，高压线从其他地方拉线太远，成本太高，从村里接线又难，最后决定把场区所有用电线路全部停供，自发电先保证生产混凝土箱梁。

第二天，孔庆荣和高永恒提着茅台酒推开钱主任家的大门，一只拴着的大黄狗冲着他俩汪汪汪乱叫。钱主任站在正房高台上冲着狗吆喝两声，黄狗摇着尾巴趴在了地上。钱主任假惺惺地招呼孔庆荣和高永恒进屋喝茶。他俩进屋后先将两瓶酒搁在桌子上，钱主任坐在上座，一边抽烟一边给俩人倒茶。他明白他们会找上门来，更装出一副什么都不知道的模样：“孔经理，征地的事不是解决完了吗？还有啥事儿？”孔庆荣谦卑地再三谢他，说梁场离不开他和村委会的支持，大电电线已拉好，就搭在村里的变压器上方，现在正要打梁，让他想法帮忙把线给接上。

钱主任沉默良久，说早想接，可村民反映负荷不够，电压不足，一到晚上屋里黑乎乎的。他一个人也做不了全村老百姓的主。孔庆荣告诉他，供电所说村里的变压器不需要增容，完全能够保证供电，让他无论如何帮这个忙。钱主任狡猾地笑笑，说既然供电所这么讲，那让他们来接呗，还找他干啥，拉大电会直接影响村民生活，是大事，万一被老百姓写信告，说他光为外人着想，不考虑群众利益，他可受不了。听了这话，孔庆荣和高永恒真想狠狠揍他几拳，但还得卑躬屈膝相求，请他看看还有哪方面做得不到位，只要提出来会尽量考虑。

钱主任笑呵呵地说："上次征地时提过，可你们太为难。算了，有事也不找你了。"钱主任把孔庆荣和高永恒弄得很狼狈。回到梁场，恰巧袁听枫正陪铁建在场区检查，于是停下脚步问钱主任到底给不给解决。孔庆荣把前后经过详细说了一遍。铁建长长舒口气，称老钱说去做村民工作那是糊弄人，还是不想办，又问他有没有提什么新要求。"想让他的侄子供砂石料。""前面不是让他侄子供了一部分吗？""他们想全供。"铁建一口否定，说那不行，不能让他一家供，一旦控制在他侄子一个人手中，将来会被他们卡死。

铁建决定亲自去会会这个老钱，但乔三却走在了他的前面。来到钱家后，乔三被钱主任热情地招呼进屋，并让他坐在上座。乔三称这次亏大了，来向他诉苦，听说钱主任的侄子在梁场也没干上活儿，劝他不要再那么替中铁工程局卖命。钱主任一个劲地摇头叹气，说梁场要从村里扯大电，他拖着呢。乔三说："对，拖，拖下去。他们在咱们这里干项目，不为咱们谋利，咱们凭什么给他们出力？俗话说，强龙压不过地头蛇。咱们都是这个地界上有头有脸的人，不把咱们的事办好，他们的事也别想办。""乔总说的是啊，这穷日子过够了。"乔三起身说自己吃了一分部的亏，只能看看梁场还有没有什么可做的。不过还是那句话，梁场的活儿可以让钱主任的侄子干，但砂石料不要跟他争。梁场马上重新组织招标，他已让人去报名，请钱主任的侄子配合一下，他挣了钱会分给钱主任一部分。钱主任心中暗喜，直称乔三好有心计。

年前第一次砂石料招标失败，孔庆荣和袁听枫商量进行议标，两三家应邀人员拿着资料站在会议室外的操场上等候。孔庆荣、高永恒、安雪容和紫祺与前来参加投标的厂家人员相对而坐。待报完价，对方留下资料出去等通知了。前一家投标人员夹着资料走出会议室，后一厂家的人又拿着资料走进来，把报价和相关资料隔桌递交。高永恒抓过来翻看完资料又递给安雪容，紫祺侧着身子与安雪容一起看合格证和对比资料。一位投标人员说："你们取样化验的就是我方的粗河沙。"紫祺向孔庆荣点头称是。安雪容警告他们，如果中标，供应期间掺机制砂，会随时取消合同。投标人员不敢含糊，称绝对保证质量。孔庆荣告诉投标厂家，地材地料业主不给调价，根据运距计算，目前报价都在梁场的预控范围内，供应期间如果随意涨价，只能按合同办，让每一家投标人员记清楚。投标人员表态只要不超出运距就不会乱涨价。高永恒强调说，中标单位要有垫付资金的能力，当然梁场会及时按方量进行结算，一般情况下不会拖欠料款。

采取投议标突然选择确定砂石料供应商，令乔三始料不及。他把钱主任和他的侄子拉到工地附近一处河滩上，乔三冷笑着说："看到了吧？这些人做得绝啊，招标不成，找几家议标，都不让人知道，咱们是鸡飞蛋打，以后还怎么在这地面上混？"钱主任的侄子当然很气愤，称乔三说得对，劝钱主任不能再帮梁场的忙。钱主任说："你说得轻巧，我是村主任，我能说不帮吗？这可是国家工程。"乔三听后嘲笑他，说村主任值几个钱，姓钱却没钱，更没挣到钱，真对不起这个姓。越说，钱主任越端起架子，说他是不值几个钱，可他跟乔三不一样。乔三可以想怎么做就怎么做，他大小也是一名基层村干部，端的是公家饭碗，就算身上长了疮、流了脓，也不能让外人看见，这叫政治。乔三讥笑他是死要面子活受罪。钱主任的侄子早已不耐烦，让钱主任不要管拉大电的事，继续拖。其实，不管这俩小子说什么，钱主任心中自有数，心想让你们猜透我的心事，还当什么村主任。

第十八章

铁建那天本来要去找钱主任，无奈业主来电话通知他去开会，把拉大电的事又拖了几天。他再到梁场一看，一排排设备停放在施工现场悄无声息，只有发电机和搅拌机在运行生产混凝土。大电仍没接通，严重影响高铁建设。紫祺焦急地说：“表舅，大电拉不过来，我们试验室都没法做试件。”铁建一听试件都做不了还怎么制梁！孔庆荣一筹莫展，汇报说只有再买两台大功率发电机。铁建摆手说，那是应急方案，保证不了长久作业。他满怀怒气，带孔庆荣直奔钱主任家。

铁建把钱主任约到村边，站在变压器下仰头望着耷拉在空中的电线，钱主任装出一副发愁的样子。铁建围着梁场之前给他的那辆轿车来回转圈，时而低头隔着车窗玻璃朝车内看，时而站在车前抬手拍拍车盖，问道：“老钱，这车跑了多少公里?”钱主任笑着回答几个月可真跑了不少，都是为一分部和梁场征地拆迁东跑西颠，如果没有这车，早把两条腿跑断了。钱主任知道铁建来的目的，早已做好了应对的准备，你有你的千条计，我有我的老主意，不给你接就让你接不上。

铁建笑着说：“真不愧是党的基层好干部呀。”钱主任听出话里有话，只能装作没听见。铁建又说：“老钱，听说这大电的事可是找你好几趟了。”钱主任摇头假装为难的样子，称他也着急，村民为这事要告他，说给梁场接上大电会造成村里电压不稳，到晚上孩子学习都受影响，看不好电视，家里有生病卧床的老人照料更不方便。有人骂他光给铁路办好事，不考虑群众利益。孔庆荣说：“群众的补偿费我们早交了。”钱主任说：“有些事不是交了钱就能马上办的，农村不比铁路和央企，不好办着呢。”铁建见钱主任给他们打太极拳，单刀直入地说：“老钱，你说大电能不能给接上？我也是农村长大的，知道村里的事就你当主任的一句话。你要不同意或者背后使个绊儿，谁也不敢办。你是不是还有什么事儿，直接跟我说，别转弯抹角地为难梁场。”

钱主任啧了一声，说：“铁指挥，话可不能这么说。所有事情都要开会集体研究，我个人不能一言堂。”铁建说：“那好吧，你抓紧与村委会碰碰，把大电给我拉过去，下午或最迟明天，我让庆荣派人来找你，怎么样?”钱主任看出他有些动怒，便磨磨叽叽地称尽快。铁建觉得钱主任一直不松口，看来这个老奸巨猾的人还真难缠，于是心生一计，说：“老钱，有个事还忘了给你说。集团公司财务和审计马上下来进行财务支出检查，你这部车的发票还挂在账上呢。”此话点到了钱主任的要害，他猛然一惊，说那得处理好啊。铁建不理他，转身朝越野车走去，快上车时告诉他不用担心，已安排孔庆荣把发票抽出来。

铁建乘车回梁场的路上，孔庆荣兴奋地说指挥长出面就是力度大，这回钱主任差不多该给搭线了。铁建一针见血地说：“钱主任这个人，官不大，捞钱的心眼可不少。中国的农村基层村干部队伍主流是好的，但像他这样揩油的也大有人在。对他这样的人既要拉一拉，更要抓住他们的小把柄点一点、敲一敲，不然他们以为天高皇帝远，老子天下第一。”

满山积雪已经消融，大地披上墨绿色的衣装，盛开的桃花和明媚的阳光洒满村寨。洋河里的冰开始融化，急促的流水奔涌向前，山涧小溪与清泉也静静地流淌。这个季节，脱下冬装换了春装的行人匆匆过往。洋河村正拆除一长溜的房屋，挖掘机在破除屋顶，有不少百姓围观。从山头朝下望去，几十公里的线路管区全面开工，林立着许多机械，与路基并行的施工便道直线贯通，行走着民工与拉料的车辆。桥墩拔地而起，路基正在填筑，场面十分壮观。

南北公司董事长张福臣率建设、设计、监理查看工地，第一站到达的是中铁工程局管区，他们沿着便道和乡道拐了几道弯来到悬灌梁特大桥施工现场。特大桥主墩已经耸立在两岸堤堰上，吊车正在吊装作业，几十号工人分成两拨在施工。朱子来和邵帅先介绍了施工情况，张福臣没想到节后这么快能展开施工，成为全线第一家，甚是高兴，直夸队伍生龙活虎，像个干活的样子。铁建说两个分部都铆足了劲争第一。黄总监凑上前，在张福臣面前唱赞歌，说如果都像中铁工程局这样，提前工期根本不成问题。张福臣嘱咐道：“工期固然重要，但建高铁更重要的是确保质量安全。桥虽然安全风险小一点，但高墩大跨和悬灌，安全防护也是很重要的环节。隧道都是高风险，宁可慢一点也要稳扎稳打。一旦出事工期没了，名声尽毁。特别是二衬质量，绝不能出现空洞，通车后掉拱砸车，那要出大事故。”石惊天赶紧表态，称会特别小心和严加管理。

张福臣边朝河滩下走边说，为建设“八纵八横”高铁网和拉动经济，最近一个时期国家加快了高铁项目和地方城际铁路的可研批复。年前铁总集中上网招标了十几条高铁大线，听说中铁工程局接连中了三四个标，很是厉害。铁建虽然深感欣慰，但仍然很谦虚。年前集团已组成新的项目班子，快速进场了。其实各局都在调集力量，摩拳擦掌呢。张福臣望着高高的桥墩，说现在正是高铁建设的黄金期，工程局大有可为。到年底，中国高铁运营里程将达到三万公里以上，超过世界各国高铁运营里程的总和，西方国家将对中国刮目相看。

赵化亮拍手，说：“咱们国家只要党一声号令，没有干不成的事情。”张福臣扭头看了看他，伸手扶正他头上的安全帽，说这正是中国的优势。这条南北高铁是西南大通道，要建成世界一流，抓质量安全绝不能有半点含糊。他要求黄总监把最得力的现场监理派上来。黄总监答应一定照办，并称每道工序肯定都有监理工程师在现场验收签认。张福臣问赵化亮是管现场的吧，赵化亮回答得很干脆，说是。接着他考起赵化亮来，问主墩施工到悬罐需要多少天，每节悬灌最快几天能打完等一大堆技术性问题。赵化亮说三米多一节，最快七天，最慢不超过九天，对技术参数倒背如流，回答得滴水不漏。张福臣听着开始默算，70 + 128 + 70 对称浇筑，主跨 3.5 米一节，需要 41 节，在中国建桥史上速度不慢，能达到均值。但混凝土张拉必须满足的三个条件，他问赵化亮知不知道。邵帅挤到前面说，一是混凝土强度，二是弹性模量，三是摩阻试验。铁建把话接过来，说：“一般块段混凝土浇筑龄期五天以上，混凝土强度达到 95%，弹性模量达到 100%。张拉完成后滑移挂蓝。零号块除满足龄期和强度外，还要进行预应力摩阻测试，锚口、管道和喇叭口摩托阻，要在零号块张拉前进行。这主要是检验设计师所取的计算参数对不对。”张福臣乐呵呵地笑道：“行啊老铁，从你这个局指挥长到现场人员，都对设计要求一清二楚，我放心了。”

接下来，张福臣问铁建春节期间发生的事情，要不要他出面找找市里和县里。铁建说不用，他和党红旗能处理好。张福臣说："金帼英受了委屈，组织要为她撑腰。像乔三这帮人，国家早晚会出手将他们一网打尽。"

王忠理与张福臣兵分两路，他专门去检查隧道，由肖一虎、金帼英和王若云等人陪着。到了洞里，王忠理望着杨晓不说话。金帼英说杨晓原来是局指工程部的工程师，学的是隧道专业，现在调到一分部专管这座隧道，当架子队队长。王忠理面无表情，说不管谁当队长，只要把隧道干好就行。杨晓谦虚地说："我们严格落实了《隧道施工安全九条规定》，推行的是钢构件加工工厂化、施工机械化、队伍专业化、监控量测信息化'四化'管理模式。"王忠理带着讽刺的意味，说他对上级规定背得倒挺熟。肖一虎紧贴着王忠理悄声说，杨晓是铁建点名调过来的。

进到掌子面，王忠理打着手电查看隧道地质，掘进已有四百米，承认速度不慢，问金帼英采取了什么具体措施。金帼英如数家珍地说："包括景阳隧道都严格按施组施作，管理上实行工序单价承包，以班组为单元，民工收入与进度、安全质量挂钩，当月计价。施工遵循'岩变我变'的管理理念，早预报、管超前、预注浆、短进尺、勤测量、快支护。"王忠理一向挑毛病，这次却听着不说话了。王若云补充说："我们还采取三台阶开挖工法，缩短各台阶长度，初支仰拱坚持'两紧跟'，确保隧道施工质量安全和开挖进度可控。"王忠理用手电照湿喷设备，望着大功率湿喷机械手、24米长仰拱栈桥、液压式整体二衬台车，新技术、新设备、新工艺都用上了，赞叹还不错。杨晓说："质量控制实行班组长责任制，分级管理，紧盯关键工序和重要环节，应用先进雷达量测，严禁超欠挖。"王忠理问："每月成洞能达到多少？"李鹏飞钻到前面，小心翼翼地回答："春节放假有影响，这个月正洞单口月进尺能达到100多米。我们会进一步调整工班和工序，把生产要素再集中一下，并加大奖励力度。"王忠理看着掌子面的大流量涌水发愣，金帼英说她和王若云也正在研究涌水为什么没流到排水沟里，到底跑哪儿去了。

从隧道里出来，王忠理有些忧虑，说："地质勘探资料上标注有溶洞。溶洞一般伴有暗河，再往前打你们要注意。如果遇到溶洞，施工工艺需要做大的变更。"金帼英称早做了预案。王忠理管杨晓叫小杨，说："你们有一点没做到，进洞这么深了，安全应急材料没见在哪儿呢，逃生通道为什么没准备好？"杨晓如实说在洞外没拉进来，马上安排。王忠理端着大肚腰带对肖一虎说："你看看，现场想到也准备了，就是没做到。这对过程安全防范很重要，必须随时提醒。"肖一虎巴不得被王忠理挑出点啥问题，见他还算满意，就谦卑地说会亲自盯住。王忠理板着脸告诉金帼英、王若云及杨晓，说下次别再让他看到没做到位的地方，否则再给黄牌。

金帼英和王若云坐在后面车上跟随王忠理朝景阳隧道驶去。金帼英有点沾沾自喜，被王若云一句话点醒了。王若云说："王忠理面上过得去，内心跟咱们有隔膜，只要被他抓住点小把柄，就会给咱们难看。"金帼英说他不敢，真故意挑毛病，她会去找张福臣。

王忠理到达时，石惊天、宝铁和李卫民早在那里等候。本以为王忠理会马上进洞，可他要小解，被肖一虎带着去了用彩钢板搭成的简易厕所。两个人站成一排，然后仰望着上方"哗哗"尿水。王忠理说："老肖，你说铁建怀疑你与乔三勾结?"肖一虎故意无奈地摇头，说走街串巷搞拆迁的是他，协调地方关系是他，现场盯控的是他，工地上解决不了的事，需要出面的还是他，到头来铁建还怀疑他，真是冤枉，囔着工作实在没法干。王忠理提着裤子扎腰带，叫他沉住气，并安慰他说如果铁建这么折腾，没准哪天就干不成了，到时他可以顺理成章地接替铁建当指挥长。肖一虎精神振作，说还是王忠理想着他，都不知道该如何感谢了，夸自己的能力不比铁建差，真让他干绝不给领导丢脸。俩人边聊边从厕所出来，与石惊天等人寒暄着，一人抓一顶安全帽，呼呼拉拉地往洞里走。长长的隧道洞壁上装有一排照明灯，洞内很干净，叮叮当当的施工杂乱声回荡开来，把王忠理和其他人的说话声全都淹没了。

应付完王忠理的检查，肖一虎得意扬扬，嘴里哼着小曲，乘车直接去县城，把乔三约到一家茶楼喝茶。乔三告诉他已给铁建道了歉，眼下不会怎么样。肖一虎无心谈这些，打鸡血似的告诉乔三，王忠理亲口说哪天铁建干不成他可以接替当指挥长，并满口答应乔三，如果真有那么一天，眼下的结算他不认可的地方，到时可以再翻出来重新算。这个消息出乎乔三的意料，惊喜地拍手说，盼着这一天，是应该想办法整整铁建。肖一虎用眼角的余光瞄着他说："兄弟你不是向来点子多吗，要想制服对手，就必须像蛇抓到猎物一样，死死地缠住他，等猎物窒息了，然后再慢慢吞下去。现在你派人再去找一分部要活儿，这叫缠斗。我只能在你和老铁、金帼英之间当个阴阳人，咱争的就是这口气。"

下午，张福臣率领检查队伍走后，铁建被石惊天和朱子来拉到一分部驻地去坐坐，王若云、赵化亮和朱红军都紧随而来。铁建总结业主检查情况，夸奖赵化亮在这次检查中表现不错，回答很精准，可以打满分。没等石惊天张口回应，门外操场上突然传来一阵吵闹声。走出去一看，原来是乔三的手下老四和两三个青年。老四一副流氓样，称要见石惊天和朱子来。赵化亮让老四有事跟他说。老四蛮横无理地骂赵化亮算老几，他要见的是经理和书记。石惊天、朱子来、王若云和朱红军等人跟着铁建从会议室走出来。铁建呵呵讥笑着说老四又来了，不是冤家不碰头啊。两个青年发怵，迅速躲到老四身后。“哦，铁指挥，真不知道您也在这里。”“我在这儿不行吗？知道你们要来，我提前来等你。说吧，你来干啥？要钱还是要命？”老四难堪地说既不要钱也不要命，春天了还是想请求领导给弄点活儿干。一个小青年往前挪动着身子称在这地盘上，就中铁工程局不把乔三和老四放在眼里，这么下去，即使工程干完，机械也别想撤走。

铁建伸手按住老四的肩膀，说：“老四，你和乔三厉害呀，别人捧你们，老子不捧。记住，捧你们，你们就是个杯子；放手，你们就是一堆玻璃渣子。你可真健忘啊，这么快就想不起悬灌梁工地那一出了？”

老四低着头，翻着眼皮看铁建和石惊天，称吃了大亏，不该认的乔三都认了，可手下的弟兄们不干，只能再干点活找补找补。朱子来厉声说：“你们天天来捣乱，以为这是你们家？这是共产党领导的天下。”石惊天拉住老四的胳膊，“来，我给你找补找补”话音未落便一拳打下去，老四捂住脸踉跄着倒退好几步差点栽倒。铁建骂道：“给我滚！”老四朝门外边走边骂骂咧咧：“行，你们断我们财路，我们断你们后路，走着瞧。”

朱红军觉得铁建和石惊天对付乔三和老四很有一套，佩服得五体投地。晚上朱红军找了家餐馆，邀万红山和杨晓共进晚餐，把下午发生在一分部的场景当成戏演了一遍，杨晓和万红山听着很解恨。杨晓主动倒满酒端给万红山，感谢在工程部时万红山对他的照顾。万红山白他一眼没接，说杨晓现在可是领导眼中的香饽饽，他这个部长算个啥，不用敬他。杨晓丈二和尚摸不着头脑，问他啥意思。万红山抬手把杨晓端在半空的酒杯扫落在地，令朱红军和杨晓吃惊地愣住了。朱红军说：“还没喝呢咋就醉了？”杨晓说：“干吗发这么大的火？”万红山站起来指着杨晓，说李欣欣来工程部实习，认他当师傅，可杨晓偏偏逞能，夜里把李欣欣骗到工地去教她，问杨晓到底教了她什么。杨晓这才从云里雾里钻出来，既委屈又气愤地说骗李欣欣干什么，是她自己来的。万红山咬着牙不相信，说绝不可能，大半夜跑去工地她傻啊！朱红军拉开万红山，让他俩都坐下，都是工作上的事吵个啥劲儿。万红山怒视杨晓，说他勾引女孩子。杨晓一摔筷子，赌气让万红山以后看好自己的徒弟，说完离席走了。

朱红军见杨晓离开，跑出去追了几步。折身回到酒馆，责怪万红山不该欺负杨晓，说他现在是一分部的人。万红山愤愤不平，称气就气在杨晓不把精力和心思用在隧道上，而是对李欣欣图谋不轨。朱红军感觉莫名其妙，问他有啥依据说杨晓图谋不轨，凭啥管人家两个人的事。万红山难以圆场，愤懑的脸红到了耳根。

杨晓十分沮丧，回到项目部直接闯进石惊天的办公室，把安全帽往桌上一摔说今晚不干了。王若云刚好在屋里，见杨晓很生气，倒杯水让他坐下，问咋了。杨晓猛喝两口，把在餐馆发生的事情说给她和石惊天听。石惊天伸长脖子说："李欣欣是他的徒弟？说你居心不良？"王若云深感惊愕，一个劲地骂万红山，说这是哪跟哪呀。石惊天摆手安慰杨晓，劝他该干啥干啥，别往心里去。不过，石惊天和王若云都感叹李欣欣长得是太水灵了。

铁建回到局指宿舍正洗脸，手机突然响了，一看是王若云，湿着手赶紧接听，问她咋还没睡。王若云坐在床边，手里的笔在纸上来回倒去写一个"铁"字，告诉他万红山与杨晓差点因为李欣欣打起来。"为什么？""都喜欢欣欣呗。被朱红军劝住了。""杨晓呢？""现在进隧道了。""关关雎鸠，在河之洲。窈窕淑女，君子好逑。"铁建听后根本没当回事儿。王若云试探着问铁建，李欣欣窈窕淑女，金帼英窈窕淑女，她是不是。

这件不大的事儿很快在局指和项目上传开了。李欣欣与兰花朵一起在院里散步，突然手机响起，李欣欣看了看接听，问杨晓在哪儿。"在工地。"杨晓郁闷地抽着烟，情绪很低落。兰花朵听不见李欣欣和杨晓在电话里说了什么，只发现她很惊讶。李欣欣放慢脚步，由喜转悲，声音柔弱，说知道了，让杨晓进洞注意安全。兰花朵不知道该怎么劝她。李欣欣继续沿着花径往前走，告诉她万红山找杨晓麻烦，他很郁闷。兰花朵夜幕下睁大眼睛，纳闷怎么会成这样？李欣欣说："正月十五我去工地看杨晓，万部长把我叫回来训了一顿，不让我接触杨晓。"夜幕渐渐吞没她们的身影，白天的问题成了黑夜的疑虑……

第二天上午，石惊天陪金帼英查看一处涵洞工地，李欣欣跟在后头。民工正在施工，大型推土机和装载机仍在填筑两侧路基，工地上热火朝天。周围的山披上一片墨绿色，田野里开出了大片油菜花，这一美景深深吸引住了李欣欣。其实，她就像田野间的花朵一样鲜艳夺目，民工们纷纷停住手中的活儿，把目光都集中在了她身上。金帼英和石惊天瞧一眼李欣欣，又看了看民工，叫民工别愣着，抓紧干活儿，民工们则窃窃私语。石惊天说以后不能带她来工地，长得太漂亮，民工没心思干活儿。金帼英笑笑说："不让她深入现场怎么学习？欣欣，过来。"李欣欣满脸带笑地紧追几步跟上，昨晚万红山和杨晓因为她发生误会，金帼英问她知不知道。李欣欣不解，怎么这么点小事大家都知道了呢？石惊天说杨晓是个人才，万红山也很优秀，提醒她实习把技术学到手，两个男人之间的事让他们自己去解决。女人漂亮本身没有错，错就错在男人认为你漂亮和美丽。只要心如止水，误会渐渐也会消除。李欣欣懂得这个道理，她选择跟着感觉走。

铁建下工地故意喊上万红山。他坐在前面仰在靠背上，问万红山是不是昨晚耍酒疯了？万红山红着脸不好意思，说没有，铁建没再往下问。王方太、梁丽丽陪铁建和万红山站在洋河特大桥桥头，一群工人身着工服、头戴安全帽正在立模打墩身。清流的河水翻滚着往下游流去，对岸有百姓正在放羊。铁建指着河面说天暖化冻了，河水还真不小，让王方太和梁丽丽叮嘱民工夜间施工要多加小心，千万不能掉到河里去，然后问他俩的事定下来没有。王方太瞄着梁丽丽说她家没意见。铁建夸赞梁丽丽眼光不错。话锋一转，说万红山眼光也不错，瞄就瞄准项目上最漂亮的女生，不知道人家有没有这方面的意思。王方太傻乎乎地问铁建是不是说的李欣欣，梁丽丽翻着眼瞥他，被铁建看在了眼里。铁建说："方太，你守着西施说貂蝉，大忌呀。"王方太这才看梁丽丽，只见她嗔怪地把脸扭到一边，说他是这山望着那山高。

万红山跟着铁建走向河岸，尴尬地解释说跟李欣欣没啥。铁建知道他说的是假话。这么大小伙子没对象，来了个漂亮的女孩不追才是傻瓜，但追也要看对方心思有没有放在你身上，这种个人的事又何必多说呢？铁建转移话题，说局指要对各工点搞夜查，让万红山回去做个安排，不要提前通知两个分部。

这天深夜，金帼英忽然提出进景阳隧道看看，石惊天、赵化亮和王若云刚要休息，赶紧穿衣赶到工地。门卫从洞口值班室拿着本子出来让他们登记，戴上安全帽。石惊天让王若云在洞口等金帼英，他和赵化亮先进隧道。洞内正在进行二衬施工，洞顶二衬模板下留有三十多个小窗口，拱顶密密麻麻的PVC管倒立朝下，高高的二衬台车上站着头戴安全帽、身穿防护衣的工人。罐车开进来将混凝土倒入输送泵的预定位置，两名工人抱着振捣棒塞进二衬预留孔。宝铁手持步话机站在下面指挥，看到石惊天和赵化亮打着手电进来，立即迎上来。石惊天没看到李卫民，有些疑惑，宝铁说今晚他值班，让李卫民休息了。

满天星斗，一轮明月。金帼英的越野车借着月光行驶在一号搅拌站门前的村道上，一会儿拐弯驶入便道和彩门，开上隧道洞口前的停车场。王若云上前拉开车门，见李欣欣也跟着跳下来。金帼英问石惊天为啥没来，王若云说今晚打二衬，他已经进隧道了。洞内二衬已开始浇筑混凝土，嘈杂的机械轰鸣声从她们头上掠过。金帼英在隧道内看到石惊天、赵化亮和宝铁站在混凝土罐车旁边指挥着施工人员作业。见王若云陪金帼英进来，石惊天等人围过来报告二衬刚开始。金帼英用手电照洞壁，知道这段里程是四级围岩，设计厚度是45厘米，一板二衬12米，要打120立方米混凝土，说："窗口要留够三十个，PVC管可以看到拱顶的浇筑情况。管子一返浆就能知道拱顶打满。"王若云看着手表，此时已是凌晨两点，二衬需要十个小时，要打到第二天中午十二点。金帼英告诫他们一定要有自己的人盯控，有问题现场解决。宝铁说他负责盯着打完，下午李卫民来换他。

金帼英是来查岗的。她不但要看看有没有干部在现场值班，还要看正在施工的各项工艺流程对不对。她要求宝铁留在这里盯控，又带石惊天去了前方的掌子面。借助昏暗的灯光，金帼英估摸着二衬与掌子面步距有没有超标。王若云回答说规定四级围岩步距不超90米，五级不超70米。掌子面开挖人员有几个在干活儿，也有几个蜷缩在洞壁下睡觉。李欣欣指着地上的民工说怎么敢在这儿睡觉？石惊天和赵化亮上前一脚把民工踢醒，嚷着要睡出去睡。民工懒洋洋地起来咧嘴笑，称每天夜里这个点最熬不住。王若云说熬不住也不能在洞里睡，石头掉下来砸着怎么办。民工手拿工具赶紧跑上了掌子面。金帼英说这就是安全隐患，让石惊天赶紧整治，绝不允许有这种行为出现。她心里知道，长期在洞里干，抬头不见天日，身体疲惫可以理解，但带班人员必须及时发现情况，调整人员状态，免得出现事故。

党红旗这天夜里去了梁场夜查。整个制梁场打梁区一群工人正在挑灯夜战。搅拌机、罐车和输送泵同时在浇筑两片箱梁。孔庆荣、高永恒在作业区巡视，时而停在打梁处看梁体浇筑。党红旗的越野车从公路上拐进梁场彩门，直接开到打梁区。孔庆荣和高永恒赶紧迎过去，说今夜是他俩值班，明晚是袁听枫和安雪容轮值，春秋两季正是打梁的好季节，温度不高不低，打起来质量也好。党红旗指着场区照明问大电拉过来了？高永恒说拉过来了，老钱鬼着呢，一看指挥长去了，屄啦。孔庆荣称是铁建点到了他的痛处。党红旗边走边问为什么夏天和冬天打梁效果不好？高永恒说夏天温度太高，45℃，模板受温度影响会鼓起来，脱模后梁体外观不好看。冬天温度又太低，需要给模板加温，质量也受影响。所以，春秋两季节打梁最合适。党红旗很惊讶，称什么技术里都有大学问，问他们两片梁要打多长时间。孔庆荣看看表说现在是两点半，一片梁 300 立方米左右的混凝土刚打不到一个小时，规范不超过 6 个小时，要打到第二天早晨七点。党红旗看值班领导都在场，人人都很内行，感觉很欣慰。

路基工地在月亮与灯光的共同照射下，一长溜土方运输车开着大灯排成长队，一辆接一辆行驶在便道上。路基上堆起高高的土方，两侧插着一长溜小彩旗。朱红军、老刘在指挥推土机、平地机、铲车、压路机进行分层填筑碾压。肖一虎和万红山来这里夜查，越野车跟在大车后面，慢腾腾地喘息着往前开。朱红军和老刘见他俩从车上下来赶忙迎上前，问肖一虎这么晚为啥来了。肖一虎拉拉领口说来夜查，看看谁带班。老刘说他和朱红军一直在。肖一虎望着拉土的大型运输车点头，边说这才像个大干的样子，边问一晚能拉多少。

朱红军说取土地点远，平均一夜能拉六到八千立方米，有时给司机上点现货，给钱跑得有劲儿。夜里城管查车松一些，白天效率太低，不是这个查就是那个拦，有时乔三还组织人故意挡车，有的司机已经打过一两架了。

肖一虎在夜幕下隐藏着自己，阴阳怪气地说："乔三那帮人你们不能惹啊，老铁还怀疑我跟他有勾搭，我看是他脑子进水了。""啊？""啊什么啊？我看你脑子也进了水。"肖一虎说，"路面填土几天一层？"老刘说："严格得很，第一层是 1 米多厚的土加粒石土，之后是级配碎石掺百分之三至百分之五的水泥。30 厘米一层，填筑完后先做试验，再找第三方检测。合格后才能再往上填，基本两天一层。"肖一虎见路基段有值班又规范，转身走下路基，心里嘀咕谁再敢说他跟乔三有来往就打破谁的头。他独自想事没看脚下，黑暗中一脚踩空重重地摔在了地上。

肖一虎被朱红军和万红山从路基上扶下来，转头去了洋河隧道。掌子面有十来个工人，一半在开挖一半坐在台阶下，围在李鹏飞身边，地上摆着一袋咸菜和一袋花生米，正抽烟、喝酒，让他抓个正着。李鹏飞解释说，兄弟们又累又困，喝两杯提提神。肖一虎总算抓到一个把柄，好一顿训斥，问李鹏飞隧道施工是怎么规定的。洞内不准带烟火，施工期间工人更不能在洞里喝酒，认定是李鹏飞带的头儿。李鹏飞忙检讨说是头一回，以后不敢了，下半夜大家太累确实没法干活儿。肖一虎不依不饶地问杨晓去了哪里。李鹏飞说："今晚我带班。"万红山不给好脸，问他是队长还是杨晓是队长？李鹏飞心里骂他装："杨晓怎么了你还不知道?"

第二天早上，李鹏飞和民工们围着桌子吃饭，杨晓咣当一声把碗扔在桌子上，民工全都扭头看过来。杨晓指着李鹏飞说："你带班竟在隧道里喝酒，如果被通报算谁的?"李鹏飞撂下碗，摸着脑袋说当然算他的。杨晓气得围着桌子转，说："万红山正愁抓不住把柄，你李鹏飞却给他提供了机会。"李鹏飞瞪大眼睛，若有所思地问："你俩真结仇了？"

肖一虎吃过早饭上楼，钻进铁建的办公室，坐在沙发上发牢骚，说李鹏飞敢在隧道里喝酒都是铁建惯的，像他这样的老战友不得好，一些不咋样的人倒成了香饽饽。铁建瞪着肖一虎，叫他有话别藏着掖着，问他谁不咋样。肖一虎说杨晓自己夜里不带班，把李鹏飞弄上去，带着酒到洞子里跟民工一块喝，劳务队带成这样，还让他当队长，此事必须通报。铁建无言以对，肖一虎更来了劲头，怨杨晓在工地不好好干，倒与万红山争起李欣欣来了，一看就不是好鸟。说完起身摔门走了。铁建望着他的背影无奈地摇了摇头。

万红山按照肖一虎的"旨意"，把《关于夜间施工检查问题的通报》印出来拿在手里检查错别字，看到"洋河隧道架子队队长杨晓疏于管理，劳务队李鹏飞在隧道内与民工一起喝酒"的字样，心中一阵窃喜。把通报送到铁建案头等他签字下发时，铁建看着通报说："红山，杨晓在隧道里喝酒没有?"万红山吞吞吐吐说没有，是李鹏飞组织喝酒。铁建把通报扔在桌子上，说："既然杨晓没喝酒，为啥在通报里写他的名字？他是队长，负有管理责任。按逐级倒逼处理原则，那你们工程部呢？我呢?"他劝万红山不能因为一己私情而公报私仇，夸杨晓能痛快地服从组织下到隧道队去，足以说明他的思想觉悟和个人素质是高的，不要再给他增加无形的压力，让他再去改改。万红山连连点头称是，接过通报正要离开，又被铁建叫住："红山，给你提个醒，以后有些话不要跟老肖多说，你应该知道他是什么样的人。再一个，关于李欣欣，你和杨晓之间既是竞争关系，更是同事和上下级关系，不能因为一个女孩子闹得满城风雨。"窗户纸终于被捅破，万红山显出一副窘态。

通报发到两个分部，石惊天气得满脸鼓胀，将通报一巴掌拍在桌子上，用手一个个指点着屋里的人，半晌没说话。少顷，他开骂说："看看你们昨晚干的好事，通报里没提梁场半个字，点的全是一分部，都是你李鹏飞惹的麻烦。"李鹏飞不知所措，连说对不起。石惊天极为生气，说李鹏飞大毛病没有，小毛病不断，一点不让人省心。在隧道里拉几个民工抽烟、喝酒，够胆啊，问杨晓是咋管的。李鹏飞愤恨地骂肖一虎这孙子，当面一套背后一套，说不通报回去就下文了。杨晓被一纸通报打蒙了，他心里怨恨万红山，但又不能对人发泄。

春天猛然间来了，冰雪消融，清澈的河水潺潺流淌。李欣欣知道杨晓和万红山之间不太愉快，在一天下午跑去找他。俩人手提安全帽在河边缓缓走着，杨晓显得有些郁郁寡欢，李欣欣用美丽的眼睛瞄着他，说："当队长是个锻炼的好机会，你要觉得自己行，得拿出点真本事来让人看看。只要把洋河隧道干上去，一切看法都会改变。"她的话让杨晓感觉温暖而有力量，停住脚步，用一种感激的眼神望着她。李欣欣拉住杨晓的手又说："别让我失望。"万红山坐在去隧道工地的车内，恰巧看到他俩，愤恨地把脸扭到了一边。

石惊天和王若云检查工地，众多大型机械设备正在进行路基土方碾压作业。发现金帼英驱车而来停在坡道下，俩人就往坡道下面走。金帼英戴上安全帽沿坡道走上来，问王若云能不能两天压一层。王若云说能，不过验收检测程序太复杂。金帼英看看路基，又看看边坡，让她们碾压时打好边线和中桩，尽量少刷坡。无关紧要地与王若云聊几句，扭头说石惊天挨个通报痛快了。石惊天笑笑说，没准下回梁场也会被通报呢。金帼英说梁场分部通不通报她不管，只管一分部，因为石惊天是经理，更是男男的干爸，被通报她脸上挂不住。石惊天这才醒悟说知道她关心自己。金帼英告诉他和王若云，下午要去设计院开会，让他有空去幼儿园接男男。石惊天憨态可掬地满口答应，不用她再操心。王若云嘻嘻笑着说："看你把他说的，经理知道你关心他。"金帼英问洋河隧道涌水有没有人去观察，石惊天称朱子来去了隧道工地。

朱子来在洋河隧道洞口碰上杨晓和李鹏飞提着安全帽从洞内走出来，问他俩进度咋样。杨晓说一炮3.5米，一天两个循环，只是涌水有点大，正在观察地质变化情况。三个人走进值班室，坐下后朱子来说受石惊天委托找他俩谈个话。李鹏飞敏感地问犯啥错误了。朱子来说隧道里那顿夜酒毁了一分部的声誉，还不叫犯错误？李鹏飞又是检讨又是赔不是，直往工作上扯，然后汇报如何把工序衔接好，缩短班组交接时间提高工效，弄得朱子来就不再说什么了。

铁建和党红旗没上工地，去县里参加精准扶贫大会。结束后，俩人刚从礼堂出来，便被王县长和赵主任喊住。王县长握住铁建的手说，今天全县扶贫大会来的都是乡镇、村和委办局的主要领导。全国到目前仍有7000多万人没有脱贫。全面建成小康社会，每年还要减贫1200万人，每个月就要减贫100万人，任务非常重。作为央企，市县政府也给中铁工程局定了任务和指标，问他俩有没有困难。铁建当然讲政治，说精准扶贫，全面小康是党中央的要求，有困难也得克服，让王县长放心，一定有人出人、有力出力、有物出物。赵主任问能否出一部分钱，党红旗解释说国家铁路项目最后由国家审计，中铁工程局又是整体上市公司，直接出钱都要上股东会和董事会，比较麻烦。不过，可以针对扶贫搬迁项目，一对一地出些物资材料，这样也等于出钱了。王县长笑着搂搂铁建和党红旗的肩膀，称赞央企就是央企，大局意识强。

铁建和党红旗坐同一辆越野车回局指。党红旗说县里扶贫是政治任务，既然答应了县里，就得想办法付诸实施。铁建坐在前面望着窗外，说事关民生和中央大政方针落实，必须办。弄清需要多少物资材料，分配到两个分部，发生的费用顶上交集团管理费，他想报告打上去后领导会支持的。铁建当即掏出手机打给了夏江，把县里开人会下达精准扶贫任务的事汇报一遍，将来所出物资要求到年底前上交。夏江在电话里说，支持地方经济社会建设与发展是央企应该做的，既然政府提出来，必须跟上，但要考虑项目上的实际承受能力。铁建挂断电话回身对党红旗说："看看，夏董作为党委书记，二话不说，支持！这就是一把手的政治觉悟，值得咱们好好学。"

铁建和党红旗的越野车开进镇里的时候，正赶上幼儿园放学。一群家长领着从幼儿园出来的孩子，互相打完招呼，三三两两地各自回家了。石惊天刚把男男接出来，金帼英就驱车赶到了。看到石惊天领着男男从幼儿园方向走向大街，她的脸上荡漾起一种幸福的微笑。石惊天看见金帼英，惊喜地问她咋也来了。金帼英深情地望着石惊天妩媚一笑。铁建坐在前座一眼就发现石惊天和金帼英牵着男男的一只小手走在街道上，示意司机慢点开，并让党红旗看前面。党红旗看到这一幕，说："帼英应该有个伴儿。"铁建感叹说："中铁职工不容易，人这玩意儿说起来是感情动物，其实是怪物。情是人心换来的，心是一点一点处出来的。想要得到回报，就得认真付出；想要赢得人心，就得以心换心。很多时候，生活中只要有爱陪伴，即使苦累，心里也是甜的。"铁建说着，自己先笑起来，称按说这个年龄不该谈情啊爱啊什么的，可看到年轻人这情景，自然会想起年轻时候的那段时光，感叹自己跟韩秋柳一路走到现在实属不易。有多少人，从相识相知到最后只剩一个姓名；有多少爱，从起初的海誓山盟到最后徒留一段过往；还有多少情，从相濡以沫到今天消失得无影无踪。金帼英和王若云便是很好的例子。

党红旗扒着前座靠背说："人与人不一样。咱们那个时代没法跟现在比。现在的年轻人，看重利益的居多，在他们眼里情又算什么。宏歌今年多大，嫂子患类风湿病就多少年。你却一如既往地爱着她、呵护她，这份情拿百亿千亿都换不来、买不走。你这种人品，大家才心甘情愿地帮你。可有的人可以共患难，不能同富贵，一遇到钱这玩意儿，尤其在巨大的利益诱惑面前就变节，谁都抵挡不住，甘愿向利益低头。"铁建听后说他讲得一点不错："钱和利益对男人来说，像个倾国倾城的漂亮女人；对女人来说则像个俊雅的小鲜肉，谁都想得到它。而得到和成为俘虏的那一刻，友谊的小船说翻就翻，夫妻会反目成仇，朋友会立马翻脸成敌，情谊瞬间会变得比鸿毛还轻，有的连亲爹亲娘都不认。所以，金钱和利益才是真正的照妖镜。在它面前是人是鬼，人的本性和丑陋都会暴露得一览无余。有些人活一辈子也不懂得，这一生错过，下一世未必能够再相聚；这辈子失去，下一辈子未必能够再拥有。肖一虎这个人就经不住金钱和利益的诱惑，什么战友情，出生入死，狗屁都不是。"

第十九章

三天后，赵主任带队去贫困村考察。铁建安排兰花朵陪着去，石惊天让王若云带上一分部计账部的周部长，孔庆荣决定由紫祺带梁场计财部王部长一起去，与村里接待的人对接好，把需要的物资数量记下来，留下手机号码，以便送物资时能找到人。

赵主任的车在前面跑，吴镇长和铁建的车跟在后面。两侧的山峦连绵起伏，半山腰上的村庄在窗外缓缓移动。他们谁都想不到已进入21世纪，大山里还有这么破败的景象。

车队行一路扬一路尘土，一阵阵的猛烈颠簸快把人颠吐了。紫祺眯着双眼发愁，一手抓住门把手，一手撑着腰，埋怨路太难走，不住地叫唤快把腰颠折了。的确，路边是深壑，崎岖陡立。铁建胸前系着安全带，手抓着车门上的扶手，扭头瞧瞧两边的高山与沟壑，心想大车送物资跑这山路，得找有经验的师傅才行。车队下山后沿着土路又跑了一个多小时，才开进扶贫点的一个山村。村头一群衣衫褴褛的村干部和村民跑出来迎接。王若云和紫祺下车后私下嘀咕，那些人好像生活在原始部落，根本不是同一个时代。中午，村里准备了两桌饭菜，铁建和其他男人吃得津津有味，她俩看着菜不敢下口。铁建小声说：“你俩也吃呀，别愣着。”紫祺俯在他耳边说吃不下去，看着不干净。铁建歪着头暗示让王若云带头吃，说回去的路上可买不到吃的。王若云用胳膊怼一下紫祺，给她递个眼色，俩人才勉强拿起筷子伸向菜盘，尽量不让村委会的人看到她们嫌弃的表情。

回程途中，王若云和周部长坐一辆车行在车队中间。周部长说初步估算，总共需要3100吨水泥，加上运费大概价值130万元。王若云说："是啊，看看这山村，哪里都需要修缮，那就两个分部轮着来。"车队沿着山路原路返回，曲折崎岖的山路蜿蜒数十里，右侧是近一米深和一米宽的沟槽，紧临山崖，路窄得不能再窄，根本没有错车的路段。行至半路，忽然发现对面驶来一辆大车，前面的小车都小心翼翼地错车，大车有些朝山下倾斜，停车后司机下车看路，微调方向才最终错过去。等王若云的越野车开过来时，大车扭一把方向盘，紧靠山崖占满了山路，眼看着就要蹭到越野车了。一分部司机赶紧靠向路边沟槽，两个司机都将头伸出窗外朝下面和两车之间看了看。越野车再打方向时，车体突然发生了严重倾斜。伴随着王若云和周部长的阵阵惊叫，越野车栽到一米多深的沟槽里。坐在前座的王若云和司机满脸鲜血，连撞带吓昏迷过去。

铁建和车队其他人赶紧上前展开紧急救援，下到深槽把王若云和司机、周部长从车内抬出来，并电话通知党红旗出了车祸。铁建把梁场王部长留在现场，用自己的车将王若云和周部长快速送往县医院。王县长等人赶到医院看望和慰问，问医生伤势如何。医生说照了CT，也进行了会诊，没有大碍，只是有些外伤和轻微脑震荡，昏迷主要是因为受了惊吓。王县长说书记指示，不惜代价也要把王若云和司机治好，尽快恢复健康。

局指和一分部的人闻讯赶到医院。铁建对石惊天和孔庆荣说："你们两个分部各安排一名女同志，方便夜里轮流照顾。"金帼英说梁场明天认证，让李欣欣和梁丽丽留下。王若云躺在病床上，左手扎着针管输液，一睁眼便感到一阵头痛，用右手很痛苦地捂住头，问这是哪儿。李欣欣走到床边按住她的肩膀，说是医院。

铁建很懊悔王若云没坐他的车，认为一个离婚的女人遇上大难会更悲观，内心生出一丝怜悯和愧疚，但梁场认证快开始，他不得不赶到梁场去迎接专家。会议室内的墙上挂着"南北高铁梁场九百吨后张法预应力箱梁认证首次会议"和"热烈欢迎箱梁认证组光临指导！"的标语。五位专家向铁建、金帼英和安雪容等与会人员说明工作程序，首次会后要实物检测，资料查阅和队伍审核。铁建心神不宁，虽然频频朝专家点头，看上去听得很认真，可心里却想着王若云。

肖一虎表面上关心王若云的伤势，暗地里却幸灾乐祸。他站在隧道值班室外给王忠理打电话报告说，又出大事了，没有注意宝铁正站在他身边侧耳偷听。王忠理一阵紧张，以为工程上出了什么大事，口气都变了。肖一虎说铁建带王若云名义上是去考察扶贫点，其实是带她外出游山玩水，结果出车祸了，王若云至今生死未卜。王忠理心里一块石头落地，笑着说现在的人啥都敢干，这是严重的生活作风问题。肖一虎嘿嘿直笑，说："见怪不怪。老铁作为有妇之夫傍着个王若云，身边还围着金帼英和兰花朵，乱着呢。"宝铁听肖一虎搬弄是非，怒视着问他刚才跟谁胡说。肖一虎冷冷一笑，称他没胡说。宝铁怒不可遏地指着他说："我们下面人拿你当领导，而你却不像个领导样儿，叫你胡说八道。"说着，宝铁抡拳就打了过去。肖一虎毫无防备，踉跄着倒退好几步，站定后边揉脸边嚷着："你敢打我？好，你等着。"然后他钻进车里灰溜溜地下山去了。

首次会议还在进行，铁建忽然收到肖一虎的短信，说宝铁在工地打他，在群众中造成极坏的影响，以后没法抓管理，让铁建必须撤他的职，让他离开工地。铁建看完弄不清他俩之间发生了什么，便回复正开会，回头再说。

这天，雨很大。病房里来了许多人，向王若云和周部长嘘寒问暖。话语正酣，万红山突然走进来，与杨晓、李欣欣撞个满怀，很是尴尬。在众人的招呼声中，他面无表情地走到床边，将水果篮搁在地上，没再瞧杨晓和李欣欣。杨晓自觉话不投机，从病房退了出来，万红山这才把视线移向李欣欣。而她脸上的表情极其复杂，冲万红山笑了笑，避开他的眼光低下头。王若云观察到他们的这种尴尬，说："万部长，这么忙你咋还来了？指挥长呢？"万红山说忙也要来看看，铁建正在梁场接待认证专家，问她好些没有。王若云紧皱眉头称好多了，杨晓刚才还在这儿，他跑哪儿去了。

杨晓从病房出来，站在医院一楼大厅外点着一支烟。大雨仍在不停地下，地面上的积水被接二连三硕大的雨点砸出一片片水窝。他长长地吐出一串烟雾，不清楚自己在想什么。这时，一双纤细的手轻轻搭在了他的肩上。他知道是李欣欣，于是缓缓地转过身看她。"你啥时学会抽烟了？"杨晓把烟扔进台阶下的雨水里。此时，万红山正走下楼梯，看到李欣欣与杨晓在一起，心中翻起波澜，而他俩则旁若无人地面朝外并排站着。杨晓担心大雨会对隧道施工有影响，要回工地。李欣欣目送他跑进雨中，心中感到丝丝甜意，回身上楼发现万红山站在上面一直注视着他们，顿时有一种说不出来的滋味。她不知道自己是该上去还是该像杨晓那样离开医院，瞬间冷静后最终还是迎面走向万红山，喊着他部长，说杨晓怕下大雨隧道出事先走了。万红山哼了一声，甩开她转身独自上楼。李欣欣明白万红山想什么，为什么对她这种态度，便眨着眼睛一步一个台阶缓缓往上走，但脚下的步子迈得有些沉重，那不是身体的重量，而是内心的压抑。

雨越下越大，而且电闪雷鸣，天色也越来越暗。办公室不得不打开灯。铁建开完首次会回到办公室，肖一虎一脸怒气地冲进来，接连拍着桌子发怒："哼，一个施工队队长竟敢打我，目无领导，无法无天，必须狠狠地处分他。"铁建静静地听着，听了半天也没听出他为什么挨打，问："老肖你说，宝铁为什么打你?"肖一虎觉得很不光彩，支吾着说宝铁在工地到处传闲话，挑拨离间，他上前制止反而被打。铁建越听越糊涂，紧皱眉头问宝铁传什么话，让他说来听听。肖一虎每一句话都说得含糊其词。宝铁和崔凌花、李卫民刚走进医院病房看王若云，铁建来电话通知他赶到局指，那声音不容推辞。于是，宝铁挂断电话，让李卫民开皮卡车把他送过去。崔凌花分析铁建找他，肯定是肖一虎恶人先告状。宝铁十分较真，非要看看铁建这回怎么处理他。

李卫民和崔凌花执意要跟宝铁一起上楼，说人多好壮胆，俩人在铁建的办公室门外等。宝铁一人进去，发现肖一虎果真坐在沙发上余怒未消，那阵势好像天上要下刀子把人剁碎似的。兰花朵听到铁建屋里吵吵嚷嚷，走出去与崔凌花和李卫民躲在门口听动静。党红旗从楼道一头走过来问听啥呢，兰花朵说肖一虎和宝铁在屋里吵起来了。党红旗推门进去，问咋啦。肖一虎怒形于色说宝铁诬赖他。宝铁并不示弱，指着屋顶说老天做证，谁要说假话，天打五雷轰。李卫民冲进去向铁建表明态度，称他和崔凌花做证，宝铁没说假话。肖一虎愤愤不平地说李卫民和宝铁串通一气搞污蔑。宝铁牙咬得吱吱响，指着肖一虎骂他不是人，整天到处说铁建跟每个女的都相好，他怎么不打别人?因为太欠揍，以后再敢胡说，他见一次揍一次，这次拿拳头打，下回拿钢筋抡。肖一虎忍不住了，抓起一个纸杯摔在地上，逼铁建说："看看，我这个副指挥还怎么当。"

党红旗让双方淡定，问肖一虎："当时给谁打的电话?"宝铁肯定地回答给王忠理打的。于是，铁建掏出电话当即打给王忠理。阴天下雨无法出门，王忠理正在办公室里处理事务，接通铁建电话称有个事正想跟他说，这么巧电话打来了，问工地上出了啥事。铁建惊讶地反问他听到了什么，说着，打开免提让屋里人听。王忠理慢条斯理地说：“作为领导干部，你和老党要以身作则，给职工当好表率。都说一分部王若云出车祸是你带她出去旅游撞的车，你和指挥部的女同志，平常工作归工作，生活作风要端正哟。我们领导都要带好头，给职工当个好榜样。”听到这些话，铁建当场差点气晕。党红旗、宝铁、李卫民个个愤怒与惊愕，肖一虎满脸羞臊，不得不低下头。

铁建想了想，冷静地问王忠理：“是听肖一虎说的吧？”王忠理极力回避，称：“别管谁说的，群众有反映，提醒提醒也不为过嘛。不管有没有，总之干部要加强作风建设，尤其要管住自己的下半身，生活作风不能出问题。”铁建带着怒气说：“王总，我郑重地告诉你，全是满嘴胡言。”他挂断电话扔在桌子上，说：“老肖，听到了吧？还说宝铁诬赖你，是你为老不尊。作为副指挥长，如果不拨弄是非，不散布谣言，给宝铁一百个胆儿，他也不敢打你。”

党红旗连连摇头，说：“老肖，你说话怎么不实事求是啊？老铁明明带两个分部的同志去扶贫点搞对接，你却说他带王若云游山玩水出的车祸，良心到哪儿去了？难道你觉得咱们的职工还不够苦吗？”

肖一虎仍然狡辩，说：“你们可都听到了，刚才王总没说是我说的吧？是群众反映的，跟我有什么关系。你们穿一条裤子欺负我，老子不干了。”

铁建说：“你不干可以立即写辞职报告。”

肖一虎本以为提出辞职可以吓住铁建，没想到铁建根本不买账，直接让他写报告，气得浑身哆嗦。待他灰溜溜地从屋里出去，铁建思索后叮嘱此事到此为止，谁都不能对外说，更不能让金帼英、石惊天和王若云、兰花朵知道，不然人人都会像吃了苍蝇似的。但工作该做还得做，不能因为这点小事耽误了施工。他让宝铁和李卫民、崔凌花抓紧回工地，雨下起来没完没了，路基施工必须马上暂停，只有隧道可以正常掘进。随即，他把万红山叫过来，交代说天气预报说今晚仍有大雨，让他联系气象局，将一周的天气预报资料取回来，山洪说不定什么时候就下来，人员设备都要小心。等把工作安排妥当，他又想起了王若云。

李欣欣和梁丽丽坐在病房里，守着王若云输液。铁建冒雨赶到医院，见他来李欣欣轻轻叫醒王若云。王若云想坐起来，被铁建伸手按住，梁丽丽朝李欣欣递个眼色，俩人会意地出去，随手带上了房门。

王若云见到铁建瞬间流下泪来，说这么忙他还跑过来干啥。铁建一声叹息，说如果不让她跟着去看扶贫点，也不会发生这样的事儿，他很内疚。王若云望着他说无论谁去该发生的还是会发生，好在没滚到山下，已经很庆幸了。铁建劝她别说不吉利的话，中铁人姓铁，命都硬。说着，顺手从水果篮里拿起一个柚子剥给她吃。王若云深情地望着铁建，轻轻地说了声“谢谢”。

铁建知道王若云一个人过得很不容易，有时常常说起她和金帼英，既要工作又要带孩子，在中铁这样的单位真难为了她们。王若云这时才体味到，人间最让人感动的不是金钱和权力，而是被人理解的幸福。她情不自禁地流着泪，称自己和金帼英已经习惯这种生活。说话间，她反而关心起铁建来，说韩秋柳病成那样，他过得也很苦，六月份铁宏歌又要高考，难事全往一块赶。铁建心里明镜似的，说铁宏歌考上大学家里就没其他事了，韩秋柳的病治不好，只求别再加重。王若云流露出无奈与伤感，说全家靠他一个人撑着，她都替铁建发愁。铁建憨厚地笑笑，说中铁人都一样，再苦再累也得把韩秋柳照顾好，把铁宏歌供出大学来。王若云目不转睛地盯着他，心想铁建真是天底下最好的人。

夜已深，滂沱大雨仍没有停歇的迹象。洋河隧道里的工人已有一部分从洞内撤出来，设备也拉到了安全地带。掌子面只剩下一两个工人进行放炮操作。众人聚集到洞口值班室，有的开始点烟，有的把安全帽往桌上一甩斜躺在凳子上歇息。杨晓想放完炮先排风排险，然后进去看看里边的情况再做安排。仅一支烟的工夫，洞内传来一声巨响。李鹏飞走到门口让管电的民工打开通风机，洞口立时传来一阵轰隆隆的响声。

大雨扑打着窗玻璃，夜空中出现道道闪电。墙上的时钟指向晚上十一点。男男已经熟睡，金帼英仍在伏案看资料。石惊天突然打来电话，急促地向她报告，称十分钟前洋河隧道一炮炸出了大溶洞。“溶洞？我马上去现场。”金帼英急忙穿上衣服，帮男男掖了掖被头，然后抓起雨靴出屋去敲兰花朵的门，说她得去洋河隧道，让兰花朵听着点男男的动静。兰花朵这才明白隧道里出现了溶洞。

铁建得知这一消息，顾不得许多，叫上万红山和肖一虎，与金帼英一起冒雨乘车去了工地。雨中道路一片泥泞，两辆越野车在雨雾中前行。石惊天和朱子来、朱红军等人第一时间赶到现场。一时间，洋河隧道口停满了越野指挥车。无论什么情况，也不管事态多么严峻，更不管前方多么危险，中铁的指挥员总是冲在最前面。

车祸与溶洞几乎同时发生，铁建感叹："真是祸不单行，老天不助我呀。"金帼英边往洞里走边说，地质资料上标注隧道有溶洞，没想到这么快打到了。铁建催她明天赶紧向业主报告，让南北公司、设计和监理都要来看，重新制定开挖方案。金帼英不赞成等到明天，也许现场设计和监理都已经进洞了。

肖一虎最后一个到达。他坐在车内说："看看这雨，是老天爷在惩罚某些人。"万红山应和说："不是惩罚别人，是惩罚杨晓。"等他们来到洞口，铁建和金帼英等人都已进到洞里。石惊天爬上掌子面查看情况，侧壁被炸开一个大洞。铁建和金帼英等人一脸凝重，站在洞口往里看，黑乎乎地啥也看不清，再用手电筒往里照，深不见底。铁建顺手抛下一块石头，半天才听到落地的声音，显然溶洞很大，处理起来很麻烦。金帼英像将军一样挥手说："红军、杨晓，先让工人把掌子面封闭起来，闲人不得靠近，一定要保证安全。后面二衬和仰拱抓紧跟上来，探清溶洞后再拿方案。"

张福臣得知隧道出现溶洞，连夜安排王忠理与现场联系问明情况，并让他天亮后带上卢总体、黄总监和工程部人员赶赴现场。他交代说要保证隧道质量安全，缩短处理时间，重新制定方案一定要可行，该变更要变更。王忠理答应他亲自组织，请专家论证。

那一夜，赵化亮和宝铁、李卫民穿着雨靴从隧道里出来，冒雨跑进值班室，摘下安全帽扔在桌子上，扑打身上的雨水。听说洋河隧道打出溶洞，他们想过去看看。赵化亮问："是去帮忙？"李卫民觉得洋河隧道打出溶洞对他来说是好事，处理起来最少需要几个月，那他的景阳隧道进度就可以遥遥领先了。赵化亮说："老李呀，你也学会幸灾乐祸了？那景阳隧道万一明天也遇到断层塌方和溶洞，杨晓和李鹏飞是不是也应该高兴？"李卫民知道说错话了，嘿嘿一笑没再吭声。宝铁骂李卫民思想有问题，和李鹏飞虽然是两个劳务队，但对一分部来说是个整体，谁遇到困难都要一起往上冲，不能看笑话。

凌晨两点多，洋河隧道里站满了人，个个头戴安全帽，站在边墙溶洞揭示口往下看，手电筒光亮照进溶洞一片漆黑。掌子面上摆着一台面波仪和红外线探测仪，正在进行溶洞探测。金帼英示意用绳子拴块石头探探到底有多深。李鹏飞和两名工人蹲下身子往长绳上拴了块石头，走到溶洞揭示处扔下去，之后又拉上来，说二十米的绳子不够长，沉不到底。铁建皱着眉想："二十米还够不到底，那得多深?”金帼英说：“下面深度至少三十米左右。面波仪和红外线探测仪所测数据不相上下。”她朝众人挥挥手，让大家安静，命杨晓扔块石头，按自由落体读秒试试。杨晓从身边捡起一块石头抓在手里，金帼英等人看着表说：“开始!”三秒后传来石头坠落的回声。金帼英说三秒，落体每秒十米，下面有三十米深。铁建说必须下去看看才能做到心中有数。党红旗拉住铁建，说他不能下。身后许多人喊“我们下”。铁建说：“这又不是打仗，你们打隧道干活行，但下去搞清这么大溶洞是怎么回事难，还是我来吧。”金帼英离开溶洞揭示处转身找绳子，坚持要下去。杨晓说自己是作业队长，更应该下去。

肖一虎戴着安全帽，微弱的光线完全遮盖了他的脸。他站在金帼英和铁建的背后，阴险地说：“总工和施工队队长都应该下去，不然弄不懂地质。”党红旗用异样的眼光瞧着肖一虎，说他是管现场的，是不是也该下去看看。众人鄙视地把目光聚焦在肖一虎身上。万红山捅捅杨晓让他下去，杨晓回头看他一眼没有理会。

朱红军、李鹏飞和几个工人背着粗绳朝隧道掌子面小跑过来。石惊天担心金帼英，要替她下洞。金帼英说将来她要拿方案，必须探明下面的情况，实地计算溶洞体积、形状、地质和各种数据，方案才能做得准确。“那，我陪你下去。”铁建抓起一根粗绳往腰上扎，说：“谁都别争了，就我和惊天、帼英三个下，不入虎穴，焉得虎子。”

赵化亮、宝铁和李卫民走进隧道径直来到掌子面，站在溶洞揭示处一看，惊得睁大了眼睛。铁建、金帼英、石惊天三个人拴好绳子，将照明灯挂在腰间绳子上，又把对讲机的绳套套在手腕上，然后开始下溶洞。党红旗和朱子来站在上面，手持对讲机，拉着绳索喊：“各组把绳子都拉紧，慢慢往下放。”党红旗、肖一虎和朱子来各率一组人，拉着绳子慢慢将铁建三人往下放。赵化亮、宝铁和李卫民也加入了这三个小组。

铁建、金帼英和石惊天蹬着溶洞壁被一点点地往洞底放，照明灯在他们的腰间晃来晃去。铁建被放的速度最快，一会儿就到了石惊天和金帼英的下面。他扭头朝下用脚试探着，小心翼翼地往下溜。金帼英与石惊天几乎并行，下到一半，金帼英突然“啊”地一声惊叫，一脚踩滑，身子重重地撞到溶洞壁上，一堆碎石从铁建身边哗哗地掉落下去。铁建仰头朝上喊：“小心!”洞顶立即收紧绳索。石惊天见状喊了句“帼英”，急忙靠近她，伸出单臂一把将她抱在臂弯里，安全帽下两人的脸离得很近。她惊恐地抬眼望着他，这一刻，她突然感到他有力的臂膀正是自己需要的安全依靠，但使命告诉她，此时必须胆大心细。石惊天就势想吻金帼英，把嘴几乎贴近她的脸颊。她含羞地微笑着说：“快下吧。”石惊天松开金帼英，嘱咐她小心。她用讲机向上喊：“放，再放……”两人又并肩慢慢地往下移动。

半个小时后，铁建和金帼英、石惊天终于到达洞底。铁建仰望着洞顶说：“我的妈呀，这么大。我看长宽足有六十米。”

金帼英缓了缓劲，从身上掏出本子和绘图笔，借着照明灯的光亮，迅速画出从底部到洞顶圆锥形的溶洞空间大致图案，并记录了里程，还有一股汇水哗哗流淌。铁建用手电照底部，提醒金帼英下面没有明显的过水通道。金帼英俯视查看，很快断定这股涌水并不是地下河的主流道，而是通过岩溶裂隙渗进溶洞的汇水。石惊天用手电来回照着洞底，发现底部干涸，洞顶岩壁看上去比较稳定。金帼英把本子递给石惊天，踹一脚岩石后，弯腰拿起一块岩石仔细看，让石惊天记下来。他把手电塞入胳肢窝，一手拿着本子一手抓笔记录。金帼英抬手掀掀盖住眼睛的安全帽，说：“地层应该为三叠系中统杨柳井组角砾状白云岩地层；充填物为第四系黏土、崩积碎块石土；黏土为灰黄色，软塑状，黏粒含量较重，呈透镜状分布，属二级普通土；溶洞为空溶洞，无充填……”

石惊天在本子上快速记录着。碎块石土为灰、灰黄色，松散、稍密、稍湿，块石含量百分之六十，粒径二十至三十厘米，最大达到三米；其余为黏性土及角砾充填，石质为白云岩、角砾状白云岩，分布在洞底，属六级软石；岩体完整性较差，多呈块体夹泥状，洞壁稳定性较差，节理较发育，也属六级软石。

洞内作业人员从来不知道洞外的天气是什么样子，只知道几点。此时，洞外大雨渐渐停歇，天已微亮。王忠理、卢总体和黄总监没吃早饭就往工地赶，来到掌子面挤进人群问：“谁在下面？”朱子来回答说铁建、金帼英和石惊天。他们拿着手电往下看，只见溶洞大厅底部一片漆黑，三个照明灯不断在洞底晃动。此刻洞底传来巨大的回音。

洞底勘察花了一个多小时，铁建扶扶安全帽，说光他们下来还不行，测量人员必须配合设计院的人下来做溶洞底部勘察测量，得出标准平面图。金帼英绽放出收获的笑容。她觉得这一趟没有白下来，做方案能有十足的把握。

站在溶洞揭示处上面的人员都伸着脖子往下瞧。党红旗用对讲机朝下面喊，问铁建他们还要在下面待多久？铁建回答可以上去了。党红旗便紧急组织："大家注意，他们要上来，准备拉绳子。"

三组人"一、二，一、二"地喊着号令，一齐把铁建三人往上拉。铁建三人吃力地抓住绳子往上攀爬。金帼英在最上面，铁建和石惊天在她的左右。石惊天时而伸出右臂将她向上托举，照明灯照在洞壁上晃荡不定。几经艰难，三个人才被拉上来。爬到掌子面的那一刻，他们全都瘫在了地上，党红旗、黄总监、朱子来、卢总体等人为他们解去身上的绳索。三个人浑身是泥，腿软得没半点力气。黄总监让大伙儿把他们架到洞外值班室去。金帼英吃力地直起身子，从身上掏出本子，对王忠理说下面的情况和地质已初步摸清，请他和卢总体抓紧派人下去勘探，最后再讨论处理方案。王忠理看看溶洞，再看看金帼英，说："你们了不起。第一手资料太珍贵了。"但他担心，要想处理好这个大溶洞很难。铁建稍稍缓了缓，站起身来拍打着身上的泥土，说"再难这洞子也能打得通。"王忠理说遇到溶洞他就头大，勘探完后让金帼英先拿初步方案，回头公司组织召开专家论证会看怎么处理。铁建点头同意，让朱子来在溶洞口放上安全警示标志和防护栅栏，保证安全，方案定下来之前暂停施工。

出现溶洞惊动了所有人员。兰花朵早起在宿舍给男男穿衣服，男男眯着眼睛问妈妈去了哪儿？兰花朵说："妈妈昨晚有事还没回来。阿姨给你穿衣服，吃完饭去上幼儿园。""那干爸呢？""干爸也在隧道里。"男男很乖地听了兰花朵的话。他想不到妈妈这一夜会遭遇那样的惊险与艰辛。

王若云斜靠在病床上，愁眉苦脸地望着阴沉沉的天空发愣。李欣欣和梁丽丽一个帮她倒水，一个帮她整理物品。王若云焦虑地说不知道溶洞什么情况。梁丽丽说刚才她打电话问过，铁建和金帼英都下到洞底去了。王若云听后坐立不安，想指挥长和总工都在隧道里，自己作为分部的总工程师，关键时候却不在现场，成何体统？"我要出院"，李欣欣连连摆手说不行不行，出不出院得听医生的，王若云只好怅然地叹口气。

铁建从隧道里出来，被通知去参加梁场认证末次会议。他坐在椅子上眼睛似睁似闭。会议刚开始，铁建就歪着脑袋打起鼾来。组长正要宣布认证结果，侧面看他一眼停住，有些不高兴地问他怎么啦？那意思是对专家组很不尊重。

孔庆荣赶紧解释说："昨晚洋河隧道遇到特大溶洞，铁指挥刚从隧道里爬上来，一夜没合眼。"几位专家听后全都愕然。组长点着头，摆手示意别叫醒他，让他睡，称不该来陪他们，如此亲力亲为的指挥长现在少了。然后，组长加重语气说："经过专家评审，质量合格，内业完善，专家认证结论——通过!"

会议室里响起一阵热烈掌声。多少个日夜的奋战与付出，终于有了回报。与会人员个个精神振奋、喜气洋洋，还有什么能比社会认同自己的劳动更让人兴奋呢？而王忠理、卢总体、黄总监等人从隧道里出来，聚集在一分部会议室里，围在金帼英身边指指画画，七嘴八舌地讨论溶洞问题，一摞图纸摆在桌子上。方案整整讨论了一个上午，讨论推翻，再讨论再推翻，始终不能下定论。金帼英拖着困倦的身子硬撑着，觉得自己实在睁不开眼了，就走出会议室想调整一下状态。黄总监跟出来喊住她，说："金总，溶洞的事你和老铁辛苦了。有件事你知道不？你们这里有人给公司领导传话，说一分部王总这次出车祸，是老铁带她出去游山玩水撞的车。老铁是不是跟王总真的比较要好？"他一半好奇，一半似信非信。金帼英一脸沉静地回答：谁传的？简直胡说八道。黄总监让她不要太介意，只是公司个别人爱传小道消息，以讹传讹。金帼英指着会议室说肯定是王忠理。黄总监唉了一声，不置可否地摇了摇头。

张福臣接到铁建和金帼英亲自下溶洞的报告，打电话给铁建，表扬他关键时刻发扬了共产党员以身作则的好作风，冒着危险下溶洞掌握了第一手资料。同时，要求铁建尽快提出建议性解决方案。铁建刚从梁场会议室出来站在操场上，一边不断称是，一边请求南北公司对方案尽快决策，两人交流得格外融洽。随后，铁建话题一转，告诉张福臣梁场认证顺利通过。张福臣的声音高扬起来，说："祝贺你们呀，老铁，所有进度都走在前面，有空我得去你们那里看看，号召全线各标段向你们学习。"铁建认为组织学习没必要，只要业主能认同他们的努力付出足够了，因为做好工作本来就是他的职责。

金帼英回到局指宿舍，简单吃口饭洗漱一把，倒头睡下。她确实累了，连有人推门进来都没有听见。石惊天记得这天是她的生日，特意为她定制了一块生日蛋糕，用纸包得严严实实，来到指挥部。本想给她一个惊喜，进屋却见她和衣沉睡，没敢叫醒她，悄悄将蛋糕放在桌上，蹑手蹑脚退出来。金帼英翻身看了看手表，已是下午四点，眨眨眼睛懒洋洋地坐起来，蓦然看到桌上的蛋糕，上面插着一束小小的玫瑰花和用粉纸壳做成的"心"，上面写有"生日快乐”。于是她穿衣下床，边梳妆边朝门外喊兰花朵，问谁送的蛋糕。兰花朵说是石惊天送的，看她在睡觉放下就走了。金帼英表面沉静，内心却十分感动，若无其事地说自己都忘了生日是哪天，石惊天却记得。梳妆完，她坐在桌前静静观赏蛋糕的造型，柔软的内心即刻充满了感动，眼泪顺着眼角流下来。她让兰花朵去叫石惊天，兰花朵说他回项目部了。

石惊天担心溶洞，回去把所有人叫到会议室开碰头会，说溶洞极有可能成为拦路虎。他和铁建、金帼英下去看了，溶腔很大，只能等方案定下来再实施。让杨晓和李卫民把劳务人员稳住，一个都不能放，将二衬和仰拱跟到掌子面，为下一步溶洞处理提供场地。杨晓很发愁，估计没三个月溶洞处理不完。朱子来说工期肯定要耽误几个月，但这是地质造成的，业主肯定会考虑总体工期。李鹏飞看着石惊天的眼色，想放一半人走，等方案确定后再让他们来，不然天天不干活儿还要吃喝，开支太大。石惊天当场拒绝，说劳务费没有几个钱，问他这点钱是不是掏不起？李鹏飞胆怯说遇到溶洞本身就难，这么大这么深，过去没干过。为不耽误进度，实在不行可以再选个队伍进来。

言语中，人们发现李鹏飞想跑。石惊天毫不客气地说：“不行！你老老实实给我待着。”王方太急赤白脸地训斥李鹏飞，说：“有钱挣的时候往前冲，现在遇到困难往后躲，你这人咋这么不可靠。”李鹏飞辩解称不是往后躲，是怕……怕什么又没说明白，而在场的人都清楚他心里惦记的是钱。石惊天严肃地说：“这个活儿你干也得干，不干也得干。不行咱们按合同办，赔得起你就撤，赔不起你死也得死在这座隧道里。”朱红军手里玩弄着笔打起酱油来，说不怕马王爷三只眼，就怕人怀两条心。石惊天又对李鹏飞说：“我可以给你下个定论，溶洞闯过去，你名扬全局，名利双收；闯不过去、打退堂鼓、溜之大吉，以后到哪里都不会有人用你，自己看着办。”杨晓思索后说，遇到溶洞是个意外，只能进、不能退。李鹏飞并非真想退，无非想增加点工费，能补多少给他补多少。石惊天与朱子来对视一眼，说好办，停工期间劳务费项目部补一半。李鹏飞喜形于色，表态说不补也没关系，反正隧道和溶洞都是他劳务队承包，和杨晓一起带着大家往前闯。石惊天听后很高兴，看手表已是五点，安排完工作散会后，直接去了幼儿园接男男。

石惊天把车停在离幼儿园百米外的镇子主街道旁边，扭头朝幼儿园门口张望，发现许园长与一个男人说着什么，然后把男男交给了那个男人。不曾想男男却在他身边蹦蹦跳跳，还边走边说话。石惊天很惊讶，车没停稳就跳下来朝男男和那个男人跑去。那个男人领着男男低头慢慢走着，没发现石惊天正迎面跑来。石惊天跑近男男一把将他拉在手中，紧接着一拳朝身边那个陌生男人脸上狠狠打去，把他打得踉踉跄跄。男人下意识地捂着脸，莫名其妙地问："你干吗打我?"

石惊天义愤填膺，指着他说："看你人模狗样的，竟敢光天化日之下偷孩子，打的就是你。"一时间，那个男人和男男都愣在了原地。石惊天拉起男男要走，那个男人扯住男男的手不撒开，问石惊天："你是谁?"

石惊天说："我是他干爸，你是谁?"

不等那个男人说话，男男仰头望着他俩说："他是我亲爸!"

石惊天顿时惊呆了，说："他是你爸爸? 你是郭富海?"

郭富海低头看着男男，摸摸被打疼的脸，声音低沉地说："我是他亲爸。"那声音毫无底气，既有愧意也有疼爱。

石惊天紧紧抱着男男不放手，说："那你也不能把他带走。""我来看他。为什么不能带走?""不行就是不行，我需要核实。"

俩人的争执，引来一群好奇的村民，不明真相的人还以为石惊天才是那个抢孩子的人。但男男紧紧拉住石惊天的手，又不像抢孩子，人们十分迷惑，议论纷纷。越是迷惑越想弄清楚，围上来的人也越来越多。石惊天只好拨通金帼英的电话。

金帼英起床后看放学的时间还早，先到资料室查阅了一番资料，正准备下楼去接男男，却接到了石惊天的电话。听到这一消息她生气地问："什么? 他来干什么?"接着听到男男说："妈妈，爸爸是来看我的。"金帼英忐忑不安地说："男男，让他走……""不，妈妈，爸爸想见你。"金帼英说不想见郭富海，让石惊天把他放走。石惊天放走郭富海，把男男抱上车回到了局指。他没有让金帼英失望，谁想把男男带走都是徒劳。

郭富海是趁催收设备款来工地看男男的。他内心愧对金帼英和男男，但对儿子又日思夜想，实在控制不住对男男的牵挂。路上他打电话给王忠理，报告说他来工地了，问王忠理带不带啥东西，实则是想探探王忠理的底儿。王忠理让他到后见见前妻金帼英，又把从肖一虎嘴里听来的幼儿园名称告诉他，出点子教他从男男下手，想法把抚养权要过来。听了这话，郭富海才鼓起胆量直接去幼儿园从许园长手中把男男接走。

铁建与党红旗正在准备晚上开会研究溶洞处理问题，听金帼英说郭富海来了要见她，但她不想见，说晚上还要开会准备方案。铁建说他毕竟是男男的亲生父亲，有啥话不能说开呢。石惊天更不愿让金帼英见郭富海，可郭富海不走，在附近找个宾馆住了下来等她。

晚饭后，景阳隧道劳务队队长李卫民被叫到局指参加会议，还是开着那辆破皮卡车，赶到时会议室已坐满一圈人，满屋烟雾弥漫，都能把人呛晕。铁建语气沉重，说洋河隧道遇到溶洞，给施工出了个大难题。五公司吴青云董事长很重视，带领公司总工也赶来一起参加会议，让金帼英先把具体情况给大家做个介绍。金帼英翻开笔记本，把下到溶洞底部的真实情况细说了一遍："该溶洞为一较大的空溶洞，下窄上宽呈圆锥形，溶腔形态复杂，目测横向宽约六十米，高度约三十米，纵向延伸长约六十米，并与多个小支洞连通。整个溶洞的溶腔壁溶蚀破碎较严重，溶腔洞底堆积有大块石及碎石土，未见有水流痕迹。现在设计院和我们的测量人员正在洞底勘探。这样的溶洞我们在隧道施工中还是第一次遇到。"她没按预先准备的材料念，而是凭自己的记忆和多年积累的经验把溶洞说得清楚明了。她得出的初步结论是该溶洞并非地下河的主流道，只是通过岩溶裂隙排除山体渗漏进溶洞的汇水。

与会人员都静静地听着，谁都不敢乱发言。铁建说李卫民在各局干过不少隧道，对溶洞有什么办法？李卫民站起身说从没遇到过这种溶洞。杨晓说按以往处理类似厅堂式溶洞的经验，主要采用填埋式或者搭设钢栈桥跨越式，通过搭设钢桥作为施工平台，在平台上设置钢护罩防落石。然后，再施工跨越式桥梁，最后在桥上施工二衬和护拱。金帼英说现在勘探标准平面图还没出来，根据洞底实地勘察情况，目前只能考虑回填跨越方案，对以后施工中溶洞内的边墙、拱顶部分进行加强支护。虽然洞底没有出现暗河，但要考虑隧道和地下河的关系，以及如何采取措施将汇水排出，防止溶洞自然坍塌和地下河流不畅对溶洞排泄产生不良影响。这样，就要在隧道之外设计有导水洞或其他措施，拓宽排水通道，这是她的初步处理思路。

听着她的叙述，众人纷纷点头称道。铁建扫视着众人，问大家对金帼英的处理思路有没有新的意见和建议？吴青云说金帼英是隧道专家，他们没有更好的建议。这次遇到前所未有的特大溶洞，会服从局指统一部署与安排，举全公司之力啃下这块硬骨头。李卫民极力表现自己，一再表示他会随时待命，如果需要人手，可以把景阳隧道人马调过来帮着突击。肖一虎嘲笑他说，能保证干好自己的活儿，景阳隧道不出事就谢天谢地了。李卫民听着不顺耳，就当众顶回去，说："肖副指挥，你咋这么瞧不起人？我李卫民也是有觉悟性和能力的嘛。"铁建看两人又要起争执，忙说："各级人员做好准备随时听候调遣，待设计院和测量人员完成勘探拿出标准平面图，由金总牵头，王若云出院后与红军、红山、杨晓一起组成攻关小组，按金总的思路制定初步处理方案，先请局内专家把关，然后交南北高铁公司最终确定方案后实施。"他扭头问肖一虎还有什么要说的。肖一虎懈怠地说："没有。你们都是专家，听你们的。"党红旗说他是抓现场的副指挥长，怎么也得说几句。肖一虎打退堂鼓说，处理溶洞他不在行，干脆换个人抓现场吧。众人用诧异的目光瞧着他，可他却不在乎。铁建侧耳对党红旗说："看来是该好好谈谈了。"

第二十章

散会后，石惊天走进金帼英的办公室。金帼英瞧着他先感谢一番，说这么多年从没专门过过生日，蛋糕她和男男都吃了，又说遇见郭富海让他为难了。石惊天点头大度地称没事。“我以为是偷孩子的，还打了他一拳。他说他住在镇上的宾馆，等着见你一面。”金帼英表情很严肃，说当年郭富海出国她不去，他丢下她和男男就走了，回来时带了另外一个女人。几年来，郭富海不知道她带着男男是怎么熬过来的。每逢佳节，自己和儿子都在悲伤中度过。孩子几岁，她带他在工地上流浪几年，直言不想见郭富海。石惊天静静地听着，不知道说什么好。

党红旗此时坐在铁建屋里的沙发上，俩人边喝茶边说话。铁建说肖一虎越来越不像话，下溶洞本身是很危险的事儿，他自己不下去，还对金帼英和杨晓说三道四。他从上场到现在的种种表现，让他这个老战友都觉得脸上无光，心里憋得慌。

党红旗有同感，但因为铁建和肖一虎是老战友，许多话把握不住是该说还是不该说，今天铁建主动提出来，是想听听他的真实感受。铁建说：“他是个爱当官弄权的人，不说心理有缺陷，起码也是人格不完整。我思考了好多天，想给他摊牌。在工地不起好作用，还不如让他离开这儿早点回去，对他、对大家、对项目都有好处。”党红旗担心俩人闹僵，说：“非要捅破这层窗户纸吗?”铁建笑着说：“有啥好怕的。对这种人这种事，长痛不如短痛，不然这一辈子恐怕连战友都做不成。”

铁建说着就拨通了夏江的手机，称有件事需要请示他。夏江感到事态严重，追问啥事。铁建报告说："自上场以来，肖一虎做的很多事情出人意料，上下反应很大，与一分部的关系很不融洽。所以，想跟他最后谈一次，让他离开工地。集团公司能不能再给他安排个其他位置?"夏江说："你俩不是战友吗?"铁建说："是战友。但他的心态变了，想当指挥长，有新项目还是满足他这个愿望好，也算这里给集团输送个人才。"夏江作为主管，处理事情一向谨慎，说："那行，如果真不配合，那就找他谈谈，也可以让他先休假一段时间。至于怎么安排，需要慎重考虑。"

铁建和肖一虎前后脚来到景阳隧道，刚在工地值班室里坐下，俩人就吵了起来。石惊天、朱子来、朱红军站在值班室外，听到肖一虎在发火，感到很吃惊。肖一虎指着铁建说："你有什么权力让我离开？你以为你是董事长？夏董说免哪个人也要经过一定的会议程序，你必须给我个说法。"铁建很沉着，吸口烟让他想想自己做过的事，那就是说法。肖一虎恼羞成怒，说只为这个项目献身出力了，其他什么也没做。铁建起身捻灭烟头，走近肖一虎拍了拍他的肩膀，说："作为老战友也不瞒你，我这么做是思前想后才决定的，真心为你好。"肖一虎怒气未消，说为他好，他不领这个情。"老肖，咱俩都在前线干过侦察兵，你不懂什么叫明察秋毫?"铁建说，"上场以来，尤其春节期间发生的事情，难道你不知道是怎么回事?"肖一虎把头扭到一边，称不清楚铁建说的是啥。"既然你不清楚，那今天咱俩就谈到这儿。"铁建说，"明天你可以先回家休假，至于以后怎么安排，听夏董的，这也是他的意见。"铁建说完走出了值班室，肖一虎愤恨地抓起桌上的安全帽摔在地上，追出来时铁建已钻进车里。他指着车大声嚷嚷："跟我过不去，你也别想好。"这令站在屋外的石惊天、朱红军等人十分震惊。

肖一虎气呼呼地在隧道前的空场转了几圈，然后掏出手机打给夏江，说了一大堆铁建的不是。夏江在手机里让他别激动，先回来再说，工地正吃紧，不能影响工程。肖一虎说他是集团任命的副指挥长，铁建没有权力撤他。"不管他有没有这个权，你先离开工地，就这么定了。"夏江说。

肖一虎觉得对他不公平，挂断夏江的电话又给王忠理拨了过去，称快被铁建整死了，要撤掉他的副指挥长，让他离开工地，说自己一直在维护王忠理的决定，找铁建想把原来那两支队伍重新安排安排，可铁建认为王忠理是副职，不仅不安排那两支队伍，还向夏董打小报告赶他回家，让王忠理帮忙做主。王忠理在电话那头愤愤地哼了一声，说铁建做得太过分。

没过几分钟，铁建还在回局指的路上，便接到了王忠理的电话：“老铁，这件事还望你慎重考虑。老肖还是很能干的，你这么做是不是有点儿过分?”

王忠理打这个电话时站在窗前背对着屋门，张福臣拿着份文件进来，站在他身后静静地听着。铁建在电话里回答他说：“王总，这件事我把握着分寸呢。之所以走到今天这一步，完全是他个人造成的，他不离开指挥部，我的工作没法干。”“你俩可是老战友啊。”王忠理说，“你让他回去还准备让他回来吗?”铁建说：“回不回来是集团公司党委的事，看局里决定吧。”说完便挂断了电话。

王忠理埋怨铁建挂了他的电话，猛一转身发现张福臣站在身后，浑身一阵紧缩，问张福臣是不是有事儿。张福臣瞪他一眼说：“老铁又惹你生气了?”王忠理唉声叹气，说铁建把肖一虎的副指挥长撤了，让他回家去，有点儿不像话。张福臣把文件甩在王忠理桌子上，说：“是吗？我看他没做过，是你做过了。各局项目上的副职调整，不在咱们业主的职权范围内，你不应该干涉。咱们要求各局项目班子运转高效、顺畅有序，搞内耗必然是被更换的对象。”王忠理虽然心里不服，面上还是点头称是。

肖一虎不服气，把乔三约到一家酒楼的包间喝酒。乔三将酒杯举在半空，既骂铁建凭什么把人欺负成这样，又怨肖一虎干吗这么让着他？肖一虎把酒杯往桌子上一推，说：“不是让着他，主要是为你老弟鸣不平，本想让铁建多安排点活儿做个补偿，铁建不但不安排，还把我轰走，为你兄弟的事，我认啦。”乔三啪地将酒杯摔在地上，嘴里带着脏字，说：“真不识好歹。一分部管段的高铁想从我矿上过去，除非他铁建给我跪下，我也要让他尝尝被卡脖子的苦头。”

肖一虎瞧着乔三的样子暗暗高兴，认为自己的目的达到了。铁建赶他走，他就要让方方面面矛头一起对准他，这叫以牙还牙。俩人喝得正欢，肖一虎的手机铃声突然响了，抓起来一听是邓立强。“肖叔，是我。”邓立强说，“听王叔说你被炒了鱿鱼?”肖一虎叹息着，说：“还不是因为你，为给你拨付材料款，我跟铁建吵了一架，他竟赶我走。叔的饭碗算是被铁建砸了，我一直受他的气，也不想再跟他干了。”邓立强也正跟几个人喝酒，借着酒劲说：“他这么绝情？肖叔，咱有的是钱。你回来有什么需要我办的尽管开口。”肖一虎说：

“行啊，以前叔帮了你，以后你也得帮叔才是啊。”他挂断电话端起酒杯又对乔三说：“老弟，这回你可以放开手干了，往死里整，别看哥的面子。”

乔三边碰杯边说：“肖哥放心，有他好看的。我先安排人跟踪他，看看有哪些违规违纪和违法的事儿，收集点证据，然后采取行动。”他凑近肖一虎的耳根说了一番打算，俩人同时露出狡诈的笑脸。后来，乔三果真从网上购买了跟踪器，让老四买通汽修厂的修理工，瞅准铁建乘坐的越野车进厂保修的机会，把跟踪器吸在了越野车的底盘下。

入夏后，天气越来越热。铁建和党红旗戴顶草帽，坐车沿便道在全管区从头到尾一走，隧道、涵洞、路基和大部分大桥、特大桥，都全面开工大干，唯独线路经过的矿区被乔三死死卡住，业主出面也没能解决，工期已经整整耽误七个多月，工人们急得在工地上转圈圈，骂道：“看来不打是进不去。”

他俩和金帼英、石惊天焦虑万分，寝食难安。乔三却提出索要四个亿的赔偿金，高铁投资预算没有这笔钱，南北公司更拿不出钱来，只好拖在那里。他们很清楚，不论拖多久，总工期不能延迟，最终压力都在铁建和石惊天头上。本打算组织队伍和设备强进，又怕乔三闹出事来被媒体炒作，在社会上产生不良影响，实在束手无策。肖一虎被打发回家，他一肚子意见，就在背后蛊惑乔三。为报男男被绑之仇和工程结算不痛快，乔三与石惊天结下了梁子，压矿的事阻力更大，一时半会谈不下来。

金帼英愤愤地说：“乔三张口就是几个亿，埋在钱堆里了，咱们几辈子也挣不了那么多，太黑了。”

铁建说：“黑社会嘛，不黑怎么能叫黑社会呢？黑了国家黑群众。一个只想自己，不想国家和群众的人，心一定是黑的。”这么多年，他有切身体会，太柔没个性当不好领导；有个性太刚烈，也当不好领导；领导就要刚柔并济，该柔则柔，该刚则刚，不能光看面子、讲感情。对肖一虎这种人，感情上该留他，毕竟是战友，但他与社会上一些不三不四的人勾结来往，留下他必定后患无穷。党红旗觉得当一个好人难，当一个好领导更难，担心肖一虎离开项目后，乔三更加有恃无恐。金帼英认为矿产资源是国家的，高铁更是国家战略。乔三拥有的只是矿产经营权，他与国家对抗是自寻死路，不信堂堂一个国家、一级政府和一方业主，真拿乔三没办法。铁建低头思忖后说：“再分别向南北公司和县委县政府写份报告，请求以组织形式出面，尽快找乔三协调解决。”

石惊天回到项目部立即召开碰头会，安排部长以上领导夜里继续带班，特意提到现在正是施工的黄金季节，压矿地段必须进场，他和铁建再去督促业主与县委县政府与乔三抓紧谈判。赵化亮说压矿不容易解决，不但要做好长期窝工的打算，还需要做好斗争的准备，与乔三这种人打交道，没点招数对付不了他。朱子来觉得“炒”了姓肖的，可能会给一分部扫清障碍，可现代通信工具这么发达，无论他在哪儿，仍会在背后操纵乔三，还真拿他没办法。大家七嘴八舌，没完没了地议论着，石惊天感到头大，说：“对付肖一虎，铁指挥有的是办法，散了吧。”

梁场没有这么多烦心事，但铁建开掉肖一虎却在项目上引起不小的震动。肖一虎毕竟是副指挥长，级别也是正处级，铁建一句话说开就开了，既让人觉得解恨，又让人感到他铁面无私。孔庆荣和袁听枫身着工服、头戴安全帽走在制梁区察看作业情况，那里正在浇筑一片混凝土箱梁。两人看了看，折身朝钢筋加工区走去。孔庆荣说肖一虎回去肯定会找夏江讨说法，担心铁建以后有麻烦。袁听枫说肖一虎本来不是一个安分守己的人，太看重权力和利益，跟社会上的一些人混到一起，不是被环境污染，就是被乔三套住摆脱不掉了。不管哪种情况，肖一虎不能拥有权力，一旦有了权力肯定会把权力用到极致，只会给企业和项目带来重大损失。孔庆荣摇头说算了，他不插手梁场的事务就行。箱梁通过了认证，利用春季抓紧多打，宁可把梁制出来等线下工程，也不能让线下等架梁。

其实，肖一虎事件不光是领导层议论，职工们也有自己的看法，而且看法上下一致。紫祺与安雪容在试验室检验混凝土试件批次，边记录数据边说：“我舅魄力真大，竟敢把笑面虎赶回家，看姓肖的以后怎么混。”安雪容双手抱起一个试件边查看边说：“这试件和恋爱是一个道理，不能有瑕疵。你舅让他离开，是为了咱们项目更经得起检验。”紫祺很骄傲地冲她一笑，说：“任何事情都不能掺假，不然会离心离德。”俩人聊着聊着，担心起洋河隧道溶洞来，对铁建、金帼英和石惊天佩服得要死，说绑根绳子就敢下到十层楼高的洞底，把命都豁出去了，要是她俩非晕死在半空中，发愁隧道跨不过去将来影响铺轨。

除了压矿，石惊天脑子里整天也是溶洞如何跨过去这件事。他把人都叫到洋河隧道工地值班室，研究讨论溶洞处理问题。朱红军不断地翻看本子，说方案需要经过专家论证，他协助金帼英早点弄出来报给业主。洞内的掌子面已封闭，仰拱和二衬正在紧跟，开挖工班的人只能转到洞外做护坡加固。石惊天拍着桌子催朱红军处理方案能不能再快点拿出来，不能这么等下去。朱子来安慰石惊天，说着急也不顶用，一边溶洞一边压矿，王若云还在医院里，简直令人焦头烂额。杨晓和朱红军清楚，肖一虎等于是个摆设，到工地转一圈就走，不但不解决问题，还到处添乱，铁建的决心下得对，如果他不走，方案拿出来还不知道会咋样呢。

铁建心里光想着溶洞方案的事，好几天没去医院看王若云，等想起来应该去一趟时，院方已经通知王若云出院。铁建乘车赶到医院，王若云早已从病房出来，第一眼便看到了他。兰花朵跟在后头，圆场说铁建是来接她出院的，令王若云着实感动了一番。铁建说："你出院了我心里才踏实，我跟惊天和子来说一下，你不能太累。"铁建把王若云送上车后，王若云很感激，落下车窗朝铁建挥手，深情地望着他说了声谢谢！

李欣欣和梁丽丽听说溶洞很大，从没见过，在把王若云送到项目部后，便拉上杨晓和王方太一起进去看看。站在溶洞揭示处用手电往洞里照，下面呈现出巨大溶腔，一片漆黑，俩人吓得不轻，睁大眼睛惊叫道："天啊，这么大溶洞，隧道怎么过去呀？"杨晓指着溶洞说："喀斯特地貌都是这种地质。我在学校里学过，有在洞内架桥过去的，也有回填过去的，主要看上面定哪种方案。"李欣欣觉得既深奥又奇特，问什么是喀斯特地貌？梁丽丽指指杨晓让问他，说他最专业。杨晓听后给李欣欣讲起喀斯特地质的特征来，说喀斯特地貌是一种地质形态，主要是石灰岩，可以划分许多不同的类型。按出露条件可以分为裸露型喀斯特、覆盖型喀斯特和埋藏型喀斯特。地下形态是溶洞，也称洞穴。它是地下水沿着可溶性岩石的层面、节理或断层进行溶蚀和侵蚀而形成的地下孔道。中国喀斯特地貌分布很广，类型之多世界上少有，主要集中在西南地区。这些知识俩人都没学过，尤其李欣欣更像听天书一般，根本听不懂他说的这些专业名词，只能似懂非懂地频频点头。

临离开溶洞揭示处，李欣欣和梁丽丽的眼神露出些许胆怯，不时抬头朝隧道上方看，生怕被拱部掉下来的石头砸中。王方太哈哈大笑，指着四周让她们放心，称拱顶塌不下来。杨晓掀掀安全帽说："这一段隧道已经打好了，将来双向要跑两辆高铁列车，安全没保证，我们是要坐牢的。"

杨晓和王方太把栅栏挡好，四个人开始往隧道外走。梁丽丽回味着杨晓刚才的话，感到十分惊讶，说隧道里还能架桥，从来没听说过。王方太自信地说："只要有设计，啥样的工程都能干出来，这就是中铁的本事。"杨晓却不住地叹惜："来当个队长偏遇到这种难题，隧道打不进去，挨批是早晚的事，自认倒霉。"王方太说："这种烂地质能怪谁？过去其他局遇到山体内漏斗涌水，还死过不少人呢。所以说高铁是用中铁人的鲜血和生命修成的，可外人不知道有多难。"

从隧道里出来，李欣欣上了杨晓的车，梁丽丽钻进王方太的车分别离去。两辆车刚开下坡道，便与朱红军和万红山乘坐的车相遇。司机们放慢速度，落下车窗玻璃相互寒暄。万红山看到杨晓与李欣欣并排坐在后座，眼里不由自主地喷着怒火直视着他俩。李欣欣瞥万红山一眼，装作没看见，若无其事地望着前方。万红山愤愤地对朱红军说："杨晓那小子不知道给欣欣灌了什么迷魂药。"朱红军说："人各有志，别难为自己了。"

杨晓在车里先是沉默，良久才扭头看了看李欣欣。问她："你都看到了，怕吗？""不怕。"杨晓说没想到隧道打出这么大个溶洞，太棘手，他怕干不下来。李欣欣说有专家，有总工，还有铁指挥，鼓励他不要怕。再说遇到溶洞并不是什么坏事，可以检验他的技术能力，正是锻炼的好机会。

杨晓发怵说道理他懂，万一队伍不给力，组织上不去，安全再出点啥事儿，可都是他的责任了。"现在都在提倡担当作为，为了这条高铁和全局的荣誉，有事你担着，组织上会更了解你这个人。""担当？"杨晓说，"现在有多少人像我们这样担当？都抱着宁可不干事，千万别出事的心态，明哲保身。"李欣欣冷静地说："我觉得你和他们不一样，你一定行！"虽然她只是随口这么一说，却给了杨晓极大的勇气和力量。他觉得心里很温暖，有一种被人理解的幸福。

王方太的车行驶在便道上，远远望见两三公里长的桥墩拔地而起，逶迤的群山峻岭一片翠绿，便道两侧发黄的麦田在微风吹拂下泛起麦浪。王方太望着窗外说水中墩已出水面，再也不怕洋河发洪水了。梁丽丽称要不修高铁，光到这种地方来旅游可真好，青山绿水，让人心旷神怡。王方太说通车后一定带她到周围好好转转，这么多年修高铁，跑了很多地方，可哪里都没玩过。高铁建成，队伍一撤人就走了，只留下个印象与记忆。梁丽丽歪在他肩头上撒娇，眉眼间透着妩媚的光，这让王方太感到很幸福。

这一天，金帼英通知王若云、朱红军、杨晓和万红山到局指参加会议，铁建要听取溶洞勘察情况汇报。桌子上摆满了溶洞勘探标准平面图和地质构成化验资料，零乱无比。平面图和地质资料做成了PPT，通过电脑连接投放到屏幕上，众人围坐在会议桌前扭着身子看视图。杨晓故意远离万红山，两人之间隔桌而坐。万红山用充满敌意的眼神一直瞪他。杨晓愣是视而不见。金帼英指着屏幕说设计院和测量人员勘探标出的体积，与她们下到洞底目测的差不多，所提供的地质状况基本与判断的一致。铁建听完说溶洞高三十米，纵横长宽各六十米，相当于在下面盖一栋十层的高楼。

王若云没进溶洞，从医院回来第一次听到现场具体情况，惊出一身冷汗。金帼英说溶洞跨越不在于深度，而在于长度，六十米长需要往前跨八十米，不论架桥还是填埋，都要按隧道设计断面做出相等的隧道空间，实现断面与溶洞的无缝对接，这样才能保证整条隧道贯通。万红山说这样的溶洞采用桥梁跨越施工方案比较快，并且省工省料。杨晓不看万红山，望着屏幕说："哪种方案都能闯过去，但要根据空间大小而定，溶洞呈穹顶形，又有坡度，塔吊之类的大型机械面展不开。"万红山不屑一顾，毫不客气地说："有本事你拿个方案出来。"杨晓不服，转过身怒视着他说："你以为我拿不出方案？太小看人了。"

万红山说："小看你，还想揍你呢。"

大家都没能想到万红山会说出这样的话，便把目光投向杨晓。这是检验一个人修养的时刻。一般人在近乎侮辱的言语刺激下都会爆发，但修养高的人可以让怒火暂时熄灭。此时，杨晓只狠狠地瞪了万红山一眼。

中途休会后，金帼英和王若云正在屋里说万红山和杨晓的事，李欣欣抽泣着推门进来，说她不想实习了，想回家。金帼英惊讶，知道背后的原因是万红山和杨晓因她而起摩擦，就劝她不要胡思乱想，安心工作。王若云拉住她的手说："你面临毕业分配，实习半截回去不好，还是留下来，不要管他们。"金帼英说："欣欣，你很聪明，很上进，人又漂亮，大家都喜欢你。有男人追是一种幸福，证明你的美丽是有价值的。"李欣欣忧郁地说："可美丽给我带来的都是烦恼。"

铁建和党红旗把万红山和杨晓叫到办公室，他俩一个低头站在桌子旁边，一个扭脸靠在窗前。铁建坐在沙发上很生气，党红旗瞪着眼走到桌边看看万红山，又走到窗户边瞧瞧杨晓，指着俩人训斥道："没见过漂亮姑娘是不是？人家欣欣对你们两个都没有谈恋爱的意思，你俩却暗自较劲，成何体统？尤其是你万红山，自以为是人家师傅，自作多情。欣欣与杨晓到一块聊聊工作，你说犯了哪方面规矩？作为部长时不时挤对人家，咋一点胸怀都没有？"训完万红山，他又转身走到杨晓跟前说："还有你，本来是工作引起的，话没说两句就吵起来了，不分时间场合。万红山再不对，起码他曾经当过你的部长，大小也是个领导。你以为这样欣欣就能看上你？都歇菜吧。"铁建沉着脸不动声色，看他俩谁也不服谁的样子，说："一人给个警告处分，在指挥部通报。"

俩人都挨了处分，李欣欣觉得无法再待下去，告别金帼英离开局指回家了。临走那天，铁建说："你执意回去，那让花朵去送你吧。回去后可以与宏歌联系，她马上要高考，在家复读呢。"李欣欣谢过铁建，称抽空去看铁宏歌和韩秋柳。

李欣欣和兰花朵都有些伤感。进站后，兰花朵帮她拉着行李箱，俩人慢慢走在站台上。李欣欣恋恋不舍，总扭头朝身后看。兰花朵问她是等杨晓来吗？李欣欣摇摇头说："他们都被处分了，我很内疚。也许我离开后，他们就没事了。"

听说李欣欣走了，杨晓让李鹏飞开车把他送到车站，买张送站票火速跑向站台。兰花朵和李欣欣正在等候上车，只听背后有人大声喊李欣欣的名字。俩人同时扭头朝后望去，发现杨晓气喘吁吁地从出站地道口露出半个脑袋，接着整个人蹿到了站台上，急步朝她们跑来。李欣欣喜出望外，瞬间流下了眼泪。她捂住脸，声音有点儿颤抖："杨晓……"

兰花朵吃惊地问："杨晓，你咋跑来了？"

杨晓喘着粗气停在她俩面前，悲喜交集地说来送李欣欣。杨晓很伤感，问她是不是回去真的不来了。兰花朵抢着说谁说她不来？毕业后回来。李欣欣难过地说："杨晓，你为我挨了处分。"杨晓说他不在乎，只是心里舍不下她，问她能不能留下。兰花朵埋怨说："你俩闹成那样儿，欣欣怎么留？"

旅客尚未进站，三个人在站台上就那么面对面聊着，都没注意远处还有一个人正盯着他们，那人正是万红山。他也是从地道口钻进来的。当杨晓和李欣欣、兰花朵看见他时，兰花朵一声惊叫："万部长，你咋也来了？"

万红山瞪一眼杨晓，把目光转向李欣欣，说来送她，并对她说了声对不起。

李欣欣含泪冲他微微一笑，又把杨晓拉过来，说："你俩都是我的大哥，希望你们能成为好朋友，行吗?"杨晓先点头并把右手伸到万红山面前。万红山很不情愿地看了看杨晓，扭脸沉思片刻才伸出右手与杨晓的手握在一起。

上次会议没开完，铁建又召集人员重新开。他板着脸看看万红山和杨晓，说："你俩这回高兴了？欣欣走了，处分背上了，死心了？真是玉不琢不成器。"王若云说上次探讨的是采取架桥式方案。金帼英翻看着资料说如果采取桥梁跨越方案过溶洞，空间不能满足桥梁施工需要，各种大型设备进洞会遇到很大障碍，尤其塔吊下洞和吊臂伸展旋转，洞底不一定合适。底部没有暗河，比较干涸，所以她的想法是做填埋式处理。朱红军、万红山和杨晓同时低头一边计算一边记录。铁建有疑虑，说采取填埋式方案，还要看工程量大小和工期长短，投资比桥梁跨越多多少。金帼英称大概多增加三百多万元。杨晓看着计算器，说回填方案根据体积计算，约需十六万立方米混凝土，相当于一个大站施工期内的产量总和。金帼英说："填埋式处理最稳妥，采用C20混凝土回填，注浆加固、增设C20混凝土护墙护拱和钢筋混凝土方柱支撑等方法。"铁建沉思着，怕王忠理不给增加投资，说："行，金总，依你说的填埋式为第一方案，抓紧去找设计院和王忠理沟通，让他尽快组织专家论证把方案敲下来，以便展开溶洞处理施工。"

会议一结束，朱红军跑去梁场找安雪容，俩人提着安全帽并肩穿行在梁场后面的桃林里。安雪容问方案定没定，朱红军就把会议确定原则细说给她听，强调安全最重要。安雪容停住脚步扶住一棵桃树，俏脸从树杈中间透过来，说："对，安全最重要。我希望你一辈子都安全。"朱红军笑着问她是不是真的。安雪容说当然是真的。朱红军转到树后面扶住她的肩，说男女一旦走进爱情，就会变成三岁小孩。安雪容说："其实，你不了解女人。女人一旦陷入爱情，会把爱情当成自己的全部，恨不得把什么都给男人。无论男人做什么，女人都会无条件支持。有些女人在爱情中失去自我，爱男人胜过爱自己，想把自己最好的东西献给对方。遇见你之后，我就想把最好的都给你。"朱红军拉住她的手说："雪容，你就是我头顶上的星星，我如同放不下高铁一样放不下你。"

初步方案确定后，石惊天的心里踏实了许多。正在桥梁工地查看施工时，他的手机突然响起来。“你是男男的干爸吗？我是郭富海。”石惊天问他有什么事？“我想请你出来喝个茶。”“我没空。”“哎哎……”郭富海用急促的声音说，“有件事我想托付给你，想当面跟你说。”

石惊天在茶楼里见到了郭富海。坐下后，郭富海先倒茶端到他面前，称想跟金帼英复婚，可她不同意。石惊天甚感惊慌，但很快冷静下来，说：“亏你想得出来，当初她嫁给你，我都觉得亏得慌。为了你的远大理想和另一个女人，连自己的结发妻子和亲生儿子都不要，拿夫妻感情当儿戏，把男男推给一个曾经爱过你的女人再也不闻不问。你扪心自问，做人的良知在哪儿？”郭富海很羞愧，说：“我现在明白了，但为时已晚。那请你把这两万元钱捎给她，就说是我给男男上学用的。”说着，从手包里掏出两万元钱放在茶几上，然后夺门而出。

石惊天抓起钱犹豫半天，不得不去找金帼英，把钱放在她的办公桌上。“哪来的钱？”“男男他爸约我去镇上茶楼见面，临走搁下这两万元钱，让我转给你，给男男上学用。”金帼英十分生气，从办公桌后站起来，说：“不经我同意，你就收他的钱。谁给你的权力？送回去，我不要！”石惊天说：“他是给男男上学用的。”金帼英气得发抖，又向石惊天重复了一遍，让郭富海只管出他那份抚养费，这一辈子再没钱也不用他的一分，自己有能力把男男养大，看到他的钱她嫌恶心。她一脸怒气，抓起钱朝门外扔去。铁建刚好来到门口，两沓钱正好砸到脚下，想想便弯腰捡起来，推门进去见石惊天一脸无奈。“这是怎么了？谁嫌钱多？”石惊天说明来由，铁建说既然送来就给男男留着。可金帼英噘嘴说：“他现在的女人一旦知道，不仅跟他没完，也会跑到这里来找麻烦，我只想和男男安安静静过日子。”铁建出主意说：“那把男男爸的卡号给惊天，让他把钱汇回去，也好留个凭证。”

当天石惊天就把两万元钱打到了郭富海的卡上。了结之后，他与朱子来一起去压矿地段。大桥工地两端钻机林立，工人们仍在施工。桥的中间地带有一个空场，外围拉起一圈砖墙，墙上用红漆歪歪扭扭地写着“矿产禁地，外人不得入内”。围墙的一个大豁口拉着绳子，两台挖掘机和几台钻机堵在豁口处。他俩下车后看到，老四和几个痞子有的站在挖掘机和钻机前面，有的蹲在挖掘机铁斗上抽烟，引来许多看热闹的村民。民工和司机们有的跳下驾驶室，有的聚在一起聊天，赵化亮则在远处与老四交涉。

朱子来挤进人群，与赵化亮一起跟老四理论，被一伙青年围在中间。朱子来扒开他们挤出来，走到石惊天身边说："矿是乔三的，他不出面，让老四来挡咱们，进不去咋办?"石惊天让队伍先撤下去，他再去向铁建和党红旗汇报。党红旗当即拿上《请求县委县政府解决压矿进地的请示》，带石惊天来到县政府。在接待室等了约一个小时，王县长和赵主任才一手端着水杯，一手夹着本子从会议室出来。一进办公室，党红旗将红头文件递给王县长，说两次进场都受阻，请县委县政府能够进一步加大与乔三的协调力度。

王县长看完用手指弹了弹红头文件，说："老党，其他地段进场都好说，唯独乔三这个矿不好解决。县里拿不出四个亿来给他垫付赔偿金，南北公司至今也没与县里签订补偿协议，只能等等再说。"石惊天喊着县长，说队伍设备一直窝工，人车马秣一天损失几十万元，关键是工期拖不起。赵主任瞧着王县长的眼色，抽口烟说："县里也着急，但没用。前一段你们与乔三关系闹得很僵，压矿这件事他不会让步。县里一分钱也不会拿，业主又不可能把钱打到乔三账户上。所以，等南北公司来谈妥签完补偿协议后，县里会找他。"党红旗两手一摊，无奈地与石惊天走出了县政府。

其实，王县长和赵主任已多次找过乔三调解压矿，但没起作用。在利益面前，乔三根本不给他们面子。老四从矿区回到乔三的公司，说石惊天和朱子来以及队伍设备都被他挡在了外面，一副得意扬扬的样子。乔三抽着雪茄，眼皮也不抬，说补偿款一天不到账，休想进一台设备到矿区，叫老四盯好喽。老四点头哈腰，说："是，三哥，矿是咱的，咱说了算。"乔三起身在屋里迈着方步，恶狠狠地说："记住，即使补偿的钱到账，铁建不来下跪也不能让他们进。这回要卡死他。"老四嘿嘿笑着，像条狗似的朝他伸出大拇手，一唱一和，夸赞乔三说得对，是该报这个仇。

铁建对压矿无法开工也无计可施。第二天上午，他带着石惊天去南北公司向业主汇报，称全管段只剩这一处没开工，矿在乔三手里，钱不到位，县里也协调不动，只能靠公司出面找市县，还有一个办法，看能不能改变线路走向。张福臣拿起红头文件看得很仔细，说铁建已是第三次递交报告，他找过市里两次，市领导给县里打了电话，要求县委县政府全力做工作。乔三的胃口太大，建设预算中又没列这笔钱，只能重新申请增加，说完连挠几下头皮。卢总体坐在铁建对面，记录完后扔下笔说线位无法改变，增加压矿投资不是个小数，能不能批、能批多少，谁也没把握，只能看与矿主谈的情况。石惊天欲哭无泪，说现场急得像热锅上的蚂蚁，两次进场都差点起冲突，窝工损失太大了。

王忠理则一会儿望着铁建，一会儿瞥一眼石惊天，说："全线都有这种情况，公司也发愁。原来老肖在的时候还能糊弄住乔三做些工作，现在把他打发回家了，谁能跟乔三说上话?"铁建呵呵一笑，说："王总，老肖如果真能把乔三的工作做下来，我就不让他回家了，问题是他做的都是反面工作。乔三以绑架金总的儿子为手段，漫天要价，强行要求工程结算，背后有老肖的影子，这样的事怎么能容忍呢?"王忠理挑挑眉毛，说铁建只是猜，有什么证据呢?张福臣沉下脸来，喊着王忠理的名字，提醒他不要再说了，如果肖一虎做得够好，铁建不会让他打道回府，暂时回避一段时间有利于以后开展工作。

张福臣答应亲自出面再找市县两级政府谈。与县里约好后，他让秘书小汪通知设计院卢总体和铁建等人赶到县政府。王县长见业主董事长亲自出马，代表的是铁总，命赵主任把乔三、老四召到县会议室一起谈判。张福臣说："王县长，压矿问题，公司早已致函市县两级政府，我也不是第一次来协商交涉，现在已到了非解决不可的地步。"他和铁建向王县长表态愿意尽快签订补偿协议，同时说明补偿数额太大，需要重新申请这笔资金。在现阶段尚未批复的情况下，希望能一边协商一边进场展开施工。没等领导开口，老四横着脑袋说："那不行，补偿款先到账再说。"

王县长瞪了瞪老四，然后委婉地说："张董，县委县政府在解决压矿问题上态度是积极的，立场是坚定的，确实非常紧迫。但压矿不同于一般的征拆，有它的特殊性和复杂性。矿的开采权和经营权属于乔总，只要他同意，县里全力支持。"卢总体提醒王县长，称四个亿的补偿款数目太大，高铁修完能不能通过国家审计是必须考虑的问题。乔三偏偏摆起架子，说："行，如果你们认为四个亿多了，咱们可以不谈。从我拿这个矿到现在，花费多年工夫不说，光资金起码也花了几个亿，到现在还欠银行一屁股债。如今修高铁，矿开不成了，整个矿的损失又有多少？一言难尽。我的底线是大桥要想从矿区过，四个亿一分不能少，因为这个矿我如果长期开下去，所赚的钱远远不止这个数。这一点做不到，那你们最好改线绕过去 。"

铁建瞪着乔三说："乔总，咱们交手已经不是一次两次了，你同意也好，不同意也罢，与我们没多大关系，总有解决的那一天。张董亲自来协商，你如果仍坚持款不到位不让进场，那我们就把队伍和设备撤下去。”乔三冷笑着拍起巴掌说：“好啊，算你们明智。撤与不撤是你们的事，在你们这里，我已经吃过太多亏，不可能再继续吃下去。现在知道什么叫卡脖子了吧？解决压矿，我不需要求任何人。相反，该轮到你们求我了。”赵主任见双方来了火，赶紧劝阻，称可以再协商。乔三起身往外走，说不是不给张福臣和王县长面子，想进场施工，必须按他说的办，没有工夫天天在谈判桌上扯来扯去。

乔三和老四愤愤离席，使谈判再次陷入僵局。赵主任叫了两声想挽留乔三，但人早已下楼，令在场领导十分尴尬。卢总体伏在张福臣耳边，小声建议实在谈不下来，不行试试改线或把问题上交。张福臣掩饰不住愤怒，说高铁既不能改线，更不能把问题上交，再难啃的硬骨头也要啃下来，乔三简直是螳臂当车。

第二十一章

这天傍晚，金帼英在镇上的香满楼大酒楼摆了一桌酒席，把工地上所有的女人都叫到一起，祝贺王若云出院。她们都不喝酒，倒了七杯果汁。女人们齐声共贺，叽叽喳喳聊起来没完。梁丽丽举着杯子，好奇地问紫祺咋没来？袁听枫瞧着兰花朵，嬉笑着说有事找理由躲了。至于什么事她也没说，都在眼神里，兰花朵不高兴，直朝袁听枫噘嘴。

除了工地，王若云平时很少出门，出去一趟还出了车祸，算是死过一回，这让她忽然看透了人生，说最容易受伤的是女人，她和金帼英身上有永远抹不平的伤疤。于是，袁听枫又往安雪容身上扯，说她也是受伤者。金帼英边帮男男夹菜边说，对于每个人而言，今天再大的事，到明天就是小事。今年再大的事，到明年就是故事。今生再大的事，到来世就是个传说。婚姻对她和王若云来说，一切都已经归零。安雪容若有所思，用筷子夹着菜往嘴里放，说归零不是啥坏事，学会归零是一种积极面向未来的意识，让坏的不影响未来，让好的不迷惑现在。所有的成败相对于前一秒都是一种过去，过去能支撑未来却代替不了明天。

女人撂下工作不谈，聚到一起没正事，都想亮亮自己的内心世界，发发牢骚诉诉苦，谈谈感悟放飞一下心情，从里到外痛快痛快。梁丽丽看大家你一句我一句地聊感情，矜持地说有时爱情像撒哈拉大沙漠里的复活草，也许枯萎沉寂一百年，但遇上一个小水洼，就可以在一瞬间复活舒展，几个小时能长出嫩芽。她让大家要相信爱情和婚姻。兰花朵毫不示弱，抢话说有一种感情无关年龄，只与倾心有关；有一种思念无关距离，却可以海枯石烂。感情不像他们干大桥，既没有模板，也没有几何尺寸与形式，全凭轻松自然。听了这话，金帼英说，等她走进婚姻以后，才会知道婚姻的滋味。女人总是戴着面具走进爱情，总想展示自己最优秀的一面，但那样做往往适得其反。接受一个人，不只是接受他的优秀，而是看清他的平凡后却仍然爱他，那才是真爱。

王若云独自喝下一杯饮料，发起感叹来，说现实中走着走着就感觉对方变了，一旦走进对方最真实的地方，会很快迷失自己。金帼英很赞同她的观点，说爱情无法预估，更没有办法计算，唯一能做的是在相遇之后寂静享用。在爱情的道路上，不论是谁总有一天会与那个有缘人不期而遇，幸福从来都是水到渠成。袁听枫咂嘴弄舌惊喜地摇头，说她们个个都是女大学生，全有自己的感悟和观点。谁说中铁的女人只是一帮心比轨道直、嘴比高铁快、情比钢筋硬的女汉子？高铁照样造就出一群女哲学家。

兰花朵瞧着她捂嘴笑，说今晚不是聚餐，是开爱情务虚会。如果她们是一群女哲学家，那袁听枫就是哲学大师。袁听枫笑指着金帼英说她才是大师，天天跟施工打交道，吃个饭再说工地那些事儿有啥意思？姐妹们到一块就应该多聊聊感情、婚姻、家庭，免得年轻女孩子将来个个迷路。金帼英说幸亏经历过一次，现在才想通，人的一生只有不丧失对生活的信心，做自己想做的，爱自己真心想爱的，才能把自己找回来。说着提醒梁丽丽和兰花朵，让俩人千万不要学她、王若云和安雪容，最好一生不受情伤。

王若云感叹人这辈子不长，一定要把对自己好的人珍藏起来。朋友再多，真正能把你放在心上的就那么几个。她和金帼英、王若云都是你给她一分，她还你十分；你对她真心，她为你用心；你陪她风雨，她与你同行；你陪她一程，她记你一生的人。可上苍偏负人意，她们没有把握好。

女人们发了一晚上感慨后，不知谁又提起肖一虎，袁听枫脸上当即露出一副瞧不起的表情，嘴里骂个不停，说早该把他调回去。崔凌花重提那次宝铁打肖一虎的事，是因为他对外散布铁建跟金帼英、王若云和兰花朵都有一腿。此话一捅出来，满屋子就炸了锅，你一句我一句地骂了姓肖的八辈祖宗，说永远不能让他再回来。

邓立强听说肖一虎因为帮他催款才与铁建闹僵被开回家，感激涕零，把他请到金城最高档的饭店喝酒。两人频频干杯，一瓶茅台下肚方开始显醉。肖一虎骂铁建算什么东西，一点战友情分都不讲，还把他赶回来，若换个人试试，看他能不能一手遮天。邓立强一口一个肖叔喊着，说晚一天付款只不过搭点儿利息，副指挥长哪能说免就免呢？劝他别生气。肖一虎如遇知己，拉住邓立强的胳膊谢了他的理解，问有没有跟安雪容联系。邓立强称业务一忙暂时忘了。肖一虎瞧了瞧他，故意说安雪容跟朱红军好上了，提醒他有空可以给安雪容打个电话问问。邓立强醋意大发，酒喝到一半便把杯扔在桌子上了。

肖一虎喝得醉醺醺，胆子就大起来。邓立强要送他回家，他却执意打车去集团公司机关找董事长夏江讨公道。夏江午休起来后正在办公室里伏案批文件，肖一虎推门而进。夏江抬眼看了看他的大红脸，问在哪儿喝的。肖一虎舌根发硬，抹抹嘴巴愣说没喝多。夏江起身给他倒了杯茶，问是不是离开项目回来想不通？肖一虎称是，反问夏江为什么要把他弄回来？夏江说本来是看好他的，可到项目后工作配合不咋样，发生的一连串事情局里都清楚，他犯了严重的错误。肖一虎一副窘态，直喊冤枉，说铁建一贯作风霸道，根本不听副职的意见。夏江质疑说："我对铁建还是了解的，如果你的建议对，他不会不听，这要问你做事守没守住底线。"肖一虎举起右手发誓说天地良心，组织必须替他说句公道话，不能就这么不清不白地被赶回来。夏江说隧道遇到溶洞，压矿又谈不下来，问他跟叫乔三的熟不熟。肖一虎当然摇头说不熟。夏江盯着他说："不会吧，听说你对乔三有恩，前期把他引进去干路基，闹出很大动静，都快把老铁和小金几个人折腾死了。"肖一虎心里腾腾跳，只斜着醉眼看夏江，辩称这些事儿跟他没关系。夏江起身送他，说："好吧，你先休息一段。至于下一步的工作安排，我再考虑考虑。"

肖一虎心里边骂铁建边从楼里出来，恰巧碰到五公司董事长吴青云。吴青云问他去楼上见夏董了？肖一虎诉了一肚子苦水，吴青云不想听，他知道隧道出现溶洞人人都有压力，作为参建公司董事长必须到现场解决问题。俩人简单聊了几句，吴青云就赶去火车站。上火车后他给铁建打电话，称在办公楼碰到了肖一虎，看起来状态不佳。铁建不奇怪，说要把这个项目干好，必须扫清绊脚石，当初组建班子时怪自己心软太念感情。回家的路上，肖一虎给王忠理打了电话，说窝囊透顶，他都没法见人了，请求王忠理再拉兄弟一把。王理忠在电话里说请他放心，一定会尽力。

吴青云坐了近十个小时的火车赶到工地，想如果溶洞处理顺利，还有可能把工期赶回来，处理不好后面压力会很大。石惊天这些天已经急得满嘴起泡，二衬和仰拱虽跟到了掌子面，但溶洞处理方案迟迟定不下来，虽然把各工班拉出洞外做堆体挡墙、山上的骨架护坡，但仍担忧民工情绪不稳。吴青云把大家召集到项目部开会，指示说如果洞外工程做完方案仍没敲定，再让民工去干涵洞。总之，不能让他们放假离开现场。他转脸询问李鹏飞民工工资发到什么时候？李鹏飞说工资差两个月，虽然都是按月计价付款，但扣掉材料费后剩不了几个钱，只能给民工发基本生活费。吴青云认为特殊时期应该采取特殊方法，让石惊天暂时别扣材料费，把计价款先如数拨给劳务队，等溶洞处理开始，进度和完成工程量上来，计价数额增大后再往回扣。王若云提示称这样容易形成超拨款。吴青云说："现在遇到溶洞不是谈钱的时候，一旦民工情绪受影响，隧道抢不通，到时花钱都买不回工期。过去有的项目吃亏就吃在这方面，只算小账，不算大账，一块钱能办成的事非要等到花十块钱再办。该花的钱不花在前面，等一般拖成重点，重点又干成难点，全线告急冒烟才花大把银子去突击，一分钱也没省下来，还丢了信誉和面子。"他最终表态说如果局指拨款不及时，公司宁可掏钱也要先保工期，问杨晓和李鹏飞对溶洞处理有没有信心。杨晓劲头十足，说："有！既然让我当队长，就有能力和信心把溶洞闯过去。"吴青云警告李鹏飞别光看眼前这点蝇头小利，要看长远。中铁工程局没有亏待过他们这些劳务队，现在隧道遇到困难，希望他能在这时候出把力。吴青云当场向他承诺，只要在最艰难的时刻冲锋陷阵，替公司分忧解难，可以长期跟着公司走。

杨晓散会后跑去了隧道，先钻进洞子看了看里边的状况，然后爬到山顶观察沉降。下山时，发现万红山站在半山腰等他。于是，两个人手里提着安全帽坐在山坡上。山下是一条小河，清澈的河水缓缓流淌。万红山侧脸瞅了瞅杨晓，问他在想什么？杨晓说想隧道溶洞怎么闯过去。万红山说："是吗……我觉得咱俩都很傻，人走了，内心清静了。""我心里一直很清静。你还在想她？""你是石头，我却不是草木。""那你还盼着她来？""她还会来吗？""她若回来，我会成全你们。"万红山说："她如果真的回来，我会尊重她的选择，不会再做以前的傻事。"

屁股坐疼了，两人起身往山下走。杨晓说："我现在需要和寻求的不是其他，而是你在溶洞处理上对我的支持。"万红山停住脚，直视他说："我会全力支持和帮助你，也算我向你道歉。""唉，人生就是一场笑话，你我都一样。”万红山抬手一巴掌拍在杨晓肩上，笑着说：“人生是一场战役。在这场战役中，生命有的重于泰山，有的轻于鸿毛。爱情则是这场战役中的调料。咱们都把那些不好的记忆忘掉，笑着面对出现的一切吧。”

万红山回到局指，金帼英让他把溶洞处理方案先用邮件发给设计与业主审查，又打印几份装订好。第二天，金帼英喊上王若云赶去南北公司。王忠理见两个女人来了，就通知卢总体到会议室听方案。他板着脸说方案都看了，也与工程部的人一起讨论过，毕竟是特大型溶洞，他主张采取桥梁跨越式，省时省料，问金帼英为啥对填埋式方案情有独钟，基础施工费劲不说，还有上面的护拱、断面等，难度很大，关键是排水不好处理。金帼英与王若云互相看了看，有点诧异，解释说方案比选当然以工期、进度、运营后的安全为主要考量指标，桥梁跨越方案因为受场地空间限制，看起来省时省料，施工中一旦吊装拼架受阻，更耽误工期，所以才主导填埋式跨越，尽管工程量大一些，但没有风险。

王忠理说：“增加投资你们做过比较吗？我要求控制投资。”

王若云据理力争：“王总，我们当然对两个方案进行过经济比选。”

王忠理问：“哪个方案更节省投资呢？”

金帼英笑脸相迎，说：“桥梁式跨越虽然能节省投资，可溶洞顶部呈穹隆形，底部石层复杂，加上斜坡处理，墩台施工周期会更长。再说，塔吊悬臂旋转半径会受溶腔大小限制。”王忠理白她一眼，让卢总体表态。卢总体谁也不想得罪，称两种方案过溶洞都行。从工程量上来说，桥梁跨越式钢构桥加工拼装，看似量少，但洞内架桥施工安全风险高。所以，从通车后运营的角度讲，填埋式方案虽然比较保守但安全可靠，因为安全系数大，并且设计起来也比较容易。王忠理见卢总体没站到他这一边，满脸不高兴，问卢总体到底赞成哪一个？卢总体勉强地笑着请他定，设计听业主的。王忠理不屑一顾地把方案一甩，让金帼英和王若云回去按桥梁跨越方案做，放弃填埋式方案。

“为什么呀？”金帼英感到莫名其妙，“填埋式方案是经过充分论证的。”

王忠理站起身说：“增加投资是我去求人。”

王若云听后血蓦然冲到了头顶，说：“王总，我们辛辛苦苦弄出来的方案你就这样一句话给否了？太轻率了吧？能不能组织论证会听听专家们的意见？”

王忠理怒了，说：“我轻率？我就是专家。如果不采取桥梁式跨越，那以后不用再来汇报了。”他转身要走却被金帼英挡住，说：“王总，你可以否定我们的方案，但我会坚持。如果你只考虑投资控制，硬要我们采取桥梁式跨越，那溶洞只能先搁在那儿。”金帼英也不退让，说完抱起资料和王若云走了，把王忠理晾在了一边。王忠理望着她俩的身影一副得意的样子，眯缝着眼不停地冷笑，说：“卢总体，他们跟我和老肖过不去，我不信治不了他们。”

卢总体没有理会王忠理，出来会议室追上金帼英和王若云，伸手托了托眼镜框说：“金总，说实话，我赞成你们的填埋式方案。处理这类溶洞还是保守一些好。工期早一天晚一天不是啥大事儿。”金帼英恼怒说：“为什么不听我们解释？他想节省投资，难道我们就不想吗？节省投资也必须以保证安全为前提。”王若云很是愤懑，称她和金帼英曾研究过桥梁跨越，洞内架桥除了安全和进度以外，需要考虑的其他因素会很多。搞不懂王忠理为什么这么武断，真让人不能理解。卢总体微笑着劝她俩别生气，两个方案各有利弊。让她们回去再把填埋式方案完善一下作为主推方案，同时也准备好桥梁跨越式方案。金帼英对自己做的方案很自信，执意说：“填埋式方案我有把握在专家论证会上获得通过。所以，我想放弃桥梁跨越式方案，因为不太适合这处溶洞。”卢总体说：“那不就跟忠理总闹僵了嘛。”

金帼英意识到填埋式方案遇到了阻力，便向铁建汇报说王忠理故意设卡，不同意她们的建议，只让做桥梁跨越式方案。铁建皱眉问讲没讲清两个方案的利弊。金帼英说讲清了，他根本听不进去，只考虑投资控制。铁建犹豫良久，让按王忠理的要求做。金帼英强调桥梁跨越施工难度太大。王若云接过话茬说王忠理故意刁难，填埋式方案完全可行，如果不能确保安全，溶洞施起工来前景难料。

王忠理并不认为是在卡她们，择日把卢总体叫来，以争取设计方对他建议的支持。他坐在沙发上，朝后仰着身子说：“卢总，你们设计院可不能随便发表意见，填埋式方案多增加三百万元投资不是小数。咱们既要算政治账、工期账，更要算经济账。”卢总体感到为难，说增加三百万元投资不重要，关键是既保安全又保工期才是硬道理。王忠理对他的态度很吃惊，说他已经站到金帼英一边，三百万元是不多，可他要到上面去求人，挨训的是他。最主要的是铁建和金帼英对待他的态度不咋样，知道肖一虎跟他走得近，还故意把他打发回家。

“我是搞技术的，不知道你们这里边的事儿。”

“不管怎么说，填埋式方案我不同意。”王忠理说，“我会事先通知专家采用桥梁跨越式方案。”卢总体惊讶地望着他，还是那句话：“你是业主，听你的。”王忠理在屋里来回走动，说：“铁建和金帼英倚仗张董护着他们，暗地里一直跟我较劲，我也不能当软柿子谁想捏就捏，看看胳膊能不能拧过大腿。”

金帼英和王若云憋气得很，干脆舍弃桥梁跨越式方案，边骂王忠理边组织杨晓、万红山等人，将填埋式方案认真完善一遍，之后又去南北公司，直接闯进张福臣的办公室，将打印好的纸版方案搁在茶几上。张福臣听完汇报，问方案很好，王忠理为什么不同意。王若云说他非要坚持桥梁跨越，在隧道里建一座特大桥，施工场地狭窄，难度可想而知。至于什么原因他不同意，她们不清楚。金帼英有理有节，说：“张董，填埋方案比桥梁跨越投资是多增加三百万元，但经过比选，不论是在施工处理过程中还是以后的高铁通车运营中，填埋方案都是最佳选择。”张福臣对于王忠理不同意金帼英她们的方案感到很奇怪。

三个人正百思不得其解，王忠理推门进来，看到这场面极不满意，直立在他们面前半晌无语。金帼英和王若云礼貌地从沙发上站起来，王忠理左右环顾着，半开玩笑半认真地说是找张董告他的状吧。王若云说：“王总，我们可没告你的状，只是跟张董汇报一下方案。”王忠理扭头要走，说：“那好，你们汇报吧。”张福臣不悦地把他喊住，王忠理这才扭头返回来，张福臣说：“技术是你分管，可金总和王总给我汇报汇报方案就不行吗？”“哦，行，行啊。”张福臣指着茶几上的方案，问道：“那你说，为什么不同意填埋方案？”王忠理的理由很充足，说要多花三百多万，是个大变更，这钱没地方出。张福臣说：“没地方出？为了施工和今后高铁运营安全，如果溶洞处理真需要花三百万，一是可以先从预备费里出，二是走正规的变更程序，三是预备费不足、做不了变更，就写报告向上面要，从哪里挤不出三百万来。这困难吗？”王忠理狡辩称桥梁跨越可以把这三百万省下来。张福臣说今天看上去省了三百万，如果明天运营时出了问题，一次损失是多少？让他好好算账。王忠理见张福臣要发火，便不再吭声。

金帼英并不想因方案引起业主领导之间的矛盾，赶紧打圆场，说如果怕多花三百万不同意填埋方案，那她可以代表中铁工程局集团夏董和局指挥部郑重承诺，这些钱项目部自己掏。王忠理蓦然愣住，心里倒是佩服她的豪气，说：

“金总，我知道你有气魄，可溶洞处理不仅仅是钱的问题。”他开始怕多花钱，现在又改口说不是钱的问题，王若云嘟着嘴白了一眼白王忠理，问他还有什么问题？几个人面面相觑，许久都没有一点声音，空气像凝固了似的。

当天返回局指，金帼英和王若云把情况一一做了汇报。铁建一抡胳膊，对金帼英和王若云说：“只要你俩有把握填埋方案能通过专家论证，既保安全又保工期，多花三百万元，咱自掏腰包也干。”王若云说：“问题不是出在多增加三百万元投资上，而是王忠理在发泄对调走肖一虎的不满。”王忠理的心胸狭隘出乎党红旗的意料，过去有过矛盾，但也不至于如此耿耿于怀。铁建琢磨着走了个肖一虎，冒出来个王忠理，外加一个乔三。这人啊，咋就不能好好活呢？王若云满腔怨气，说工期耽误不起，王忠理会在方案上继续出难题，把他们拖死，他又能得到什么好处呢？想着，她好像突然明白了什么，说有些人就是这样，见不得别人好。什么以工作为重，以大局为先，在他们眼里，只要自个儿痛快，什么事都可以束之高阁。铁建很无奈地一笑，说：“是啊，咱管不了别人，只管自己。”他问王若云出院后头还晕不晕。王若云笑着说好了，但溶洞处理不好，她和石惊天、金帼英都会晕死。铁建很欣赏她和金帼英的这股劲头，说喜欢她们几个女总工的这种工作状态，包括安雪容。

王忠理不敢当面顶撞张福臣，窝心得厉害。三天后，他通知每个专家，论证会如期召开。首席专家姓张，王忠理一口一个张老亲切地叫着，向对方谈了他主张的桥梁式跨越方案，让张老到时带头发言做个导向，大家都会尊重张老的意见。张老在电话里答应下来。王忠理接着又拨通铁建的电话。铁建正在现场查看桥墩质量，王忠理告诉他专家论证会已通知下去，金帼英的溶洞方案还没报上来。铁建坚持说经过再三研究比对，填埋方案是可行的，所以，金帼英和王若云没再考虑桥梁跨越。王忠理顿时变了腔调，说这是拿工作开玩笑，万一填埋方案通不过呢？铁建开始较起真来，如果通不过，他和金帼英承担责任。

王忠理哑然，挂断电话骂铁建太自负。论证会那天，南北公司会议室的墙上挂着“洋河隧道特大溶洞处理方案专家论证会”条幅，溶洞处理方案通过 **PPT** 连接电脑投影在屏幕上，桌上的标签专门设有专家席，会议室坐满了专家、业主、设计、监理和铁建、王若云等人。

金帼英手里拿着红外线指挥棒站在屏幕下，轻松自如地移动着脚步，具体汇报详细方案。洋河双线隧道左右线间距为 5 米，进口里程 DK852 +772，出口里程 DK864 +654，全长 5000 米。隧道进口紧邻牛岭车站，出口紧邻钢构悬灌梁大桥桥台，全隧最大埋深 320 米。施工揭示 DK862 +1196 ~ +244 段围岩为角砾状白云岩、岩溶强烈发育出一大型溶洞。为保证施工及运营安全，经现场核实与进洞测量，溶腔横向宽约 60 米，标高以下深 30 米，空腔以上高约 20 米，纵向延伸长约 60 米，整个溶洞溶腔壁溶蚀破碎较严重，施工震动后容易造成掉块和局部小坍塌……方案介绍了足足十几分钟，会议室里鸦雀无声，专家们听得很认真。

铁建起身走出会议室，站在门口过道点了一支烟。黄总监紧随其后，在背后喊了他一声。铁建回头抽出一支烟递给他，黄总监边点烟边夸金帼英很了不起，其他局的男总工也没她那样拼命。他俩出来后没看到金帼英讲解时的表现，等再回到会场，她仍滔滔不绝地讲解着，并解答了每一位专家的提问。

金帼英最终抛出了溶洞填埋处理建议方案，又说了仰拱底空腔怎么回填，回填后如何进行沉降观测，洞底如何进行钢管桩施工，二十八天后怎样钻孔取芯检查注浆饱满度，施工结束后还要做哪些工作以及采取怎样的措施等，如果不是内行，都能把人听糊涂。专家相互议论，分别与张福臣和王忠理交换意见。

休会时，张福臣从走廊一侧走过来，当着铁建的面对金帼英好一顿褒奖，说与会专家都在夸她，不过王忠理对填埋方案还是有点想法，主要是多花三百万元。张福臣提议铁建和金帼英在第二天的论证会上，也把桥梁方案介绍介绍，免得王忠理在会上叽叽歪歪。铁建说两种方案从施工角度都做了充分比较，也都提前给王忠理汇报过并一起研究了，既然桥梁式跨越没有优势，就没必要浪费时间了。张福臣说专家也认为填埋方案可行，只是不想因两个方案比选敲定，引起中铁工程局和王忠理之间的分歧，产生不必要的误会。金帼英说明天上午总结，最后看专家意见吧。

第二天上午，方案专家论证会继续进行。张福臣扫视一下会场，说：“各位专家、各位同人经过昨天一天的汇报讨论，现在进行总结。经过设计、监理、南北公司和中铁工程局对溶洞现场的认真勘察与测量，尤其是铁建、金帼英等同志冒着极大的生命危险深入洞底实地查看，在掌握第一手资料的前提下，拿出了溶洞处理初步方案。金帼英同志对填埋式和桥梁跨越式两种通过方案进行了详细汇报，对保工期、保进度和保安全质量都有很详尽的措施。”

一通发言后，张福臣问专家、设计、监理、公司各部门领导有什么新的意见和建议。会场一片寂静，专家们左右为难，按照王忠理的意思表态，确实不符合现场实际；赞成金帼英的方案，又怕得罪王忠理。于是，沉默成了专家们最好的选择。

王忠理看预先安排的专家都不发言，急得抓耳挠腮，拿起话筒说他反对填埋式跨越，因为增加投资太多。桥梁跨越省时省力，问中铁工程局为什么不考虑采取这个方案？会场依然一片沉寂，无人附和。金帼英拿着话筒站起来，说：“王总，我已在昨天的会议上做了详细汇报，理由是填埋方案安全可靠，作业面多，风险小，进度快。回答完毕！”王忠理愤愤不平，说：“作为业主总工，我有权停止你这个方案。”话一出口，专家们你看看我，我看看你，顿时陷入了尴尬。王忠理沉着脸说，他的理由是，这样不符合上级关于加强投资控制的原则与要求。

张福臣看了看铁建和专家们，咳嗽两声，说：“忠理，我看这样，花多少钱今天暂且先不说，讨论的主题是确定哪个方案更有利于对安全与工期的保障。”

铁建与金帼英并排坐着，俩人先扭头交换了一下意见，又回头与王若云小声商量，然后说：“这个方案花费所需的投入，我局自行承担，只求专家尽快定下来，工期不能再拖了。”张福臣招手示意请专家发表意见，张老这才翻看着笔记本说：“经过专家研究论证，根据溶洞形态和地质状况，填埋式处理方案完全能够满足要求，方案可行，没必要在洞内架设桥梁，同意采用填埋式跨越处理。”其他专家和卢总体、黄总监一致赞成，谁都没看王忠理的脸色，把他气得肝疼。

会议结束前，铁建诚恳地做了个表态，首先感谢了各位专家、领导对中铁工程局的大力支持，而后表示自溶洞揭示到现在，现场的同志度日如年。溶洞像只张开血盆大口的拦路虎挡在面前，大家没有退缩，没有畏惧，更加坚定了战胜它的信心与勇气，因为中铁职工有铁一般的意志，血液里流淌的是滚滚铁流，精神和信仰是用铁水铸造出来的。只要不忘参加工作时立下的为祖国高铁建设与发展奉献终身的誓言与初心，任何困难都吓不倒中铁工程局。方案敲定后，他会组成青年突击队，以最优的配置、最快的速度、最佳的组织，全力以赴战胜“拦路虎”。他的话铿锵有力、掷地有声，引得一片掌声与叫好。张福臣笑着带头鼓掌，同意采取填埋式处理方案，会后立即签订四方会议纪要进行变更，并给卢总体一周时间，把实施性施工方案拿出来。

方案一波三折，终于尘埃落定。王忠理灰头土脸，郁闷之至，意识到自己的影响力和说话的分量并不是想象得那么好。于是，他躲在屋里一支接一支地抽烟，把办公室弄得乌烟瘴气。后来，张福臣单独把他叫过去，说：“忠理啊，这次专家论证会开得还算顺利。我要提醒你的是，会上你代表公司发言，不该当着那么多专家和与会人员直接反对老铁他们的方案。专家和所有人员意见一致，只有你一个人持不同看法，说明方案是可取的，而我也不能替你说话。你这样做不但没有影响方案通过，反而弄得自己很难看，实在得不偿失。你管变更，不同意不仅仅是因为多花三百万元吧?”王忠理赶紧解释说没有别的意思。张福臣反驳，说：“虽没别的意思，可铁建和金帼英会认为你对他们有成见，避免不了双方误会。铁建什么样的业主都见过，嘴上不说，心里有一杆秤。”张福臣不想让公司的名声有丝毫损毁，建议王忠理以后与施工单位打交道，要注意场合与方式方法。王忠理不服，说他是总工，有啥说啥，怨张福臣总是护着铁建和金帼英。

张福臣理直气壮地说：“护着他们是应该的，因为中铁工程局各项工作都走在前头，而你有点故意跟他们过不去。”王忠理假装纳闷，喊冤说他没有故意卡铁建。张福臣扳起指头说了三个原因，一是铁建没能满足他的想法，二是因为肖一虎，三是以前的过节还在记恨。作为公司领导，张福臣劝他心胸放大度一点儿。

从张福臣的屋里出来，王忠理怒气冲冲回到办公室，抓起手机打给肖一虎，夸大其词地说铁建和金帼英很猖狂，他们制定的方案通过了。肖一虎正明里暗里地天天骂铁建和金帼英，听王忠理这么一讲，更来气了，安慰王忠理说没事，他还有下一手，让他等着瞧好。

肖一虎挂断电话就打给了乔三，问上次说的两件事有没有办。乔三正在县城一家按摩店里按摩，舒服得似睡非睡，眯着眼睛说在同时办，最近再派手下的弟兄跟上铁建，抓他点尾巴弄点证据。肖一虎很是满意，让乔三加快做，但又提醒他别干违法的事儿。

铁建没察觉背后有人跟踪他，更没想到车底被安了跟踪器。开完论证会回来的路上，他坐在前座兴奋地向党红旗通报情况，党红旗说方案通过体现了局指的意志，应该庆贺一下。正是中午时分，他让铁建请金帼英吃个饭。而金帼英则惦记男男，因为这次出差把男男留给了石惊天，急着回去见他俩，劝王若云陪铁建到镇上一家酒楼去吃，给他俩留点儿空间。王若云明白她的意图，假装挽留金帼英，拉住她不让走，心里却巴不得与铁建单独相聚，说："你走啥，一起去，我跟指挥长俩人吃，不得又有人传闲话啊?!"金帼英笑着说："谁传你？咋越活越没出息了？还不如人家雪容敢爱敢恨呢。一个人陪指挥长吃个饭又咋了?"铁建想了想，硬让金帼英把石惊天和男男都喊到镇子上，他又通知党红旗也赶来，几个人一块吃可以免遭流言蜚语。他们到镇上香满楼要了个包间，点了一桌菜。金帼英见到男男和石惊天激动得不行，拉过男男又是亲又是抱。男男扑在她怀里咯咯地乐个没完。服务员把菜端上来后，石惊天前后忙活着倒酒，王若云倒茶。铁建端着酒杯祝贺溶洞处理方案顺利通过。

党红旗端着酒杯对铁建和金帼英、王若云竖起大拇指，大家如释重负地开怀畅饮。这时，两个青年朝包厢走来，手里拿着手机。他们到包厢门口先前后看了看走廊，然后瞄向包间。铁建一扭头瞅见门外有两个鬼鬼祟祟的身影，放下酒杯示意石惊天出去瞧瞧。石惊天刚一推门出来，那俩人立即躲到一边，把视线转移到另一侧。石惊天警惕地打量他们一番后转身进屋，顺手把门关严。服务员端菜进来，说有两个人在外面偷看他们。

铁建又担心起男男和金帼英来，鼓励她不论遇到何种情况都要学会勇敢。金帼英说："女人不比男人。我们可以勇敢，但勇敢不是没有畏惧，而是要看最终能不能战胜畏惧；坚强也不是毫不懦弱，而是最终能不能克服懦弱。"党红旗夹着菜说，很多事情不走进去，不知道是酸的还是甜的。铁建称不管酸的甜的，只有慢慢品味。溶洞闯过去就是甜的，闯过不去就是酸的。王若云对铁建叫来一帮人吃饭，开始不高兴，气氛一活跃开，便忘掉了心中的不快，提示铁建离高考没几天了，溶洞处理展开后，他应该回去陪铁宏歌参加高考。铁建放下酒杯说："高考是大事，但不是最大的事。眼下最大的事是去找乔三尽快把压矿谈下来。"最后临散，铁建这才想起一起回来的还有朱红军，问他半路下车去了哪儿。王若云说朱红军给她请了假去县里办事。石惊天多嘴，称一定是去见安雪容了，被金帼英狠狠瞪了一眼，说："去见雪容有啥不可？她已经跟邓立强断了。"

安雪容那会儿正在提移梁区查看龙门吊安装，突然有电话进来，拿起一看是邓立强，直接挂断了。手机又响了几次，再看还是他，于是心烦意乱地按下接听键，问有什么事。邓立强站在办公室窗前，望着外面的高楼大厦说没什么事，自从年前分手到现在没联系过，想听听她的声音。安雪容骂他无聊，但邓立强说公司又在扩大规模，真希望身边有她这样一个助手。安雪容说："你的公司怎么发展与我没关系，希望以后不要再给我打电话。"话音未落便挂断了电话。

这一通电话扰乱了安雪容的心绪。她有点拿捏不住自已，更琢磨不透邓立强到底想干什么，越想越来气，就给朱红军发微信，问他在哪儿，提出想见他。朱红军收到微信马上回复称在县政府办事，问她在哪儿？安雪容说在工地上，让朱红军找个地方等她。朱红军从县政府出来后，到丽华大酒店开了个房间，然后上楼等安雪容来。安雪容驱车来到酒店大堂，按照微信上发的房间号走了进去。朱红军问："雪容，怎么了?"经不住发问，安雪容一脸愁容，坐在沙发上掉起泪来，说邓立强打电话骚扰她，心里还想着她，以后可能还会再打。朱红军安慰她说没事，不用理他。正说着，安雪容手机又响起，仍是邓立强。朱红军说他接。邓立强以为是安雪容，用调侃的口吻说："雪容，前面那么没礼貌，还挂我电话。你就不能听我讲几句话？咱们都在一个城市，早晚还会再见面……"

朱红军压不住心火，直截了当地告诉邓立强，让他以后不要再打电话骚扰安雪容。"你是谁?""朱红军。""呵呵，不就是个分部部长吗？我早就明白，安雪容与我分手，背后是你插了一脚。行，这笔账算到你头上。""你想怎么样?"

安雪容抢过手吼道："邓立强，你太过分了。分手是你提出来的，全是因为你和你家里人对我不信任，与其他人没任何关系。"邓立强在电话里坚持说要不是朱红军插一脚，就是她脚踏两只船。"你放屁!"安雪容当场被气哭，挂断电话趴在沙发上抽泣。朱红军脸色阴沉，走近沙发双手扶在安雪容肩上，劝她别哭更别怕，爱情就像干项目，会遇到各种艰难险阻，不过一切都会好起来，遇到邓立强这种人渣，就得用对付人渣的办法对付他。他让安雪容把邓立强屏蔽掉。安雪容感到朱红军是她有力的肩膀和情感的寄托，蓦然转身抱住了朱红军，将脸贴在他胸前。朱红军缓缓地坐在她身边，双手捧住她的脸重重地吻了下去。

安雪容在情绪低落的那一刻，把自己的第一次献给了朱红军。而后朱红军打了辆出租车先把她送回了梁场。袁听枫瞧俩人一起从车上下来，奇怪地问安雪容下午去哪儿了？朱红军撞见袁听枫，红着脸说去县城办事正巧碰上安雪容，就坐一个车回来了。袁听枫拍了一下朱红军的头，说："骗我？肯定是你把雪容约出去的。"她逼俩人说到底干啥去了。安雪容羞答答地喊着袁姐，说邓立强打电话骚扰她，并且还骂朱红军。袁听枫瞪大两眼，说："啥？邓立强敢骚扰你？看他那德行，人不人鬼不鬼的，不像个男人，甭怕他。"朱红军说邓立强说什么他不在乎，只要安雪容不受委屈就行，再骚扰安雪容，他敢回城找到邓立强家里去。袁听枫骂姓邓的不是玩意儿，如果下次再打电话来让她去收拾他，这种人三天不打上房揭瓦，蹬鼻子上脸，不能太客气。

第二十二章

铁建家里一片安静。临近高考，铁宏歌整日整夜地复习，保姆大嫂在厨房里忙碌，十分小心翼翼，生怕弄出声响。韩秋柳咬紧牙关，硬撑着病弱的身体，端着杯热水吃力地给铁宏歌送去，走到门口身子一歪倒在地上，水杯摔了个粉碎，浇了一身热水。听到她哎哟哎哟地痛叫，大嫂和铁宏歌匆忙跑来扶她，铁宏歌埋怨说不用给她端水，渴了会自己倒。

保姆用手扑打着韩秋柳衣服上的热水，说烫着了吧？韩秋柳咬着牙关称不碍事。铁宏歌边扶韩秋柳边冲大嫂发火："你咋不看住我妈呢？"保姆哆嗦着身子，说她在厨房里煎药。韩秋柳被扶到客厅沙发上坐下，手抻着衣襟，说不怪大嫂，怪自己不争气，随后就喊后大腿咋这么疼。铁宏歌担心摔了骨头，要拉韩秋柳去医院看看，然后给铁建拨通手机："爸，刚才我妈摔倒，浇了一身开水。"

铁建刚吃完饭回到宿舍正要睡会儿，一听韩秋柳摔倒，立马睁大眼睛问摔得严重吗？"我妈说后大腿疼。我想带她去医院照个片子。""抓紧去，照完给我来电话。""爸，你能回来吗，快高考了，我陪不了我妈。"铁建坐在床上犹豫。铁宏歌又说："爸，我想让你回来。"铁建似万箭穿心，心情既复杂又矛盾，安慰铁宏歌说："你千万别分心，爸相信你能考好。"他没再多说，挂断电话神情很凝重，茫然叹了口气。

铁建心绪纷乱了一下午。晚上，他站在景阳隧道口往前方大桥望去，十几公里线路上的桥梁、涵洞、路基都在挑灯夜战，便道上一辆辆开着大灯拉土方的运输车来回穿行。大桥及特大桥墩上挂着的照明灯错落有致，脚手架上人影晃动。他坐车转到梁场，看到梁场也在夜间制梁，夜空中传来叮叮当当的敲击声和机械的轰鸣声。陪他查看完场区离开后，袁听枫回到宿舍打开视频与姜小珊聊天。姜小珊告诉她期中考试又得了全班第一。她高兴得流泪，真想抱一抱亲一亲女儿，可惜娘俩相隔千里。“今天我在干妈家里。”“干妈在吗?”姜小珊转身去喊蓝燕儿。蓝燕儿接过手机，头上戴着浴帽，身穿睡衣，脸上贴着黄瓜片。袁听枫说：“蓝燕儿，你可真吓人。”蓝燕儿咯咯地一阵笑，说吓掉魂了吧？问她在工地上咋样？她说正忙着制梁呢。蓝燕儿又问赵化亮如何，袁听枫告诉她溶洞马上开始处理，他整天忙得要死，问蓝燕儿是不是想他了。蓝燕儿在视频里唉了一声，说想也白想，还不如姜小珊过来陪陪她。袁听枫劝她别那么悲观，姜小珊代替不了赵化亮，有机会到工地看看就知道他有多辛苦。蓝燕儿说：“在市里上班不比你们，天天两点一线。我与化亮是各自平淡各自繁华，各走各的路，看自己的景，唱自己的歌。”袁听枫说赵化亮忙，让她别怪他。人生本来就是一次旅行，好比醉了一场，醒来仍是平淡的生活。不过，自从参加工作进了中铁，在工地上倒显得不那么平淡了，施工中常常是跌宕起伏。蓝燕儿说要怪他的话，早拉他去办离婚了。她还真想调进中铁，改变一下自己的环境。袁听枫连声叫好，说调进来就不会再想跟赵化亮离婚的事了。蓝燕儿说那是另一回事儿，至今连个儿女都没有，以后就把姜小珊当亲闺女，让袁听枫可别不舍得。袁听枫说只要她开心，把姜小珊送给她都行。蓝燕儿喜出望外，问是不是真的，袁听枫说真的，一家闺女两家养活岂不更好。俩人扯到很晚才挂断电话各自去睡。

溶洞处理虽有了眉目，但石惊天的心里还压着另一块石头。第二天上午，他陪铁建和党红旗从大桥　头走来，站在围墙边前后左右看了看，发现几个年轻人蹲在墙外斜着眼睛看他们。矿区把大桥割裂成两半，墙外堆着许多设备。铁建瞄一眼那伙人，问是看矿的？党红旗说是专门监视的，一有动静就向乔三报告。铁建觉得这样僵持下去不是办法，便商量三个人一起去见乔三。来到乔三的公司，老四把他们带到三层会客室。会客室足有一百多平方米，铺着深红色地毯，装饰很豪华，乳白色的沙发摆满一圈，墙上布置了几幅山水画和书法作品。乔三斜靠在沙发上，嘴里叼着雪茄，跷着二郎腿，手里把玩着一块白玉，一副目中无人的样子，问铁建有什么大事和党红旗大驾光临，对石惊天却视而不见。

铁建与党红旗、石惊天互换了个眼色，说："乔总，我们来找你，还是因为压矿的事儿，咱们能不能好好谈谈?"乔三吐出一口烟雾，右手猛地拍沙发扶手，嘴里喊："好啊，谈吧。干吗站着？坐。"铁建三人刚坐下，乔三忽地坐正身子，指着石惊天说："哎，铁指挥和党书记可以坐，你不能坐。"石惊天又腾地站起来，望望铁建强忍住了愤怒。铁建鄙视地说："乔总，来者都是客，你这么做可不够礼貌啊。"乔三眉毛上挑，斜着眼看他，说："你们对我礼貌过吗？尤其是他，一个分部经理，敢跟老子过不去，哼。为了不给领导添麻烦，我忍了，但今天我忍无可忍。"石惊天强压住心中的怒火，说："乔总，过去的事我不计较，也希望你不计前嫌。"

乔三站起身来走到石惊天身旁，围着他转了两圈，紧贴着石惊天的耳边，说："你不计前嫌，我计。你侮辱我还不够吗？要在当地，咔嚓。"说着他双手交叉做出个杀头的动作。党红旗实在看不下去，说石惊天今天算是来求他的。乔三冷笑着说："嘴上求我，可心里恨不得干掉我。一分部结算让我亏了近千万，是被他姓石的女人坑的。铁指挥，你也对我栽赃，向公安局举报陷害我。如今施工压了我的矿，你们一起出动求我，我承受不起。再说，我也没让你们来求我。"

铁建愤怒至极，又不得不忍，说："乔三，自上场以来，咱们的确有过过节，不论谁对谁错都已经过去，希望不要再因压矿而产生新的纠葛。俗话说，不打不成交，没准这条线干完，咱们还会成为朋友。"

乔三摆摆手，说："打住。别往我嘴里塞糖，本尊不是小孩。咱们恐怕这一辈子也交不成朋友，因为不是一路人。还是俗话说得好，冤家路窄。当初我的弟兄找你们要点活儿挣点小钱，结果挨打的挨打，被强行清场的强行清场。谁能想到你们也有来求我的时候?"铁建说："请你顾全大局。压矿补偿我们一直在帮你找业主做工作，工期太紧，还是认清形势，先让一分部进场施工为好。"乔三叼着雪茄，说："我没说不可以。四个亿今天到账，明天你们就可以施工。"石惊天愤愤不平，说："四个亿不是我们出，红线内桥位却是我们的。"乔三横着脑袋说："桥位是你们的，你去进场呀?"铁建起身也围着乔三转了两圈，说："兄弟，你说得有道理，我听得也很明白。不错，矿是你的，桥位是我们的，钱没到账你有理由不让进场，可我们干的是国家工程。以前的事不提，以后有什么事咱们可以商量。只要你大人大量先让一分部进场施工，后面的活儿也不是不可以考虑，就算咱们做个交易，如何?”乔三看了看铁建，指着地板说：“就算交易成功，也必须让姓石的给我下跪磕头、赔礼道歉，对以前的事做个了断。”

石惊天双眼喷着怒火，咬牙说：“行，姓乔的，我给你磕头。”说着就要下跪，被铁建一把拉到身后，说：“乔三，既然你有这个要求，那我替他给你跪下。”

党红旗、石惊天见状忙喊使不得，千万不能跪，把他挡住了。党红旗指着乔三说：“你太过分啦。”石惊天说：“君子一言，驷马难追，我给你跪。”说完，他屈腿弯腰跪在了乔三面前。望着这情景，铁建心如刀绞、怒不可遏，说：“这回你满足了吧？我告诉你，惊天跪的是这片土地，不是你乔三。”乔三哈哈大笑，说他就是这儿的土地爷。在他眼里这片土地既不姓铁，更不姓石，而是姓乔，他才是这儿的主子。

跪也跪了，铁建和石惊天等待乔三履行同意进场的承诺。一想起被逼下跪，三个人就堵心。回到局指往办公室一坐，铁建咬着牙一拳砸在桌子上，怒吼：“给一个痞子下跪，简直是奇耻大辱，奇耻大辱啊，太有损咱们的人格和形象了。我们要强行进场，不信他乔三能阻挡住高铁建设?”金帼英气得要死，骂石惊天没骨气。“你不知道是他绑架的男男吗？太给我丢脸了。”石惊天感到委屈和愤怒，说大桥压矿开不了工又有什么办法呢？人在屋檐下，不得不低头。金帼英怒喊道：“压矿谈不下来你就不知道搁着？干吗非得去求他？他算什么东西？高铁不修也不能给这样的人渣下跪啊。”铁建气得在屋里转圈，说：“对，搁着，给我搁着，让他等着要四个亿。”党红旗替石惊天解围，劝金帼英冷静点，愤懑地说：“老铁本来要替惊天跪，他不让，自己主动跪下了。他不是没气节，是为了国家，为了高铁建设，这种气节高尚无比。咱们丢什么人？外面人知道，只能说咱中铁人有民族大义，看他乔三还能猖狂到几时。”

铁建擦擦眼角，说：“帼英，惊天做得对，谁让他当分部经理呢？这件事完全怪我，提出见乔三本身就是个错，但不去找他，压矿地段进场施工要等到何时?”石惊天怎能不知道这一跪的分量？只要能让队伍痛痛快快地进场施工，别说给乔三跪一次，就是喊他祖宗他都认。

把给乔三下跪说成民族大义，那是自己安慰自己，寻求自我平衡罢了。他们全都陷在苦闷中，而愤怒的种子在发芽和壮大。偏偏这时，铁宏歌打来电话，说她和李欣欣一起拉韩秋柳去医院照了X光片，股骨头摔裂了，医生给夹上了钢板。铁建的心一阵紧缩，满头是汗，手开始抖动，两眼也发直了。铁宏歌“爸，爸”地喊他，他只嗯嗯地应着。电话另一端，铁宏歌又说韩秋柳以后不能下床，离不开人了，催铁建有空回去。铁建坐在沙发上，捏着额头，有气无力地回答知道了。

兰花朵最清楚刚才在铁建屋里发生的一切，沮丧地跑进工程部。万红山正做资料，头也不抬问咋啦？兰花朵嘟着嘴，说乔三太可恶，竟让石惊天给他下跪才允许进场施工。万红山不经意地听着，屁股下面像扎根刺，腾地跳起来，眼睛瞪得老大，禁不住骂道：“给他下跪？他是天王老子啊？土地是国家的，国家修高铁需要使用土地，怎么能被一个地痞拦住去路呢？难道这个时候的土地就不是国家的了？”他直叹中铁人太弱势，连地痞流氓都敢骑在头上拉屎撒尿，什么世道。兰花朵点着头，也牢骚满腹，恨不得掘了乔三家的祖坟。

石惊天从铁建屋里出来，跟着金帼英来到办公室。金帼英忽生怜悯，深情地望着他，问：“你不觉得委屈?”石惊天摇头称不委屈，只是让她很没面子，他很自责。金帼英拉起他的手，说他为她和男男、为工程进展付出太多。石惊天淡然笑着称只要她理解，自己啥都不在乎。金帼英渐渐靠近他，然后轻轻贴在他胸前，有敬仰、有爱慕、有感激也有同情，复杂的情感交织在一起。

乔三挽回一次面子，一直处于兴奋状态。铁建三人一离开他的公司，他便眉飞色舞地打电话向肖一虎报告好消息，说铁建上门来求他，压矿没付钱就想进场施工，他让石惊天跪下赔礼，还真跪了。说完哈哈地狂笑不止，不知情的人还以为他精神出了问题。肖一虎拿着手机站在家中阳台上，一唱一和，夸乔三有本事，佩服得不行，说铁建他们做事不给自己留后路，这回让他们知道该怎么做人了。

乔三面前是宽大的茶台，他两条腿搭在茶台一侧的台面上，脚趾隔着袜子前后搓来搓去，像是脚气发作痒得难受。他一边吐着雪茄烟雾，一边说这个矿能压死铁建和石惊天，别说钱没到账，即使到账，一时半会儿也不会让他们痛快地进场，让肖一虎看他怎么收拾中铁工程局，跟他作对没好处。肖一虎暗笑，提醒乔三后面还要防着点儿，铁建不是个善茬，不会受这种侮辱，必须处处小心。乔三谢了他的好意，称有的是办法对付他们。“收集到证据了吗?”

“目前还没有，不过正在想办法。”肖一虎挑眉笑了，让他多想点招预备着。

石惊天给乔三下跪，一传十，十传百，很快在项目上引起巨大反应。赵化亮和王方太几个人回到项目部找到石惊天和朱子来，都认为乔三是在报上次挨打的仇，不让进就强攻硬上。石惊天这时倒显得格外冷静，说不必了。赵化亮觉得石惊天给乔三跪这次，就会有下次，即使跪了，乔三也不一定信守承诺，照样不让进场施工，因为他是没有底线的人渣。

石惊天想，那一刻他不跪谁跪？总不能让铁建和党红旗给他下跪吧？就当给死人跪了一回，只要能让进场施工这算不了什么。朱子来给石惊天鞠了一躬，征拆本来是他负责的事儿，反而让石惊天受委屈，很内疚。石惊天面带微笑安慰他们，坚信这笔账迟早要算。

王若云在局指院内见到铁建，责怪他干吗不拉住石经理？男人只可以跪父母，凭什么给乔三下跪？其实，铁建当时真想挥拳打过去，但最终还是忍住了。王若云说压矿应该由业主解决，为啥把矛盾转嫁给施工单位？铁建很窝火，说双方都在努力，下一步看乔三表现，等他的消息吧。

晚饭后，铁建组织两个分部开专题会，下达扶贫物资指标。铁建说王县长和赵主任亲自打电话，要求近期把第一批水泥送到扶贫联系点，一共两千吨，两个分部一家各出一千吨，问石惊天和孔庆荣有没有困难。他俩开始低着头都不吭声，铁建就责备俩人有困难说出来，别当哑巴。孔庆荣这才从嗓子眼里发出低沉的声音，埋怨高铁施工又不是唐僧肉，怎么谁都想从中捞一把呢。

其实，两千吨总价约八十万元，两个分部各平摊四十万元左右，夏江已经同意抵交上交款。石惊天犹豫片刻说：“洋河隧道遇到溶洞后成本会大增，过几天处理需要十几万方水泥，这次能不能暂时不出？”党红旗不让他往下说，问他一千吨水泥能影响一分部多大成本和效益？石惊天挠头，说四十多万元，现在正大干，对下还有好多队伍未计价拨款，职工已经三个月没发工资。铁建说：“说的没错，毕竟四十万元不是个小数目。但咱们项目上再有困难，也要响应党中央的扶贫号召。你们没去山里看看，去看了就不会有任何想法。路不像路，房子不像房子，群众还生活在20世纪70年代，看了让人心酸。”看他心情沉重，石惊天勉强同意出一千吨。

孔庆荣思忖许久，说老家也在山里，村里也很穷，也有许多贫困户，为啥就不能给老家扶贫？自己吃那里的粮，喝那里的水，考大学走出那个村，如今却跑到这儿来扶贫，何苦又出水泥又花钱，高铁建成队伍一撤，谁记着中铁工程局？铁建当场否定了他的说法："错！咱是央企的人，是共产党员。咱们村咱们家再穷，也不能把工地上的物资拉到自己村里和家里去。那不是扶贫，是贪赃枉法，概念大不相同。如果人人都是你这种想法，光想着用公家物资先让自己村自己家脱贫，造就的只能是一大批贪官污吏，贫困户永远别想脱贫。咱在这儿修高铁，虽然是临时派出机构，说不好听的是过路客，高铁修完走，但咱们响应当地市县扶贫号召，就是响应党中央的号召，拉再多的物资，出再多的钱，是咱们央企应该履行的义务，不违纪、不犯法。每个人都对老家有感情，从乡情、乡愁、乡思到乡恋，字字句句都牵挂着家乡，可以理解。可这儿山里的百姓同样也是咱们的父母兄弟，出钱出物去帮扶一下，让他们早点脱贫奔小康，不正是咱们的奋斗目标和初心吗？"会议开了两个小时，很晚才定下来首批物资运送两千吨水泥。

第二天一早，装满水泥的二十多辆各种型号运输车浩浩荡荡上路，车厢上挂着显眼的扶贫物资标语，排成长队向山里进发，两个分部只派周部长和王部长一前一后押车去交接。

金帼英随铁建和党红旗打发完车队，直接去洋河隧道现场进行溶洞处理技术交底，突然接到王忠理的通知，说设计院把图纸赶出来了，让她派人去取。金帼英感激地说了几句客套话。王忠理又提起专家论证会，说被她弄得很狼狈。金帼英一再解释，称没有与他作对的意思，请他不要误会，只想有个更合理的作业方案，溶洞处理正式展开后邀请他来现场指导。挂断电话，金帼英立即安排万红山带车去了设计院。

生活里有些事并不复杂，不同的人凑到一起就变得复杂起来，其中有天然的，也有人为的。总之，中铁人几乎天天都碰到这样或那样不容易的事情。

王若云、崔凌花头戴安全帽，顶着烈日走在群山相夹、路桥相连的施工现场。土方作业设备和桥梁施工设备扬起少许尘土。梁丽丽给王若云递过矿泉水，说一些人享受成果已经成了习惯，不爱去体察和思索过程中的艰辛。中铁人恰恰相反，注重的是过程付出，却没机会去享受成果。王若云感慨他们这个群体历来付出与收获不成正比，就像她和金帼英失败的婚姻，付出的是真情，收获的是痛苦。

俩人边走边聊，梁丽丽问王若云有没有想过再婚。王若云无奈地说："想找，但看上的不一定是你的，看不上的却像苍蝇一样往你身上拥，暂时还是与高铁为伍，群山做伴好。”梁丽丽充满青春气息，对生活有自己的理解。她觉得婚姻也像干高铁，不论在任何环境，都要活得很精彩，把日子过得有滋有味。王若云抬头看天，感慨说是啊，人的一生不可能一帆风顺，既然生活给她们诸多考验，有伤痛会默默背负，有烦忧会自我化解。所以，她和金帼英相信未来，只想找一个在工作中可以相依，在生活中可以相爱的人。在她心中最理想的人选是指挥长铁建。

万红山取图纸回来已是晚上。王若云本想给铁建打电话，催他回家陪铁宏歌高考，恰被金帼英叫去局指核对图纸。看完图纸后，她走进铁建的办公室，让他抓紧订票回去。铁建很懂她的心思，故意将目光移开，说明天要给两个分部的青年突击队举行授旗仪式，搞完再看。王若云深情地白了他一眼，嫌他不顾家。此刻夜幕降临，局指楼下阵阵虫鸣。王若云见金帼英、万红山、朱红军和杨晓都聚在会议室里，与铁建打声招呼赶紧跑过去。铁建站在窗前望着满天星星，想哪一颗是铁宏歌，哪一颗又是韩秋柳呢？她们现在怎样？确实该回去看看了。

第二天一早，洋河隧道口前，六面鲜红的“青年突击队”队旗插在侧面一排铁制的旗座里，在阳光与微风下飘动。整齐的队伍分列成行，石惊天、孔庆荣各自站在分部纵队前头，铁建、党红旗、金帼英面对队列站得笔直。

金帼英手里拿着一张粉红色的手卡，往前迈了一步，用清亮的嗓音宣布授旗仪式现在开始，首先是铁建讲话。在震天的掌声中，铁建昂首向前，扫视队列后发表了一场精彩的演讲，声音抑扬顿挫。他说洋河隧道特大型溶洞，是遇到的第一道关。经过揭示以来的日夜煎熬，处理方案到今天终于出图了，接下来就看如何组织施工。他曾经想集中两座隧道的精兵强将组成突击队，速战速决，但抢还抢不得，只能稳扎稳打，稳中求快，因为隧道底板标高三十多米深、六十多米长，在隧道里建隧道，在全国也为数不多，设计工期三个月，要用两个月时间拿下来需要勇气。靠谁？靠眼前的弟兄们。今天除了要给处理溶洞的杨晓突击队授旗外，还要给另外六个桥梁、路基、制运架梁青年突击队同时授旗，好比上前线打仗授旗一样，旗在阵地在，旗在精神在。要让每一面旗帜高高飘扬在隧道里、大桥头和路基上。扛着这面旗帜，在这条不平坦的高铁线上，他们要走自己的路，并且走好每一步，把高铁梦想变成现实。最后扯开嗓子问大家有没有信心。队列中群情激奋、声震山河：有！

杨晓、邵帅、王方太、老刘、宝铁、高永恒等人分别代表七个专业突击队，从铁建、党红旗、金帼英手中接过一面面旗帜。当天，他们将队旗插在了洋河、景阳隧道里，插在了悬灌梁特大桥桥头和洋河特大桥桥墩下，插在了路基和存梁区的成品箱梁上。大会战正式拉开序幕，日历显示是“6月5日”。

铁建享受着高铁施工现场的热烈气氛。他虽然能体味到韩秋柳和铁宏歌的痛苦，但远水解不了近渴，除了打个电话，根本帮不上什么忙。韩秋柳天天躺在床上，经常说自己快不行了。铁宏歌坐在床边一勺勺地给她喂饭，韩秋柳愧疚自己不争气，又让女儿受累了。铁宏歌帮她擦干泪，劝她别难过，养养就好了。韩秋柳问铁建哪天回来，铁宏歌收起碗勺说还没定。韩秋柳说：“那别催他了，回来也帮不了你，高考还得靠自己，专心复习吧。”铁宏歌让大嫂看护韩秋柳，转身进屋去了。

临要回家的头天，铁建在现场又遇到令人愤怒的事。乡道上有座小桥，南来北往都靠这座桥通行。正午时分，小桥前面停了一辆黑色小轿车，三个青年站在小车后头堵住了由此经过的车辆与行人，十几辆拉土的大型运输车被迫熄火，一辆接一辆地停着不动。司机们纷纷下车与三个青年理论，有的好话说尽，有的愤愤不平。赵化亮与三个青年不停地交涉，未见其果，不得不打电话给石惊天，报告说乔三的人堵了路，车队已经被挡了一个多小时，让每辆车交过桥费，怎么都说不通。一听又是乔三捣乱，朱子来、万红山先开车赶过去，铁建跟党红旗随后也赶到了现场，被堵的拖拉机、汽车、行人越来越多。司机们个个义愤填膺直骂。有司机说：“跟这帮坏种扯不清，要不咱们交钱算了。”铁建拉开其他人，问三个青年：“你们收过桥费是谁规定的？”一个青年很横，斜着脸说：“老子规定的，桥是我们修的，想要从此过，留下买路钱。”朱子来站在铁建旁边说：“行，我们交钱，你开发票。”那青年噘着嘴说：“要什么发票，老子不是税务局，没有。”司机们看不下去，围上来要动手，被铁建制止，让朱子来把现场拍下来。朱子来拿手机正要拍，几个青年上来抢。还有一个青年走到人群外面打电话，说来了个姓铁的指挥长，让他们开发票，还用手机拍照，问咋办？乔三在电话里骂那青年笨蛋，说还用教吗？那个青年挂断电话后走近铁建，说：“这样吧，钱可以不交，给点活儿干。”赵化亮严词拒绝称没门儿。另一个青年伸出右手指着赵化亮说不要给脸不要脸。朱子来拨通赵主任的电话，称与乔三的人在小桥头发生了争执，请公安局派干警来。第三个青年冲朱子来喊：“吓唬谁呢？抓我们试试？”第一辆大车司机急得转圈，直嚷不跟他们废话，然后爬上大车点火发动，并连按了几声喇叭。先是慢慢向前，接着从车窗伸出头喊：“你们躲开！我撞开它。”

铁建本想挥手制止，但已来不及。大车从后面挨着小车的后屁股，猛然顶到了路边的沟渠里。三个青年目瞪口呆，嚷叫着要去告他们。赵化亮骂道：“滚！再不滚，老子打死人不偿命。”

三个青年中的两个留在现场，一个跑回公司报告乔三。乔三气急败坏，恶狠狠地一巴掌扇在青年脸上，骂道：“混蛋，白养了你们，再给我去盯着，弄不到情况，别怪我不客气。”那名青年捂着脸战战兢兢地从乔三的办公室退了出去。

铁建终于可以回家了。听说他要走，王若云赶来帮忙收拾行李。夏天天热，宿舍开着门，兰花朵急匆匆地拿着一张传真电报站在门口，说南北公司刚来通知，明天要召开加快施工进度座谈会，要求指挥长参加，不允许请假。铁建接过电报看了看，王若云停止收拾行李发牢骚，说：“开会，整天就是开会，开个什么劲啊。你该走走，派个人参加即可。”铁建也发愁，眨眨眼睛说那就晚走一天吧，不允许请假他偏走，张福臣和王忠理会不高兴。兰花朵着急，见铁建一脸愁绪，建议让党红旗去参加，再晚回去就赶不上铁宏歌高考了。铁建说：“别了，还是我去吧。”

铁建抓起电话打给铁宏歌。她正趴在桌子上进行高考前的最后冲刺，手机放在客厅里，几次震动后，大嫂小心翼翼地拿起来送到她屋里，说：“你爸的电话。”铁宏歌停笔接过手机，只听铁建说：“宏歌，爸本想明天到家陪你去高考，可刚接到业主开会通知，只好晚回去一天。”铁宏歌很无语，眼泪扑簌簌地往下落。铁建又说：“如果我赶不及，让欣欣先陪你去考试。”铁宏歌失望地抹泪，抽泣着说：“爸，我想让你陪我去高考。”“对不起，爸爸赶不回来。”

王若云和兰花朵望着铁建难过的神情，有些不知所措。兰花朵走后，王若云掏出一万元钱递给铁建，让他带回去给韩秋柳治病。铁建一再拒绝，最后王若云拉住他的手，说：“我住院时你那么关心我。”铁建说：“我是上级，你是工伤，关心是应该的，这钱无论如何不能收。再说你一个人挣钱也不容易，千万别给我拿钱。”王若云一听便生气了，说：“我苦，韩姐不苦？宏歌不苦？你就不苦吗？大家正准备为韩姐捐款呢。”铁建拗不过王若云，只好把钱接过来，说：“我先拿着，以后再还你，但职工捐款不行，我一分都不要。”

听说韩秋柳摔了，蓝燕儿提着果篮儿领着姜小珊来到铁建家，她拉住韩秋柳的手，说赵化亮和袁听枫让她来看看，问咋摔的？韩秋柳愁苦地直叹气，说不中用了，谁想倒杯水就摔成了这样。蓝燕儿不停地安慰她，说伤筋动骨一百天，天越来越热，这可受罪了。韩秋柳哀叹说就这命，铁宏歌考上大学一走，她都想死，不想再拖累他们爷俩。蓝燕儿听了她的话很震惊，让她别那么想，哪怕动不了，只要有口气就是个家。铁宏歌从自己的卧室出来，埋怨道：“我妈老是这么说，我都害怕了。”韩秋柳抹着眼泪说：“我是心疼你和你爸。”铁宏歌开导她说：“你别瞎想，我和我爸都好好的，他说这两天回来照顾你。”蓝燕儿很心酸，称会好起来的，接着转移话题，问铁宏歌后天高考准备得咋样。姜小珊十分懂事，乖巧地说：“我和干妈为你加油。”铁宏歌流泪笑着，心情顿时好了许多。

铁建开完南北公司加快施工进度座谈会，从会议室里出来被张福臣喊住，俩人站在楼道里聊起工作。张福臣嘱咐他回去提醒一下党红旗，项目廉政建设要常抓不懈。有的局不但管不住下面的职工，也管不住劳务队，被包工头拉拢腐蚀；有的带工人员收包工头一点小恩小惠，施工中对劳务队睁一只眼闭一只眼，弄出质量问题，希望中铁工程局在这方面发挥带头作用，把纪律放在前面。铁建保证一定做到项目优质，干部优秀。张福臣迟疑了一下又说，还有个事儿必须跟他交底。说着，从口袋里掏出一封信递给他，称收到一封举报袁听枫的匿名信，反映她收包工队的礼金，让铁建带回去核实后回个话，即使没有这样的情况，给大家提个醒也是好的。铁建回到局指，拿出转给他的信对党红旗和金帼英说：“袁听枫被人告了。”俩人很惊讶，说有人唯恐天下不乱，这种诬告陷害不应采信。袁听枫一个女同志，即使包工队给她送礼，她也没胆收，再说梁场也没几个包工队，谁给她送？铁建打算去梁场找袁听枫聊聊，张福臣等着反馈。金帼英分析业主能收到信，就不会只写一封，没准集团也会收到。

铁建驱车去了梁场，紫祺正在袁听枫屋里，见到铁建忙去沏茶倒水。铁建与袁听枫坐在沙发上大眼瞪小眼，好久不知道咋开口。袁听枫不清楚他来的目的，汇报说梁场职工为韩秋柳捐了些款，让他带回去。铁建不要，让她一定退给大家，然后才问梁场有几家包工队。袁听枫说使用队伍具体由孔庆荣和高永恒负责，她管协调，从上场至今大概有十多家。铁建哦了一声，问她跟哪几家熟。袁听枫说她跟哪家都不熟，铁建完全相信她，边起身往外走边说，有人写举报信说她收包工队的礼和钱财。袁听枫立马变脸，气得当场差点背过气去，举着右手发誓说："什么？敢诬告老娘收礼，天地良心，让检察院把在这儿干活儿的包工头一个个抓起来审审，看看他们有没有给老娘送礼！"

紫祺一听这事，送走铁建后先安慰一番袁听枫，又嘟囔着跑去场区找孔庆荣和安雪容，说："信是业主转给我表舅的，肯定要了解。"安雪容说："袁姐这样的好人都被人诬告，还会有什么人幸免？真是林子大了，什么鸟都有，写信诬告的人肯定会遭报应。"孔庆荣说："每个人并非没有贪欲，而是好人最终顶住了贪欲。你永远不知道在别人嘴里的你会有多少个版本，也不知道别人为了维护自己的利益怎样去诋毁你，更无法阻止那些不符实际的诬告。"他认为组织上对这种匿名诬告、陷害，最好的办法是置之不理，根本没必要去解释、澄清，应该相信像袁听枫这样的干部。

铁建回到局指，把了解到的情况通报给党红旗和金帼英，又打电话让袁听枫写个书面材料，写好后签上名、摁上手印交给党红旗，先让他审阅，之后才赶火车回家。

天色已晚，绿皮列车在山区呼啸而过，两边的群山呈现出一溜黑影。铁建在软卧包厢里坐立不安，想给铁宏歌打电话，又不知道她现在是否方便。于是，发了个微信问铁宏歌今天考得如何？铁宏歌回复说考题全做下来了，应该可以，还发了个开心的表情。铁建激动万分，再回复时连发三个"棒"，劝她好好休息，净净脑子明天再考，说明早到家后陪她去考场。

第二天清晨，天刚蒙蒙亮，绿皮火车到达金城火车站后，铁建快步出站，打了车回家。铁宏歌正准备去考场，见铁建提着箱子忽然出现在门口，激动得像小时候那样跳起来搂住他的脖子，朝屋里喊："妈，我爸回来啦！"大嫂听到喊声从厨房跑到门庭接过拉杆箱，惊喜地说："哟，当家的回来了。"铁建谢过大嫂，急步走进卧室。韩秋柳斜躺在床上，两眼望着铁建嘴唇直哆嗦，刹那间热泪盈眶。铁建俯下身子抹掉她脸上的眼泪，又抚向她的后腿，爱怜地问她疼不疼。她说不疼，叫他先送铁宏歌去考试，别耽误了。

铁建和铁宏歌提着一只小包、拿一张 X 光片，刚下楼就碰到李欣欣，三个人一起去了考场。学校大门外拉起警戒线，许多家长都陪孩子来到考场，目送他们走进去。铁建轻轻拍一下铁宏歌的肩膀给她加油，说："进去吧，要冷静，把握好时间，相信你会考出好成绩。"铁建看着铁宏歌走进考场，直到她消失在大楼里，才扭头对李欣欣说："欣欣，我去趟医院，你在这儿等宏歌，我一会儿就回来。"

铁建来到医院门诊大楼，找到骨科诊室把 X 片和病情记录递给医生看。医生接过片子啪的一声贴在了白色的灯箱上。医生足足看了几分钟，指着影像说病人体质不好，至少半年才能下地；髋关节严重变形，又增生，股骨头部位还有骨膜炎伴有积液和腘窝囊肿，左腿主动脉有深度静脉血栓，如果产生并发症就比较麻烦。铁建很忧虑，告诉医生韩秋柳得类风湿是坐月子落下的病根，十八九年了，全身骨节早已变形，平时下地都困难，一直在服药，体质很不好。医生看着病历说，躺在床上没活动量，消化器官功能退化，营养跟不上，股骨头恢复会延迟几个月，更容易造成肌体衰竭，会很危险。医生说完把片子和病历还给铁建，又开始叫下一个病号。铁建忧心忡忡地走出门诊楼，心情极其沉重地回到考场，强打精神与李欣欣在焦虑中等待。

韩秋柳不知道铁建去了医院，斜靠在床上，目光发呆，一直默默流泪。今天是高考的最后一天，铁宏歌考试该结束了，她一个废人拖累自己的男人和女儿十几年，心头一酸想到了是该走的时候了。这个念头在她脑子里经常闪现，这几天变得更加强烈。她流着泪叫大嫂帮忙从大衣柜里找一个药瓶。大嫂不动脑子，让找就找，在一堆药瓶堆里翻来翻去，一瓶瓶拿给韩秋柳叫她辨认，最后确认了一个大瓶放在枕边，又让大嫂倒了杯水端来。

铁建怎么也想不到家中正在发生变故。站在考场外的树荫下，心里忽然咯噔一跳，立时感到头晕恶心，浑身冒汗，猛然蹲在了地上。李欣欣见状弯腰扶他，问咋了。他也不吭声，好久才慢慢站起来。考生陆续出来，铁宏歌笑着跑来，欣喜若狂地向铁建和李欣欣说有把握全答对。铁建连声说"好，好"，拉着李欣欣一起回家给韩秋柳报喜。

大嫂在厨房里做午饭，铁宏歌进门喊："妈，我考试回来了。"屋里没人应声，又喊了几句，仍然没有回应，她以为韩秋柳睡着了。铁建感到不对，匆忙走进卧室，发现她口吐白沫，这才意识到出了大事。此时，韩秋柳已全身发凉，双眼紧闭。铁建抱起她无论怎样用力摇晃都无法醒来，枕边倒放着一个空药瓶，拿起一看是原来备下的安眠药。铁建把她抱在怀里，嘴里不停地喊着"秋柳"放声大哭，骂她干吗这么傻，难道舍下他们爷俩就不管了吗？铁宏歌闻声冲进来，扑到韩秋柳身上"妈，妈"地号啕大哭。哭声惊动了大嫂，她从厨房出来快步跑进卧室，惊愕地瞪大两眼，全身哆嗦着哭喊："我的天哪!""她吃了安眠药，快叫救护车。"铁建抱着韩秋柳只喊了这一句话，剩下的就只有哭声了。

哭声传遍整个小区，院子里围来一群居民，邻居挤满了客厅，有的帮韩秋柳穿衣服，有的安抚铁建和铁宏歌。救护车赶到，几名身穿白大褂的医护人员抬着担架上楼，走进卧室摸了摸韩秋柳的脉搏和鼻息，摇头说："人走了，抬下去吧。"

韩秋柳在铁宏歌高考的最后一天吃药离世。铁建找了张她的照片，让李欣欣去照相馆做成黑白颜色的遗像挂在客厅里。铁宏歌披麻戴孝跪在遗像前点燃黄纸和香烛，悲恸地不停哭泣。李欣欣在一旁陪着她，来吊唁的人络绎不绝。噩耗很快传到工地，所有职工皆感震惊。王若云把自己关在宿舍里痛哭了半晌，打电话给铁建表示哀悼，安慰说想回来参加韩秋柳的葬礼，被铁建谢绝了。铁建说现在正是工地吃紧的时候，只要保证溶洞处理不出事就是对他最大的支持。

职工们满怀悲伤先后来到局指，向党红旗和金帼英表达个人意愿。党红旗给铁建打电话，想派些人回去帮他料理后事，铁建哽咽着拒绝了。紫祺含泪找到孔庆荣和袁听枫，说要请假回去送舅妈一程。袁听枫唰唰地流着泪，同意她代表梁场赶火车回家。

三周以后，铁建在南山陵园买了一块墓地安葬韩秋柳，墓碑前摆放着一簇簇黄花和白花。很多亲朋好友和局机关的代表都赶来参加葬礼，陵园里挤满黑压压的人群，女人抽泣，男人悲愁。铁宏歌右胳膊上戴着黑色的"孝"字，紫祺和李欣欣挽着她的胳膊，陪她和铁建伫立在墓碑前。铁建脸上挂着两行泪水，双手抚着墓碑说："秋柳，我带宏歌一起去工地，录取通知下来后再来给你报喜。"众人站在墓碑前深深地鞠了三个躬，然后下山去了。铁宏歌含泪和紫祺走在铁建左右，一人挽住他一只胳膊，沉重的步履显出极度的孤独与苍凉。

第二十三章

铁建从墓地回到家，夏江和集团工会主席已在楼下等候。见到铁建，夏江轻轻拍了一下他的手背，说："老铁，秋柳一走就剩下你和宏歌。她还是个孩子，没人照顾不行，你可以多休息些日子，调整调整再回工地。"铁建说后事已经处理完了，工期很紧张，他要带铁宏歌一起走，在工地可以通过网络查到录取情况。夏江紧紧握住他的手，代表集团公司党委问候一番，让他家中有什么困难尽管说。铁建点点头，送走夏江后回家收拾行李准备启程。

肖一虎听到韩秋柳吃药自杀的消息，不仅不怜悯，反而心中暗喜。下葬前，他去铁建家中礼节性地吊唁片刻，然后就约邓立强一起喝茶，幸灾乐祸地摇着头，说："韩秋柳不能善终，真是报应啊。他们合起来整我，老天都不答应。"邓立强执壶添茶，提醒他这话可不能对外说，不然外人一定会说他不道义。肖一虎端着紫砂茶盏，斜眼看着邓立强满不在乎，说："小邓啊，肖叔我可道义得很哪，是老铁不够道义。韩秋柳一死，老铁心里肯定高兴得不得了，因为升官发财死老婆，是男人三大幸事。"说完竟哈哈大笑起来，把邓立强都惊傻了。

工地又恢复了往日的平静。这天，乌云密布，电闪雷鸣，大雨滂沱。混凝土罐车在泥泞的便道上吃力地前行，前风挡玻璃上的雨刷不停地来回摆动，仍刷不完密集的雨水。工人们在洋河隧道溶洞洞底施做混凝土挡墙，高高的模板在溶洞下面立成隧道洞壁，大型机械拖着钢筋从隧道掌子面揭示处沿着斜坡开下去，李鹏飞在下面指挥民工作业。朱红军和杨晓从溶洞底部爬上来走出隧道，站在隧道口朝外望，外面雨雾茫茫，一道接一道的闪电划过天际，山上的大股洪水从隧道两侧的坡顶涌下来，把空地冲成一道道水沟。

这是一场特大暴雨。王方太、梁丽丽和几个工人头戴安全帽，刚来到洋河特大桥工地，雨就劈头盖脸泼下来，大家急忙向对岸的窝棚冲去。而此时，河水已漫过修筑的便道和栈桥。王方太拉着梁丽丽的手，喊其他民工："雨太大，快过河到对岸的帐篷里去。"雨点砸在河面上溅起一个个水泡，急流漫过脚踝。梁丽丽望着急流直喊害怕，王方太让她和其他人手拉手跟在身后，他在前头探水，探水的脚在冲力极大的水中滑来滑去。

梁丽丽吓得缩回手，站在水中便桥上不敢再往前走，双腿也颤抖起来，说："我不过河了。"王方太站在水中喊："快走，把手给我！"梁丽丽一停，几个民工被堵在水里。天上又划过一道闪电，那道电光好像就在他们身边，咔嚓一声惊雷，梁丽丽身子猛然晃了晃，脚下一滑掉到了河中，眼看着被激流冲出几米。"方太哥——快救我——"梁丽丽头上的安全帽已经脱落，她把双手举出水面，在水中上下沉浮着。王方太不顾一切跳到河中朝梁丽丽游去，梁丽丽在水中不停地挣扎。王方太边游边伸出右手喊："把手给我……"终于他一把抱住梁丽丽，吃力地向河岸游去。

几个民工看到河中景象，追着急流在岸上往下游跑。王方太把梁丽丽托到岸边已浑身无力，用头顶起她整个身体朝岸上喊："抓住她的手，拉她上去。"民工们赶紧伸手去拉梁丽丽，用力把她拖到岸上。王方太喘息着爬上来，顺势倒在了水洼里，少顷爬到梁丽丽身边把她抱在怀里。梁丽丽双眼紧闭，哇哇地吐水。两个民工脱下淋湿的衣服搭在他们头顶上方当伞，梁丽丽已吐得脸色蜡黄。

这场特大暴雨把笔架山大桥也冲得荡然无存。施工现场支着几顶帐篷，暴雨来得急，过水低洼处的民工已经撤离到工地帐篷内。金帼英和石惊天、王若云站在大桥下面，正要往坡上跑，一股突如其来的洪水瞬间从山上涌来，漫过过水通道直接冲到桥墩下。金帼英和王若云惊叫着躲避，但山洪倾泻而下。石惊天见状从背后双手用力推开她俩："快往高处跑！"金帼英和王若云被推离洪水跑上高地，石惊天却被洪水卷了下去，翻滚着顺流而下。她俩望着猛兽般的洪水和不断挣扎的石惊天，惊慌失措地追着洪水往下游跑，拼命大喊："快来救人哪！"在帐篷里避雨的民工听到声音冒雨跑出来，望着滚滚急流问："人呢？"石惊天在洪水中挣扎着，站起来又再次被冲倒。金帼英、王若云和几个工人朝洪水下游边跑边喊："经理——快起来！站起来！"石惊天被洪水冲出去上百米，终于抱住一棵大树。洪水朝下游奔涌而去，已汇成宽阔的河面。工人们喊："经理，往树上爬，我们救你。"有人跑回帐篷找来绳子，几次甩给石惊天，他都没能接到。王若云着急地说："拴块石头再扔。"石惊天这才接住绳子被拉到了岸上。

特大暴雨时，李卫民和宝铁、崔凌花正在景阳隧道口的值班室里。隔窗一望，发现洞口山体正在塌落和移动，山上的树都倒在了泥石中，意识到发生了泥石流。崔凌花看到隧道上面的一片树林歪歪倒倒地栽下山来，睁大惊恐的眼睛，哆嗦着指向窗外，喊："不好，泥石流。"宝铁推着她和李卫民，说："快跑！"三个人刚跑出值班室，泥石流就翻滚着滑下来，先掩埋了隧道口旁边的整个机械停放区和钢筋加工区，接着朝值班室涌来。宝铁推着崔凌花，喊："快进隧道。"李卫民和崔凌花惊骇地跑进隧道，宝铁稍迟一步被一块冲下来的滚石碰到小腿，一个踉跄摔倒在隧道口内。李卫民和崔凌花急促地喊着"队长""宝铁"，伸手把他拉进隧道。宝铁受伤倒地，崔凌花顷刻涌出了泪水，用手帮他捂住腿，说："宝铁，你流血了。"宝铁坐在水泥地上疼痛难忍，李卫民上前扶他，说："捡了一条命，太危险啦，站起来走走，看有没有伤着骨头。"崔凌花扶他站起身来，一瘸一拐地朝前走了两步。崔凌花哭中带笑，说："腿没骨折，没骨折……"李卫民站在隧道口，望着被淹没的场地无声地抽泣："完啦！这下全完啦！"

雨停后，办公室的手机铃声响成一片，万红山让各分部统计上报人员、财产损失情况，汇总报给业主。党红旗哀叹洪水无情，打电话向铁建通报受损情况，铁建在电话里说："暴雨可以冲垮路基，淹没工棚，冲走设备，但摧不垮咱们建设高铁的雄心壮志，天晴后再'重新收拾旧河山'。"

石惊天和梁丽丽被救上岸，躺在各自的宿舍休息。石惊天面色苍白，额头上包着纱布，进进出出的工友都涌在门口看他。王若云端杯水过来，含着泪说："为了我和帼英，你差点儿把命丢了。"他有气无力地说："我命大，不怕。"随即请朱子来带人分头去看两座隧道及全管区现场和宝铁、崔凌花及李卫民，将现场拍照留底，抓紧找保险公司谈理赔。朱子来答应安排人去，让他先顾自己。赵化亮说："这点小事你不用操心。"

金帼英心存感激，觉得石惊天消耗了太多体力，问想不想吃点啥。他说想听首歌睡会儿。金帼英在手机上找到一首名为《你鼓舞了我，让我能超越自己》的外国歌曲，说特别好听，但全是用英语唱的，石惊天不能全听懂。金帼英边放歌边给他讲歌词大意——“当我失落的时候，我的灵魂感到多么疲倦；当有困难的时候，我的心背负着重担；我会在寂静中等待，直到你的到来，并与我小坐片刻。你鼓舞了我，所以我能站在群山顶端；你鼓舞了我，让我走过狂风暴雨的海面。当我靠在你的肩上时，我是坚强的；你鼓舞了我，让我能超越自己……”歌声让金帼英流下了眼泪，也让石惊天在轻松的音乐中睡去。

王若云端碗姜汤来看梁丽丽。王方太伸手接过姜汤端到梁丽丽嘴边让她喝。梁丽丽心有余悸，说当时好吓人。王若云夸王方太：“这场暴雨下得太大了，多亏你会水，不然丽丽没命了。下那么大雨，你们干吗要过河呀？”王方太后悔莫及，称当时只想到东岸帐篷里避雨，没料到河水一下子涨那么高，把栈桥和围堰全淹了。王若云安慰梁丽丽说没事了，让她静养几天再下工地。梁丽丽眼前一直出现那一刻的画面，扑到王方太的怀里，说：“方太哥，我冷……”王方太把她拥在怀里，抱住她的削肩，俯着身子像是要吻她。王若云望着他俩的亲昵劲儿，笑着转身走出了宿舍。

景阳隧道口一片狼藉，大型装载机被淹没了一半。朱红军手持照相机不停地照相。赵化亮与李卫民边查看泥石流淹没工棚的情况边叹息：“全埋掉啦!”泥石流好在没冲到坡下的生活区，不然会有人员伤亡。赵化亮安慰李卫民别难过，说尽快找保险公司理赔，先请现场设计和监理过来看看进行变更，隧道施工暂时停下来，集中所有机械、劳力将堆积的泥石清掉，以后肯定要对山坡做高挡墙防护，不能再被这样的自然灾害毁坏。李卫民说行，让王大成带人先清出条道，再把装载机开出来。

朱子来当天赶到景阳隧道下的彩钢房宿舍看宝铁，崔凌花正在照顾他。宝铁靠在床上，一条腿用纱布包着，血还在往外渗。朱子来关切地问伤情，崔凌花说宝铁是为她和李卫民受的伤。泥石流下来时，他把她和李卫民推进了隧道，自己却被滚石砸中了腿，还好没伤着骨头。宝铁开玩笑说，只要没被泥石流埋在里头，隧道照样打。朱子来安排崔凌花留下来照顾宝铁，自己又去了路基工地。

路基现场也是一片狼藉，几处被暴雨冲开的土堆填埋了便道，机械被淤积在泥泞中。党红旗和朱子来、老刘踩着淤泥路基边走边看，一筹莫展。金帼英和王若云、朱红军站在洋河岸边，河水暴涨，便道、栈桥全被淹没，但水中的桥墩高高地耸立在河中央，隐约露出几根直立的钢管。这时，他们再次感到铁建是主心骨，感叹如果他在该多好。

铁建带着铁宏歌，由紫祺陪着，乘绿皮火车回到工地，好多人赶到车站去接，这让他很感动。尤其王若云见他从车厢里走出来，抑制不住自己的情感，先问候他，又拉住铁宏歌的手让她宽心，众人都看出了她对铁建父女俩的一片真情。回到局指，兰花朵和王若云等人把铁宏歌安顿在宿舍里，并陪她聊天。铁建回到宿舍洗把脸，立即召集两个分部的领导听取汇报。石惊天说人在隧道在，人在工地在。这令铁建很感动，也很骄傲。他说："这是什么精神？是咱中铁人的奉献拼搏精神，是撼天地、泣鬼神的大无畏精神。有了这种精神，还怕建不成南北高铁？还怕创造不出人间奇迹？遇到溶洞、泥石流、洪水，这是对我们的考验。没有考验怎么能证明咱们的意志和能力？没有考验咱们又怎么茁壮成长？所以，要把坏事变好事，把溶洞和洪涝灾害变成动力。三天内清理现场，一周内恢复生产。"三天以后，现场果真恢复了往日的模样。

池塘边夜色笼罩，蝉鸣虫叫，明月当空高悬，映在幽静的湖面上。金帼英和石惊天从工地回来，在一处池塘边停下，俩人下车朝湖边走去。她说每到池塘都会想起老家后院的那个湖，还会想起父亲。记得上学那会儿，她成绩好，又乖又懂事，是她爸爸的骄傲。后来考上大学，她离开爸妈。没想到，读研那年爸爸查出绝症，医生说只能活一年。讲到这里，金帼英的泪珠开始在眼眶里打转。为了学业，她没能回去照顾爸爸，觉得特别对不起他。爸爸爱她二十多年，她却因为学业，没能回家尽孝。第二年爸爸病逝，第三年妈妈也离她而去。她说跟韩秋柳离开铁宏歌一样，从此孤身一人。所以，有时回家，她便去小湖边走走，在那里想想爸爸和妈妈。还说那几年是她一生中最灰暗的阶段。金帼英说着就开始低声抽泣。

石惊天听着听着心一动把金帼英轻轻地揽在了怀里。"你让我心疼。"石惊天说，"那时候我怎么没在你的身边呢！"

金帼英想到了什么，转而一笑："那时候你在大山里，在工地上，还是个毛头小伙子，我不认识你。"石惊天轻轻拍着她的背，说："这些年你受苦了，以后的风雨我来替你扛。"金帼英说："我是个离过婚的女人。""我不在乎，我只爱你这个人。"金帼英甜蜜地笑了。月亮已经偏西，周围笼罩在柔和的月光里。石惊天说："男男也该睡了，我和你一块回去。"石惊天牵着金帼英的手，一起融入银色的月光里。

风雨过后便是彩虹。几天以后，张福臣的办公桌上放着一摞"中铁工程局山洪泥石流灾害现场损失统计表"和一堆现场泥石流照片。他心痛地在上面签字："请忠理总和工程部核实损失情况。中铁工程局特殊情况特殊处理，告知设计院抓紧去现场做变更设计，并对各点进行一次设计排查，以防今后发生类似灾害。"王忠理不满这份批示，拿着批件去找张福臣，说几个局都受灾，为什么要对中铁工程局特事特办？他认为除保险公司理赔外，不足部分应由各局自行承担。张福臣说："你不该对中铁工程局有看法。你扳着指头算算，干得最快最多的是人家，遇到溶洞的是人家，添麻烦最少的是人家，受灾最严重的还是人家，你说咋就不能向这样的单位倾斜倾斜？我这个批复完全是从推进工程施工出发。遇到天灾人祸，该倾斜的要倾斜。工程与技术分不开，老铁来的次数确实不多，只知道蹲现场。咱们沿线的指挥长如果都像他这样就好了。有的成天到咱们这儿来跑关系，活儿却干得一塌糊涂。这两种单位比较，你选择哪一种？"王忠理无话可说，但心里不痛快。回到办公室他没有立即去办，而是打电话给金帼英，说张福臣在受灾统计报表和报告上做了批示，现场需要抓紧出处理方案。金帼英当时还觉得王忠理特别关心他们，汇报说正和卢总体、于监理在现场一起研究，工程量已经核实。王忠理不爱听，怀疑有虚量，说张福臣很爱做好人，总是把他夹在中间，该补的他同意补，不该补的绝不能违反政策，让金帼英商量个方案去一趟。这一顿嘟囔把金帼英弄蒙了。于监理将现场几处损失量核实完，在电话里向黄总监做了汇报，说的确损失不少，特别是景阳隧道前的泥石流方量很大，是个大一类变更。黄总监回复如果情况属实，有多少签多少，不要亏了施工单位。

金帼英向铁建请假，要和王若云一起去一趟南北公司，王忠理来电话说张董在受灾报告上做了批示，他很不高兴。铁建说："去吧，去后要学会谦虚，该赔的笑脸要赔，该喝的酒也要喝。"金帼英不服，说："正常工作为啥要看他眼色？甲乙双方是平等的合同关系。"铁建说："平等什么呀，甲方总是高高在上，乙方永远处在末端和下游。"金帼英想想自己的境遇，也是，没有什么平等和公平，就哀叹起袁听枫来，天天在梁场还被人诬告，去哪儿说理？

铁建回家前去梁场了解完情况，袁听枫写了份说明，由党红旗反馈给了张福臣。本以为此事过去了，可袁听枫这天又收到一份公司纪委转来的函询件，让她做出答复和说明。她看后开口大骂，闹着去找铁建和党红旗。孔庆荣拿起函询看看说：“还是指挥长上次来了解的问题，没啥。”于是陪着她一块去局指，见到铁建和党红旗，掏出函件说：“指挥长、书记，你们看看这是哪儿跟哪儿啊？兔崽子们往哪写我都不怕，但不能冤枉我。”不出所料，举报信还真寄到了集团纪委。孔庆荣根本不相信举报的那些事，认为完全是诬陷。铁建看完函件还给袁听枫，让她再写个书面回复，一看就是诬告。

袁听枫委屈地说：“这种诬告我受不了。组织上还来信函询，我不能理解。”铁建经历得多，早已见怪不怪，说：“别往心里去，今天有你的告状信，没准明天就轮到我。当领导哪有不被人告的？尤其咱们整天面对一些地痞无赖，难免。所以，人人都必须有这样的心理准备。有的人做事没底线，只要得不到利益就诬告陷害，相信组织会弄个水落石出。”袁听枫反思自己，自上场以来没得罪过谁呀？只有钱主任的侄子来要过活儿，被骂了出去。难道是他？诬告不怕，她不能理解组织上为什么还要拿这些诬告材料当回事儿，而且往往都是把被诬告的人折腾半死，却没见写诬告信的人受到追究。

党红旗同意袁听枫的说法，前面的人辛辛苦苦地干，后面被人捏造事实诬告，以后哪个领导还敢干？铁建劝袁听枫，因为触犯了别人的利益，所以才会出现男男被绑架这类事；因为她太正直、大公无私，所以被陷害；因为她不贪腐、不随波逐流，不容易被拉下水，所以才被某些人视为眼中钉、肉中刺，被人记恨。袁听枫说自己被诬告、陷害和记恨，就是不想与那些见钱眼开的势利小人同流合污，因为自己是一名共产党员。

铁建心里想到了是谁干的这种下三烂的事，把袁听枫打发回梁场后，叫上孔庆荣去了钱主任家，刚好在那里堵住了他的侄子。于是，单刀直入问他为什么写信诬告袁听枫。钱主任的侄子装聋卖傻称不知道。钱主任一脸不高兴，茶也没倒，埋怨铁建没证据就来冤枉他家里人，问是不是弄错了？铁建说之所以敢到家里来找，肯定有他侄子写诬告信的证据，袁听枫与内部和外部的任何人都没矛盾，只有他的侄子去梁场要活儿被她骂过赶跑了，告她收取施工队的钱，还会有谁写这种信呢？钱主任死咬住举报信上没名没姓，不能证明是他侄子写的。铁建欲走又停，说：“老钱，那对不起。庆荣，你实名向市县纪委写封举报信啊，到时看看谁倒霉。”钱主任清楚自己身上有短儿，赶忙拉住铁建的胳膊赔起笑脸来：“哎哎哎，老铁，不就是用了辆梁场的车跑征地嘛……”转身抬脚把侄子踹得一个踉跄，问他到底写过没有？侄子说是乔三让自己手下一个小弟兄写的。铁建怒问：“什么？乔三让你手下人写的？”“是！”孔庆荣问道：“他为什么让你们告袁书记？”“因为三哥既没干上活儿，也没供上料，所以他想不能让你们清静。”钱主任站在院子里不再护短，彻底愕然了。

这事把铁建气蒙了，简直是一群王八蛋。他沉着脸回到局指，一屁股坐在椅子上，闭眼手捏眉间。党红旗进来看他那样就纳闷，问他咋啦？铁建从头到尾说了一遍，略显疲惫地直骂乔三他们是一群流氓无赖，又感叹自己正事都干不过来，还要拿出精力整天应付这些窝心事。党红旗说：“那就通过县里找乔三追责。”铁建说又没给袁听枫造成伤害，治不了乔三的罪，如果把这事挑明会引起乔三与钱主任家的矛盾。他告诉过袁听枫只要心不负人，无愧于事，无愧于身，无愧于心，坚守做人的良知，把住做人的底线，几只苍蝇在耳边嗡嗡叫几声不会咋样。党红旗觉得在理，千磨万击还坚劲，任尔东西南北风，完全可以不理他。铁建说不理归不理，通过这件事都要做好这方面的思想准备。乔三敢这样祸害袁听枫，也敢采取同样的手段祸害其他人，包括他俩。不过，为了中国高铁建设，该得罪的还要得罪，并且要义无反顾地得罪。因为央企是党领导下的企业，干的是党的事业，如果连这些人都不敢得罪，怎么能干成大事业呢？党红旗说铁建回家这些天，一分部除了乔三的压矿，还有石油管线影响两个墩没有迁改，迁一处要价几千万元。洋河村还有个钉子户，房屋补钱不行，非要在城里给他买房子，儿子不出面，把八十多岁的老娘天天关在屋里。这些问题不想法解决，大桥过不去。

第二天，金帼英把男男送到幼儿园后回来，对铁建说她和万红山要去工地陪王忠理和质检站抽检大桥质量。万红山说洋河特大桥136号墩强度一直上不来，回弹量不够，最好不要抽检这个墩。铁建犯嘀咕，问墩是不是有问题？金帼英回答不是沙石料、粉煤灰质量不合格，就是配合比不够，正在查找原因。万红山说看过配合比和原材料，没有大问题，也许与温度有关系。铁建让他们先去，转告王忠理中午或晚上他陪质检组吃饭。

洋河特大桥几十公里长的桥墩屹立在大地和山野之间，每个桥墩上都安有移动式自动喷淋养护系统。桥墩之间设有供水池，通过池中水泵往桥墩上抽水，主输水管道伸向墩帽，圆形喷淋管道边喷水边上下移动，形成一道风景。

墩身上白底红色标识出“136”号，两条裂缝出现在桥墩顶端。王忠理和质检人员由金帼英、万红山、石惊天和王若云、梁丽丽、王方太等人陪着，浩浩荡荡的车队在便道上飞驰。看完隧道、路基后又来到洋河特大桥，136号墩愣是没瞒过王忠理的眼睛，指着桥墩顶端问为什么会出现裂缝？要求把原始资料拿来。梁丽丽跑去从车上抱过来，王忠理和质检人员看半天也没能找出啥毛病，问为什么周期到了强度上不来，说要钻孔取样。金帼英希望王忠理能允许再观察几天后，找第三方重新检测，王忠理不许，坚持说养护三十二天强度上不来出现开裂是重大质量事故。站在桥下的一名质检人员说，这么热的天强度上不来，与温度无关。裂缝不是一处，都是垂直于常轴方向，并且开裂长度很大。如果施工工序没错，就是原材料不合格，要一步步查下去，看看到底哪个环节没有把控好。实体承载力不够会严重危及高铁行车安全，只有钻孔取样化验才能下结论；回弹指标和强度不达标，最后的处理方案只能炸掉重做。另一名质检人员腰间拴着安全绳、头戴安全帽站在高高的铁梯上，手持电钻打眼，其他人员扶住铁梯仰望上面。不一会儿，一块水泥圆柱样芯扔下来砸在地上。王忠理板着脸对金帼英说：“回去告诉老铁，等检验结果出来再拿处理方案。”

午餐时，菜上齐，酒斟满。铁建赶到酒店坐在王忠理旁边，先端杯敬了各位，然后说136号墩有点问题，可能是控制不好造成的。王忠理接上话茬，说：“不是一般不好，而是很不好。其他局特大桥都没出现墩身开裂，就洋河特大桥有。表面上是质量问题，实际是管理粗放造成的，一些环节把关不严，质量意识不强，标准不高。”一串连珠炮把整个饭局搅得十分尴尬。

铁建赶紧把话拾起来，说：“王总，你是给我当头一棒呀。这一棒打得我有点儿发蒙。墩身开裂有多种因素，现在还在分析是哪种原因，你一个管理粗放的帽子扣下来，把上场以来所做的工作全盘否掉了。我还真不能认这个理儿，因为其他桥墩没出现，就136号墩，可以断定是个个案。如果有百分之十或者百分之二十的墩身都出现类似情况，我才认可你说的粗放。我不相信其他局比中铁工程局管理精细到哪里去。隧道、路基、悬灌梁、特大桥和制梁，经检查都没发现质量有问题，粗放一词从何说起呢？过程中某一处有毛病，我敢说哪个局都有，只是大与小的问题。所以，我不认可你说的粗放，但接受你的批评。”铁建的一番话让王忠理如坐针毡，显得有些难堪，嗓子里发出呜噜呜噜的声音，说：“是不是我冤枉了你？”铁建觉得也不能太驳面子，道歉说平时去公司拜访各位领导次数少，某些方面可能沟通不够，是他的错，向王忠理检讨。王忠理眨眨眼睛，说："不用检讨，只求尊重我们一点。"铁建不认，说："王总，这更成了原则问题。我一个施工单位哪有那么大胆子不尊重业主领导？这要是让南北公司其他领导听到，那我们还能有好吗？"王忠理自觉没趣，主动端杯，说："行了，喝酒吧。怎么回事你我心里都明白。"一名质检人员看气氛不对，打圆场说："其实，我们对中铁工程局的质量管理和体系还是满意的，总体平稳。其他局有的隧道二衬背后有巨大空洞，还故意遮挡，是严重的不良行为。你们这里做得很好，并且遇到溶洞处理得非常及时。"王忠理听着刺耳，又不敢反驳，就说："行了，咱们不看过程看结果。老铁，如果检测不合格，我可要通报全线的。"

金帼英坐在酒桌上始终没搭腔，实在憋不住了，便冷冷地说："王总，你从来没给我们留过面子。如果这个墩有问题，你该通报的通报，不管花多少钱，我们炸掉重做，绝不让你和张董为难。"两名质检人员摆手调和，说："哎哎，各位平静，炸不炸不是你们说了算。如果检测结果实体质量没问题，没必要浪费那么多钱嘛。"这一餐饭吃得让人心累身累，多好的饭菜在这样的环境下也吃不出个滋味来，何况无端惹了一肚子气呢。

送走王忠理和质检站人员，铁建带金帼英、王若云和万红山等人直接去了洋河特大桥136号墩现场。他们围着墩身转了好几圈，上下打量着，琢磨上部开裂到底是咋出现的。墩身高度12米分两次浇筑，下面8米一次浇筑，问题出在第二次浇筑的上段4米。铁建百思不得其解，同样的材料为啥结果会不同呢？金帼英分析说干缩裂缝、温度裂缝、塑性收缩裂缝 、沉陷裂缝、化学腐蚀裂缝、混凝土质量问题形成的裂缝和施工、外力形成的裂缝等，有可能是单一原因引起，也可能是多种原因共同作用的结果。比如说干缩裂缝形成的原因是水分蒸发，由表及里逐步发展，因湿度不均，干缩变形也不均匀；收缩裂缝是在混凝土凝结前，表面失水较快而产生的，主要因素有水灰比、混凝土凝结时间、环境温度、风速、相对湿度、扰动等，不一而足。铁建等人静静地听着，问有哪几种处理方法。

金帼英说裂缝处理有传统修补法和新材料、新工艺修补法。传统处理方法可采取表面处理和压力注浆、化学注浆、凿槽填补和混凝土置换法。新材料、新工艺修补法，可以用补缝剂、黏钢加固、碳纤维材料加固等。不论采取哪种处理方法，都存在不确定性因素，需要时间来检验，还会降低结构物的承载能力和抗渗能力，进而引起钢筋锈蚀，加速混凝土碳化，降低材料耐久性，影响构筑物使用功能，而且最后必须邀请相关质量鉴定单位对处理后的墩身进行鉴定，程序很烦琐。铁建擦着汗说："任何处理都是亡羊补牢，损失的是名声和信誉。若云，你有什么意见？"王若云说："质检站已经取样，如果检测不达标，会定性为严重的质量问题或事故，影响很大。"铁建问石惊天有什么意见，石惊天不自信，建议等结果出来再定。铁建有点儿生气，说："你的态度是等？等到最后只有一个结果，被通报和处罚。所以，行不通。洋河特大桥一两百个墩身，就这个136号墩出现开裂，三十几天过去强度始终上不来，配合比没问题，那就与原材料使用有直接关系，起码说明进料和出灰时，这方面把关不严。当然也有可能是施工过程浇筑没有控制好。现在王忠理抓住了这一点，不能说他是小题大做，但影响声誉。高铁质量不容半点含糊，假如这个墩实体质量真出问题，咱们都会抱憾终身。所以，我们要的是百分之百的质量和百分之百的安全。我既不想等检测出结果，也不管是哪种开裂形式，必须快速处理，不要含糊，也不要在乎，炸掉重做。上截四米钢筋混凝土用量五十立方米左右，每方折合成本一千元钱，加起来也就五万元，但要真定个重大质量事故，五万元钱难以挽回来。"

一番话把在场的人员说愣了。铁建决定由金帼英牵头负责，从源头查起，找原因，弄清问题到底出在哪个环节，谁的责任，包括粉煤灰、添加剂、砂石料、水泥配合比和搅拌过程、浇筑施工，一项项查，不论涉及谁，对责任人都要做出相应处理，领导应负的责任也跑不掉。同时举一反三，制定整改措施，查所有结构物有无类似情况。他要求一分部快刀斩乱麻，检测结果出来前整改完，让业主、设计、监理和质检站都说不出话来。干高铁要讲政治，这就是政治敏锐性。

金帼英内心不想炸掉重做，既然铁建已经决定，她只好服从。她与王若云嘀咕几句，让石惊天立即落实，小药量爆破，减少对墩身的震动和损伤，一周内完成。

王方太嫌时间不够，铁建说就一周，哪怕不吃不喝不睡觉也要抢出来。当日，石惊天便组织人手爬上桥墩打眼装药，两个小时后传来一声闷响，上截墩身被小炮炸开，大小不一的混凝土碎块从高处散落，裸露的钢筋直立在顶端。

桥墩炸掉重做，一分部的人都很郁闷。铁建要查清原因追究责任，王若云不为自己担心，而是担心石惊天。他还年轻，受处分会影响很大，以后没法进步。业主和设计没让炸，是铁建标准高要炸掉重新做，主要为保将来行车安全。王若云想分部上场以来使出了百分之一百二十的力气，可以追责，但最好不给处分。于是，叫着金帼英去找铁建求情网开一面。

铁建一听金帼英与王若云的建议就恼了，追责不给处分，那叫追责吗？王若云争辩说是职工的建议，墩炸掉是铁建自己提出来的，可到现在还没弄清什么原因，如果不是人为造成的，追责就冤枉了大家，会打击分部的积极性，最终受影响的还是工程。金帼英在一旁帮腔，称王若云说的有道理，铁建埋怨她光当好人。

金帼英对铁建说："若云把下面的意见带上来，说明有意见敢和你讲。如果大家有想法闷着，团队肯定没有凝聚力。不过，不管有多大的想法都要重新做，因为决策正确。桥墩开裂确实有许多原因，都怪现场人员也不合适，最好先处理完墩身再说，不处分人下面倒有劲头干，给个处分反而心里憋一肚子气，容易挫伤人的积极性。我这是帮你拢人心、聚人气。"铁建恍然大悟说："哦，我算弄明白了，你俩是一唱一和给我出难题。"王若云噘嘴说他霸道，金帼英瞅着铁建尴尬的样子捂嘴笑了起来。铁建说："好吧，我可以倾听职工的意见，但有一条，如果真是人为原因造成的，皇帝老儿说话也不好使，该处分的还是要处分。"

金帼英走后，铁建指着王若云说："你呀你，怎么能当着金总说这种事呢？这要传出去，外面会说我听女总工的，干吗不偷偷先给我说一声，让我考虑考虑有个思想准备呢？这下好，不同意你说的，你没面子；同意你说的，我刚定完又朝令夕改。咋办？"王若云偷笑着说："当指挥长应该多听听下面的意见，以后不再给你出难题了。"

王忠理抓住了机会，打电话对肖一虎说136号墩实体质量肯定有问题，铁建不想炸也要让他炸掉重做。肖一虎在家待得很郁闷，天天去公园打太极拳散心。接到王忠理的电话，心花怒放夸王忠理是高人，就要让铁建知道现场离了他不行，也好在夏董那里找个理由让他回去。王忠理说："好办，你等着。"肖一虎听着自然高兴，搓搓两手离开公园，坐辆出租车去局机关找夏江了。

夏江接到王忠理电话那会儿，肖一虎已经站在门外等候。王忠理在电话里对夏江说桥墩质量有问题，铁建顾此失彼，急需一个像肖一虎这样的人管现场，建议把他用好。夏江未置可否，嗯嗯地应着，挂断电话扔在了桌子上，心想又是肖一虎在背后捣鬼。正想着，肖一虎便推门进来。夏江不拿正眼瞧他，问："又找业主王总了？"肖一虎愣是不承认，说没找。夏江说："还没找，为你的事儿，王忠理都打电话找我两次了。"肖一虎喊冤枉，只有回到项目上才能证明他没犯错误。夏江让他说136号墩是咋回事，肖一虎唬得厉害，夸大其词，故意放大136号桥墩的质量问题，告诉夏江已经炸掉，影响非常大。夏江猛然一惊，问谁定的炸掉，肖一虎说铁建。夏江当场用座机给铁建打过去，了解桥墩确已炸掉后，说："既然现场管理薄弱，那就让老肖先回去帮你抓抓现场吧。"

肖一虎听夏江如此决定，心中如同乌云散去，中午把邓立强叫到一家饭店喝酒，喜笑颜开地说："叔今儿个高兴，官复原职，马上回工地，还是副指挥长。我这老战友啊，很绝情，但他没能想到，我又回来啦！"接着发出一阵狂笑。邓立强的眼睛瞪得很大，连连举杯敬肖一虎，说回去好，他给分部供材料被拖欠了不少料款，利息都搭进去了。肖一虎撂下酒杯，用筷子夹着菜，让邓立强放心，有他在不用担心拿不到钱。邓立强借坡下驴，亲切地喊着肖叔，说安雪容跟姓朱的那小子勾搭在了一起，还在电话里跟他耍横，自己被安雪容骗惨了。肖一虎应承说回到工地让安雪容和朱红军给个说法。酒过三巡，他满脸通红，抓起手机打给乔三通报自己即将回工地。乔三正跟一群老板喝酒，嘴里叼着雪茄，一顿阿谀奉承，直言回来要好好庆祝一番。

铁建对集团突然决定让肖一虎回工地感到莫名其妙，心里憋闷很久，打电话把这一消息报告给张福臣，诉了一肚子苦。张福臣猜到其中有王忠理的作用，中午在食堂吃饭时，他端着餐盘坐到王忠理身边，边吃边问："忠理，老铁说肖一虎马上回来继续当副指挥长，听说是你找的夏董？"王忠理愣住，筷子停在半空，吞吞吐吐地说只给夏江提了提，主要是他们没人管现场。张福臣说："我早提醒过你，不要插手施工单位的事儿，你却一再干预施工单位用人，不像话啊。"王忠理自知理亏，又不甘心，只说为工程着想，隧道溶洞正在处理，桥墩又出了质量问题。"桥墩有结论了吗？""还没有。""结论没出来你怎么就断定出了问题？""凭经验。"

"我看你不是凭经验，而是与肖一虎上了一辆战车。"张福臣说，"你们俩绑得太紧了。你找夏董叫他回来，是给老铁添乱。”“如果咱们业主连施工单位现场用人建议权都没有，这个业主当得还有什么意思?”听到这话，张福臣当场就怒了，把筷子往餐盘上一摔，说：“如果觉得不让你干预施工单位用人就没意思，你可以申请调到别的公司去。”旁桌的员工们见张福臣如此发火，都扭头朝他俩瞅过来，气氛陡然紧张起来。

第二十四章

铁建没料到张福臣会在大庭广众之下训斥王忠理，由于拆迁现场情况紧急来不及多想，便匆匆赶了过去。

桥位在钉子户的院落和房屋中间穿过，院外的大桥桥墩已经做好，两边仍在进行桥墩施工。吴镇长和钱主任叫来不少警察，朱子来和王方太等穿着工装的工人手拿各种机具站在后面，装载机轰鸣着停在大街上，一群老头、妇女和孩子跟在外围看热闹。钱主任说，这户人家是村里有名的难缠户，村委会已安排先断电断水，来了好多次也不开门，不见面、不谈事，只要求在县城给他家买房子，老太太被关在里边吃住，工作做不下来，实在没有什么高招了。

院子门关着，铁建上前敲门，一中年男子站在门洞里透过门缝往外瞧，大声嚷嚷："喊什么喊?"吴镇长趴在门缝上朝里喊："所有拆迁户都搬走了，就你家赖着不搬，如果再赖别怪政府。"门突然被拉开，中年男子手里拿把明晃晃的菜刀站在门里吼叫："谁来我砍谁。"公安干警上前劝说，看菜刀挥舞及时躲开了。一名干警犯愁说："他手里有刀，得小心。"吴镇长口气坚定："如果伤人就抓起来。"

双方僵持了很久，没人能前进一步。铁建拨开人群朝门前走去，中年男子依然挥动着菜刀，还骂着脏话，说："看你们谁敢上，我今天跟你们拼了。"铁建慢慢靠近，摆出制止的手势，劝道："老乡别激动，有事好商量。你有什么要求可以说出来。"中年男子用刀对准铁建："我家盖不起房，要拆先到县城给我买两套房子。"吴镇长指着男子说："就你家特殊？这种要求谁都解决不了。"男子发狠说："解决不了不能拆，我光脚的不怕穿鞋的。来吧，想送死的上来。”铁建把吴镇长挡在身后，说：“老乡，你把补偿款先领了，别耽误施工，后面再谈，行不?”“不行！你们把房子拆了，谁还会理我?”吴镇长走到铁建身边，说：“补偿款标准都一样，其他人都能搬迁，就你家不能搬迁?”“其他人我不管。房子拆了我老娘没地方住，不解决不行。”王方太气愤地挤到前面，叫铁建不要跟他啰唆，朝后挥手让铲车开过来。

装载机轰轰隆隆开到了院门，吴镇长指示干警做好准备硬上。男子急红了眼，不停地挥动菜刀。铁建摆手让他放下刀说话。男子挥起菜刀，边骂边猛地砍过来，铁建躲闪不及，左胳膊被菜刀划伤，鲜血瞬间染红了白衬衣。

“指挥长被砍伤了，弟兄们，上。”

吴镇长命令干警动手，朱子来和王方太上前捂住铁建的胳膊从人群中退了出来，一群工人朝院门口拥了上去。

铁建受伤的消息传到张福臣那里，是在他带着黄总监和王忠理去看洋河隧道溶洞施工的当口。那会儿他正在溶洞里，密密麻麻的脚手架在回填后的底板标高上支撑起护拱钢模，整个溶洞已呈现出巨大完整的隧道断面轮廓，他站在下面仰望拱顶惊叹断面之大，称赞处理方案很成功，终于快跨过去了。他问王忠理来过几次。王忠理说来过一次。张福臣又问来一次操了多大心，王忠理听着脸红起来。刚走出隧道，石惊天便接到王方太的电话，说铁建被钉子户砍伤，刚从医院包扎回来。张福臣大惊失色，板起脸怒骂：“这还了得！我亲自找县里抓人，这种人不给他点颜色看看，高铁没得修。”

张福臣派黄总监到局指看望铁建。铁建从医院包扎回来，铁宏歌和兰花朵惊恐地扶他回到办公室，用湿毛巾帮他擦脸，埋怨他干吗与疯子对峙。铁建吊着胳膊说谁想到那人真动刀。兰花朵说那么多人何必亲自上手?铁建说今天他不被砍，明天也会有其他人被砍，该发生的注定要发生，不过，没伤着筋骨。党红旗去了石油管线拆迁点，金帼英和石惊天、王若云又都在工地陪张福臣，黄总监由朱子来和朱红军陪同来局指。铁建把他迎进办公室，问他咋来了。黄总监说是张董委托他来的，关心地询问伤得咋样。铁建说没事，征拆中难免遇到这样的钉子户。黄总监很叹服，夸赞他上场以来一直走到各局前头，从上到下都在玩命。

听说张福臣来工地，铁建执意要去工地陪同检查，用白纱带吊着胳膊直接赶往 136 号墩下。此时，混凝土输送车正向桥墩上输送混凝土，几个民工正在进行浇筑作业。张福臣见到铁建先问候几句，然后感慨地说："我们的高铁是用鲜血与生命换来的呀。"转头又问，"老铁，检测结果还没有出来你就炸掉重做，万一实体质量没问题，你不是白花了冤枉钱？"铁建说宁可多花点钱也要确保万无一失，不然睡不着觉。

王忠理也简单询问了几句铁建的伤势，然后躲到一边神神秘秘地去接电话，是肖一虎打给他的。王忠理说正在136号桥墩工地，肖一虎向他报告称自己在回工地的火车上，尤其强调这个墩虽然返工重做，但前期施工肯定有问题，问王忠理通报咋到现在还没发下来。"在我抽屉里搁着，须等结果出来。"王忠理说，"炸掉重做不等于老铁没责任，即使结果合格，花钱返工也可算作质量问题，造成的损失他应该承担。"肖一虎在电话那头听着，再次说起他官复原职的事来，感激涕零地说要不是王忠理帮忙，他这个副指挥长还当不成了，让王忠理今后继续为他撑腰。王忠理狡黠地说知道，第一步先回来，第二步要争取当指挥长。

铁建和张福臣发现王忠理检查时心不在焉，瞥了一眼没再叫他，驱车去了压矿地段。他们站在院墙外望着中间的空场，又转身看看前后两侧，桥墩已经高高地耸立起来。院墙外摆放着一大堆设备，石惊天介绍说压矿进不去，都给乔三下跪了，至今还是不让进场施工。张福臣一听震惊了："给乔三下跪？"铁建点点头，说："惊天下跪了，当时相信了乔三的承诺。"张福臣说："天真呀，怎么能相信他的话呢？"铁建说："大家都憋着一肚子火，冲突早晚会发生，看来不付钱进不去。"张福臣转脸问王忠理，公司打的报告上级批复没有。王忠理说没有，让公司继续谈，谈好连协议一同上报。张福臣涨红着脸，骂道："我就不信谈不下来。"

铁建带伤去工地后，铁宏歌躲在屋里哭。韩秋柳走了，铁建又受了伤，她心里实在承受不住。兰花朵知道金帼英从工地回来不会太早，跑到宿舍去喊铁宏歌一起去幼儿园接男男，见她抹泪也跟着一起心酸，劝了半天铁宏歌才恢复平静。兰花朵把话题转到高考上，问她第一志愿填的哪儿，铁宏歌说北京交通大学工程管理专业，比一本线高出30分，如果第一志愿能录取就好了。兰花朵说自己读的也是北京交大财会专业，如果铁宏歌被录取，她可成了师姐。聊了一路，铁宏歌的心情才逐渐好起来。

送走张福臣，王若云要跟着铁建和金帼英回局指，铁建不让她跟，催她回项目部，王若云在心里直骂铁建是傻瓜。金帼英把王若云拉到一边悄悄耳语："如果指挥长真让你动心，可以多去看看他，宏歌也不会说啥，当然年龄差得大了点儿。"王若云沉默一会儿，说："年龄不是问题，但会受三件事困扰，一个是宏歌能不能接受我，另一个是时间能不能接受我，再一个是他能不能接受我，真的好难！"金帼英分析说爱情和婚姻历来都是缘分所定，不存在一方求另一方，不努力恐怕永远没有未来。在工作中了解，在困难时相知是最难得的。尤其一个人能陪你走过最艰难的时刻，那这个人就是你生命中的贵人，也是你最终可以托付终身的人。

铁建和金帼英走后，王若云去了趟县城，专门为铁宏歌和铁建各买了身衣服，回来时正好遇见铁建和铁宏歌在院外的马路上散步，便随父女俩拐上路边的一处林荫道，三个人并排慢慢向前走。铁建感叹说，韩秋柳死后这些天，他在想，人没有来世，任何东西都生不带来死不带去，每个人都在亲人的欢笑声中诞生，又在亲人的悲伤中离去，谁也无法控制生死，什么烦恼啊，忧愁啊，恩恩怨怨啊，几十年后都会随生命的死亡而烟消云散。人只要踏上生命的旅途，恰似进入撒哈拉沙漠的"死亡之海"，总是摆脱不了有去无回的最终结局。

王若云用异样的目光看着铁建，韩秋柳离世后他怎么突然把人生看得这么透？想想都有些害怕了。她说："指挥长，以前你受那么多苦我们都从没听你说过，以后你有啥事，给我们大伙说，别担心，有我们在，肯定会好起来的。"少顷，铁建说有些事不愿说是因为很多自己觉得是天大的事，在别人眼中都是不足挂齿的小事，最多不痛不痒地应和着。王若云说："不，我愿意听。"铁建停在一棵树前，默默地流着泪，悲恸地说："如果有来世再遇到你韩姐，我还会娶她。"

王若云跟着难受了好久，铁建这句话让她很感动。回到局指，她把衣服送给铁建和铁宏歌，看他俩试穿后，钻到金帼英的屋里掉泪去了。金帼英吃惊地问咋了，她也不说。金帼英劝道："心疼指挥长了？"王若云抹泪化悲为喜，点点头说心里难过。金帼英说："是啊，都为指挥长难过，可有什么办法，别这么多愁善感，让他知道更不好。"

那天晚上，肖一虎坐绿皮火车到达青阳车站，上了接他的小车后，透过前风挡玻璃一直瞧着前方，很有几分凯旋的得意。上楼安顿好后，他去找铁建和党红旗报到。铁建把金帼英喊到他的办公室，大家的表情都很怪异，心里有一种说不出来的滋味。党红旗说："老肖，既然组织决定让你回来，就好好工作。"肖一虎翻翻眼皮说："可不是我想回来，是夏董说桥墩被炸掉重做，管理忙不开才让我回来继续履行副指挥长职责的。"铁建说："过去的事儿咱们不说谁对谁错，但以后要来个约法三章：第一，不得与社会上一些不三不四的人来往过甚。第二，不得插手分部的队伍安排。第三，必须团结一心，密切配合。做不到这三点，我还要赶你回去。"肖一虎内心不服，嘴上却说："行，你说啥，我照办。"金帼英很不屑，说没必要啰唆，杀人犯永远教化不成好人，因为他继承的是恶贯满盈的基因，有的人生来就是搅屎棍。铁建看着金帼英想笑，说："老肖，我也知道约法三章对你没用，事到如今，不是我改变你，就是你改变我，不然整个项目没有未来。"说到最后，铁建安排肖一虎去做乔三的工作，把压矿的事处理好。他还告诉肖一虎为进场施工，石惊天都给乔三下了跪，但乔三说话不算数，到现在队伍设备没有进场。肖一虎故作愕然张大嘴巴，但没有当场拒绝。

乔三第一时间就知道肖一虎回来了，是肖一虎自己告诉乔三的。乔三硬要给他接风洗尘，在县城最高档的饭店订好包间，准备了两瓶茅台酒，让老四作陪，三个人喝得歪歪倒倒。趁乔三尽兴，肖一虎提出让乔三给他个面子，先进场施工，赔偿后面谈。乔三搁下酒杯，夹一口菜塞进嘴里，说："压矿的事算兄弟驳你面子，钱不到手，姓石的绝不能进场施工。"肖一虎手端酒杯说铁建又把球踢给了他，一分部进不去他不好交代。乔三端杯一嘬嘴喝下，让他甭操这份心，业主不给钱就放石惊天进去干，以后的事会悬而不决。肖一虎说行，那拖着吧。乔三退场结算付款的时候，石惊天也是这么拖的，只是要找理由应付铁建。

肖一虎这些天解决压矿未果，闷着不敢吭声。南北公司却坐不住了，张福臣先打电话找县委书记，后又与王县长约好时间，带上铁建和党红旗去了县政府。进到会议室一看，除了王县长、赵主任，对面还坐着乔三和老四。张福臣落座后很平静，对王县长说中铁工程局管区就这处压矿没进场，公司与市县谈了好几轮，两级领导都答应先进地施工后谈补偿，不知道为什么至今进不去？王县长说县委县政府支持高铁建设的态度是坚决和明确的，必须确保高铁施工。县里也接到了市领导的批示，只是这个矿让他也为难，乔三要的四亿元赔偿资金不到位，当地企业利益受损，县里也不能不出面维护。张福臣说："县长，当局部利益与全局利益发生冲突和矛盾时，是不是局部应该服从全局呀？这可是咱们党的一贯要求。四个亿资金不是说要当天就能拨过来，有一套完整的报批程序。在这种情况下，县里和乔总就不能为施工单位开开绿灯？"乔三翻着眼皮看天花板，说："绿灯可以开，至今连协议都没签，开关掌握在你们的手里呀。"铁建说："乔三，做人要厚道。上次按你的要求，石惊天都给你下了跪，可你出尔反尔，还是不让进，这怎么解释？"老四在一旁插话："活儿是你们的，矿是我们的。我们想让你进你就进，不让你进你就不能进，还需要解释吗？"张福臣发怒，啪地一巴掌拍在桌子上，骂道："混账！你算老几？你以为矿是你们的，高铁就不能进矿区施工？假如老铁队伍要强进呢？"乔三正过脸瞪张福臣，说："不用吓唬我，赔偿谈不好，就是不能进场施工，这一点我说了算。"张福臣怒视着乔三，说："老铁，不谈啦，你们组织人给我打进去。"

赵主任见势不妙，赶紧起身劝阻，说："张董、老铁，都息怒，消消火。活儿要干，补偿也要谈。四个亿的边界条件由政府出面，乔总退出。"他问乔三有啥意见，乔三更加盛气凌人，起身往外走，说："我可以不参加谈判，少一分钱我会找县里要。"张福臣抓起文件夹啪地扔到赵主任面前，气呼呼地说："现在咱们就谈具体协议，前提是必须先进场施工。"乔三走到门口斜靠在门框上，扭头朝里说："好啊，那咱们对等，在协议和补偿款到位之前，你们可以进场施工，但也要给我公司和手下的弟兄安排些工程，双方同时施工，谁也不吃亏。"

乔三把张福臣和铁建、党红旗气得直喊屈辱，说完自己却转身走了，下楼打电话将肖一虎约到了茶楼喝茶，两人见面诡秘地大笑。肖一虎说："老弟，你可真是招招致命，别说我，就连铁建也低估了你。"乔三倒着茶说："他铁建和石惊天不是牛吗？把你我往死里整，我就要用这个矿憋死他们，跟我来这一套。"肖一虎说："好，老弟，有一点得跟你说清楚，如果铁建出点什么事儿，让我顶替他接任指挥长，你可要给肖哥个面子。"乔三拍起胸脯，说："你当指挥长，补偿款一分不给让你先进来干，兄弟我说到做到。"肖一虎端起茶杯说："够哥们，咱以茶代酒碰一杯！"两个茶杯猛地一碰，茶水洒了一桌子。

石惊天听说张福臣出面压矿都没谈下来，心情极为沉重，便琢磨将来怎样才能强攻硬上进场施工。他坐在屋里边抽烟边苦思冥想，手机突然响了。吴青云通知他说李欣欣毕业分配到了五公司，主动要求下现场锻炼，让石惊天把她留在项目部。石惊天赶紧把王若云叫过来商量。王若云很惊喜，知道李欣欣是个很灵光的孩子，把她放到工程部，问要不要告诉杨晓。石惊天惊呼说告诉他干啥，小心他再跟万红山打架。王若云回头把这个消息告诉了铁建。铁建没有任何表态，铁宏歌却格外欣喜，闹着要跟兰花朵一起去车站接李欣欣。

其实，杨晓早知道李欣欣分到了这个项目，是李欣欣自己打电话给他透露的。听到这个消息，他身上的荷尔蒙忽地增高了，在隧道里兴奋地跳起来，把安全帽都抖掉在地上了，喊道："我要去接你，我要去接你。"

铁建把金帼英和万红山叫到办公室，示意金帼英，说："你的兵，还是你说吧。"这令万红山丈二和尚摸不着头脑。金帼英说："红山，李欣欣毕业分配到了一分部，马上来报到。我和指挥长找你谈谈，不能再出现像上次那样的局面。她在项目上实习过，熟悉情况，这个孩子人品好，很正派、单纯。宏歌高考，指挥长没能及时赶回去，你韩阿姨去世前后都是她陪伴，宏歌很感激她。所以，她来报到后安排在一分部。因为她，你和杨晓有过过节，希望她来后你们俩不要再发生矛盾，能做到吗？"万红山既吃惊又郁闷，心想这种事怎么能找我谈呢？但面上应着，说："知道，不会的。"铁建提醒说："红山哪，如果你足够优秀，她自然会找你；如果你不够优秀，就要加强自身修养。我知道你们个个都很优秀，但还应考虑别人的感受，以免引起不必要的麻烦。"万红山听着他俩的训诫一脸惆怅。

李欣欣到达时是在下午。铁宏歌、兰花朵和梁丽丽早早进到站台里边等候列车进站。她刚走出车门，铁宏歌就喜悦地奔过去，拉住她的手说："欣欣姐，我爸让我们来接你。"兰花朵、梁丽丽接过行李箱，说石惊天和王若云让把她直接接回项目部。她们拉着箱子刚转身，李欣欣愣住了，一双美丽的眼睛直视着前方。铁宏歌和兰花朵、梁丽丽抬头望去，杨晓伫立在离她们不远的地方。梁丽丽说："杨晓？"杨晓边点头边冲李欣欣和她俩笑。李欣欣与他对视着，渐渐走近后两人轻轻地拥抱。这一刻，每个人都幸福地开怀笑了。炙热的太阳照射着大地。兰花朵和梁丽丽走在前头，杨晓拉起李欣欣的手跟在后面，说："你一来温度都升高了。"李欣欣妩媚地笑着："我感受到的可是无限清爽。"

万红山没有去接李欣欣。他和杨晓相遇在洋河隧道里，俩人互相看了看。万红山内心有一种说不出的复杂，好像有好多话要说，但又不知道该怎么说，该和谁说。

晚上，李欣欣来到局指向铁建报到。铁宏歌挽着她的胳膊犹如姐妹。铁建坐在办公室的沙发上，仍用纱带吊着胳膊，说："欣欣呀，对中铁人来说，工地才是咱们的归宿。你来了，宏歌又多了个伴儿。"铁宏歌一口一个姐地喊着，说以后大学毕业了也要来工地。李欣欣的身份已经彻底转换，虽然短短不足三个月，那次是学习，这次来却成了央企职工。李欣欣说："现在就业难，能分到中铁已经很不错了。虽然艰苦，但让人感到自豪。"她赞同铁宏歌毕业后哪儿也别去，就来中铁。铁建听后很宽慰，笑着让她去工程部转转，万红山在加班呢。

万红山忽然见李欣欣和铁宏歌进来，说不上激动还是愧疚，站起来迎她，显得特别客气。原来的座位还留着，李欣欣习惯性地站在办公桌前拉开电脑键盘，俯下身子吹了吹上面的灰尘，说："部长，还给我留着呢?"万红山笑得很难看，说斗转星移，物是人非，座位还是原来的座位，电脑还是原来的电脑，可人已经不是原来的人了。李欣欣微笑着问道："我变了吗?"万红山说："你没变，我变了。"

铁宏歌说："我咋没看出你变了?"李欣欣从桌上拿起一本书翻看，说："他变得更成熟了。"

那一夜，杨晓在项目部与李欣欣聊到很晚，回宿舍躺在床上还幻想着诸多美好的事情。李欣欣也难以入眠，一会儿回忆与杨晓的每一个瞬间，一会儿又想想万红山，觉得有些对不起他。万红山在床上辗转反侧，五味杂陈，不知道以后该怎样面对李欣欣。

进入秋天，地里的庄稼开始发黄，玉米蹿到一人多高，果树上也挂满了果实。一大早，铁建先去医院换了药，然后乘车去看梁场。提移梁区内正在安装调试大型提移梁车，沿线路方向两侧装有轨道，两台跨线龙门吊已经安装完毕，在轨道上进行滑动试验。邻近提移梁区的桥墩高高耸立起来，存梁区摆放着大片九百吨成品箱梁。场内有的工人在往存梁区移梁，有的工人在打梁，烈日炎炎下一片忙碌景象。孔庆荣、袁听枫、安雪容站在移梁区桥下查看提梁位置。铁建的越野车从公路拐进梁场干道，直接驶入打梁区，正好停在紫祺旁边。紫祺惊喜地说："舅，你咋来了?"铁建关上车门说来看看，问孔庆荣和袁听枫在没在，紫祺朝安雪容招手，三个人快步跑过来向他报告，称梁场一切正常，龙门吊、提移梁机都安装调试好了。铁建在场区边走边看，万事俱备，只差架梁了。安雪容侧身左手指着前方说："梁区桥墩起来没问题了，但往大里程方向的架梁通道还得再看一分部的进度。"袁听枫让她跟石惊天和朱红军一起跑一遍线路，只要往景阳隧道的桥梁、路基起来，通道打通便可以开架。铁建哈哈一笑，说袁听枫干啥事都风风火火。随之说起函询那事，问她给集团纪委回复没有。袁听枫张口大骂，真想拿刀剁了那些人。安雪容和紫祺在一旁笑，说她说话真彪，平生不做皱眉事，世上应无切齿人，用阳光心理修炼自己的心智，怕什么呀。铁建当面掏出手机打给张福臣，保证全线第一个架梁，然后才谈袁听枫被诬告的事儿。张福臣在电话里说："都是扯，到此为止。再有这种事儿，我给你们顶着。你们才是真正的高铁建设者，不为你们撑腰，中国高铁怎么能建得起来?!"

铁建一离开，安雪容去找石惊天，向他提出想跑一遍线路。石惊天正在136号墩工地板着脸发火，说全线第一个返工丢人，命令王方太盯住，哪儿也不准去，再干不好，撤掉他这个队长。王方太不敢抬头，梁丽丽站在旁边也无言以对。石惊天围着桥墩转了一圈，又说梁丽丽这安质部长天天跑工地，最后桥墩炸了重做，问她能不能当部长，不能干早点提出来。梁丽丽委屈地眼泪直往下流。朱红军以为自己不会被训，不料石惊天偏偏停在他面前，说现在桥墩炸了，他这个工程部部长也逃脱不掉责任。一顿训斥，他们个个无精打采，整个现场气氛沉闷。王若云见状拉拉石惊天，把责任揽过来，说："经理，你别说他们了，都是我当总工的没把好关。"

这事很快传到了金帼英的耳朵里。金帼英在电话里责怪石惊天，说他不该把他们全训一遍。石惊天冲着电话直嚷："丢的不是五万元钱，而是名声。""没一个人想出问题。既然出了，就要立足于加强和整改，而不是怨天尤人。"金帼英也高声喊起来。石惊天说干高铁天天生气，桥墩被炸，压矿没解决，心烦，有火没地方发。金帼英劝他说："压矿业主谈起来都费劲，你着急有啥用?南北公司的张董比咱们更窝火。"

张福臣的确为在县政府谈判失败而懊恼。他心里明镜似的，知道地方政府与矿主是利益共同体，别说是一个穷县，即使再富的县，也会利用这个机会狠狠敲一笔。不然，哪里能增加收入来源呢？他把王忠理叫进办公室，说早赔晚赔都得赔，就别拖了，要求他和卢总体抓紧起草协议书。王忠理心里有恨，怪铁建他们没做好工作，与乔三闹得很僵。张福臣不爱听，说这是业主的事儿，怎么能怪铁建呢？高铁是块儿唐僧肉，谁都想吃一口，雁过拔毛的事天天有。

铁建深知各方都有难缠的人，派肖一虎去南北公司协调解决轨道板厂家加价的事儿。肖一虎赶到公司后，推开张福臣办公室的门，见王忠理和黄总监都在，心想好巧，这下不用一个个汇报了。寒暄后说他受铁建委托，反映沿线砂石料等地材供应商提出调价，不按当初招标价执行合同，不调价不付现款不给供料，这样一方要亏一两百元，光地材地料和人工这两项就亏大了，问能不能给调整。黄总监说是普遍现象，各局都在反映，砂石料大部分都被当地涉黑性质的人垄断，给高铁施工造成很大麻烦，但没有什么好的解决办法。王忠理一口否定，说施工过程中不能调，不是一家，上面规定这两项不给考虑，更别说调整，只能最后看。黄总监叹口气说，这就是各施工单位干高铁亏损的一个重要原因，过去的这些规定现在已经不符合现场实际。比如，铁路上现在的人工费，按前些年的定额每人每天工费只有几十元，现在用工一般都是每天一两百元，技术工种高达两三百元，一个抹灰推沙子的小工，每天干不干活儿都得付120元到150元，施工单位确实承担不起。

张福臣无奈地摇头说，谁说不是呢，既让马儿跑，又不给马儿吃草，这马最后不是累死就是饿死。说着，他又问肖一虎还有什么事儿。肖一虎唉声叹气，直怨轨道板厂家也提出招标价不够，要求增加二次倒运费才给供货。现在大桥起来了，线路两边都有场地可以拉运存放，想请公司出面协调。张福臣皱起眉头，直骂厂家不是东西，怎么内部供货单位也敲竹杠？太过分了。他对黄总监说：“你给厂家打电话，就说我说的，钱一分不能增加，必须执行招标合同价。轨道板要毫无条件及时供应，哪个厂家耽误现场使用，直接打入黑名单，给施工单位造成的损失由厂家赔偿。”

张福臣的协调起了作用，供货厂家不敢顶撞业主，答应照合同价供货。肖一虎终于办成一件大事，回程路上哼着小曲，准备向铁建表功，而铁建却去了压矿地段。那天，石惊天、朱子来组织桥梁施工队众多职工和民工强行冲进矿区，其中赵化亮和一名民工头儿引导挖掘机和钻机刚从院墙豁口开去，被两名青年冲到挖掘机前挡住了去路。民工们把他们推到一边，他们又冲上来躺在挖掘机履带前面，双手死死扒住履带，叫嚣："有本事你们轧死我。"

铁建和乔三几乎同时赶到现场。乔三站在挖掘机前指着石惊天，恶狠狠地说："想进地施工？拿钱来啊！"众民工愤怒地喊着装载机械司机："开！开呀！往前开！"两名青年从地上爬起来，乔三骂道："躺下。我看谁敢轧死你们。"铁建走到乔三面前说："乔三，今天该你兑现承诺了，你以为石惊天给你下跪白跪吗？"乔三自觉理亏，仍蛮横地伸手说："拿钱来。"职工们义愤填膺，有人喊"打他狗日的"。乔三及两名青年畏怯了，眼神显出慌乱，但摆出一副打架的样子，嘴上叫嚷："来，打呀！"眼瞧着有的民工举起工具往前冲，被铁建一把拉住："先撤下去。"

这次进场又以失败告终，关键时刻铁建叫停了行动，他怕惹出群体事件，虽然满腹愤怒，还是硬压着队伍撤出了矿区。临走时，铁建指着乔三说："今天放过你，下次你不会再这么幸运。"乔三仍是那句话，要进场拿钱来。

炙热的太阳烘烤着群山与大地。铁建和石惊天、朱子来个个大汗淋漓，口渴难耐，蹲在村外一个瓜摊前买西瓜吃。老农用四根木棍撑块白布遮凉，边切西瓜边抬眼看铁建，说一看他就是领导，是不是修高铁遇到难事了。铁建啃着西瓜称老农好眼光，问知不知道有个叫乔三的。老农说活了大半辈子，十里八乡没有不知道这个人的，是大祸害，高铁要过他的矿，惹不起，改道吧。石惊天说高铁改不了道，乔三惹不起也得惹。老农一阵叹息，说乔三只认钱，富得流油，欺善怕恶，百姓敢怒不敢言，谁都拿他没办法。石惊天怨气十足，看来上面的钱不到进不去，埋怨铁建今天不该撤出来，开车轧过去，轧死一个他就怕了。朱子来说就是，轧死一个赔几十万元，现在耽误这么长工期已经窝工几百万元了。铁建转身将瓜皮扔进玉米地，抹抹嘴说不退就要出人命，到时谁去坐牢？看来只能找张福臣，问给乔三的压矿补偿款何时能到位。

乔三在现场被吓得半死，晚上喊肖一虎去洗浴中心捏脚。肖一虎觉得一分部强行进矿区，能被乔三逼退，对铁建和石惊天是一个打击。他给乔三分析说，上级批四个亿的赔偿金没那么容易，拖的时间越长越好，把工期拖没了，看铁建怎么交代。别看他们今天张狂，明天要让他们大大小小一伙人都难看。说完，他抓起手机拨通邓立强的号，愣说有一天他在苹果园里撞见朱红军和安雪容干苟且之事，还毫无顾忌。"项目部还欠你不少材料款。"肖一虎说，"你不如来一趟，也可以会会安雪容嘛。"邓立强在电话里发狠说被安雪容耍了两年，不会让她那么平静。肖一虎阴险地说他有个办法，要想长期给项目供料，必须想法拉住铁建，可以在铁宏歌身上打打主意，邓立强立刻恍然大悟。

肖一虎躺在那里太无聊，又拨通了郭富海的电话，先问他在哪儿，又趾高气扬地告诉郭富海，他回到了工地，还是当副指挥长，设备款没结清的话，他可以帮忙想办法。郭富海自然在电话里感谢。“有空来看看你孩子。”肖一虎说，“郭总，你那个前妻越来越不像话，与姓石的基本上公开化了。看来，男男将要成为别人家的儿子了。你不复婚，自己的亲生骨肉会寄人篱下，心里能过得去吗？”

乔三在一旁听着，朝肖一虎竖起大拇指，不怀好意地说：“肖哥，你这一通电话能把他们几个人打蒙。”肖一虎得意地奸笑，说：“是啊，铁建和姓石的不是对咱们下狠手吗？咱也不能坐以待毙呀，得让他们乱，乱了你肖哥才有机会。”

“七一”建党节这天，局指决定在一分部操场开展职工篮球赛，两个分部的职工精神振奋，个个跃跃欲试。球场两侧围满了看球赛的职工。王若云坐在金帼英旁边，紧挨着铁建。一分部与梁场分部比赛开始后，党红旗、朱红军身穿裁判服各站一侧，跟着篮球在场内来回跑。球场上的呼喊声、鼓掌声、吹哨声响成一片。篮球旋转着从石惊天手里传到杨晓手中，杨晓刚刚起跳投篮，万红山一个箭步冲上去，用身子把杨晓撞倒在地，裁判吹响了哨子，场外观众一片唏嘘。李欣欣见杨晓摔倒，惊慌地用双手捂住了嘴。铁建明白万红山是心气不顺，借机报复，故意犯规。万红山被红牌罚下，杨晓也被换下场，坐在了李欣欣身边。李欣欣关心地看着他磕破的腿。这一切万红山都看在眼里，有些怅然若失。

比赛重新开始后，篮球传到石惊天手里，一个三步跨篮进球，哨音响停，呐喊声此起彼落。金帼英搂着男男，十分欣赏石惊天潇洒的动作，与男男一起大声欢呼。王若云有些忘乎所以，她为一分部骄傲，扭头对身后的袁听枫说：“你们梁场队制梁没得说，打球差一点儿，请万红山当外援也白搭。”袁听枫不服，说：“我们制梁是专业，打球是业余，制梁比球打得好重要。”

比赛结束后，李欣欣挽着杨晓走在山道上。旁边的山涧里小溪清澈见底，静静地流淌。俩人走到坡下蹲在水边歇息，杨晓捧一捧清水说：“看这水像你我一样清澈。”李欣欣顾不上浪漫，摸着杨晓的腿问：“万部长撞倒你，疼吗?”杨晓摇头说：“我身体疼，他心疼，一切都是因为你。”李欣欣从背后搂住杨晓的脖子说：“我已经把自己许给了你。”

万红山后来在局指偶遇了李欣欣。她去工程部拷资料，万红山见没人，上前一下紧紧抱住了李欣欣，说：“欣欣，我忘不了你。”说着就要强吻。李欣欣受到惊吓，一把将他推开，急忙跑到门口。万红山说那天比赛撞倒杨晓是故意的，就是看不惯他俩在一起。李欣欣向他摊牌，说：“你永远是我师傅，我心已归杨晓。”万红山一颗冰冷的心无处放置。

暑假后，袁听枫和赵化亮分别接到电话，蓝燕儿要带姜小珊来工地探亲。上火车后，姜小珊问蓝燕儿，赵化亮会来接她们吗？蓝燕儿说他和她妈都会来，姜小珊坐在下铺晃着两条细长的腿幸福地笑个没完。

袁听枫和赵化亮在站台上等候列车进站，袁听枫叮嘱赵化亮，说蓝燕儿在地方上班，别拿中铁这一套应付她，一定要热情热情再热情。赵化亮笑着看她，回避她的话题，问她想女儿是不是想疯了，他和蓝燕儿没孩子，啥也不用想，自在。袁听枫不爱听这话，说要孩子有要孩子的好处，孩子可以把夫妻两个人维系起来。没孩子拴不住蓝燕儿，所以她老是闹着要离婚。赵化亮叹气，说婚姻是枷锁，套上就别想摘下来，有没有孩子真那么重要吗？一个简单而复杂的问题，人们讨论多少年，没有人说得清婚姻与孩子的关系，总是各有各的观点。

站台广播在播报列车进站，袁听枫激动难耐，嘴里一直喊：“我女儿可来啦!”列车驶入站内后停靠在站台边，蓝燕儿和姜小珊一前一后从车厢里出来，袁听枫和赵化亮同时看到了她们。袁听枫跑上前一把将姜小珊揽在怀里拼命亲她。“妈妈好想你，你想妈妈没有?”姜小珊趴在袁听枫的肩上哭着说：“想，特别特别想。”

蓝燕儿跟赵化亮并不那么亲近，只在一旁看袁听枫母女。袁听枫转身拉住蓝燕儿的手谢了她。蓝燕儿说谢啥，在家多了个女儿，还要谢她呢。袁听枫怪赵化亮，蓝燕儿来了，也不知道拥抱她一下。赵化亮嘿嘿一笑说：“她不让我抱。”蓝燕儿瞅着赵化亮，眼中流露出爱与怨的复杂情绪。

赵化亮接蓝燕儿回到宿舍，才伸开双臂轻轻抱住了她，明知她是自家媳妇，可总觉得很陌生，抱着她也没有冲动。蓝燕儿先是一阵沉默，继而定定神说：“咱们很失败，我感到有压力，更感到疲惫、沉重、苦恼、失意和懊悔，也因此而烦躁，对你发无名火。”赵化亮怎会没有痛苦，他理解她的心情，但能给予她的也只有这些。“我不能给你一个孩子，也不能给你一个完整的家。”这声音充满了悲凉和愧意。蓝燕儿流泪说：“这些我都想过，我怕有遗憾，所以才休年假来看你。”当晚，俩人相拥而睡，仍像以前那样，直到天亮都没有发生什么，一切都归于平淡。

第二十五章

铁宏歌正在局指楼下的花圃里看书，手机突然响了，是个陌生号码。她怕耽误任何一个关于高考录取的信息，于是就接了："喂，谁呀?"电话里传来一个怪怪的声音："宏歌，我是邓立强，春节跟安雪容一起去过你家。"铁宏歌记起他是安雪容的前男友，"我们公司正招人，如果愿意，暑假期间可以临时来公司上班，为自己上大学积累点学费。"铁宏歌觉得意外，又有点儿动心，觉得这样可以替铁建减轻点负担，便答应邓立强考虑考虑。回屋见铁建站在窗前发愁，铁宏歌就问他咋了？铁建说："你大伯来电话说爷爷血压高得吓人，吃啥药也下不来，担心出事，想回去看看又抽不开身。"铁宏歌顿时有了回家的念头，这样既可以照顾爷爷，还能去邓立强的公司搞社会实践。而铁建只关心女儿会不会被录取，不清楚邓立强在引诱铁宏歌，让她等结果出来再回去。

长长的施工便道上，一辆辆半挂车装满预制好的无砟轨道板拉往工地，羊拉屎似的堆在沿线已经完成的桥墩和路基一侧，层层码放。吊车吊起的轨道板在空中来回晃荡，最终平稳地摞在用木头做好的垫层上。林立的桥墩上，移动式自动喷淋系统正在喷淋养护，每隔几个桥墩蹲着一两个民工在顶端打垫石。铁建带着万红山来到悬灌梁特大桥工地，河流与公路间的主墩两侧已经张开双翼向两头延伸，吊篮悬挂在空中。水泥罐车从公路拐下便道驶向对岸的悬灌现场。铁建走下河滩问邵帅悬灌能不能八天打一节，邵帅说差不多九天。铁建嫌劳力不足进度慢，夏天强度上得快，应该再提前，争取七天一节，催他再增加劳力。邵帅吞吞吐吐，说民工有的回家夏收秋种没回来。铁建当即让万红山通知一分部和梁场，凡回家夏收秋种的民工必须三天内赶回现场，还把李卫民夸了一顿，说景阳隧道劳务队没有一个闹着回家的，现在遇到断层都天天往洞子里钻，并且强调悬灌梁是架梁通道，卡壳了一分部要负责任。

听说铁建要看136号墩，石惊天和朱子来不在项目部，王若云和朱红军、王方太、梁丽丽早早地赶到工地等着。铁建仰头看着已经重新立起的桥墩，称返工虽花了五万元，但一辈子没顾虑，问她们值不值。朱红军拍他马屁，回答当然值。王方太介绍这次重做特别注意配合比，粉煤灰、砂石料和外加剂的试验效果不错，梁丽丽夜里盯着浇筑过程，振捣时间足够，肯定不会再出现开裂。铁建点头说要的就是这个效果，如果再开裂，说明真与施工没关系。说完，铁建用羡慕的眼光看着王方太和梁丽丽，说："方太，你幸福啊。"王方太望着梁丽丽嘿嘿乐。王若云瞟着梁丽丽，说有人疼真好。铁建明白她说的啥意思，故意仰头去看墩身。

铁建炸掉重做136号墩，没给王忠理留把柄，其实不炸也出不了岔子。这件事最郁闷的是王忠理，他本来想借机整整铁建和金帼英，没想到检测结果合格，情绪低落到了极点。他不愿接受这一结果，气得从抽屉里拿起已拟好的通报草稿扔进了纸篓，抓起手机打给肖一虎，说："老肖，通报那事搞不成了，让老铁占了便宜。"肖一虎问咋啦，王忠理说质量检验单传过来了，结论是合格。

张福臣接过检验单瞄了一眼便眉心舒展了。"我一直相信桥墩实体质量没问题。看看，是温度裂缝。"张福臣语重心长地说，"忠理呀，你上次从工地一回来就要发通报，我压着不让你发，压对了吧？如果通报发下去，现在又是这个结果，怎么向老铁交代？所以，不能动不动对施工单位发通报或向各局发函，那样对现场管理人员不利，不但会挫伤积极性，还会遭人骂。"他让王忠理把结果通知铁建和金帼英。铁建惊喜万分，又感到十分滑稽。桥墩炸掉重做了，结果检测合格，真是折腾人，钱白花，工夫白搭了，只能用五万元买个教训。

铁建看完桥梁来到路基段。路基下建了一座级配碎石拌和站，正开足马力加工生产，自卸车从场内驶出顺着便道拉到路基上。路基两侧的边坡刷得整整齐齐，中线和边线都插着一排笔直的彩旗。端头桥台已经耸立起来，与路基形成对接。路基分层碾压留出的阶梯犹如梯田，可以看到一层层的土质和土工材料。测量人员在路基上用全占仪进行测量，几辆自卸车在倾斜卸料，已经是最后一层AB组填料了。路基踫压得很光滑，都能当飞机跑道用。晚上开会的时候，铁建专门把老刘表扬了一番，之后大发感慨，说：“最近一个阶段以来，咱们遇到很多难题。先后经历了暴雨袭击、隧道溶洞等重大险情及地质灾害。现在一分部景阳隧道又要面对断层处理，后面还有架梁、轨道板铺设，一道道难关都要闯，但我们通过增加生产要素，共同努力克服困难，全管区施工取得很大进展，涌现出很多好的工点和先进人物。除了征拆除压矿、石油管线外，大部分已完成，溶洞即将通过，桥梁施工有序推进，路基施工势头迅猛。尤其一分部隧道、老刘分管的路基，二分部制梁等亮点纷呈，受到业主一致赞扬。”

铁建的话很具有鼓动性，全场响起热烈的掌声。但他话锋一转说：“从现场实际看，安全质量问题还需要再重视。洋河特大桥136号墩裂缝，尽管化验结果实体质量合格，但还是炸了重做。因为咱们要实现高标准，不能有一点瑕疵。所谓高标准，就是要以建设世界一流高铁为目标，一丝不苟地落实高铁建设技术标准，达到最佳的工程质量，实现最优的运营品质。所谓讲科学、不懈怠就是要坚持不懈、持之以恒抓源头、抓过程、抓细节……”

散会后，大家在会议室门前你一言我一语还在讨论安全质量问题。党红旗走近大家问，听了铁建的讲话是不是感到安全质量有压力？石惊天说：“是啊，很担心景阳隧道断层能否顺利通过。”党红旗说：“溶洞都能闯过去，断层挡不住我们前进的脚步，你是不是被溶洞吓傻了？”石惊天说：“溶洞不会死人，可断层会死人，万一搞不好，大伙的职务都没了。”

孔庆荣回到梁场钻进了健身房。天正下雨，紫祺找不见他，猜他准在健身房里。不知道为什么，她愿意和他在一起，见到他就觉得快乐和幸福。紫祺透过窗玻璃往健身房里瞧，看见他穿着背心正在踏步机上跑步，大汗淋漓，满身肌肉让她觉得有几分性感。拉开门的那一刻，孔庆荣扭头发现紫祺身着绿色的连衣裙站在门口。“你也来健身？”“不健身就不能来吗？”“来这儿的都是男同志，你来不合适。”紫祺执着地说：“你在哪儿我就跟到哪儿。”孔庆荣从跑步机上下来，擦汗说：“咱们是上下级，影响不好。”紫祺说：“你跟兰花朵走得那么近，我要跟着你。”孔庆荣无奈地说：“我跟她都是工作关系。”紫祺说：“我不管，我喜欢你，只想听你一句话，你喜不喜欢我？”孔庆荣犹豫良久，冲她笑说：“喜欢……”紫祺听完睁大了眼睛，渐渐向他肩上靠去。

第二天晚上，紫祺去镇上香满楼参加袁听枫组织的聚会。几个女人要了一桌菜，争着抢着要请蓝燕儿、姜小珊和铁宏歌，说她们来一趟不容易。袁听枫说别争了，蓝燕儿是她女儿的干妈，她来请。王若云说蓝燕儿是赵化亮的爱人，赵化亮是一分部副经理，该她请。金帼英说铁宏歌是指挥部的，该她请。争来争去最后也没定下来到底是谁请客，却让蓝燕儿感受到了大家的热情与赵化亮的为人。

开席后，袁听枫说蓝燕儿和铁宏歌都是第一次来工地，眼见为实，看了才知道工地有多忙，赵化亮有多辛苦，劝蓝燕儿别怪他，只要有土地，不怕没有收获。金帼英随声附和，说人生不是只有爱情才能制造幸福感，亲情和友情同样可以酝酿幸福。蓝燕儿和赵化亮虽然没孩子，总比她和王若云单身好。袁听枫伸手指着桌上的人说："除了我和金总、王总、蓝燕儿是过来人，你们这些姑娘有一个算一个，都是不知道爱情滋味的人。爱情是什么？是瞬间的萌动，有火花立马会撞出来。"安雪容也抢着说："我觉得喜欢一个人，首先要欣赏对方。假如对方每一句话，你内心都在反驳的话，这样的感情是很痛苦的。"兰花朵笑着问她是不是在说邓立强。金帼英让她别提姓邓的。紫祺一边给大家夹菜，一边谈自己的观点："在这个世界上，人就是个怪物。一个人喜欢另一个人，有时不需要任何理由，却能把两颗心彻底搅乱。有的可以说出来，有的只能放在心底。不喜欢一个人，可以有许许多多的理由。"大家都称赞紫祺悟性高，七嘴八舌地说生活有它自己的因果循环，每个人都应该学会只问自心，不问得失，不管多么孤独，也要坚守人格的高尚。因为她们这些人是善良的，善良比聪明更难，聪明只是一种天赋，善良则是必然的选择。崔凌花啧啧地咂着嘴，说："天哪，如果男人吃饭时把这一桌的话语权交给咱们女人，那要比男人喝酒聊天热闹得多。"

聚会还没结束，石惊天早已开车赶到香满楼来接金帼英和男男。他没拉她和男男直接回局指，而是把车停在附近的池塘边，一人拉着男男的一只小手在杨柳依依的池畔漫步。男男边走边蹦蹦跳跳，偶尔撒开他俩的手跑到路边，捡起小石子投进池塘里，水面立时泛起涟漪。金帼英脸上荡漾着幸福。她很喜欢现在这种感觉，身边有儿子，还有自己心爱的男人。

男男走在前面，石惊天揽住金帼英的肩想吻她，被她轻轻推开。她不是不想让他拥抱，而是怕男男看见。她深情地望着石惊天说："等你真的认为生活缺了我不行，你来找我，我都答应你。"石惊天感到很满足，但他心里压着两件事：一是乔三的压矿进不去，二是景阳隧道的断层处理。

铁宏歌和王若云从香满楼出来，俩人也没直接回局指，拉着手在马路上散步，亲近到无话不谈。铁宏歌告诉王若云，韩秋柳走后，铁建一夜之间苍老了许多，她想替他减轻一些负担，趁假期未满回去打工。于是将邓立强主动打电话给她的事告诉了王若云。

王若云惊住了，说："他给你打电话雪容知道吗?"铁宏歌点头又摇头。王若云着急，告诫铁宏歌如果担心学费问题自己会全力支持。如果有别的想法，她提醒铁宏歌要三思而行，因为邓立强与安雪容分手闹得满城风雨，安雪容要知道铁宏歌暑假打工去了邓立强公司，心里肯定不舒服。邓立强主动打电话让她去，一定有他的目的，让铁宏歌小心别上当，也别惹铁建不高兴。

四处萤火，阵阵虫鸣。安雪容聚会一散就去找朱红军，俩人挽着胳膊走在林荫道上。安雪容还是知道了邓立强想让铁宏歌假期去他公司上班的事，担心邓立强是在打她的主意。朱红军不以为然，他觉得安雪容和姓邓的已经成为过去，没必要再去回忆，以免伤心。其实，安雪容是个向前看的人，她看重靠素质立身、靠勤奋创业、靠品德做人、而不是靠投机赚钱的男人。朱红军同意她的观点，说只有走过炎热才能感受凉风的惬意，走过冬天才能迎接温暖的春天。人这一辈子无论经历过什么，都是生命的典藏，要学会把脚下的路走成幸福的模样。

朱红军突然停住脚步望着静谧的树林，说真想在这样有片树林的地方建一座房子，抛下所有的烦恼定居下来生活，那该有多好。安雪容听着咯咯笑，说他是"乌托邦"。朱红军好奇地看着她，不知她笑什么。安雪容说笑得出来，感情才有未来，日子才有奔头。德国哲学家海德格尔说"人应该诗意般地栖居"，可那太不现实了。朱红军被感动地张开双臂，紧紧地拥抱着安雪容，也拥抱着美好的未来。

杨晓和李欣欣牵着手，披着月光顺着洋河岸边慢慢走来。李欣欣听说赵化亮没有生育能力，蓝燕儿心里很苦，问杨晓将来会不会也那样。杨晓逗她说怎么可能，要不就奉子成婚吧。李欣欣害羞，直称那丢死人了。不过，她已经把最珍贵的给了他，让杨晓管她一辈子。杨晓说要将爱情进行到底。他俩边走边说着悄悄话，忽然前方河边传来王方太和梁丽丽的嬉笑声。杨晓和李欣欣一惊，赶紧钻进了岸上的玉米地里。王方太和梁丽丽听到玉米地里传来响动，警觉地迅速站起来喊道："谁？"李欣欣悄悄对杨晓说："这咋办？"杨晓只好拉着她走出去。梁丽丽拍打着胸口说："哎哟，欣欣，你俩咋鬼鬼祟祟的，吓死我啦。"李欣欣咯咯地笑起来，说："是啊，你俩动静太大，也吓着我们了。"

都市里的男女爱情是在灯红酒绿的大街上和浪漫的公园里，而中铁人的恋爱只能在山沟里、草地上、小河边和庄稼地里。宝铁和崔凌花跑到景阳隧道的山顶上，相拥坐在一起。山下的隧道工地灯火通明，偶尔有施工车辆进出。宝铁喜欢憧憬花前月下的浪漫生活，但在工地上做不到。不过，他有崔凌花在身边已经很知足。崔凌花把头靠在他的肩上，说："干咱们这一行，想成个家不容易，这种内心的苦谁会理解呢？"宝铁说："咱们这些牛郎织女，每个人都疼在心里，化亮和蓝燕儿心里更疼。生活对幸福的人来说是糖和蜜，对不幸的人来说则是风霜和刀子，在心灵上留下的伤痕只会越来越深。"他们从山顶走下来时，天上的月亮已钻进了云层里。

赵化亮刚在宿舍洗完衣服准备歇会儿，就听蓝燕儿吃饭回来了。进门后，赵化亮瞅着她无意间问吃饭都有谁在。蓝燕儿说一群女的。赵化亮说不会吧，没有一个男的？蓝燕儿烦躁起来，说他怎么不相信人呢？赵化亮说只是顺嘴一问，不是故意的，有男的在也没关系。蓝燕儿从桌上抓起一本书砸过去，说："你怀疑我？你说哪个男的？真没良心。这么多年我跟哪个男的有来往？你怕我出去偷人是不是？"蓝燕儿气愤得脸都憋红了，赵化亮只好低头不语。"你心里怎么想我不清楚？"蓝燕儿又说，"自己不行，还怕我到外面找人。要找我早出去找了，还用这么多年跟你这个废物一起煎熬。"赵化亮先是一愣，随后恼羞成怒地冲到蓝燕儿面前，说："你说什么？我废物？"说着啪一巴掌打在蓝燕儿脸上。蓝燕儿捂住脸，泪水顷刻间涌出了眼眶。

王若云回到项目部时已是深夜。她洗漱完躺在床上睡不着，几次试着抓起手机想与铁建通话，又不忍心把铁宏歌的秘密说出来，手机刚接通一声就挂断了。铁宏歌回到局指还在铁建屋里看书。铁建刚解下勒在肩膀上的绷带要洗脸，便听到了那一声铃响，于是给王若云回拨过去，闲聊中俩人自然谈到了铁宏歌。王若云不经意地把她想回家去邓立强公司打工的事说漏了嘴，铁建听后惊得直看铁宏歌。不等铁建表态，王若云又说赵化亮把蓝燕儿打了，铁建又是一惊，问："为啥打蓝燕儿？"王若云说为蓝燕儿说错一句话，骂他是废物，不能生育。铁建哀叹着，这种事男人不好说，嘱咐王若云好好劝劝他俩。

铁建听说铁宏歌要去邓立强的公司临时上班，这才明白她要回去的目的是想打工挣钱，内心感到很不安，问铁宏歌是不是这个想法。铁宏歌本不想让他知道，既然已经无法回避，只好把接到邓立强电话的事儿说给了铁建听。铁建知道女儿心疼自己，说："宏歌，你妈刚走，你一个人很孤单，爸也很孤单，爷爷有大伯大妈在家照顾，你就不要回去了，学费爸能给你挣出来。"铁宏歌执意想去社会上锻炼锻炼，但铁建反对她与邓立强接触，告诉她姓邓的人品待考，如果工地上的人听说她去他公司上班，都会产生对立情绪，那不是给他减轻负担，而是在工作上添乱。拗到最后，铁宏歌还是听了铁建的话。

袁听枫和紫祺听说赵化亮打了蓝燕儿，先是把赵化亮骂得狗血淋头，说他不像个男人，转眼又怪起蓝燕儿来，称女人怎么能说自己的男人是废物呢，担心蓝燕儿闹着回去。袁听枫嘟囔着要去一分部劝蓝燕儿，紫祺说："这么晚你去啥，两口子打架就像小孩儿过家家，没准儿人家又好了呢。"袁听枫摇头说："两个没有血缘的人真要做一辈子夫妻，不经过两万五千里长征磨炼，真的很难走到头。"

第二天一早，众人没见赵化亮和蓝燕儿来食堂吃饭。石惊天、朱子来和王若云明白俩人仍在闹别扭，就去宿舍看他们。蓝燕儿像见到娘家人一般哭起来没完，要求批准赵化亮跟她回去办离婚。王若云拉蓝燕儿坐下，说："别冲动，让化亮给你道歉。"蓝燕儿态度很坚决说不用。朱子来说工地正忙，架梁马上开始，隧道还没打通，人手紧张，赵化亮实在离不开，劝她再等等。蓝燕儿已经失去耐心，说啥也不想再等了。赵化亮脸上的表情说不上是后悔还是生气，始终低着头不说话。石惊天拿眼瞪着他，又气又恨。他知道职工成个家不容易，找对象比登天还难，即使找好了，由于工地忙，也没有时间回去结婚，很多情侣的婚礼都是在工地上举行的，他们的蜜月不是在花前月下，而是在工地最简陋的工棚里，工程最紧张的时候一边干活儿一边度蜜月。还有很多青年结婚后长年坚守现场，一年才回家一次，老婆都怀不上孩子，谁能理解他们的艰难？所以，他要化解赵化亮与蓝燕儿的矛盾，留住蓝燕儿。

石惊天故意大声说给蓝燕儿听："化亮，你打老婆算什么本事？给蓝燕儿道歉。"赵化亮像头犟驴把身子扭到一边不说话。石惊天见他那样很生气，朝他胸前打了一拳，骂道："浑蛋，蓝燕儿好心好意地来工地看你，你还打人家。"赵化亮见石惊天发火，才后悔说蓝燕儿昨晚要自杀，他很害怕，说话的声调都变了。石惊天指着他说："都是你惹的祸，蓝燕儿要真有点啥事儿，看你如何交代。"说完，石惊天一把将他拽到门外，说："你给她下跪也好，磕头也罢，我不管，反正你要想办法留住她，不但要留住人，还要留住心。一不能离婚，二不能自杀，听清了没有?"

赵化亮低头答应着回到屋里。蓝燕儿不理他，石惊天上前赔笑脸，说："蓝燕儿，我刚才把化亮狠批了一顿。"他边说边给赵化亮和王若云递眼色。王若云心领神会，说："蓝燕儿，你有什么事跟化亮说开，打他骂他都行。化亮，你可不能再欺负蓝燕儿，不然我都不放过你。经理、书记，咱们上工地。"

王若云有意把石惊天和朱子来支开。见他们离去，赵化亮羞愧地去拉蓝燕儿的手，被她一把甩开，吼道："别理我。"赵化亮咕咚跪在了她面前，痛哭流涕地抽打自己的脸，说："蓝燕儿，我对不起你，是我错了，请你原谅。我求求你，别离开我。"蓝燕儿瞬间觉得自家男人可怜了，用一双怜惜的泪眼望着他，缓缓拉他起来，抬手猛捶他的胸口，两人抱在一起哭成一团。

哭够闹够和好后，赵化亮才放心去工地。金帼英、王若云、石惊天和现场监理于工及宝铁都在里边。景阳隧道遇到了软弱围岩，方木和大直径钢管摆放在边墙下，装载机停靠在一旁。跨过栈桥来到掌子面，民工们头戴安全帽，脚穿雨靴站在泥水里，有的安装边墙钢拱架，有的蓬头垢面在掌子面打锚杆，还有的吃力地用铁锹挖黄泥。金帼英用手电筒照掌子面，上部和边墙标有一个个红圈。宝铁说这种泥夹石和涌水混在一起最容易塌陷，施工不敢放大炮，效率太低，成本太大。超前探孔和雷达探测都做了，前面至少还有几十米都是这种地质。希望于工能给做变更。于工说："变更已经报上去了，谁也想不到地质与勘探有这么大出入呀，你们还是拿个方案吧。"

黄总监在变更单上签完字交给王忠理，审了几天才送给张福臣。他抖着手里的变更单，大发感慨，两座隧道两只拦路虎，洋河隧道的溶洞还没处理完，景阳隧道又遇到断层，乔三的压矿补偿金至今没批下来，铁建真够难的。于是，张福臣要亲自带黄总监和王忠理去看那隧道，与金帼英提前研究方案。王忠理觉得这种地质很常见，如果断层闯不过去，只能怪铁建他们没本事。话不中听，黄总监斜眼瞧他，说这种地质最容易出事故。而王忠理认为他大惊小怪，说："你就知道找各种理由替他们开脱责任。"

这天早上，铁建听说张福臣要来看隧道，与石惊天、金帼英、王若云和赵化亮提前赶到了工地。赵化亮不好意思往前凑，铁建把他叫到身边，让他把手伸出来。赵化亮不知其意，双手直直地伸到铁建面前。铁建啪地打在他右手上，说："你的手很有劲嘛！是干活儿的手，还是打人的手？学会打老婆了。"众人都捂嘴偷笑，赵化亮红着脸退到一边。铁建又说："咱们这儿的男人，除了老李谁打过老婆？只有你赵化亮，说重点儿是家暴，要受刑罚；说轻点，一个大男人，跟自己老婆过不去算啥本事？把蓝燕儿打跑，看你还能不能再找到她这样的女人。"石惊天说："可不是嘛，咱们在工地一年回不了一趟家，一个女同志在家很艰难，再打人家怎么能说得过去？"金帼英爱听这话，在城市里上班的女人不像中铁员工，嫁给中铁男人已经付出很大，利用年假来工地探亲，结果挨了一巴掌，搁谁谁都伤心。

张福臣的车开上来，大家寒暄着，一人抓顶安全帽戴在头上。铁建和金帼英陪张福臣、王忠理和黄总监在隧道口仰望山坡，泥石流引发滑坡的半山腰上众多工人在进行挡护施工，有的在往山上背石头和水泥，有的在砌骨架。张福臣叫住王忠理，说："忠理，你看看，哪个局有比这里滑坡更严重的？"王忠理嗯嗯地应着没了说辞。张福臣又说："不是我偏向老铁，是现场摆在眼前，以后你真得改改脾气。"

铁建、石惊天和赵化亮进隧道的时候，袁听枫带着姜小珊赶到了一分部驻地。姜小珊和男男在院子里玩儿，其他人在会议室里陪蓝燕儿说话。蓝燕儿满脸愁容，陪她的人好话说尽，都劝她与赵化亮和好。梁丽丽搂住蓝燕儿的肩，说赵化亮在工地确实不容易，平常不爱说话，像有心事似的，但工作从没出过差错，哪里有困难，他就出现在哪里，让她原谅他一次。蓝燕儿说，夫妻磨合，磨的都是血和肉，这一辈子她与他怕是磨合不好了，她还是想与赵化亮分开。李欣欣劝她别起这样的念头，生活本来是一个道场，就看每个人怎样修炼。当然，修炼对一个有较高要求的人来说很难很苦，但只要心田里播下希望的种子，总有一天会开花结果。袁听枫认为李欣欣说得对，对蓝燕儿说到了现在这个年龄，更要接受现实，多包容，别考虑那么多，能原谅还是原谅他为好。蓝燕儿说这些她都懂，她努力过，也想说服自己，可现实让她实在无法接受，赵化亮痛苦，她更痛苦，两个人这样生活在一起还有什么意思呢？不论怎么修炼，都不会修出正果。所以，这次来工地她更坚定了离开赵化亮的决心。

梁丽丽一听事情有些严重，赶紧劝她，说赵化亮对她很在意很珍惜，可能她现在觉得两人过不下去，分开无所谓，等到真正失去他的那一天，才会后悔莫及，劝她一定要平静一下自己的情绪。蓝燕儿还是摇头，说这么多年没有孩子，她备受亲戚和同事的冷眼，已经磨光了仅有的耐心和本来就少得可怜的感情，剩下的不过是一种责任。

袁听枫实在无话可劝了，就用自己带的小面包车先把铁宏歌接来，又拉上蓝燕儿、李欣欣、姜小珊和男男一起去工地转转。似火的骄阳照耀着高铁工地。线路两侧的玉米在蹿穗，山坡上苹果园里红红的苹果缀满枝头，大片稻米透出股股香味。长长的桥墩竖立在大地上，几百个红色的编号印在墩身上部同一水平线上。几处不同地段的路基已堆满预压土方，与桥墩形成了连接。载着轨道板的半挂车在便道上行驶，桥墩两侧及隧道口外的空地摞起了一层层的轨道板。

她们去的第一站是洋河隧道，与张福臣进景阳隧道刚好岔开。面包车爬上洋河隧道洞口时，杨晓和一名值班人员手里已抓着安全帽和矿泉水提前在那里等候。值班员把姜小珊和男男留在外头，蓝燕儿和铁宏歌则在袁听枫和李欣欣的陪同下走进洞里。杨晓介绍说溶洞处理今天浇筑最后一板拱顶，再不来就看不到了。溶洞深三十多米，十层楼高，从底部打上来要做成隧道里的隧道。蓝燕儿和铁宏歌一边往里走，一边抬头仰望整个洞子。俩人头一次进高铁隧道，铁宏歌直呼："天啊，这么大的洞子，把山都挖空了。"梁丽丽看着蓝燕儿惊骇的表情，很骄傲地说："我们长年在这样的环境里，比不了你们在城里工作，一个工程干下来，也回不了几次家。"

几个人在微弱的灯光照射下走在阴暗的隧道中。蓝燕儿有些不敢想象，这是人间通道吗？走到跨越溶洞做成的隧道尽头，杨晓打着手电引路从台车中间穿过，洞内回荡着巨大的声响，高高的二衬台车上有工人在往上吊材料。隧道外侧露出黑洞洞的溶洞内室，对面的溶洞壁上已放出隧道轮廓红线及放炮位置，正在施工的民工们停下手里的活儿朝她们望过来。蓝燕儿哆嗦着身子朝里面看，漆黑一片什么也看不见，只有许多影子在里边晃动。顺着杨晓手电的光亮看去，才发现深不见底，把她和铁宏歌惊得张大嘴巴，脸上堆满敬佩之情。

进隧道算长了回见识。从隧道出来，蓝燕儿和铁宏歌腿都发软了，想建成后高铁列车穿越隧道时，谁能知道这里曾经发生过什么？等驱车来到悬灌梁特大桥时，邵帅着一身工装已在路边河滩上等候。蓝燕儿和铁宏歌站在桥下抬头看雄伟壮丽的桥墩，凌空架设的桥梁令她俩啧啧称奇。铁宏歌哇哇地惊叫着，说从这一刻起，她才真正理解铁建，也才真正懂得什么叫把美好的青春献给了大山和高铁，还懂得了什么叫伟大壮丽的事业。蓝燕儿也展现出一丝笑容，对袁听枫和梁丽丽说："你们都是这个时代的巨人，等你们老了，一定会常常回忆当年创造的这些历史杰作。"

姜小珊指着挂篮问："叔叔，那上面怎么还挂着个篮子？"邵帅说："那叫挂篮，几十吨重呢，利用挂篮把模板拼成桥的样子，工人在里边绑扎钢筋，再浇筑混凝土，一节一节往前走。两边对称施工，这头和那头同时打，最后合龙接到一起。外面是防护装置，免得坠落伤到过路的行人与车辆，就这么简单。"

蓝燕儿向邵帅伸出大拇指，直夸他是专家，说得简明易懂，她和铁宏歌一辈子也干不出来。李欣欣对着蓝燕儿说，她要在中铁也能成为专家。蓝燕儿说施工挺有意思，中铁收她她就来。邵帅说："来吧，大家举双手欢迎。"

蓝燕儿和铁宏歌等人站在桥下聊着，在几十米高的桥梁上有工人从挂篮里钻出来，站在梁上朝邵帅和蓝燕儿她们挥手，吓得铁宏歌用手捂住嘴巴，直喊："别掉下来!"袁听枫、梁丽丽和李欣欣听着禁不住大笑，告诉她民工们没有恐高症。邵帅说就算有恐高症，天天这么上来下去地爬，也不会再恐高了。他转头对梁上喊，问有啥事儿。"等会儿你上来一下，挂篮需要做些调整。"

蓝燕儿和铁宏歌离开大桥，最后一站去了景阳隧道，梁丽丽则留在了悬灌梁特大桥工地。路过一号搅拌站时，蓝燕儿透过车窗看到搅拌站大门及料筒上印有大幅标识，一辆辆混凝土罐车从站内驶出来。李欣欣指着搅拌站说崔凌花就在这个站。到达景阳隧道时，张福臣和铁建刚在值班室坐下。面包车停在门前，他们透过窗玻璃看到袁听枫、蓝燕儿、李欣欣、铁宏歌、男男和姜小珊先后从车上下来。铁建笑笑说："有人来工地接受教育了，后面那个是我闺女。"金帼英站在值班室门口，男男看见她喊着妈妈扑上来。铁建向张福臣介绍说，姜小珊是袁听枫的女儿，放假来的；蓝燕儿是副经理赵化亮的妻子，来工地探亲。张福臣一声哀叹，说："咱们这帮人，连家里人都不能安生。"

姜小珊和男男被金帼英留在了隧道外，宝铁把蓝燕儿和铁宏歌接进去。她们依然那么惊讶，四面打量着整个隧道，里边整齐干净，洞内边墙上下的“三管一线”有序排列，时而有送料车驶进驶出。蓝燕儿问这座隧道与刚才看的那座是不是一样？宝铁说断面形式一样，但洞内遇到的问题各有不同。等走进掌子面，赵化亮和李卫民正带领民工穿着雨靴站在仰拱边上观察施工，两侧边墙竖起一排排的钢拱架。民工们有的站在上台阶开挖，有的站在下台阶泥水里用铁锹掏土。王大成和仰拱开挖工班的民工则站在边墙下的坑内，手持铁锹在钢拱架之间掏挖黄泥巴。李欣欣告诉蓝燕儿现在遇到了断层，泥夹石既不能放炮又不能用机械挖，只能人工一锹锹地掏。顺着李欣欣手指的方向望去，蓝燕儿看见赵化亮站在坑里，浑身泥浆，一脸泥水。袁听枫喊：“哎，化亮……”掌子面上的民工都扭头看过来。赵化亮呆呆地站在泥水里一动不动，心想蓝燕儿怎么跑到这儿来了？蓝燕儿的目光落在赵化亮身上，两人对视的那一刻，只互相静静地凝望着，什么也没说，互看了许久。李欣欣喊：“赵经理，蓝燕儿姐来看你，还愣着干啥，上来啊。”赵化亮这才踩着泥巴慢慢爬上来。蓝燕儿从没想到他长年累月在这样的环境里工作，心中不免泛起一阵酸楚与怜爱，不顾他身上有多少泥水，慢慢地走近他贴了上去。这时，边墙一堆泥石从钢拱架之间“哗”地塌下来，铁宏歌浑身一抖，惊叫着往外跑。李卫民站在泥水里哈哈大笑说：“跑啥跑？没事，塌不下来。”百闻不如一见，袁听枫的这个点子，融化了蓝燕儿的心，打消了她要拉赵化亮回去离婚的念头。

张福臣和王忠理、黄总监走后，铁建回到局指，斜靠在办公室的沙发上眯了一会儿。铁宏歌回来时，听见肖一虎在找他爸签字报销。报销单每张都是好几千元，铁建翻看着发票问都是招待谁的。肖一虎不高兴，说反正不是他吃的，全招待了业主、设计、监理和县里相关部门领导。金帼英手里拿着材料进来，站在旁边等他们说完。铁建沉着脸在报销单上签字，说：“现场管理费一直居高不下，咱们当领导的都要注意控制。”他问肖一虎有没有再去找乔三做压矿地段的工作。肖一虎说去过，但做不下来，凭嘴说不好使，他在等钱。铁建签完字把报销单扔给他，说：“知道他在等钱。你要想法让他同意咱们先进地施工，我想你是有这个能力的。”肖一虎嘟囔着说这件事他不能打保票，张福臣去都做不下来，让他去做，他没那么大本事。金帼英瞥他一眼说：“你跟乔三称兄道弟，完全能做下来，只是你不去做。”肖一虎急红了眼，直呼其名：“金帼英，你不要对我冷嘲热讽。业主解决不了的事让我去解决，除非你给我四个亿。今天到位，明天我保证让一分部进去开干。”铁建歪着头看他，说：“如果四个亿赔偿金到位，还用得着你吗？”三个人又因压矿不欢而散。

肖一虎心理不平衡，下楼叫车跑去路基工地。几辆大车正在卸预压土，他指着卸土车辆的司机，打听他们跟铁建和石惊天的关系，是不是他们安排的？老刘十分警觉，称没有的事儿，是项目部正规招标使用的。肖一虎很怀疑，说：“是吗？”“是呀，我全程参与了。”肖一虎找不出什么毛病，摆摆手走了。

肖一虎后来又去了悬灌梁特大桥和梁场，诈一番也没打听出啥消息，于是打电话约乔三到茶楼喝茶。包间里拉着窗帘，十分阴暗。肖一虎说铁建和石惊天、金帼英等人拢在一起，没有他的出头之日。故弄玄虚地说铁建问题很大，不但安排队伍，还与下属玩儿暧昧，收受施工队的礼金，擅自决策给项目造成了重大经济损失。乔三心领神会，说有办法搞掉他。肖一虎邪恶地瞧着乔三，说：“现在是反腐大环境，纪委、检察院利剑高悬。过去八分钱，现在一两块钱的邮票就可以断送一个人的前程。”乔三显得十分有把握，拍着胸脯说举报信早发出去不少。肖一虎一阵惊喜，又故作发愁，说：“咋没动静呢？咱事先说好，兄弟你搞什么可与我没关系，最好神不知鬼不觉。”说话间，两张阴险狡诈且灰暗的脸在幽暗的灯光下极其狰狞。

肖一虎和金帼英说完工作离开铁建的办公室后，铁宏歌从宿舍来到铁建屋里，进门躺在沙发上直喊累。看了一天工地，又是隧道又是桥，都是在惊恐中度过。铁建笑她跑一趟工地就喊累，职工整天在洞子里干也没见谁叫苦，看来年轻人不锻炼不行。铁宏歌说她和蓝燕儿算开了眼，中铁人真是太伟大了。铁建跟她卖关子，说：“你以为高铁是那么容易修起来的呀，不说技术上的活儿，那太复杂，你也听不懂。就说爸这个角色，你要想做好，首先需要具备六种能力。”铁建扳着指头一条条地给她数，“当领导需要有把握和驾驭全局的能力，掌控项目全盘的能力，处置棘手问题的能力，对各方的公关能力，引领和管理队伍的能力，正确判断项目进展趋势的能力，不具备这六项能力，就担不起大任。所以，每个岗位都有自己的职责，无论在哪个岗位都要脚踏实地。”铁宏歌听得两眼发呆，她怀疑现在这年头，还有多少人会像她爸这样傻干呢？家都不回，只知道工地上的事儿。妈妈如果活着，她肯定不会来工地，时间久了家里人都不敢认他们了。

铁建叹息，现在确实有一些人只想当官不想干事儿，更干不成事儿。对自己应该怎样履职，如何干好工作心中无数，贪图享受、散漫懒惰习气严重；还有一部分干部，刚提副科就想着提正科，提正科试用期没满就找关系提副处，提完副处又闹着提正处，提完正处又想提副总进班子，真是人心不足蛇吞象。这种人用起来，自身能力不够、威信不高，带不好队伍，管不好项目和企业，最终自己受罪，也损害了组织和领导的威望，这样的事他做不出来。一些人整天像浮云似的飘着，像旋风似的刮着，工作看起来尽力，实际没有真正尽责、尽心和到位，抓什么什么不见成效，领导还说不得、批不得，更不让说、不能批，终究害企业、误项目、毁自己；还有的抓大事、抓关键的水平极为有限，不会抓，也抓不住事物的本质和主要矛盾，掌控不住大局，遇事拿不出解决办法；个别人提拔起来以后变了另一个人似的，完全是抱着个人目的，为了当官而干事；还有的跑官要官，不是用政绩服人，不用大家的认可来求进步，整天托关系、找路子，不看为企业做了多大贡献，本事到底有多大，一谈工作先伸手要官；再有一部分人组织提拔重用后却胆小了，树上掉下片叶子都怕砸着自己，占着位置懒政、怠政不作为，更不敢也不想作为，只求不干事、莫出事。这么下去国家很危险。当然，也有不少脚踏实地、任劳任怨的人，对领导和组织从不提个人问题，一心扑在工作上。到底该用哪种人？价值观对一个人的发展至关重要。铁建不想学别人，只想做真正的自己。铁宏歌此时更觉得父亲的伟大。

第二十六章

铁建当时有一丝感动，他之前并不知道自己在女儿眼里是个什么样的父亲。虽然从小到大没有照顾她多少，但铁宏歌竟对自己怀有崇敬之心，瞬间释然了。洋河隧道啥时能跨越过去一直是铁建发愁的一件事。此后的一天上午，越野车还在半道上跑着，他便接到石惊天的报告，说洋河隧道溶洞即将成功跨越，正在准备庆祝仪式。这令他喜出望外，高兴之余把金帼英、石惊天和王若云全喊上去，进隧道时的步履也变得轻松许多。在离掌子面六七十米的地方，朱子来、朱红军正在指挥工人布置简易主席台。二衬台车上拴着几个气球，还挂上了“溶洞跨越完工仪式”横幅，宽大的红色背景墙靠在边墙上，一群头戴安全帽的工人正打扫卫生。铁建望着仪式现场凝神思考，突破这段溶洞耽误了太多时日，如果前面是二三级围岩，每月进尺最高能进两百米吗？进不去还是有挡道的危险。看着他疑惑的眼神，金帼英清楚他在想啥，于是说：“指挥长，你在想溶洞过后二三级围岩应该采取什么方法掘进吧。”铁建点头称是。金帼英说她早想好了，溶洞过后让杨晓和李鹏飞采取聚能水压光面爆破施工法，这种方法材料成本低，施工速度快、节能环保效果好、经济效益和社会效益不会差。铁建说：“行，你有把握，我心里才有底。只要能提前打通，不管什么样的新材料、新技术、新工艺、新方法，你都可以大胆用。”铁建当场决定中午回去开党工委会议，研究好奖励，待最后一板混凝土浇筑完成后马上举行完工仪式。

仪式及时但不仓促。中午开完党工委会，铁建命兰花朵和万红山通知两个分部组织人员赶到洋河隧道内参加溶洞跨越祝捷大会。四列方队整齐划一，头戴安全帽的队伍威武雄壮，每个人都神采奕奕地站在隧道里等着。接到李鹏飞最后一板混凝土浇筑完成的报告时，铁建让党红旗宣布仪式正式开始。第一项议程由石惊天简要介绍了溶洞施工的大致状况，接着铁建讲话。他没拿讲稿，做即兴发言，说："同志们，今天溶洞处理跨越完成，我很激动。两个月前遇到溶洞时，引来各方关注的目光。那些目光中有支持、鼓励、信任，也不免有焦虑、怀疑、旁观。大家深知肩上挑着全集团一万多名职工的期望，挑着企业赖以生存的信誉、名声和市场。我也曾暗自怀疑，这一关能不能闯过去。今天可以郑重地宣布，事实证明了大家的决心和能力，溶洞顺利跨越成功！"

铁建稍加停顿，隧道里立即响起一阵热烈的掌声。他瞅了瞅眼前的队伍，发现金帼英和王若云、杨晓和李鹏飞都在激动地掉泪。李欣欣和其他人脸上露出情不自禁的自豪与微笑。接着他听到在雄壮激越的音乐声中，洞口传来震耳欲聋的鞭炮声。等鞭炮放完，隧道里静下来，铁建两眼早已盈满泪水，说："这一关之所以能顺利闯过去，靠的是团队的智慧，靠的是项目文化。自上场起，咱们始终把项目文化建设放在重要位置。团结务实、诚实守信、拼搏奉献、勇创第一，既是项目的精神命脉，更是项目管理的坚实根基。探索培育一种具有特色的思想道德、员工精神和不同于别人的优秀品质，把文化融入项目管理的各个环节，提升项目管理的含金量和核心竞争力，使之成为我们这次战胜溶洞和艰难险阻的强大武器。我向你们致敬！讲完了。"

铁建非常简单地把整个气氛推到了顶点。职工和民工们有的摘下安全帽抛向空中，并咧嘴哇哇乱叫。等大家静下来，党红旗开始宣读奖励通令，说南北公司给予全线通报表扬，奖励60万元，其中奖铁建、党红旗和金帼英各5万元。为表彰在这次溶洞跨越中的突出贡献者，局指决定奖励一分部20万元。单独奖李鹏飞劳务队10万元，授予队长杨晓优秀共产党员称号，发奖金2万元。仪式在热热闹闹的氛围中快要结束时，铁建最后补了一句，说下一步怎么办？一个字，冲！以最快的速度、最科学的方法、最新的技术工艺、最安全优质的措施，全力向前冲刺。搞完仪式，铁建招呼所有人走进溶洞段看了又看，隧道里已经没有半点溶洞迹象，更感觉不到隧道外侧是深达几十米的溶腔。

这一天，成为铁建抹不掉的记忆。溶洞过去了，还有什么比这更值得庆贺的事呢？回到局指，项目班子聚集在会议室里讨论奖金发放。金帼英首先提出奖金她不要，业主奖铁建和党红旗是应该的，她和大伙儿一块儿拿平均奖。党红旗认为是业主奖励，拿得合情合理、光明磊落。而肖一虎觉得奖金应该平分，溶洞跨越是大家的功劳，何况铁建能服众，靠的就是领导不多占，再说干活儿主要是靠施工队，如果领导拿得多，让施工队怎么想，群众会心里不服。铁建始终没发言，党红旗清楚该如何做，决定尊重业主的奖励意见，其他均发。肖一虎不干，歪着头瞧党红旗，说："你作为党工委书记，没有这个签字审批权。"党红旗反问道："哎，老肖，我这个书记没有签字权？那谁有这个权力呢？"

铁建脸上露出让人捉摸不透的笑容，心想肖一虎这个人是既见不得别人做官，也见不得别人拿钱呀。为了平复他的情绪，铁建对奖金发放没有谈自己的观点，只说："今天是个高兴的日子。花朵，通知食堂做两桌饭，晚上把石惊天、朱子来、王若云、孔庆荣、袁听枫、安雪容、朱红军，还有赵化亮和蓝燕儿都叫来聚聚。老肖，这个你没意见吧？"肖一虎说："有也白有，我是副职，说话顶个屁用。"

晚上聚餐开始后，铁建扫视一圈不见杨晓，问他为什么没来？朱红军说没找到他，电话打不通，应该在隧道里。铁建有些遗憾地表扬说："这小子盯工地盯疯了。"酒场很热闹，有的男人蹿到女桌敬酒，有的女人蹿到男桌敬酒，都争着抢着说话，并且都是好听的话，一大堆赞美词。喝八九圈之后，党红旗请大家安静下来，建议共同举杯敬铁建，祝铁宏歌考上如愿的大学。众人"好好好"地齐呼着，端杯一饮而尽。

杨晓并没在隧道，他不想拥享局指的热烈与繁华，而是躲开众人，约李欣欣去了镇上的一家酒楼。两人相对而坐，卿卿我我。菜上来后，他给李欣欣倒了一杯红酒。李欣欣含情脉脉地举杯祝贺他，可杨晓却举杯说感谢她。李欣欣莞尔一笑，问为何谢她？杨晓说："你给了我力量与信心。"俩人会心一笑喝下杯中酒。李欣欣边夹菜边说："是啊，我不是一个苛刻、不明事理、不晓人情和挑三拣四的人。溶洞虽然闯过去了，但你不要以为自己真成了英雄，只能以这次表彰为起点，后面干得要比现在还要好，才能让大家和领导真正认可你。"杨晓连连点头，李欣欣笑着搁下酒杯鼓掌，说："你能看到别人比自己优秀，说明你正在往高处走。如果只看到比你差的人，说明你在走下坡路。你现在虽然没有出人头地、功成名就，但你已经具备了发展的潜质。"杨晓拉住李欣欣的手说："我发现你不但漂亮，而且内秀，我越来越爱你了。"李欣欣幸福地笑笑。杨晓说："你看似平静如水，却能融化我，像火一样燃烧我，让我浑身充满力量。"

饭刚吃到一半，俩人还沉浸在浪漫与幸福中，石惊天的电话突然打进来，问杨晓在哪儿。杨晓说在镇上请李欣欣吃饭。"天啊，咋悄悄跑那儿去了，刚才怎么还把手机关了？"石惊天说晚上聚餐名单上有他，却不见人，胆够大，害他在铁建面前不得不撒谎。杨晓边接电话边望着李欣欣笑个不停，说："我不会喝酒，你就代我敬大家吧。"

石惊天回到酒桌上，不敢说杨晓跟李欣欣私下去约会了，悄悄坐回到座位上。餐桌上依然热闹非凡，金帼英拉着男男说让男人们疯狂吧，女的先撤。袁听枫、王若云、蓝燕儿、安雪容、兰花朵、铁宏歌听后起身一起走出了食堂。

王若云随铁宏歌来到宿舍，从包里掏出一个装着一万元钱的信封塞给她，说这钱给她以后交学费。铁宏歌不要，说她爸会不高兴。王若云把信封塞在铁宏歌枕头底下，说："你爸要说你，就说我给的。"王若云看铁宏歌实在为难，又说："你考上大学是大家的希望，钱也不多，是个心意。"铁宏歌被感动着，她从来没在这样的环境中生活过，哪里知道中铁人之间那份浓浓的情意？羞涩地说："王姨，你真好，像我妈……"王若云一下把她拉进怀里，拍着她的后背，安抚着她。铁宏歌接着说："我如果考上大学去上学，就剩下我爸一个人。他嘴上不说，心里肯定难受。我想求你个事儿……"王若云猜不出她要说啥，但无论提出什么要求，自己都会答应。她问铁宏歌啥事儿？铁宏歌说："我想请你以后多来照顾照顾我爸。"王若云心中一阵欣喜，沉寂中又若有所思。她看到铁宏歌不仅心地善良，更是个懂得爱的孩子，便冲她点点头，说："只要你和你爸愿意，我会的。"

女人们走后，男人们变得更加疯狂。他们频频举杯，几杯下去就有人不说话了。孔庆荣说："咱们散了吧，今天放松放松，我请大家去洗个澡。"于是，石惊天、朱子来、赵化亮和朱红军跟着他去了镇上的一家洗浴中心，先冲了个澡，然后换上浴衣进到五人包间，躺在沙发上等着服务员来修脚。等了好久，只听服务员答应，却不见有捏脚的人进来。时间一长，石惊天、朱子来、孔庆荣和赵化亮穿着浴服打起了呼噜，唯有朱红军斜躺在沙发上玩手机。金帼英打石惊天手机，一遍遍没人接。安雪容给朱红军发微信问他在哪儿？他说正准备回去，不敢提在洗浴中心。赵化亮也呼呼大睡，手机调成了震动，根本听不见蓝燕儿的来电。等一个个酒劲散尽醒来时，仍未见捏脚人的踪影。

孔庆荣猛然醒来，忽地坐起身眯着眼发问："修脚的呢？来人……"男服务员跑过来问："先生，有何吩咐？"孔庆荣怒气冲冲地说："修脚的人咋还没安排？"男服务员说："抱歉先生，前面的客人还没修完，还得等半小时。"孔庆荣抓起一只水杯砸过去，骂道："怕我们付不起钱吗？叫你们这么长时间不当回事，让你们老板来，我们是中铁的。"不一会儿，一个轻佻的年轻女人走了进来，问："哪位先生找我？"孔庆荣怒道："你是老板？我们躺这儿一晚上，找个修脚的怎么都不来，瞧不起我们是不是？"老板娘显得有些慌张，说："不好意思，今天人多，我马上安排。"孔庆荣坐起来要去换衣服，骂道："看不起老子，不修啦，咱们走。"女老板却不依不饶，说这样走不行，骂人还摔杯子，必须赔钱。一时间嚷嚷声、吵闹声混在一起，一群男服务生冲进来，场面一度混乱不堪。

那一晚，不光孔庆荣他们惹了乱子，宝铁和李卫民也因喝酒闹得不可开交。项目部领导去了局指庆贺，他俩在劳务队食堂加了桌菜，把王大成和崔凌花叫过去小聚。隧道遇到断层，愁坏了李卫民和宝铁。酒过三巡，宝铁和李卫民都显出醉意，但男人的豪气犹存。宝铁醉醺醺地嚷着要酒喝。王大成准备拿瓶，被崔凌花和王秋燕拦住，劝阻他们不能再喝了。李卫民舌头都直了，抡起胳膊把王秋燕拨到一边，骂道："臭婆娘，滚开！男人喝酒你们也管。"王秋燕气愤地说："喝吧，喝死你。"说完气呼呼地走了。散场后，崔凌花搀着宝铁摇摇晃晃地回到宿舍。她把他扶上床，脱掉鞋，倒好水端到床边，想拉宝铁起来喝，宝铁却拉住崔凌花的手不放。崔凌花极力挣脱，说："你醉了，别让人家看见。"宝铁醉眼迷离，说："我不管，谁愿看谁看，反正将来我要娶你。我现在想要你，快答应我。"崔凌花挣扎着，被宝铁抱在怀里全身已软得不行，闭上了眼睛。

孔庆荣、石惊天几个人赔了钱，老板娘才让他们离开洗浴中心。金帼英听说石惊天跟孔庆荣去洗浴中心闹出这么大动静，她嫌丢人，好几天没理他。石惊天抽空去局指见她，被金帼英轰出了办公室，后来再去才让进门。石惊天说："脚都没捏成，就在里边躺了一晚。"金帼英生气地说："谁信？要去找小姐你去找好了，我嫌脏。”石惊天有口难辩，对天发誓说，要是找小姐就让他埋在隧道里不得好死。而赵化亮回到宿舍，蓝燕儿早侧着身子躺在床上装睡，无论怎么喊她都不理，赵化亮老老实实地把在洗浴中心睡觉的事学给她听。蓝燕儿忽地坐起来，抓起枕头砸向他，说本来看他在隧道里施工很可怜不想离，在洗浴中心睡觉是糊弄鬼呢？结婚这么多年见面不多，回趟家都不行，去找小姐咋这么大劲头，那就天天去找小姐吧，看来还得离婚。赵化亮百般解释，蓝燕儿就是不听，把他推出门反锁起来。那一夜，赵化亮跑到办公室躺在沙发上，囫囵身子眯到天亮。朱红军从洗浴中心出来跑去梁场见安雪容。屋里开着灯，关着门，安雪容心神不宁地坐在床边等他消息，可不论怎么敲门也不开，朱红军着急，抡起拳头砸窗户。夜间动静大，安雪容走到窗边推开窗户让他走，以后别再来见她，说着呜呜地哭起来，把朱红军哭得心烦意乱。好多天，安雪容都不理朱红军。

那晚，铁建原本很高兴，溶洞闯过去，只剩铁宏歌考学的事没落停。铁建送走王若云，铁宏歌赶紧坐在电脑前打开“北京交通大学高考录取查询”页面，将自己的考号、学号输入搜索引擎进行查询，看到自己的名字出现在录取栏里，铁宏歌激动地跳起来，泪水顷刻往下流，然后捂住脸跑去找铁建，大喊两声“爸，爸”。铁建以为发生了什么事，从醉酒中醒来站起身，睁大眼睛问她咋了。铁宏歌走近后扑到他怀里，哭着说：“我被北京交通大学录取了！”铁建听着愣在了那儿，轻拍了几下她的肩，忽地用双手在脸上抹了一把，不知道是泪还是汗，嘴里只“好，好”地自语。随后，铁宏歌把他拉到宿舍打开电脑查询给他看，他简直不敢相信自己的眼睛。情绪渐渐稳定后，铁建含泪朝铁宏歌伸出大拇指，给了她一个赞。“要是你妈在就好了，她肯定会特别高兴。”铁建望着天花板说，“秋柳，你在天有灵，可以放心了。”

铁建立即掏出手机将铁宏歌被北京交通大学录取的消息发到了微信朋友圈，瞬间叮咚、叮咚的回复响个不停，全是祝贺与恭喜。王若云直接打电话过来祝贺，而后陷入长久的沉默，半晌手机里没了声音。铁建急切地问她咋不说话，王若云说没事儿，她在想铁宏歌快上学走了，铁建要孤身一人了。党红旗和金帼英、万红山、兰花朵先后来到铁建的办公室，恭喜铁宏歌被交大录取，欣喜劲儿溢于言表。铁宏歌撒着娇扑向兰花朵，搂住她的脖子，边亲她的脸边不停地蹦，把兰花朵都勒疼了。唯有肖一虎在宿舍里看着朋友圈，阴阳怪气地自语："一个复读生考个大学还有脸给人报喜，没有自知之明。"

在这种喜悦中，铁建和党红旗突然听说了孔庆荣和石惊天等人在洗浴中心的坏消息。铁建嚷道："啥？去洗浴中心找小姐？必须狠狠处分他们。"

第二天一早，铁建和党红旗把孔庆荣他们叫到局指挨个审一遍，没一个人说去找小姐。铁建围着几个人转圈，说："昨晚喝几两猫尿，去找小姐按摩是不是按得很舒服啊？"没人吭气。恰巧肖一虎闯进来，讽刺他们真高尚，个个喝得醉醺醺，问是不是失忆了，说没找小姐按摩谁信呢？几个人都不爱听他说话，歪着头鄙视地看他。石惊天说："不要凭你的猜测和想象冤枉我们好不好？"肖一虎讥讽说："哼！冤枉你们？这样的丑事发生在你们身上，就等着吧。"

铁建沉着脸打断他们的争吵，问谁花钱买的单？孔庆荣说是他买的，就洗了个澡，修脚都没排上队，更没找小姐按摩。铁建说："没找小姐修脚按摩，为什么人家女老板不让你们回来？还摔人家杯子，看把你们能的，不知道自己吃几两干饭了是不是？"肖一虎看铁建把他们好一顿训，觉得特别解气，阴阳怪气地说："你们会这么老实吗？"铁建瞧肖一虎不顺眼，说："不说话没人把你当哑巴。"肖一虎这才闭嘴，但又不吐不快，最后甩出一句："有你们倒霉的时候。"

党红旗平常不发火，可发生这种丢人的事也压不住了，指着孔庆荣说："亏你们都是分部领导，带头去洗浴中心洗澡、修脚，这下出名了。这事今天就会在全线甚至业主、设计、监理和集团传开，说咱项目上的领导去洗浴中心找小姐，你们不嫌难看，我和老铁还嫌丢人呢。"铁建挨个把他们数落一通，说找小姐是对得起金帼英、蓝燕儿，还是对得起安雪容和朱子来老婆，然后问赵化亮昨晚蓝燕儿跟他闹没闹。赵化亮点点头。铁建说："该！自找的。你小子是不是真要蓝燕儿跟你离婚才痛快？领导干部不严格要求自己，忘乎所以，早晚要吃大亏，被女老板挡住不让回来，如何交代？又对得起谁？"党红旗说："找你们来就两条，一是本来业主发的奖金想给你们每个分部十万，现在重新决定，奖金取消。二是必须把昨夜的情况书面写清楚并做出深刻检查。"

当即，铁建和党红旗把金帼英、肖一虎叫到办公室，按党红旗的意见做出了处理决定。兰花朵做完记录回到办公室，万红山幸灾乐祸地一脚踏进门来。他知道孔庆荣正在追兰花朵，偏问她此刻感受如何，有什么看法。兰花朵果真有些生气，说：“男人的心里装得下天下，更装得下天下的女人，不管是鲜花还是野草。而女人心里只装得下自己心爱的男人，却装不下天下。像武则天那样，既装得下天下，又装得下天下男人的，只有她一个，举世无双。孔庆荣敢背着我去那些藏污纳垢的地方，两个字‘拜拜’。”万红山夸她有思想，说：“真生气呀？天下哪个男人不花心？哪个女人不思春啊？想开就是了。”说完嘻嘻嘻地冲兰花朵直笑。兰花朵用力把他推出了门外。孔庆荣从会议室出来拐进她的办公室，兰花朵低头做账不理他。孔庆荣说话的声音都低了几分。兰花朵头都不抬，说：“走走走，没空理你。你以后少到我这儿来。”孔庆荣极其尴尬。紫祺估摸着指挥部的会差不多该开完了，愤怒地给铁建打电话，说：“舅，我们经理真去找小姐了？”铁建说不敢确定，称去的反正不是什么好地方。紫祺耷拉着脸，气得把手机扔出老远。

石惊天在楼道里愣了愣，忐忑不安地去敲金帼英的办公室门。金帼英发现他站在门口，故意低下头装作没看见。石惊天喊了声帼英，金帼英爱恨交织，冷冷地瞪他一眼没说话，拿起桌上的文件走了。那场面令石惊天不知所措，只有一脸无奈与后悔。

回去后，朱红军去了梁场，袁听枫、安雪容和高永恒正穿过提移梁区龙门吊查看线位与架梁场地。走到桥下仰望首孔梁架设位置时，朱红军朝他们走过去。袁听枫提醒安雪容说他来了。安雪容瞟着朱红军装没看见。高永恒不解，说：“你不是想见朱部长吗，来了你却装看不见，就为昨晚的事吗？”袁听枫说：“看他那可怜样儿，有话说开，别憋在心里。”转身朝后喊，“小朱子，你过来。”朱红军来到面前，袁听枫说桥和路基进度慢了，架梁马上开始，安雪容很着急，让他好好向她赔罪。说完便拉着高永恒朝前走去。

朱红军想给安雪容一个解释，她却置之不理。他说他们真就洗了个澡，没找小姐，让她别冤枉他们。安雪容冷冷地说：“躲开，别挡我的路。”朱红军硬把她拉到桥墩下，说：“向你发誓，如果做了对不起你的事，让我从桥墩上掉下去摔死。”安雪容既恼怒又心疼。朱红军心情沉重，说可以不再理他，甚至不再与他交往，但不能误会他。安雪容提高嗓门喊：“我误会你？大家都误会你？为什么不误会别人？桑拿澡堂子多数是包工头去找小姐的地方，你们也去，让我怎么想？”朱红军赌气扭转过身子，也增大分贝：“我再说一遍，我们只去洗了个澡。哪天我要死了，就是被你冤枉死的。”

李欣欣庆幸杨晓没跟孔庆荣他们一起去。不过，她也担心杨晓天天跟李鹏飞一块混，说不好哪天也就去了。杨晓说："放心吧，我知道我是谁。"李欣欣幸福地笑了。杨晓告诉她洋河隧道前面石质很好，准备采用聚能水压光面爆破，顺利的话一天能干两个循环，掘进可以达到八九米，每个月隧道掘进可达到两百米左右，他们都为这个预期进度高兴。

中午来不及回食堂吃饭，朱子来、赵化亮、朱红军打算在工地旁边的小吃店随便吃一口。毒辣辣的太阳照在山间与工地，三个人浑身冒汗，很渴。走进小饭店，只有一台落地风扇在使劲吹。几盘小菜，一提啤酒摆上来，三人端杯一碰，朱红军说："你看昨晚这一场酒喝的。"赵化亮哀叹着说朱红军："雪容不理你，蓝燕儿跟我翻了天，金总也不理惊天了……唉，孔夫子干吗摔人家杯子啊？"朱子来横眼瞪着赵化亮，说："要怪就怪指挥长和党书记，为啥喝到一定程度不制止？听说还要去调查。去了好，不去咱们还真洗不清了。"朱红军喝完把啤酒杯一撂："干脆，下个禁酒令，以后谁都别喝了。"

石惊天和孔庆荣的事，算被肖一虎抓住了把柄。肖一虎歪戴着安全帽，到工地敷衍着随便转一圈，就悠闲地站在大桥下的荫凉处打电话。他告诉王忠理，说项目上又出了大新闻。王忠理好奇地问有啥新鲜事？肖一虎奸笑着故意夸大其词，说孔庆荣和石惊天带人跑到洗浴中心找小姐，上上下下乱成了一锅粥，铁建还模棱两可地纵容。王忠理听到这个消息诡异地笑起来，说："好啊，张董处处还护着，全线出这类新闻的只有你们。"正说着，乔三的电话打进来了，说石惊天他们到镇上洗浴中心去嫖娼，老板娘准知道，算得上一条罪状，他要找老板娘把证据要过来。肖一虎强调说这可是集体嫖娼啊，金帼英人不行，二婚找个男人也好不到哪儿去。乔三最烦石惊天，说俩人不是一家人不进一家门。

乔三的电话倒是提醒了肖一虎。他拿起手机又给郭富海打过去，更是添油加醋地说了一番。郭富海说金帼英是自作自受，他想复婚她不肯，这个苦果让她自己往肚里吞吧。听到这个消息，郭富海还是有些幸灾乐祸，直接拨通金帼英的电话，说他还是想破镜重圆，儿子毕竟是俩人的亲骨肉，舍不下她们娘俩。他还挑拨说石惊天今天能去嫖娼，明天就敢背叛她，劝她别再执迷不悟。金帼英听后肺都气炸了，告诉郭富海说，她十分信任石惊天，相信他的人品，更相信他行得正、坐得端，警告郭富海少在外面散布谣言，说完挂了电话。

肖一虎觉得仅给郭富海说还不够，又给邓立强打起了电话，说安雪容算瞎了眼，姓朱的本来不咋样，两人偏偏凑成一对，有她吃苦的时候。邓立强说不提她了，他已经给铁宏歌打电话说过，可以利用假期把她弄到公司来。肖一虎听他采纳了自己的建议，连连称赞，说他聪明，这让邓立强有些飘飘然。于是，邓立强不假思索地拨通安雪容的电话，拐弯抹角地说他是真爱，姓朱的是假爱，他能去洗浴中心嫖娼足以说明这一点，真是一朵鲜花插在了牛粪上，最好离朱红军远一点儿。安雪容正在场区检查质量，听他啰唆耳朵里像进了只嗡嗡叫的苍蝇，说："谁对我好我知道，你我不是一种类型的人，我了解他比你了解我都多，他不是你说的那种人，你不要再侮辱他的人格。"邓立强自觉没趣，便挂了电话。

几天以后，铁建的越野车停在修理厂的地沟上面，一名修理工钻到车下，从车盘底下取出一个小小的物件递给车旁的一名青年。乔三和老四找出数据线，把这个小东西连接到电脑上，屏幕上显示出车辆的轨迹线路。老四摸着脑袋发愁，说："三哥，姓铁的除了去工地、指挥部、县政府，没去过娱乐场所，还真找不到他的毛病，这咋办?"乔三拔下数据线，关掉电脑，说："这家伙的确比狐狸还狡猾。算了，不要再费这个劲了。"他打电话问肖一虎咋办。肖一虎寻思半天说在其他方面再加大力度。乔三走到办公桌前，从抽屉里拿出一沓信封，说："继续往外寄，不信他翻不了船。"

孔床荣等人在洗浴中心的事很快传到了张福臣的耳朵里，他怎么都不相信会是真的。处理完公务后，他打电话问铁建到底有没有这回事。铁建站在隧道值班室外，拿着手机称不是外面人传的那样，他们不过是多喝了几杯酒，去洗了个澡而已。张福臣说相信弟兄们不会去那里嫖娼，那地方也太低级了。铁建说他了解自己的职工，他们能守住道德底线，再听到这方面的谣言，请张福臣帮着多做解释。张福臣叹息，说："你那个肖一虎呀，唯恐天下不乱，整天跟王忠理磨磨叽叽，狗改不了吃屎。"

铁建驱车来到一分部没碰上石惊天，正好王若云在。王若云把他迎进来，说："你不来我还准备去找你呢。"铁建问啥事儿?王若云开门见山地说马上快开学了，谁去送铁宏歌报到。铁建说他想去，可又走不开，压矿至今进不去，几处石油管线还在迁改，打不通架梁通道，让党红旗带朱子来去找产权单位，也不知道结果会怎样。王若云说如果景阳隧道能顺利通过断层，她准备休假，时间凑巧的话，她可以送铁宏歌去报到。铁建不说行，也不说不行，总觉得给别人添麻烦于心不忍，哪怕是王若云。见他不表态，王若云转个话题，跟他聊起石惊天他们去洗澡的事是不是处理得太草率，人人都感到冤，应该弄清楚有个说法。如今吵架的吵架，冷战的冷战，安雪容不理朱红军，金帼英与石惊天也有隔阂，他们压力都很大。铁建很吃惊，没想到会这么严重。王若云说当领导不能不考虑处理人的后果，那会影响工作，这让铁建陷入了沉思。

石惊天几个人在路基工地聊起肖一虎。一说起他，赵化亮就骂他在背后造谣，要找他算账。石惊天叹气，现在闹得满城风雨，连业主张福臣都在问铁建，郭富海还打电话给金帼英，肯定也是肖一虎在背后捣鬼。朱红军说邓立强也打电话羞辱安雪容。朱子来听后直骂肖一虎太让人恶心。赵化亮提议他们一起去找铁建和党红旗讨个公道。

铁建和党红旗正视了下面的反映，重新开会讨论这件事。党红旗也认为没有弄明白真相就这么处理，给他们造成了压力，队伍不好带，影响施工，负面影响很大，这么连批加罚，几个人都喊冤，吵架的吵架，要分手的分手。铁建说："帼英，你可不能不理惊天，那会影响他的情绪，也可能他们真就去洗了个澡，没有什么乱七八糟的。如果这样，那得还他们几个人一个清白。"肖一虎说："怎么，还想给他们平反？"党红旗说要去做个了解。这当口，石惊天、朱子来、朱红军和赵化亮已经来到会议室门口。铁建说他们要不是被洗浴中心的老板娘堵住不让回来，事情也好说，现在还真有点儿骑虎难下。金帼英不给好脸瞪着肖一虎，称郭富海专门打电话说石惊天他们去桑拿洗浴中心嫖娼，是羞辱她，问肖一虎是不是又在背后散布谣言？肖一虎反咬她血口喷人，说他散布谣言要拿出证据来。几个人站在门外听不下去，一起走进来。朱红军从背后一把抓住肖一虎的衣领抡起拳头，说："我就是证据，邓立强说是你打电话说的。"说着，一拳打向肖一虎，其他几个人也都挥动拳头怼他，顿时会议室里乱成了一团。党红旗怒吼："都给我住手，成何体统？"

混乱的现场安静下来。铁建指着他们几个发火："看看你们几个像什么样子？一分部领导集体来局指打副指挥长，传出去又是一大新闻，闹得还嫌不够吗？多想想压矿地段怎么进场施工好不好？把时间和精力全花在扯淡上了，还想要清白，你们这么干，能清白得了吗？工期这么紧，任务这么重，正事都忙不过来，还要应付你们这些乱七八糟的闲事，说你们什么好啊?”赵化亮不服，指着肖一虎说：“添乱的不是我们，是他。要不是他到处胡说八道，哪有这么多事。他是局指领导，是你们局指添乱。”

现场僵持着，很让铁建和党红旗下不了台。金帼英急忙解围说：“赵化亮，你还没添乱？没添乱蓝燕儿为什么跟你闹?”几句话把他说得哑口无言，乖乖地低下头去。第二天，有人看到党红旗真的去了洗浴中心，他找到老板娘了解情况。从洗浴中心回到局指，党红旗对铁建说终于了解清楚了，找小姐嫖娼是莫须有。铁建一屁股坐在沙发上，长舒了口气，纳闷无风怎么起的浪。仔细一想脑子才转过弯来，是人为搅浑的，搅屎棍就是肖一虎。此时，肖一虎一脚踢开门迈进屋来，捂着半张脸要求铁建和党红旗必须处理石惊天和朱红军等四个人，不然以后的工作没法干。铁建用轻蔑的眼神盯着他，心想拨弄是非不该长记性吗?“他们敢撵到指挥部来揍你，说明他们身正不怕影子斜。心里有谱，底气足。”铁建说，“我毕竟是主管，总不能扶邪压正吧？老党已经弄清事实真相，他们根本没有找小姐，现在性质变了，看来还真处理不当，那就还他们清白。”听到这话，肖一虎呆呆地站在原地，张了张嘴啥话都没说上来。

几个人跟自已喜欢的女人和好，已是两周以后的事了。夏天的夜晚格外凉爽。石惊天和金帼英带着男男走在乡镇街道上，男男说想吃烧烤，他们便找了个露天地摊坐下来。一群男女三三两两围成一桌，就着烤串喝着啤酒。烧烤摊主不时添着木炭，一串串烤肉在烤炉上烘烤，冒起一股股蓝烟。烤串端上来，男男下手抓着啃，完全没了吃相。金帼英担心他吃多胀肚子，不想再让他多吃。石惊天说他爱吃让他吃，随手倒杯啤酒给金帼英，俩人碰完一起喝下。金帼英问他赵化亮和蓝燕儿能不能维持下去。石惊天把啤酒举到嘴边，没喝，说他能感觉到俩人都很苦，也都在劝，但不敢确定结果。金帼英感叹婚姻的路真难走，每一步都充满荆棘与沟坎，没有捷径。石惊天猛喝两口，说婚姻像一个人站在山头上往下看，所有的路都是弯曲的，所谓直路只不过是弯路中的一小段。金帼英觉得有道理，问他想怎么走。石惊天说想跟她永远走在笔直的那一段上。金帼英心中充满欢喜，莞尔一笑，伸出左手拉住了石惊天的右手。

洗浴风波之后，一切都归于平静。第二天，金帼英坐车去北京找到一位姓何的爆破专家。那人外号叫“何大炮”，是个搞了一辈子爆破的老头儿，住在一楼。见到金帼英诚恳地跑来找他，来了热情，从书房找出一本《隧道聚能水压光面爆破施工技术操作手册》递给她，并从工作室里搬来几根 PVC 管，现场教金帼英那种爆破法的原理以及怎么聚能、如何装药和塞端头。金帼英是搞技术的，一看就会，说哪个环节不懂回去再看他的书，这让“何大炮”乐得不行，非要留她吃过饭再走。金帼英说工地事多，隧道掘进确实紧，急急火火地与他告别后，坐车赶回了工地。

金帼英把王若云、朱红军、杨晓、李鹏飞、宝铁和李卫民召集到局指，按“何大炮”教她的方法，翻着操作手册，用投影仪把内容投射在幕布上，一节节地讲给他们听。之后，让所有人跟着她一起进隧道进行现场试验。杨晓很聪明，眨眼工夫便学会了，与李鹏飞和几个民工捣鼓几下，把水袋装入第一节炮眼底部，然后填装好炸药和聚能管装置，最后留出四十厘米用炮泥堵上。另一组工人用风枪掏好槽布满眼，又把聚能水压管塞进去封堵好。人出来不大会儿，便听到轰的一声，掌子面爆破炸开，一股浓烟从洞内喷涌出来。

朱红军、杨晓、李鹏飞跟在金帼英身后，打着手电急切地跑进隧道去看效果，用手电一照掌子面上，整个隧道拱顶周边呈现出几米深很规则的炮眼，没有多少超欠挖。民工爬上去量进尺，接近四米。金帼英高兴地笑起来，估摸着一炮四米，一天两个循环掘进八米，月进尺可以达到两百四十米，试验就这样成功了。

朱红军早想去梁场。送走金帼英后，他坐在车上给安雪容发微信，说他在去梁场的路上，让安雪容等他。袁听枫和紫祺听到安雪容的手机提示音响，猜到肯定是朱红军。安雪容一看微信果然是，娇羞地暗喜。不大会儿，朱红军出现在了安雪容的办公室门外。

袁听枫和紫祺跟朱红军开了两句玩笑主动躲出去后，安雪容给他倒了杯水，问他从哪里来。朱红军把聚能水压爆破试验成功的事讲给她听，始终不提去洗浴中心挨批的话茬。安雪容心知肚明，起初并不想让他认错，看他挺真诚，才羞红着脸说误会了他。

金帼英去北京，又把男男交给了李欣欣和紫祺。俩人手头事情不多，便带上男男和姜小珊，陪蓝燕儿和铁宏歌一起去附近爬山。半山腰有座亭子，翠绿的山峰，弯弯的石桥，潺潺的流水，优美的景色尽收眼底。姜小珊拉着男男跑在最前面，坐在台阶上嬉笑耍闹。

紫祺踏在石阶上远望群山，心旷神怡，欣喜若狂。冬天来时满山积雪，大地凝固，如今满山舒展。她感叹四季如人生，但愿自己能永远活在春夏。蓝燕儿笑她是不是想当不老女神，羡慕她们在工地上的生活，虽然艰苦但没有烦恼，身体劳顿却没有忧愁，完全是原色至善的快乐，挑不出丝毫额外的成分，人人活得很真实，显示出生命的壮丽，哀叹自己毕业时选错了方向和单位，若进中铁跟她们在一起该多好。紫祺说善良使人美丽，美好的品行能塑造娇美的外貌。一个人做过的事，说过的话，动人之处都会内存于心，点点滴滴积累起来，慢慢会透出一种可亲、动人之感，充满迷人的魅力。凭这些，就能永葆青春。

李欣欣感到紫祺把生活神话了，说其实每个人都像天上的星星，各有各的轨迹，各有各的人生。有些星星，只有坠落划过天际，才会燃烧释放出光辉。蓝燕儿说一个人默默无闻的时候，可能看不出他的内心，只有到最后才会发现他的亮点。李欣欣见机搭话，说赵化亮就是这样的人，他俩本身没有对错。爱情需要两条平行的钢轨，更需要可以交叉的道岔，如果永远是钢轨，那爱情不会有结果。若都是道岔，早晚有一天会在变轨中出现碰撞。

她们坐在亭子里边聊边看山下，阳光下的山色格外翠绿，一潭湖水波光粼粼，几栋红顶别墅掩映在树木之中，一条小河从村庄里穿过。铁宏歌一直没说话，只听蓝燕儿她们聊，起身往上爬时才说录取通知书该到了，她得回去。蓝燕儿说她年假休完也该回去了。紫祺说她们都回去，生活会少许多情趣，下次再来，她还要陪。蓝燕儿不知道她还有没有下一次，还会不会再来，因为她对婚姻没有了信心，更不知道她和赵化亮能不能共同生活到白头。李欣欣说人生就是一场马拉松，很多时候需要熬，执子之手，与子偕老，这是一种美好的爱情状态。成家立业后，在养儿育女、柴米油盐酱醋茶的路上，夫妻没有不争执的，学会忍耐宽容，爱情才会变得美好。任性记仇，爱情有可能会成为悲剧。今天爬山虽然累，但总是在向上，熬过来才爬到了这儿，熬不住也许半途而废又回到了原点。

第二十七章

蓝燕儿也心疼赵化亮，知道他的艰辛，所以一直很矛盾。她们上山的时候，铁建等人正从景阳隧道里出来，站在洞口摘下安全帽，打打身上的尘土对石惊天和赵化亮说："你俩都在，我现在通报一下，那天晚上去洗浴中心，完全不是传言的那样，是我和老党在没有调查研究的情况下，盲目做出的处罚决定，现在给你们撤销。奖金照发，检查不用再写了。"宝铁捂嘴笑，说当领导的能认错应该点赞。铁建说领导就得善于倾听并敢于承认错误，不能掩盖或歪曲事实，否则会丢掉大家的信任。人无完人，他和党红旗不是圣贤，为维护权威去掩盖错误，那很愚蠢。再说，当领导并不意味着被授予王冠，而是赋予了职责，让属下把最好的潜质发挥出来。只有下属成功，领导才能成功。

王若云随金帼英回到局指，一屁股坐在沙发上，说："指挥长和书记还真当回事去镇上了解了，真没想到他们还能听我的建议。"金帼英拿眼瞟她，说："你是谁呀？指挥长眼里的红人，他能不听你的建议吗？"王若云说："我看他跟木头差不多。"金帼英说铁建心里有数着呢，让她别见怪，韩秋柳去世时间短，再说铁宏歌还没去上学，铁建不可能让别人看出他的心思。她劝王若云要坚忍不拔，勇往直前。王若云不知道金帼英与石惊天已经和好如初，说："算了吧，你怎么不勇往直前？这些天把石经理弄得晕头转向，你心里踏实啊？咱们是二婚，再遇这么个对你和孩子好的男人很难。他不追你了，你哭都来不及。"金帼英在心里偷笑，假装不服，扬脸高傲地称不追拉倒。王若云让她抽空主动找找石惊天，别让他心里憋屈着。金帼英说："行，哪天有空你把他拉来见我。"王若云噘嘴骂她："你有没有搞错？你不找人家还让我拉他来见你，你以为你是女王啊。”两人正说笑，铁建走进来，问她们这么高兴说啥呢？王若云称没说啥，批斗金帼英呢，都快把石惊天搞成神经质了。铁建一阵惭愧，说都是他和党红旗的错，已经给他们平了反昭了雪，要不然成双成对的鸳鸯各奔东西，他俩罪过大了。王若云温情地望着铁建说知错能改，有觉悟。铁建眨巴几下眼睛，咳嗽一声，让她们接着聊，转身走了。金帼英从背后推王若云，说：“傻丫头，快跟着去呀。”

王若云跟在铁建身后来到他的办公室。铁建温情地说：“坐吧。”王若云站着不坐，伫立在他面前说：“谢谢你把我的话记在心里。”铁建说提醒得对，她不说他和党红旗还蒙在鼓里呢，那石惊天几个人都得闹分手。王若云说铁宏歌录取通知书快下来了，如果铁宏歌回去，她想休假一起走，回去帮她收拾一下。铁建说韩秋柳一去世，铁宏歌好像一下长大了，懂事了。王若云说：“是啊，前些天她还嘱托我一件事呢。”铁建皱眉纳闷，问她嘱托了啥事儿，她故作神秘没有说透。铁建笑笑说：“好吧，等你想好再告诉我。”

铁宏歌临回家的头天晚上，铁建把她叫到办公室，问来工地后都想了些啥。她说想得可多了，交大毕业后会是个什么样子。铁建说她想得太遥远，还没进校门就想毕业后，应该先考虑如何走好第一步，上好学。铁宏歌说这就是他们之间的代沟。是啊，铁建的人生道路已经走了一半，经历和阅历甩她几条街，她的人生之路才刚刚开始。所以，她必须思考，更需要好好给自己描绘一幅美好的蓝图，立下明确的目标，勾勒一条前进的路径，不能盲目地往前走，包括她将来的爱情。她要学会自己做命运的主宰者，尽管人生的路没有捷径，也要尽量避开那些无谓的弯路。

铁建担心铁宏歌回去后没人照顾，她却很自信，称能照顾好自己。作为父亲，总想让自己的女儿更优秀、更健康，说：“既然你去上大学，爸跟你说说今后的路怎样才走得好、走得稳、走得快。”于是，铁建给铁宏歌讲了一大堆道理，什么年轻人想干大事必须具备大境界、大目标、大格局，与时俱进，顺势而为，不能缺乏上进心，错过机会；还要有正确的世界观和价值观，不论做人做事都应该守诚信；更要学会温柔与善良，女孩子拥有一颗纯真的内心比物质更重要，这是一种难能可贵的品质，让铁宏歌听得很是入神，用敬佩的目光看着铁建，觉得他说得很有道理。

第二天，铁建没陪铁宏歌回去，也没去车站送她，是王若云和兰花朵把她送上了回程的火车。袁听枫听说铁宏歌回家，觉得这孩子可怜，就给姜再明打电话，说铁宏歌一个人回去，叫他和蓝燕儿陪陪她。姜再明满口答应去车站接，等蓝燕儿和姜小珊回来后，把铁宏歌叫到家来或去蓝燕儿家。

铁宏歌订的是硬卧票。绿皮火车在崇山峻岭中飞速奔跑，成熟的庄稼在绿色的大山映衬下，呈现一片金黄。她一人回程很孤单，用手机发微信，让铁建不用担心，她长大了，只要他好，自己才会安心学习。落款是“爱你的女儿”。铁建正在会议室等石惊天和孔庆荣，看到放在桌子上的手机震动，抓起看一眼马上回复，称她一走，他很伤心。铁宏歌劝他别难过，让他多听王若云的话。铁建这才知道铁宏歌叮嘱了王若云，让她照顾自己。

石惊天和孔庆荣几乎同时来到局指。进会议室一坐下，铁建就说：“叫你们俩来，主要谈谈下一阶段的工作。我和书记、金总商量，局指和分部所有力量和精力，除放在景阳隧道外，必须尽快解决乔三的压矿问题。至于架梁，那是两个月以后的事儿，庆荣你们有经验。”说着把两张各十万元的支票递给他俩。“这是业主奖励的那笔钱，你们两个分部各十万元，拿回去给大家发发。”孔庆荣看着支票发愁，心想这么点钱回去怎么发呀？推辞说奖金不拿了。党红旗看出了他俩的心事，问为什么不拿？嫌给晚了还是嫌给少了？石惊天说可以发给下面的职工，分部领导不考虑。党红旗说这是业主奖的，一不违法，二不违纪，该拿的要拿。他和铁建知道这段时间他们心里不舒服，怪当初处理不慎重，缺乏调查研究。现在一切都搞明白了，叫他俩不要受影响，一如既往地把工作抓好。石惊天和孔庆荣说，无论内心有多痛苦，肩上的责任一定会扛起来。

当天，铁建叫上肖一虎要去南北公司请张福臣和王忠理坐坐。这只不过是个说辞，其实是想解决压矿，这件事拖的时间太久了。越野车行驶在山区的高速公路上，铁建眯眼想事，肖一虎电话突然响起来，王忠理问他们到哪儿了。他看看里程说再有半小时才到。王忠理说他和张福臣先去饭店，让他俩直接去那里。张福臣坐在包间翻看菜谱，王忠理抽烟、喝茶，说铁建来真是难得请他们一回。张福臣说铁建来一趟不容易，今天公司请客。王忠理阴阳怪气不乐意，说哪有业主倒请施工单位的？张福臣歪着头看他，说：“你肚里缺油水啊？吃饭凭啥让施工单位掏钱？只要把工程干好，让业主省心就是好同志。咱们不需要光会耍花架子的指挥长。‘八项规定’不能出去胡吃海喝，今天我出菜钱，你出酒，咱俩共同请老铁。”王忠理看不行，就揽过来说他全出。张福臣说：“看不起我？我出不起？”王忠理说：“当然出得起，是怕你丢面子。”张福臣摆手说：“那好，你办，钱一不能公家出，二不能让老铁出，要表示一下咱们业主的心意。”

铁建和肖一虎进屋与张福臣和王忠理边握手边寒暄，互相夸赞，热乎得很。坐下后，张福臣首先声明菜是他点的，今天倒过来请。王忠理不知道是讨好张福臣还是故意显示自己重视，上来提景阳隧道进度不理想，每日报表没进度，这样下去可要挡道。铁建赶紧回应突破断层方案拿出来了，回去听一次汇报，定下后报给他审阅。张福臣很纳闷，今天请铁建和肖一虎吃饭，王忠理总是讲些牛头不对马嘴的事儿，他极力想扭转尴尬局面，尽量让气氛平和，就把铁建对溶洞的处理夸了一顿，相信景阳隧道遇到的断层一定有办法解决。铁建虽然信心百倍，但确实有难度，隧道石质一会儿水一会儿泥，几千万元的钻孔台车用不上，只能人工开挖，所以没有多大进度。

酒喝到一半，张福臣才问铁建有没有其他事儿。铁建说无事不登三宝殿，一件是隧道方案请王忠理把关。另一件是压矿，乔三快把一分部憋死了，让南北公司赶紧把赔偿金拨到位。王忠理插话说：“你们要信得过我，我就把一把，信不过那就自己弄。”张福臣说：“忠理，你咋连话都不会说了？什么叫信得过信不过？信不过老铁来找咱们干啥？”王忠理说：“老铁，你们搞的一些玩意儿，我们业主都没弄过，聚能水压爆破法应该先报给我看看嘛。现在好，上级领导问起来，我都说不出个子丑寅卯。”铁建忙称失误，连连拱手作揖，回头再让金帼英抓紧报给他。张福臣说：“老铁，压矿的事儿不怪你，怪我们业主。四个亿马上给县里打过去。”说完，让肖一虎回去找乔三，再不让进地施工，他会找市县两级出动公安特警强进。

铁建长长舒了口气。接着，向张福臣叫苦连天地说工地上差钱，按季度计价拨款不能满足现场需要，处理断层加上抢活儿太需要钱，头发都愁白了。张福臣问王忠理咋办，是不是可以先预拨一部分？王忠理不乐意，说那样会拨超。张福臣说从后面计价往回扣呀，看看铁建需要多少，先解决燃眉之急。

铁建和肖一虎回到局指，让兰花朵盯着王忠理拨款，然后抓紧给石惊天预拨一部分用于招标采购隧道施工设备。招标那天，一分部会议室里坐满各设备厂家的人，一摞摞标书堆在桌子上。朱红军拆封标书报价后，与朱子来和赵化亮一起碰头看报价表。郭富海挤在人群里，石惊天从操场走来发现了他，两人相互看一眼愣住了。郭富海无法回避，说来参加湿喷机投标。石惊天没理他，径直走进了会议室。中标单位被宣布是长城湿喷机有限公司后，郭富海激动地挥拳，连说几声："嘿，又中了！"

金帼英听说这个结果，一个电话打给了石惊天，问他为什么又让郭富海的厂家中标。石惊天说看了报价，他的报价最合理，正是隧道需要的那个品牌。金帼英在电话里冲石惊天发火，问谁通知他来投标的，他如果中标外面人会怎么说？骂石惊天不长脑子。石惊天辩解称是朱子来和赵化亮组织的招标，厂家来参加投标与金帼英没关系，再说是别人来报的名，不知道郭富海代理的是哪一家，在开标现场碰见他，才清楚他又来了。金帼英恨得咬牙，说与石惊天这种关系还让他中标，不了解情况的人准会说是她照顾了前夫，并且会把石惊天看成一个没有血性的男人。石惊天这才意识到失误，有些对不住金帼英，但郭富海做得很隐蔽，让人很难察觉出来。

铁建和王若云再进景阳隧道的时候，钻孔台车及挖掘机都停在洞内右侧，巨大的二衬台车也停在距离掌子面七八十米的地方，边墙及拱顶初衬钢拱架极其密集。掌子面上，双侧壁上下开挖的洞室内，有部分工人正光着膀子，手持铁锹掏出黄土扔下台阶。边墙仰角水沟不断涌着裂隙水，掺杂着黄土流入排水沟。赵化亮、宝铁、李卫民一脸愁容，头戴安全帽站在掌子面指指画画说着什么。王大成则站在洞室前指挥着民工开挖和装载泥土。铁建走近掌子面，抓起一把泥沙，瞬间细沙从指缝间流下来，根本攥不成团。王若云说这种沙层见水就塌，掘进太难，每天只能挖几十厘米，并且安全风险极大。铁建强调决不可掉以轻心，仰头再看拱顶初喷厚度，拱架倒是按设计施工，间距符合要求。崔凌花反映湿喷水泥消耗量太大，并且侧壁操作空间小。金帼英说这个断层确实很难，她查过资料，沙层地质属于世界级的隧道难题。铁建听着直发愁。

从隧道里出来，铁建站在洞口朝前望去。眼前呈现出一眼望不到头的路基和桥梁，全线路基本上已拉通。洋河隧道进口和这座隧道出口，双方施工队都在对打。标段两头是隧道，中间是桥和路基，恰像一根扁担挑着两头的山。梁车从这里进去，通过隧道从出口出去，还要帮邻标段架梁，断层闯不过去，这儿便是死穴。

铁建和金帼英组织所有项目技术人员，用整整一天把"景阳隧道断层处理预备方案”研究一遍后，带金帼英和王若云去给业主和设计方汇报。王忠理把卢总体和黄总监叫来一起听，金帼英把方案前前后后讲得很详细。王忠理低头看着资料，问施工总体安排。金帼英说隧道施工现场临水、临电、运输系统、场地施工布置都是现成的，只需增加机械设备；双侧壁开挖施工，从九月中旬开始到十一月中旬结束；仰拱、二衬及附属工程，从十月中旬开始，到十二月中旬结束，总工期安排为两个月。卢总体和黄总监用赞许的目光瞧着她，王忠理却低头看资料，始终不表态。

汇报结束后，铁建和张福臣从一楼大厅往外走，其他人员跟在后面。张福臣肯定了金帼英所做的预案，针对不同地质，考虑得很周密，措施很得力。不论遇到什么事情，他都会支持。铁建谦恭地笑着，说景阳隧道这条断层让人很头痛，不仅进度慢，关键是安全风险高，不是打隧道，而是在掏沙子。

回来的路上，铁建、金帼英、王若云坐一辆车。王若云很兴奋，说王忠理那么能挑剔的人，对这个方案竟没提出啥意见。铁建想，有金帼英和王若云几个专家，他能提出什么意见?！金帼英认为后面变更还要找业主、设计和监理，卢总体和黄总监应该没问题，王忠理在变更上历来不痛快。是啊，权力在不同的人身上有不同的应用。

铁建望着窗外，秋天的田野开始泛黄，眼看着又到了收获的季节。他感叹时间过得太快。金帼英有同感，人这一辈子快着呢，农民可以在大地上收获庄稼，而她们把美好青春都搁在了高铁工地上，只能收获高铁。王若云倍加伤感，铁建安慰她不用这么悲观，功夫不负有心人，只要坚持耕耘，该收获什么会收获什么。金帼英趴在王若云耳边，说：“你傻呀，想法收获指挥长和宏歌呀。”王若云反讥说：“那你抓紧收获我们经理。”

石惊天此时正在景阳隧道值班室里审查突破断层需要的机械设备。地表加固、超前支护、初期支护及二衬等各种型号的设备打印出来整整一张纸，把他愁得抓耳挠腮，扳着指头一算要好几百万元，琢磨着湿喷机一台不够，喷射机、注浆泵、制浆机、插入式振捣器等，还需要再招一次标，花多少钱也要保证断层闯过去。当即打电话安排计财部长去局指要钱。兰花朵接过《请款报告》一看，天啊，张口就是两千万元，说：“放这儿吧，等指挥长回来请示后再告诉你。”

石惊天从工地回项目部时，蓝燕儿带着姜小珊和男男在操场上踢球。一辆陌生的奔驰越野车缓缓开进来，停在操场一侧。郭富海摇下车窗坐在车内看正在玩耍的男男。蓝燕儿警惕地打量着他和那辆车，姜小珊一脚把球从对面踢过来滚到了越野车底下，男男跑到车边弯腰爬到车下去捡球。郭富海跳下车，快速钻到车下将球扒出来。蓝燕儿见这个陌生男人和男男说话，赶紧跑过去拉起男男，要到操场另一边去玩，弄得郭富海极为尴尬。蓝燕儿用怀疑的目光盯着他，像盯小偷和骗子一样。郭富海说："我是他爸爸。"蓝燕儿吃惊地睁大眼睛，说："什么？我们不认识你，躲远点儿。"

石惊天的越野车拐进院子后，他和赵化亮从车内下来。男男抱着足球喊着干爸扑向他。蓝燕儿悄声告诉石惊天，说那个人自称是男男亲爸。石惊天转身果真看到郭富海，走上前质问："你来这儿干什么？"郭富海说是为设备的事，刚好碰到男男在这儿玩。石惊天让他以后别再打扰他们娘俩的生活。

石惊天和蓝燕儿一起把男男送到局指，金帼英招呼蓝燕儿坐下。蓝燕儿说男男和姜小珊两人一块儿玩了一整天。金帼英说小珊一来他就玩儿疯了。金帼英本来很高兴，男男拉住她的手一说爸爸来看他，她立马变了脸，说："啥？他怎么又来了？"蓝燕儿说："那个人说是男男爸爸，我还以为是坏人呢，吓死我了。"

金帼英问石惊天："他为什么又来？"石惊天说还能有啥，做他的设备代理呗。金帼英极不淡定，埋怨是石惊天把他招来的，她不想让儿子再见到他，可石惊天偏让他来投标，想起来心烦。石惊天无奈地摇头，称此事不怪他。金帼英说："不怨你怨谁？不中标他会来吗？他不来男男能见到他吗？我想要男男彻底忘了他。"蓝燕儿赶忙劝她，说这会儿咋啦？怎么说怒就怒？确实不怨石惊天，郭富海开车来的时候，他还没从工地回来。金帼英板着脸嘱咐石惊天，让他记住不要拿郭富海一分钱。蓝燕儿唉了一声，心想咋离婚离成了仇人，当初结婚干什么呀？

金帼英当着蓝燕儿的面儿对石惊天发火，心里清楚没给他面子是犯了大忌，平静下来后又后悔不已。石惊天没有驳她，越发让她觉得内疚。晚上，她把男男哄睡后，给石惊天打电话说有事商量，让他过来一趟。石惊天很听话，乖乖地开车跑来局指，进屋看到金帼英身穿睡衣站在镜前梳理头发。石惊天控制不住自己，看男男已睡着，便从背后抱住了她。金帼英没反抗，问："当着蓝燕儿面说你，没怨我？""不怨。"石惊天说，"咱不再提这个事好不好？"金帼英转过身来面朝他含羞地笑了。石惊天亲吻着她，说：“啥也别说，这一刻你属于我。”金帼英深情地说：“你也属于我……”

那一夜，铁宏歌是在火车上过的。第二天一早，绿皮火车才到达金城火车站。站前广场上挤着许多前来接站的人，姜再明站在出站口等候着。铁宏歌随人流涌到出站口，姜再明挤着向前，从她手里接过行李箱，打了辆出租车把铁宏歌送回了家。打开房门，铁宏歌下意识地叫道：“妈，我回来啦……”而后哇地大哭起来。姜再明不知该怎么安慰她，把箱子提到里边。铁宏歌在屋里慢慢移动着脚步，看着空空荡荡的房子搜寻着韩秋柳的身影，不停地流泪。姜再明顿感忧伤，安抚铁宏歌，让她先到他家去。铁宏歌抽泣着摇头说不了，她要去看爷爷。

姜再明走后，铁宏歌打车去了大伯家，爷爷和家人见到她都爱怜地流下泪来。之后，她才打开手机与铁建视频。铁建第一句话问她录取通知书到没到。她说还没有，反问铁建见到王若云没有。她没料到此时王若云正坐在铁建面前。铁建说：“你王姨在呢。”听到铁宏歌问话，王若云抓起手机给她发微信，告诉她说：“你爸一直回避我，以后我也想回避他。”铁宏歌看到进来的微信，直接在视频里说：“不要，王姨，我爸就那样。你别生气，我劝劝他。”铁建觉得莫名其妙，转头看着王若云，问：“你俩咋了？”王若云冷冷地说：“没咋。”铁建被蒙在鼓里，有些惶恐不安，对着视频问铁宏歌王若云到底说了啥？“爸，王姨说你一直在回避她，她不高兴。”“我没回避她呀。”“王姨对咱那么好，爸，以后你别这样好不好？”“哎呀，大人的事你不懂，别管了。”

王若云生气地去了工地，铁建本想与她一起走，可她早已下楼。金帼英和肖一虎还有两个分部的人都在梁场等铁建，他只好一人跑去。车停在提梁区，他下车看到提移梁区外侧线路上的桥墩已耸立起来，每个桥墩上都有工人在做垫石。两台高大的龙门吊横跨桥墩和线路，已做好架梁的准备。几十条轮胎的运架一体机停在线位旁边，司机正在检修和保养。金帼英、肖一虎、石惊天、朱子来、赵化亮、朱红军和安雪容都在场。肖一虎歪着头用仇恨的目光瞅着石惊天几个人怪异地哼了一句，说：“你们几个敢打我，别耽误架梁，误了工期咱再说。”

石惊天几个人交换了一下眼色，轻蔑地笑笑。回到会议室，肖一虎一本正经地说：“召集你们主要理一理一分部线下架梁通道还有哪些卡控点。孔庆荣，你们梁场先说。”

孔庆荣看着他，说：“存梁区都已存满，必须边架边打。运架一体机和所有架梁设备也都调试完毕，一旦开架，就不能停下来，耽误一天亏一天。”金帼英让安雪容具体介绍方案。安雪容说：“架梁用运架一体机，备用一台运梁车。运距按零至八公里每天架两至三孔，八至十二公里每天架设两孔，超过十二公里每天架一点五孔计划。”金帼英问：“900 吨箱梁要经过几次转向掉头？”安雪容说：“箱梁在存梁区由提梁机吊装，通过移梁通道，经过三次转向将箱梁提至正线进行装车。由于梁车要从景阳隧道出口出去帮邻标架梁，所以，起架方向先朝洋河隧道小里程方向架设，架到悬灌梁特大桥掉头回来，再朝景阳隧道方向架。待隧道贯通帮邻标架设完成，再掉头架设悬罐桥特大桥至洋河隧道出口部分。这样，整个架梁需要掉头两次，具体起架时间为 10 月 16 日开架第一片梁。”

肖一虎说现在的问题不是梁场，是一分部，问石惊天还有哪些卡控点？石惊天瞪他一眼，说还剩几个桥墩受石油管线迁改影响，正在改移。其他路基和桥梁不会影响架梁。金帼英说：“最难的不在这里，而是景阳隧道断层能不能顺利通过。”她问方案交下去有没有开始组织实施。赵化亮说宝铁正在现场落实呢。

铁建由袁听枫和紫祺陪着在场区转悠，边走边看，像质检员似的细致。袁听枫对铁建说铁宏歌到家后难受得直掉泪，他唉了一声说：“能不难受吗？”紫祺说：“宏歌让我跟你说，你别对一分部王总不冷不热的，人家可是一片真心。”铁建扭头望着她，说：“你咋也学会掺和大人的事了？”

袁听枫说：“紫祺关心舅舅，哪叫掺和？”铁建说：“我心里有数。”

下午，金帼英还在回局指的路上，等候几天的郭富海早已赶到局指，夹着小包站在楼梯口抽烟。兰花朵从走廊另一头走过来，上下打量着问他找谁。他说找金帼英。兰花朵说金帼英还没回来。他又蹲在楼道里等了十几分钟，才把金帼英等回来，尾随进了她的办公室。金帼英转身一看，神不知鬼不觉地突然冒出个郭富海，感到十分惊愕，问：“你来干什么？”郭富海说想跟她谈谈。金帼英指着门外往外轰他。郭富海说：“你可以赶我走，但让我把话说完好不好？”金帼英说不想听，说着又往外推他。俩人一个推，一个顶，都在用力，僵持在了那里。郭富海拉住她的胳膊，金帼英气恼地问他想干啥。“我想复婚，不希望儿子有一个后爸。”“你我早已形同陌路，我已经有了心爱的人。”“石惊天比我有钱？再说他一个嫖客，值得你去爱吗？”金帼英浑身战栗着抬手一巴掌扇在他脸上，把郭富海打得猛然一愣。“不许你侮辱他的人格，他比你高尚得多，我已经是他的人了。我和男男不想再见到你。”郭富海捂着脸恶语相加，说：“好，等着吧，有你后悔的那一天。”

郭富海灰头土脸地走了。金帼英气得浑身哆嗦，立即拨通了石惊天的电话，让他取消郭富海公司的投标资格。“取消资格？”石惊天还没反应过来，金帼英说郭富海跑到局指来无理取闹，她简直气炸了肺。郭富海听到被取消投标资格的消息很不服，驾车来到一分部，下车后绷着脸走进朱红军的办公室责问。朱红军解释说，前面招标已用了他公司的设备，这次不能再用，虽然已经宣布了中标结果，但有厂家写信告状。郭富海说对他不公平，朱红军说任何人都不可能把鸡蛋放在一个篮子里。郭富海拿起电话找王忠理，气呼呼地威胁朱红军去跟王忠理解释。

王忠理接到郭富海的电话，又起了疑心，在屋里转着圈，心想朱红军的背后还是铁建、石惊天和金帼英，仍然在与他作对。他愤愤地抓起手机打给石惊天，说郭富海代理的设备厂家是上级指定的，不能因为前面中标而不用他的隧道断层处理设备，总不能不讲政治吧？石惊天口气坚定，说前次招标已照顾他了，如果还是上级领导安排，请写个条来，这样才有理由和依据。王忠理一腔怒火，写条想抓领导的把柄？石惊天怎么也像铁建一样敬酒不吃吃罚酒呢？

郭富海站在院子里等待王忠理的消息，边抽烟边打电话找关系说情。石惊天撂下王忠理的电话从会议室里出来，郭富海迎上去问为什么废了他的标。石惊天说：“我问你，你给王忠理送了多少钱？”“我没送。”“没送他能硬压我们？”石惊天点着他的胸脯说，“谁比谁傻？很多厂家怀疑你上次中标做了手脚，所以这次再用你的设备，别的代理商举报没完，到时候就会知道你和他之间有没有利益瓜葛了。”郭富海虽然嘴上不承认给王忠理送钱，但流露出了几分胆怯，拉开车门钻进车一溜烟跑了。

一个走了，另一个又来了。邓立强一直密切关注着铁宏歌的行程。他有意跟随在铁宏歌后面，假装在街上碰到她，殷勤地说希望她能抽空去公司看看，将来放假可以来公司做社会实践。铁宏歌继续往前走，告诉邓立强正在等录取通知书，马上开学了。邓立强猜她心里既高兴又难过，因为韩秋柳没能看到她上大学，铁建又在工地，想开学时去送她。铁宏歌说有事，改日再去他的公司。邓立强见她没拒绝，认为这回有希望。

铁宏歌很单纯，全然不知道邓立强给她埋下的陷阱。几天后，铁宏歌走进了邓立强的办公室。邓立强表现得十分热情，先介绍公司业务范围，又说员工待遇多么高，保险等所有福利一样不少。他本人虽然钱不多，也就几千万，可惜安雪容没这个福分，分手了。纯真的铁宏歌听得睁大了双眼。邓立强自嘲地笑道："宏歌，一看到你，会自然想起中铁工程局，想到安雪容。你碰到她请代我问好，没准儿以后我们公司还会与她有业务往来。"

铁宏歌回绝说她要去上学，见不到安雪容。邓立强笑笑说，现在见不到，不等于以后见不到。几年感情总是难忘，安雪容在南北高铁工地，有机会他还想去看看她。说完，起身走到办公桌前，拉开抽屉拿出一个红包递给铁宏歌，说："你上大学了，阿姨和叔叔都不在，这是我的一点心意，请收下。"铁宏歌不要，说永远记着铁建的叮嘱，人要活得清白。邓立强见她不收，只好说那放假后来上班吧，给她留着位置呢。

邓立强陪着铁宏歌楼上楼下转了两圈，要留她吃饭，她找了个理由拒绝后，邓立强不得不把她送到电梯口，欢迎她下次再来。铁宏歌一出电梯便站在大厅给安雪容打电话，说见到了姓邓的，仍表达对她的爱，还说要抽空去工地看她，等等。铁宏歌想不到这其中的险恶，只是出于本能与好心把这一消息透露给安雪容，可这个电话引来了许多麻烦。

安雪容接铁宏歌电话的时候，正跟朱红军和袁听枫在一起。朱红军侧耳听到了她们的通话内容，一再追问邓立强说了什么。安雪容当时脸色很难看，只好重复铁宏歌的话。朱红军拉下脸说："那你见他好了。"安雪容恼了，说："我什么时候说要见他？是他跟宏歌说有机会要来看我。"朱红军怀疑她背后还在跟邓立强联系。安雪容气愤地冲着朱红军哼了一声转身离开。袁听枫看俩人又因邓立强生气，上去打朱红军，骂道："小朱子，你是不是得了疑心病？没你这样的。"

录取通知书到的那一天，铁宏歌在接收单上签完字，流着泪给铁建打电话报告消息，要用视频照给他看。铁建正在开会，兴冲冲地从会场出来，急忙打开手机视频，盖着红印的通知书占满整个屏幕，激动得他说不出话来。铁宏歌说爷爷的病越来越重，见到她就哭，她瞧着揪心，希望铁建尽快回家看看。铁建答应说等处理完断层，压矿地段进场展开后一定回去。快挂断时，铁建埋怨她不该给安雪容打电话，这样很容易引起安雪容与朱红军之间的矛盾。铁宏歌说邓立强给她红包她没要，只不过是想给安雪容提个醒儿，没想到还会惹出麻烦来。铁建称那是他们的事儿，嘱咐她以后不许与姓邓的接触，凡是关于邓立强公司的事儿，都不能给工地上的任何人传话，只管两耳不闻窗外事，一心读好课堂书，这样他才会放心。

肖一虎听说铁宏歌拿到录取通知书的事，心里不舒服，甚至还生出嫉恨。此后的一天，乔三到办公室来找他，俩人便密谋起一个计划。肖一虎问他压矿赔偿款到没到账，乔三说到了。肖一虎摇头晃脑地叹气说这下挡不住铁建和石惊天了。乔三狡黠地称他可以说没到账，让石惊天继续等着。肖一虎阴险地点头，称是个理由，可以继续往后拖。乔三说："以前的事还没给我了结完呢，现在咱想怎么捏就怎么捏，反正不能让他们太痛快。"肖一虎立时得意地开怀大笑。

铁建料到乔三可能会赖账，他提前与张福臣电话沟通，请会计把给乔三的压矿付款凭证复印件传过来。王县长和赵主任也怕乔三耍无赖，专门把他叫到政府，让他看县财政给他公司转账的凭证，要求尽快为高铁建设让路。乔三嘴上应承说回去查查。王县长望着乔三离去的身影摇头。赵主任说瞧着吧，乔三还会耍花招。

矿区两头的桥墩早已高高耸立，唯有矿区内一片空白。众多机械和工人一直搁在拉起的院墙外，院墙内晃荡着几个百无聊赖的青年。乔三在矿区内闲逛，完全无视矿区外的设备和人员。党红旗、肖一虎、石惊天、朱子来站在院墙外朝里边瞄了瞄，直接走进矿区跟乔三商量进场事宜。乔三转过身，斜着眼目中无人，说想进地拿钱来呀。党红旗从身上掏出三天前的业主付款凭证递过去，他用手挡开，说对不起，业主把钱汇给县政府了，会计刚查完，政府没有汇到公司账上。肖一虎故作惊讶，哎呀呀地叫着，说真是奇怪了，咋还没到账呢？乔三说："我不会骗你们。钱一天不到账，一天不能施工；一个小时不到账，一个小时不能进场。我挣钱历来按分秒计算。"肖一虎朝乔三使着眼色说："哎，给党书记个面子嘛。"那语气听起来很假。乔三傲气冲天，说："肖哥，如果是你，这个面子我给，其他人我还真没必要。"

党红旗再次被乔三赶出了矿区，理由是不能踩他的地盘。铁建刚从工地回到办公室，听说乔三如此蛮横无理立马恼了，把桌子拍得啪啪响，嘴里骂个不停，说这种人在凭证面前都敢撒谎，让党红旗再去找王县长，把县财政的汇款凭证也拿到手，看乔三怎么解释。

党红旗驱车赶往县政府要凭证，把在矿区与乔三相遇的过程细细叙述一遍，王县长气得当场在电话里责骂乔三，说县财政局已查了他公司的账户，昨天汇款就已到账。乔三诡辩称他的会计不在，还没有去查。“我派人，你跟着，现在就去银行。”王县长确实生气了，高铁施工是政府抓的头等大事，“现在我郑重地通知你，今天必须让一分部进地。”

在这之后又拖了几天，铁建与党红旗、石惊天实在忍无可忍，决定强进。那一天，石惊天和朱子来组织众多机械和职工、民工，将挡在院墙豁口处的几个青年扒到一边，直接开了进去。铁建、党红旗、万红山、石惊天、朱子来、赵化亮等人现场坐镇，三个青年分别冲到挖掘机和钻机前躺在地上，喊着：“轧，有本事你们从我身上轧过去。”

“把他们拖走。”石惊天话一出口，赵化亮、万红山、王方太、朱红军及一群民工冲上来，强行把那几个人拖到了一边。乔三接到矿区看守青年的电话，顾不得许多，带上老四乘车赶过去，气急败坏地骂道：“妈的，敢强行进来。”

铁建和党红旗站在旁边，不动声色地看着眼前的场面。石惊天心领神会，朝朱子来、赵化亮等人递去眼色，众人手持工具朝乔三和老四走去。乔三和老四用脚踢铲车和钻机，嘴里骂骂咧咧，冲着石惊天等人喊叫：“谁让你们进来的？给我滚出去，滚出去。”铁建走过来，横眉冷对，说：“我让进的。乔三，为了你索要的四个亿赔偿金，一分部窝工一年半，损失超千万元，都够买你的小命了。”

乔三气哼哼地说：“至今钱没到账上……”

党红旗打开手机图片举到乔三面前，说：“你看好，这是县里给你公司转账的凭证，你偏说没到账不让进场，还有没有王法？”

乔三不屑一顾，嚷道：“王法？我的地盘，我就是王法。”

石惊天愤怒至极，一把掐住了乔三的脖子，骂道：“你就是王法？我要破的就是你这王法。”王方太、赵化亮见状冲上去，三个人猛然一摔便把乔三摁在了地上。赵化亮骂道：“王八蛋，我要让你看看我们的王法。睁开你的狗眼，让你看着今天我们是怎么进来的。”说着，他一巴掌打在乔三脸上。石惊天和王方太死死地扭住乔三的胳膊，朝他脸上吐唾沫，嘴里继续骂：“你无恶不作，绑架我儿子，这笔账今天一起算。”

其他几个青年也与民工推搡起来。老四惊慌失措，想上前救乔三，被朱子来、朱红军及工人们挡住，见势不妙怒气冲冲地跑出了矿区。不一会儿，老四手里端着一支猎枪，突然出现在院墙豁口处，喊道：“放开三哥，不然我开枪打死你们。”所有在场人员都惊呆了，万红山赶紧拿着手机录像。

石惊天和王方太一人扭住乔三的一只胳膊，把他的脸摁在泥土里，嘴边吹起一片薄土，模样都有些变形了。石惊天朝老四怒吼：“王八蛋，你敢开枪，我就敢拧断他的脖子。”

乔三涨红着脸，喊道：“老四，放下枪。”

老四端着枪喊：“不，我跟他们拼啦。”

铁建把党红旗拉到身后，径直走向老四，猛然伸出左手抓住猎枪枪管举向空中，怒视着他说：“敢开枪，开啊。”

老四脸上的肉在抖动。铁建一把夺过猎枪，拉动枪栓退出几发子弹，顺手递给了身边的朱红军，交代说：“把枪收好，这是犯罪证据，现在报警。”他抬起右手连打老四几个耳光。众人呼叫着拥上来摁住了他，几个青年见势不妙偷偷溜走了。

石惊天朝乔三头上又打了一巴掌才放开，乔三坐在地上一脸沮丧。铁建指着乔三，说：“如果嫌交手不够，下回再来。从现在起，这段管区已经不是你的矿区，而是我们的施工管区，敢再来捣乱，让你牢底坐穿。滚!”

这场交手让乔三彻底崩溃。此后的一个下午，肖一虎在局指门口打黑车出去，偷偷把乔三约出来喝茶。乔三满脸愤怒又垂头丧气，说：“老四进去了，我得捞他出来。跟我出生入死的兄弟，我不能见死不救。”肖一虎惋惜地说：“没想到铁建和石惊天来这手狠的，不过也不算吃亏，他上次给你下过跪磕过头，算打了个平手。老四说啥也不该拿枪，这可是重罪啊。”乔三咬牙切齿，说：“要是现场人少，老四敢一枪崩了他们。肖哥，你说兄弟受得了这窝囊气吗？我要动用一切手段和关系把他们弄进去。不然，我誓不为人。”肖一虎说：“好，那就加快速度，不然你我都没有出头之日。”

肖一虎回到局指，铁建正召开会议通报情况。他低头走进来，党红旗和金帼英等人都把目光聚集在他身上。铁建瞄了他一眼没有理会，感慨万千地说："压矿经过一场斗争终于进场展开施工，与乔三这股黑恶势力结了怨，并且结的还很大。不过，咱们有党的领导，有政府，有业主和正义的支持，谁都阻挡不了高铁建设事业。"最后，他提醒大家，恶人毕竟是恶人，以后要处处小心，相信他一定不会善罢甘休，会采取各种卑鄙手段进行报复。肖一虎看似在听铁建讲话，实则不停地发短信，不时抬眼瞅瞅与会人员，表情十分微妙。

第三天，张福臣来工地，铁建陪同，沿着路基一直往前走。路基下，时而有施工车辆和工人穿行。旁边的庄稼、果林在阳光炙烤和微风吹拂下摇曳着果香。张福臣停住脚步望望前方的线路感叹，解决了乔三的压矿，去掉了心头大患，可国家付出的代价太大了。铁建深有同感。矿产资源本来就属于国家和人民，任何人都没有权力占为己有，这个矿却被乔三捏在手里，到头来反由国家付出四亿元的赔偿。谁之过？他每每想起此事就痛心疾首。张福臣再次感受到中国的高铁是拼出来斗出来的，是用中铁人的血和泪凝结印制成的一张名片。毛主席说过，与天斗，其乐无穷；与地斗，其乐无穷；与人斗，其乐无穷。不斗争怎么能出成果呢？张福臣问还有几处卡壳的地方。铁建把还剩余的一处石油管线迁改汇报给他听，说党红旗与朱子来去了石油管线迁改工地，盯着挖掘机和工人改移。那一段也跟矿区一样，两侧桥墩已经屹立起来，只有管线迁改处空空荡荡，一处管线拦腰斩断了整座大桥。铁建哀叹都是国家的事情，为什么干起来就这么难呢？

张福臣和铁建从路基上下来，要去景阳隧道。已近中午，铁建说王若云、赵化亮、宝铁和李卫民及测量工都在那儿，没让张福臣再去。张福臣没吃饭，上车走了。而王若云等人顺着山间小路爬上山顶，在两山之间的夹沟处停下。夹沟内留有过水痕迹。王若云指着夹沟让大家看，从山上下来的流水都汇聚在这里渗漏到拱顶沙层，让测量工再多布些观测点。宝铁说下面的断层极不稳定，得先用多功能钻机对地表进行注浆固结地层。王若云发愁说，渗漏水从地表下去直接影响拱顶开挖，只有上面止水，隧道断层才能稳定下来。

王若云忽然发现，铁建弓着身子踏着台阶正往上爬。来到她们面前，看了看地表周边，说："我虽然不懂地质，但明眼也能看出这里对隧道开挖有影响，若云，你说呢？"王若云没有回他，让赵化亮和宝铁布置观测点，然后与铁建一起往山下走。铁建说："咋，生我气？"王若云顺手折下路边一棵青草，说："你是领导，我哪敢生你的气?"铁建笑着说："一个临时派出机构的指挥长，算啥领导。项目干完，我的使命就完成了，再回原点。"王若云说："项目干完你也是领导，所以，看不上我这样的小兵。"铁建停住脚步冲她笑，说："你的人品、能力、技术和口碑都很好，是难得的人才，我和老党都很看重。"王若云抿着嘴，说："我只想知道你看不看重?""我当然看重。""看重你为什么老回避我?"

王若云的心思铁建全懂。铁建说："不是有意回避，目前这状况……再说工程压力也很大，断层还没闯过去。"王若云觉得隧道断层早晚会过去，但他俩之间的"断层"怎么就过不去呢？想着又生起气来，快步下山了。铁建站在山坡上望着她的背影一声长叹。

第二十八章

洋河隧道放完炮，洞口空压机启动后隆隆作响，排险工人戴着安全帽和口罩开始钻进洞内。朱红军坐在值班室里郁闷地抽烟，石惊天侧脸瞧他，说："哎，咋蔫了？"杨晓哈哈笑着说失恋了吧。石惊天不信。朱红军承认心情不好是因为邓立强一直骚扰安雪容，他怀疑他们是不是还有往来。石惊天说："你这是自寻烦恼。郭富海不也常来骚扰金总吗？如果因为这事你怀疑雪容，活该。"

石惊天和杨晓走进隧道掌子面，一看炸开的炮眼齐刷刷地排列在拱部和边墙位置，异口同声地说："太漂亮了！聚能水压爆破每天能进八米。"随即，装载机和出渣车打着灯光轰隆隆开了进来。而景阳隧道则遇到了极大的麻烦，洞内尽管拱部和边墙钢拱架密密麻麻，但涌水不断，沙层稍动即塌，民工不敢盲目作业，真是屋漏偏逢连夜雨。

宝铁拿着沉降观测资料从洞外匆匆走来，说山顶情况不太好，地表冲沟监控测量数据出现了变化。这让石惊天等人紧张起来，表情显得极其凝重。

铁建和金帼英听到这个消息，马上驱车赶去，担心山体沉降会引起隧道大塌方。金帼英看过观测数据，判断眼下还不至于，但如果不及时注浆加固山体，有可能会造成塌方。铁建说："帼英，你再想办法，绝对不能让它塌下来。"看完山顶夹沟，金帼英当即决定调集电动地质钻机、注浆泵和制浆机全面启动钻孔注浆，封住山体，并要求开排水沟把水引出去。不一会儿，宝铁带着工人冲上来。金帼英叮嘱说："山顶作业尽量减少对下面的扰动，再发生沉降，洞内立即停工，人员先撤出来。"李卫民说工期太紧，洞内不能停。

王大成带班，他和民工有的站在双侧壁内掌子面施作，有的站在后面基坑里吃力地开挖仰拱，眼瞧着挖出来的沙土直皱眉头。头顶上方能听到机械轰隆隆的响声，时而有沙土从上面掉下来。王若云到洞里一走，测量数据也开始出现变化，马上意识到洞内洞外山体已经开始逐步下沉。铁建和金帼英、石惊天、王若云个个提心吊胆，生怕景阳隧道从上面塌下来。

蓝燕儿探亲结束，要回去了，她订的是第二天上午的火车票。临别的这天晚上，赵化亮帮她收拾好行李，来了兴致，从床头抱起吉他，坐在门口吼起来。一听，他唱的竟是电影《冰山上的来客》的主题曲《怀念战友》。唱到半截，蓝燕儿从背后拍他，说："哎，你唱个好听的也行，这歌老掉牙了。"

赵化亮回屋放下吉他，转身抱住了蓝燕儿。蓝燕儿问他晚上带不带班，他说是明天早上的班。赵化亮感慨地说："你这一去，不知道啥时候能再来。"蓝燕儿把头贴在他胸前，说还没抱够啊？赵化亮亲吻着她，说永远抱不够。结婚这么多年，平常俩人吵吵闹闹，他从没往心里去过，因为他爱蓝燕儿。蓝燕儿说知道，赵化亮把她抱得更紧了，说不知道为什么今天特别想抱抱她，还说他的工资卡在蓝燕儿那里，没什么给她的，自己想买啥就买啥吧。他把她们这几年的婚姻和感情都记在笔记里，让她以后再找出来看。

夜已深，赵化亮与蓝燕儿相拥而睡。凌晨四点多，铁建突然接到铁宏歌的电话，说爷爷脑溢血正在医院急救，催他抓紧回去。赵化亮则悄悄地下床摸黑穿好衣服，看着熟睡中的蓝燕儿，俯下身子轻吻她一下，心里说："蓝燕儿，我走了，不再打扰你。"他转身取安全帽的那一刻，蓝燕儿醒了，伸手摸了摸枕头没人，便坐起身来，朦胧中看见赵化亮提着安全帽正要出门。她问他咋这么早上工地，赵化亮折身回到床边说，他不放心工地，让她再睡会儿，走时他赶回来送她。

那天清晨，乌云翻滚，雷声隆隆。铁建早早来到火车站等候上车。赵化亮走进隧道，先观察了一阵拱部，发现有黄土从上面掉下来，还有些细沙在不断向下流，立即叫王大成停止仰拱开挖打锁脚锚杆。约过了半个小时，有工人从隧道里哭着跑出来，进进出出的人群显得很慌乱。

"快，隧道塌方，埋了四个人。"

这个消息把所有人都催醒了。宝铁和石惊天颤抖着声音向铁建和金帼英报告，隧道塌方把赵化亮、王大成和两名民工埋在了里头。一时间，从工地到项目部、局指和业主、设计、监理及地方政府乱成了一团。公路上呼啸疾驰着救护车和警车，隧道、桥梁、路基工地和梁场的人，乘坐各种车辆向景阳隧道飞奔而去，有的徒步跑到路边截车。集团董事长夏江和五公司董事长吴青云被隧道塌方埋人的事震惊了，俩人停止开会匆匆赶去了机场。霎时，景阳隧道洞口聚满了无数群众和工人以及赶来抢险的各方人员。

兰花朵和紫祺把铁建送进车站，在站台上等列车发车。铁建随旅客上车后，她俩透过窗玻璃看见铁建正接电话，脸色很凝重，想是不是医院又传来什么不好的消息。不承想铁建紧张地从行李架上提下行李箱，急匆匆来到车厢门口。列车员正在收脚踏板准备关门，铁建用力扒开列车员，大喊："我要下去，请让我下去。"列车员奇怪地拉他，被他一把甩开，蹬着踏板猛然跳了下去。兰花朵和紫祺吃惊地迎上前，问他咋下来了？铁建急促地说："快回去，景阳隧道出大事啦！"

隧道塌方的消息不胫而走。蓝燕儿和王秋燕听说赵化亮和王大成被埋在里头，当即昏厥过去。醒来后，俩人分别哭喊着他们的名字，发疯似的冲进隧道。大雨仍在下着，也分不清她们脸上淌的是泪水还是雨水。石惊天和王若云等人第一时间赶到工地。许多人站在塌体前束手无策，只听到洞外女人们的哭声和嘈杂的嚷嚷声。

铁建返回洞口的时候，党红旗、金帼英和肖一虎及两个分部的人员都先后赶来。他们围在铁建身边，雨水冲刷着每个人的脸。铁建满面愁容，问赵化亮四个人还有没有救？金帼英满眼泪水，说山体塌下来恐怕救不了。铁建低着头正要进隧道，手机铃声又响起来。他掏出手机看是大哥打来的，问家中什么情况？大哥带着哭腔说："老爷子走了。你怎么还不回来呀？"

铁建已经经不起这样的双重打击。他两眼发怔，泪如泉涌，说："什么？爸走啦？"随着天空一道闪电，一声霹雳震荡着山河大地，现场的空气凝固了，所有人都站在雨中看向铁建。良久，他禁不住哇地大哭起来，缓缓转过身子朝着西北方向，双膝跪在掺杂着泥土的浑水中声泪俱下："爸，儿子不孝，不能送你最后一程……"他边说边在雨中磕下仨头，然后站起来抹一把泪水，率领职工走进了隧道。

赵化亮只差一步就跑出来了，可山体塌下来的一瞬间是那么快，最后还是被埋在了塌体的最外侧。在塌方稳定之后，他第一个被挖了出来。石惊天、朱子来、杨晓等人，把他抬上医用担架朝洞外跑，蓝燕儿和袁听枫等人含泪在后面追。铁建和党红旗、金帼英等人迎住担架上前看他，赵化亮躺在上面微微睁开眼睛。铁建和蓝燕儿上前握住了他的手。

“快送医院。”蓝燕儿和安雪容随护士跳上救护车呼啸着驶离工地。赵化亮起初闭着双眼，七窍流血。蓝燕儿抽泣着紧紧握住他的手不停地呼唤：“化亮，化亮。”伴随着一阵剧烈的咳嗽，他嘴里又吐出一大口鲜血，之后头一歪，两臂僵硬地撒开了蓝燕儿的手。她知道赵化亮再也不会醒来了。

硕大的雨点砸在地上的水洼里翻着白泡，工地值班室的屋顶被雨点打得噼啪作响。掌子面一片狼藉，钢拱架横七竖八，沙层堆满整个隧道。众人站在掌子面前不知所措。王秋燕边往洞里跑边发出撕心裂肺的哭喊，女人们个个悲伤地哭喊着。跑到塌体前，王秋燕不顾一切地跪在沙堆前扒沙：“大成，你快出来跟姐回去……”人群外的隧道边墙根下，几个工人蜷缩在地上，脸色蜡黄，浑身哆嗦着，露出一双双恐惧的眼神。铁建走过去，蹲下身子用手按按每个人的肩膀，给他们一个安慰，命几名职工将他们扶出洞去。见他进来，王若云走到面前呜呜地哭起来。石惊天说眨眼工夫，整个山体就下来了，跑都来不及，那些民工被吓瘫了。

赵主任和吴镇长、于工来到掌子面，拨开人群，走到铁建和党红旗跟前，拉起他的手轻轻拍了拍。赵主任说：“老铁，安监局、公安局、检察院联合调查组的同志到了。”金帼英抹着眼泪，说除赵化亮，另外三个人和设备都还被埋在下面。铁建望着掌子面，对天长叹：“老天哪……”

王秋燕大哭大叫，场面十分揪心。杨晓、朱红军、宝铁、崔凌花和梁丽丽上前拉她，但她甩开所有人，依然用双手不停地往外扒。铁建控制住自己，把哭成泪人的李卫民叫到身边，说：“老李，先把你媳妇扶出去。”

李卫民哭着走近王秋燕抱住她，说：“秋燕，咱先出去，大成现在扒不出来……”王秋燕发疯似的用手打他，埋怨道：“都是你，没有你我弟弟不会死……我要把他扒出来。”李卫民看她那样，不得不抱起她离开掌子面。

雨停了，但阴云依然没有散去。铁建借用当地村委会会议室成立了“临时应急抢险指挥部”。所有人员都挤在会议室里，六神无主，你看看我，我看看你，气氛十分沉闷。铁建用疲惫的双眼扫视一遍每一个人，抬手轻抹湿润的两眼，说现在是关系企业生死存亡的关键时刻，还从没遇到过这样的突泥突水事件，吞没了四条鲜活的生命，他很难过。如今重要的是防止次生灾害发生，尽快把王大成三个人挖出来处理好善后事宜。他和党红旗当组长，把人分成七个小组，分别由金帼英、肖一虎、万红山、孔庆荣、朱子来、王方太、兰花朵当组长，两个分部的其他人员配到各组去。党红旗都同意，当即宣布了职责分工。

张福臣、王忠理、卢总体、黄总监和夏江、吴青云及王县长、赵主任等人赶来后，先进隧道看了现场。他们发现铁建的左胳膊上戴着黑"孝"，张福臣拉起他的手拍了拍手背，说老爷子的事情听说了，偏不巧赶上隧道塌方，不能回去尽孝，一定要节哀顺变。铁建沉痛地说，老爷子走了，八九十岁的人了，可隧道里埋的几位还很年轻，内心愧疚得很。

从隧道里出来，所有人坐在村委会简陋的会议室里，铁建把发生塌方的经过做了个简要汇报。张福臣听他的声音已经沙哑，让他歇歇，要求先以挖人救援为主，其他的后面考虑，问王忠理、卢总体、黄总监有什么意见？卢总体肯定地说，上次金帼英制定的施工方案很完善，从设计角度看，应是突发性的突泥突水地质灾害。张福臣仔细听着，转头问铁建抢险还有哪些困难？铁建说方案中地表注浆加固措施早已实施，共注浆六万六千立方米，每立方米单价四百多元，共计三千万元左右。资金本来紧张，抢险救援还要花钱，希望这个大一类变更业主给签字批复，请求将资金拨下来紧急支援。张福臣看看王忠理、卢总体、黄总监的表情，眼神里透露着征求意见的意思。黄总监表示同意，王忠理说不行，原因是这样的所谓变更都在施工单位的风险包干费里，再做额外变更恐怕有难度。金帼英对他的这种说法极为不满，称是在风险包干费里，但遇到这样的突发事件，现场实际包不住，企业不可能再往里垫钱。王忠理把笔一甩嫌她过于激动，强调甲乙双方应按合同办事，不但要依法合规，更要讲规矩。

王若云愤怒了，抢白他说："合同要合理，不合理的合同叫强加于人。"双方一时处于僵持状态，一屋子人吃惊地看着他们。铁建用手指了指王忠理，又把手放下，他努力克制着自己，说："王总，帼英和若云没有不讲规矩。你只站在你的角度，不切实际地进行管理，该给的尽量少给或者不给，何时从工程建设大局出发考虑过？又何时体谅过施工单位的难处？"铁建越说越生气，"我们在你面前天天当孙子，你说的对与不对，哪怕我们再有理，为了企业、项目和全局上万名职工的饭碗，我们都忍着、都接受、都言听计从。项目资金紧张没钱，我们咬紧牙关硬撑着往里垫。可施工单位一不是银行，二不是造币厂，我们的钱从哪里来？造不出来，偷不回来，更挣不出来，都是从银行贷出来的呀。为了高铁，我们负债经营，一条条高铁建成通车了，可因为这些该变更的不变更，该调的工费和地材地料价格等合理费用不调，却留下了巨额债务，谁又管过我们？所以，这个大一类必须给我批，不批塌方就摆在这儿，你们愿找谁处理找谁处理，我辞职不干了。”

王忠理也怒气十足，一拍桌子站起来指着铁建说：“你不用跟我发火，你干不干与我没关系，但隧道塌方必须是中铁工程局承担所有责任。你不干，中铁工程局派谁来干是你们的事，我有权把你们中铁工程局清退出市场。”

全屋的人都极为震惊，一阵骚动。有职工喊：“凭什么把我们清出场？”“谁给你的权力？”铁建急了，怒气冲冲地把水杯扔在桌子上，说：“好，王总，你抓紧下清退令，我马上向集团公司递辞职报告。”

铁建说完起身要往外走，张福臣站起一把拉住他，瞪着王忠理，拍桌子发火说：“在这紧急关头，我带你们来是帮助解决问题、共渡难关的，不是让你们来吵架的。也不看什么时候，还把个人恩怨和感情带进工作中来，怎么能建好这条南北高铁？”王忠理怒吼：“难道我说错了吗？”张福臣说：“你没说错，但也不对。老铁说得有他的道理，你为什么不接受？我们是业主方，难道必须高高在上？施工单位必须唯命是从吗？”王若云在下面嘟囔：“是啊，乙方难道就该低三下四啊？”张福臣又说：“你们都给我听好，老铁提的这个大一类变更，南北公司给。就这么定了，出了问题上面追责，我承担。为尽快处理这个塌方段，你们大胆给我做，并且要做快做足。我马上通知财务先把资金拨下来。”

王忠理绷着脸站起来冲着张福臣喊：“既然你这么定，我不管了，也不再参加这个会议了。”说完他起身也要走。张福臣没有拉他，而是怒指他说：“行，只要你今天敢走出这个会场，别想再踏进南北公司一步。”王忠理进退两难，愣在原地。卢总体拉拉他的手让他坐下，他才耷拉着脸坐回原座位上。

屋里正在争执，两辆警车急速朝隧道口驶来，开到会议室门前忽地停下。从车上下来几名身穿制服的警察。屋里所有人都朝门外看去，两名警察站在门口探头，问：“谁是石惊天、李卫民？”石惊天和李卫民站起身，同时说：“我是。”警察示意他俩说：“你俩出来，请跟我们走一趟。”张福臣、黄总监、卢总体等所有人都惊骇地站起来，铁建把他俩挡在身后，问：“你们是哪儿的？”警察掏出工作证在他面前晃了晃，说：“我们是检察院和公安局的，这是我们的工作证。请你不要影响我们执行公务，把人带走。”

石惊天和李卫民走出会议室，被警察带上了警车。金帼英和王若云、朱子来等人追出去，警车已鸣着警笛开走了。

会议一直开到中午，金帼英背对着门，一脸迷茫。几个工人抬着一筐馒头、一桶菜汤和几份盒饭走进会议室。夏江先接过一份盒饭请王县长、赵主任一块吃。王县长谦让说他们回去吃。夏江说：“王县长，检察机关和公安局把我们分部经理和劳务队长带走了，请你回去协调一下，工地上离不开他们。”铁建说：“这件事还没有定性是责任事故之前，不应该轻易带走我们的人。”王县长说：“我回去找他们。公安局是按检察院的建议和司法程序执法，检方还要调查有无失职、渎职行为，我想应该是让他们配合调查。”

金帼英着急地说：“现场出了这么大的事儿，死者还没挖出来，塌方还不知道怎么处理，他们也还没调查，来了说带人就带人，符合实事求是，符合情理吗？”王若云接过话茬，说：“配合调查不能在现场进行吗？是法律有问题，还是在执行法律中方法欠妥？”赵主任倒是让铁建等人不用着急，说他和王县长会找检察院和公安局协调处理好。金帼英说：“我是专门负责技术的责任人，我可以去解释与配合调查，你们把石经理和老李放回来赶紧处理现场。你们该带的人不带，不该带的人却带走了，现场乱成了一锅粥。赵主任，你和县长会去处理吗？”

王县长见她挺激动，语气平和地说：“金总，我理解你的心情，一定尽快让他们回来。”王县长转过头又对夏江和铁建说：“夏董、铁指挥，处理过程中需要地方政府支持的，我们全力支持，赵主任具体牵头，有事你们别客气，我这就回去协调。”

坐在回县城的车里，赵主任说公安局确实不该在这个时候把人带走，工地上乱成了一团麻，得赶紧让公安局放人。王县长说是这个理儿，让赵主任打电话找公安局李局长，说他一会儿就到。于是，赵主任当即通知李局长马上赶到县长办公室。

夏江和现场人员在会议室里边吃盒饭边说：“这次事件引起了社会各界的

高度关注，四条生命瞬间没了，很让人痛心。”他最后提出三条意见，一是以最快的速度挖人，不管花多少钱，都必须活要见人，死要见尸。二是采取一切手段防止次生灾害发生。三是处理好善后事宜，安顿好家属。现场资金紧张，先从集团财务拨付一部分。同时，指示吴青云五公司想法筹集一部分资金，最好当天到位。吴青云毫不含糊，答应立即落实。

吃完饭，夏江把饭盒扔在墙根下的角落里，走到铁建面前紧握着他的手，说：“老铁，老爷子的后事你没法回去处理，却蹲在工地处理死亡职工的后事，我代表党委谢谢你！”铁建眼泪唰地一下涌出了眼窝。人世间还有什么事能比在你最困难的时候得到领导的理解、支持与信任更让人感动呢？铁建说：“我挺得住，眼下要想法把惊天和老李弄回来。”

从上午到晚上，彩钢房里一直传出王秋燕号啕的哭声，那声音极其悲痛与凄凉。崔凌花和紫祺在屋里安慰她，但止不住的悲切哭声令她们心碎。宝铁走进屋内看看，又无奈地走出来。崔凌花说王大成没了，李卫民又被带走，王秋燕承受不住。宝铁压低声音说：“你和紫祺看住她，别再让她出事。”

宝铁借着灯光走在彩钢房夹道里，忽然看到几个民工扛着行李从宿舍那边跑过来。宝铁挡住他们，问：“你们去哪儿？”“我们不干了。”“为什么不干？”“我们要命。”

宝铁知道无论如何也留不住他们，说：“要走也得算完账再走啊。”“不要了，提算账就走不了了。”“工钱不要了？”“不要了。再干命都没了，要钱有啥用。快走！”宝铁迷茫地站在原地，只好眼睁睁地看着他们消失在黑夜里。

自那天起，铁建、党红旗和金帼英等所有应急小组成员，每天召开一次碰头会，每次都开到深更半夜，气氛很沉重。党红旗说除了蓝燕儿和王秋燕，另外几个民工家属正在路上，已做好了接待安排。兰花朵称新闻媒体上已经有报道了，已与集团公司宣传部和当地网络管理员联系，正在想法控制负面报道。肖一虎汇报说抢险物资设备正在往洞里运，马上可以按原方案挖人。金帼英说据测量观察，地表没有再沉降。铁建双手抵住额头，许久抬起发涩的眼睛，问朱子来突击队抽调了哪些人？朱子来说由宝铁任突击队队长，把桥队和洋河隧道人员调过来。铁建说：“力量不够，把杨晓调上来，跟宝铁一起当突击队队长。化亮走了，朱红军先担任一分部副经理，继续兼着工程部部长，或者由王若云另外找人担任。”这个变化来得太突然，朱红军怕挑不起这副担子，迟迟不表态。铁建恼火说："咋？也怕被压在里头？怕也要给我顶上去。"

安雪容的目光落在朱红军身上，似乎在给他一种力量。他马上站起来坚定地回答："坚决听从组织安排。"

到了下半夜，人人都很疲惫。铁建趴在会议桌上睡着了。金帼英拿起一件工作服披到他身上，不料惊醒了他。铁建感动地接过衣服说："帼英，你夜里还要进洞，也去歇会儿，不用管我。"可金帼英睡不着，只是流泪，真没想到这个洞子出了这么大事儿，石惊天又被带走，她觉得心里很不踏实。

铁建起身走到屋外，点着烟狠狠吸了一口。他仰望天空，星辰闪烁，隧道口前面灯火通明，时而有车辆和行人上来下去。他含泪顺着街道朝劳务队彩钢房方向走去，来到上坡的彩门前，听到了王秋燕悲痛的哭声，便靠在便道边的一棵大树下，头倚住树干，暗影中一双眼睛开始泪如泉涌，终于抑制不住感情和压力，喊一声"爸"哇地哭出声来。那哭声在黑夜中响彻山野。

铁建没发现身后跟着个人，不知不觉王若云伫立在了他面前，哽咽着说："你哭吧。不到半年，韩姐走了，老人走了，工地又遇上这样的事儿，我也想为你哭。"

铁建抹掉眼泪，让王若云陪着进洞里去。宝铁正组织突击队员开始往拱顶打锚杆准备注浆。塌体前的土堆上插着三炷香，王秋燕蹲在掌子面前点燃一沓沓黄纸，抽泣着哭叫："大成，你回来，跟姐一起回家……"

金帼英不知道啥时进来的，她在指挥宝铁他们作业。铁建问还不能挖人吗？金帼英说不能挖，上面都是沙子，越挖越塌，只能先注浆，待凝固山体后才能掘进找人。铁建悲痛难忍，明知道尸体就在下面，却没法把他们挖出来。看到点燃的黄纸在燃烧，香的烟火在升腾，他一腔悲怆，目光呆滞地盯着隧道的拱顶和边墙。

出事的当天晚上，肖一虎接到乔三的电话，问埋在里边的人挖出来没有？"挖不出来，早呢。""好，太好啦！这又是铁建的一条罪状，都是他管理上的失误，他的责任跑不掉。"肖一虎嘿嘿笑着，说："天助我呀，工地死人，老爷子当陪葬了，看他能撑几天。"

太阳从地平线上升起来后，万红山急匆匆地跑来找铁建和党红旗汇报，称昨天晚上隧道队好多人都跑了，早上出工看不到人。铁建和党红旗吃了一惊，赶紧叫人去把宝铁叫来。宝铁也受到惊吓，正坐在彩钢房宿舍的床上发呆。崔凌花关心地问他怎么一夜没睡？他说睡不着，一闭眼全是塌方，赵化亮死了，王大成还被压在下面，要不是他当时一步跳出来，也跟他们一样了。崔凌花抚摸着他的头发，劝他别再想塌方的事。这时，听到夹道里有人喊他的名字，便离开崔凌花出去，然后跟着去了会议室。铁建和党红旗问他一些劳务工是咋跑掉的，他说趁天黑走的，工钱都不要了，拦都拦不住。吴青云让杨晓转告李鹏飞，把一半人员抽到景阳隧道来，留一半人员维持洋河隧道的施工。石惊天和李卫民没回来，让朱子来先全面管起来，朱红军、杨晓、宝铁把主要精力放在抢险上。按夏江的指示，五公司筹集的一千万元资金当日准时到账，解了塌方的燃眉之急。

铁建叹惜塌方亡人把民工吓怕了，也吓跑了，如果是前线战场，临阵脱逃要被就地正法，可这里是高铁工地，民工是出来挣钱养家糊口的。看到塌方死人，他们终于明白了一个道理，钱对人来说不是最重要的，最重要的是人的生命，所以他们趁黑夜跑了，又怎么能怪他们呢？王大成三个人的尸体还被埋在沙土里，靠谁来拯救他们？只有靠活着的人。不仅要尽快把他们挖出来，还要让他们魂归故里。

接下来的日子，隧道内一直灯火通明。朱子来、朱红军、万红山、宝铁、杨晓分成几班，轮流在塌体前指挥工人注浆和打锚杆。死者家属到来后，在众人的搀扶下，哭号着走进隧道。铁建和党红旗坐在洞口值班室看着家属们走过去，不禁潸然泪下。

张福臣回到公司，兰花朵已拿着请款报告等在门口。他进屋二话不说，抓起笔在上面签了字。之后，他又把计财部部长叫到屋里，让他特事特办，先把两千万元拨过去应急抢险用，后面再补走程序。王忠理对此极不情愿，跑到张福臣的办公室说变更不可能马上批复，还需要卢总体和黄总监签认才行。张福臣说："找他们呀！"王忠理翻着眼皮说尽量。张福臣纠正说："不是尽量，是必须马上办。这个变更老铁说得有道理，你说话不分场合，与人家大指挥长硬顶，也不看看是什么时候？我发火，是看你做得太过了。还要离开公司，你不想想走出那个会议室的门，日后你还能回得来吗？"王忠理说："他们这一塌方亡人，咱们公司年底考核兑现，安全得分全部要被扣掉，对公司的影响很大。"张福臣只管听着，从桌上抽出一支烟点着，说："咱们的目的不是为扣分多少，而是如何把这条高铁早日建成。老铁的老父亲去世他都不能回去尽孝，心里难受程度可想而知。扣分与这些相比，咱们还有啥好说的呢？在工地老铁跟你吵起来都是为工作，日后你不能再跟他计较，他那脾气也不是好惹的。”王忠理仍不甘心，说：“他没跟你吵，你能忍，我不能忍。”张福臣瞪眼说：“不能忍？不能忍也得忍。你我作为业主，绝不能让施工单位亏钱、丢命，再憋一肚子火干活儿。谁敢跟施工单位过不去，我就跟谁过不去。”

那一天，兰花朵在公司办完拨款手续，跟着业主会计直接去了银行，亲自看着转完账才往回走赶。她本要当面进行汇报，可铁建已进了隧道。掌子面灯火通明，所有的机具都停放在上面，塌方体在静静地沉睡。一堆白花摆在沙土前，点燃的三炷香升腾着一缕青烟。铁建、党红旗、金帼英、肖一虎等人站在前面一排，后面列队站着一分部人员和蓝燕儿、王秋燕及其他家属。铁建表情严肃地说：“化亮、大成和其他两位勇士，你们以大无畏的精神为南北高铁建设英勇献身。现在，我和现场干部职工以及你们的家人来看望你们了……你们将史册载誉、青山留名，愿你们的魂快快归来吧。”

整个隧道一片沉寂，众人随铁建三鞠躬。而在家乡金城南面的华莹山上陵园里，同样多了一块铁流的墓碑。暑假结束了，但隧道抢险才刚刚开始。蓝燕儿因处理赵化亮的后事，不知何时才能回去，袁昕枫只好请假把姜小珊送回家上学。火车到达的那天早晨，姜再明则把铁宏歌送上了去北京交通大学报到的火车。

铁建无暇顾及铁宏歌，和金帼英一起，把王若云、万红山、宝铁、朱红军和杨晓等人集中在村委会会议室，一块儿研究止浆工艺。临进隧道时，李欣欣在值班室门口叫住杨晓，说宝铁快撑不住了，让他再难也要顶住。杨晓看着她会意地点头，说他不能给铁建丢人。当时，万红山不知啥时来到他们身后，用仇视的目光看看他俩，表情十分冷淡地从旁边走过。杨晓觉得那种表情很令人生厌，李欣欣全当没这个人，说：“你进去吧，注意安全，我回项目部了。”

山顶塌陷区钻机林立，各种注浆设备都在紧张作业。王若云和朱红军拿资料与作业人员商谈着什么，水泥浆液通过注浆机灌入地下。万红山和杨晓、宝铁则头戴安全帽，身穿工装在隧道里组织民工注浆，水玻璃和锚杆被打入沙层，洞内机械轰鸣。铁建和金帼英去洞里看了一会儿后，离开塌体去了县政府王县长的办公室。他俩找王县长想把石惊天和李卫民尽快领出来。王县长很客气，把俩人让到沙发上坐下，好一顿安慰，言语中始终充满无奈与同情，说不但找了公安局李局长，还找了县委书记，等调查结论出来，如果不是失职、渎职马上放人，可在调查结论没有出来之前，既不能见面，也不能放人。铁建和金帼英提出要去见李局长，王县长当场打电话把他们介绍过去。李局长见面后给予了同样的回答，称这是规定程序，确实没有办法。金帼英很急躁，说："李局长，我是总工，如果技术方面有缺陷或失职，你们可以把我扣在这里，我承担责任，把那俩人放回去，工地抢险需要他们。"

李局长看了看金帼英，说："心情我理解，但我们不敢违反规定。你一个女同志，又不是现场负责人，我们更不能随便把你扣下。""你们能不能考虑考虑现场实际?""金总，"李局长说，"一看你就是个厉害的角色。公安工作不同于你们修高铁，咱们是敲锣卖糖，各干一行，各有各的程序，各有各的规定嘛。"

铁建说他来做担保，如果这两个同志出来跑掉了，而结论是失职、渎职，作为指挥长，他负责把他们带来投案，请求先把他们放回去抢险。李局长"啧啧"地咂嘴弄舌，显出一副为难的样子，说程序实在不允许。

从公安局出来，金帼英表现出极度气愤，流泪说："咱们出这么大事，人家根本不理解，到这穷山恶水的破地方来修高铁，图个啥?"铁建叹息着，不得不找些理由安慰金帼英。

由安监局、公安局和检察院人员组成的联合调查组，再次来到工地。崔凌花把万红山和宝铁从隧道里叫出来，组织项目上的人抱着一摞摞的资料来到值班室，摆开放在桌子上，让调查组成员一份份地翻。调查人员看得很细，安监局人员提出，还差一份当天的带班记录。崔凌花又转身去找。

铁建和金帼英回到隧道工地，大家见人没带回来，就有人闹着要写请愿书，发动大家在上面签名，这样既可以表达现场职工的意愿，又不耽误现场抢险。党红旗阻拦说："不能这样无组织无纪律，这要向夏董汇报。"铁建说："那就向董事请示请示看。"

职工把夏江堵在了村委会会议室里。他拿着请愿书目不转睛地看着，上面有认识的人，也有不认识的人，问请愿书是谁带头写的？王若云承认她带的头，事情没调查清楚就带走人不合情理，所以大家才请愿。袁听枫也凑上前说干得太憋屈，每个人都承受着巨大的压力，一出事先把人带走，没事又放回来，造成的精神损失谁来补？现在人还埋在隧道里，却把组织抢险救人的人带走了，所以大家才联名请愿。

众人七嘴八舌，喊着："对，向县委县政府和公安局集体请愿放人。"党红旗赶紧扬手示意让大家静静，听夏江指示。夏江表情严肃，语重心长地说："我很理解大家此刻的心情，但联名请愿会带来负面影响。"铁建沉思良久，觉得夏江考虑得对。在这里施工，公安局虽然把石惊天和李卫民带走，并没说要追究刑事责任。如果请愿书递到县领导和李局长手里，地方政府会按群体事件对待和处理。只要调查结论出来，自然平安无事。

王若云有些气恼，她认为铁建一点儿都不为一线职工着想。难道地质灾害造成的塌方，职工就应该受这种委屈？何况李卫民的小舅子王大成还埋在里边了。夏江称王若云说得不无道理，现场的同志上至指挥长，下至一般管理人员，对企业和项目负责的精神值得全局学习。蓝燕儿来探亲马上要回家，丈夫却被埋在了洞子里。铁建的老父亲过世无法回去尽孝，闺女开学也不能去送，孤零零一个人去报到。金帼英的儿子一连几天见不到妈。李卫民连自己的小舅子都搭在里头，确实感天动地。尽管隧道发生塌方亡人事件，但相信不会影响企业的发展大局，上级会理解，社会也会理解，请愿书他带回去在大会上宣读，让全局职工看看，大家的心是凝聚在一起的，啥样的塌方也战胜不了！

在场的人都平静了下来，齐刷刷的目光集中在了铁建和金帼英身上。只有肖一虎认为请愿代表民意，应该反映给当地政府。夏江说："老肖，你怎么总和别人想的不一样呢？"肖一虎缩回脖子，说："我想请愿书递上去，公安局会快一点儿放人。"夏江一听不靠谱，没再理他。铁建让大家按夏江说的办，朱子来称结论出来再不放人，他要带人去政府上访。夏江批朱子来，说他是项目书记，越是这时候越应该冷静，配合好调查。

不知过了多少天，调查组召开事故调查通报会。安监局领导说，根据内业、方案、设计图纸、施工组织、工序转换、地质勘探和当天的气象、水文资料以及现场实地勘察，初步结论是地质灾害引发的突发性突泥突水事件，可以排除人为因素和管理原因。铁建、党红旗、金帼英、王若云等所有人长长舒了一口气。肖一虎没想到调查这么快就结束了，调查组成员临走前，他把安监局领导拉到一边，介绍自己是负责现场管理的副指挥长，一再强调塌方有管理责任。那名领导瞪大眼睛不解其意，疑惑地问他管现场，是他有责任，还是说三方调查存在问题？肖一虎尴尬地连忙摆手，直称误会，站在原地懊丧地抹了抹额头上的汗珠。

到了晚上，蓝燕儿忧伤地收拾赵化亮的遗物，从凉席底下翻出了一本红色外皮的日记本，每一页都记着他每天的工作情况和感想、感悟，写得密密麻麻。她坐在床沿上，流着泪捧着日记翻看，翻着翻着就号啕大哭起来。袁听枫一直陪着她，见她哭忙从她手中拿过日记，只见上面写道：

蓝燕儿，我最亲爱的媳妇。这本日记从没让你看过，但终究有一天你会看到。我说过，自打结婚到现在，我一直觉得对不起你，感到深深的歉意。你说你要跟我离婚，我从没当真，相信你不是真要离我而去，心里一定是爱我的。我发自内心地深爱着你，但又怕见到你。你就像活在人间地狱，而我作为丈夫却没有能力拯救你，这就是我愧疚自责的理由……

你在城市里，我在工地上。晚上，想你时我会跑到河边、山头、树林里，坐在草地上，唱一些你爱听和我会唱的歌。我想在远方把我的歌声献给你。有时我还想，假如有一天我真的在工地上出事离开了你，就把我埋在工地上面的山上，不再回到那个令你孤单、伤心、难过和让你牵肠挂肚的城市。如果真是这样，对你来说也是一种解脱。你要再嫁个爱你的或你爱的和比我强的男人，我会在九泉之下祝福你、护佑你。我也不知道为什么会记这些，也许因为天有不测风云，人有旦夕祸福吧，但愿笔记的事情不会发生。

爱你的化亮

看了这段文字，袁听枫的心都要碎了。她抹把眼泪，拉住蓝燕儿的手说：“蓝燕儿，化亮已经走了，咱们谁也无法改变现实，可生活还得继续。除了补偿之外，你还有什么要求都可以提出来，我去跟组织说。”蓝燕儿接过日记抽泣着说：“袁姐，我想调进你们中铁工程局。化亮有遗言，他要长眠在这里，我想陪他几年，这里有他生前没有完成的事业。”袁听枫望着她满脸疑惑，想赵化亮在世这么辛苦，也算一辈子，他走了，蓝燕儿也要来受这份苦，可真是前仆后继。

王秋燕同样悲伤，王大成死了，李卫民还没被放回来，谈赔偿谁为她做主？来帮她处理后事的亲属有男有女，与王大成是同宗同族，都提议让王秋燕做主，并帮她算一笔账，说王大成没结婚是单身，要给父母养老，两位老人按活到八十五岁计算，加上他本人的丧葬费等所有费用，赔偿不能少于一百五十万元。当时，宝铁负责联络他们，解释说赔偿金额国家有政策，也有计算公式，可能赔不了那么多。大家七嘴八舌说，那就等李卫民出来后再定，谈判只能暂时搁置。

铁建天天盯着各小组对死者后事的处理情况，袁听枫汇报了与蓝燕儿和赵化亮家里人谈判的情况，差距不是太大。蓝燕儿提出赔偿金百分之七十给赵化亮在农村老家的父母，她自己留百分之三十，因俩人无子女，总共八十八万元。赵化亮日记里有遗言，请求埋在隧道上面的山上，不让带回老家。铁建听着很震惊，说赵化亮日记里咋还记这些东西？袁听枫说赵化亮有记日记的习惯，有一页是专门写给蓝燕儿的，算他生前遗言。铁建忽然流下了眼泪，凄楚地说："遗言变成终身遗憾，连死后埋葬地点都不想离开高铁工地。"袁听枫说蓝燕儿是兰州交通大学毕业的，学的是工程管理专业，毕业分配时进了园林单位，现在要求调进来，并提出还要来这个项目。她的愿望是将赵化亮埋在山上，剩余几年的工期她想陪伴他，问怎么答复蓝燕儿。铁建稍沉思说，作为内部职工家属，有这个愿望也不为过。夏江说过家属有特殊要求可以向他反映，不行就向集团打报告，但只限于内部死者的家属，对外要做好保密工作。

王秋燕也有个想法，王大成挖出来后，不把他带回老家，免得让年迈的父母伤心，提出就地下葬，适当时候再接父母来看。铁建那一组人说，赔偿问题该坚持的原则必须坚持，特殊情况可以适当放宽。几条命眨眼没了，作为企业，再与人家计较仨瓜俩枣，内心不安。钱既无法让他们活过来，也买不来家属们的失亲之痛，把人挖出来快速处理完，让家属早点回家，这样才能卸下心头的负罪感。

第二十九章

调查结论宣布后，铁建和金帼英去县支铁办见赵主任，拉着他一起去见李局长请求放人。李局长吐着烟雾称按说可以放了，但如果有个正式结论更好。赵主任提醒他，王县长的意见是先把人放了，李局长没再坚持。于是，他带着铁建和金帼英来到公安局的留置室。石惊天和李卫民被关在一间房子里，门上的铁锁打开时，他俩坐在简易床上，头发凌乱，因多日没剃胡子显出几分苍老。俩人几乎同时发现铁建和金帼英出现在门口。警察打开铁门，喊："哎，你们俩可以出去啦。"金帼英走进去抱住石惊天，两人的泪水流过脸颊。

铁建上前紧紧握住石惊天和李卫民的手，说："你们俩受苦了。"李卫民极度难过，有一种说不出的委屈和焦虑，抓住铁建的手，抑制不住地大哭起来。石惊天哆嗦着身子握住铁建的手，问工地怎么样？铁建点点头，把他俩扶出留置室。李卫民问王大成他们挖出来没有。"正在挖。"铁建说，"老李，你回去先安慰一下秋燕。"李卫民满眼含泪，说王大成跟他出来是想挣俩钱，结果钱没挣到，命却没了，他回去没法交代。

金帼英陪石惊天还在回工地的路上，突然接到幼儿园许园长的电话，说男男在幼儿园发高烧，老师和兰花朵刚送去医院输液了。金帼英很自责，这些天没能顾上男男，都是许园长和老师带。铁建见她火急火燎，先让车把她送到医院。一进病房，她便看到男男昏睡在病床上，旁边吊着输液瓶，额头上搭着降温的白毛巾。兰花朵守在床前，护士从男男腋下抽了体温计看了看，显示"三十九度五"。金帼英扑上去边流泪边抚摸男男的头，问护士孩子怎么了。护士说是扁桃体发炎引起的，加了消炎药，输几瓶液就没事了。金帼英看着男男一阵心酸，好久男男才缓缓睁开眼睛，有气无力地喊妈妈。她俯下身把他搂在怀里，说："好儿子，妈妈对不起你。"几滴泪水落在男男的脸上。男男泪眼汪汪，抬起小手抹掉妈妈脸上的泪哽咽着说："妈妈，我想你和干爸!"她亲吻着男男的脸颊，说再也不离开他了。石惊天走过来摸着男男的小手，说："干爸回来了，干爸也不离开你。"男男点着头喊嗓子疼。石惊天知道肩上的责任，隧道抢险不再让金帼英管，只管把男男看好。金帼英觉得那不合适，自己毕竟是总工。

李卫民回到彩钢房宿舍，一步跨进门喊了声"秋燕"。王秋燕从床上坐起来抱住他直哭，嘴里喊着："天塌了啊，这让我回去怎么跟爹妈交代。"宝铁和崔凌花看到眼前的伤心一幕，悄悄地躲到了门外。宝铁感叹，生命真是无常啊，经过这次塌方，啥都看开啦，人就是那么回事，一睁眼一闭眼就一场梦。

哭过后，李卫民从屋里出来，问宝铁谁在洞子里抢险？宝铁说民工都跑光了，杨晓从李鹏飞队里抽过来的民工在开挖。李卫民垂头丧气地说："跑光了我再重新招，即使大成死了，我也要把这条洞子干下来。"

石惊天和李卫民再次走进了隧道。掌子面有二十几个工人在朱红军、杨晓的指挥下作业，轰隆隆的机械声和叮叮当当的金属碰撞声发出巨大的回音。看见石惊天来到现场，朱红军拿着一张有标注的纸向他俩介绍埋在下面三个人的位置，王大成在左边墙仰拱处，另两个在右侧壁下部。石惊天让民工们停下，说："来，谁愿意跟我跪下，给化亮和大成他们磕个头。"工人们都跑下来站到石惊天、李卫民、朱红军和杨晓身后，石惊天和李卫民带头，双膝跪地磕下三个头。

王大成的远房亲属一直在跟宝铁和崔凌花讨价还价。王秋燕和李卫民坐在旁边，一个抽烟，一个抽泣。男亲属说王大成上有父母，赔偿少了一百五十万元不行。另一名亲属说人就这么白白死了吗？不答应打横幅上街，让新闻单位曝光。李卫民不愿听乱哄哄的声音，拍着桌子说："都给我闭嘴，大成的事我自己处理，哪怕不要一分钱，我也养得起秋燕和大成的父母。"他让宝铁和崔凌花去向铁建和党红旗汇报，说隧道是他李卫民搞的劳务承包，按说所有赔偿应该由他来赔，项目部体谅他的难处，他知足了。王大成的赔偿，他和王秋燕可以一分不要，他给王大成父母养老送终，把其他两个死者尽快处理好，他好安下心来把隧道干过去。赵化亮带班盯着他承包的隧道，把命搭在了里头，他觉得有愧，说着又哭起来。

赔偿谈好后，蓝燕儿要在《人身伤亡赔偿协议书》上签字。袁听枫再次提醒签字就生效，问她赵化亮家里人会不会有意见。蓝燕儿说："我是他的妻子，会把大半的钱给他父母。"铁建最后找到蓝燕儿，说中铁这样的单位很苦，问她调进来会不会后悔。蓝燕儿称不后悔，只想在这儿多陪陪赵化亮，加入高铁建设行列。肖一虎阴阳怪气地说她在地方工作，赵化亮死了，往内部调相当于顶替，过去没有过先例。蓝燕儿说："我没想进来顶替，我有单位有工作，不是无业游民。我学的也是工程管理专业，调进来主要因为我丈夫。"党红旗赞成蓝燕儿的想法，肖一虎急了，说："如果死者家属都要求往局里调怎么办？"袁听枫听不过去，替蓝燕儿打抱不平，说："你说死的其他三个人，哪个是咱们内部职工？不就赵化亮一个吗？"肖一虎争辩说："他们虽然是劳务工，但都死在这项目上。蓝燕儿能往里调，他们也可以往里调。"党红旗说："外部劳务工不是咱们内部职工，家属往里调不符合政策。"肖一虎较真，质问道："赵化亮是人，外部劳务工就不是人？我不同意蓝燕儿这个要求。"

铁建不想听肖一虎废话，挥手把他赶了出去，然后问蓝燕儿调进来不怕看见隧道想起赵化亮难过？蓝燕儿忧伤地摇了摇头。铁建把打好的报告递给了她看。

夏江看到请求调入报告时，才知道蓝燕儿是兰州交大工程管理专业毕业，原工作单位是园林局，高级工程师，霎时被感动了。正准备签字时，肖一虎打来电话说这样的头不能开。夏江不解地问为什么，他说蓝燕儿是袁听枫女儿的干妈，跟金帼英、王若云都走得很近，有特殊照顾的嫌疑。夏江心想人家丈夫都死在了隧道里，这点要求还过分吗？于是不接他的话茬，并提醒他以后有事让铁建和党红旗汇报，不用直接给他打电话。挂了他的电话，夏江随即拿起笔在报告上签了"同意调入"。

肖一虎有些懊恼，站在桥墩下愣了半天，心里很不痛快。王方太从桥头走过来喊他，肖一虎才回过神，问王方太想不想到局指当安质部部长。好事来得太突然，王方太有点不相信自己的耳朵，不知道该怎么回答了。王方太抑制不住内心的激动，送走肖一虎便给梁丽丽打电话说了此事。梁丽丽不信天上会掉馅饼，嘱咐他肖一虎心术不正，让王方太离他远点儿。

当晚，肖一虎在小镇酒楼安排一桌饭专请李卫民。李卫民端起酒杯落下泪来。肖一虎假装同情地安慰他，称干这个活儿多么不容易，钱没挣上却把小舅子的命搭进去了，看他心里难受，所以请他出来喝一杯。亲人没了，隧道塌方还没有处理，李卫民没有心情喝酒。肖一虎见这个话题不行又另转一个话题，说有死者家属要求调进中铁工程局，问他想没想过也把老婆调进来，还神秘兮兮地说这是谈判的筹码。李卫民说他干的是外部劳务，又不是内部职工，老婆往里调不现实，再说这些年中铁工程局没亏待他，大成后事的处理他不能再添乱。

李卫民说完，酒也没喝起身走了，把肖一虎晾在了包间里。肖一虎尴尬地坐在椅子上，气得抓起酒杯摔了个粉碎，骂李卫民不知好歹。

李卫民回到善后处理小组，就在死亡赔偿协议上签了字。能补八十多万元，他已经很满足了。高铁建设这么多年，因各种原因造成的亡人事故，也不是他这一个劳务队，无论如何都不能再给企业增加负担了。铁建听后非常感动，对吴青云说李卫民是个识大体的人，只是前两天许多人被吓跑了，感到有点遗憾，眼下最紧要的是想法早点儿把人挖出来。

李卫民又重新招了四十个多个民工，石惊天都对他佩服起来。李卫民说领导对他很好，他哪能不出力呢。接着，跟石惊天提起肖一虎对他的关心，鼓动他把王秋燕往局内部调，但想一个农村妇女两个娃，啥也不懂调来干啥，所以没答应。铁建很快知道了这件事，惊愕地拍着桌子连骂肖一虎想要干什么。

肖一虎驱车到一分部正好遇到郭富海，就调侃地问他是不是又来看前妻和儿子？其实，郭富海来找石惊天是想看看隧道塌方处理有没有他可以帮忙的。肖一虎拍拍郭富海肩膀说："行啊，心胸宽大，都容得下情敌了。不过别忘了儿子可是自己的。"男男前几天病了输完液刚好，肖一虎故意指使他去看看。郭富海果真带着一堆玩具去了，结果被金帼英大骂一通，两人不欢而散。

深秋，一旦阴天便会细雨绵绵，一连好几天下个没完。人挖出来后，殡仪馆的人用担架把王大成的尸体从隧道里抬出来推进救护车。王秋燕边哭边扒着车不让走，泪都哭干了。铁建、党红旗等人站在雨中目送车辆消失在视线中，感慨老天在为逝者流泪。

赵化亮和王大成的骨灰都没有被带回家，被安葬在了隧道上面的景阳山上。

下葬那天，两座石碑前摆着花圈、酒杯、烧鸡、糕点及水果。职工们自发前来参加葬礼。铁建站在碑前表情极其沉痛，凝望坟墓说：“两位好兄弟，安息吧！大家会常来看你们。有你们在这高山上护佑着高铁，我们一定会按期通车。”蓝燕儿和王秋燕抚摸着碑面，哭成了泪人。就这样，两座坟茔高高地耸在山顶上。安葬完赵化亮当天，蓝燕儿准备回去。工地上的人来为她送行，铁建告诉她集团已经批准她调到局里来。

秋风扫落叶，遍地是黄色。秋去冬来，工地又恢复了原有的模样。肖一虎对这次事故以地质灾害定性一直耿耿于怀，又无法实现自己的企图，喉咙里像卡了根鱼刺，给王忠理打电话说景阳隧道看似塌方，其实是管理混乱所致。王忠理看看近日的进度报表，觉得他说得在理，提出必须对中铁工程局的现场管理混乱严肃处理。他俩在打电话的时候，铁建也正在和张福臣通电话，请示后天上午十点开始架梁事宜，邀请他到现场来站站台。全线架设首片梁是引领性的大事和好事，应该去参加。况且隧道塌方之后，张福臣没再来过，不知道现场处理情况怎样，也想到现场来看看。加上铁建的老父亲去世，只顾组织隧道抢险都没能回去参加安葬，让他很感动。如今断层已经开始有序推进，是该到现场来看看。于是，张福臣很痛快地答应说后天一定来。

刚放下电话，王忠理一步迈进来，称后天上午有个会议，没必要去参加架梁仪式。张福臣说中铁工程局出了那么大事，一直没落后，应该去给他们鼓鼓劲。王忠理观察着他的脸色，把握住火候，称内部人员透露，隧道塌方亡人虽然定性是地质灾害，实质上是管理不到位造成的，铁建有不可推卸的责任，为警示全线各单位加强现场管理，应该严加处理，要求对中铁工程局通报罚款并追究个人责任。张福臣觉得不对劲儿，说：“忠理，你还在记老铁的仇吧。地方安监局组成的联合调查组都定性为地质灾害，你为啥非说人家是责任事故呢？责任划分要以调查结论为依据，不能咱们说处理谁就处理谁。如果非要对个人追责，那也是中铁工程局内部的事儿。你说内部人士透露，一定是肖一虎吧？我看不能因他一个人说啥而影响整个标段施工。不过，话又说回来，这个社会不论在哪儿，哪个单位和项目都有姓肖的这种人。”

肖一虎给王忠理打过电话后意犹未尽，又约乔三到洗浴中心。两人披着浴巾从洗浴间出来，走过长廊要了一个单间，躺下后乔三让老板娘安排了几个漂亮小姐。很快，四五个身穿超短裙的小姐进到屋内。乔三坐在沙发上指着小姐，对肖一虎说看上哪个点哪个。肖一虎瞄着小姐，嘴里说着免了免了，可心里早痒痒得厉害。他清楚这里是一条龙的全活儿，于是，没再客气点了一个。

小姐花枝招展，进来就往肖一虎身上扑，把他捏得舒服得要死。肖一虎趴在按摩沙发上侧身对乔三说："老弟，上次说的那件事这么长时间，咋没有一点动静啊？"乔三说："早寄出去了，你们上级机关、当地检察院、中铁工程局纪委都寄了，并且是我亲自办的。"肖一虎故作郁闷地说："都说吃饭吃素，当官当副，可不当一把手干得很憋屈。姓铁的和他下面那帮人挡着，想办成点事很难。我也干过大项目，当过项目经理，论能力水平不比谁差，铁建能当指挥长，我为啥不能当？这条线还得干好几年，后面还有很多附属活儿，你想想办法，来个实名举报。"乔三问他还掌握哪些事情。肖一虎斜着身子靠近乔三，说："有啊。这不刚处理完隧道塌方死人吗？损失上千万元，明明是他的管理责任，却弄了个假定性结论——自然灾害，完全是花公家钱买通的。他的父亲去世，虽然他没回去送葬，可下面很多人偷偷跑回去参加，包红包送礼金，变相行贿和受贿。还有婚内出轨，与局指和分部女下属长期保持两性关系，这些一查一个准。"乔三诡秘地笑着，称几张邮票的事儿，好办。接着，乔三向肖一虎提出条件，如果真把铁建弄下来他当指挥长，一定要帮他弄点大活儿。肖一虎拍拍乔三的胳膊，说只要当上指挥长，想干活儿随便挑。

安质部部长这一职位一直空缺，由金帼英兼任。一天下午，铁建开会定人时，没有采纳肖一虎推荐王方太的建议，而是把杨晓从洋河隧道调回来接任了安质部部长。党红旗找他任前谈话，鉴于安全质量形势严峻，叫他不能辜负党委信任，一定要好好工作，不能和万红山闹别扭。

杨晓表完态从党红旗屋里出来，在楼道里遇到了万红山。万红山冷笑着说："杨晓，你进步快啊。去年咱俩还在一个办公室，现在就另立门户，与我平起平坐了。"见杨晓没接话茬，万红山一把拉住他的手说："告诉你，李欣欣是我徒弟，你离她远一点。"杨晓不服，他和李欣欣已经确立了男女朋友关系，于是愤然地说："你没资格跟我说这样的话。"万红山极其惊异，气恼地把手中文件资料撒落一地。

肖一虎看见杨晓走过来，热情招呼他进了办公室，说他能当安质部部长全是他肖一虎推荐的，要知恩图报。杨晓说："我听说你推荐的是别人。"肖一虎赶紧补救说俩人都推荐了，最后选了他。

杨晓在想，有些人真是知人知面不知心。从这次隧道塌方事故处理来看，他更加认定肖一虎存在明显的性格和心理缺陷，人品极差，不懂得崇德向善，工作中故意制造混乱，当面是人，背后是鬼，现在又跟他假惺惺地来这一套。面对肖一虎的表功，杨晓说了声谢谢便走开了。

在万红山心里，也许杨晓和李欣欣确实已经确立了恋爱关系，但不是李欣欣亲口对他说，他不愿相信这个事实。于是，他要亲自找李欣欣问个明白。李欣欣正坐在电脑前打字，万红山跑进来说："你们俩真确立关系了？"李欣欣望着万红山点点头。他不明白李欣欣怎么会选择了杨晓，实在承受不住这种打击。李欣欣很平静地说："你永远是我的师傅，一切都是我的过错，我向师傅深深地道歉。"万红山站在原地望着李欣欣，表情十分呆滞。

铁建和朱红军、杨晓站在冲沟处查看情况，地表注浆已经完成，大部分机械都撤出了，只有一两台注浆机还停在现场。看完塌陷区，铁建的目光又投向山顶，两座墓碑映入眼帘。一阵山风把两座墓碑前败落的黄花吹起，透出了满山的苍凉与悲壮。

铁建再次走进隧道掌子面时，看到机械正挖掘注浆凝结后岩石般的沙层。宝铁和李卫民正指挥民工手持喷锚机朝掌子面上喷射混凝土。谁都知道这是雷区，但必须蹚过去。铁建看着头戴安全帽、目光坚毅的宝铁和李卫民，忽然想起了当年在战场上的情景，前面的战士牺牲了，后面的战士擦干眼泪，奋不顾身继续朝敌人阵地冲去。

下山的路上，铁建想在一号搅拌站停留一下，被司机劝阻了。此时，崔凌花正陪王若云查看试件，突然转过身呕吐不止。王若云从口袋里掏出纸巾递给她，问咋啦？崔凌花又接连呕吐，吐完直起腰来说没事，可能没吃好，闹肠胃。王若云怀疑，望着她说："凌花，看你呕吐的样子不像闹肠胃，倒像怀孕了。"问她是不是宝铁的。崔凌花否认。王若云说她俩都是女人，她更是过来人，知道怀孕的症状，干呕就是怀孕。

宝铁下班后，崔凌花到宿舍去找他，坐在床边不停地流泪。宝铁把她揽在怀里摸着她的秀发，说："这是好事，咱们结婚吧。"崔凌花抽泣着说不知道如何是好，还没有正式跟家里人提过俩人的事。如果知道她怀孕，父母会被气疯。宝铁想要这个孩子，让她生下来留给自己父母带。崔凌花坚持不要，称家里的父母丢不起这个人，等结婚成家了，想要几个都行，宝铁没再劝她。

第二天是首孔箱梁开架的日子。宝铁早早赶到了梁场，发现提移梁区前面的桥墩前有一排龙门吊轨道，一群工人正在搭建简易舞台，背景墙底板上喷绘着架桥一体机架梁的影像图，上面写着“中铁工程局青阳梁场首片梁架设仪式”。存梁区一群工人正站在一孔箱梁端头，操作自动数控张拉设备对箱梁进行张拉。一捆捆的钢绞线锚索裸露在箱体外面，张拉设备套紧锚索开启后，发出一阵吱吱啦啦的轰鸣，自动仪表读出的数据，同步传输到了王忠理、于工、安雪容手机上，显示出的张拉数据是2143.2KN。王忠理与黄总监边走边看手机，换算单孔道锚外张拉力达到2143.2KN，相当于214.3吨；一孔梁27个孔道，施加张拉力总量是5787吨，承载力达到780吨。

架梁仪式现场一切准备就绪。制梁区停止了制梁，龙门吊、箱梁上、提梁机上处处披红挂彩。主席台背景墙耀眼夺目，几列头戴安全帽、身穿工装的职工纵队站在主席台前，远处成串的鞭炮铺在地上，梁场彩门内的主场道上彩旗迎风招展。张福臣、黄总监、王忠理、王县长、赵主任、吴镇长等领导和铁建、党红旗站在主席台上，扭着脖子看后面横跨大桥线位的龙门吊、扎着红绸缎的箱梁、提梁机、运架一体机。仪式开始后，党红旗先介绍了来宾，孔庆荣做了制运架情况汇报，最后由张福臣宣布架梁开始。几个工人迅速点燃了铺在地上的鞭炮，立时传来一阵噼噼啪啪的炸响。

龙门吊电机开始启动，将箱梁缓慢地提出来，并慢慢横向移动。现场的人都屏住了呼吸。孔庆荣、高永恒手持对讲机站在下面指挥，司机坐在驾驶室里，聚精会神地操作着巨型轮胎式提梁机，将梁体抓起徐徐升空，并慢慢向前移动，又从墩前的台座横移过去。等箱梁对准桥墩上的垫石落下来，上面的工人快速将辅助垫块塞入梁体底部，梁体平稳地落在了两台龙门吊之间的桥顶部，顿时一片欢呼声。

仪式结束后，铁建指着运架一体机向来宾显摆：“这大家伙，九百吨箱箱抓起来开着走，大国重器。”王县长、赵主任、吴镇长啧啧称赞，朝铁建竖起大拇指：“太了不起了！”首架成功，又创造了全线第一个架梁纪录，张福臣当场交代王忠理，让他记着年底信誉评价给中铁工程局加分。铁建谦虚地说塌方的事刚处理完，架梁就不要加分了。王忠理说：“铁指挥提出不加分可谓有自知之明。隧道塌方全线都知道，再加分其他局会有意见，也是给公司出难题。”

袁听枫不服气，说：“隧道是隧道，梁场是梁场，不能因为隧道塌方亡人就不给我们梁场加分，没道理嘛!”肖一虎让她少说话，没有她插嘴的地方。安雪容说：“肖副指挥，你胳膊肘儿往外拐。别的单位想加分都加不上，张董要给我们加分，袁姐没说错啊。”王忠理说：“隧道也是你们的嘛，现在干项目是一点黑扩散成一片黑，加分要慎重。”

张福臣看王忠理顶得很厉害，不好当面驳他，委婉地说：“忠理，不管怎么说，中铁工程局又给全线带了个好头。我主张哪个局做到全线第一，年底就给哪个局加分。”王忠理坚持说：“张董，作为业主，要考虑全线平衡才行。”袁听枫依旧插话，说：“搞平衡是吃大锅饭，轮流坐庄，上面没这样的规定。”铁建说：“王总，年底加分我们不要了。当着大伙儿的面，有件事我得给你赔礼道歉。”王忠理对铁建的话有些意外，心想你这么牛的人怎么会道歉？连说不必。铁建说：“前些天家里老父亲过世，工地上又塌方亡人，心情很沉痛。所以，上次说话冲撞了你，实属不该。幸亏今天你跟张董一起来，让张董做个证，我现在向你赔礼道歉。”说着，在众目睽睽之下铁建弯腰给王忠理深深鞠了个躬。

铁建的这一举动令王忠理十分意外，在场很多领导，弄不清是铁建做错了什么，还是王忠理小心眼过于计较，有点莫名其妙。大家都觉得铁建作为大指挥长，五十岁的人了，认错的态度如此诚恳，能有这样的胸怀实属难得。而铁建当众鞠躬，背后的含义是王忠理一直对他过意不去，让在场的每个人证明，给王忠理当面认了错，再处处计较那就不是铁建的事了。

肖一虎当时也在现场，他看到了那一幕，也猜出了铁建的用意，不得不佩服铁建的机智，也在权衡自己是不是铁建的对手。仪式结束后，他郁闷地去了悬灌梁工地。两端悬灌梁已经走行多节，长长的混凝土输送臂伸向高处，又在浇筑混凝土。这时，邓立强打来电话告诉他，想来工地看看他和王忠理，顺便结下账。肖一虎提醒他来后一定要与安雪容见面，邓立强果真给安雪容发短信约时间。

朱红军从工地回来直接去了梁场。安雪容把邓立强的短信拿给朱红军看。朱红军有些不高兴，说：“如果你跟他还有来往，咱俩就分手。”安雪容表情僵硬，随即委屈地掉下眼泪。“我又没让他来，我也不知道他来。你老是跟我分手分手，那你走吧……”朱红军想走又不愿走，最后还是狠心走了。

这个消息被紫祺传到了铁建耳朵里。朱红军因为邓立强要来看安雪容，提出与她分手，工作都没了情绪。架梁刚开始，安雪容是技术主管，心情不好会影响到架梁，再出个啥事儿不好交代。于是，铁建拿起手机把朱红军叫过来，指着他的脑袋，说：“你可真行。邓立强还没来，你先跟安雪容打起来了。你是不自信还是缺乏竞争力？生气也不能轻易提分手啊？真是猪脑子。邓立强来看雪容，关雪容什么事？那小子是张狗皮膏药，需要慢慢撕下来。你说，到底是不是真想跟雪容分手？”朱红军摇摇头说不是。铁建又说：“不是就好。越是这时候，你越要力挺雪容，坚定地跟她站在一起，共同对付邓立强，这才是你应该做的。遇到竞争对手溜之大吉，别说你提出分手，要我说雪容应该把你甩喽。因为你缺乏血性，不能给她保护。”朱红军忽然意识到铁建的话有道理，愧疚地低下了头。

萧瑟的初冬，寒风夹带着片片枯草飞扬在天空，天气越来越冷。悬灌梁大桥上工人正在向上攀爬防护梯，灌车和输送泵伸展长臂在打混凝土。运架一体机机腹中载着双层箱梁在已架成的大桥上前行。铁建站在高高的路基上举目远望，目光凝重深邃。路基边坡下，一群工人已经开始进行浆砌六棱块附属施工。沿着便道，他又来到景阳隧道。轰隆隆的自卸车进进出出，掌子面回填后堆满黄土，形成一个高大的长坡，两侧侧壁洞室正在分步开挖。

金帼英、王若云、朱红军、宝铁和李卫民正在商讨方案。铁建进来，见到他们问调整后的施工方案怎么样，金帼英说因为核心部分没有定型的工法，所以采取了十步开挖，等最后二衬时再挖掉核心土；止浆墙后塌体上方空腔，采用水泥砂浆进行压浆回填。铁建问完帷幕注浆，又问小导管有没有采用钻孔打入。朱红军说先按设计要求钻孔，钻孔直径比钢管直径大3—5毫米，然后将小导管穿过钢架，用锤击或钻机顶进去，长度不小于钢管长度的百分之九十，并用高压风将钢管内的沙土吹出来。看他讲得头头是道，铁建叹口气说：“红军，这就是为什么化亮走后让你接替他当这个副经理的原因，关键时刻你要发挥作用。”

一天，铁建突然接到夏江的电话，说这次塌方亡人一事，虽然是地质灾害，但也有一定的管理责任。如果对现场人员不做出相应处理，对上对下和社会各界都不好交代。所以，提前给他通个气，让他有个思想准备，做好下面人员的工作。铁建的目光有些呆滞，半天没说话。夏江问他是什么态度，铁建表情沉重，说听从组织安排。夏江说：“说实话吧，我也不想处理，但毕竟出了这么大事。内部处理，在一定程度上也是为了保护大家。如果上面追责再处理恐怕更重，从局里到项目都会很被动。”

话都说到了这个份上，铁建还能说什么呢？他问处理到什么程度？夏江说安员处根据规定拿的意见是，他作为指挥长负主要领导及管理责任，只能降职。

“降我的职？”铁建极为震惊。

夏江说：“行政处分准备免去你的集团副总工程师职务，正处级不变。”

铁建内心翻腾着，请求能不能就处理他和党红旗，其他人员不做处理。夏江说不行，管技术的、管理的、安全质量的都要处分，具体怎么处分等上会研究后再说。铁建挂断手机，靠在椅子上左手托着腮陷入沉思。少顷，铁青着脸，将桌子上的一堆文件扫落在地。一个很少在困难面前掉泪的硬汉，如今却止不住地流泪。他真想放声大哭，可不敢，因为他是指挥长，不得不压抑着心中的痛苦。

铁建想挽救大家，但此刻连自己都自顾不暇，又何以帮助属下？于是，他开了个小会提醒大家。众人听说要挨处分，心咚咚跳得喘不过气，会场空气顿时凝固了。党红旗说这是真的，出了这么大事集团不做处理，作为一级组织说不过去，也是对大家的保护与关心，所以要正确对待，一如既往地干好各自工作。

王若云想不通，说：“明明是地质灾害引发的事故，为什么要处理我们?”

肖一虎对自己受处分并不在意，反而心里乐开了花，这正合他意。石惊天觉得很憋屈，但还是表态称自己没意见，任凭组织处理，心里却不服，伸手从桌下按了按紧靠他坐的金帼英的大腿。金帼英把手从桌上挪到桌下，两人的手紧紧地握在了一起。

铁建面无表情，说：“再给大家通报一件事，我准备过几天休假回去给老父亲上个坟，指挥部工作由党书记全面负责。大家有事多向书记请示报告。”肖一虎一听铁建要回家，争着说他是副指挥，指挥部工作应该由他来主持，怎么能让党红旗负责呢？铁建不同意，让他保留意见，说着说着两人杠上了。铁建直视着肖一虎说：“你是副指挥长，帼英还是副指挥长兼总工呢，不让金总主持你主持？你的水平能比她高到哪里去？”党红旗一看这情形，说算了，谦让着叫肖一虎主持，他当助手。王若云说那不行，如果党书记不主持工作，金帼英更合适。众人一呼百应，纷纷推荐金帼英。

这么多人都反对肖一虎主持工作，他也就软了下来，嘟囔称他没说非要主持，只是想要个公平。铁建说："公平？我休假，书记主持工作是最大的公平，轮不到你指手画脚。如果不同意，你可以向上反映或离开这个项目。"肖一虎一听铁建又说叫他离开的话，当场急红了眼，瞪着铁建愤懑地说："我为什么要离开这里？是组织派我来的，谁也没权力赶我走。"

铁建说："你以为可以在这个项目上为所欲为吗？除非我不当这个指挥长。肖一虎，你信不信，我可以立即给夏董打电话再把你调走。"

会议不欢而散。石惊天和朱子来散会后一边往分部走，一边打电话告诉食堂多加几个菜，他俩要跟活着的人喝酒。食堂管理员不知道有啥事儿，按领导吩咐弄了一大桌菜。晚上，石惊天、朱子来、王若云满面愁容端杯就喝，喝完又倒，一直喝到深夜。职工们体会不到他们内心的压抑与郁闷，只看到他们喝酒时的疯狂和喝醉后的狼狈。餐桌上一片狼藉，几个人趴在桌上不言不语。王方太、梁丽丽和李欣欣拉拉这个，搬搬那个，但没有一个人听劝。

王方太扶朱子来回宿舍去睡觉，李欣欣则去拉王若云，她扭动着身子仍找杯子要酒喝。梁丽丽一块帮忙拉她，不让她再喝，她用胳膊挡开她俩，说："我心里难受啊……"劝也劝不动，拉又拉不走，李欣欣和梁丽丽无奈地摇摇头。这时，石惊天无意识地抬起头，从桌上抓起一只杯子啪地摔在地上，"我们命都快没了，为啥还要处分我们？"他指着李欣欣和梁丽丽，舌头生硬，让她俩说为啥。李欣欣和梁丽丽很无语，皱着眉头发愁，石惊天突然边哭边说他没管好，丢了全场和五公司的脸。

铁建等一竿子人要被上级处理的消息不胫而走，人们开始议论纷纷，有的人打抱不平，有的人幸灾乐祸。朱红军、宝铁和王方太跑到镇上一家酒店，喝着酒发牢骚，说死去的人丢性命，活着的人挨处分，这隧道干得太窝囊。

肖一虎和乔三则为此事拍手称快。也就是这天，乔三开着奔驰车到派出所把老四接了出来，老四感激涕零，说："三哥呀，这次你又费心劳神把我捞出来，我老四的命都是你给的，以后无论遇到什么事儿，兄弟万死不辞。"乔三把铁建一伙人被处理的事告诉了他，把他直接拉到镇上一家饭店，肖一虎早已等候在包间里。乔三和老四进来落座后，他说了许多为老四压惊的话。虽然那天没喝多，但他依然有快感。临走时，王方太刚好从一楼包厢出来去洗手间，听到肖一虎跟乔三边走边说话，急忙闪进厕所偷听。乔三说："早晚让他姓铁的难堪。"肖一虎歪歪倒倒，告诉乔三要做得滴水不漏才行。等他们从洗手间门口走过后，王方太急匆匆跑进包间。大家才真正知道了肖一虎一直跟乔三混在一块狼狈为奸，真是物以类聚，人以群分，内部人员不走正道他是第一个。他们感叹，用对一个人可以搞好一个项目，用错一个人可以搞垮一个企业，上级派肖一虎来副当指挥长简直瞎了眼。

那天，宝铁也喝醉了，进屋吐了一地。崔凌花和王秋燕听到声音，赶紧从隔壁跑来给他倒水、擦洗并清除地上的呕吐物。王秋燕端杯水递到他面前让他漱口，他瞪着两眼问李卫民呢？王秋燕说进洞了，今晚要打二衬。宝铁慢慢地倒在床上，挥动胳膊让她们都走，他要睡觉。转头就听到他低声抽泣，喃喃自语称赵化亮、王大成都死在洞子里，自己还要挨处分。王秋燕难过，叫崔凌花再安慰安慰他。崔凌花心酸地点头，坐到床边帮他盖好被子，让他快睡。宝铁把头蒙在被子里，嚷着不干了，只想跟崔凌花一起回家。

夜幕降临，满天星斗，弯月悬空。党红旗陪铁建走在高高的路基上，远处路基下的机配碎石搅拌站和大桥上还在挑灯夜战，不时传来机械的轰鸣声和人的呐喊声。他们漫无目的地顺着路基一直往前走，最后在路基顶头的桥台前停下了脚步。党红旗看见铁建抬手擦了擦眼角，说："老铁，别难过，无论什么结果，我都陪你。"而后抽出一支烟递给了他。

铁建接过烟点着，说："红旗，你说咱俩是不是打了败仗？"

党红旗说成败不能以上级给他们处分来定，要看能不能顺利通过隧道塌方。他认为是成功的，只不过有个最大的失败，是集团把肖一虎派到这个项目上来。

第二天上午，杨晓和李欣欣手提安全帽，并肩走在绿荫覆盖的山路上。李欣欣说昨晚石惊天他们喝得酩酊大醉，都伤心得哭了，她替他们难受。杨晓说凡是受处分降职的人两年之内都不能提拔，干得这么苦，到最后落个处分，谁都会寒心，当初如果把他放到景阳隧道，这次一定也会挨处分，不知道后面还会有哪些不可预知的事情。李欣欣稍加沉默后大发感慨，谁能感知未来？人生就像前面的这条山路，一直弯弯曲曲，坚持了，走过了，最终能够到达山顶。

石惊天和朱红军正在办公室研究工作，王若云拿着资料进来，说架桥机掉头回来后，只架到悬灌梁大桥桥头，合龙后直接铺设无砟轨道。朱红军看着资料说工期能满足，但钢桁梁拖拉施组方案需要金帼英先审查，然后报业主批复才能施工。石惊天问不知厂家加工得怎么样。朱红军说宝铁已经开始加工了。王若云要求一定要盯着厂家按合同日期供货，拖延工期要赔偿。再聊就聊到了蓝燕儿入职后来项目上的事儿，问石惊天要不要给她换一间宿舍。石惊天想想后说换了不好，还是让她住赵化亮那一间。

石惊天和王若云听说朱红军跟安雪容闹矛盾，催他放下架子去找安雪容。安雪容在袁听枫的办公室正说着邓立强的事儿，就接到了他的电话，说出差顺便来看看，快到镇上了，想与安雪容见个面就走，把带的东西交给她。安雪容听着立马拉下脸来，袁听枫骂他个小王八羔子，称要亲自出面会会他。于是，袁听枫在镇上茶楼订了一个包间，叫上朱红军、安雪容、紫祺，坐在包间里等邓立强。袁听枫说："小朱子，姓邓的来了你先不要说话，让我来对付他。"紫祺鄙视邓立强，骂他没皮没脸，春节把话说成那样，还黏着安雪容。

邓立强坐着一辆越野车，直接开到茶楼前面停好，下车提着一包东西直奔茶楼包间。推门后看屋里这么多人，有点胆怯地扭了一下脸。

袁听枫说："邓立强，进来，我们都等你呢。"

朱红军、安雪容和紫祺怒视着他，坐在椅子上不动。邓立强走到里边，发怵地朝安雪容四人点了点头。安雪容一脸怒气说："邓立强，我给你说过多少遍，你我已是陌路，为什么还要纠缠不休?"邓立强狡辩称只不过路过来看看。袁听枫毫不客气地说："哎，邓立强，你为什么老纠缠雪容?"邓立强一副冤枉的样子，称没有。朱红军愤怒地站起来，说："没有为啥老给雪容打电话发短信?"邓立强不屑一顾地瞅着朱红军，说："你不就是个工匠吗？一年能挣几毛钱？还不够我的茶水费，跟我来这一套。"安雪容怒了，说："挣钱多少与你无关，他就是个穷光蛋，我也愿意嫁给他。"邓立强凑到朱红军跟前，恨得咬牙切齿，说："没有你，我和她也不会分手。"然后又走近安雪容说："我挣钱本来想给你花，可你不要。"

紫祺起身拉开安雪容，说："哎，你真了不起呀，据我所知，所有的奸商都会挣钱。我想你挣的一定是黑心钱。可惜，钱买不走雪容的心。做人最好的状态是懂得尊重，而不是晒自己有钱。看来，你还没有长大，等你长大了，你才会懂得内敛自持。这个世界并非你一个有钱人，还有更多虽然没钱，但比你高尚的人同时存在着。"邓立强看着她，说："你口才很好嘛，没有钱，你光高尚管屁用？我们挣钱也是为社会作贡献。”

袁听枫拍着茶几说：“邓立强，你别拿你的臭钱到我们面前显摆，我们不稀罕。你们投机钻营充盈了自己的钱包，还说什么给社会作贡献？你拿出过多少钱给社会和穷苦人？又为贫困山区的百姓和孩子捐赠过多少？一个子儿恨不得掰成两半花，谁多花你们一分钱，比挖了你们的心肝都难受，还有脸跟我们在这儿提钱。滚！”

邓立强无地自容，指着安雪容说：“好，安雪容，我好心来看你，你却把他们都叫来对付我。”说着，掏出手机给肖一虎打电话，称自己被朱红军叫的几个人堵在了房间里。袁听枫说：“你还想搬援兵？肖一虎来了也没用，都是你自找的。雪容早说过不用你来看她，大路朝天，各走一边，你以后别再骚扰她。”邓立强始终不承认骚扰，说只是打个电话问候而已。朱红军指着邓立强的鼻子说打电话就是骚扰，他是看不得安雪容好。邓立强听了大声喊起来：“因为她是我前女友，是浪费了我两三年感情的女人。”朱红军愤怒上前，一把抓住邓立强的领口，举着拳头要打他，说：“再说一句？我郑重地告诉你，雪容是我的女朋友，我娶她。哪怕是一间陋室，也比跟你在一起舒心。”

袁听枫嘲笑邓立强：“你好意思说雪容浪费了你两三年感情，是你耽误了她几年的大好时光，没见过你这种德行的男人。”安雪容含泪把朱红军拉到身后，指着门口让邓立强走。

朱红军怒骂道：“姓邓的你记住，再敢骚扰雪容一次，我就送你归西。”邓立强耸耸肩，说：“你太天真了，这是法治社会，容不得你姓朱的横行霸道。告诉你吧，铁宏歌寒假来到我的公司上班，你们这么对我，看怎么向铁指挥交代！”袁听枫说：“你给我滚蛋！看看你这副令人厌恶的嘴脸，还拿宏歌要挟我们，你打错算盘了。”紫祺说：“邓立强，奉劝你说话别那么没有底线和口德。指挥长是我舅，你也别拿我表妹当挡箭牌。一个人的本事不在于他能挣多少钱，而在于他做人的情怀。一个没有情怀的人，早晚会死在钱眼里，更不会得到真挚的爱情。我们女人，不在乎男人长得有多帅，手里有多少钱，更珍爱一个纯洁的心灵和一个高深人品的人，而你不配。”

邓立强在这群人面前的人设彻底崩塌，绝望的神情令他面部肌肉一抖一抖。肖一虎急火火地赶来，进门喊：“怎么了，你们这么多人围着邓董干什么？”袁听枫指着邓立强让他自己说。肖一虎见势不妙，把邓立强推出包间，转身指责袁听枫和朱红军："哎呀，你们怎么这么不懂规矩，他是业主王忠理介绍来的，也是咱们的材料供应商。雪容，你俩曾经恋爱过，他来看你也不能对他这样嘛！如果他告到王总那里，咱们都要落埋怨。王总跟他父亲是同班同学，懂得深浅了吧？"

紫祺回到梁场，在电话里把这件事告诉了铁建，让他转告铁宏歌小心被邓立强利用。铁建很生气，说："敢拿我和宏歌说事，纯粹混蛋！"当即便与铁宏歌视频通话，问她是不是答应寒假去邓立强公司上班。铁宏歌说没有，只去他公司看了看。铁建说有些民营老板不同于央企，寒假若想找地方锻炼，他帮找个单位，或者来工地锻炼，不能去邓立强的公司。

第三十章

处分结论下来，是在十天以后。集团公司党委常委会第一个议题就是《关于景阳隧道突泥突水亡人事件责任人的处理决定》。铁建负主要领导与管理责任，被免去集团公司副总工程师职务，行政记过处分。党红旗、金帼英、肖一虎同样挨了个行政记过。石惊天、王若云、朱子来、宝铁都分别受到处理。

铁宏歌担心铁建精神上顶不住，拨通他的电话，劝他回家休息。铁建莫名其妙，问铁宏歌从哪儿听说的呢？这是无形中给他添烦。铁建极力表现出无所谓的样子，说前几天夏江已经给他通报了情况，下面的弟兄不该哭的哭了，不该醉的也醉了，都已做好了心理准备。铁宏歌说："爸，你一定要挺住。当不当这个副总工程师无所谓，只要对得起企业、对得起职工、对得起自己的良心就行啦。"

铁建说挺得住，这么多年，啥样的桥没过过，啥样的路没走过，现在只想尽快休假回家，到老爷子的坟上去烧炷香、磕个头，守着他坐一会儿。

开始架梁后，运架一体机一直伸展前方支腿，将三十六个轮胎滚动向前，然后被悬空撑起，九百吨箱梁缓缓地自动推出来，之后在桥上的工人的引导下，准确地落在桥墩上。现场的工人紧张有序，全身心地投入工作，只有肖一虎无所事事地躲在架好的桥下给王忠理打电话，说铁建受到了处分，被免去了集团副总工程师职务，行政记大过，马上要休假回家，需要一名副职主持指挥部全面工作，请王忠理给夏江打个电话，推荐他先主持全面工作。王忠理觉得这是个机会，马上给夏江打了过去，先是一阵客套，继而用很佩服的口吻赞赏夏江看问题高瞻远瞩，对景阳隧道塌方亡人事故责任人处理得非常好，可以让其他人举一反三接受教训。之后，便切入主题，称铁建要休假，肖一虎很能吃苦，关系处理得也好，是个干将，可否考虑让他顶上来。

夏江思考着他的话，集团党委没有考虑中途换将，王忠理又是从哪里得到的消息。疑惑间，问这是不是张福臣的意思。王忠理愣了一下，含含糊糊地说他也可以代表业主方。夏江听后似乎明白，似乎又不明白，放下电话稍加琢磨后，与张福臣联系确认其真实性。张福臣满口否认，直骂简直胡闹，根本没有的事儿，说铁建在全线是屈指可数、一流水平的指挥长，为什么要换他？地质灾害他和下面一帮人都挨了处分，已经够冤枉了，集团若想换将，他坚决不同意，除非有比铁建能力和水平更强的人，那还得看他认不认可。夏江这才清楚了事情的原委。

夏江刚挂断张福臣的电话，肖一虎的电话便打了进来，喊着夏董，试探说铁建这几天要休假离开工地，看指挥部谁主持全面工作更好。夏江说："看老铁的意见和安排，你不用操这方面的心。"不等肖一虎说第二句，他就把电话挂了。肖一虎心中有些发毛，站在工地愣了半天，摸不清夏江到底是啥意思。

夏江很生气，随后给铁建打电话摸情况，问铁建近期要休假，指挥部的工作是怎么安排的。铁建汇报说准备让党红旗主持指挥部全面工作。夏江说："肖一虎想主持，还找了王忠理。王忠理还真给我打电话推荐他，但张董说不是他的意思。老党毕竟是搞政工出身的，对工程管理稍有欠缺。肖一虎嘛，虽然人不咋样，终究当过大线指挥长，不给王忠理面子，以后工作不好开展。你休假期间，不行就让他试试，这样下次见到王忠理也算落实了他的意见，你看如何？"

铁建很吃惊，一时摸不透他与肖一虎和王忠理是何等关系，把党红旗主持工作的理由重复说了几次，称他毕竟是党工委书记，有素质，修养高。党红旗听说这事后安慰铁建，说他无所谓，肖一虎愿意主持工作让他主持，他配合。但话锋一转说，王忠理和肖一虎完全穿一条裤子，这个项目让他当主管非乱不可。

张福臣与夏江通完电话后，憋了几天，没主动跟王忠理提这个话茬儿。王忠理来汇报工作，他板起脸来。王忠理不知道到底发生了什么，坐在沙发上不住地观察张福臣的表情变化，心里有点儿紧张。张福臣抬起头盯着他直呼其名，说："王忠理，听说你为肖一虎主持工作的事儿，专门打电话找了夏董？"

王忠理愣了愣，说：“是的，打过一个电话。”张福臣气得真想甩他两巴掌，但毕竟都是局级领导，打他是不可能的，说：“老铁挨了处分，要休假，你推荐肖一虎主持指挥部全面工作，这事你也干得出来？你是向我请示过，还是咱们一起商量过？铁建水平不行还是能力差、人品不好？你想把肖一虎弄上来，总得有个理由吧？你怎么能去干预施工单位内部的事情呢？”

王忠理吭哧半天说只是推荐一下而已，没想去干预工程局内部的事务。张福臣说：“上次肖一虎来专门请你出去吃饭我就没说你，你自觉一点好不好？老铁对工程是有把控能力的，你与肖一虎关系再好，他有那个能力和水平吗？”王忠理说他认为肖一虎的能力与水平不比铁建差。这话惹恼了张福臣，说：“肖一虎连自己都管不好，能管好全标段工程吗？我警告你王忠理，你给我当副手，以后不要对施工单位指手画脚，尤其对他们的主管领导，更不能随便安排不合理的事情，叫人家左右为难，当业主要有个业主的样子，不应该是你这样的作为，懂吗？”

在这场博弈中，张福臣完全站在正义的一方，王忠理始终处于下风。铁建秉承的是军队的作风和传统，领导的话就是命令。他召集指挥部全体人员宣布说：“我休假期间，指挥部的全面工作，根据业主王忠理的推荐和夏董提议，由肖一虎同志主持，党书记和金总协助并监督。”肖一虎顿时趾高气扬，摆出一副主管的架势。杨晓瞥着肖一虎，说：“指挥长，上次你不是定过由书记主持全面工作吗？怎么突然改变了主意？”铁建板着脸，说：“这个得问老肖本人。一虎，你说说为什么我会改变主意？”肖一虎毫不顾忌，说自己是副指挥长，主持全面工作是正常的。金帼英愤愤不平，坚称自己也是副指挥长，她也可以主持全面工作。肖一虎讥讽说：“好啊，你主持我服从。一个离婚的女人，你能了去了！”金帼英狂怒，站起身指着肖一虎骂道：“你混蛋。我离婚与你有啥关系？你想当大指挥长，想主持全面工作，想拥有权力，利欲熏心，扯得到我离婚的事吗？看你那德行。”

肖一虎假装大度，说：“好好好，算我说得不对好不好，向你道歉。”兰花朵嘲笑他说：“肖副指挥，你不用向金总道歉。当领导需要有过人的胸怀与修养，有的人当领导遇到再大的难事都能举重若轻，而有的人缺乏自知之明，能力不足往往被担子压得喘不过气，到头来累了自己，耽误了项目。我要是你，会主动让书记或金总主持全面工作。”几句话把肖一虎气得咬牙切齿，说："兰花朵，你这么看不起我？我主持工作或当指挥长，会让你服服帖帖的。"党红旗平息着大家的情绪，说："行啦，都别说了，按铁指挥的意见办。老肖，你主持全面工作我没意见，绝对配合。是骡子是马拉出来遛遛，谁要把这个项目搞乱了，谁就是全局的罪人，我们决不答应。"

肖一虎主持工作，反应最强烈的是一分部。王若云一肚子怨气，说肖一虎主持工作，没一个人服他。朱子来说铁建肯定有他的难处，不然怎么会变了呢？石惊天说："不管谁主持工作，只要说得对，咱就听。如果瞎指挥，老子才不管那一套呢，反正处分也背上了。"宝铁倒是岔开了话题，提醒石惊天隧道断层还有几米就闯过去了，问到时还搞不搞仪式。石惊天说："不搞。闯过去咱们上山去祭化亮和大成。"

朱子来和王若云合计，铁建休假，肖一虎肯定会找他们给乔三办事，到那时应该如何应对。石惊天说他想到了这一点，后面的路基护坡、防护栅栏、绿化等一些附属工程，有可能会叫一分部安排给乔三干。梁丽丽称坚决不能让他插手，这些活儿一旦被乔三控制在手里，将来可要赔大钱。王若云同意梁丽丽的观点，说一开始给乔三的那些活儿已经惹出麻烦，好不容易把这张狗皮膏药扯下来，现在更不能给他的队伍活干，这是拿高铁建设开玩笑。朱红军横着脑袋说："你们当领导不好说，肖一虎真这么干，到时我去顶。"王方太骂肖一虎只会争权夺利，是个不管不顾、不计后果的人，他的话绝对不能听。

现场所有人只要一提起肖一虎就有说不完的话，人人憎恨，人人臭骂，人人防备。李欣欣突然想起一件事，说公司已经通知蓝燕儿来报到，来了咋安排？石惊天叹口气说把她安排在工程部吧，这样李欣欣和梁丽丽还可以陪陪她。

蓝燕儿来的那天晚上是王若云、梁丽丽、李欣欣进站接的她。乘务员打开车门放下踏板后，蓝燕儿背着吉他，拉着行李箱从车厢里出来。梁丽丽和李欣欣拥到车门口，从她手中接过行李箱和吉他。回到项目部，蓝燕儿发现铁建、党红旗、金帼英都站在操场上迎候着，她控制不住自己，流下了热泪。铁建上前握住她的手，说："蓝燕儿，从今以后，你就是咱们这条线上的一员，大家都惦记着你呢。"蓝燕儿含泪点了点头。

天亮后，太阳格外红，没有一点风。一分部派了几个人先陪蓝燕儿到山上看了看赵化亮的墓。宝铁提着水果和鲜花走在前头，蓝燕儿和崔凌花跟在后头。她们把鲜花和水果摆放在墓碑下面的石板上，几个人站在赵化亮墓前鞠了三个躬。蓝燕儿又抽泣起来："化亮……我来看你了。你要保佑隧道断层快过去。"宝铁用凝重低沉的声音说："化亮，蓝燕儿这次回来不走了，我们随时来看你。"之后，几个人又走到王大成墓前深深地鞠了三个躬。一阵微风吹来，鲜花在碑前来回摆动。

蓝燕儿清楚局指和分部的关系，也知道肖一虎主持了全面工作。肖一虎自鸣得意，三天两头打着汇报工作的旗号，跑去南北公司请王忠理喝酒，奉承王忠理的威力大，一个电话铁建想挡都挡不住。王忠理端着酒发怨，说："你这次可真给我出了个大难题。为了你，张董当面把我批了一顿。"肖一虎一再表示歉意，说关键时刻是王忠理拉了他一把。王忠理摆功称他可是两肋插刀。肖一虎急忙表态说："从今往后，王总您有事一个电话，我会全力以赴，放心。"

从王忠理那儿回来已是深夜，但肖一虎难以平静，又约了乔三到洗浴中心聊天。俩人并排斜躺在沙发上，叫了两个小姐给他们捏脚。乔三端起茶杯慢慢喝一口，说："肖哥，这回终于有出头之日啦。"肖一虎满足地笑着，说："老弟，这只是刚刚开头，以后想干点啥活儿你说吧。"乔三搓着指头说："你看着安排，什么赚钱，咱干什么。"肖一虎感慨万分，说："来这儿这么久，交了你和王总两个朋友，是人生中最大的收获。当初刚上场的时候你帮了我，现在到了我回馈的时候了。"然后，他侧身凑近乔三小声说铁建现在正走背字，那件事怎么还没动静？乔三神秘地说："放心肖哥，千真万确办妥当了，不论早晚，一定会砸出个坑来。"肖一虎躺回沙发，说："那就等着看戏吧。"

铁建不到最后一刻不交班。只要他在，肖一虎就不敢为非作歹。他下午乘车休假回家，上午才召集指挥部人员过来交接工作。铁建提醒肖一虎说主持工作要多跟党红旗和金帼英沟通商量。肖一虎假装谦卑地说一定，能定的事他定，定不了的事他会跟党红旗和金帼英多通气。党红旗一听便知道他话里有话，问："老肖，哪些事情你能定，哪些你定不了？"肖一虎扬扬得意地笑着，说："工程上的事能定就不麻烦你们了，技术上的事听金总的意见。"金帼英说话很直接："技术上的事你也可以直接定。指挥长一休假，你是大拿，你说了算，我们都听你的。"

肖一虎盛气凌人地说："我要能定技术上的事儿，还要你这个总工做什么？你这态度明显是不配合工作嘛。"金帼英口气也更加强硬起来："上场以来，你真正配合过指挥长和书记的工作吗？指挥长一直在前方冲锋陷阵，可你在背后却使反劲儿。”肖一虎说：“我使什么反劲了？班子要发扬民主，允许大家开口说话嘛。”党红旗说：“党的组织原则是民主集中制，党工委是一级组织，任何事情都有参与权和把关权，是项目管理‘三重一大’决策的前置程序，这一点你要搞清楚。”

铁建还没走就这么不和谐，以后咋办呢？但他不能不回去，老爷子已经下葬数日，再不回去给老父亲上坟，内心会责备自己一辈子。铁建说：“你们别吵了，我把工作交清楚，至于听不听，那是你们的事儿。”话没说完，铁建突然接到夏江的电话。“老铁，我想通知你个事，你也别有压力。”夏江说，“上级纪委让通知你，暂时不要休假，更不能离开工地，先把工作交给肖一虎代管。纪委案件审理室周主任和邱处长正在前往指挥部的路上，你等他们吧。”

会议室里的人都极为震惊，唯有肖一虎极其冷静。铁建惊愕地说：“是调查我吗?”夏江说：“是你的事儿，有多封举报信，上级纪委让你协助调查，你要暂时对外保密。”铁建将手机扔在桌子上，脸色很不好看。这一切都在肖一虎的预料之中，只是他觉得对铁建的调查让他等得太久，不过总算来了，他的内心竟得到几分安慰。

党红旗吃惊地问：“老铁，有人举报你?”铁建心情沉重地点着头，说：“纪委周主任已经在来工地的路上。”兰花朵气愤地说：“谁这么坏？写诬告信。”肖一虎假装愤怒，又一语双关，说：“这个得好好查查，太过分了。”铁建收起本子一摔，说：“好吧，假不休啦，我留下来等他们，你们该干啥干啥。”肖一虎愣了一下，心想人不走，一切权力还在铁建手里，还是他说了算，不是白高兴了吗？他试探着问：“那这工作还是别交了吧?”铁建说：“刚才已经给你们交完了。老肖，自今日起你要全面抓起来。”肖一虎心里沾沾自喜，表面尽量掩饰着自己，说：“我听你的老铁，一定尽心尽职。”

金帼英瞟着肖一虎，骂一定是内部人员捣鬼。铁建长叹，说自己历来淡泊名利，以廉洁自律换得安宁，既然有人举报那就举报吧，他等着。肖一虎假装好人，说有人举报能举报啥呢？让铁建想想是不是哪方面做得不到位被人抓住了把柄？铁建怒视着他说：“不用你操心。我铁建这几十年来是横刀立马，仰不愧天，俯不愧地，外不愧人，内不愧心，从没愧对过党和国家的事业，凭良心做人做事，不相信蚍蜉能撼动大树。”

铁建被举报的消息传到基层和现场，大家都备感震惊。这么好的一个领导干部怎么还会有人举报，那些不得人心，天天做坏事的人怎么没人举报呢？整个项目上的人一下寒了心。

梁场开会时，袁听枫第一个发出愤怒的吼声：“有些人背后搞鬼，像写我的诬告信一样，是无中生有。”孔庆荣很淡定，说：“我相信指挥长一身正气。让那些人告吧，看他们最后能告出个啥名堂。”安雪容非常憎恨这些小人，说：“有些人唯恐天下不乱，自己歪歪扭扭，一屁股臭屎，却把污水往别人身上泼，一定是为了达到不可告人的目的。”

面对这样突如其来的情况，谁也无力挽回，只能在精神上给铁建以安慰与支持。当时，石惊天、朱红军、宝铁、李卫民正在景阳隧道值班室里，听到这个消息后甚感惊讶，议论纷纷。李卫民认定铁建是好人，出现这种事，一定有内鬼。石惊天赞同他的观点，说无非三种情况：一种是外部人捏造事实诬陷，不知其详怎么诬陷？一种是内部别有用心的人捕风捉影乱写，这些人会想到核查不实的后果。还有一种是内部有人勾结外部人员想借刀杀人。即使问题不属实，自己也好脱身。所以，第三种情况可能性最大，要查先从内鬼开始查起。宝铁把安全帽往桌上一扔，气愤地说：“有些人心理太阴暗了。现在别说干活了，人能平平安安地活着已经很不容易。”石惊天称早晚会水落石出，劝大家先干活儿，有空再去看铁建。

朱子来、杨晓和梁丽丽刚要进洋河隧道，听到这个消息，都停住了脚步。朱子来有点不相信自己的耳朵，他觉得事情没这么简单，直觉是此事与乔三有关系。杨晓顺着这个思路分析，人为财死，鸟为食亡，这帮人，为了挣钱不择手段。梁丽丽说乔三他们会有铁建什么事实依据？如果有，一定是内部人员提供的。山雨欲来风满楼，一场大风波正在来临。

纪委案件室周主任、邱处长的到来，令肖一虎既吃惊又兴奋。他怕被别人看出来幸灾乐祸，人前装作一副憎恨相，有空却躲在大桥阴暗的角落打电话。不远处工人正在吊卸轨道板，吊车嗡嗡作响，正好能掩盖他的声音。他首先把情况通报给王忠理，说上级纪委来调查铁建了。王忠理吃惊地坐起来，问纪委调查，查铁建什么，与肖一虎有没有关系。肖一虎称铁建是被人举报的，与他没半毛钱关系，王忠理这才放心。但王忠理还是说：“我告诉你老肖，铁建与你我有再大的矛盾，有再不同的看法，你再怎么不服气，也不能举报害人。即使他有严重的违法乱纪行为，那也是组织处理的事儿，你可不能参与这种事儿。”肖一虎说知道，不可能干那种伤天害理的事情。

乔三是肖一虎第二个给透露消息的人。他坐在办公室里拍着大腿哈哈大笑，连声叫好，说：“这回肖哥的位置可以坐稳当了。”肖一虎让他不能对任何人走漏半点风声，乔三说明白，让他一百个放心。

项目上所有人都在关注和关心着铁建，纷纷赶到局指来看望他。大家都清楚，山洪暴发又遇隧道溶洞，隧道塌方再遇亡人事故，父亲病故恰逢纪委调查，一连串的打击，再坚强的人也扛不住。铁建却坦然一笑，说：“你们还信不过我吗？我想得开，不会跳楼。我要真跳楼，也死不瞑目。纪委来人调查也好啊，看看到底是谁在搞名堂，能举报我什么？我会一件件跟他们说清楚，不信这个社会邪能压正。”石惊天说像梁场袁听枫被举报一样，估计是乔三那帮人干的。他分析内部肯定是肖一虎串通，很多人都看到过他经常跟乔三一块儿鬼混。

铁建思索着，让大家都不要瞎猜，不管是谁，他身正不怕影子歪，肖一虎再坏，还是副指挥长和老战友，一无怨，二无仇，不过是想揽点权，害人的事不信他能做出来。兰花朵嘟嘴说：“指挥长看谁都是好人，心肠太软，所以容易被人陷害。”金帼英说人应该善良，但过于善良，会被别有用心的人当成软弱。铁建声称一定要相信组织，相信群众，大家的眼睛是雪亮的。兰花朵说：“指挥长，如果以因果而论，你的福报在后头。你现在所承受和将来所拥有的，都是你当下承受而来。当你发现一花一草一木在对你微笑，每件事都充满顺缘，身边的人越来越喜欢你，这就是对你善良的回赠。”铁建仰天大笑，说：“我是个乐天派。从上战场打仗起，我就没想过会死，认准一定能活着回来，因为生命宝贵。咱们从不惹事，也从不怕事。遇事愁眉苦脸，不如笑着面对。”石惊天说：“人有善念，天必佑之，一切福田都离不开人的心地。指挥长，我们需要学习你博大的胸怀。”铁建苦笑着，说：“学啥？每个人的品性是骨子里与生俱来的。你是你，我是我，他是他，把其他人改造得像自己，世界会变得单调。”

群众的信任是最大的力量。党红旗亲自去车站，把周主任和邱处长接来，在县城一家宾馆住下后，对方交了一下底，便让党红旗回了局指。铁建正在办公室静候纪委领导到来，党红旗进来提醒他要做好思想准备，一会儿找他谈话。铁建说想好了，问啥说啥，实事求是。这时，肖一虎推门进来，他是来看铁建笑话的，可嘴上却表示关心。党红旗说："老肖，纪委也会找你谈，到时你可要帮老铁如实解释。"肖一虎扬着下巴，假惺惺地说："那是，有些人拿告状举报当职业，太可气啦。老铁，这种事你别往心里去，哪里都有这样的人。"铁建瞟他一眼，说："老肖，哪里有都不奇怪，咱们这里有就太奇怪啦。大家心里有杆秤，我几斤几两自己清楚。你们谁也不用专门为我说好话，尽管说些缺点和毛病。"肖一虎被铁建一席话说得坐不住，赶紧接话，说："老铁你这是哪儿的话？谁敢胡说八道，我和老党会狠狠处理他。"党红旗说："现在你主持工作，纪委调查老铁，你我都要把握好。有些人想把老铁拉下马，用心歹毒，这种心恶之人早晚要下地狱。"肖一虎眨眨眼，半天没说话。

周主任和邱处长匆忙洗漱一下，不大会儿便被车接到了局指。会议室临时作为谈话点，邱处长摆好笔记本电脑，与周主任准备好后才让铁建进来。周主任严肃地说："铁指挥，我们受纪委领导的委托来现场找你约谈，你能明白我们的意思吗?"铁建点点头，说一定配合好调查。周主任翻着面前的资料说："举报你的信还不少，领导感到问题有些严重，专门做了批示。不光我们纪委接到举报，地方检察院也收到同样的举报信，只不过咱们是中央企业，他们把信转到了纪委，由内部调查。当然，结论要给当地检察机关反馈。"铁建愕然地啊了一声："地方检察院也有举报?"周主任拿起一个牛皮信封在铁建眼前晃了晃，说："这就是检察机关转来的。"

铁建顿时心里一阵发颤，说："看来，这是有人非把我整倒不可呀。"

周主任说："话不能这么说，你要反思一下自己工作中有哪些问题和不足。举报信共反映你六个问题。现在先谈第一个问题：关于你收受施工队十万元现金的事，你要如实说。"

铁建思索着，说："周主任，这个问题根本不存在。自上场以来，没有任何施工队给我送钱，我也从不与施工队打交道，不信你们可以查我全家的资产和银行卡及存款。"周主任稍停了一下，说："铁指挥，这是很严肃的事情，一定要如实说，这是对党和组织忠与不忠的政治立场和态度问题，你就这么绝对?"

铁建说入党三十多年来，从没对党和组织撒过谎，句句是真的，天地做证。他极力回忆着以往发生的事，一件件一幕幕在他脑海里闪电般地快速掠过。“想起来了。”铁建说，“有一次，地方上一个叫乔三的人，提着十万元现金和二两虫草、几条中华烟来找我，让我不要挡着下面给他安排工程。”

“接着说。”

“当时，书记党红旗、副指挥长肖一虎都在场，是我把他们叫过来的。乔三临走时扔下就跑，我让工程部部长万红山提着东西追到楼梯口，最后扔下了楼道。”

邱处长问：“你怎么知道是十万元现金?”

铁建说：“一包东西沉甸甸的，用黑塑料袋包着，成捆的，一摸就是。干这么大一项工程，每天有很多钱从我手底下过，有时候不用手摸，扫一眼就能看个八九不离十。”周主任说：“这么说是有人给你送钱，但你没要?”铁建说：“谁的钱我都没沾过，一不愁吃，二不愁穿，三不愁花，原来一家三口，现在只剩下我和女儿了。俗话说，无功不受禄，吃人家嘴短，拿人家手软。别人凭啥给你送钱?没有利益能给你送钱吗?收别人一分钱，送钱的人就要从你这里想法捞回十元、成百上千甚至上万、上百万元。周主任，你说这钱给你你能拿吗?贪官遍地都是，可在这个项目上决不允许存在，更何况我是指挥长。如果我敢拿施工队的钱，下面的人个个都敢收受贿赂，这不是等于害大家吗?”

铁建被调查的时候，肖一虎正在办公室里吞云吐雾，得意地哼起京剧《斩马谡》唱段，冷笑着自语：“好！实在是好啊！。”样子十分满足。乔三打电话来说纪委来人正找铁建，问他要不要再弄几封信直接递到纪委人员手里。肖一虎想了想，阴险地嘱咐他不可轻举妄动，绝不能露出半点蛛丝马迹。

此时，朱红军和安雪容正行走在架好的桥面上。前方能清晰地看到运架一体机在架梁作业，工人正在架好的桥上进行桥面系施工，立模浇筑两侧的混凝土防撞墙。安雪容一路都在骂那些举报的人，不相信铁建有事儿。朱红军说等弄清真相，纪委和检察院应该回头追究那些诬告者的责任，不能让敢于担当的干部带着怨气干活儿。的确，大多数领导都是党多年培养起来的干部，贪官污吏毕竟是少数，多数被少数连累了，组织有责任保护好像铁建这样敢得罪人和敢抓敢管的领导。安雪容感到很悲哀，说：“有时领导干部被诬告，组织查了半天，最后一切都是假的。虽然最后给个好结论，但被查的人心里觉得窝囊，写诬告信的人受不到任何追究，这样很不公平。”

朱红军也很感慨，说：“是啊，要真是这样的结局，谁还敢坚持正义?现在一些领导都不想得罪人，不敢得罪人。得罪了谁，谁就捏造几条罪状，结果是工作干成啥样就啥样了。”

安雪容不希望朱红军成为这样的人。一个人连正义感和应有的担当都没有，做人的意义又何在呢？

傍晚时分，局指挥部院内突然聚满了人。石惊天、朱子来、孔庆荣、袁听枫领头，两个分部的人员都来了，一阵吵吵嚷嚷。兰花朵急促地穿过楼道，推开党红旗的办公室说不好了。党红旗、王若云、金帼英吃了一惊，问她咋了？兰花朵报告说两个分部的人都聚集在院子里，要给纪委领导反映情况。党红旗二话没说，带金帼英和王若云出屋急匆匆下楼去了。他们刚走出楼道口，便被那些人团团围住，嚷着心里憋屈就要往楼上冲。

“胡闹，都回去！”党红旗说，“不能给指挥长添乱。”

袁听枫从后面挤到前面，说：“书记，我们一定要向纪委领导反映。咱这个项目，你和指挥长是大家的主心骨，他没有任何问题。”王方太挥着手喊：“走，上去。”党红旗后退到楼道口伸出双臂阻挡，说：“大家的心情我理解，但这样只会起负面作用。惊天，你带个头，抓紧把人带回去。”

听到楼下的吵闹声，肖一虎从办公室出来慢慢腾腾地走到楼下，说：“老党，你躲开，我看谁敢上楼。”宝铁挥臂喊：“咱们上。”肖一虎拿出一夫当关万夫莫开的架势，说：“我刚主持工作，你们给我难堪是不是？这是对抗组织，全都给我回去。”王方太冲到肖一虎面前，说：“工程上我们可以听你的，但指挥长受冤枉气，我们就要上去找纪委领导谈清楚，他是被诬告的。大家说对不对？”人群立马齐呼：“对！我们要反映情况。”肖一虎气急败坏，指着大家说：“我指挥不动你们了是不是？”有人喊：“在指挥长这件事上，你有什么资格指挥我们？”肖一虎发狠道：“你们不要这么嚣张，谁愿意上去我不拦着，但弄出事情来要负责。”金帼英走近石惊天小声说：“惊天，你带个头，把大家领回去，这里有书记和我呢。”石惊天点点头，朝众人挥挥手，喊道：“走吧，先回去，明天再来。”又等了好一阵子，众人才不情愿地离开。

谈话一直持续到傍晚。邱处长从打印机上取下笔录递给周主任，他接过来看后又递到铁建面前说：“老铁，你看看笔录，如果没啥问题就在上面签字。”铁建接过笔录一页页看，不少啊，六个问题二十几页笔录。看完后，他还给周主任，说看过啦，没有笔误，与他说的相符。

周主任接过笔录递给邱处长，说："签字吧。老铁，关于你爱人和老父亲去世时，有人回去奔丧送礼以及安排施工队、与材料供应商来往、私设小金库多发奖金、塌方亡人管理失控等问题，虽然你已经如实说明均不存在，但你提到的每一个人，我们还要找他们谈话，只要大家与你说的一致，说明举报全部失实。"铁建起身说："行，你们随便找，需要指挥部和分部怎样配合，可以找党书记安排。"周主任严肃地说："因为你是当事人，原则上你必须回避。关于信中举报你的生活作风问题，我们需要找信中提到的几个女同志谈话。"铁建盯着周主任看了老半天，说："可以找，但有一条，希望主任不要因为无中生有、胡说八道而坏了女同志的名声，甚至影响了她们的婚恋关系。"周主任慎重地点头，说："我们会把握分寸。你不是要休假吗？我们的工作可能还要几天时间，找每个同志谈完话，把所有问题弄清楚后，还要去给地方检察院反馈。明天你可以先回去，最终结论出来前，何时回来等你们集团党委通知，我们会与夏董通气。"铁建惊悸，说："什么？我是回去休假，还需要等集团党委通知再回工地来吗？"周主任认真地说："是的，请原谅，这不是我个人的意见，而是临来前领导确定的原则。"铁建愤怒了："这么说，我是被停职了？你们说我到底犯了啥错误？违反了哪条党纪国法？"铁建说话的声音越来越大，"为什么不能给我一个公平……"他抓起水杯摔在地上，弄得周主任和邱处长一时不知如何是好。

铁建回到办公室坐在沙发上郁闷不语，放在托盘里的饭菜一口也没吃。肖一虎站在门口瞅着铁建，嘴角露着一种难以捉摸的微笑。金帼英和石惊天、王若云、蓝燕儿、袁听枫等人劝他吃点东西。铁建坐在那里很勉强地笑，说："没事儿，你们都回工地，把活儿盯住，别出啥事儿。明天我回家。"蓝燕儿说："指挥长，你回去我们怎么办呢？"铁建说："蓝燕儿，大家会照顾你……"石惊天愤懑地说："指挥长，我们还得找周主任和夏董，你是无辜的。"王若云说："对，我们给你证明。如果停你的职，我们大伙儿都不干了。"孔庆荣愤懑地说："真那样，我们现场全停工。"

铁建被感动了。他安抚大家不要这么做，无济于事，越遇到困难，越应该冷静，帮他的最好方式是啥话也不说，把这条高铁漂漂亮亮地干好，尽快实现通车。他让大家记住都是共产党员，这么大个项目在手上，不能拿中国高铁当儿戏。

秋风瑟瑟，满地铺着发黄的树叶，踩在上面发出沙沙沙的声响，有的黄叶已被风吹进了池塘里，湖面推着一波波的涟漪。临回家前的这个晚上，铁建与王若云并肩漫步在湖边，王若云主动挽住了他的胳膊，他下意识地看了看她。王若云说从现在起，无论到什么时候，她愿意搀扶着他一路向前。铁建感激地落下了眼泪，说这句话只有韩秋柳说过，王若云是第二个说这话的人。王若云停住脚步，伸手帮铁建拭去眼泪。自从韩秋柳去世到现在，她知道他压力大，但唯一能给他的除了工作上的支持，就是对他的理解。尤其一个人在遭遇困难和被人误解的时候，更需要关爱，也更需要珍惜。他相信邪不压正，因为他从没做过违法乱纪的事。

铁建回家后，现场职工情绪出现了很大波动，工地上大不如从前，有时稀稀拉拉见不到内部职工，劳务队也放羊，进度猛然下来了。党红旗每次去两个分部做工作，听到最多的一句话是“没劲!”肖一虎天天去工地转，大家都躲着他，见不到几个人，有时急得破口大骂也无济于事。夏江知道后打电话给他，问现场人员都停工是咋回事，他还装，汇报说一切正常。夏江说别隐瞒了，让他务必稳住局面，与党红旗、金帼英一起努力抓好现场施工。

肖一虎感到了压力，把各分部领导召集到局指开会，只见大家个个耷拉着脑袋，气氛很沉闷。石惊天、朱子来、孔庆荣等几个男的死盯着他，透出一种愤怒的目光。肖一虎瞅瞅每个人，说铁建被纪委审查是他个人的事儿，项目施工不能受影响，有些同志要停工，是对项目不负责，对企业不负责，更是对组织不负责。所以，他要统一统一思想，确保现场有序推进，问大家有什么想法。

会场一片沉默，肖一虎觉得气氛不对。王若云说：“这回你满意了吧？指挥长被人陷害，大家心明眼亮。你不让停工，我们也不想停，但管不了下面的人，还是你亲自去现场抓吧。”肖一虎气得浑身哆嗦，说：“好啊，王若云，你总以为自己背后有靠山，可以顶顶撞撞，小心你这个总工当不成。”党红旗听他话里有话，让他说明王若云的后台是谁。肖一虎冲他冷笑，说后台是谁难道大家心里不清楚吗？党红旗发怒道：“你自己整天含沙射影攻击别人，还算到别人头上，亏你做得出来？”肖一虎说：“老党同志，你是项目书记，老铁与王若云是什么关系，何必掖掖藏藏呢？现场需要稳定，思想政治工作是你书记抓的，如果停工你应负第一责任。”王若云站起来骂他无耻，说别以为主持工作就可以盛气凌人，她与铁建是什么关系不碍他的事儿，真跟他相好，别人也管不着，这是她个人的事儿。肖一虎摊摊两手，说：“这是此地无银三百两，不打自招啊。王若云，咱们是来干高铁的，不是来谈婚论嫁的。”党红旗愤怒地站起来，说：“肖一虎，就你这水平还主持工作？项目非毁在你手里不可。”金帼英朝石惊天、朱子朱、孔庆荣和袁听枫使眼色，说：“咱们走，会不开了。”袁听枫离开座位要走，转身指着肖一虎说：“你就是个搅屎棍，还领导我们。”众人呼啦一下子散去，留下肖一虎孤零零地坐在椅子上。

从会议室里出来，党红旗去了宾馆，问周主任接下来怎么安排？周主任说先找肖一虎、金帼英、兰花朵谈。随即，他们聊起铁建，问党红旗工地上职工情绪是不是不稳。党红旗说是，有可能会大面积停工。周主任稍感吃惊，没想到事态会这么严重，感觉到铁建在职工心目中的威望。党红旗说铁建本来做得很好，举报他纯粹是个别人别有用心。周主任说：“难免。干事的人都会遭人嫉妒，更何况老铁在工地上得罪不少人。从举报的内容看，不排除内外勾结陷害，但要到最后才能下结论。”党红旗希望尽快弄清情况，不能对铁建这样处理，引发职工不满。对搞陷害的人一定要追究责任，否则会有负面影响。周主任态度很坚决，说：“会的，相信组织不会冤枉一个好人，也不会放过一个坏人。”

崔凌花和铁建要回家，几乎所有人都赶到了火车站送铁建。万红山拉着行李箱，其他人跟在后面，把他团团围住。肖一虎看到这阵势，心里很不舒服。铁建语重心长地说：“老党，以后就靠你、老肖和帼英了。不管我回不回来工作，这条线咱们都必须干好，不能掉队。”党红旗握住他的手，说：“我们等你回来。”肖一虎心想你能不能回来得看组织怎么定，说：“老铁，回家安心休息，我们会把工地搞好。”

第二天早上，铁建和崔凌花回到了金城各自的家中。他进到屋里冷冷清清，没有生机，没有温暖，忽然有一种陌生的感觉。他目光有些呆滞，挪动着脚步缓慢地把家从里到外看了个遍，卧室里空空荡荡，其他房间空无一人。转回客厅，他望着挂在墙上韩秋柳的遗像，静静地伫立了好久，禁不住一阵抽泣。

张福臣听说了发生的这一切，很生夏江的气，先打电话安慰了一番铁建，又找夏江问为什么要暂停铁建的职。夏江说有举报总得查，上级决定他也很无奈。张福臣火气很大，说：“夏董，我希望你们能尊重一下我们业主的意见。

老铁是全线一流的指挥长，要说他有问题，那完全是瞎扯。上次不是也有人写信诬告你们梁场的袁书记吗？就是那帮地痞流氓。我看举报老铁的也不会有其他人，你们内部个别人应该也参与了。”夏江说：“是的，张董，我们分析有这个可能。”张福臣说：“你们那个肖一虎，还让他主持工作，真是有问题，整天嘀嘀咕咕，诬告老铁与他有没有关系不好说，总之一条，你们要换指挥长必须事先征得我的同意。老铁最好赶紧回来，肖一虎很难理顺现场。”夏江挂断电话后陷入了深深的思考中。

肖一虎并未觉得自己不行，从洋河隧道出来，就躲到一边给王忠理打电话。王忠理问为什么停铁建的职。肖一虎幸灾乐祸说肯定有问题，没问题怎么会停他的职呢？王忠理半信半疑，提醒肖一虎必须把管理抓上去。如果管得不如铁建，那他可就不好说话了。肖一虎应着，挂了电话又给乔三打了过去。乔三正在办公室喝茶，听到铁建被停职回家甚是高兴，想不到他也有被炒鱿鱼的时候。乔三兴奋地拍着茶几，说：“必须把他弄走，咱们才有发财的机会。你说，怎么再弄他一把?”肖一虎认为已经够铁建喝一壶的了，说算了，一分部隧道口挡墙、堆体护坡、路基附属和防护栅栏的活儿，可以给乔三做，让他等通知。

第三十一章

接下来的几天，周主任和邱处长一直在找人谈话。金帼英进到会议室坐在他俩对面的椅子上。周主任翻看着花名册和资料，说找她主要了解关于景阳隧道塌方亡人事件。铁建作为项目第一管理者，是不是管理不善造成的？希望她如实回答。金帼英坚定地说："不是！如果塌方亡人事件是管理造成的，那么我这个总工应负第一责任，因为我是技术负责人，施工方案都是我确定的。"周主任点头赞叹，说："金帼英同志，你是个敢于担当的人。不过，你是你，他是他，不能相互包庇。"金帼英平和地说："没有包庇，我说的是事实。这次塌方完全是断层突泥突水造成的突发性事件，方案、预案和措施都有，管理也很规范。因为地质灾害引发塌方，不能怪到指挥长头上，是那些写告状信的人完全不懂地质和隧道施工。"周主任问："你有什么证据能够证明不是管理责任？"

金帼英掏出一张复印件递过去，说："这是地方安监局、公安局、检察院联合调查的结论，纯粹是自然灾害。"

周主任接过复印件看后交给邱处长，作为书证让他收好。他回头又说："集团对所有责任人都进行了处理，如果没有管理方面的失误，怎么会处理你们呢？"

金帼英说："处理我们是组织为了表明对这次塌方亡人的重视态度，指挥长被免去了集团副总工程师职务，我们这些人为了企业，都忍辱负重地默默承受了，难道这样做还不够吗？"周主任看着金帼英，眨了眨眼睛，转到另一个话题上，称举报信中说铁建与局指女下属存在不正当男女关系，其中提到她，问她和铁建到底是什么关系。金帼英听后气得浑身哆嗦，怒吼：“这些人浑蛋、无耻、下流。我们与指挥长是纯粹的工作关系，我的对象就是一分部经理石惊天，说指挥长与我们女下属有不正当男女关系，是对他和我们人格的极大侮辱。”说着，她追问周主任是谁写的举报信，要请律师把写信的人告上法庭。周主任摆手示意请她坐下别激动，对这个问题只是核实。周主任和邱处长见金帼英如此恼火，便到此为止了。

金帼英出去后，王若云和兰花朵又被叫进来。王若云还没等周主任和邱处长问话，先说诬告指挥长还把她们几个女的扯到一起，问他们觉不觉得太可笑、太无耻、太卑鄙。周主任和邱处长自觉难堪，苦笑着摇了摇头，但程序还是要走。周主任翻看着本子，说：“信中说你跟老铁的关系类似于恋人，请如实回答。”王若云说：“我离过婚，喜欢指挥长刚正不阿、敢抓敢管、勇于担当的性格。他家韩姐因病去世，只剩下他和女儿相依为命。确实，我一直暗恋他，虽然他的女儿临上大学前托付我，让我多照顾他，但指挥长从没对我表示过什么。只要他同意，我会嫁给他，照顾他一辈子，这也犯法吗？”周主任双手托腮静静地听着，不停地点头，然后跟邱处长悄声说了些什么，就让王若云回去了。

兰花朵进到会议室，坐在对面伤心地捂脸抽泣。“我只想说，铁指挥是我们整个项目的主心骨。他人正，有格局，爱护人，从来没有歪的邪的。”兰花朵说，“我的对象是梁场分部经理孔庆荣，铁指挥怎么可能跟我们这些女下属有特殊关系呢？写这种诬告信的人，都该天打雷劈。”周主任扭头指着电脑，让邱处长记下“均不成立，严重失实”。

兰花朵很委屈，出来后直接去梁场找孔庆荣，进屋发现袁听枫、安雪容、紫祺都在他的办公室，神情很严肃。孔庆荣问她咋说的，她原原本本从头说了一遍，把袁听枫和紫祺、安雪容全惊到了。

兰花朵抹着眼角，说：“我是这么说的，写信的人不但祸害铁指挥，还祸害我、金总和若云姐。自上项目以来，铁指挥跟我们哪个女下属拉拉扯扯过？我告诉纪委，我的对象是你夫子，都在一个项目上，诬告信完全是凭空捏造，铁指挥和我们之间是清白的。”紫祺当时气蒙了，指着兰花朵问为什么要说孔庆荣是她的对象？兰花朵此时表现出从未有过的勇敢，毫不示弱地说孔庆荣就是她的对象，他追她，难道不行吗？紫祺的声音越来越大，说：“他答应过我，他答应你了吗?”兰花朵说:“他没答应我,但他喜欢我,我也爱他,这还需要你同意吗?”

孔庆荣左右为难,伸手拉紫祺。紫祺含泪甩开孔庆荣的手,让他躲开。她回头质问兰花朵:“你爱他,为什么不嫁给他?”兰花朵赌气:“我会嫁给他,但不到时候。”孔庆荣见俩人谁也拉不动,也劝不住,就冲着她们发火,让她俩都闭嘴。紫祺直视着孔庆荣,抬手扇了他一巴掌,骂他不要脸,哭着跑了出去。

几个工人拥在门外朝里窥探,有的趴在窗户一侧,个个都眨巴着眼睛,见紫祺哭着出来主动地闪到一边,后来被袁听枫骂散了。孔庆荣站在桌边背对着兰花朵不知所措。兰花朵同样感到委屈,哭诉着埋怨紫祺:“我被人诬告,她凭什么管我。”安雪容从桌上抽出纸巾递给她,让她别生气。

紫祺跑回试验室,关上门靠在里间的门框上,双手捂脸伤心地呜呜大哭。安雪容从孔庆荣屋里出来找她,说兰花朵只是赌气,不过是为了向纪委证明她和铁建之间没啥特殊关系。紫祺抹抹泪,说:“不,她是认真的。她说她会嫁给孔庆荣。”安雪容说:“她说嫁就嫁啊,连关系都没确定,她嫁给谁呀?再说她要嫁,家里人不同意她也嫁不成,你傻不傻。”紫祺说没准儿他们俩背后早已山盟海誓了。安雪容捂嘴咯咯地笑:“他们要真确立了关系,经理还敢答应你?”

紫祺说:“兰花朵说爱他,可他并不否认。”安雪容伸手帮紫祺抹去眼泪,说:“爱是每一个人的权利,你还能阻止不让人家去爱呀?你爱经理,别人也阻止不了你,我看你爱得真有点疯癫啦。”

袁听枫和孔庆荣送走兰花朵,俩人站在操场上一筹莫展。袁听枫责怪孔庆荣不该脚踏两只船。孔庆荣说:“我啥时脚踏两只船了?花朵只是把我搬出来帮她解围罢了,我又没答应她什么。”袁听枫说:“她自己说的你追她,她也爱你,会嫁给你。你也太伤紫祺啦。”孔庆荣委屈地说:“我没有想伤害紫祺。”袁听枫说:“反正她俩都很受伤。你跟我说实话,到底喜欢紫祺还是花朵?”孔庆荣一时语塞,看着袁听枫久久没回答上来。他喜欢兰花朵的爽朗,也喜欢紫祺的温柔,此时他更加迷茫,搞不清自己到底该选择哪个了。

下午的时候,石惊天、王若云、兰花朵和孔庆荣都来到金帼英的办公室,个个气得说不出话来。金帼英说:“谁这么无聊,不但害铁指挥,还往我们身上泼脏水，一定得把这个人找出来。”孔庆荣愤恨地敲桌子，说：“我不信，太下流无耻啦。”

肖一虎一进党红旗的办公室，发现他正在屋里踱步，便埋怨起铁建平时不注意，惹来了麻烦事。党红旗白了他一眼，问铁建哪些方面没注意，他却一时回答不上来。

石惊天、孔庆荣和金帼英、王若云、兰花朵突然推开了党红旗办公室的门，五个人一起涌了进来，党红旗和肖一虎吃了一惊。她们要找出这个写诬告信的人，请组织还大家一个清白。党红旗压下她们的火，说白的黑不了，黑的也白不了，行得端，坐得正，什么都不怕。肖一虎心虚，面对她们有些发怵，故作镇定地笑着说：“是呀是呀，老党说得对。没有事咱怕什么呀。”王若云瞪着他，目光很严厉，说：“你说得倒轻巧，幸亏惊天和庆荣跟我们都在一个项目上，如果不在一起，不了解指挥长的为人，将来我们三个的家庭和一辈子的幸福都要毁在一封诬告信上。如果找着写信的人，一定撕烂他的嘴。”肖一虎清楚背后是咋回事，一时呆若木鸡，陷入了恐慌。

到了晚上，兰花朵把孔庆荣叫进宿舍，顺手关上门。孔庆荣不知道兰花朵叫他来的目的，拘束地站在那儿。兰花朵对着镜子拢了拢头发，转过身望着他说：“你不敢坐我的床吗?”孔庆荣埋怨她不该用那种方式回答纪委而伤害了紫祺。兰花朵说其实她从心里已经把他当成了男朋友，说着突然搂住了他的脖子。

孔庆荣把脸扭到一边思忖着，因为以前他对她有过爱恋的萌动，虽然只是瞬间。兰花朵不管这些，盯着他说：“通过这件事，我想开了，在你之前我从来没跟哪个男人接触过，但现在……我想把第一次给你，不管将来咱们能不能走到一起。”

孔庆荣慢慢地推开兰花朵，称没必要拿自己的青春和未来在他这儿做赌注。兰花朵说：“我当着袁姐和雪容的面说过会嫁给你，不论将来如何，我都不会怪你。”孔庆荣蓦然站在原地望着兰花朵，不知道说啥好。兰花朵走近孔庆荣，把他拉到床边，顺手关掉了灯。兰花朵说：“我愿意嫁给你……”就这样，兰花朵以赌注的方式把自己献给了感情若即若离的孔庆荣。

冬天到了，阴霾的天空飘起了雪花，落在大地和奔跑的火车上。南山下的陵园里，铁流的墓碑和石台上的香炉被雪覆盖着。铁建提着水果和酒来到广场，朝山上看了看，蓦然惊呆了。一个女人的身影伫立在高高的台阶上，那是王若云。她身穿呢子大衣，手捧一束黄白相间的花簇，冒雪站在上面朝下望着他。铁建站在雪中朝上凝望，惊讶道：“若云？”王若云缓缓走下台阶来到他面前。铁建长舒一口气，说：“你何必回来呢？”

王若云说知道铁建孤独，专门休假回来陪他。于是，她左手抱着花束，右手挽起他的胳膊，两人在风雪中一起走上陵园台阶。来到墓碑前，铁建抓着一块搓布拭去碑面和石台上的落雪，王若云把鲜花和水果、白酒摆好。铁建斟满三杯酒，从烟盒里抽出三支香烟点着放在石台上，颤抖着双膝跪了下去，伤感地说：“爸，我回来看你了。儿子不孝，对不起您老人家……”他边说边磕下三个头，磕完也没站起来，而是望着墓碑哭泣。王若云看到他的样子，也跪在了铁建的身边。

那天，王若云跟铁建一起回到家中，她站在韩秋柳遗像前深深地鞠了三个躬。铁建哀叹一声，说走了，都走了。王若云转身让他坐，说她来收拾这个家。于是找出围裙扎在腰间，里里外外地收拾着。而后问他想吃啥，她出去买来做。铁建摇头说啥都不想吃，她能回来看他已经知足了。

那晚，铁建本来让王若云回自己家休息，王若云说：“晚上我陪你，不让你再孤单。”说完搂住他主动地吻起来。铁建面无表情地望着墙上韩秋柳的遗像，脸上露出愧疚。王若云看出他的心思，走到韩秋柳的遗像前说：“韩姐，你走了，他得有个人照料，我替你陪他。”

夜里，俩人聊起项目上的许多事，铁建问纪委找她们谈话如何。王若云如释重负地说都找过了，就差找肖一虎了。

第二天，周主任和邱处长把肖一虎叫进了会议室。周主任依然翻看着花名册和资料，问他的基本情况。肖一虎正襟危坐，谦逊地笑着回答是主持工作的副指挥长。周主任当然了解他的现任职务，直截了当地说找他主要了解有关铁建的几个问题，希望他如实回答。一套程序完成后，周主任进入正题，把有人举报铁建收受施工队十万元钱的事拿出来，问他知不知道此事。肖一虎故装惊讶，含糊其词地说好像有这么回事儿，接着装作回忆，称记得有一次一个叫乔三的人，提着钱物到局指来找铁建，东西不少，其中有中华烟、虫草和现金。“你当时在场吗？”“在。是老铁把我叫到他屋里的，来的是乔三和另外一个青年。”“临走时你见铁建让那个人把东西带走了吗？”“好像没有，我下楼去送的乔三。”周主任抬头看他说：“按你这么说，乔三是空手下去的？”“是的。”

周主任低头翻看笔录，问："看到有谁把东西扔下楼了吗？"肖一虎摸着头说忘啦。"你与那个叫乔三的认识？""这，不太认识，见过。"邱处长严肃地说："是认识还是不认识？""认识，但不太熟悉。"

之后，周主任开始谈第二个问题：铁建的老父亲去世，举报说有人回去奔丧送礼，问他清不清楚有哪些人？肖一虎故装思忖，说当时铁建确实没回去，因为与隧道塌方亡人是同一天。不过，听说下面有人偷偷跑回去代表项目部奔丧，并送去礼金。"哦？送多少？""这个，具体多少不清楚。按照惯例，少说一个人也得万把元钱。"周主任斜着眼瞧他，说："肖副指挥，提醒你一下，这种事情你不能猜，必须有真凭实据，否则要负法律责任。"肖一虎有些慌神，改口说："知道，知道。算我没说，当没有吧。"邱处长啪地抓起笔摔在桌子上，说："你也是领导，调查核实情况是很严肃的事儿，你说话吞吞吐吐，一会儿有一会儿没有，下面回答问题，是就是，不是就不是，不能含糊其词。"

肖一虎擦着额头上的汗点头说："明白。"周主任再让他确认铁建老父亲去世到底有没人回去奔丧送钱。"有。""一人多少？""就算一万元吧。""多少人回去？""约十来个。"周主任鄙视地嘲笑，说："你说的有点不符合逻辑。既然铁建的老父亲过世与塌方亡人是同一天，现场职工一定都在忙着抢险。他本人都没回家奔丧，项目上的人谁敢在这时候偷偷跑回去替他奔丧呢？"肖一虎满头大汗，支支吾吾，说："这……个别职工。"周主任板着脸与邱处长私下说着什么。肖一虎感到有些不妙，汗珠顺着额头往下流。

铁建完全没有料到肖一虎会这样回答纪委的提问。吃过饭，王若云非要拉他去看电影。影院里黑乎乎的，但座无虚席，青年男女亲昵地搂抱着，他俩也偎依在一起。屏幕上放的是战争片，一开头便枪声密集，串串流弹划过阵地。一群全副武装的战士在冲锋陷阵，刚冲出阵地便接连中弹倒地。王若云凝望屏幕，直感慨战争太残酷。屏幕上一阵阵炮弹爆炸声，又有几名战士被炸得皮开肉绽，战壕里的士兵弓着身子把那些受伤的战友拉进战壕，卫生兵匍匐着前来救护。长官朝前方挥手喊："撤回去，不能再冲了。"枪声和炮声不绝于耳。散场后，王若云挽着铁建胳膊走下台阶。铁建感叹，冒着枪林弹雨冲在最前面的人往往都是伤痕累累的人，最先倒下的也是这些人。

周主任拿着资料与肖一虎继续着谈话，最后是关于铁建跟金帼英、王若云、兰花朵是否存在暧昧和特殊关系，问他掌握哪些事实。肖一虎稍加迟疑，说："哦，老铁跟女下属好，没人捉奸更无真凭实据。但自上场以来，他与这几个女同志的关系确实不一般。三个人经常深更半夜地跑到他宿舍或他去她们的宿舍。至于在里边干什么，只有他们本人知道。如果是汇报和安排工作，用得着夜里去宿舍吗？所以，老铁在男女关系方面是不检点的。"

邱处长说："哎，你不应该凭自己想象，尤其这类事必须要有事实依据。你这样回答，既是对铁建和几名女同志不负责，也是对你本人不负责。"周主任沉着脸说："这件事，我们不但逐一找了几个当事人，也找了项目上的一些同志进行了了解，与你说的完全不一样。"肖一虎感到了问题的严重性，愕然说："哦，怪我多嘴，就别记录了吧。"谈话结束后，肖一虎后退着出去了。周主任望着他的背影和邱处长说："看清楚了吧，内鬼满口胡言，净往铁建身上泼脏水，这尿货欠收拾。"邱处长疑惑不解，问："既然是这种人，企业怎么会让他主持工作呢？"周主任说："看来，所谓举报都是捏造，无中生有。"

最后，周主任把党红旗叫了进来，刚刚坐定，楼下便来了一群人。袁听枫、石惊天、朱子来、孔庆荣等冲上楼，推开会议室的门挤了进去，周主任、邱处长和党红旗甚为吃惊。周主任明白这些人的来意，温和地说："大家既然来啦，都坐下说。"因为人太多，有的人没挤进来，站在门口。

众人让周主任把举报铁建的问题说出来，他们一个个回答。肖一虎听到楼道里乱哄哄的，火冒三丈，拉开门左右看了看，然后跑出去挤进人群来到会议室，问大家都上来干什么，纪委领导在工作，嚷着让大伙儿出去。看看一屋子人没人动，也没有人理他，马上指着石惊天和孔庆荣，让他俩带头回去。石惊天问他向上级反映情况有错吗？肖一虎显得很急躁，不谈别的只往外赶。有人喊就不回去，请领导把诬告铁建的人找出来。

周主任和邱处长看着肖一虎气急败坏的劲头和这个场面，一言不发。党红旗打破尴尬的局面，说："老肖，大家想跟组织说说心里话，你着啥急？"周主任这才站起来说："民意不能违。我可以告诉大家，事情已经基本弄清楚。谁叫万红山？"万红山站到前面说："我是。"周主任问道："当初那个叫乔三的人来找铁指挥，提来十万元现金，走时你是怎么处理的？"万红山是当事人，对天发誓说铁建追到门口，乔三已跑下楼，让他提着东西和钱追到楼下，扔到了乔三车里。周主任瞧着肖一虎，说："听到了吧？我们有的同志和万红山说的不一样。如此看来，俩人中有一个没有如实说明情况，将来是要负法律责任的。”目标直指肖一虎。

周主任劝大家相信组织会公平公正地处理这件事，让万红山把刚才说的那些写下来，按上手印签上名作为书证。众人你一句我一句地议论着离开后，肖一虎却站着不动。周主任说：“肖一虎，你也出去。我们要跟党书记交换一下意见。”肖一虎鬼鬼祟祟地走了出去。邱处长瞅着他的背影，说指挥部不大却很复杂。党红旗说是呀，一粒老鼠屎坏了一锅汤。

乔三在镇上的茶楼包间里已沏好茶，等肖一虎的到来。肖一虎急匆匆地从一辆三轮摩托车上下来，前后左右看了看，小步跑进茶楼，说：“和你见个面，我马上得去工地。”乔三不解，茶早泡好了，干啥这么急？肖一虎端起茶说：“纪委找了不少人谈话，也找了我，我把该说的都说了，但两个分部经理带队到局指找周主任，声称要把写诬告信的人找出来。以后你我可要多加小心。”

乔三一巴掌拍在桌子上，嘴里哼哼着，说：“找出来又怎么样？我怕他们？信上有你的名字还是有我的名字？署名是你们内部广大职工。”肖一虎着急地说：“哎呀，老弟，那也不行。不能让他们知道是咱们干的。那个姓周的有可能还会找你了解送钱和送礼的事儿。”乔三不屑地说：“找我了解？我又不是你们系统内的人，他们找得着我吗？”“纪委除非不找你，找你你就跑不掉，还是注意吧。”乔三让他放心，即使找到他，也与肖一虎没有任何关系。

吃完晚饭，党红旗回到办公室向铁建通报情况，把几天来发生的事儿一件件说给他听，称周主任分析可能内部有人与外部勾结。铁建咬牙说先不管这些，让大家安心工作，工程一刻也不能耽误。刚放下电话，金帼英的电话又打了进来，说她还在路基上，工人正在做路基附属，吊车也在吊运轨道板，桥梁上有工人来回穿梭。她安慰铁建要学会开心生活。铁建说想得开，不会跳楼，只求金帼英和党红旗把现场抓上去，不能出现任何闪失。金帼英说工地架梁按节点走着，很正常。悬灌梁特大桥、洋河隧道都能够按期合龙和贯通，笔架山特大桥石油管线耽误的两个墩起来了，景阳隧道断层马上闯过去。听着这些，铁建欣慰地点了点头。

多少天来，大家一坐下就谈论纪委调查的话题，都猜到了背后捣鬼的人是肖一虎，说他爱争权夺利，不整倒铁建和金帼英，他哪有机会接任指挥长？为争这个权力，他还把孔庆荣也扯了进去。工地上都在传，兰花朵和紫祺为争孔庆荣打得不可开交。

肖一虎主持工作后，往工地跑的次数明显比以前多了。这天，他又坐着越野车沿便道一路看过来，发现工地干活儿的人不多，机械设备都停在路基和桥头，桥上也没有打垫石的工人，便咬牙切齿地骂道："妈的，人呢！人呢！"骂完直接去了一分部。石惊天他们正在开会。肖一虎推门进去，强压怒火，说："你们咋这时候开会？正是施工的大好季节，坐家里研究什么屁事。"

石惊天冷眼相待，说工地上都干着呢。肖一虎更生气了，说："我刚沿着便道看了，根本见不到人，这样干架桥机掉头回来，会卡在你们一分部。"王方太不乐意，他比肖一虎的声音还大："谁说会卡在我们分部？除了悬灌梁特大桥和洋河隧道，桥梁和路基都不会耽误架梁。"肖一虎指着王方太，说："工程不是说出来的，是干出来的。你们去看看现场是怎么组织的，像干活儿的样子吗？"

三句两句一戗，大家吵了起来。朱子来说："哪里不像干活儿的样子？悬灌梁大桥没干还是洋河隧道没干？垫块打完了你没看到吗？"肖一虎快要气疯了，说从明天起，局指要对分部半月一考核，完不成任务该怎么罚怎么罚。

会议被肖一虎搅散了。大家走后，他把石惊天和朱子来留下来，自己拉把凳子坐下，点上一支烟，说王忠理打电话给他，乔三想干路基边坡防护、栅栏和桥头堆体护坡等附属工程，让他们安排安排。石惊天俩人根本不相信他的鬼话，说啥也不表态。肖一虎说："不相信我是不是？乔三人是不怎么样，但忠理老总交代得很清楚，可能是乔三通过县领导找到了他，压矿不是他的吗？虽然补偿解决了，毕竟咱们算欠他个人情。我知道你们为难，但不让他干，将来遇到事情不好找王总和县里做工作。万一两方都不支持，领导不点头，吃亏的还是咱们。"石惊天说："活儿有的是，但已经招标选完队伍，没法给乔三安排。"肖一虎一摆手，让他们先暂停队伍进场，重新调整。石惊天说："这不可能，违约我们要赔偿。"肖一虎急赤白脸地站起来说："要想法调。至于采用什么办法我不管，只要把乔三的事安排下去，我才好向忠理总交代。"石惊天不示弱，说："我再说一遍，调不了。即使能调，也不会安排给乔三干，因为已经吃过他的亏，不会再犯以前的错误。这一次天王老子说了也不行。"朱子来说："从上场到现在，乔三带人天天捣乱，你怎么会跟这帮人混在一起？还帮他弄活儿？"肖一虎气急败坏，说："朱子来，现在是我主持工作，你们到底听谁的?”石惊天说：“我们听良心的，你和乔三死了这条心吧。来一分部干活儿，没门儿。”他让朱子来把住，看谁敢把乔三引进来。肖一虎气哼哼地说：“好，你们安排不了也不怪你们，但我会如实给忠理总汇报。如果怪罪下来，那你俩负责。”石惊天严词拒绝，说：“你尽管告诉王忠理，他敢干这种事儿，我就敢向张董举报他。”肖一虎气呼呼地走了，最后甩下一句话：“那你们等着。”石惊天气愤地抓起一个矿泉水瓶砸到门上，嘴里直骂：“妈的，拿领导吓唬我们。”

党红旗接到情况报告后感到惊讶。他认为王忠理不可能说把工程给乔三干。金帼英在旁边，说有些人是扯虎皮拉大旗。王忠理敢这么做，他这个副总别想干了。党红旗赞赏石惊天做得对，这是原则，让他坚决顶住，通知梁场也绝不能听肖一虎的，更不能给乔三安排任何工程。没隔两日，这事终于通过铁建传到了王忠理的耳朵里。他腾地从椅子上站起来：“啥？我找他给乔三安排工程？他放屁。”

王忠理气急败坏，通知肖一虎立即赶到他办公室。肖一虎到时已是晚上九点半。他提着一袋东西跳下车朝楼上狂奔，跨进王忠理的门先把东西搁在办公桌上。王忠理一言不发，盯着他看，让他直发毛，许久才说：“老肖，你要气死我。”肖一虎丈二和尚摸不着头脑，王忠理往前探着身子又说：“为什么要打着我的旗号让下面给乔三安排工程？我什么时候让你跟社会上不三不四的人打交道了？以后万一出啥事，可以把你往涉黑上靠，懂吗?”肖一虎听完一块儿石头才落了地，笑嘻嘻地说：“王总别生气，上场后他帮过我，我主持工作了，怎么也得帮他弄点事还人情，只有借你的名义给下面打招呼，怪我考虑不周，请你原谅。”王忠理气得浑身哆嗦，说：“那也不能往我身上扯，以后叫我还怎么立足?”王忠理清楚局指不是铁板一块儿，肖一虎的根基比铁建差得远，还会有人给张福臣打小报告，没准儿明天张福臣会来收拾自己，那可就被他害死了。肖一虎表面上很愧疚，指着桌上的东西说：“实在对不起，请多担待。这是我一点心意，几条中华烟加一块儿和田玉。”王忠理发怒说：“少来这一套，以后再惹事别来见我。”

肖一虎心里很沉，回到局指已是半夜，仍把乔三叫起来去了洗浴中心。他告诉乔三一分部不听话，都把业主王忠理抬出来了，他们愣是不同意安排给他干，自己也被王忠理劈头盖脸地臭骂了一顿。乔三很诧异，说办不成了呗？肖一虎吊着嗓子称不能说办不成，一分部不行，还有梁场嘛，总能安排干一块儿。乔三请他尽量照顾，还说傍晚的时候，县纪委打电话通知他，让他明天去一趟，姓周的主任要找他了解情况。肖一虎吃了一惊，把按摩小姐轰出去，问："姓周的找你？我可告诉你，咱弟兄一场，你不能吐露我半个字。"乔三抽口烟呵呵一笑，说："看把你吓的。放心，我不会提你。"

第二天上午，乔三来到了县纪委。周主任与邱处长和县纪委沟通后，找了一间办公室等乔三。他被工作人员领进来，周主任看他一眼，客气地让坐。周主任掏出工作证递到乔三面前，看完证件，乔三眼神有点慌乱了。周主任翻看着资料问："你是乔三？"乔三假装镇定地点着雪茄，斜靠在椅子上，说："正是本人，找我有什么事儿？"周主任严厉地叫他把烟掐了，乔三很不情愿，只好把雪茄搁在一边。周主任说："你是这一带地面上有名的人物，因一项举报内容涉及你，需要你配合把情况说清楚。"

乔三起初觉得无所谓，后来周主任把他给铁建送钱送物的事提出来，让他说说当时的情况，这才愣愣神说："没错，我是给他拿去十万块钱。"邱处长边在电脑上做记录边问出于什么目的？"弄点工程挣点钱呗。"周主任说："他给你安排了多少活儿？""一分钱的活儿都没给我安排，可他给好多队伍都安排了。"周主任逼问："给哪些队伍安排了工程？""据我所知，有湖北、湖南、河北、四川的，多啦，还安排一些供货商供货。这些队伍不送钱，他能给他们安排吗？"邱处长严肃地说："口说无凭，必须有证据和事实依据才行。我们查过了所有原始资料，全是正规招标选定的队伍，并且招标过程中有纪委全程参与监督，根本不存在铁建插手安排队伍的情况。"乔三纳闷地说："那你们让我说什么？"周主任让他说自己送十万元钱的事儿，铁建到底要了没有。乔三神秘地说："这个我不能告诉你们。"周主任直视着乔三说："不说也可以，那你今天就待在这儿别回去。"乔三一听头大了，站起身发怒："不让我回去？哼，你们有这个权力吗？"邱处长说："我们可以协调检察院和纪委、公安局把你留下。问题不说清楚，你别想离开这个房间。说吧，那十万元钱和虫草、香烟，铁建是真收了还是你拿回去了？"乔三思考半天，说："离开时他叫一个人扔到了车上。"邱处长立即打字把他的话记录下来。周主任说："乔三，现在看你蛮懂道理嘛。我们在调查过程中，局指挥部有人指认，说你组织写了这些举报信，为啥？"乔三有些发蒙，反问道："局指有人说我写举报信？是他让我弄的，他怎么能说我呢？王八蛋。”

周主任瞪着乔三：“他是谁?”乔三忽然觉得说漏了嘴，但不确定是不是肖一虎卖了他。如果不是肖一虎，纪委的人又怎么会知道是他组织写的举报信呢？为了保全自己，乔三只有说出实情，是受肖一虎指使的。

周主任和邱处长谈完，拿着一份乔三的签字笔录复印件去了局指。党红旗看完后大吃一惊：“肖一虎背后指使？他与乔三串通一气？他……他干陷害老铁和帼英的勾当？人心险恶，如果这次纪委不来调查，还搞不清楚这里边的事呢。”

有些事就是这样，不知道是天意还是巧合，正当铁建案件调查结束之时，景阳隧道断层终于通过了。李卫民和宝铁跑上掌子面瞧围岩，已见不到沙层与淤泥。金帼英摊开图纸查看，确认现地段设计为四级围岩，后面转为三级和二级，太好了，以后可以采取聚能水压爆破了。

隧道成洞两侧水泥地上摆放着两串长长的鞭炮。一群头戴安全帽的工人站在掌子面上，整个断面裸露出岩石，二衬台车已抵到最前端，仰拱也跟到了最前面。

两串鞭炮点燃，隧道里顿时噼噼啪啪地炸响开来。工人们和金帼英、石惊天等人捂住耳朵躲在一边看着鞭炮鸣放，脸上露出了笑容。

天空飘起雪花。石惊天和朱子来走在上山的坡道上，许多工友和同事跟在后头。宝铁、李卫民、朱红军手里提着白酒和两只烧鸡来到赵化亮和王大成墓碑前，花圈和石台上都落满了雪，白酒、烧鸡和六只玻璃杯分别摆在两座墓碑的石台上。石惊天一边在赵化亮和王大成碑前倒酒，一边轻声唱起《怀念战友》，其他人也跟着唱起来。伴随着歌声，他们把杯里的酒先洒向两座墓碑，然后又倒满端起来，嘴里呼唤着赵化亮和王大成的名字，把酒干了下去。石惊天一饮而尽，泪水也顺着脸颊流下来。他蹲下身去，抚摸着赵化亮的墓碑，轻轻地哽咽了。蓝燕儿摸着刻有“赵化亮”三个字的石碑泣诉：“你舍下我走了，但我回来了，在这里陪你几年。等高铁通车，整个队伍都撤走以后，我每年清明再来给你上坟。”纷飞的大雪掩藏了满山的生机，只有旁边几棵青松挺立在山头。

那天中午，郁闷至极的铁建从外面买来几盘小菜，独自在家自斟自饮。他喝下去的不知是苦水还是泪水，孤独地望着墙上韩秋柳的遗像出神。多少年了，他为工作无暇照顾病痛中的韩秋柳，内心一直很愧疚。如今被停职，他有时间陪她，有条件照顾她，她却走了。过去她躺在床上，他回来后家里很温暖；如今她挂在墙上，他回来家是冰冷的。他能对她说什么呢？一切都是他的错，却无法补偿。刹那间，他好像听到了韩秋柳的责备声："别喝这么多，喝坏了身体咋办？"铁建的脸有些红，双眼发怔地瞪着韩秋柳的遗像说："我喝多了吗？"他等了许久，屋里却没人应声。铁建似梦似醒，再次难过地流下了泪。这时，有人敲门，铁建擦干眼泪去开门，只见王若云提着一包东西站在门口。"又喝多了？"王若云进屋把酒瓶放到一边让他吃饭，说给他带来了最爱吃的冬瓜丸子汤。

王若云看他痛苦的样子，就骂那些写诬告信的人，恨不得扒了他们的皮，说："咱不干了，这么多年闷头一心一意地为公家干事，还有人在背后搞你，效力企业的无限热情，在这些人的冷酷和无视中被彻底降温，还有再干的必要吗？"铁建突然清醒，抬眼怔怔地望着她，静静地听着，忽然在她身上发现了什么。跟他说过这些话的，以前只有韩秋柳，王若云竟和韩秋柳如此相似。

铁建被停职回家，王忠理的日子也没好过到哪里去。张福臣听说肖一虎打着他的旗号给乔三安排活儿后，把他叫进了办公室，想狠狠地骂一顿，但转念一想都是这个级别的人了，确实张不开口，就说："你知道肖一虎是怎样一个人吗？见人说人话，见鬼说鬼话，背后祸害老铁。"王忠理惊讶地说："他祸害老铁？"张福臣说："你以为呢？你和他称兄道弟，推荐他主持工作，现在他打着你的旗号给乔三安排工程，你们到底是什么关系？你们联合起来把一个能干的指挥长挤走，满意了？你看现在，中铁工程局工地上有多少人干活儿？这些天的进度又如何？下面不服他，可你却推崇他。他能干个什么？只知揽权不干事儿，又干不成事儿。你与这么一个人交情颇深，不正说明你的品格和能力也有问题吗。"

王忠理被挖苦地低下头不吱声。张福臣又说："接受教训吧。你跟谁好不重要，重要的是要么你把跟你好的人带上正路，要么让跟你好的人把你带上正路，那才是正确的。如果都歪歪扭扭地凑到一起，路只能越走越偏，早晚栽到坑里去。这么浅显的道理你咋不懂呢？好自为之吧。"张福臣打算找夏江尽快让铁建官复原职回来工作。王忠理低头无语，在张福臣面前实在抬不起头来了。

肖一虎在主持工作的那些日子里，知道紫祺和兰花朵因孔庆荣闹不和，一天中午，单独把紫祺叫到镇上吃饭，借着酒劲又搂又抱调戏她。他醉醺醺地回到局指，又因兰花朵不知道党红旗和金帼英去了哪儿，把她骂得狗血淋头，说当初铁建选她当办公室主任，真是用错了人。俩人都委屈地去找孔庆荣诉苦。孔庆荣安慰兰花朵，让她不要跟小人计较，一堆臭狗屎你踩上一脚，鞋也臭了。袁听枫和安雪容听说紫祺被欺负，吃完晚饭拉着孔庆荣一起去找肖一虎。金帼英和杨晓听到楼道里一阵吵闹声，看见袁听枫几个人气呼呼的样子，问她们出啥事儿了。袁听枫说肖一虎调戏了紫祺。金帼英不敢相信这种事他也干得出来。孔庆荣说今天非揍他不可。可肖一虎的办公室关着门，拨打手机一直占线，他又去了哪里呢？

原来，肖一虎去洗浴中心跟乔三捏脚了。乔三说肖一虎答应他的事，到现在还没音信，问他是咋回事儿。肖一虎皱着眉点了支烟，说还在努力，现在事情很复杂，让他再等等。乔三说可以等，但必须办成，可不要拿他当猴耍。当初他让乔三写信告铁建，纪委真来调查了，肖一虎倒先把他卖了，纪委差点不让他出来，埋怨肖一虎这事做得可不漂亮。肖一虎大吃一惊，说："什么？你把话说清楚，我啥时出卖过你？""那姓周的亲口跟我讲，说你交代是我写信告了铁建，让我确认。"

肖一虎惊怵地从沙发上坐起，问他是怎么说的。乔三说："你都说了，我敢不承认吗？"肖一虎把沙发拍得嘣嘣响，指着乔三说："你上当了。你想想，出卖你不等于出卖我自己嘛！咋不动动脑子啊。"乔三垂头丧气地说："当时一说不让我回来，心里有点慌。"肖一虎提醒乔三这事儿还没完，以后都要小心点儿，那个周主任知道，铁建和党红旗也一定会知道。乔三耍起横来，称知道能怎么样？带人去砍了他们。肖一虎说："尽量不要正面冲突。一分部路基附属，石惊天和朱子来顶着不给安排，你看好哪一段，倒可以让手下人先去占个场子，到时我再出面协调。"一个新的阴谋又诞生了。

第三十二章

孔庆荣和袁听枫带人到局指找肖一虎算账，吓得他一夜没敢回来，第二天上午他不知从哪儿冒出来了。党红旗问他昨晚去哪儿了？他说去找县领导协调点事儿。党红旗指责他身为局指领导，却干一些见不得人的事情。肖一虎不服，站起来反问干了什么见不得人的事儿，警告党红旗别以为自己是党工委书记就可以教训人。袁听枫一步迈进来，指着肖一虎骂他欺负花朵，调戏紫祺。肖一虎不但不承认，嘴硬得跟石头一般，说敢与她俩当面对质。袁听枫质问为什么要单独请紫祺出去吃饭，他说是工作需要。袁听枫告诫他，再敢这么做，一定让他难堪。肖一虎轻蔑地说："胆子不小，敢到我的办公室撒泼。想走铁建的路，信不信明天停你的职？"指着门口让袁听枫出去。

袁听枫走后，党红旗本想与他好好谈谈，肖一虎根本不买账。"老党，你想跟我谈啥？我现在履行指挥长职责，你只有配合，别挑事儿。"肖一虎说，"袁听枫来找我，敢说不是你挑的？党工委书记有你这么当的吗？"党红旗气得两眼发直，指着他说："跟你搭班子我嫌丢人。你看看自己，像个指挥长的样子吗？"肖一虎反而呵呵一乐，说："我就这风格，几个项目也干过来了，并且干得还不错。你刚才说不愿跟我搭班子？好啊，我可以向业主和局里汇报，你不配合我的工作，到时候看你怎么收场。"党红旗扬手说："行，你愿跟谁汇报就跟谁汇报。"说完，他满腔怒火地走了。肖一虎望着他的背影，嘲笑他不自量力。

袁听枫气得肺都炸了，不管领导忙不忙，拿起手机直接拨给了夏江，把工地上的事唠叨个没完，最后说肖一虎胆敢欺负兰花朵，调戏紫祺，并且跟乔三勾结，大家都要撂挑子，让夏江给大家做主。夏江当时正开会，听完她的汇报表情很凝重，从会议室出来找党红旗询问。党红旗说反映得属实。夏江知道肖一虎确实毛病很多，需要严加管束，说："你作为党工委书记，就说我让你找他谈，共同把当前工作抓好。"随后夏江把电话打给了肖一虎。肖一虎反告袁听枫带头到他的办公室来闹事，金帼英、党红旗都不好好配合。夏江没听他说完，便打断他，说："我听到的反映与你说的不一致。刚才我跟老党打电话，他一个字也没说你，而你却说了一大堆人家的不是。袁听枫一个女书记，无缘无故敢带人找你闹事？你能干就干，干不了立马下课。如果真调戏梁场姑娘，组织上不会放过你。"肖一虎挂断电话神色骤变，满头都是汗珠子。

铁建听说肖一虎调戏紫祺，气得直骂他是畜生。在家里实在坐不住，就去集团公司找夏江。夏江很热情，邀他坐在沙发上，让他有个思想准备。铁建苦苦一笑，说做啥思想准备，副总工程师被免了，指挥长职务被停了，连个说法都没有。在战场上打了败仗、丢了阵地，他可以提着脑袋去见首长；干这个项目，他阵地没丢、没吃败仗，没有被自己打倒，却被小人搞得人仰马翻，他和所有兄弟都寒心了。夏江有些动容，说铁建的口碑、人品、能力、责任心全局有名，其苦衷和压抑的心情大家都清楚。最近他也在反思，是不是受别人的影响用错了人，不该把肖一虎派过去，更不该让他主持工作。

夏江与铁建正在办公室里谈论着工作，张福臣的电话打了进来，不等夏江与其客套，他直接说："你们那个肖一虎，没有能力胜任指挥长一职，工地员工反应很大。现在施工到了关键阶段，希望抓紧让老铁回来。如果你们中铁工程局挡了全线的道，到时候我可要找你夏董要个说法。"夏江说铁建现在正在他的办公室，说着将手机递给了铁建。张福臣说："老铁呀，你苦也吃了，委屈也受了，但你是老同志、老党员，工作还得干，别有什么想法，休完假抓紧回来吧，到时我去车站接你。"铁建很激动，勉强答应了张福臣。

铁建不在，整个工地毫无秩序，紫祺经过那件事快要抑郁了，可能怎样呢？人家是领导，又那么无赖，现实生活中无赖的领导比敌人更可怕，他们看谁都是一身毛病，唯独感觉自己是最优秀的。

蓝燕儿听到这件事十分震惊。调进来前，她看到的中铁像个大家庭，可没想到项目上还有这样的领导，不可理喻。心想，坏人表面上看不出有多坏，只有做过坏事以后，才能看清楚这种人的本来面目，越是坏人越会隐藏自己，太具有欺骗性。

那段时间，大家都在七嘴八舌地议论，都没有心思干活儿。但是，工作不能由肖一虎来瞎指挥，否则整个项目会万劫不复。石惊天和孔庆荣、朱子来坐在一起喝酒，终于下决心派人去洗浴中心堵他和乔三一次，到时俩人一块儿收拾。

三天后的一个晚上，孔庆荣打听准了肖一虎没在局指吃晚饭，有人在院外看到他被一辆奔驰车接走了，于是记下了那辆车的车牌号。他和石惊天、朱子来商量，派宝铁和王方太去洗浴中心蹲守，果真发现那辆奔驰车停在洗浴中心门口，乔三扶着肖一虎跌跌撞撞地进入大厅。石惊天得到确切消息后，六七辆皮卡车和大车载着职工和民工开着大灯朝着洗浴中心驶去。

乔三和肖一虎进去后直接找小姐服务。宝铁和王方太扮成客人，换了洗浴服进去到处找也找不着他们。一位服务生跑过来问他俩需要什么服务，他俩说找人。男服务生好奇地问找谁，王方太说找三哥和一位姓肖的。那服务生没再吭声，转着眼睛躲出去了。

石惊天打手机问宝铁人在不在里边，宝铁说没找见。石惊天带着众人直接闯了进去。男服务生知道乔三和肖一虎在包间里，慌慌张张地穿过走廊推门进去，两名年轻姑娘正在给他俩按摩。乔三气势汹汹地问进来干什么，男服务生说外面一群人找他和姓肖的，说是他们的朋友。乔三吃惊地坐起身皱着眉头，纳闷是哪儿的朋友。肖一虎感觉不妙，穿着裤衩起来要走。男服务生带着他们朝后门跑去，俩人抱着衣服趁天黑溜了。

肖一虎吓得魂飞魄散，回到宿舍拉开灯，坐在椅子上恨得咬牙切齿。兰花朵听到楼道传来急促的脚步声和关门声，从宿舍出来瞅见肖一虎的宿舍开着灯，蹑手蹑脚地站在门口偷听。肖一虎不知在给谁打电话，说："石惊天、孔庆荣带人找你我报仇，明后天组织几十个弟兄，带上家伙先把路基附属占上，阻拦就打，看他们谁敢动手，然后我去工地协调。"这话肯定不是说给内部人员的，兰花朵猜出一定是打给乔三的。她蹑手蹑脚又回到宿舍，拿起手机赶紧报告孔庆荣。石惊天回到项目部，正为行动失败而惋惜，听到这样的消息，预感到一场暴风骤雨即将来临。

党红旗夜里没睡好，天刚蒙蒙亮，便爬起来，在楼下边散步边与铁建电话沟通，商议怎么应对这个突发事件。肖一虎吃里爬外让他愤怒，他让万红山通知石惊天做好一切应对准备。开早会时，所有人都坐在会议室里一言不发。肖一虎故意咳嗽两声，问大家有哪些事情需要安排。和以往不同，没有一个人说话，这让他心里感觉很不对劲，问党红旗有何安排。党红旗直视着他说，乔三要组织人抢占路基附属，他要提前去看看。

肖一虎很是惊讶，看看这个又看看那个。昨晚说过的话，党红旗是怎么知道的呢？于是故作镇定地说："你……你说什么？"党红旗说："内部有人吃里爬外，内外勾结，出卖企业利益。"听他这么一说，肖一虎有些急了："老党，你说谁？咱们内部有吗？"

会场一时安静得让肖一虎惊慌，就匆忙结束了早会。回到办公室，他掏出手机给乔三打了过去，问他为什么把昨晚说的事情透露出去。乔三坚称没有，肖一虎大发脾气，说："党红旗是怎么知道的？你那里是不是出了内奸？"乔三说不可能，人和设备都已经去了路基工地。肖一虎叫他把人全叫回去。乔三很不耐烦，说："哥呀，你咋出尔反尔？都已经到位了，没法撤。"肖一虎立时感到要出大事了。

太阳刚爬上山头，一群青年手提砍刀及棍棒，跟在装载机后面，沿着施工便道到达了路基段。他们先跑到路基上瞭望，发现老刘和王方太正在路基上查看施工情况，装载机在往自卸车里装土，卸载路基预压土方。王方太看一群人跑上路基，上前问他们是哪儿的，为什么到路基上来。其中一个青年嘴里叼着烟晃了晃手中的砍刀轰他走，称这段路基附属活儿是他们的了，让他少管闲事。另一个青年则推了一把老刘，说是你们老大同意的，这儿不准任何人再来干活。

石惊天接到王方太的报告，问来了多少人？王方太说有二十多个人，手里都有刀，把路基附属霸占了，说是内部老大承诺给他们干的。石惊天明白老大指的是肖一虎，嘱咐老刘和王方太不要跟他们正面冲突，与朱子来分头组织洋河隧道的李鹏飞劳务队，景阳隧道的李卫民劳务队和所有桥队，以及梁场孔庆荣和高永恒的架梁队，从四面八方朝路基段赶来。

乔三的那帮人在路基段尚未站稳脚跟，便被众人严严实实地围在了中间。石惊天和朱子来、孔庆荣等人站在最里边，左右看不见乔三，对朱子来说只要那帮人敢动手，就痛打落水狗。孔庆荣说把他们的装载机扣下。

石惊天指着那帮人怒吼："放下手里的刀，不然谁都别想离开这里。"众青年愣着，互相看看。金帼英当时正在局指会议室里研究悬灌梁方案，听说工地发生冲突，和其他人也赶了过来。她挤过人群站到石惊天身边。石惊天指着那群人喊：“乔三呢？把他叫来。”

那些人不知道乔三在哪儿。其实，乔三就坐在便道远处的车里看着前方的路基段。黑压压的人群让他胆战心惊，便给肖一虎打电话说情况不妙，让他出面来协调。肖一虎跑去了架梁工地，但他撒谎说在去业主公司的路上，正过隧道，手机马上没信号了，还埋怨乔三走漏了风声，非不听招呼，让乔三能撤赶紧撤，说着手机就断线了。乔三再拨时手机已经关机，气得他直骂肖一虎是王八蛋，让司机通知那帮人撤下来，随即发动越野车掉头跑了。

乔三清楚路基段肯定要发生一场混战。果然，双方在互不退让的情况下动起手来。二十来个青年根本不是对手，被打得屁滚尿流，全都扔下刀跪地求饶。那一幕，被兰花朵、梁丽丽用手机从不同角度拍了下来。党红旗驱车赶到后，问那帮人为什么来闹事？一青年交代说是姓肖的指挥长让来抢这段路基活儿的。这段话也被录了下来。石惊天命令把装载机扣下，让那帮青年全部滚蛋。

乔三回到办公室，一拳捶在桌上，抡起胳膊把桌面上的茶杯、摆设拨拉到地上摔了个粉碎。他咬牙切齿地骂着要报仇，让石惊天他们不得好死。再拨打肖一虎的电话时，只有手机不在服务区的回复，他恼怒地举起手机摔在了地上。

工地上打架的消息不胫而走。隔一天，肖一虎去南北公司找王忠理，张福臣阴沉着脸从走廊另一头进来，见他坐在里边，说：“老肖，你们工地上出这么大事，你来王总这里干什么？乔三派人抢占路基附属，那些人说是你背后指使的。”肖一虎脸色蜡黄，慌忙解释称是别人瞎说，他来找王忠理做变更，工地上发生冲突还没人向他报告，他不清楚。张福臣哼了一声：“不清楚？点着火你躲起来，当然可以说不清楚。要想人不知，除非己莫为。老铁走这段时间，你们乱成这样，我看你还是早点歇着吧。”

现场冲突的照片和视频传到了夏江和铁建的手机上。夏江满腔怒火，“啪”地将手机扔在桌子上说：“丢人！真丢人！”当下让秘书通知铁建赶到他办公室。铁建一刻不敢耽误，打了辆车去了局机关。夏江一脸怒容，打开手机推到他面前，气得直拍桌子：“乱七八糟，成何体统。”铁建嘿嘿一笑，说：

“董事长，我以前经历过打仗，现在又经历这场危机，对生活的理解越来越深。世上有两种人，一种是善良的，一种是邪恶的。我不能说自己是善良的代表，但我敢说肖一虎和乔三就代表了邪恶。”夏江说：“邪恶呀!”铁建说：“这个世界需要善良，因为善良是人的本性。但在现实生活中也不能太过善良，并且需要展现出不善良的一面。这种不善良，对付的是那些无恶不作的流氓与无赖。”

夏江赞成铁建的说法，气渐渐消了。铁建又说：“善恶无法现报，所以恶人横行。邪恶的力量，是把善良变成邪恶，而善良改变不了邪恶，只能想办法战胜邪恶。因此，对付流氓与恶棍，必须以其人之道还治其人之身。所以，我想这场冲突我们是正义的，请求你不要再为这件事处理现场弟兄们，他们受的委屈太大太多了。”夏江听着，眼睛一动不动地望着他，良久才点头：“好，老铁，我采纳你的意见。不过，你最好尽快回去。”铁建起身说：“董事长，你让我怎么回去？到现在组织上没给我一个说法，肖一虎主持工作是你定的，周主任也让我等集团党委通知。”

夏江当场打电话请示上级纪委。周主任说：“夏董，正要跟你反馈呢。我们回来后，把所有调查情况向党委、纪委领导都做了详细汇报，铁建同志完全是被诬陷的，就此了结，他可以继续任职。”夏江激动不已，连声说好，赞扬铁建是个好同志，现场确实离不开他。他让周主任发个结论过来，铁建好回工地履职。周主任称正在整理书面结论，回头传过来，让夏江代表纪委在一定场合宣布一下，让大家清楚铁建是清白的，并称通过这次调查，他和邱处长发现了另外一个反面典型——肖一虎。所有这些事情都与他有关，与当地黑恶势力勾结，对企业不忠，是个大患。夏江心情沉重，说有他用人失察的一面。铁建卸下了心中的包袱，起身长叹，表态说服从组织安排，但肖一虎怎么办？夏江斩钉截铁地说再给他一次机会，如果再不配合，降职调离。

张福臣用手机播放着闹事的视频，王忠理坐在沙发上伸长脖子看。张福臣指着手机，说：“你看看，就是这帮人，还有肖一虎，早听说他与乔三勾三搭四，幕后策划指使，背后搞老铁。这种人早晚把自己搞走。此人不可交，以后你要多加小心。”王忠理说肖一虎已被他骂过好几次。张福臣说：“你真糊涂，识人不准。我上次就跟夏董说，要把他换掉……”正说着，夏江的电话进来了，告诉他纪委的正式结论已经出来，并找铁建谈过了，让他再休息几天回工地。张福臣说："我真怕老铁不回来，他在我才放心。"

党红旗在此后的一天晚上，召集各分部人员开会。石惊天让把手机拍摄的视频全都投放到屏幕上，必须好好说说这件事。肖一虎憋红了脸，不敢说话，浑身哆嗦。袁听枫怒指着他，说："肖一虎，你说该咋解释？"众人纷纷嚷着让他给个交代。肖一虎摸着额头说："今天是开我的批斗会吗？"安雪容指责道："你干了哪些好事，自己还不清楚？"肖一虎仍气恼地狡辩说，他去南北公司业主那里办事，并不在现场，这纯粹是诬蔑。

党红旗把一张纸拍在他面前，说："看看，这是乔三的人当场写的，是你背后与乔三安排好让他们来抢占工地的。他们为什么不诬蔑别人？作为副指挥长，你怎么能与这些人相互勾结？良心到哪儿去了？"肖一虎死不认账，说："光凭他们说的和写的，就能证明是我背后指使的？我还说是你党红旗背后安排的呢？"金帼英说："那天夜里你给乔三打电话，可是有人听到了，这叫隔墙有耳。""谁听到了？"兰花朵站起来说："我！你好健忘，我的宿舍就在你隔壁！"肖一虎气呼呼地瞪着她说："你这是陷害。"兰花朵不屑一顾地说："我陷害？是谁陷害铁指挥？"石惊天说："喊你副指挥长都是高看你。那天在洗浴中心没堵到你和乔三，算你们幸运。陷害指挥长和金总、花朵、若云是你和乔三干的，还想抵赖吗？""你有证据吗？"党红旗说纪委有乔三的询问笔录，亲笔签字。孔庆荣大声责备道："你还想当指挥长？调戏紫祺你都干得出来，你以为手中有权就可以胡作非为吗？"肖一虎再也无话可说，狼狈不堪，无力地坐在凳子上。众人哄叫："快辞职！"

金帼英凑近党红旗耳语，问怎么收场。党红旗点点头，起身摆手平定众人的情绪，语重心长地说："老肖呀，你也是咱们局的一名领导干部，是当过几个项目经理的资深人物，今天这些事给你指出来，是让你好好反思反思，与你副指挥长的身份不符啊。俗话说，家丑不可外扬，我们也不想让外面知道你做的这些事，丢不起人哪。在全线，咱们这个项目班子和团队是被认可的，可偏偏你在背后搞了这么多名堂，让弟兄们寒心。大家都希望像老铁在的时候那样，一条心、一股劲、拧成一股绳把项目干好，为企业争光，为咱们自己添彩。"

肖一虎心里虽然不服，但实在无法再狡辩。他预感到铁建早晚有一天会回来。铁建自那天谈完话后如释重负，心情大悦，第一时间把这个好消息告诉了铁宏歌和王若云，并希望王若云先回工地。王若云问为啥不一块儿走，铁建说得等纪委的结论在大会上宣布。

那天，铁建一直盯着王若云笑，说她特别漂亮，王若云腼腆地瞅着铁建说不是她特别漂亮，是他心情特别好，所以看什么都是美好的。这些天他越发觉得算计别人的人，总有一天会遭到应有的惩罚，并且往往下场可悲。

铁建要回来的消息让工地上所有人都欣喜若狂。第二天，王若云听从铁建的建议，先回到了工地。金帼英问铁建啥时候回来，王若云说不知道。金帼英撇嘴趴在她耳边说："你不是回去陪他吗？咋一个人回来了？"王若云轻声说："老古怪，他不让人陪。"令王若云不解的是，党红旗对肖一虎太仁慈了。党红旗说他也非常生气，但肖一虎再坏毕竟是内部人员，在铁建没回来之前，他还在主持工作，大家不能跟他一样。王若云这才看出党红旗的大度。

肖一虎心里很窝火，仍不接受教训，第二天又被乔三叫去喝酒了。酒过三巡，他满脸紫红。乔三懊恼地叹息说这回吃了大亏，装载机被石惊天给扣了。肖一虎右手抓着酒杯，左手指着乔三说让把人撤走非不撤，也害得他人不人、鬼不鬼，以后还咋帮他？乔三不高兴地说："是你答应我的，可到现在一件事都没办成，我请你吃请你喝，天天为你花钱，凭啥？不说你无能，还怪上我啦？你负责把装载机帮我要回来，以后咱不再来往。"肖一虎生气地说："好！算咱们过去不认识。"乔三稍微平复了一下情绪说："肖哥，今天咱俩都喝了酒，不说气话，我还认你这个哥。"最后，两人相互搀扶着从酒楼走出去。

肖一虎歪歪倒倒地扒住楼梯扶手往上走，他的确很难受。上到楼梯半截，就蹲在楼梯口哇哇大吐，兰花朵下楼正好看见他，一股呛人的酒味弥漫在楼道里。她跑去告诉党红旗，说肖一虎肯定又跟乔三喝酒了。党红旗让她把肖一虎扶到宿舍去。兰花朵嘟着嘴说："你心也太好了，他把咱们窝囊成啥样，还这么管他。"

肖一虎心里窝着气坐在办公室里给郭富海打电话，假装关心地问他一分部买的设备款有没有付清，说早把钱拨下去了，他想在主持工作期间尽快把钱结了，可是石惊天和金帼英带头跟他对着干，弄得他没法办。

郭富海先谢过肖一虎的好意，说钱还没到账，内部工作上的事他不想掺和，只供些设备，关心关心男男。肖一虎又说："儿子已经不是你儿子，老婆也不再是你老婆，人家两人早就睡在一起了，你就那么甘心？”郭富海说：“我们已经离婚，我无权干涉她的生活。”肖一虎自讨没趣。

铁建正在家里收拾东西准备回工地，铁宏歌打来电话，叫他不能轻易回去，一句话说免就免，说停职就停职，让回去又回去，这怎么能行？先叫上面把肖一虎调走再说。铁建说肖一虎不是一天变坏的，是上了项目后受到利益驱使才变的，项目继续乱下去，耽误了工程进度，以后收摊的还是他。铁宏歌带着怨气，又说肖一虎和乔三几封诬告信把他搞成这个样子，是不是也要追究他们的责任？被诬告的人被查，写诬告信的人却没人管？这世道太不公平了。铁建让铁宏歌记住一句话，叫“善恶若无报，乾坤必有私”。随后，铁宏歌在电话里告诉铁建，说邓立强经常给她打电话磨磨叽叽，让她寒假到公司去上班，还说负责出钱供她读硕士和博士。铁建把行李放到一边，坐到沙发上说：“我告诉你，小邓不是什么好东西，你要多防着点儿。他跟你磨叽，是想多供材料多挣钱，通过拉你来接近我。”铁宏歌表态说明白，她会躲着他。这当口，夏江打来电话说上级对铁建的调查结论已传过来，准备马上开会宣布，催他立即动身回工地，并已暂停了肖一虎的职务，由纪委对他进行约谈。

石惊天等人并不知道肖一虎已经被暂停了工作。肖一虎不对外说，还是像往常那样若无其事。一分部商量乔三的装载机如何处置时，老刘说迟早还得还他们，不如让他们开走，万一损坏个零件还要赔钱不划算。石惊天先让搁那儿看着，开走太便宜乔三了。朱子来则猜测肖一虎肯定会来找，要求把装载机还给乔三。石惊天说乔三不交看管费，决不让他开走。话刚说完，肖一虎果真坐着越野车来到了一分部。石惊天、朱子来、王若云、老刘、朱红军和蓝燕儿等一屋子人都坐着不动。肖一虎推门进来说扣的乔三的那台装载机，还是让他们开走算了，反正也用不成。朱红军取笑他说是来帮他们要装载机的呀，他们自己咋不来？肖一虎找理由说他们被打得不敢来了，是业主发话让还给他们的。石惊天追问哪个业主，他打岔不让问，称反正不是他的事儿。石惊天说装载机这么多天搁在工地上派了不少人看管，先把看管费交了再说。肖一虎想不到他们还有这一招，掩饰称这一点领导没交代，问咋跟他们算。朱红军说按每天台班算，一天三万元。肖一虎打着哈哈，说：“别再为难他们了，在这地头上抬头不见低头见，项目后期他们再为难咱们怎么办？”石惊天说：“咱不怕。你最好也别再提业主，我看哪个业主也不敢帮社会上的人说话，你自己想帮乔三就直说，这是原则和立场问题。”

作为这么大一个指挥长，连这点小事还要看石惊天的脸色，肖一虎的心里特别不是滋味。回到宿舍，他又踢凳子又摔杯子，突然想起夏江说纪委要找他约谈，让他赶紧回去，又像泄了气的皮球，连说话的力气都没有了。在会议室里与党红旗交接工作时，面对一屋子人，他脸色阴沉，极不情愿地翻弄着笔记本，说：“你们都知道了，从今天起指挥部的工作由老党全面主持，你们终于把我捣鼓下来了。”党红旗抬头看他，说大家从来没到领导那里说过他什么，应该从自身找原因。

肖一虎认为自己的工作方法是欠妥，但人无完人。金帼英说：“没有谁跟你对着干，是你自己把自己搞到这一地步的。”肖一虎说：“我傻吗？不是你们闹腾，夏董会不让我主持工作吗？”人们都不想和他论对错，因为和恶人讲理没有意义，大家心里跟明镜似的，越是强调自己的能力强与判断正确，越说明他的软弱与错误。最后，肖一虎有气无力地把其他事撂在一边，只交代说一分部还有一台上次扣下的乔三的装载机，业主领导跟他说过让乔三开回去，可石惊天、朱子来不肯，愿还不还，他不会再管，到时会有领导找党红旗和石惊天。

党红旗与铁建电话沟通，说肖一虎很不情愿地进行了交接，但从不认为自己有错，还把怨气撒在别人身上。马上又到年关，几个分部资金紧张，铁建不在他心里没底。铁建劝他说，职工都会听他的，工作安排、对下拨款，所有一切，让他该办就办，不要耽误工程。党红旗问金帼英隧道进展如何。金帼英说两座隧道采取了聚能水压爆破，日进尺都可以保持在七米至九米，春节后架梁可以掉头。石油管线影响的桥墩已经起来。现在悬灌梁特大桥钢桁架拖拉方案还需再研究，厂家人员已经到了现场。

肖一虎回家时，局指和项目部没有一个人去送他。他站在站台上很失落，也很孤独。到家后，他第一件事必须去集团报到。夏江见到他，说：“根据上级纪委反馈的情况，在老铁被举报的问题上，你有很大的责任。你与当地一个叫乔三的人勾结，背后诬告老铁，做法是极其不适当的，性质更恶劣，这一点请你务必认识清楚。”肖一虎硬咬着说没参与。夏江说：“如果没参与，上级纪委不会把调查通报转过来，那个叫乔三的也都承认了。你作为一名党员所做的事有损于企业利益，给铁建也造成了不可弥补的精神损失，好好反省一下自己。组织上完全是本着惩前毖后、治病救人的原则来处理你的事，难道还不能认识到自己的错误吗？”肖一虎有些忐忑不安，但依然嘴硬，说：“董事长，你让我主持指挥部全面工作这段时间，我一心扑在工地上，就怕工期、进度、安全、质量出点啥事儿，根本没有与地方上的人勾结陷害老铁。乔三的口供只是他的一面之词，我不能认同。我是咱们局的一名正处级干部，与老铁是战友，一无怨、二无仇，为什么要背后陷害他？不合情理嘛！所以，我再次声明，我是被冤枉的。”

夏江再也压不住火了，拍着桌子站起身，说：“你的问题是严重的，今天跟你谈是为了挽救你，如果再这么狡辩，立马撤你的职。”肖一虎也站起来，表现出一身正气的样子，说：“董事长，你可以撤我的职，但这个臭名我不能背。让我干我回工地，不让干我回家。”夏江恼怒地把头扭到一边，沉默良久后挥手，说：“那你回家吧。”

铁建在机关楼下碰到夏江，俩人在楼前花园内散步。夏江说肖一虎约谈时态度极其不好，死不认账，让他回家待岗了，想征求一下铁建的意见。铁建说：“如果想想肖一虎背后与乔三勾结搞诬告陷害的事，我不能再替他说话，但从全局出发，也不再给你添麻烦，那就算了。肖一虎家里也不宽裕，如果让他待岗，收入会减少许多，他毕竟是局里的处级干部。”夏江停住脚步，转身拍拍铁建的肩膀，说他这种人品难能可贵。铁建说：“他不是敌人，不过是缺乏修养，私心太重，可以教育挽救。”“那你认为应该如何处理？”夏江问。“怎么处理是组织的事儿。”铁建说，“约谈是提醒，对他是一种警告。如果让他回项目继续当副手，我还照样接纳他，你也不用再为他的事发愁。”夏江叹气说：“唉，让他去哪个项目，哪个项目都不要，放你这儿又干扰你的工作。”铁建告诉夏江，肖一虎在他这里跳不起来，所以他不怕，让夏江还是给他条生路。夏江说：“老铁，为什么全局人都服你，主要是你的能力、人品，不愧是当过兵的人。好吧，再给他一次机会，但愿他能重新做人。”

党红旗主持工作后，与金帼英、王若云、朱红军一起去向业主报到。王忠理有些惊异，问他们这个时候来干什么。党红旗说明来意，王忠理没有起身，歪着脑袋瞅了瞅他，说，“老党，行啊，听说肖一虎把工作交给你了，不用跟我报告，去见张董吧，他对你们不是一般的关照。”金帼英递上一本厚厚的方案说：“王总，当然要来给你报告了，悬灌梁特大桥钢桁梁拖拉方案还需你帮忙把关审定呢。”王忠理指着茶几说：“放下吧，在你金总面前，我只有学习的份儿。”

党红旗他们清楚，肖一虎被免，王忠理很不高兴。张福臣正与相关部门合计信誉评价排名的事儿，党红旗敲门进来了。张福臣起身相迎，又拿起排名表说，本来给他们排第四，他不满意，来个领导权重加分提到第二名了，因为塌方再往前提也不太好，第二名与第一名的分值相差很少。党红旗憨厚地笑着说他和铁建满足了，工地现在一切正常，两座隧道每天进尺八米。梁架也比较顺利，每天两片，春节后可以掉头回架。唯一有难度的是悬罐梁特大桥钢桁梁拖拉方案，需要公司再帮审定一下。金帼英补充说把方案已交给了王忠理，让他抽空审审。张福臣说他跟王忠理交代，之后问铁建啥时回来。党红旗说铁建想春节后回工地，夏江本来要撤掉肖一虎，让他回家待岗，可铁建把他留下来继续当副指挥长。张福臣稍加沉默，说：“老铁仁厚啊，这也是缺点，不过只要老铁和你们同意，我们业主方没有意见。不管谁来，我们要的是进度、质量、安全、投资控制和高水平的管理。”

肖一虎被收拾，王忠理再也不敢怠慢张福臣交代的事情。没过两天，他便组织专家论证会，讨论悬灌梁特大桥钢桁架拖拉方案。面对一屋子专家，金帼英像以往那样手持红外线指示笔，站在白色幕布前，讲解着幕布上出现的图表和文字，清晰的思路和措施，听得现场领导及专家频频点头，不时侧脸交换意见。张福臣和黄总监满脸欣喜，王忠理双手抵着下巴，一脸凝重的表情，然后起身走出会议室。

王忠理站在楼道窗户下点燃一支烟，党红旗随即来到他身旁，说：“王总，刚才金总讲解的是不是不太清楚？”王忠理拉着脸，说：“清楚。哎，老党，我也不是说你，你们下面的弟兄都跟肖一虎对着干，一方面说明他威信不高，另一方面也说明下面分部有些人对待领导容易走极端嘛。”党红旗谦和地说：“有些事群众都看在眼里。我们的目标是建设一支过硬的团队，把项目做好。”

俩人再回到会议室时，金帼英的讲解已经结束，会场响起一阵热烈的掌声。她坐回党红旗的身边，现场专家和领导都在相互交流着方案，有的不住点头。张福臣扫视会场让王忠理发言。王忠理翻看着方案，说：“这座桥是特殊设计，也是为了保证通车后的行车安全采取的方案。从主桥上下部结构到梁体构造，梁段划分、钢桁构造与加工、焊接、安装、受力测试、质量目标、安全防护，工艺流程等，想得都非常细。我认为，只要按这个方案科学组织，钢桁梁拖拉安装一定没问题。卢总体、黄总监以及各位专家，看有什么新的意见和建议?”卢总体说刚才金帼英讲解得很到位，符合他们的设计意图。这是继隧道溶洞及地质灾害塌方后的又一个重点，由金帼英主导，设计单位放心，同意按此方案组织安装施工。黄总监抽一口烟，说一直以来他对中铁工程局的技术和现场管理是满意的，现场监理经常给他电话汇报，悬灌梁特大桥厂家技术人员与现场结合得很紧密，方案是共同制定的，所以，他也同意按这个方案施工。轮到专家发表意见时，一名老专家说：“这样的钢桁梁拖拉施工，在高铁施工史上也为数不多。金总把方案解释得很清楚，措施也是有保证的，细节考虑得很周全，周边环境、气温气象、数据计算都比较准确，没有更新的意见。”最后是张福臣发言，他表态说：“对这个方案论证，今天参会人员都签上字。大家没意见，抓紧批复下去。同时，公司、设计、监理和施工单位形成四方纪要。老党、帼英，你们回去抓紧组织，要保证按期铺设轨道板。”就这样，悬灌梁特大桥方案又一次顺利通过。

党红旗和金帼英、朱红军从南北公司回到局指时天色已晚，朱红军约了安雪容，在镇上找了家米粉店准备简单吃一点。俩人刚坐下，金帼英和石惊天拉着男男走了进来。朱红军邀他们一块儿坐下吃，石惊天让他别客气，在旁边找了个位置坐了下来。吃到一半，朱红军听到石惊天说：“哎，帼英，春节快到了，我想让你带男男一起回家见见我父母。”金帼英说：“最后问你一句，你后不后悔?”“不后悔。”“行，听你的。”他们和朱红军与安雪容四个人都互相看看，幸福地笑了。

铁建和肖一虎都在家休假。铁建打电话请他来家里喝酒，肖一虎心里琢磨这是请喝酒还是请吃鸿门宴？不管怎样他还是答应了。两人见面后开始边喝边聊，肖一虎端起酒杯一饮而尽，放下酒杯说好酒，可惜酒是年份酒，人已不是原来的人，问铁建今天请他喝酒真没事？在肖一虎眼里，铁建一定有事才请他。可铁建偏说没事儿。肖一虎非打破砂锅问到底，铁建才告诉他，说：“夏江征求对你的处理意见，最后我提出让你继续当副指挥长，过完节一起回工地。”肖一虎说：“别人都说我害你，你老铁也可以这么认为，但我没做那样的事我不怕，这样的黑锅我不能背。”铁建说：“这一页翻过去不再提了，反正对我的调查已有结论。有一条，乔三他们要再对我和咱们手下的人干那些伤天害理的勾当，可饶不了他。”肖一虎说：“那是他们的事，跟我说没用。对你这么一调查，好像就是我干的，结果约谈我不说，夏董还要降我的职。降吧，大不了我回家。”

铁建本不想再提这件事，肖一虎偏偏说自己没做错，不想背这个黑锅。铁建也恼了，端起酒杯猛然把酒泼到他脸上，又一把拉住他的领子，说：“没做错？你敢调戏紫祺，他是我外甥女。”肖一虎自知理亏，哆嗦着偷偷瞄着铁建。

后来，王若云给铁建打电话，听出他说话口气不同以往，问谁又惹他生气了。铁建说好心好意请肖一虎喝酒，让他回工地工作，也给夏江解个围，他不但不领情，反而埋怨说背了黑锅。王若云怪铁建没骨气，何必求他来工作？再说替董事长分忧解难也得看谁吧？躲他远远的，大家都清静。铁建说没想到肖一虎是个小人，原本想着都是一个单位的职工，还是一起上过战场的老战友，知错能改也是可以原谅的，大家还是可以一起工作、一起奋斗，怎知他还不自知。

肖一虎从铁建这离开后也没闲着。乔三给他打电话，问那台装载机还有什么办法开回来。他说自己没权了，说了不算数，兄弟一场，本想帮办几件事，结果也没办成，春节假期工地人少，不行趁机组织人到现场把装载机抢回来。

第三十三章

乔三派人去现场查看了一番，长长的桥梁和路基上有许多工人正在附属工程施工，远远能看到架梁机正在线路上移动。透过搅拌站大铁门能看到装载机停在拌和站院里，一只脖子上拴着铁链的大狼狗在门口看守，大批模板和小型机具堆满院内。王方太与老刘走进院内时，值班室里只有一个民工，大部分人都去参加局指年底总结会了。于是，乔三和老四组织了几十号青年，开着十几辆大小车朝工地驶去。在院子外，乔三下令说："肖哥不在，再难也要把装载机弄回去。"

王方太、老刘和值班民工正在屋里取暖，院内的大狼狗一阵狂吠。值班民工跑出来一看，车队停在门外，一伙青年手持铁棍和长刀站在院子里。乔三披着呢子大衣，不紧不慢地走进来。民工大吃一惊，急忙转身跑回值班室喊人，乔三的人却把大门堵上了。等王方太和老刘冲出值班室，那些人手里提着家伙什把王方太三个人团团围住，几把长刀在他们三人面前晃来晃去。王方太临危不惧，怒视着对方问想干什么？乔三扒开众青年走近王方太，说上次兄弟们吃了大亏，今天想把装载机开回去。老刘上前阻止说："只要我们在，你们想都别想。"瞬间一把长刀顶在了老刘胸前。一名青年说："再叫砍了你。"

王方太拨开长刀把老刘挡在身后，拍着胸脯怒吼："来吧，砍这儿，老子不怕死。"老四冷笑着拉住他的领口说："不怕死好啊，每次都是姓铁的给你们撑腰，今天他可不在这儿，看还有谁给你们当靠山。你们不是人多吗？今天跑哪儿去了？既然三哥敢带弟兄们来开装载机，就没打算空手回去。"乔三托起他的下巴，骂道："敢讹我？弟兄们，去开机子。"王方太一把拨开乔三的手，说："敢开机子，我跟你们拼啦！"

此时局指会议还在进行，党红旗总结起一年来的工作，说："上遇天灾，下逢人祸，可谓风风雨雨、百感交集。经历了洪水、溶洞、地质灾害等考验，赵化亮、王大成和另两名民工兄弟，为高铁建设献出了宝贵生命，他们的墓碑立在景阳隧道的山头上。可这些艰难险阻没能击垮我们，再重的任务也没压垮我们。但是，乔三之流的骚扰，加上内部不顺畅，特别是铁建遭遇不公平、不公正的诬陷与诽谤，不得不引起我们的重视，需要打起精神再加把劲儿。"党红旗慷慨激昂，未料到又一场对峙正在发生。

乔三一伙人把王方太、老刘和民工围在中间，用刀顶住前胸后背，使他们三人动弹不得。另一伙人跑到装载机前收拾机子，并往油箱里灌油。老刘愤怒地咬着牙想冲过去，被两名青年扭住了胳膊。老刘怒吼："不许动机子！"不知是谁一巴掌扇在了他脸上，鲜血从嘴中流出来。

王方太面对长刀和铁棍，没等打老刘的青年反应过来，伸手扇向了对方的脸，那名青年顿时愣在了那里。装载机已轰轰隆隆地发动，乔三抡起胳膊让开走，装载机开出了院子。一个民工正好从此路过，看到院内一片混乱，躲到一辆车后拨打手机。王方太欲冲出人群，被众青年把胳膊拧到背后，前面用刀顶住。他挣扎着，但无济于事，大骂："你们这群王八蛋，等我们的人来了让你们不得好死。""好啊！我等着呢。"乔三说，"你不是爱当英雄吗？今天让你当个够。"伸手一巴掌抽在王方太的脸上。王方太抬起头，咬着牙，怒目横眉，骂道："王八蛋，再来！"乔三瞪着眼说："不服是不是？"又一巴掌打在王方太的脸上，说这巴掌专治他的不服。王方太把嘴边的血吸进嘴里，猛然吐了乔三一脸血，继续骂道："老子就是不服……你们这些流氓，要想清后果。"乔三抹掉脸上的血，穷凶极恶，又一巴掌抽在王方太的脸上："老子今天非打服你不可……弟兄们，给我狠狠地打。"痞子们一拥而上，把王方太、老刘和民工摁倒在地，一顿拳打脚踢。

局指挥部的会议还没有结束，石惊天的手机突然振动。他低头接听，脸色大变，忽地起身喊出事了。会议不得不中止，所有人冲出会议室，坐车迅速奔向级配拌和站。

王方太、老刘和看院民工捂着头和脸躺在地上，满脸血迹。几个先赶到的民工上前扶他们，想站起来都吃力。等党红旗、石惊天、朱子来和接到通知的职工赶到拌和站时，乔三那帮人已消失得无踪无影。王方太、老刘有气无力地斜靠在值班室的椅子上，受伤的看院民工在呜呜地哭。一看党红旗和石惊天等人来了，王方太和老刘边流泪边说装载机被乔三开走了，俩人非常自责。

发生冲突那会儿，铁建正在夏江的办公室汇报工作，突然接到党红旗的电话，脸色大变，发怒道："打伤了我们的人？把所有人组织起来，去讨回公道，出了事我负责。"夏江说："老铁，你这一下令会不会把事情闹大影响社会稳定？"铁建怒气未消，说："董事长，这件事你当不知道，都是我做的决定。咱们在那儿建高铁有错吗？地方恶势力猖獗，难道不应受到惩罚？稳定不是用员工和百姓的忍气吞声换来的。"

支铁办赵主任正在给王县长汇报工作，接到了铁建的电话。他安慰铁建说早晚要抓乔三他们。铁建说忍无可忍，已下令工地所有职工和民工去找乔三讨公道，替当地政府除掉这股黑恶势力，稳不稳定顾不了那么多了，请县长理解，并请求必须依法严惩乔三这样的社会渣滓。王县长让他冷静点儿，说马上通知公安局，出动警力抓这帮家伙，让他也要控制好内部人员的情绪，不能让局面失控。铁建说："王县长，施工现场受到很大干扰，再这样下去怕高铁难以按期通车，这股黑恶势力不打掉，当地社会怎么能稳定？百姓生活怎么能安心？"

王县长放下电话，气得浑身发抖，乔三这是给政府抹黑。他让赵主任通知李局长立即到县政府办公室来，之后他俩去医院慰问受伤的同志。赵主任说县里早该下决心打掉乔三这个团伙，否则地方经济发展没有任何保障。不一会儿，李局长迅速赶到了王县长的办公室。王县长沉着脸，说已经请示过书记，必须对乔三他们采取行动。他让李局长马上组织警力，把涉案人员全部抓获归案，该拘留的拘留，该移送司法机关的移送司法机关，决不能让这些人扰乱了社会治安，影响全县经济发展，必要的时候开展一次严打。

等一通电话打完，夏江忧心忡忡地对铁建说："老铁，这样行不行，马上到春节了，稳定是大局。施工队结算、民工工资发放等，件件都不可忽视。没几天就要过年放假了，我担心红旗在现场处理这些事把握不好，你先回工地，赶紧把工作接过来，节后回来可以再补休几天假。"铁建望着夏江点了点头。

铁建收拾东西准备去工地，可他早跟铁宏歌说好春节在家过年，这一突然的变故不能不告诉她。铁宏歌起了埋怨，说家在他眼里不过是个旅馆，想来就来，想走就走，这个春节她不想跟他去工地过。如果他到时回不来，她就去同学或紫祺家过年。听到这样的话，铁建心里感到很酸楚。

临走那天早上，铁建顶着寒风，沿陵园小道拾级而上，来到铁流墓前，深深地鞠了三个躬。之后又来到韩秋柳的墓前，伸手抚摸着韩秋柳的墓碑，掉下了几滴泪珠。

铁建赶的是朝发夕至的火车。他拉着行李箱刚刚走过站前广场，忽然听到崔凌花在前面喊："董事长，铁指挥来啦。"铁建转身看到了夏江和崔凌花，急忙上前握住夏江的手说："董事长，你们咋来了？"夏江笑笑说："你又要上前线，我来送送你嘛。"铁建知道这次去工地肩上的分量更重了。绿皮火车在山川大地上奔跑，时而跨过大桥，时而钻进隧道，两侧的景物从车窗前一掠而过。铁建坐在车厢内望着车外出神，而铁宏歌此时正坐动车回家，她想赶回来看他一眼。

铁宏歌下了火车后听到铁建已经上车走了，不高兴地嘟着嘴，找了个饭店坐了下来。正巧邓立强也在这里吃饭，他一眼就看到了铁宏歌，拉她进包间一块吃。包间里边坐着肖一虎，两人惊诧地互相瞪着对方，铁宏歌转身就走。邓立强莫名其妙，说铁宏歌干吗走呀？肖一虎拉拉他说算了，她和她爹一样，倔！

铁宏歌十分郁闷，与人渣交往和共事的人，也一定是人渣。肖一虎和邓立强坐在包间里喝起来没完，接着干了两大杯。肖一虎说过年了，夏董和铁建还让他回去当副指挥长，工地上没他不行，看看党红旗、金帼英那些人，没有一个能干事的。说着，他突然捂着肚子哎哟哎哟地叫唤。邓立强急忙上前扶他问咋了。肖一虎说最近腹部老疼，不过是小毛病，一会儿就好。他让邓立强必须抓住铁宏歌，叫她帮着去要账，铁建一定会给。

铁宏歌离开那家饭店，来到附近的咖啡厅，坐下后给崔凌花打电话，想让她出来一起喝咖啡。崔凌花说她在医院，一会到。铁宏歌不知道崔凌花刚从妇产科出来，心想她去医院干吗？

十几分钟后，崔凌花来了。铁宏歌问她去医院干吗了，崔凌花说小感冒。铁宏歌这才放心，说没赶上见铁建，还碰到了邓立强请肖一虎吃饭，心里很郁闷。崔凌花强打精神，尽量不让铁宏歌看出什么，说人与人本来是正负极磁场的碰撞，都有作用力与反作用力，就看谁的磁场更强，通常阳极胜过阴极。肖一虎代表的是阴极，而且心太恶，指挥部除了他，大家都很善良。铁宏歌说在肖一虎身上看到了现实的残酷和人性的黑暗，像她爸爸这样的人，看清了肖一虎的本质却仍然坚持善良，是一束可以温暖他人、照亮世界的光，肖一虎真的很渺小。崔凌花下身还在隐隐疼痛，她让铁宏歌别想太多，铁建回到工地什么事都难不倒他，什么样的人他都能对付。

王方太、老刘和民工被送进医院，每个人头上都包着纱布，病床前挂着吊瓶。梁丽丽坐在王方太病床前握着他的手不住地安慰。透过病房玻璃窗，她看到大街上一辆辆警车呼啸而过，沿街群众都扭头观望。同时，工地上的一辆辆越野车和大卡车，满载着工人从县城街道朝政府方向驶去，引得沿街百姓驻足观看。县委县政府门口顿时被一些大车堵塞了。

王县长和赵主任很吃惊，站在窗前透过玻璃眺望大街上的情景，俩人急匆匆地跑下楼。转眼，那些大小车辆又鸣着笛开走了。有两个刚刚参与拌和站抢机械打人的青年，在街上看到这阵势神色紧张，慌忙给乔三打电话，告诉他公安局和中铁的人都来了，让他躲躲。乔三接完电话脸色发青，急得直骂："他妈的，来真的了！"他骂完赶紧下楼，胆战心惊地钻进奔驰车里一溜烟跑了。警察和党红旗等人带领的车队，先后赶到乔三的城发建筑工程公司，却没见到他的影子。

王县长带着赵主任去医院看望了王方太、老刘和民工，拍着三个人的手背安慰说受委屈了，他代表县委县政府来看望他们，已经下令抓捕乔三，追究责任，请大家放心。还说央企是国家的经济支柱和命脉，是中国高铁建设的主力军，政府一百个支持。谁在高铁建设中捣乱，政府就抓谁，谁破坏社会稳定，政府就坚决打击谁，绝不姑息。

乔三这次遇到了从未有过的对手，他躲在阴暗的角落与肖一虎通电话，对肖一虎埋怨个不停，说装载机是抢回来了，但这次县里和中铁局不依不饶，公安局出动警察正在抓他，这个点子可把他坑死了。肖一虎说让他去抢装载机，可没让把人往死里打。乔三说自从认识肖一虎后，每次都出点子让他这么做那么做，到头来一件事没做成，反而搭进去的是面子和票子，现在弄出事来又不认账，说这次要有啥不测，一定拉他垫背。肖一虎急忙说："哎，乔总，咱们总算朋友一场吧，怎么做这种不仗义的事情呢？要怪，你只能怪铁建，他又回工地了，还是没咱们的好。"乔三惊愕地说："他又回来了？""他晚上到。只要他活在这个世上，就没有咱们的好日子过，不如……"肖一虎的话没说彻底，乔三听得一时糊涂，竟结巴了，问他说啥？肖一虎说铁建的越野车经常去修理厂保养维修，刹车很容易失灵。得到这句提示，乔三的眼珠子又转起来，心生毒计。

张福臣听说铁建回工地，特意和黄总监赶到车站接他。走上站台一看，指挥部和项目部的人都来了，兰花朵还买了一束鲜花。火车进站后，铁建透过车窗看到了张福臣、黄总监、党红旗和其他前来接他的人，双眼有些潮湿了。他第一个走出车厢迈上站台，众人呼啦一下全拥过来问候。兰花朵从人群中挤到前面把鲜花递给铁建，说："指挥长，这是大家献给你的。"铁建接过鲜花激动得不行。石惊天拉着男男，让他喊铁爷爷。铁建一把将他抱过来哈哈大笑，喊着大孙子，亲个没完。

王若云站在人群后面望着他，铁建瞅一眼朝她走去，说回来了。铁建对张福臣和黄总监说："我又不是什么大人物，你们还亲自来车站接我，心里很过意不去。"张福臣乐呵呵地说："你比大人物重要，是咱高铁建设的英雄，鲜花是献给英雄的嘛。"铁建摇头苦笑，说："英雄也有落难的时候。"黄总监问他咋又把肖一虎弄回来继续当副指挥了。铁建点点头说："不回来，他连个饭碗都没有。"金帼英跟在他身后说："指挥长，你没看过农夫与蛇的故事吗？你是好人、宽宏大量，可肖一虎却是蛇蝎心肠。"党红旗补上一句说："唉，你叫他回来是给大家添堵。"铁建说："不回来怎么办呢？也不能让夏董在中间为难。"张福臣说："这件事还没完，现在全国都在扫黑除恶，不抓住乔三这帮流氓绝不罢休。"他劝铁建回来先休息休息，把大家召集起来开个会，将年前工作安排完再集中处理乔三的事。铁建说："扫黑除恶来得太及时了，这次要新账旧账一起算，他躲得了初一，躲不过十五。"党红旗说："咱们要当心点，这些天乔三不敢露面，你回来了，他没准又现身了。"

铁建把张福臣和黄总监送走，又把其他人打发回工地，和党红旗直接去了一分部。他们第一个看望的是老刘，他在吊着一只胳膊洗脸。蓝燕儿推门进来说："等会儿指挥长和书记来看你，抓紧收拾一下。"铁建和党红旗到达一分部驻地，下车后站在院内借着灯光环顾了四周，感叹回去这段时间不算长，可好像几年没来似的，都有点陌生了。走进宿舍区，老刘已站在门口迎接。铁建一把握住他的手，说他受委屈了。老刘紧握铁建的手久久不肯松开，哽咽地说："指挥长，你可回来啦……"

在另一间宿舍，梁丽丽正坐在王方太床边给他喂药。王方太很上火，担心他和梁丽丽不能回家过年。梁丽丽安慰他过几天就好了，回去还得把俩人的事定下来呢。说话间，朱子来在门外喊："丽丽，指挥长来看方太了。"梁丽丽放下药从床边起身把铁建和党红旗迎进屋。王方太两行眼泪顺着鼻翼流淌下来，说伤不知道春节放假前能不能养好。铁建这才知道王方太虽然外伤好了，但还有内伤，让他好好养着，工资奖金照发，并且还得让乔三赔偿。梁丽丽告诉铁建和党红旗，项目部已经四个月没发工资了。铁建皱起眉头，转身问石惊天和朱子来以前的拨款呢？石惊天低着头说都给施工队付出去了，还有不少外欠款。铁建又问现场职工欠发几个月？朱子来说五个月。

党红旗瞧着铁建，说他回家后肖一虎对下没怎么拨款，业主对下计价也不及时，他又不好插手多问，指挥部人员工资也欠发两个月了。铁建叹了一口气说："老党，马上春节放假了，外面施工队的钱一分都不能欠，内部职工都是靠这些血汗钱养家糊口，工资奖金更不能欠。"党红旗说："两个分部都很理解局指，没有一个人反映，再说，指挥部的账上也没多少钱了。"

铁建很自责，现场职工一年到头回不了一次家，年底过春节再拿不上工资奖金，回去怎么给家里人交代？他催石惊天和梁场连夜上报职工工资奖金发放和施工队结算情况。再没钱，他舍下老脸去借也要把大家的工资奖金发到手。

那天，铁建和党红旗接近半夜才往局指赶。越野车跑在县道上，迎面突然来了一辆大车，大灯特别刺眼，司机忙踩刹车但没刹住，又连踩几下，仍不能停住，立刻大喊："指挥长，快抓好，刹车失灵了。"铁建和党红旗瞬间脸色大变。眼看大车撞过来，司机猛打方向盘并拉手刹，"咚"地一声撞在了路边一棵大树上。随着一阵惊叫，整个车被树干挡住憋熄火停了下来。

铁建出车祸，震惊了所有人。消息传到张福臣、黄总监、夏江那里，他们都感到很蹊跷。而肖一虎拿着手机坐在床边却窃笑，打电话给王忠理，说铁建出了车祸，不知是死是活。王忠理在宿舍里，穿着拖鞋来回踱步，"哎呀，怎么搞的，他咋这么倒霉，这要有个三长两短，这年咋过？"实际上，肖一虎很清楚，铁建的越野车刹车片，早被乔三在修理厂动了手脚。

石惊天及各分部人员分别赶往医院。铁建和党红旗额头和脸上都包着纱布，司机吊着左胳膊。铁建捂着额头说："都来干什么？受点轻伤没有大碍。"他交代所有人不准给铁宏歌打电话。王若云站在病床前说："越野车刹车哪会轻易失灵？是不是有人故意谋害，应该报案。”党红旗不相信王若云的说法，让她别乱说。

铁建和党红旗在医院里简单做了处理，回到局指坐在沙发上。王若云帮铁建揉右手，紫祺和兰花朵虽然因为孔庆荣闹得不开心，但这时候放下所有的恩怨，一个帮他倒水，一个帮他擦脸。茶几上的手机突然响了，紫祺抓起手机接听。铁宏歌问铁建的伤势怎么样，紫祺不知道怎么回答，让铁建自己说。铁建本来不想让铁宏歌知道，可纸里包不住火，她还是很快知道出了车祸。铁建来不及多想，接过手机说：“我没事，就擦破了点儿皮，不用担心。”王若云说：“你把脸对准摄像头，让宏歌看看她才放心。”

铁宏歌在手机上看到了铁建的样子，止不住流下了眼泪，父女俩相互安慰着。

其他人走后，屋里只剩下铁建和王若云。她拿毛巾边为他擦手边说，想不通车子刚刚保养回来，咋会刹车失灵。铁建说刹车失灵也不是不可能，别想多了。铁建让王若云回去，她说不，称今晚要留下来陪他。铁建说：“你还很年轻，咱俩相差十几岁，我怕耽误你。”王若云说不在乎，已经把自己耽误了一回，这回不想再耽误。

天亮后，袁听枫来找孔庆荣商量事情，先说春节期间架梁不能停，去年春节她回家，孔庆荣在工地值班，今年让孔庆荣回去，她让姜再明和姜小珊来工地过年，回头排个值班表让他看。孔庆荣说指挥长刚回来遇到车祸，不知道咋安排的。袁听枫说他伤好后肯定先处理乔三的事儿，再找业主要钱和计价，与下面结算。她说琢磨了一夜，怀疑昨晚的车祸是乔三这帮人干的。孔庆荣说如果是乔三干的，有可能与肖一虎有关。袁听枫皱眉问：“你的意思是他在背后指使？”孔庆荣说：“哪次事件不是他在背后谋划？”如果真是这样，那就太可怕了。紫祺来找袁听枫，听到孔庆荣在里面说话，停住脚步听。孔庆荣说：“你不回去，让人家老姜带着小珊来，他愿意吗？”袁听枫说：“他咋不愿意？我让他上哪儿他上哪儿，我们家老姜好着呢。哎，听说今年回去都是成双成对的，比如方太和丽丽，杨晓与欣欣，宝铁和凌花，还有雪容和小朱子，惊天和金总也要带男男回去见公婆，就差王若云和你了。你到底是怎么想的？是带花朵还是带紫祺回去？”孔庆荣问道：“你说我该带谁回去？”袁听枫说：“还用说吗？带紫祺啊。她小鸟依人，到哪儿去找。”孔庆荣哀叹着说：“紫祺是咱们的手下，外面人会怎么说我？领导跟下属谈恋爱，好像我多流氓似的。”袁听枫瞪大眼睛看着他说：“哦，原来你是这么想的。我还纳闷呢，这里有朵大花你不摘，为啥跑去摘局指的小花？”孔庆荣说：“起初很矛盾，现在我只能带花朵回去。”袁听枫百思不得其解，问：“领导就不能跟女下属谈恋爱了？过去，战争年代领导娶女战士多得是，在战火中建立的深厚感情和友谊，怎么啦？革命战友。紫祺对你那么好，人家一个女孩子拉下脸来追你，你却朝三暮四、朝秦暮楚，要我早不理你了。”孔庆荣很无奈，袁听枫愣逼他说是不是跟兰花朵早发生了关系。孔庆荣尚未开口，紫祺突然推门进来，孔庆荣和袁听枫立时傻眼了。

铁建回工地后，铁宏歌天天到大伯家吃饭。她不愿一个人回到那个冰冷无人的家，最后还是去了邓立强的公司打工。这一天，她拉着崔凌花去了邓立强的公司。崔凌花惊得张大了嘴巴，问铁宏歌她爸不是不让她来这里打工吗，她怎么又来了。铁宏歌说姓邓的短期聘她，刚好寒假打工想锻炼锻炼自己，也需要挣钱，就来了。崔凌花告诉她说，邓立强常常骚扰安雪容，品性不是很好，提醒她打工可要小心。铁宏歌说她可以随时辞职走人。

肖一虎在家没事干，给邓立强打电话闲聊。邓立强说他说话真灵，铁宏歌果然来公司上班了，人有个性，也漂亮。安雪容跟他分手了，他准备追追铁宏歌，哪怕等她几年。肖一虎不看好，说铁建不会同意，因为安雪容的事儿，铁建一直对他的人品产生怀疑。邓立强听了极不高兴，说那也要试试，他不信现在的女孩不认钱。肖一虎说让他多打听着点，看平时铁宏歌都说些什么，她的话就是铁建的话，只要她愿意去催款，一催一个准。

邓立强接近铁宏歌原本是为了钱，现在却改了主意，想要她这个人。他拉拉领带朝铁宏歌的办公室走来，笑着抬起双手按在她肩上。铁宏歌不习惯这样，尤其是男人对她勾肩搭背更令她反感，极不乐意地耸耸肩摆脱了他的双手。

铁宏歌看着电脑问有什么事需要做，邓立强说项目上欠公司不少材料款，抓紧打个报告，年前看能不能把钱催回来。铁宏歌说正常经营派人该怎么催怎么去催。邓立强说：“那可不一样，你爸很有号召力，一句话不说，下面像喝了鹿血似的拼命干。”少顷，他又问上次崔凌花来公司回去说啥没有。铁宏歌看着电脑说没说啥，只说他欺负安雪容。邓立强苦着脸，称被冤枉死了，恨不得把所有钱都给她花，可她不领情，说白了她没这个福气。“宏歌，我认为你比她有福气得多。”

铁宏歌斜眼瞟他，问道：“邓董，你啥意思？”邓立强说：“啥意思你不明白？有空给你爸打个电话，年底了多给公司付点儿款，拜托！”说完哼着《明明白白我的心》出门走了。看着他那趾高气扬的样子，铁宏歌耻笑着骂个不停。

铁宏歌走在路上给铁建打电话，说她去了邓立强的公司，邓立强要她帮着催款。铁建埋怨她干吗去他的公司打工。铁宏歌让他放心，称随时可以辞职。铁建心里总觉得不踏实，说要远离邓立强。铁宏歌说没想那么多，只想让他回家过年，工地上除了王若云，连个照顾他的人都没有。

铁建想了想，答应她回去。刚撂下手机，王若云就进来了，问他头还晕不晕。他说刚跟铁宏歌视频，她想让王若云一起回去过年。王若云说：“宏歌是宏歌，你是你，你想让我在哪儿过年？”铁建说：“回家吧，也看看你的父母。”王若云笑着答应了他。

肖一虎闲来没事，又打电话提前给王忠理拜年，称听说铁建和党红旗只受了点皮外伤，他都想给他俩准备花圈了，命还真大。王忠理大惑不解，说：“你咋还幸灾乐祸呢？”肖一虎说随便说说而已。王忠理问他啥时候回来，他说过完年再回工地，夏江本来说要免掉他，可铁建没帮手，让他回去继续当副指挥长。王忠理说：“老肖，你再回来可别惹麻烦，大家脸上都不好看。特别是少与乔三那帮人联系，这次你能过得去就算不错。”肖一虎说与乔三没有什么关系，王忠理不信，问：“乔三到工地打人抢装载机与你没关系？”肖一虎矢口否认，说只让他把装载机弄走，没让他打人。王忠理听出话音，说来说去还是肖一虎在背后出点子，说：“我拿你当好兄弟，你咋老不给我长脸呢？你和乔三他们掺和什么呀？”肖一虎坚持说绝没有掺和，又说铁建的女儿寒假在邓立强公司做临时高管，工地上还欠他不少材料费，能不能跟铁建说说把款都结了。王忠理板着脸很不高兴，虽然和邓立强他爸是老同学，但这事不能再管了，让肖一虎最好也少管，把他介绍进来，再帮他要账，到时说不清楚。王忠理最后说：“你回来别再跟铁建和党红旗对着干，要不你就不要再回这个项目。”肖一虎挂断电话站在阳台上愣了半天，连抽几口烟，骂起王忠理来：“妈的，孝敬你可不少，这么点小事还推来推去。”

铁建伤势好后，去了架梁工地。运架一体机在高永恒和工人的协调指挥下紧张作业，伸出长长的支腿，把轮胎缩回，将箱梁推向桥墩。随着一声声短促的哨音，箱梁准确地落在两墩之间，一排三十几个重型轮胎又缓缓落到桥面，支腿收起缩回梁车。孔庆荣、袁听枫和安雪容陪铁建站在运架一体机后面看着这一幕，铁建兴奋地拍拍高永恒的肩膀，问啥时往回架，高永恒说春节一过就掉头。这时，离架桥现场不远处的施工便道上来了一辆越野车。铁建想不到乔三坐在车里。他打电话给铁建，说想见见他，大家都感到震惊。公安局到处抓他，他还敢公然挑衅，建议赶紧报案。铁建说先看看他想干什么。

铁建和孔庆荣几个人一起下桥，乔三把车开到跟前停住，拉开车门从车内下来，说："铁指挥，你大人不计小人过，兄弟我这次做得确实不对，想向你和王队长他们道歉，该赔偿的我赔偿。""你想怎么赔？""赔多少钱都行，只要放过我和我的弟兄。"袁听枫提醒铁建千万别相信他。安雪容也喊着绝不能轻饶他们。铁建没听，说行，先把赔偿的事解决完，再说其他的。乔三让铁建定时间和地点，他过去。

铁建确定下午三点在局指等他，可以一人来，也可以带上所有马仔，绝对保证他们的安全。如果不带手下的弟兄，就提着钱来，赔偿多少让他自己看着办。孔庆荣和袁听枫、安雪容不理解铁建的心思，担心他要点赔偿就算了。铁建说："赔偿也不放过他，一定要为民除害。"大家这才轻了口气。

回到局指，铁建、党红旗与金帼英、石惊天和朱子来商量如何跟乔三谈判。铁建若有所思，说："乔三之所以来谈判，无非是想花钱买平安，不让咱们再咬住他不放，但公安局抓他不是咱们的事儿，他能不能过这道坎由政府说了算。赔偿金一分不少要拿回来，装载机看管费可以作为一个条件与他谈，实在谈不拢，也不说答应还是不答应，让他自己去掂量。"

一分部的人知道乔三下午要来，驾车从几个不同方向拉着民工和工人奔向指挥部。乔三下午三点准时来到局指，跟在身后的青年手里拎着包，进屋后点头哈腰彻底认怂。他瞅瞅铁建，又看看党红旗和石惊天、朱子来，心里十分紧张。铁建说："今天为什么不带你的人来？"乔三低着头说岂敢岂敢。"说吧，到底想怎么赔？"乔三二话不说，示意青年打开提包亮出三捆钱，说："今天带来三十万元，每人赔十万元，行吗？"

铁建故意朝石惊天、朱子来使眼色，说："王方太、老刘和那位民工兄弟是你们分部的人，你俩看吧。"石惊天领会铁建的意图，怒视着乔三，说：

“不行！三个人骨折到现在还躺在床上，误工费、医疗费、精神损失费，加在一起每人十万元解决不了，他们休养多长时间能恢复还不清楚。”朱子来说：“还没算装载机看管费呢。”乔三惊了，说：“看管费？”石惊天不容置疑地说：“看管费通知过你，不然谁出这笔钱？我要给工人发工资和补贴。”乔三脸上的肉哆嗦着，直称是项目部把设备扣下的。党红旗开口说：“为什么扣你的不扣别人的？因为你组织人来工地干扰和破坏高铁施工。”旁边的青年插话说他们的人也受伤了。朱子来指着那名青年称是他们到工地闹事。乔三摆摆手说：“好好好，双方算扯平了吧？”铁建拍案而起，说：“什么叫扯平？告诉你乔三，这事没有扯平的时候。你今天要谈咱就谈，不谈就给我滚出去。”乔三忙赔笑脸，让铁建别生气，他今天是真心来赔偿的。看管费多少，让石惊天开个价，他给。

铁建吊起脸来，说：“你三番五次到工地上来要活儿、闹事、敲诈，背后告黑状，无法无天，总拿我们当傻子。乔三你说，这次到工地上抢装载机是不是又受人指使？”乔三迟疑了，说：“没有啊。”朱子来严厉地指着他说：“敢说没有？你手下的人说是肖一虎让你们来的。”乔三说：“他是说过让我把装载机弄回去。再说，我也想报仇。”铁建怒吼：“你想报仇？我还想报仇呢。我早说过，战场上从没怕过死，到现在来修高铁还怕死吗？死，被我们这些人已经看得很轻很淡了，还怕你们这群人背后搞名堂吗？”那名青年让铁建说想咋办。铁建平静了一下情绪，说：“赔偿金一分不能少，把协议签好，剩下的事后面再说。”听了这话，乔三扑通跪在地上作揖，说：“各位大人大量，钱我出，只求你们放过我。”铁建说：“现在装孙子有什么用？写好字据，钱留下，滚。”

这时院子里已围过来很多人。办完手续留下钱，乔三和青年狼狈不堪地往楼下走。没出单元门，就听见人群里有人喊：“把他扭送到公安局。”吓得乔三赶紧转身往楼上跑。后面的人不断地喊：“不能放过他们！把他们送公安局！”

乔三再次回到会议室，跪在地上给铁建他们磕头。铁建和党红旗看他那样，对视了一眼走下楼去，乔三和青年胆战心惊地躲在他们背后。从单元门出来，铁建挥手喊：“闪条路出来，让他们走！”院子里群情激奋，仍有人喊不能放他们走。党红旗说：“大家听指挥长的，让他们离开这里。”众人只好瞪着乔三和那名青年，闪出一条道。

职工和民工散去后，铁建把石惊天和朱子来喊住，让他们把三十万元带回去补给王方太和老刘等三人，这些是乔三在赔偿协议上签过字的，合理合法。

第二天上午，铁建和党红旗来到王县长的办公室，赵主任也在场。看他俩脸上擦着碘伏、涂着药膏，问又咋啦。铁建回答说休假回来出车祸挂的彩还没好利索。党红旗说铁建是因为乔三带人打伤职工才赶回来的，到年关了，怕事态扩大，工地不稳，给当地政府带来麻烦。赵主任说是啊，事情一发生，王县长就请示了县委主要领导，并布置公安局坚决打击黑恶势力，到现在已经抓了几个人，乔三东躲西藏不敢露面，早晚会抓到他。王县长说："看来村霸乡霸、地痞流氓、涉黑组织不狠狠打击真不行。这帮家伙破坏高铁建设，连你们央企都敢敲诈，可见多么猖狂，必须重拳出击，下狠手整治，百姓才能安居乐业。"铁建谢过王县长和赵主任，汇报称乔三下午提来三十万元钱，给三个受伤的同志赔偿，签完赔偿协议让一分部拿回去了。赵主任马上警觉起来，问乔三人呢？"铁建说放他们走啦。"王县长说："哎呀，公安局正抓他呢，他吓得连手机都不敢用。为什么放他走？应该直接报警或扭送到公安局去，这帮可恶的东西。"铁建说："他赔偿的目的是想让我们不要再咬住他不放，饶他一回。我跟他讲得很清楚，先把赔偿问题解决完再说，留个后手。这么多年祸害百姓，为霸一方，接下来还是要抓他，不抓他职工不干。"王县长请他放心，说人一定要抓，到了该给他清算的时候。

隧道、桥梁、悬灌、路基和架梁都在正常推进，但到了年关，外部施工队队长和包工头带着一些民工围在一分部院内要钱。石惊天、朱子来和周部长只能做解释。梁场院内同样有一群包工头也带着部分民工，三三两两地围在会议室门前的操场上，有的站在篮球场上抽烟，有的在会议室里进进出出。孔庆荣、袁听枫一再交涉做工作，有包工头拿着纸条从财务室走出来，一群民工马上围上去争着要工钱。包工头说："写了付款计划，这两天来钱才给。"袁听枫说："大家可以先回去，现在正在向局指挥部申请资金，保证让你们拿到钱回家过年。"一个民工喊："过两天我们回家，不给钱连车票都买不了。"孔庆荣说一定给，钱一到马上结算。

张福臣、王忠理和黄总监三人正坐在屋里研究工作，铁建和金帼英、兰花朵到了。寒暄过后，他们直接切入话题，要钱。金帼英说春节到了，施工队和两个分部都在讨债，来时施工队已经把一分部和梁场围了，人出不去进不来。

张福臣说刚才正和王忠理对账，计价款扣除百分之十的质保金、工程保险金，再扣除年度代付材料款和预付款，即使变更和代甲费用冲抵，年前最多只能拨三千万元。兰花朵插嘴说：“才给三千万啊？两个分部外欠款都在五六千万以上，这点钱过不了年。”

张福臣有些为难，说：“年前公司正办理贷款，可银行也在办理结算，至今没批下来，各单位也都在要钱。”铁建说：“能不能把明年一季度的预付款给拨下来?”

王忠理说：“年度预付款只有百分之十，今年是施工高峰期，你们全年完成总投资才十个亿，每个月平均八千万元左右，明年准备给你们下达六个亿投资，按百分之十预拨，只有六千万，加起来最多能拨一个亿。”金帼英说还有三个大变更和垃圾清运代甲费用没给，能不能考虑一块拨。王忠理冷冷地说，那是后面的事儿，竣工后才能考虑，现在不行。金帼英强调说四方签认和纪要都有，手续齐全，如果最后再考虑，那到猴年马月了？后面施工钱不够，只能单位往里垫，真的垫不起。王忠理口气生硬，说垫不起也没办法，这是上面的政策规定。兰花朵听不下去了，说：“代甲费用本该你们业主出钱，我们代付占用工程资金，实在承担不了。”王忠理说：“现在公司资金紧张，你们说怎么办?”铁建为难地说：“能不能再调剂一下，总得先把年过去，稳定第一。来前我摸过底，大概需要一亿三千万元。”王忠理瞪着铁建，说：“老铁，你咋站着说话不腰疼，调剂就要占用别的单位的资金，哪家能干?”黄总监提示说：“确实欠中铁工程局不少钱，不欠的少给点。”王忠理不接茬，仍坚持说：“哪家施工单位不欠？都欠着呢。老铁，如果把你们的资金调剂给其他局，你能干吗?”铁建说：“如果能转得动，临时调剂一下也可以。”王忠理绷着脸说：“那好，就调剂你三千万给别的局。”金帼英立马急了，说：“哎，王总，铁指挥是谦让，凭啥调剂我们的资金？公司欠我们的钱最多。”“一个道理，调剂别的单位的资金给你们，人家也不干嘛。”王忠理不客气地说。

张福臣听着他们争执，把茶水杯搁在茶几上，说：“行啦！不是论理的时候，咱们现在研究的是怎么解决这个问题和矛盾。忠理，我看这样，既然欠老铁他们最多，先预付变更和代甲费用一半的钱，增加三千万元如何?”金帼英看着王忠理说：“王总，张董同意，就看你了。”兰花朵把文件夹递到张福臣手里，说：“这是我们的请款报告，至少一亿三千万元。”张福臣接过瞄一眼，说先放下吧，回头再跟财务碰碰。金帼英抓起报告又递给张福臣，说：“张董，你签个字得了，再碰也不能少一亿三千万元，不然过不了年。我们内部职工都四五个月没发工资了，无论如何也得让大家过个年吧?”

张福臣与铁建从办公室出来，俩人在楼道里边走边说：“我想明年工程全部扫尾，再拖也会形成潜亏。两座隧道争取四五月贯通，悬灌梁特大桥合龙并完成钢桁梁安装，全管区架梁八月完成，掉头过景阳隧道帮助另一标段架设，这边开始无砟轨道施工，附属工程已经开干，最后突击一下。所以，后面用钱的地方多着呢。”

张福臣说：“这是个规律，越往后资金越紧张。你们先回去，这两天让财务把款拨到位，解决好年前的拖欠，稳定好队伍。”

第三十四章

北风呼啸着，风吹到脸上像针扎似的。架梁班组的职工，像往常一样开着架桥机在架梁作业。高永恒手持步话机站在梁车跟前，通过喊话将箱梁准确地落到位。便道上的皮卡车拉着保温桶朝着架桥机方向行驶，保温桶上盖着棉被，生怕饭菜凉了。

梁车移动着离开桥头停在后面，五六个工人从下面爬到架好的桥上，扔下手中的工具相互递着香烟。高永恒将步话机别在胸前，说："兄弟们，送饭车马上到，歇会儿吃饭吧。"送饭车开过来后，司机从车上下来对着桥上喊："高队长，饭来啦，把绳子扔下来给你们吊上去。"工人们抽着烟纷纷站在桥边往下瞧。有两个工人抓起绳子扔到桥下，司机从皮卡上卸下饭菜，把绳子拴好。"好了，提吧。"

保温桶和一袋筷子及盒饭晃晃悠悠地被提到桥上，工人们围过来，从袋子里掏出饭菜和筷子，一人一份端在手里开始吃饭。高永恒搓搓手说："兄弟们，风太大，天也太冷，到梁车后面去吃。今天两片梁必须架完，吃完接着干。"工人们响应着，打完饭端着盒饭躲到梁车后面，排成一溜蹲在旁边吃起来，个个脸上蒙着一层灰尘，端着饭盒的手也有些颤抖。高永恒端着盒饭扒拉着饭，说："兄弟们，这饭吃得有味道啊。"一名工人说："有高铁的味道，架完梁你得请我们去吃顿大餐。"高永恒往嘴里扒拉一口饭，说："行，只要提前架完，我请你们喝大酒。"大家边吃边笑着。另一名工人说："高队长，你能不能给经理和书记反映一下，三个月没发工资了，吃饭、抽烟的钱都没有，春运开始回家要买票，还得给老婆、孩子买几件新衣服，没钱啥事也办不成。"

高永恒答应向孔庆荣和袁听枫反映。说起工资，大家的心情都变得沉重，有的端着盒饭脸色阴郁地望着远方，只见北风呼啸着吹来，卷起一阵飞扬的沙土。

一年一度的春运开始后，各车站提着大包小包赶火车的人像潮水般涌动。南北高铁现场的施工人员也开始准备春节放假。一分部院里挤满了前来要账的民工，有的堵在楼道口，有的三三两两袖着手、抽着烟聚在一起。石惊天、朱子来在院里劝说那些民工回去等，但民工要求马上结账，拿钱去买车票。他们说拿不到钱不但堵分部，还要堵局指。石惊天打电话叫金帼英晚点回来，门都堵了，回来也进不去。

此时，金帼英和铁建正在回程的路上。铁建让金帼英转告石惊天，钱马上拨下来，一到立马给他们开支。石惊天说劝了一下午，民工拿不到钱不肯走。金帼英问是不是晚点儿再回指挥部，铁建说：“不能回避，民工也是咱们的兄弟，见了咱们的面他们才放心。”

局指院门口确实坐满了来要账的民工，党红旗和朱子来、孔庆荣、万红山都在劝说。党红旗伸开双臂阻拦他们，说：“兄弟们，你们干了活儿，过年了理应拿到劳务费，所以，老铁今天才亲自出面去找业主。央企再困难，也不会拖欠你们的工资，你们到局指来静坐要钱，心情我理解，但资金拨到账后，局指只能对各分部，分部再发给你们，大家还是先回去吧。”一个年轻民工很狂躁，说：“万一我们拿不到手咋办？”孔庆荣说：“每个人都要签字，直接打到你们的工资卡上。”另一个上了年纪的民工说：“我们的工资卡在包工头手里，有的就拿不到。”朱子来说：“发工资时要给你们每个人录像存底，还有县监察大队派人来监督，不用怕。”

铁建和金帼英、兰花朵回到局指一下车，立即被民工团团围住。朱子来、孔庆荣、万红山用身子把民工挡开，让他们先上楼，铁建却要跟他们对话。年轻民工有些激愤，说：“我们就听指挥长一句话，什么时候能拿到钱。”铁建沉着应对，说：“小兄弟，我今天去找业主就是为了解决大家的工资，还有材料供应商，年前都要结算付款。我保证这两天资金一拨下来，马上给各队结算付款。其实，我们内部职工的工资也已经四五个月没发了，把你们的工资发到手后再解决他们的。你们来工地干劳务，咱们是同一战壕里的战友，一荣俱荣。说白了，咱们是命运共同体。建高铁你们是主力军、是功臣，再没钱也不会少了你们这些民工兄弟的工资。”

众民工听完先是一阵沉默，接着一阵掌声。民工们互相议论着，忽然有民工喊：“相信铁指挥，走，咱们先回去。”

铁建望着他们离去的背影，心里很难受。他在院里站了好久，才和党红旗、金帼英以及各分部经理上楼去研究节前维稳。正好是晚上七点，中央电视台新闻频道重播中共中央、国务院《关于开展扫黑除恶专项斗争的通知》和严打抓捕涉黑团伙的新闻。坐在会议室里，大家都目不转睛地看着电视。石惊天拍手称快，说扫黑风暴终于到来，乔三的末日到了，看他们还往哪里躲。孔庆荣说：“党中央英明，了解中国基层现状，这些人祸国殃民早该抓了。”党红旗乐呵呵地说这叫时候一到，全都要报，大快人心。新闻一结束，铁建把电视关掉，说：“天冷洞外除了架梁，其他活干不成，悬灌特大桥采取了保温措施，成本很大。春节临近，民工又要回家，只有加快隧道施工，不然下个月没价可计。这次去找张福臣，他很支持，要一亿三千万元资金，已经争取了最大化，最后能拨多少还不清楚。所以，两个分部都要做好劳务队的工作。”石惊天说一分部需要四千万元才能稳住。孔庆荣称梁场至少也得四千万元。金帼英说：“你们两个分部加起来需要八千万元，所以才去争取拨一亿三千万元。万一拨不了这么多咋办？”铁建说只有克服，各劳务队年前压一压，让他们先打发民工回家过年，欠的钱后面逐步给，问石惊天和孔庆荣能不能保证。石惊天、孔庆荣齐说争取做到。铁建说按照先外后内的原则，发完劳务队民工工资，再发拖欠的内部职工工资。如果资金再不足，只有让内部职工想办法克服克服，渡过年前这道难关，年后开一个成本分析会，三年工期基本两年完，看看到底是赢是亏。

散会后，石惊天回到驻地，拿出二十万元放在会议桌上，说：“方太、老刘，这是乔三的赔偿款，你俩拿着。”王方太和老刘互相看了看，先是一阵高兴，随即摇了摇头。朱子来说：“这是你们应该拿的，收起来吧。”王方太犹豫着，他觉得医药费、误工费都是项目部掏的，要拿也得把这些钱扣出来，再说大家都四五个月没发工资了，他和老刘拿这么多钱心里过意不去。老刘说：“是啊，经理、书记，如果资金紧张，先拿去应付外面。”石惊天说：“赔偿的钱与内部职工发不发工资没关系，你们因公挨打受伤，该给你俩赔偿，没人眼红。”梁丽丽坐在旁边，开始没说话，听到这里忍不住说：“按方太说的，先把住院费、医药费和误工费算清扣出来。”朱子来说：“既然你们这么谦虚，先让会计算算扣出来也行。”王方太说：“老刘说得对，如果项目部遇到困难，先把这些钱拿去办其他事。”

石惊天很感动，在生命受到威胁时，这些职工首先想到的是企业。当他们的困难与企业的困难发生冲突时，他们想到的还是企业。他说：“你俩有这份心我很感激，先拿着吧，真遇到过不去的坎再找你们。如果伤养得差不多，可以现在回家过年，越晚车票越不好买。”第二天，梁丽丽陪着王方太，与老刘、杨晓和李欣欣一起坐上了回家的火车。

年底前为结清设备尾款，郭富海也来到一分部。一下车，他就看到二十几个民工堵在会议室门口，有的蜷缩在墙根下，有的蹲在操场上。朱红军跑去石惊天的办公室问这怎么办？石惊天一脸无奈。蓝燕儿带着男男在会议室里玩耍，男男从门里朝外面看，问蓝燕儿咋来了这么多叔叔。蓝燕儿说他们都是干活儿的。男男伸手指着窗外，说：“我爸也在外面。”蓝燕儿很吃惊，急忙朝外望，是呀，他咋来了？

郭富海夹着皮包站在操场上东张西望，一边盯着办公室，一边拨打手机。男男嘴里喊着“爸爸”往外跑，被蓝燕儿一把拉住。郭富海似乎听到了喊声，抬头朝会议室里看，而后给朱红军打电话，问能不能去他的办公室。

蓝燕儿领着男男走过人群，来到石惊天的办公室，心事重重地望着他，说：“经理，男男爸在操场上。”石惊天一怔抬头朝外看，问他又来干什么？朱红军走进来，说郭富海想过来见他。石惊天紧皱眉头，说不见，问还欠他多少尾款。

朱红军称计财部说差十几万。石惊天站起身说：“钱一到都给他，让他再也不要来这里。”男男喊着干爸，说他想见亲爸。石惊天把他拉到身边说妈妈会生气的。男男不明白妈妈为什么生气，委屈地抹着眼角，蓝燕儿站在旁边不知所措。石惊天看到孩子可怜的样子，让蓝燕儿带他去见，但别让金帼英知道。蓝燕儿刚要拉男男出屋，又想外面那么多民工，去了不好，于是停住脚在屋里陪男男玩。她看到郭富海从车上提下两包东西朝院里走来。

金帼英打电话，问蓝燕儿男男在不在她那儿，蓝燕儿说在。金帼英说这就过来接他，马上就到，蓝燕儿一下就慌了。郭富海提着两包东西来到办公室，进门就喊朱经理，猛然抬头看到了石惊天、蓝燕儿和男男都在，顿时脸红了，直说走错了屋。

男男倚在石惊天身边，瞅着郭富海轻声喊了一声："爸……"郭富海手里提着东西百感交集地站在石惊天和男男面前。男男挣脱石惊天的怀抱，跑到郭富海跟前。郭富海把两包东西扔在地上，蹲下身抚摸男男的脸，一把将他搂住流下泪来。金帼英突然出现在门口，石惊天、朱红军、蓝燕儿和郭富海都愣住了。

金帼英厉声喊："男男，你干什么呢？"郭富海吓得浑身一哆嗦，赶紧站起来躲开男男。金帼英怒气冲冲地把男男拉过来，抬手打他屁股，男男大声哭叫。金帼英余怒未消，说："他不是你爸，你为什么不长记性啊？！"男男双手护着屁股哭着说："妈妈，我错了……"郭富海推开金帼英的手，用身子护住男男，说："别打他，全怪我……"金帼英仍不依不饶，转着圈打男男，郭富海也转着圈护男男，几巴掌打在郭富海身上。

石惊天见状上前拉住金帼英，把男男揽到怀里。蓝燕儿和朱红军顺势挡住了她。蓝燕儿说："金总，不能怪男男，他还小。"金帼英指着郭富海说："我早跟你说过，他已不是你儿子，不需要你来看他，你少来打扰我们的生活，为什么不听？"郭富海哭丧着脸说："我来催设备款，想看他一眼。"

金帼英说："不想你看他，听懂了吗？"郭富海有些恼了，说："他是我儿子，我为什么不能看他？"金帼英怒吼："就是不能。你生了他却没养他，没对他尽过一天当父亲的责任，我不需要他记住一个没有良心的父亲。"郭富海想说什么，却又无法反驳，憋了许久才吁出一口气来。

石惊天走到金帼英面前，让他俩都不要再说。金帼英怒从心起，转身指责石惊天，说："还有你，明明知道我不喜欢什么人，偏偏让儿子见什么人。你把我们娘俩当过亲人吗？"石惊天想发火又说不出口，指着郭富海，说："欠你多少钱？红军，你去找周部长，再困难也要把他的尾款一次结清，永远不要再来一分部。"

郭富海从地上拿起两包东西搁在沙发上，伤心地说："这是我给男男买的过年穿的衣服，里边有个信封装的是男男两个月的抚养费……尾款有就结，没有就算了。"说完，转身走了。男男望着爸爸离去，在石惊天怀里抽泣，之后含泪慢慢走到金帼英面前，拉住她的手，说："妈妈……"

金帼英蹲下身子将男男搂在怀里，用手抚摸着他的屁股，心疼地说："儿子，刚才妈妈打得疼不疼？”男男摇头说不疼。石惊天说：“刚才你没必要对姓郭的那样，也太过啦。”金帼英瞪着他，说：“我做得太过了？都是你。你知道我不想见他，偏让他来。”朱红军胆怯地说：“金总，不怪经理，是我让他进来的，我做得不对。”石惊天说：“他来要账，是我同意他进来的。”金帼英拉起男男转身就回指挥部了。

铁建此时正在接待一位陌生客人，是个三十岁上下的年轻男人，来到局指说要见他。铁建边打量边回忆，怎么也想不起来此人是谁。业务员自我介绍说，他是铁宏歌的同事，是邓董让他来要账，指挥部总共欠他们公司八百万元，过年了，厂家在催款，能不能付一部分。铁建蹙眉说：“邓立强？他催账与铁宏歌有关系吗？”那人说：“邓董说过你是她爸，会给面子。”铁建气得半晌没说话。项目上欠材料费是存在，但以女儿名义让他给特殊照顾办不到。再说，钱还没到账，即使到账能给多少也不敢保证，只能分期付款。他让那人先回去，钱拨下来根据情况会先付一部分。那人说付一部分会影响他和铁宏歌的业务提成。铁建瞪起眼来，说：“业务提成？邓立强聘我闺女以结算来要挟我？那年前一分也不给你们结了。”那人觉得说错了话，很紧张，浑身一抖，让铁建别生气，他只是这么说说。

那人走后，铁建生起气来，拿起手机找铁宏歌，把邓立强派人来要账的事说了个透彻。她说不清楚此事，更不知道派谁去的。铁建问业务提成是咋回事儿，铁宏歌说没有人和她说过要搞提成。铁建让她记住，邓立强给多少钱都不能要，更不能管他们公司与项目上的结算。

铁宏歌被铁建说了一通，很堵心，去找邓立强问缘由。邓立强在办公室收拾东西，将一捆钱塞进纸袋掂了掂搁在桌上，见铁宏歌拉着脸推门进来，赶紧起身迎到桌前，笑着问咋了。铁宏歌问他为什么跟业务员说她要搞业务提成？邓立强不以为然地噢了一声，说这个呀，应该的。现在这个社会，有谁出力不拿钱的？说着，他从桌上提起纸袋放在铁宏歌面前，说是按比例分成，十万元，过年了让她当零花钱。他以为这样铁宏歌会高兴，没想到她把纸袋推开，说对不起，无功不受禄。邓立强又想把手搭在她肩上，被铁宏歌挡开，并且很认真地说：“请你放尊重点儿。”邓立强玩世不恭地呵呵一笑，说很尊重她，聘她到公司来是因为喜欢她。让铁宏歌慢慢想，他等得起。

铁宏歌很愤怒，抬手扇了他一巴掌。邓立强蓦然愣住，仍捂住脸嬉笑说：

“好温柔，把钱拿着吧，可以跟人结仇，但别跟钱过不去。”铁宏歌接过纸袋扔到茶几上，说：“我不需要你的钱。想拿我当筹码，我可以辞职。”

邓立强脸色难看，半天没说话，过了一会儿说：“宏歌，你太有个性了，我就喜欢有个性的美女。安雪容也有个性，但我们没缘分。这些钱，你今天可以不拿，我会帮你存着，供你把硕士和博士读下来，怎么样?”铁宏歌说她不需要，转身走了出去。邓立强在背后骂道：“不识抬举!”

春节临近，指挥部安排放假事宜。考虑到铁建家中遇到太多事儿，党红旗主动要求留下来值班。朱子来、袁听枫、蓝燕儿也都决定留下来，因为架梁工作、隧道掘进春节期间不能停，其他能走的职工尽量回去。施工队为了年终结算，发动民工堵在分部门口。民工情绪激动，其中一个民工喊道：“咱们不能在这里干等，去局指挥部，不然春节回不了家。”众民工响应着，结队朝着局指挥部去了。

这批要账的民工比上次人数更多。此时，铁建、党红旗正和分部领导在楼上开会，他们呼啦一下拥到局指院外，冲门卫大喊大叫，有的翻过伸缩门跳进来与门卫拉拉扯扯，电动门被强行打开。他们进院又不敢上楼，在楼下把门洞围得水泄不通，立时院子里一团乱哄哄的景象。铁建他们并不知道下面来了讨薪的民工，还在继续开会。两个分部的民工已经连续堵门三天，他们说再不解决就去南北公司闹。大家正发愁，铁建接到张福臣的电话，南北公司的贷款没办下来，最多只能拨七千万元，让他和党红旗做施工队的工作克服克服，等年后继续办理贷款。铁建既沮丧又无奈，石惊天和孔庆荣急慌地站起来，七千万元平息不了队伍。铁建说：“那怎么办呢？先这样吧，也不能逼业主啊。”

铁建说完，让兰花朵赶紧去银行查账。兰花朵下楼被民工堵住出不了门，转身往楼上跑，民工跟在后面冲上楼拥进会议室。面对众多民工，铁建和党红旗等参会人员个个惊呆了。石惊天、朱子来起身去挡，说领钱也得到分部去领，到这里来也拿不到钱，劝他们回去。一名中年民工带头说不回去，拿不到钱就在指挥部吃住。年轻民工吼叫，说这是榨取民工的血汗钱，住下不走了。孔庆荣劝解梁场民工回去等，不然明年别想在梁场干活儿，说一方面给他们提供挣钱的机会，内部职工都几个月没发工资，民工工资晚发几天就来局指挥部闹事，质问他们有没有良心？民工们并不买账。铁建喊石惊天，叫他和朱子来闪开，让民工进来。

其他参会人员都起身让出了位置，民工们果真进来了，你看我，我看你，不敢落座。党红旗说：“你们真吃不上饭，中午就在局指吃，饭管够，如果因为晚发几天工资闹事，那就不好了。”民工们拥挤在一起不说话，想听领导答复。铁建站起来说：“刚才党书记说了，你们今天可以在这里吃，明天给你们发工资。如果发完工资再胡搅蛮缠，那来年你们都不用来工地干活儿了。我们需要的是能够同甘共苦、冲锋陷阵的劳务队，不需要不讲情义的劳务工。”他随即喊兰花朵和万红山，让他俩对来的每个人进行登记，并告诉石惊天和孔庆荣，明天先发那些没来的人员。

一名年轻民工纳闷问凭什么？铁建说：“没来的那些人，说明他们能体谅我们的困难，有情有义，是信得过的劳务工班和劳务队。局指挥部正想办法筹钱给你们发工资，你们却几次跑来大呼小叫，以后谁还敢用你们？”

铁建几句话把讨薪的民工说回去了，会议也在一片嘈杂声中草草结束。钱紧没招，铁建吩咐两个分部，先打发回家过年的民工，包工头儿的管理费可以每个队撒点胡椒面，发工资时让县监察队来现场录像监督。

民工走后，兰花朵去银行查账，资金果然拨过来七千万元。铁建一手持笔在拨款单上签字，一手捏着头皮发愁，直叹现在的民工不好惹，晚发一天工资就闹腾，谁能理解中铁人的辛酸苦辣啊。每天需要面对各种各样的人和难题，干项目都快干成神经病了。党红旗坐在沙发上，手里抓着一张报纸看，说现在干啥都不容易，得不了神经病也会得抑郁症，工程不是人干的，不过民工们也不易，他们外出打工找个活儿，辛辛苦苦干一年，年底拿不到钱，只有哭的份儿。

铁建再三计划，给两个分部各拨三千万，局指挥部留了一千万，给集团的上交款只能等年后考虑，这样会影响他和党红旗的绩效考核与兑现，没准儿会扣掉不少钱。党红旗摆摆手说，先顾眼前吧。

镇子上空依稀有燃放爆竹和烟花的声音，多少有了些年味。梁场、搅拌站的灯火依然通明，景阳隧道掌子面的湿喷机械手照常朝洞顶喷射混凝土，几个工人配合湿喷机拌和着添加水泥。李卫民和宝铁与几个工人站在边墙处望着湿喷作业，身后一组工人正在基坑里进行仰拱施工。

铁建头戴安全帽，打着手电，在石惊天、万红山的陪同下走进隧道，在掌子面碰到宝铁和李卫民。铁建拍拍他俩的肩膀，说：“过年了，只有咱们这些弟兄还坚持在隧道里。”他让石惊天给春节加班的民工每人发个红包。石惊天痛快地答应一人发一千元。李卫民怕让他出，说：“我可没钱，是项目部出吧？”万红山说：“看把你吓的，你出不起？”李卫民说分部还没给他计价。铁建叫他不用担心，只要干好活儿少不了他的钱。再问春节留多少人，李卫民说春节期间不停工，留两个工班，其他人都走，回去的七十多人现在已经买不到车票了。铁建说买不到票也得让他们回去呀。石惊天打算租两辆长途客车，即使大年三十，也要把民工送到家。铁建听着眼睛一亮，眉头也舒展了，说好办法，洋河隧道也可以租车送民工。

兰花朵打电话给孔庆荣，说钱拨下去了，铁建同意她明天回家，问他什么时候走。孔庆荣说处理完梁场的事再走，想让她一块回去见父母。兰花朵说她的家人都去海南，还想让他去海南见她父母呢，他若不去怕家里人不同意。俩人都想拉对方去见自己的家人，一时僵在了这儿。

孔庆荣开车来到局指挥部，问兰花朵到底真喜欢他还是一时冲动？兰花朵极不高兴，心想把一切都给了他，为什么还产生怀疑？孔庆荣觉得只有春节才是属于他们的时间，他想把俩人的事尽快定下来。兰花朵是同样的想法，得回去当面说，假如父母不同意，她可以用充分的理由说服他们。孔庆荣惊异怎么会不同意？兰花朵说是假设。孔庆荣觉得都这个时候了还让他一个人回去，有一种挫败感。兰花朵噘起嘴，说如果认为挫败，那俩人别再往前走了。第二天指挥部给大家发工资，大家都很兴奋，只有兰花朵显得心烦意乱。

一分部和梁场院内同时在给民工发工资。一群民工在门前排起长队，叫到谁的名字，谁就过去签字领钱。两名身穿制服的县监察大队工作人员则在一旁手持摄像机录像监督，逐一核对身份。办完手续的民工高兴地朝后面扬扬手，笑呵呵地走了。

铁建陪赵主任站在旁边，说民工的事很复杂，不得不麻烦县里出面。监察大队的同志站在这儿一句话不说，民工们都老老实实，因为这是维护他们的利益。赵主任笑着说年底维稳是头等大事，县委县政府有要求，双方目标是一致的，为了过个平安祥和的春节嘛。俩人随口聊起全国开展扫黑除恶专项斗争的话题，听说市县全行动起来了，现场职工很关心。欺行霸市、强买强卖、强揽工程，在高铁工地比比皆是。赵主任说从市县到乡村，都在按中央部署开展严打，形成高压态势，并且已经抓了不少黑恶势力成员，乔三这伙人会全部落网。

铁建先看了一会儿工资发放，见井然有序，就转身走进孔庆荣的办公室，问他啥时候走，孔庆荣称回家也烦。铁建不解，问为啥？他说兰花朵和紫祺都很好，紫祺温柔善良，兰花朵热情奔放，但这边伤了紫祺，那边兰花朵又要去海南，武大郎攀杠子，两头摸不到一头。铁建板着脸，说婚姻这玩意儿得自己看。

别人都忙着成双成对回家定亲，万红山却独坐在县城的一个大排档里喝闷酒，忽听旁桌两名客人议论说乔三被抓了。万红山扭头往外看，发现大街上到处悬挂着“坚决打赢扫黑除恶专项斗争，确保全县（乡、村）长治久安”的横幅，一辆警车呼啸而过，引来许多群众驻足观看。

乔三、老四和一帮人确实被抓了。他们在警察的押解下，行走在看守所狭长的廊道上，个个垂头丧气、面无表情，完全没有了过去那种嚣张的气焰。监狱铁门打开，警察卸下乔三等人的手铐把他们推了进去，又咣当一声锁好铁门。乔三活动了一下手腕，环顾房间，露出绝望的表情。多天以后，乔三和众青年戴着手铐，由法警押着走上法院审判厅，站成一排，面朝审判席。

大厅庄严肃穆，坐满了旁听群众。主审法官手拿判决书站在审判席内宣判，乔三等二十三人，自2002年在本县（乡）经营歌厅、网吧、餐厅和建筑公司、矿产开发期间，纠集多人牟取非法利益，建立黑社会性质组织，有组织地实施故意伤害、寻衅滋事、开设赌场、敲诈勒索、高利转贷；特别是在高铁建设工程领域，强买强卖、讹诈和骗取国家资金、妨碍公务等一系列违法犯罪活动，伤害致一人死亡，三人重伤，多人轻伤，严重破坏了公共秩序，性质恶劣，危害极大，数罪并罚，被判处有期徒刑二十年，并没收财产人民币两亿元，处罚金五百万元。听着判决，乔三和其他犯罪分子沮丧地低着头，有的落下了悔恨的泪水。

在第一时间，铁建打电话给张福臣报告两件事，一件是民工工资全部发放完毕，虽然还有不少外欠，但总算稳定住了劳务队，民工们都已经开始返程。第二件事是乔三和他手下那帮人全部被判了刑。张福臣听后称真是大快人心，告诉铁建，南北公司初七召开年度工作会议，总结表彰和布置新的一年计划与任务，让他按时参加。

肖一虎正在酒楼与人喝酒，王忠理来了电话，话音中有些焦躁不安，告诉他乔三全都被抓判了刑。肖一虎一听大惊失色，王忠理说幸亏肖一虎没再与乔三有瓜葛，否则会把他当成保护伞牵扯进去。肖一虎最初还不相信他的说法，认为没那么严重。王忠理躁狂地骂他，嫌他连这点政治敏锐性都没有，提醒他要多加小心，乔三会在里边乱咬，他与黑恶势力搅在一块，不会有好下场。肖一虎这才脸色骤变，忽然感到浑身发冷，用手不停地抹额头上的汗珠。

放假了，项目上该走的人都走了，有的独自而行，有的结伴而归。兰花朵去了海南，她和孔庆荣恰似劳燕分飞。王若云、宝铁、安雪容、朱红军等人结伴而行，笑语欢声，只有同行的紫祺望着车窗外闪过的冬日群山和田野默默不语。工地上的人回家了，城市里的姜小珊和姜再明则坐着反向火车来了工地。

石惊天说好租车送民工回家，结果跑遍全县所有客运公司只租到一辆。民工多，一车拉不完。民工走不了，他和金帼英谁也别想走，孔庆荣也一样。铁建着急地下令，县里租不到就到市里租，市里租不到就去省里租，花多大代价也要把民工兄弟在大年三十以前送到家。

腊月二十八那天上午，石惊天他们终于租到了几辆大客车。李卫民、李鹏飞和高永恒张罗几十号民工把行李和包裹塞进车下的货厢内，然后招呼民工排队上车。铁建先到梁场把民工送走，又赶来一分部，给没回家的民工发了红包。钱不多，一人一千元。民工队列中爆发出一阵热烈的掌声。等民工全部走完，铁建对石惊天说："你和帼英带男男走吧，再不走太晚了。""那你呢？指挥长。"铁建说什么时候能走什么时候走。当天晚上，石惊天和金帼英也登上了回家的列车。男男依偎在金帼英怀里，天真地说没有见过爷爷奶奶，问他们会不会喜欢自己。金帼英也很忐忑，不知道该怎么回答。

姜再明带着姜小珊到达工地时，梁场内外已挂起一串串红灯笼。架桥机车头上披红挂彩，载着箱梁在高高的桥面上一路前行。轨道板已经到货，在两侧堆积如山，开春要进行无砟轨道施工。铁建和党红旗的越野车跑在前面，袁听枫用越野车拉着姜再明和女儿紧随其后。到了架桥机的位置，他们从车上下来，铁建说："再明，带孩子来看看好啊。中国高铁是一个壮举，看看咱们的架梁工人有多伟大。"

几个人走向坡道和路基大桥，梁车正在架设。高永恒手持步话机站在桥头指挥着梁车，将箱梁准确地落入桥座上。姜再明和姜小珊望着架梁的场面目瞪口呆。姜小姗赞叹不已，说工地上的人都是大国工匠。袁听枫顿感自豪。等梁车停好，高永恒把工人们喊到铁建和党红旗身边。袁听枫说过年啦，指挥长和书记来桥上看望大家。工人们伸出黑乎乎的手鼓起掌来，有说不出的感动，所有的艰难与困苦都在这一刻化为乌有。铁建走向前，与他们一一握手，感谢他们，并把红包递到每个人手里，祝他们来年安全生产拿第一，架梁速度拿第一，再创新辉煌。工人们齐喊："我们再接再厉。"

那种豪迈的声音，一直在山野间回荡着。

这是铁建在工地上过的第二个除夕。一片片礼花点亮了夜空，到处都响起鞭炮声，大街上各色彩灯光怪陆离。王若云带着铁宏歌和紫祺走进了一家饭店。铁宏歌说："我爸也不知道在哪里，和谁在一起吃饭，他到底回不回来？"王若云说："还能去哪儿，肯定进隧道了。"紫祺挽着铁宏歌的胳膊，说吃完饭回家看春晚。三个人到底谁陪谁，她们自己也搞不清楚。

铁建和党红旗慰问完梁场职工，赶到景阳隧道时已是傍晚。彩门两侧灯笼高挂，贴着巨大的春联。下面的山村里响起一阵鞭炮声，朱子来、蓝燕儿、李卫民和工人们早已等候在食堂里，准备了满满几大桌酒菜。铁建端着酒说，他和党红旗跟去年一样，来跟大家一起吃顿年夜饭，没别的，拜个年，祝各位弟兄平安顺利。他提议第一杯酒先敬赵化亮、王大成和其他几位兄弟。蓝燕儿和李卫民心情很沉重，在场的所有人都站起身，将酒洒在了各自的脚下。

铁建说第二杯酒敬眼前这座大山，愿明年顺顺利利按期贯通。铁建再次倒满酒端起来，高声喊："这第三杯酒，敬所有今晚在座的弟兄，为你们的劳苦功高干杯！"朱子来来了情绪，补充说："今天晚上还要进隧道施工的人，为了安全不能喝酒，酒留着，大年初一中午给补上，其他人一块干！"食堂里一下子活跃起来，大家一饮而尽。年夜饭后，铁建走出彩钢房，只听身后有人喊："掘进班的兄弟们，走，进洞去。"只见从食堂出来的民工们，戴上安全帽，披着星光向山坡上走去。

铁建和党红旗从景阳隧道到洋河隧道，再到制梁场，逐一向职工拜年。最后，他们来到悬灌梁施工现场，工人们仍在挑灯夜战，机械轰鸣。他俩爬到桥上，朱子来阻拦说别上去了，天太黑，桥太高，这大年三十的可不能有闪失。铁建说来慰问民工，不见面算啥？邵帅跟着身后拿起步话机喊："上面的人注意，铁指挥和党书记来看望慰问大家，让兄弟们都从保温棚里出来打个招呼。"几十米高的保温棚帆布帘闪出一线光亮，十多个工人从里边钻出来。铁建和党红旗抬头向他们挥手，只听见桥上一排模糊的黑影齐声高喊着拜年的话，声音在夜幕笼罩下的山谷间久久回荡。

铁建回到办公室时已满身疲惫，时钟指针也指向深夜零点。他仰倒在沙发上揉了一把眼睛，拿起手机拨通了铁宏歌的电话。铁宏歌问他在哪儿，咋连个电话也不打。他疲惫地说刚从洞子里回来，民工兄弟们除夕夜都在加班加点干。铁宏歌埋怨他忘了年三十。铁建说没忘，他要对得起一起战斗的一线工人。随即问铁宏歌是在家里还是在大伯家。铁宏歌说在自己家，王若云和紫祺在陪她。

铁建没能赶上当晚的火车。第二天，他坐上了朝发夕至的列车往家赶。偌大的车厢内挂满了大红灯笼和祝贺新春、一路平安的条幅，但旅客寥寥无几，他一人独坐在餐车内，望着窗外的冬景。餐车上的电视里正在重播春晚。一个三十来岁的女列车长和一个二十多岁的女乘务员端着饭菜走过来，客气地放在他面前的餐桌上，笑容可掬地请他用餐。铁建起身谢过，女列车长问他从哪儿来，为什么初一才回家。他说自己是一名高铁建设者，叫铁建，是中铁工程局南北高铁项目的指挥长。女列车长握住他的手，热情地说："哎呀，咱铁路人呀。今天是大年初一，你是新年第一天我们迎来的第一位特殊旅客，所有饭菜都免费，需要什么您尽管吩咐。"铁建谦让说不行，跑车是有成本的，他得付钱。列车员摆手说真不用，称他是高铁建设者，还是领导，初一才回家，舍弃了与家人的团聚，应该特殊照顾。铁建说："你们也一样啊，为了运送旅客回家过年，自己却不能和家人团聚，咱们铁路人个个都这样。"

女列车长被他的话感动着，说初一不提这些，免得大家伤心，而后招手叫其他列车员过来。"咱们为铁指挥献首歌吧。"十几名列车员一起进到餐车，铁建起身与他们一一握手问候。女列车长说他是南北高铁建设的指挥长，舍弃春节与家人团聚的机会，初一坐这趟车，提议大家唱一首《难忘今宵》献给他。于是，车厢里飞出了热情奔放的歌声。铁建激动地加入了列车员的合唱队伍。列车在山间呼啸着向前奔驰，歌声从车厢内传出，传遍整个群山和大地。

党红旗、朱子来、李卫民和蓝燕儿，带着烧鸡、水果、点心和酒来到山顶墓地前，把东西摆在赵化亮和王大成墓碑下的石台上，又用擦布抹去墓碑上的尘土。蓝燕儿怀里抱着吉他，李卫民脸上透着悲伤，党红旗带着他们向赵化亮和王大成的墓碑深深地鞠了三个躬。蓝燕儿喊着赵化亮的名字，说："我在工地上很好，你的吉他和最爱吃的烧鸡都带来了，你想听听吉他的声音吗？我不会弹，但能拨几个音给你听。”说着，她抱过吉他拨响琴弦，发出一阵高低不同的琴音。

那一刻，李卫民走近王大成的墓碑，把酒洒在他的坟前。

邓立强初一想去给铁宏歌拜年，无意得知了铁建回来的时间，非要去车站接。铁宏歌不让去，他还是估摸着时间偷偷去了。列车到站后，铁建独自一人拉着行李箱走出来。在寒风中已经等待许久的王若云和铁宏歌迎了上去。随后，她们看到邓立强把车停在了广场外头，一路小跑过来，非要拉铁建坐他的车。铁建不坐，告诉他以后不要在铁宏歌身上打歪主意，弄得他十分难堪。当天下午，邓立强提着茅台酒去肖一虎家拜年，说铁建不给面子，坏了过年的心情。肖一虎说他太嫩，以后只要想法拉住铁宏歌，就可以在铁路上拓展业务，也能让安雪容看看他的品位。

铁建、王若云和铁宏歌回到家幸福地忙活着。王若云悄悄问铁建，说金帼英和石惊天都回来订婚了，他有没有想过俩人的事。铁建说想过，只是俩人又长了一岁，都会在不知不觉中老去。

大年初二这天，王若云提着一袋水果敲开铁建家的门，她怕等会儿来拜年的人多。正说着，石惊天和金帼英拉着男男，王方太牵着梁丽丽的手进来了，安雪容和朱红军，宝铁和崔凌花，杨晓和李欣欣也陆陆续续来了，把屋里挤得满满当当。铁建知道这几对的婚事差不多了，因为从他们脸上能看出来，都笑得很幸福。铁建对铁宏歌说：“再有一年差不多能通车，要让跟着我干的这些哥哥姐姐们同时收获爱情，在工地上年轻人找个对象难啊。”

大家都在说笑，又有敲门声。铁宏歌拉开门一看，邓立强站在门外。她惊讶地看着他，问这时候咋来了。邓立强说来给铁建拜年。铁宏歌有些慌神，看看他又看看屋里，吃不准该不该让他进去。铁建问谁啊？进来呀。邓立强提着东西走进屋，所有人都愣住了。安雪容和朱红军直视着他，邓立强也看着他们，屋里的气氛马上变了样。良久，邓立强才喊句叔叔，向安雪容问候新年。铁建起身喊铁宏歌，让她陪邓立强先到里屋去说话。心想这个邓立强，咋这时候来了呢。

安雪容觉得不自在，与铁建和金帼英及其他人打声招呼，要拉着朱红军先走。铁建拦住她，说：“坐你们的。他来你们走，凭什么呀？你们现在跟他又没任何关系，让宏歌陪他说话。咱们说咱们的事儿。”

铁宏歌与邓立强站在里屋，面面相觑。邓立强一脸心事，低头发短信。铁宏歌埋怨他不提前打个电话就来拜年，太唐突。他说来拜个年提前说啥，说了不让进门更难看。铁宏歌说：“你和雪容姐撞到一起比什么都难看。”这时，坐在客厅里的安雪容手机里收到一条信息，打开一看是邓立强发的，说下午想在老地方单独见见她。朱红军瞧着安雪容，问谁的，安雪容说是垃圾短信。

第三十五章

安雪容约紫祺下午去咖啡厅会面，紫祺不解。安雪容说去后就知道了。看到包间里坐着邓立强，紫祺很奇怪。邓立强只想见安雪容，不知紫祺跟来干啥，于是尴尬地说："去年咱们在这里分手，今年又在这里见面，我只想祝福你和朱红军。"

紫祺鄙视他，说："就你那点小心眼谁还看不出来，与其说祝福雪容，不如说你不甘心。"邓立强说他没什么不甘心，约安雪容见面是想告诉她，他找到了比她更好的女友。安雪容和紫祺先是一惊，问是谁。邓立强说是铁宏歌。紫祺不相信，拉起安雪容，说："就你？不跟他废话，咱们走。"

紫祺回到铁建家，把这事儿告诉了铁建和铁宏歌，气得父女俩直骂邓立强卑鄙无耻。铁建正在生闷气，孔庆荣来拜年了。一看开门的是紫祺，俩人都尴尬地站在门口好久没动。好在铁建热情，起身相迎，才打破僵局。孔庆荣说晚上他想请大伙儿一块儿吃个饭。铁建说回来的大部分人趁春节这几天订婚，不知能不能凑齐，只有兰花朵跑去海南了，问有没有与他联系，孔庆荣支支吾吾说没有。

孔庆荣坐了一会儿要走，铁宏歌硬推着紫祺跟他一起出来。俩人走在大街上最初没话说，紫祺双手插在羽绒服口袋里，望着前方，表情很冷淡。孔庆荣紧跟在后头道歉，直说很愧疚。她说愧疚有用吗？愧疚弥补不了一颗受伤的心。孔庆荣后悔称知道失去的不可能再回来，在他心中这是珍藏的美好记忆，任何人都无法替代。聊了一路，俩人分开时也没说出个所以然，但紫祺的心情舒缓了许多。

邓立强见完安雪容，跑去肖一虎家打麻将。肖一虎边摸牌边说：“你还真有一套，抬出铁宏歌，安雪容和紫祺一定气死了。铁宏歌到底答应你没有?”邓立强搓着牌说现在没有，迟早会的，非把她追到手不可，不信哪个女孩跟钱有仇。肖一虎出着牌说他是大款，中铁职工大部分缺钱、缺房、缺车。铁建虽然是指挥长，可他闺女不一定能经得起金钱的诱惑。邓立强说正是这想法，哪怕花再多钱，也要把铁宏歌弄到手，本来他也喜欢她。肖一虎叼着烟，说追她也好，显摆也罢，安雪容和紫祺一定会把这话告诉铁建，让他做好思想准备。邓立强满不在乎，说没事，他是谈对象，又不是包二奶，堂堂正正，哪个女孩子抗得住死磨硬泡啊。

打到最后一圈，铁建来电话约邓立强谈谈，他以为是好事，撂下牌兴致勃勃地赶去了咖啡厅。他进到包厢一看，铁建、王若云、石惊天、朱红军都在里边，而且每个人脸上都带有怒气，一时愣住了。铁建让他坐下，但很严肃，每个字都带着杀气。邓立强点着头缓缓坐下。铁建问他见安雪容什么目的，邓立强说听说她订婚，想祝福她，但被拒绝了。铁建说：“好，这个问题算你说清楚了。第二个问题，我家闺女什么时候答应过做你女朋友?”邓立强说铁宏歌很不错，他喜欢她。铁建拍着茶几，说：“你追她，她就是你女朋友吗?”邓立强一时胆怯，称只是那么说说。石惊天插话说用铁宏歌来气安雪容，他心太坏。朱红军涨红着脸想揍他，被铁建拉住，说：“邓立强，你太会装啦。宏歌从没答应你做她男朋友，你却拿她往你脸上贴金。你以为我闺女是花瓶还是你公司的公关小姐？雪容在我手下工作，你们分手，偏把宏歌扯进来，故意制造矛盾。今天我正式告诉你，离她远点儿。你想和她处朋友我不同意，滚吧。”邓立强脸上的肌肉一阵阵抽动，起身想走，朱红军挡在门口，说：“告诉你姓邓的，我和雪容永远不想再见到你。若再发一次短信约她见面，小心你的脑袋。”

邓立强灰头土脸地走出咖啡厅，气很不顺，发誓铁建越不接受他，他越要追铁宏歌。随即掏出手机又给安雪容发短信，说她和姓朱的够狠。安雪容看一下手机，回复两字：“垃圾”，然后删除了他的手机号码。

当天下午，铁宏歌约邓立强在公司见面。邓立强想，铁建不同意，铁宏歌却约他，看来父女俩想得不一样，是个好机会。公司刚好添置一辆新宝马车，他抓起崭新的钥匙提前去了公司。铁宏歌一身入时打扮，径直走进他的办公室。都在放假过年，公司没人，显得很清静。邓立强掂着那把车钥匙，递到铁宏歌面前，说是送给她的新年礼物，问她是否喜欢。铁宏歌从他手上抓过钥匙扔到了沙发上，怒斥不要拿这些来收买她，她不但不稀罕，还会感到恶心。从今天起，她不干了。邓立强万万没有想到，铁宏歌竟然是这种态度，令他懊恼和失望。

党红旗留在工地值班，初二也去给在政府值班的王县长拜年。进办公室一阵寒暄后，王县长说他来得正好，有件事正想先和他说一下，乔三被判刑咬出来好多事，包括一些保护伞，其中揭发的就有项目上的一位领导。党红旗极为愕然，问谁？王县长说是肖一虎，他与乔三有瓜葛，过完年司法机关会找他了解核实情况。

转眼间年就过完了，大家好像刚回来，又要准备出发了。铁建去夏江的办公室，问他对新一年的工作有什么要求，也给他拜个年。夏江先祝他新年顺风顺水，而后才说工作上的事儿。铁建觉得过年很没劲，不回来又不行，还不如在工地待着，看到工程进展，就像看着自己的孩子慢慢长大，心里高兴。夏江说这就是中铁人，在工地待习惯了回来还真坐不住，不过现场职工也就盼着过这个年，一年只有这几天才能与老婆孩子团聚，聚少离多。对于这一点，铁建感触太深了。他常常在现场干累了就想找个地方休息，真休息了又待不住，这是一种无药可救的职业病，并且还很难治。夏江说去年风风雨雨不容易，回头看看总算走过来了，今年还得努力，项目务必年内干完主体，达到铺轨条件。其实他不说，铁建也得这么干。

俩人正在办公室说着，党红旗的电话打了进来。铁建听着听着，眉头便皱在一起。夏江问啥事儿，他把王县长透露的消息原原本本学了一遍，说当地公安机关要找肖一虎，请示夏江还让不让他回工地？夏江沉思片刻说让他先回去，如果有事叫他讲清楚。铁建也不知道乔三在里面交代了什么。

后来，俩人聊到现场需要资金。铁建说业主拨的钱都给分部办理结算了，集团下达的年度上缴款指标没完成，只能缓缴，对项目考核兑现能不能照顾照顾。夏江说全局是一个政策，缓交可以，暂按完成计算，但考核兑现只能先按实际上交考虑。根据财务处数据汇总，上交还款任务没有完成，大概要暂扣十几万元。铁建摇头说，在现场干得那么苦，还要倒扣十几万元，谁能想得通呢？

铁建从机关刚回到家，金帼英就来了。他关心地问她这次回来满不满意。金帼英说总体不错，惊天的父母很朴实，对男男挺亲的，又哄他玩，又给他压岁钱，啥也没说，但不知道心里是什么想法。其实，石惊天的父母并不看好这桩婚事。初三那天，金帼英外出与王若云、梁丽丽、紫祺、李欣欣、崔凌花那帮女的小聚，男男在屋里玩。石惊天的父母和他聊家常，觉得他不缺胳膊不少腿，为啥要找个二婚，怕外面人笑话。虽然他们见了男男也喜欢，可毕竟是别人的骨肉，养大了又去找亲爸，到头来竹篮打水一场空。石惊天怕男男听到，不让父母管他们的事儿，既然相定了金帼英，他就要娶她。石惊天拉起男男出门后，男男说："奶奶不想让你找妈妈。"这话让石惊天很郁闷，一直担心传到金帼英耳朵里。

铁建和金帼英没说两句，肖一虎就敲门来拜晚年。铁建邀他进屋，传达了夏江的要求，让他初六一起回工地。肖一虎说想晚走几天，身体有点儿不舒服，准备去医院查查，可能肝区有点小问题。铁建说那先回工地，等忙完再回来查。肖一虎问工地有啥大事，还非要初六走。铁建说："有，想必你也听说了，乔三涉黑被判重刑，在狱里咬出了你，所以董事长让你跟我回去，到司法机关把问题说清楚。"

肖一虎听后脸色大变，紧张得脑子一片空白，直说跟乔三没关系。金帼英说有没有事自己应该清楚。肖一虎将茶杯放在茶几上，依然不承认跟乔三有来往。铁建让他淡定点，说这是为他好，组织也相信他跟乔三没啥事儿，但乔三在监狱里的供词是白纸黑字，所以还得回去。金帼英提醒他，现在全国都在扫黑除恶，如果涉及他，是指挥部的一大丑事，再执迷不悟，只能后果自负。肖一虎觉得她一个女流之辈，在他面前耀武扬威太丢面子，说少吓唬他，啥样的事他都经历过，拿他当小孩子，还是想想自己今后的路怎么走吧。铁建让他如何选择自己定。肖一虎瘫坐在沙发上，神色黯然，直愣愣地望着铁建和金帼英。

肖一虎心里发慌，从铁建家出来后，打电话叫邓立强到他家去喝酒。一瓶酒喝下去，肖一虎满脸通红，两眼发直，胆子也大起来，嘴里骂道："吓唬我，老子不去他又能怎么样？"邓立强附和说就是，又没有涉黑，光凭乔三在监狱里乱咬不能作数。肖一虎把杯子摔在地上，称豁出去了，大不了一个死。

晚饭后，铁建和王若云、铁宏歌沿着黄河风景线散步。冬日的公园里到处都是跳广场舞的市民，还有啪啪的甩鞭声。黄河水缓缓东流，对岸的山峦在傍晚时分若隐若现。铁建转身停住脚步俯看黄河，铁宏歌问他又想起什么了，铁建说看到黄河就想起一个人。王若云清楚他说的是肖一虎。铁宏歌埋怨说想他干啥，想个好人。铁建说肖一虎是不到黄河心不死。

安雪容挽着朱红军的胳膊也在散步，他们走了个碰面。看到红军，铁建想到了孔庆荣，说不知他怎么样了。朱红军说初五回工地，见面就明白了。其实，兰花朵和孔庆荣都陷入了痛苦。兰花朵傍晚漫步在海边，晚风徐徐，蔚蓝的大海波澜壮阔。她穿着艳丽，但表情黯淡。她跟爸妈吵了一架，一个人孤独无靠，想哭。孔庆荣预感不好，打电话问是不是家里人不同意，她蹲在海滩上，拿着电话呜呜地泣不成声，但那哭声淹没在了惊涛拍岸中。

天黑后，男男趴在金帼英怀里，悄悄把石惊天母亲说过的话讲给了她听。金帼英很愕然，她不想相信这是真的，但又相信童言无忌。她把石惊天叫到另一间房里，让他说实话，他的父母是不是真的嫌她二婚。石惊天当然否认，可无论怎么解释，这个阴影已笼罩在金帼英的心头，她拉起男男出门走了。

这一刻，金帼英感到了孤独和凄凉。她和孩子站在寒风中不知该去哪里，打电话给王若云问她在哪儿，她说在铁建家。于是，金帼英拉着男男去找铁建。金帼英一进屋眼泪就夺眶而出。王若云和铁建不知所措，问咋了？金帼英委屈地说石惊天的父母嫌弃她和男男。王若云和铁建不相信，说下午还好好的，怎么一眨眼就变了呢？金帼英想马上去工地，王若云说婚都订了，不能说走就走啊，问问石惊天再说。金帼英阻止她，说别问了，嫌是二婚，散了吧。铁建劝她千万不要拿婚姻当儿戏，石惊天对她挺好的，不能光为他的父母活着，要多想想自己。

晚上，铁建去找石惊天。一打电话，他正在宝铁家跟杨晓、王方太、朱红军喝酒。客厅不大，却摆了张桌子，菜也炒了不少，安雪容、崔凌花、梁丽丽、李欣欣忙前忙后。石惊天和金帼英自然是热门话题。大家你一言我一语，劝石惊天把她接回来。宝铁说年轻人的事老人不能掺和，尤其像他和金帼英这种情况更敏感。石惊天说哪家老人都爱唠叨，也不至于让她大发雷霆。梁丽丽说金帼英有个性，不是特别计较的人，肯定老人说的话伤到了她，不然不会那么生气，让他俩人好好说说，婚都订完了，再闹出岔子，金帼英会对婚姻彻底死心。安雪容从厨房拿着碗出来说：“我们都是总工，跟金总打交道多。根据我们对金总的了解，她对你的感情不会那么脆弱。”

石惊天苦恼地一笑说，爱太让人煎熬，不像干工程，行就行，不行就不行，痛快，爱情想痛快痛快不了，现在越来越弄不明白，感情到底是啥东西。李欣欣说感情不是啥东西，它让每个人魂不附体、魂牵梦绕，想甩甩不掉，想放放不下，直到走进婚姻，双方才会还原到真实的自我。王方太说还是李欣欣有学问，去把金帼英接回来办个仪式，一结婚啥事都没有了。

铁建打听到石惊天在宝铁家，打辆出租车去了。听说他要来，一屋子人都紧张，又忙着加了几个菜。石惊天等人下楼把铁建接上来。铁建进门说石惊天心真大，把金帼英和男男往别人家一扔，敢来这里喝酒。崔凌花说炒好菜准备去接金帼英和男男，一起劝劝她。

铁建坐在中间，与石惊天他们边碰杯边聊天，劝他等会儿把金帼英请来，好好赔个不是，哄一哄，千万不能硬着来。石惊天说心疼她和男男，老爹老娘聊天嘴上只是随便一说，其实心里是愿意的。铁建端着酒杯，说：“这些不说了，一会儿你们自己解决。哎，正式通知来啦，初六咱们所有人赶早班火车回工地，经理、书记、总工下车直接去业主公司报到开会。”

其实，王若云一直在劝金帼英，说俩人能相互接受，是不浅的缘分，不能因为他父母的几句话把感情搭进去。二婚遇到个真爱的男人不容易，加上野外工作的性质，女人没啥优势，让她别再置气。金帼英这时候气已消得差不多，她知道自己的劣势，也曾这么想过，但当时听到男男说那些话，真的很伤心，二婚就丢他家人了吗？

男人们喝酒，安雪容和李欣欣去铁建家，一人拉只胳膊，连推带拽把金帼英拉起来，王若云让铁宏歌看着男男，她陪着过去。进到宝铁家，大伙把他俩推到一起，又喊又闹，非要石惊天抱金帼英。于是，石惊天毫不犹豫地把她拽到怀里。铁建瞅着王若云笑，说：“帼英，我借宝铁家的酒敬你和惊天。咱们在这个项目上共同经历了太多的事情，每个人都工作着、悲伤着、痛苦着、压抑着，同时也快乐着、成就着、收获着、幸福着啊。有了这些，咱们的人生会更加丰富，一切过往都将留在永久的记忆里，包括你们每个人的爱情。为此，咱们干杯！”一只只酒杯碰在一起，金帼英露出了微笑。

石惊天和金帼英从铁建家接上男男回到自己家中。卧室里亮着灯，男男倒头睡着了。两人和衣斜躺在床上沉默不语。少顷，金帼英轻声说："就算你爸妈对二婚没想法，你到底对找我有没有想法？"石惊天翻身搂住她，说："说过多少次了，我爱你，所以一定娶你，其他啥都不想。"金帼英说："男男不是你亲生的，你爸妈不一定拿他当亲孙子养。我心里难过，因为我没能给儿子一个完整的家。他失去了父爱，不能再跟着我受罪。只有对我儿子好，我才会解除防备心理真心去爱。"石惊天说保证父母会对男男好，如果担心，结婚后他不要孩子，只养男男一个，全家人会把男男当亲生的抚养长大。"不要孩子，你爸妈能答应吗？"石惊天说："我做主。"金帼英又惊喜又甜蜜，激动地流下眼泪，说："有你，我这一辈子值了。"

春节假期过完后，大家又拎着大包小包来到车站广场。送行的人们恋恋不舍，男男拉着金帼英的手说刚才爷爷奶奶送他们下楼的时候都哭了，金帼英这才感到之前的担心是多余的。

石惊天问人都到齐了没有，杨晓数人数，报告说差不多，就少个肖一虎。铁建说回不回去，让他自己看着办。正说着，铁建的手机响了，是肖一虎打来的，说没买到票，晚两天再走。铁建听后非常生气，说："买不到票是假，大年初六虽然是春运返程高峰，但铁路局是保证咱们车票的。你不让杨晓订票，要自己订，明显是不想走，就不能说句实话吗？"肖一虎说："那算我不想走，业主开会，我又不参加，民工至少正月十五后才能组织上来，去早了也没用。"铁建让他自己权衡。如果不想来，赶紧给夏江报告，好再另选副指挥。

肖一虎硬着头皮给夏江打了电话。夏江说："你作为一名处级干部忘记了初心，整天憋着个劲儿，对这个不服，对那个不敬，你又有啥了不起？又能干多大的事业？如果不接受教训，一定撤掉你这个处级。你也老大不小了，不想多说你，限你明天回工地向老铁和老党报到。敢拖一天，把你降成科级。"肖一虎不敢跟夏江较真，满头冒虚汗，说马上回去。夏江稍微平静后又说："一虎呀，你当上处级干部也算光宗耀祖了，怎么就不知足呢？你最不该做的是背后告老铁的黑状，这涉及一个人的政治品行。上级纪委本来提出约谈诫勉，甚至想对你一撸到底，是老铁不计前嫌，向我提出继续让你回去当副指挥长，你知恩不图报，现在又涉事乔三，司法机关有可能找你谈话。我还告诉老铁和老党，为了企业也要保你不出事。回去后，假如司法机关找你核实，要如实把事情讲清楚。记住，是为了企业而保你，不是为你个人，懂吗？”

铁建如期到达，去参加南北公司年度工作会议。主席台上坐着张福臣、王忠理及有关领导。张福臣在工作报告中几处都提到铁建，对他大加表扬，主要是创造了三个全线第一，即第一个建成梁场，第一个制梁和第一个架梁，成了标杆。王忠理走下主席台，朝铁建招了招手，铁建跟着他走出了会议室。王忠理点了一支烟，说张福臣表扬那一段，最后定稿是他提议专门加上去的。铁建想了想，笑着谢过他，说表扬得他都有点坐不住了。王忠理自我表扬着说不让老实人吃亏，是公司一贯倡导的嘛。铁建说不表扬还好，一表扬这压力大了。随后，王忠理话题一转问肖一虎还是不是副指挥长。“是，咋了王总？”王忠理打探说：“听说他涉及乔三的事情，是不是很严重？”铁建心想原来是要打听这事，说只能等了解清楚才知道。王忠理叹口气说：“肖一虎这个人工作还是很卖力的，只是有时头脑不清醒。你们作为一个单位，遇事能帮还要帮，不能眼看着兄弟掉进坑里呀。真到那一步，你们单位不也丢人嘛。”

铁建请王忠理放心，肖一虎在项目上当副指挥长，与乔三有交往也正常，应该是为了项目才接触的乔三，即使乔三供出他什么事，自己不可能袖手旁观。王忠理拍拍他的肩膀，称肖一虎遇到他们俩算是有福。二人回到会场时，张福臣正在布置工作，今年是这条高铁建设的第三个年头，更是决胜年。他对全线工程的总体目标和进度要求是隧道全部贯通，架梁全部完成，无砟轨道施工全面展开，四电集成紧跟，附属工程同步作业，整体达到初验程度，为联调联试创造条件。

散会后，铁建和身披绶带的金帼英、孔庆荣等人从会场走出来，张福臣与他们握手祝贺后，问肖一虎是不是出了点问题。铁建点头说是。张福臣又说：“巡视组马上进驻公司展开巡视，还不知道个别人有没有事情呢。”铁建说巡视好啊，企业好坏在于风气和作风，凡垮下去的单位都毁在风气上。风气不正，企业每况愈下，当领导的也跟着难受。铁建给张福臣宽心，说不会有啥大问题。

铁建回到局指时，肖一虎也回来了。第二天，铁建首先带着石惊天和王若云等人来到景阳隧道，在掌子面看到装载机正在往自卸车上装渣土，几个工人在作业。距掌子面三十米左右的后面，一组工人正在开挖仰拱并绑扎钢筋。长长的钢板焊接成的栈桥跨过仰拱搭接在前方，是用来通过车辆和人员的。他抬头看拱顶，一排排放炮残留的炮眼顺向呈现出条理，高兴地表扬李卫民。李卫民说，春节没回家值了，围岩类别好，采用高能水压爆破能提前两个月打到分界线。

铁建问王秋燕回来没有，李卫民摇头说没回来，她回老家过年比他在工地还难受，老岳母听说王大成出事走了，哭得死去活来。铁建感叹民工兄弟是工地支柱，转身对石惊天说五一前要提前贯通。

制梁场也在紧锣密鼓召开会议，倒排计划。孔庆荣说业主开会，张福臣在报告里提出梁车要抓紧掉头往回架，尽快通过景阳隧道架梁，铁建表了态，后面的压力都在梁场头上。安雪容翻看着资料，说按施组工期，梁车月底掉头，可以随打随架。会议一散，所有人就去了场区。孔庆荣的脸色一直严肃阴沉，袁听枫扭头瞧他，问他和兰花朵咋样了。孔庆荣好像想起了什么，突然说："你和雪容盯一下，我要去找她一趟。"说着转身跑了。

安雪容与紫祺走在去试验室的场道上，俩人边走边聊。安雪容说孔庆荣与兰花朵好像结果不理想，假如他们俩真没缘分，紫祺有啥考虑。紫祺冷冷地反问她会捡别人穿过的衣服穿吗？安雪容说那得看什么衣服，如果是件貂皮大衣呢？紫祺径直往前走，说："你认为他是件貂皮大衣？""那你觉得他会是什么？"

孔庆荣开车跑去局指，把兰花朵叫到楼下院子里，俩人都很惆怅。孔庆荣问她家里人为啥不同意，是不是他不够优秀。兰花朵伤心地说："我爸是搞石油勘探的，像咱们一样到处流浪，跟我妈分居了大半辈子，家不像家，夫妻不像夫妻，尝到了婚后的艰辛，吃够了生活的苦头。现在条件好了，就我一个女儿，不希望我再重走他们的老路，成为他们的复制品。像袁听枫，她和姜再明结合了，也很幸福，但姜小珊呢？袁听枫管不了，只能让姜再明带，孩子可受了大罪。"孔庆荣急了，说："我只问你一句话，真的爱我吗？""我爱你，可在爱情和亲人的选择上，我不想让爸妈为此伤心难过，因为他们是我的依靠，我是他们的全部。"兰花朵说着便流下了眼泪，孔庆荣也伤感地哭了。

晚上，局指挥部食堂包间里准备了一桌饭菜。万红山挨个倒酒，铁建端杯说大家过年没在一起，今天回来了一块喝几杯。肖一虎愣着不端，说肚子疼。金帼英说一两杯又喝不死。肖一虎说："我死了你高兴呀。害人没有这样害的。"大家面面相觑。

肖一虎绷着脸，又说：“装糊涂呀，我前脚走，后脚就打小报告。”铁建想没人打他的小报告呀，于是撂下筷子，让他说个明白。肖一虎说：“我只给你打过电话，夏董怎么知道我没有走？”铁建回他：“你给我打电话，不等于说我在夏董面前打你的小报告，夏董训你与我没关系吧？”肖一虎说：“那谁能解释清楚，夏董是怎么知道的？”铁建很无语，直目瞪眼地瞧着他。金帼英起初没说话，看肖一虎往铁建身上赖，承认是她给夏江电话汇报的。肖一虎气愤地站起来说：“你是处级，我也是处级，你凭啥管到我头上来？”金帼英说：“你自己管不住自己嘛，所以我来管你。”肖一虎反而冷静下来，说：“嗯！墙倒众人推，你这个总工可以在我头上拉屎。”这话说得很重。金帼英撂下酒杯，边起身往外走边说：“在你头上拉屎我都嫌脏。”

大家被这场争论闹得很不愉快。回到楼上，肖一虎给王忠理打电话，说他回来了。王忠理急切地问他跟乔三到底有没有事？肖一虎称没有。王忠理不信，又压低声音问肖一虎有没有收过乔三的钱？要是有赶紧上交财务，乔三已经把他供出来了，别抱侥幸心理。肖一虎如梦初醒，抹抹额头上的汗珠，瞬间变成一脸傻相。

王忠理放下电话又找铁建，说他让肖一虎回忆了一下，与乔三确实有些经济来往，赶快帮他上交财务处理，对外不要再提了。党红旗和金帼英刚好在他屋里，听到了王忠理在电话里说了什么。等铁建挂断电话，她说早猜到肖一虎跟乔三有经济往来，敢承认算他聪明。铁建说既然王忠理打了电话，只能帮他处理好。党红旗说：“处理可以，看财务怎么入账吧。”

吃过早饭，铁建和党红旗来到县政府，进门与王县长和赵主任来不及寒暄，直接点题，说他们受夏江委托，想了解一下乔三涉黑的情况，与肖一虎到底有多大牵扯，以便配合。王县长思量着，说这次扫黑除恶，不论涉及谁都要一查到底。公安局汇报说，肖一虎算不上保护伞，但乔三在里边指控揭发他收过乔三不少钱，如果真是这样，他构成了受贿罪。另外，乔三说在高铁工地强揽工程，多数是肖一虎指使他干的，他一直在背后出谋划策。铁建和党红旗听后并不吃惊。赵主任补充说：“刚上场时，老肖利用乔三征地拆迁打头阵，他觉得欠乔三人情，两人一来二去，发生了一些不正当的经济往来。乔三用钱把肖一虎牢牢套住，就有了后来的内外勾结、吃里扒外，没想到你们内部也有这种人。”

铁建和党红旗一时语塞，脸猛然红起来，说：“哪里都有不走正道的人。肖一虎是副指挥长，据财务反映，他去年交过一笔钱，要真是肖一虎收了乔三的钱，那他充公上交了财务，不应算他犯罪吧？至于他在背后给乔三出点子指使他强揽工程和做一些其他事，那是我们内部管理不严，可以按违纪处理。”他和党红旗请求王县长能否协调公安局和监委通融一下。王县长围着沙发踱步，一再思索，说现在办案方已不是过去的检察院，转隶后成立了监察委，公职人员受贿归监察委受理查办。如果肖一虎真违法犯罪，在这种形势下谁也保不了。如果不涉及犯罪或情节较轻，还可以免于司法追究。王县长答应再问问公安局和监察委，能从轻就从轻，但找他核实情况不能逃避，该配合的必须配合。

返回的路上，党红旗疑惑地问铁建，肖一虎去年交钱，他咋从来没听兰花朵说过？铁建说他也没听兰花朵说过，是为了打好预防针，让王县长去做工作，肖一虎万一真有事，他俩不好向集团党委交代。党红旗悔恨交加，气愤地说当初咋把他派来，真是倒了血霉。

孔庆荣不知从哪儿喝醉了酒，从外面跌跌撞撞回来，边走边吐，在操场上遇到姜再明和袁听枫。俩人把他架回宿舍放在床上，又给他倒了杯水放在床头。正斜躺在床上看书的紫祺，听到隔壁动静从床上下来，披上衣服，蹑手蹑脚地拉开宿舍门观察。袁听枫和姜再明从屋里出来，看紫祺站在门口，喊她说孔庆荣喝多了，叫她进去看看。紫祺摇头不去。袁听枫说孔庆荣心情不好，借酒浇愁，一喝就多，让姜再明先回去看姜小珊，她和紫祺还有点其他事儿，姜再明很听话地走了。

袁听枫与紫祺站在门外，说：“经理跟花朵分手，被情所困，你真死心了？”紫祺模棱两可。从内心说她放不下他，可又抹不去心理的阴影，她不知道怎么回答。袁听枫又说：“雪容跟我说了，这段时间你做事一直心不在焉，说明你还想着经理。咱们都是女人，你有什么话跟姐说，别憋在心里。”“袁姐，我很受伤，真的很难过。”袁听枫劝了她好一阵子，紫祺没再执拗，最后走进了孔庆荣的宿舍。

铁建、党红旗和肖一虎都去了县城，不过他们去的不是一个地方。铁建他们去了县政府，肖一虎提着烟和水果去了监狱。办理完探监手续，他在一名狱警监管下走向第六监区。乔三已经被剃了光头，身穿棉囚服正和一群犯人做衣服。狱警喊：“89 号，出来。”乔三抬头看看干警，放下手里的活儿跟着走过来。干警严厉地说：“有人探监，十分钟。”

肖一虎站在玻璃隔离窗外看到了乔三，乔三也一眼看到了他。两人目光相遇的一刹那，乔三隔着玻璃凶狠地瞪着他，然后对准他的脸吐了一口唾沫，唾沫顺着玻璃流了下来。肖一虎猛眨眼稍愣片刻，才抓起电话。乔三面目狰狞，说：“我被你坑得家破人亡，你还敢来看我？”肖一虎胆怯地说：“毕竟兄弟一场，给你带来了香烟和水果，都搁在监区值班室了。另外，往你卡里充了一千元钱，有啥我能帮你的，请你说话。”乔三恶狠狠地说：“我帮了你那么多，还送你几十万元，你啥事没帮我办，等着进来一起坐牢吧。二十年后再找你算账，你走吧。”说完撂下电话转身回了监区。

肖一虎两眼发呆，手脚迟钝。他本想从乔三口中套些口风，不但没有任何收获，反而更加心事重重。看来乔三在里边什么都招了，预感自身难保，就摸出随身携带的银行卡，跑到建行业务大厅取出二十万元，回指挥部交给了兰花朵。他说以前该交的没上交，一直放在宿舍里，现在上交，让兰花朵帮他入账开个收据，时间往前提一提。兰花朵愣住了，问这是什么钱？走哪一笔账？时间肯定只能开现在的。肖一虎求她想想办法，兰花朵说那得请示指挥长和书记。

铁建、党红旗刚好回来走在楼道里，见肖一虎在兰花朵屋里，桌子上放着一摞钱，走进去问：“老肖，这是你要退的？”肖一虎脸色蜡黄，点头应着，直检讨说做错了。党红旗问：“你到底收了乔三多少钱？”肖一虎声音颤抖，说：“总共不到二十万元。”铁建又问：“没收过其他供货商和包工队的钱？”肖一虎连连摇头，说真没有。

兰花朵鄙视地瞧着他，说：“在这里说不丢人，拿了人家多少退多少，进去再说可就晚了。”肖一虎说其他的他再想想，先把这些退了吧。兰花朵请示上交时间咋往前提。铁建叹气说：“你作为局指领导，看看干的都是些啥事儿？龌龊。王忠理提醒才想起来退，本来就不该沾这些肮脏的东西，都为你丢人。你说咋处理？”肖一虎哭丧着脸说：“老铁，看在老战友的分上，再拉我一把吧。”党红旗说：“咱们项目上的人要都像你这样，不知道有多少人要进去。还好，下面的职工自觉守规矩，不守规矩的偏偏是你。怪不得你与乔三抱得那么紧，傻子都能看出来你们有不正当来往，知道最终是什么下场吗？”

肖一虎掉下了两滴眼泪。铁建说："叫我咋说你呢？要不是为了企业和咱这个项目上的名声，你求我我也不会管。我早提醒过你，挣钱要走正道，不听就要吃大亏，现在慌了吧？都是电脑记账，日期怎么给你往前提？"肖一虎扑通跪在了铁建和党红旗面前，一把鼻涕一把泪地说："求求你们，帮帮我。"

正月十五那天晚上，局指和分部人员都吃完汤圆赏月去了。天空硕大的月亮在大地、群山之间洒下一片清辉。王方太牵着梁丽丽的手走在操场外的小路上。梁丽丽觉得两个人能待在一个项目上，已经很奢侈了，虽然没有浪漫的条件，但只要心里存着一种浪漫的情愫，她就满足了。

紫祺一个人漫无目的地沿场道走着，时走时停，时而抬头看月亮，时而低头沉思。月光下，她的脸上闪着泪光。后来，她独自坐在山坡上想起赵化亮，盼着赵化亮要是能在月亮上，那该多好。

在这个月夜，有人欢乐有人愁，各有各的期待，各有各的安排。肖一虎一点心情都没有，憋在屋里也不开灯，坐在里边思前想后，几乎快要崩溃了。邓立强对铁宏歌紧追不舍，知道铁宏歌要去上学，开着奔驰车去接她，执意要送她去车站，而铁宏歌坚决不坐他的车。邓立强说："那好，我明人不说暗话，只想请你暑假再到我的公司来上班。"铁宏歌说："如果我不答应呢？""那你放假回来，我天天缠着你。我想聘你没有什么恶意，你爸总不该说我是违法犯罪吧？"邓立强厚着脸皮说道。

冬天过去后，转眼春暖花开，山溪清流，满山泛绿，艳阳高照。工人们换上了春装，运架一体机已经掉头，开始朝洋河隧道方向架梁。指挥部召开会议重新进行工作分工，所有人的目光都聚集在肖一虎身上。他扫视着众人，显得很不自然。铁建有意咳嗽两声，转移注意力，说："还是由老肖负责现场管理，有事你们向他汇报。"众人低声应着，这让他感到了压力。铁建对孔庆荣和袁听枫说："你们梁场去年为全标段争得了很大荣誉，今年是关键中的关键，成败在于你们，只能争光，不能掉链子。"

紫祺身着工装，站在试验室钢绞线静载试验机前，左右看看模具准备试验。安雪容来到她身边，紫祺扭头瞧瞧她没说话。安雪容白她一眼，说她还想不开呀，是不是钻进牛角尖出不来了，患了相思病吧？紫祺脸色阴郁着，开始拆卸模具。自从春节回来后，她一直寡言少语，常常似神游一般。如今安雪容站在身边，她仍不说话。安雪容上前伸手帮忙，她也不要。安雪容说一个爱字让她神魂颠倒，干啥都没心思。紫祺满脸通红，吃力地从静载机上搬模具，说当初她跟朱红军也一样。正说着，忽然哎哟一阵叫喊，模具落地砸在了她脚上。安雪容赶忙蹲下身费力地搬开模具，扶她起来。紫祺泪水和汗水流满脸颊，咬着牙让安雪容别动，直喊疼死了。

紫祺挪挪身子试了几次也站不起来，脚动不了，骨折了。安雪容去喊人，惊动了孔庆荣、袁听枫和一群工人。他们用车把她送到医院，直接拍了 X 光片，显示左脚大拇指和二指骨折，需要住院治疗。当天，紫祺的左脚就夹上了板子，她只能躺在病床上休养。孔庆荣来看紫祺时，她把头扭到一边，泪水唰唰地往下流。金帼英让杨晓临时兼管试验室工作，让她安心休养。

局指召开经济活动分析会，各分部负责人到齐后，铁建先宣布了肖一虎还是副指挥长的通知，不管大家过去有什么误会、意见、看法、分歧，都是可以化解的，希望大家一如既往地服从、配合、支持肖一虎的工作，拧成一股绳，把项目干上去，打响企业的品牌。铁建问肖一虎有什么要说的，肖一虎扫视着会场，面带愧意，说自从来到这个项目，在座各位确实在工作上给予了他大力支持，非常感谢大家，但由于自己的“三观”不正确，自身存在这样那样的毛病，真切希望各位予以原谅。今后将与大家一道团结在铁建和党红旗周围，尽心尽职地工作。如果方法不当，态度粗暴，还得请大家多多包涵。

话说得很得体，可参会人员却面无表情沉默着。

袁听枫趴在安雪容耳边，低声说有事了呗，不然不会这么弱势。铁建瞅袁听枫和安雪容私语，扫她俩一眼。会议正式开始后，兰花朵先把全标段的计价拨款和总成本情况做了通报。念完，石惊天首先发言，说：“年前三千万元全部用于维稳结算了，还有许多队伍只付了三分之一左右，后面还有大量欠款。春季大干需要大笔资金，一般小队伍垫不起，项目部也没钱。如果业主不拨款或者后面没有多少验工计价，恐怕外欠越积越多，资金会极度吃紧。”

会场一片肃静。众人的目光都落在了石惊天身上。铁建说：“经济状况确实不容乐观。从业主对局指、局指对分部计价拨款和发生的总成本看，账面盈利，实际潜亏，主要是很多成本没有入账。局指对两个分部超拨严重，那是为了保进度，尽管有些应计未计部分，但拉不平超拨金额。说明两个分部都存在一定潜亏，许多变更没有计价，从根本上影响了资金的调剂使用和运转。下一步必须想办法扭亏增盈，要管住效益流失，想法解决产高利低问题，通过成本分析，抓好成本指标、项目经理及各层次责任、过程控制、计价拨款，考核奖罚五个环节，把治亏当作重要任务来抓。”

孔庆荣没有心思开会，一结束第一个提着水果篮、抱着鲜花跑去了医院。紫祺心里五味杂陈，慢慢地移开视线，扭过头去，问他忙还来干啥。他先把水果篮放在小桌上，又把鲜花捧到她面前。紫祺低着头不接，无声中落下了委屈的眼泪。

铁建也惦记着紫祺的伤势，安排兰花朵买点营养品代表局指去看她。兰花朵觉得她俩吵过架，不想去面对。铁建说这正是修复关系的最好时机。兰花朵无奈，便买了果篮和营养品来到医院。到医院后，她发现孔庆荣削完苹果正递给紫祺，又拿起一个苹果边削边说知道她这次受伤与他有关，工作上分神了，他很内疚并向她道歉。紫祺坐在病床上，说不用他道歉。

兰花朵此时站在门外，正好听到他俩说话。孔庆荣又说：“我知道你喜欢我，但我与花朵……是我伤害了你。现在我很烦恼，也很痛苦，花朵她家里不同意。”一提这个，紫祺就忍不住哭，说：“花朵人好，青春靓丽，活泼可爱，我也喜欢她。但爱情不能分享，你还是回去找她吧。”孔庆荣摇头说兰花朵爱他，但他却融不进她家。这个春节，他不但没有半点存在感，也完全没有了自尊，伤心得很。紫祺说自从上场起，她就注意到了孔庆荣，他带领大家一起打拼，为梁场建设倾注了所有心血，把整个团队带成了一流，尤其他穿着工装，在工地上指导下面工作时的样子，甚至是训人的刻薄和严厉，她都喜欢。他的影子会时不时地出现在自己眼前，她恨不得他走到哪儿跟到哪儿，俩人形影不离。可有时她也在问自己这是怎么了？难道这就是所谓的爱吗？所以，想起来也恨自己，不该对他有过分的想法。孔庆荣静静地听着，渐渐靠近床边拉住了紫祺的手。

兰花朵听后，小心翼翼地把果篮和营养品摆在门口，抹着泪水转身下楼了。回到办公室她伤心地抽泣半天，万红山来找她办事，问她咋了？她说她和孔庆荣可能不会有结果，与其这样还不如成全他们，也许和紫祺还能成为好姐妹。万红山感叹着说兰花朵好伟大，为了心爱的人可以牺牲自己的幸福。

第三十六章

铁建和肖一虎同坐一辆车检查工地，透过车窗往外看，发现已有劳务队开始进行路基边坡防护作业，架桥机正在朝洋河隧道方向架设箱梁。后面架好的桥梁上，有一组工人在现浇施工两侧的 A、B 翼墙、桥栏杆和护轮轨等桥面系。高永恒仍在持步话机指挥架桥机落梁。悬灌梁特大桥工地桥下两岸的河滩上堆满钢桁架，有不少厂家技术人员在现场协助拼装，工人们正在进行高空作业，两座高高的塔吊往上吊着模板。俩人从车上来，早已等候在工地的石惊天和邵帅迎上前。铁建问悬灌梁剩最后几节，石惊天说剩最后两节，五月能合龙。铁建点头，盘算与两座隧道贯通的时间差不多，“六一”前后架梁。他们走到桥头，见肖一虎一直打不起精神，埋怨他以前来工地盛气凌人，现在有气无力，这样怎么管理啊。

肖一虎说，他得痛改前非。铁建说知错就改是好事，可也不能一点儿气势都没有。尤其现在，即使心里有天大的事情，也不能让下面人看出来，这叫镇定自若。肖一虎摇头唉了一句，说轮不到自己头上说啥都行，真轮到自己，谁心里都会忐忑不安，整天整夜睡不着觉，能镇定下来吗？

肖一虎在悬灌梁工地留下继续检查，铁建则去了梁场。越野车驶出主干道开进办公区前的操场，遇上村委会钱主任和孔庆荣，铁建下车一眼认出了停在操场上的那辆小轿车，指着车问是咋回事儿。孔庆荣手里掂着钥匙，说老钱把车还回来了。

铁建说车在钱主任名下就用呗，还回来也入不了账。钱主任叹气，说这车用了三年，该还给梁场了，不过跑得不是特别多，车况很好，让孔庆荣试试。

铁建问钱主任为啥急着还，他苦笑着说乔三被抓后，也把他的侄子带进去了，他的侄子说到了这辆车，县监察委责令他归还，并把他这个村官撸了。铁建故作惊讶问不干了？钱主任说想干也干不成了，只要不进去就谢天谢地了。说完离开了梁场，铁建望着他的背影直笑。

铁建一走，孔庆荣又跑去医院。紫祺躺在病床上听歌，他倒完水端到她嘴边。紫祺问："你天天到我这儿来，兰花朵会不会生气？"孔庆荣说她是梁场的员工，来看她很正常，再说兰花朵想成全他们俩，自己已经没有资格再追紫祺，不过是关心员工罢了。

正是春季，医院树木葱郁，桃花盛开，满院清香。紫祺拄着拐杖慢慢行走，孔庆荣扶着她，给她一点支撑。她走他跟着，她停他陪着。紫祺很高兴他又重新回到了自己的身边。孔庆荣问她还会不会接受他，她沉思片刻后点了点头。

紫祺出院的第二天，铁建和金帼英要去南北公司要钱，被张福臣婉拒了，说巡视组巡视结束后，要向公司党委反馈情况，让铁建改日再去。巡视组来了三名领导，吃过饭坐在会议室。张福臣拿着本子进去，坐在他们对面，做好了记录准备。组长严肃地说："现在反馈对你公司的巡视意见。通过前些天开展个别谈话，受理群众来信来访，调阅有关文件资料，深入了解情况，发现问题，顺利完成了巡视任务。主流和成绩是好的，但巡视发现和公司职工反映的一些问题，主要是党的领导弱化，党的建设存在缺失，党委落实主体责任存在差距，公司纪工委监督责任不到位……违反中央八项规定精神问题突出，超标准超范围公务接待，公款大吃大喝、购买礼品、发放补贴。'四风'问题依然存在，有不作为、乱作为等现象。关键岗位权力缺乏监督，个别领导干预施工单位的队伍选用，直接插手和推荐亲属包工队，指定关系供货商，存在腐败隐患。对巡视组收到的问题线索，已按有关规定转纪委和组织部门处理。"

张福臣头也不敢抬，忙着记录，额头上浸出一层汗珠。反馈结束后，他送巡视组成员走出会议室。组长问："张董，你们那个王忠理平时表现如何？"张福臣似乎感到有问题，说："工作上没说的，怎么大家对他有意见？"组长说："这次巡视问题比较集中的就是他，反映说他指定供货商，插手安排包工队，甚至收受供货商和施工单位人员的贿赂。当然这些问题我们回去会向领导汇报，然后逐项核实，并由纪委拿出处理意见。如果方便，你可以适当提醒他悬崖勒马。”

张福臣心情沉重，许久才说对反馈的意见和建议马上组织制定整改方案。他一刻没敢懈怠，把王忠理叫到办公室来私下约谈。两人坐在沙发上不停地抽烟。王忠理惶恐不安，脸色十分难看，打探问题是不是很严重。张福臣说：“严不严重你自己应该清楚，我训过你，也劝过你，平时下去检查工作讲话不注意，花时间学会了说话，却没学会闭嘴。现在好，问题都出来了。反映说你指定供应商，插手安排队伍。”王忠理皱着眉头说：“没有啊”。张福臣说：“没有？你与肖一虎勾得那么紧，是不是推荐过一个姓邓的给老铁那里供材料？在钱上你沾过他们没有？”王忠理口气很坚决，仍说没有，绝对没沾过他们的钱。张福臣捻灭烟头，说：“那好，我信你。听青阳县领导说，肖一虎马上要出事儿，到时候别找到你头上。公司哪个人出事，我都有推卸不掉的责任，平安是福呀，不仅事要干好，还得干净才行。”

王忠理的心里有些发慌，回到办公室抓起手机就打给肖一虎，问他近期如何。肖一虎很淡定，说回到项目还算不错，刚从工地回来。王忠理说：“咱哥俩可是一根绳子上的蚂蚱，我提醒你，不论任何时候，遇到任何情况，你都不能提我半个字，明白吗？”肖一虎浑身又开始哆嗦，问有啥事，王忠理没回答，放下电话愣了半天，一巴掌拍在桌子上。肖一虎觉得他的话没说完，心跳得更快了。

又过了两天，铁建、党红旗、金帼英、肖一虎正在局指会议室研究如何加快工程进度，确保任务计划完成，一辆警车闪着顶灯拐进了院子，两名身着公安制服的警察从车上下来。肖一虎听说后吓得两腿发软。铁建和党红旗迎上前去问找谁，警察说找肖一虎，请给予配合。

肖一虎颤巍巍地站起来，说他就是。公安人员出示了证件，说：“请你跟我们走一趟。”肖一虎惊慌失措，铁青着脸，回头叫了声“老铁”，便被警察带下楼推进了警车。铁建立即向夏江做了汇报，夏江说如果是他个人的问题，不庇护、不说情；如果是为了单位，要全力做工作。

肖一虎被公安带走的消息传得极快。霎时，职工们议论纷纷，说什么的都有。有人说不作死不会死，作死一定会死，活该！也有人说这就是腐败的下场，自毁前程，害自己、害家庭、害企业。王忠理听说这个消息后更加紧张，虽然给肖一虎打过招呼，不许提他半个字，但万一说漏嘴怎么办？心里还是没谱儿。他又去找张福臣，愁眉苦脸地坐在他对面。张福臣翻着眼皮瞪着他说："忠理，我再问一遍，你到底与肖一虎有没有来往?"王忠理犹豫了一会儿，说："有过，但很少。"张福臣沉着脸，说："上次问你还没有。肖一虎一出事，你现在又有了。你这是欺骗组织，对党不忠诚啊。你的党性原则跑到哪儿去了?""我对不起组织，对不起你。"王忠理急忙说道。"光一句对不起就能解决问题？你可是副厅级干部，万一肖一虎把你咬出来，怎么办?"张福臣说。"董事长，你可要帮我呀。"王忠理央求道。"咋帮？你明知自己掌握着技术、变更审批、验工计价，权力比公司其他人都大，还不严格要求自己，不慎重用权，最后倒霉的只能是你自己。假如肖一虎真供出了你，加上巡视群众反映的问题，有谁敢为你作保?"张福臣生气地说。

此刻的肖一虎正在讯问室里，极其紧张地回答着问题。他不敢确定自己会说什么，而铁建和党红旗已赶往王县长的办公室，与公安局李局长见面。李局长说从乔三交代揭发的材料看，肖一虎既涉及指使黑社会组织成员干扰高铁建设，又涉及受贿，有双重犯罪嫌疑。王县长问现在到什么程度？李局长说正在提审，他说的一切还需要局指提供书证，即使涉黑这一条够不上，受贿也构成了犯罪，要移交给监察委侦办。

铁建和党红旗听了李局长说的这些情况，恨得直牙疼。一听是肖一虎个人的问题，就不敢再提过分要求，只强调来这里修高铁后，局指挥部与县市关系一直很好，假如肖一虎的事传到社会上，中铁工程局今后难以在当地立足，从这个角度讲也会影响高铁建设。所以，他们请求能够妥善处理。李局长答复说提审完再看。

肖一虎出事，铁宏歌打电话来让铁建不要管，他是自作自受。可铁建还是觉得不能落井下石，隧道马上贯通，全标段也要开始铺设轨道板了，这乱添得不是时候。所以，他把现场工作暂时交给金帼英负责。

金帼英检查现场，与石惊天并肩走在路基上。石惊天说铺轨道板需要添置许多工装设备机具，施组里都有。时间已经很紧，需要马上招标。金帼英让他不要再用郭富海代理的那家公司，原因是不知道他跟肖一虎有没有经济来往，万一有来往，到时会受牵连。石惊天说即使他跟肖一虎有啥事儿，也不可能牵连一分部。他对金帼英如此抵制郭富海有些担忧，称男男小不懂事，等长大了，把话说得这么绝，孩子说不定会记恨。金帼英说男男不会记恨她，即使记恨也不是她的错。

满山披绿，小麦灌浆时，杨晓向金帼英报告，说两座隧道贯通方案，业主和监理已经批复。金帼英说知道了，让他通知王若云，一起去两座隧道工地。景阳隧道边墙上用红漆标注着施工里程。朱红军、宝铁、李卫民戴着安全帽，在掌子面前查看掘进情况。金帼英问他还有多少米没通？李卫民站在上面，扭着身子朝后面喊还有十米。金帼英用手电照了照边墙上的里程，见拱顶没有浸线，心里踏实许多。朱红军说在分界线四十米的里程，对面已经停止掘进，封闭了掌子面，由这边单口开挖。王若云问中线控制桩、水准点测量复合没有？宝铁说精测队复合的。金帼英专门交代，隧道贯通后马上进行复测，把所有测量内业资料集中起来，与对面核对，现在只等领导确定贯通时间了。金帼英到洋河隧道做了同样的布置。李鹏飞说隧道一通，对面的人要钻过来与他们会师。眼下不愁干活儿，只愁没钱。

两座隧道贯通在同一时间，简直就是奇迹，把铁建和党红旗、金帼英以及石惊天、朱子来这些人乐得都忘乎所以了。贯通时，对打双方将在掌子面上会师，一般要在洞口与领导合影留念，一旦发到集团内外网站、报纸等新闻媒体上，全局都会沸腾。于是，他们决定在洞口搭个简易台子，弄个背景墙，飘几个大气球，把照相摄像都备齐，既简朴又热烈。铁建说两座隧道同时贯通，领导分不了身，只能先参加完一个，再去参加下一个。两个老李争起来，都说要先参加他们的。铁建最后拍板，让景阳隧道先通，洋河隧道晚通一会儿，领导都去参加。随后，他给张福臣打电话报喜，说两座隧道后天上午九点同时贯通，请他和王忠理亲自来参加仪式。张福臣喜上眉梢，答应一定准时到场。

隧道贯通布置现场需要资金，李卫民年前拨的钱早花完了，就去找石惊天。石惊天把周部长叫来一问，他也正为账上没钱发愁呢，石惊天不得不给铁建打电话请示。铁建叹气，现在都在寅吃卯粮啊，于是站在楼道里喊兰花朵，没人应声，左右再瞧，还是不见人，纳闷她跑到哪儿去了。

兰花朵没走远，在楼下院子里。紫祺来找她，在楼下打电话把她约到花圃见面。紫祺认为她俩和孔庆荣的事有必要说开，向她表明一个态度。兰花朵站在一棵树前，对紫祺说："不用了，我喜欢的人拱手让给了你，还来跟我说这些干啥？想安慰我吗？我没那么脆弱。"紫祺说俩人是一起工作的工友，从情分上讲是同龄小姐妹，并且会在一个单位一块工作几十年，相见一辈子，正是因为喜欢同一个人，而这个人最后与她牵手，所以才来见她，但来见她并不是道歉。紫祺的态度是希望兰花朵能认可她和孔庆荣，那么，一切烦恼自然会烟消云散。

兰花朵从身边摘下一朵月季花，说爱情像手里的这朵花，花期过了，下一个花期虽然会来，绽放的绝不是同一朵花。兰花朵说这一切都是她自己造成的。

紫祺望着她，说："请允许我喊你一声花朵姐，我十分理解你的感受，如果庆荣最终牵手的是你而不是我，我也会像你一样感到受挫和失败。说实话，我非常珍视你与庆荣的这段感情。男人被女人爱，说明这个男人优秀。所以说，我拥有的这个男人不是一个渣男，你恰恰帮我证明了他的优秀，我要感激你。不论我与庆荣婚前婚后，我不会介意你们的交往。我相信你我他都会坚守住感情的底线，更会把你当姐妹，直到永远。你赞同吗？"兰花朵思忖片刻，缓缓点头。紫祺十分欣喜，上前拉住兰花朵的手，请兰花朵相信她和孔庆荣会拿她当真心朋友。兰花朵虽然心里还是有些放不下孔庆荣，但最终绽放出微笑，祝紫祺和孔庆荣幸福。

石惊天派周部长去找兰花朵请款后，既解决了隧道开通布置经费，又保证了轨道板设备招标资金。郭富海听说一分部又要进行设备招标，便早早开车来到现场，和许多投标人一样在操场上等候。他像以往那样给王忠理打电话，说一分部轨道板需要三套工装设备，不老少呢，是个大单，能不能再跟铁建或一分部打个招呼？王忠理这次在电话里一口拒绝了他，直言这种事儿不能再管，巡视有人反映他替供货商说话，被张福臣训了一通。郭富海听完，觉得这次投标一定落空了。

招标由王若云、朱红军、周部长、蓝燕儿四个人主持。屋里挤满了厂家人员，都在递交投标资料。朱红军一家家接过来，转递给蓝燕儿登记，最后由王若云发放设备清单。轮到郭富海时，他提着手提包进来，王若云问他咋又来了？郭富海说他是代理，哪里招标往哪儿跑。朱红军说上次用他的设备，被金帼英骂了一顿，让他这次不要再投了。郭富海听后来了气，说他是公平竞争，也不多给他一分钱，金帼英不应该管这些事情。朱红军问他，两口子当初是咋处理的关系，金帼英为啥这么反感？

郭富海看人多，当场没有回答，把朱红军专门叫到办公室，从包里掏出一只黑塑料袋急慌塞在抽屉里，让他多帮忙。朱红军拉开抽屉拿出来塞给他，让他拿走，郭富海不肯，俩人推来推去，郭富海转身跑了。

朱红军手里提着黑塑料袋追出去，没追上，无奈地走进石惊天的办公室，把黑色塑料袋扔在桌子上，扒开塑料袋露出一捆十万块钱。“郭富海送的?”朱红军说是。石惊天急了，让朱红军明确告诉他，凭这一点也得取消他的投标资格，将十万块钱上交或者汇给郭富海。石惊天下午去局指见金帼英，犹豫很久告不告诉她这件事，想想还是说了。以为她又会发火，但金帼英却很赞赏，说他这么做就对了。不要说郭富海过去与她是啥关系，即使没伤害过她，对他这样贿赂内部人员的厂家，也应该取消他的投标资格，否则一个个会像肖一虎那样成为“苍蝇”，最终走向自我毁灭。石惊天心里暗喜，点头说郭富海会因此憎恨他俩，担心男男长大知道了这些事儿，会不会起憎恨心。金帼英说对于善恶，男男长大会有他自己的判断标准，不用操心。石惊天说这次王忠理没再打电话推荐郭富海的代理公司，他和肖一虎是泥菩萨过河自身难保，不敢再参与这事了。

朱红军通知郭富海，因为行贿被取消了投标资格。郭富海到局指去见金帼英，哭丧着脸哀求她给口饭吃。金帼英愤怒地说：“给你饭吃，你却在砸我们内部人员的饭碗。知道那样做的后果吗？是把我们的职工往监狱里送。现在肖一虎进去了，也想把其他人送进去吗?”郭富海说是潜规则，都这样。“潜规则？你选错对象了。你我毕竟做过夫妻，我现在只想听你说句实话，你给肖一虎和王忠理到底送过钱没有?”“没有。”“是真没有还是假没有?”郭富海又反悔：“送过一点儿，不多。”金帼英一惊，指着他说：“我就知道你会干这种事儿。肖一虎收钱，进去后也会把你们这些送钱的人说出来，到时监察机关同样会找你。”

郭富海很慌张，还想再解释，金帼英怒视着他说：“你去给监察机关解释吧。郭富海，我说过不会沾你一分钱，你已经给我和男男造成了很大的伤害，可你送钱给肖一虎这样的人，行贿与受贿同罪，你也想去坐大牢吗？我真为你痛心，你让我和男男在这个世界上活得有点尊严好不好？如果有一天你真的出了事，所有人都会说我金帼英的前夫和男男的亲爸是犯人，被判刑坐了大牢。我承受得起，可男男年龄这么小，他承受得了吗?”郭富海一脸茫然，一提到男男，他便不知所措。

太阳从地平线上升起，照遍山河大地。铁建和石惊天终于等来了两座隧道贯通的这一天。贯通仪式现场，上空飘浮着几只彩色气球，红色的充气拱门下铺着红色地毯，背景墙上红底白字“景阳隧道贯通仪式”，洞口前面的空场上，聚集了许多职工、民工和村民。石惊天看看手表，已是上午八点半。一辆接一辆的小车先后驶到仪式现场停下。张福臣、卢总体、黄总监、王县长、赵主任、吴镇长等领导，从前后不同的小车里下来，铁建、党红旗、金帼英、石惊天等人上前热情地迎接。

张福臣抖抖衣服，乐着扭头喊王县长和赵主任，夸两座隧道同时贯通，在全线是头一家，县里支持得好。王县长提议他多表扬表扬铁建和中铁工程局，确实能打善战。与那次塌方比，今天的心情大不一样。隧道只要一贯通，离高铁通车的日子就越来越近，百姓盼着呢。

领导们聊着聊着，又说起肖一虎。张福臣说工地上这么紧张，缺人手，县里看能不能抓紧放人。赵主任说他可能出不来了。张福臣和铁建、党红旗都非常吃惊，问什么原因。王县长说他不但涉黑，还涉嫌受贿，公安局和监委马上到局指取证，最后会移交检方。张福臣试探问还涉不涉及其他人。王县长透露可能还涉及几个受贿和行贿的人，反问张福臣手下是不是有个姓王的副总。张福臣一愣，知道说的是王忠理，问姓王的副总有事吗？王县长点点头，问：“你说的王总，是不是塌方那次与老铁吵架的那个副总。”张福臣说：“公司里就他一个姓王。”王县长说：“噢，那就是他。他和肖一虎之间有一连串的事情。”张福臣怕传出去，不再多问，看看表故意打岔，说时间差不多了，伸手邀王县长一起走上主席台。

石惊天见领导已经在主席台上站好，忙用对讲机问朱红军里边怎么样了。朱红军、宝铁和李卫民在隧道里指挥工人装炮扯线，最后一节高压聚能水管塞进孔洞和封堵引线。看整个掌子面全部准备完毕，朱红军得到答复后，宝铁挥手叫现场人员全都撤离掌子面到洞外去。几秒钟后，隧道里传来轰隆一声炮响。

张福臣脸上带着喜悦，上前一步对准麦克风，高声大喊：“现在我宣布，景阳隧道正式贯通了！”顿时，仪式现场爆发出一阵热烈掌声，山坡上有工人点响了鞭炮，噼里啪啦响个没完。

烟尘散尽后，对打的一方已从炸开的掌子面上部大洞内先后钻过来十多个头戴安全帽的工人，双方会师后站在掌子面上，激动地呼叫着并相互握手问候与拥抱，“青年突击队”队旗，被一名工人举在空中来回摆动，有的叫喊着把安全帽抛向了空中，洞内欢声雷动。铁建和党红旗陪着张福臣、王县长、赵主任等领导来到掌子面，个个笑逐颜开，抬头看拱顶和掌子面贯通接口，从对面透过来一束光亮。金帼英、王若云、李欣欣、崔凌花等几个女人，欣喜若狂地相互拥抱着，每个人的脸上都露出了灿烂的笑容，唯独蓝燕儿和李卫民脸上淌着泪。铁建邀请张福臣和所有领导合影，工人们在掌子面前站成两排，背后打着一条“热烈祝贺隧道顺利贯通”的横幅，“青年突击队”队旗被蹲在第一排的工人扯得平平整整，照相机闪光灯照亮了整个洞子。

两座高风险隧道终于贯通了。王县长离开工地后，张福臣和铁建、党红旗站在洞口远眺洞外前方桥墩和路基，心情沉重地提醒他俩，说肖一虎又牵扯到王忠理，对此事要高度重视，尽量把影响降到最低限度。等领导都走完后，村民们看到，山道上行走着一支长长的队伍。那是铁建、党红旗、石惊天及金帼英、蓝燕儿、王若云、李卫民等人，他们来到赵化亮和王大成的墓碑前，列好队，点响了鞭炮。铁建站在中间位置，庄严肃穆地说：“化亮、大成，今天景阳隧道终于贯通了，大家来给你俩报个喜。蓝燕儿、老李都来了。你们走得太年轻、太突然，连大家想跟你俩说话的时间都没有，这是为什么呀……”他抬头望向天空。“现在，隧道通了，群山绿了，轻松的时光也到了，可你们与大家阴阳两隔，隧道是用所有弟兄们的奉献、拼搏、汗水和你俩的鲜血和生命打通的，我们怀念你们。这条高铁修完，我们都会离开，但你俩却将永远长眠在这高山上，是想听着高铁列车通过时的震撼声安然入眠，还是想用你们的灵魂永远守护着这条高铁？”铁建越说越动情，“我相信，那种激越的声音是时代前进发出的强音，更是你们俩不朽的生命序曲，感天地、泣鬼神。我们为你俩自豪与骄傲。安息吧，两位兄弟！让青山与你们为伍，你俩将与天地共存。”此时，所有人似乎都听到了从群山之巅传来的赵化亮唱的那首《怀念战友》的歌声。

当天下午，夏江收到了业主发来的嘉奖通令，随即打电话祝贺铁建、石惊天和金帼英，并慰问现场职工，但对肖一虎不满意，进去还把王忠理咬出来，真是丢人啊。铁建说他和党红旗再去做工作。夏江告诉他们，肖一虎的家里人要跑去现场找他俩。

第三天，铁建接到了肖一虎家人的电话，说已住在县政府宾馆，要见他和党红旗。铁建会完面回到局指，一直低着头发愁，党红旗问遇到啥难事了？他说肖一虎的老婆要求想办法把他弄出来，谁有那么大的本事？摊上这货，够他俩头疼的。

此后的几个月，运架一体机载着箱梁一直在大桥上缓缓地行走，把线路越拉越长。无砟轨道铺设开始前，局指组织了为期三天的岗前培训，金帼英主讲无砟轨道先导段施工实施性组织设计，万红山具体讲解施工过程中的操作。石惊天、朱子来、万红山、杨晓、王方太、李欣欣、蓝燕儿、梁丽丽都坐在下面听。杨晓通过电脑把施组投射在她身后的大屏幕上，她手里拿着个红外线指示笔，连屏幕上的文字也不看一眼，对施组倒背如流，直把所有七大章内容全部讲完。

业务培训严肃认真，桥梁架设紧锣密鼓。梁车架完一片梁后停在了桥头。高永恒和司机爬到梁车下面观看车体，发现梁车的液压系统出现故障。经查是油泵坏了。接到高永恒的报告，孔庆荣命令把梁车先开回梁场，通知厂家赶紧来修或者更换新的液压系统，架梁可能要影响好几天。

三天以后，梁车才重新上桥。这时，整条高铁线路已经建成。悬灌梁特大桥合龙后，上面的钢桁梁已经开始拼装。好几辆悬臂式吊车同时伸出长臂往桥上吊钢架。梁车通过悬灌梁特大桥后，架完洋河隧道方向，又退到梁场，被两台龙门吊从桥上吊下来，在场区掉了个头，又被吊上大桥，再次掉头改变了架梁方向。大桥、路基上多个单元形成的作业面，都已开始铺设轨道板，进行整体道床施工。每个工作面的桥面和路基两侧，安着走行单轨，固定在单轨上的小型龙门吊，桥和路基下的各种大吨位悬臂吊车将轨道板吊上桥，再由小型龙门吊吊到作业面。

梁车载着箱梁沿大桥朝景阳隧道方向缓缓驶去，从进口钻入进去，又从出口出来。出口桥相接，梁车从隧道里冒出头，停在出口外，伸出支腿搭在前方的桥墩上，缩回轮胎，把巨大的箱梁推出来移到桥位，平缓地落在了顶端桥墩上。

景阳隧道按期打通架梁通道。铁建、党红旗、金帼英走在铺设完轨道板的大桥上极目远望，感慨万千。高铁是中国的创新，队伍从不会到会，再到独立完成每一道工序和工艺，该闯的都闯过去了，就剩最后精调、联调联试、试运营、附属工程、收尾竣工以及通车，四年工期三年完成。后期工作还需像打扫卫生似的一样样打理。金帼英知道铺轨和精调肯定还有许多想不到的困难，她还要紧紧盯控。

铁建和党红旗回到局指，刚上楼一辆警车开进院，下来两个穿便衣的人，上楼后直接找到他俩，一名是县公安局的，一名是县监察委的，手里拿着工作证出示给他们看。铁建和党红旗把他们迎进办公室，那俩人打开文件夹，掏出一份材料，说根据肖一虎的口供来取证。“哪方面的？”监委人员说肖一虎承认乔三给他送了二十万元钱，上交了财务，想看看什么时候上交和怎么入的账。铁建思忖片刻，称确有其事，党红旗也知道。说着，他喊兰花朵把肖一虎上交的那笔钱入账凭证和给他个人开的收据找出来，拿给俩人看。

兰花朵打开柜子，把一摞账本和收据拿出来摆在桌子上，边一本本地翻看，边嘟囔被肖一虎坑死了，真是害人精。党红旗和铁建在办公室里边喝茶边聊天，问肖一虎能否从轻处理，当然人能回来更好。公安干警说这是组织和领导定的事，他们只管来取证。监察委人员说：“公安局已经移交到我们监方，除了乔三给他行贿，他还交代出自己给业主领导送过钱，也收受过材料供应商和设备供货商的贿赂。经过初查他家的存款及资产，其中几笔存款，与他交代的日期数额相符，确有重大犯罪嫌疑。”

铁建试探着问县领导有啥指示没有，公安干警说有也等于没有，因为办案重证据，领导不可能硬性指定随便抓哪个人，放哪个人。所以，肖一虎不可能再出来。铁建和党红旗十分惊讶，问肖一虎供出来的其他人员还准备不准备调查。“那要看犯罪数额大小，肯定要找行贿人员。”干警回答道。

兰花朵拿着 本账和收据从对门走进来，搁在茶几上。公安干警和监委人员分别拿起来看，互相交流着。监察委人员查看着收据，说：“上交的收据时间往前提了，因为前面收据的日期是今年，而肖一虎这张编号在后，日期却比前面这一张早，说明他知道乔三出事后才想起退赃上交，构成了受贿罪。”

公安干警也说入账日期有问题。铁建说不管咋样，总算他充公了吧。“乔三案发后肖一虎才上交，这和他主动上交是两个概念，性质不同，对他的定性和量刑也不同。”收据和入账凭证复印后被带走了。铁建和党红旗送走他们，摇头哀叹，这事捅大了，肖一虎可能把王忠理、邓立强和郭富海都供出来了。

关于对肖一虎的调查，铁建向夏江和张福臣分别打电话做了汇报。夏江一阵沉默后气愤地说："他真的贪腐，咱们谁都不能再出面做工作，绝不助长项目上个别人的私欲膨胀，损害企业和国家利益。一个人想下地狱，就不要再给他上天堂的机会。"张福臣听到这样的消息脸色同样凝重，直说咎由自取。

在后来的日子里，线位每个段落上，都挤满了铺设轨道板的队伍。铁建、金帼英、石惊天、王若云、安雪容从最前区段朝后面的区段挨个进行检查。轨道标点沿线路方向每隔约60米左右安设一对，左右线两侧各1点，CPⅢ点设在防撞墙上。朱红军看着镜子，最长视距4块轨道板27米。其他技术人员都在配合他，调节对四个点的板首尾端平面和高程。四个点上的人员在朱红军的指导下操作。朱红军不停地挥手让大家记住，轨道基准网的精度是每轨道板接缝处一个点，平面0.2毫米，高程0.1毫米，轨道板精调精度指标0.3毫米。

铁建和金帼英、王若云、石惊天在施工人员中，发现蓝燕儿戴着安全帽，正与工人们一起安装测温温差电偶，便朝她走过去。蓝燕儿直起身隔着底座板模板朝他们微笑。铁建说："蓝燕儿，来现场才知道高铁轨道是怎么铺出来的吧。"蓝燕儿说，当年学校里没有这个专业，只有在现场才能学到，然后说了一连串整体道床施工工序流程。王若云对铁建说，蓝燕儿在业务上强着呢。

检查完轨道精调，铁建走到桥的一侧停住脚步，把金帼英叫了过来。看看前后没有人，说有件事必须告诉她，肖一虎在里边说了一些人，包括业主和材料设备供应商，有可能会涉及郭富海，估计连邓立强都跑不掉。金帼英的脸色立刻沉下来，心里犹如坠了块石头，一言不发。她首先想到男男，他会让她们母子蒙受耻辱，可事到如今又有什么办法呢？

郭富海果真接到了县监察委的电话通知。第二天，他开车来到青阳县，穿过县城大街朝监察委大楼驶去。刚把车停在院子里，两名办案人员已站在门口等他。他两腿有点儿发软，浑身哆嗦着跟那俩人走了进去。同一天，邓立强也接到电话："喂，你是邓立强吗？"邓立强那时还在公司里若无其事地玩电脑，抓着手机问对方是哪位。"我是青阳县监察委，请你务必最迟明天来我们这一趟，有事找你核实。"一听监察委找，他顿时吓得呆若木鸡，过了好一会儿才哦了一声，说有事在外地，可能赶不过去。手机那头说："那是你的事儿。你明天必须到，到后打这个手机。如果不来，我们会采取措施。"挂断电话后，邓立强心里慌乱，坐在椅子上不知如何是好，两眼有些呆滞。

骄阳似火，群山披绿，桃李飘香，苹果已经挂满了枝头。铁宏歌暑假来到工地，跟铁建提到邓立强打电话，想让她暑假去给他当助理，她说来工地拒绝了。铁建点着头，说她长大了，拒绝得好。铁宏歌说一定是肖一虎贪腐被抓进去，涉及了邓立强。铁建说："幸亏你不去他的公司上班，如果真给他去当助理，外面人不清楚是怎么回事，没准儿会传，邓立强给咱家送了多少钱，不然指挥长的闺女怎么跑他公司去当助理呢？"铁宏歌觉得铁建分析得有道理，半天没说话，提出毕业后接着考研。铁建很支持，让她离邓立强越远越好。

经过三年施工，工程基本结束，南北高铁像一条长龙，卧在群山峻岭和广阔的大地上，剩下的都是些拾遗补漏的活儿了，铁路上叫"克缺"。虽是小活儿，做起来需要花很多工夫。这时，安雪容与朱红军、杨晓与李欣欣、宝铁与崔凌花、王方太与梁丽丽、孔庆荣与紫祺，都开始讨论婚嫁。商量来商量去，女的既不想随随便便地把自己嫁了，又不想大操大办那么庸俗，最终觉得高铁见证了他们的相识相恋，是高铁建设成就了他们的爱情。于是，他们决定参加集团举办的集体婚礼。

然而，李卫民、王秋燕、蓝燕儿却很是伤心。隧道打通了，队伍开始撤场离开，可赵化亮和王大成却永远留下了。王秋燕说若不是家里有孩子，她真想在这里安个家守着王大成，不能让他孤零零地睡在山头上。老爹老妈在高铁通车的时候，要来这里看王大成最后一眼。蓝燕儿说通车后，大家都离开了大山，只有赵化亮和王大成做伴，不论走到哪里，每逢清明，她都会回来给他俩上坟。

高铁试运营后不久，王县长把铁建叫到办公室，告诉他监察委简要做了个通报。肖一虎涉及的两名设备材料供应商，姓郭的和姓邓的如数承认，这样肖一虎受贿基本坐实。铁建问设备和材料供应商是个体户，监方想怎么处理。王县长说这俩人认罪态度较好，并能积极配合，先叫他们回去了。王县长担心会不会再涉及内部其他人，铁建说不会，其他人都与姓郭的和姓邓的没来往。

郭富海被监察委和公安局找去，进行了几轮谈话，最终被放了回来。他心里很愧疚，开着一辆三菱越野车悄悄来到幼儿园门口，等待男男放学。他夹着手包在外面一直徘徊，时不时地抬头朝里边看去。不一会儿，许园长领着男男从幼儿园走出来。郭富海迎上去久久地抱住男男，显得手足无措。男男喊声

“爸爸”，他流着泪点头，想留下两万块钱就走。男男摇头，说妈妈不让要。他把钱塞给许园长，说：“园长，谢谢你们照顾我儿子。这些钱是给男男上学用的。以后我不会再来了，麻烦你帮男男保存好。”之后，他亲了一口男男，钻进车里走了。许园长拿着钱十分为难，只能望着郭富海离去。

许园长把两万元钱转给了金帼英。她很生气，但又不便对许园长发火，就去找石惊天，俩人都很无语。石惊天理解他们骨肉难离，但金帼英执拗，让他再把这钱像上次那样给他汇回去，接着打电话找郭富海，让他必须回来。郭富海还没离开县城，接到电话驾车往回开，来到局指战战兢兢地上楼，推开了金帼英办公室的门。金帼英和石惊天在屋里瞧着他，三个人就那么尴尬地愣在了那里。

金帼英从桌子上抓起两万块钱扔过去，让他拿走，问他为什么还要死皮赖脸去幼儿园看男男？郭富海弯腰拾起钱，说想跟儿子告个别，看他最后一眼。金帼英恼怒地说：“我跟你说过，我承受得起，男男承受不起。你做了那么多不该做的事儿，也想让孩子和所有人知道你的所作所为吗？”郭富海惭愧地低下头，良久说：“帼英，今天我见你最后一面，也许这一辈子也不会再见到你们了，我对我过去所做的一切表示歉意。”说完，他深深鞠了一躬。

金帼英很痛心，说：“从今天起，这一辈子不要再来看男男，背负着你的臭名远离我们，男男已经不是你儿子。我会跟惊天再重新组建家庭，我们生活如何不用你关注。你身上的污点，我不想让儿子长大后知道，不想在他心灵上留下阴影。”石惊天见她又来气了，拉拉她，让郭富海走，并说如果还念及父子之情，想男男长大后有个健全的人格，有个完整的心理和好的前程、人生，别再来骚扰男男和金帼英。

郭富海含着泪走了。金帼英望着门外突然大哭，为什么还要见到他呢？石惊天上前扶住她说，以前的婚姻难免出现这样的戏剧性，他们将重新开始新的生活。

邓立强被监察委叫去谈话期间，有些事他本不想说，但又不敢不说，于是把该说的和不该说的一股脑儿都说了。监委觉得他态度还算端正，让他先回去了。那时铁宏歌刚好来了工地，邓立强出来后去局指见她，称愿意把公司的一半股权转让给铁宏歌。铁建和铁宏歌感到很好笑，坚决不答应，邓立强却执意这么做。铁建碍于面子，请他吃了个饭，郑重地告诉他死了这条心，不可能让闺女接受这种不正当的恩惠。

几乎与郭富海和邓立强被监察委叫进去同时，王忠理也被上级纪检组叫去约谈并被停职了。极度的后怕与后悔，让他觉得无脸见人。晚饭后，王忠理一个人来到湖边，呆呆地望着湖面，踽踽独行。张福臣和黄总监也来湖边散步，忽然看到他的身影，担心他会不会想不开，张福臣顺着黄总监手指的方向走去。王忠理正眯着眼在心里哀叹自己运气不好，没遇上好人，突然一只手从背后拍在他的肩上。他下意识地打了个寒战，蓦然回头，见是张福臣，顿时流下惭愧的眼泪，希望组织上能再给他一次重新做人的机会。

张福臣说他的事对公司产生了很不好的影响，事到如今只能个人想开点。不管怎么处理，只要有自由比什么都强，如果像肖一虎那样就彻底无望了。王忠理脸上的肌肉不断地抽搐，说连死的心都有，对不起组织，更对不起家人。张福臣安慰道："说啥都为时已晚。组织上把咱们放在重要岗位是让做事的，而不是让咱们把权力当作谋取私利的工具。我们本应该好好为党的事业尽力，把高铁建设好，可如今，你想做都没有机会了，可惜呀。"王忠理感到后悔莫及，说一定好好反省。

王忠理的问题比肖一虎更严重。铁路和地方两个方向的纪检部门都找他。县监察委经过深入调查取证，确定王忠理有重大犯罪嫌疑，公安和监委人员带着一份盖有红章的法律文书，拉起警报驶向南北公司。不知是王忠理早知内情还是早有预感，他觉得自己应该回家一趟，就叫车往家走。县道本来不宽，他却催促司机尽量开快点儿，突然对面一辆大型卡车快速驶来，他的越野车被撞翻栽进了沟里。那辆大车停在路中央，后面堵了一长溜车。没过多久，公路两侧挤满了围观的群众。身穿白衣的医护人员，从翻进沟里的越野车内拽出两具尸体，然后拉着急救汽笛疾速驶去。当地监察委和公安人员的警车，就被堵在出车祸的地段。

第三十七章

铁建、党红旗和金帼英等人听到王忠理出车祸去世的消息，先是惊愕，继而叹息，真是天有不测风云，人有旦夕祸福。在王忠理的遗体告别仪式上，有人看到了郭富海和邓立强的身影。

秋季开学的日子到了。王若云帮铁宏歌收拾行李，说真想送她去北京。铁建拿来苹果让她俩吃，铁宏歌跟着他来到办公室，对铁建说她想有个家，想有个像王若云那样的妈。铁建笑着点了点头，但没有对女儿说什么。

群山由翠绿变为金黄，树叶再由金黄变为深红。河水在大桥下静静地流淌，秋去冬来，冬去春来，桃花盛开，满山遍野又披上了新绿。已经建成的高铁线，一列白色的动车检测车呼啸着从隧道钻出，一直驶向远方，只留下一望无际的高铁双线轨道。昔日轰轰烈烈的施工场面如今变得冷清了，一座座搅拌站、梁场、加工厂、彩钢房空空如也，只有少许几个民工走动着。

南北高铁建成后，铁建升任中铁工程局副总经理，党红旗升任集团公司工会副主席，金帼英升任集团公司副总工程师，万红山升任集团公司工程管理处副处长，杨晓升任集团公司安质处副处长，兰花朵升任集团公司资金共享中心副主任，石惊天升任五公司正处级特级项目经理，朱子来升任五公司工会主席，王若云升任五公司总工程师，孔庆荣升任路桥公司副总经理，安雪容升任路桥公司副总经理兼总工程师。朱红军、蓝燕儿、宝铁、王方太、梁丽丽、李欣欣、崔凌花、邵帅等人，都在所在公司得到了不同职级的提拔任用。

局指召开了表彰大会。会议结束后，铁建和党红旗、金帼英、石惊天等人又走上高铁线路，说试运营已超过半年，“十一”要通车向国庆献礼。这时，一列动车检测试车驶来，他们快速闪到路基下，只见列车飞快地从眼前驶去。

当梁场正在逐渐撤场时，袁听枫忽然接到一封女儿姜小珊寄来的挂号信，拆开看，竟是一封家书，她躲在宿舍边读边落泪。

亲爱的妈妈：

学校布置了一个作业，让我们给亲人写一封信。所以，我要写给你，我亲爱的妈妈。你在大山里已经待了近四个年头，我又长大了四岁，从小学升到了初中。现在高铁建完要通车，你们终于可以松一口气了。

这四年，爸爸一直陪伴着我，不管白天黑夜，风吹雨打，他都给我做饭、送我上学。每次我看到同学都是由父母送、父母接，我就会想起妈妈，你为什么不能回来接我送我一回呢？一想，我会哭着走进教室。有一次，老师问我咋了，我说想妈妈了，妈妈在很远很远的大山里。老师说，妈妈是在为祖国高铁作贡献。有时，我夜里做梦会梦到你，在梦里追呀追，喊呀喊，但你不理我，转身走到山里去了。我从梦中醒惊，半夜坐在床上哭，爸爸过来把我搂在怀里，让我不要哭，可他却两眼流泪。

有时我想，妈妈到底是个什么样的人？为什么舍下爸爸和我，一年一年见不到人呢？最后我只能下个定义，妈妈是个冷血动物。有时我认为，我有一个好爸爸，但你不是一个好妈妈。爸爸劝我说，妈妈见不到我们俩，也备受思亲的折磨。后来我才渐渐明白，实际上你是在受煎熬，只是在工地上一个人默默流泪，不让我们看到。妈妈，是这样吗？如果真是如此，女儿错怪你了。

妈妈，爸爸脚扭伤了不能走路，我上学没人陪他去医院，他拄着拐下楼，再去挤公共汽车去诊所按摩。他硬撑着身子起来给我做饭。看到爸爸难受的样子，我心里难过极了。我说，爸爸，我让妈妈回来照顾你吧。他说不用。妈妈，爸爸有很多事我说也说不完，有时他一个人背着我偷偷地流泪。早晨起来，我几次看到他眼睛红红的，但不敢问。我知道他想你、担心你。高铁修完了，你早点儿回来吧，好好陪伴爸爸，别再让他孤独和伤心。妈妈，我爱你。

你的女儿

看完这封家书，袁听枫泪眼纵横，内心愧疚得不能自已，嘴里自语着“妈妈对不起你……再明……”

高铁线路上动车检测车天天飞驰而过。借着通车，党红旗准备为所有在现场恋爱成功的年轻人举办一次集体婚礼。他把这个计划报到局里后，夏江批示工会给每一对新人免费赠送一套婚纱和礼服。铁建和党红旗商量，凡参加集体婚礼的新人，可以提前半月回家准备，由袁听枫牵头组织。可铁建和王若云却留在了施工现场。

当人们正沉浸在幸福时刻，赵主任给党红旗打来电话，说县监狱说肖一虎已是肝癌晚期，司法局同意让他保外就医，问能不能派人把他接出来。“啥？肝癌晚期?”“是的，你们还是把他接出来送回家吧。”肖一虎涉黑加受贿共判了八年，怕他死在狱里。

党红旗放下手机去找铁建商量。铁建觉得好赖战友一场，无论他原来做了多少坏事，事到如今还是要派人通知家属一起去接。当天，他和党红旗带着万红山赶到监狱。监区长给他们办完手续后，问谁在上面签个字？铁建说他签。

又过了一个小时，狱医用医护车推着肖一虎出来。党红旗发现他都已经走不了路了，监区长说他疼得每天夜里大喊大叫，有时还要给他打吗啡止痛。

铁建和党红旗、万红山站在门口，看见两名身着白衣的狱医和两名狱警推着四轮车出来。肖一虎剃了光头，穿一身囚装躺在上面，面色蜡黄。他们走上前拉了拉他的手，肖一虎直愣愣地望着他们三人，眼泪唰地涌出来，侧翻着身子伏在铁建手背上失声痛哭。

肖一虎由万红山和家属陪着上了回家的绿皮火车。铁建告诉列车长，路上一定要照顾好他。肖一虎躺在下铺，用左肘支撑着，咬紧牙关想起身。铁建忙俯身扶他，说：“老肖，你别动，有什么需要叫红山。”肖一虎让万红山扶他起来，万红山和家属把他刚架起来，他就咕咚跪在了两铺之间的过道里，边哭边连磕头，直喊谢谢。铁建和党红旗赶紧弯腰扶他坐到铺上，说：“这是干啥呀，都过去了。”

肖一虎痛不欲生，说：“不，我对不起你们……老铁，当年你从战场上把我背下来，救了我的命。现在，你们又把我这个快要死的人接出来送回家，我感激你。我在狱里一直反省自己，这几年我没干一件对得起你和弟兄们的事，我忌妒、不服、憎恨你，让乔三写信诬告你，甚至想制造车祸置你于死地……

可你始终把我当患难与共的兄弟和战友，我不配做人哪，老铁……”铁建和党红旗、万红山全都愕然了。

党红旗怒吼：“我们遇车祸也是你干的?”肖一虎抹着眼泪，说：“是我让乔三在修理厂做的手脚。老铁，我该死，对不起你呀……”

铁建听着他的忏悔，一脸诧异，把头扭到了一边，而后又异常镇定，淡然地微笑着，说：“别当回事，我命大，阎王爷不收我，只是王忠理出车祸死了，我和老党去参加了他的告别仪式。”肖一虎颤抖着双手，问：“啥？他死了?”“死了，撞死的。”肖一虎哇地大哭起来，说：“老铁，我死后会下地狱。你们是天底下最好的人，只有像你们这样的好人，才会一生平安。”他拉住铁建的手，请铁建一定要原谅他，如果得不到宽恕，他会死不瞑目。铁建难过地说：“好，别想这么多了。你还能记得我从战场把你背下来，还承认我始终拿你当亲密无间的战友，我原谅你。”

绿皮列车缓缓驶出了车站。人之将死，其言也善。党红旗相信肖一虎这时说的话是肺腑之言。铁建沿着站台往外走，说人本无仇怨，活着的时候，嫉贤妒能，是是非非，争权夺利，临死的时候，才大梦初醒，所有一切都会伴随着死亡烟消云散。

此后的一天，铁建突然接到张福臣的电话，说上级刚通知，世界高铁理事会代表团要来参观南北高铁，要求各参建单位做好迎接准备。中铁工程局是其中一个停靠点，这可是展现中国高铁技术的绝佳机会，一定要做好路容路貌环境治理。铁建听后很兴奋，请他放心，到时一定展示好大国工匠的形象。

前方现场又开始忙碌，两个分部把所有人都发动起来，在当地还雇了些村民，组织人力打扫卫生、清理现场。后方回家准备婚礼的新人，则在照相馆里忙着拍婚纱照。孔庆荣与紫祺的照片传到兰花朵的手机上，她有一种欲哭无泪的感觉。王若云看着手机上传来的金帼英与石惊天的结婚照很不是滋味。

“帼英好漂亮啊。”王若云和铁建正在工地上，看到照片后，她把手机递到铁建面前，让他看金帼英的婚纱照，并问：“你想啥时去照?”“咱们来不及了。”铁建回答道。王若云立马嘟起嘴，说：“什么来不及，你不愿意吧。”俩人正说着，党红旗从路基下走过来，说：“老铁，别拖了，若云仰慕你也有三年多了。为了宏歌，也为了你自己，一起办了吧。”铁建说现在准备时间有点仓促。党红旗说来得及，外国代表团来考察还有些时间，让他俩今晚启程。

新人都在各自忙着各自的事儿。金帼英把闺蜜丽娜约到茶座，俩人一见面便急切地相拥。丽娜脱掉风衣，坐在沙发上，抢着要看她的结婚照。金帼英自豪地拿给她看。丽娜说："你太漂亮了，我要是男人也娶你。"金帼英问她咋样，催她快找。丽娜叹息着，称黄脸婆没人要了。她开始羡慕起金帼英来，又有事业，又有人爱。她求金帼英也能把她调进中铁来。金帼英睁大眼睛问："孙董的公司倒闭了？"丽娜说："当初幸亏你没来公司，现在民企越来越难做，离关门不远了。企业贷不到款，经营每况愈下，姐妹的饭碗快保不住了，你说我后半生咋办呢？"金帼英听着，也和她一块发愁。

铁建和王若云乘夕发朝至的绿皮火车回到了金城。袁听枫直接把他俩带到了婚纱照相馆，化好妆，试婚纱。俩人站在背景墙前，脸上露出幸福的微笑。摄影师在照相机前打着手势："靠近一点，再靠近一点，好，就这样，开始了，一、二、三……笑，完美。"

王若云无比幸福，第一时间把照片发给了铁宏歌。铁宏歌正行走在校区干道上，停住脚步打开手机看，激动地掉下了眼泪，一边抬手抹泪一边发微信："爸、王姨，女儿祝福你们。王姨，从今天起，请允许我叫你一声妈，好吗？"王若云和铁建看着铁宏歌的微信，激动万分。

回到家后，铁建让王若云通知回来的人一起去医院看肖一虎。大家不愿去。铁建说不管原来怎样，现在他毕竟患了癌症，可能不久于人世，不要再和他计较。当天，所有人集合到一块，有的拿着鲜花，有的提着水果，成群结队去了医院。进到病房，肖一虎躺在病床上已不省人事，鼻子里插着管子，床边挂着吊瓶。铁建、金帼英等十几个人有的站在屋子里，有的站在门外走廊里。铁建和党红旗、石惊天站在床边看着他摇了摇头，亲属抹着眼泪说人不行了。

铁建俯下身轻声喊："老肖，老肖……大家都来看你啦。"许久，肖一虎才缓缓睁开眼睛，没有说话，眼角滚落下一串泪珠。站在床前和进来的每个人，在他眼前已成为一种幻化和虚无的影像，他已经不认识人了。朱红军说："上天有时真会跟人开玩笑，他和王忠理一个撞死，一个病死，唉。"

所有参加集体婚礼的新人，都带上婚纱踏上了返回工地的列车，第二天刚好外国代表团到来。铁建、党红旗和金帼英、石惊天直奔现场，笔直的高铁线路一望无际，线路平滑整齐，路基下的防护栅栏连成一线，呈现出完全封闭状态。铁建双手叉腰，招呼金帼英："帼英，明天外国代表团来，你们女同志站在第一排，要好好展现展现巾帼的风采。”他让党红旗晚上排个阵演练一遍，免得到时丢人。

外国代表团访问这天，景阳隧道前的停靠点站满了人。一列空载动车沿着长长的线路飞驰在大桥上，钻进隧道，又从隧道钻出来。铁建和张福臣都上了动车，在车厢里陪着杰姆斯、丹尼等四个外国代表团的成员，其中有两位漂亮的女士，她们分别坐在前后排欣赏着窗外的景色。巍峨的群山、葱绿的原野、半山腰和山下古老的村庄、弯曲的河流、公路上流动的车辆，构成一幅美丽的图画。代表团成员有的用手机拍照，有的用望远镜对准窗外看醉人的风景。

代表团的女士们用夸张的表情赞叹中国太美了！山河大地太壮观了！中国高铁太厉害了！一位女士说：“是的，中国古老的文明支撑了这个国家的人民进行了伟大的创新与创造，他们的高铁堪称世界奇迹，很稳很快！”

铁攻和黄总体坐在两位女士的邻座，朝坐在后排的年轻女翻译使眼色。铁攻说：“哎，美女，她们嘴里叽里咕噜说的啥？”女翻译笑着说她们在赞美中国，赞美中国高铁，说跑得好稳好快。黄总监对翻译说：“告诉她们，是我们这群人干的。”女翻译笑着翻译过去。一名女士朝铁攻和黄总监微笑点头，伸出大拇指：“你们太伟大啦！”

张福臣对铁建说：“杰姆斯先生是世界高铁理事会副理事长，也是高铁方面的专家，可惜不会中国话，就像我不会英语一样，每句话都需要翻译。高铁与世界接轨了，咱们的语言没接轨，对起话来真费劲。”铁建笑笑说：“哦，我平时学了点，能凑合。日语我不学，他们来中国，让他们说汉语。德语、法语、葡萄牙语咱学不会，只学英语。国际上以英语为主，将来到国外去修高铁，不会英语哪能行？”张福臣听后对铁建刮目相看，让他直接跟他们来两句英语。

杰姆斯和丹尼不时望着窗外、看着车内点着头说笑。张福臣捅捅铁建，问杰姆斯讲啥呢？铁建说他在说想不到中国人能创造出这么一流的高铁、机车和线路。

杰姆斯探过身子用英语说：“铁建先生，你来当指挥长修这条高铁时多大年龄？”

铁建也用英语回答，说上场时四十八岁，现在已五十二岁，开始步入老年了。杰姆斯摆手摇头说：“不，不，你们是中国基本建设的中坚力量。中国有了你们这一代人和几代人的奋斗，才取得了举世瞩目的成就。”记者们扛着摄像机把镜头先对准杰姆斯和丹尼，后又转身对准铁建拍摄。张福臣很感叹，是呀，没有中铁这些人的奋斗与牺牲，哪有中国高铁？

列车驶到景阳隧道停靠点停下，党红旗让大家列队站成前后三排。金帼英带领女同志站在最前面，个个英姿飒爽，整齐划一。车门打开，杰姆斯、丹尼和其他成员从车上下车，党红旗拍手示意队伍欢迎，列队人员全都鼓起掌来。

铁建走到代表团成员面前，指着党红旗等人用英语一一介绍。杰姆斯和其他成员上前握手，来到金帼英、王若云、袁听枫、安雪容、李欣欣、梁丽丽、蓝燕儿、兰花朵、紫祺、崔凌花等女同志面前时，他们完全惊呆了。

杰姆斯问：“铁建先生，她们都是你的部下吗?”金帼英用英语说：“是的，我们都是中国高铁的建设者。”杰姆斯赞扬金帼英的英文水平很棒，代表团成员一片惊叹，纷纷伸出大拇指赞誉。

张福臣指着女队说：“这可是我们这条高铁项目上的娘子军呀。”丹尼说娘子军，了不起！铁建指着女队用英语说：“是的，她们都是铁道专业的高才生，为建设中国高铁舍弃了家庭、父母、孩子和爱人，与我们在大山里共同战斗。”其中一位代表团女士说：“中国女性是世界上最伟大的女性，勤劳、勇敢，散发着母性的光辉。”丹尼指着女队问：“杰姆斯，你在哪个国家看到过这么漂亮的女性在工地建设高铁?”杰姆斯摇头说：“个个美若天仙，从来没有。铁建先生，有了她们和你们的共同努力，中国高铁才有了今天的伟大成就。”

铁建用英语说道：“中国高铁如今通车已经超过三万公里，如果你的国家需要，将来我们可以去帮你们修高铁。”

杰姆斯说：“太好了，我的国家欢迎你们。你们让我想起了美国《华尔街日报》的一篇文章。”他说着就喊丹尼，让丹尼把《华尔街日报》给他。丹尼从包里掏出一份英文报纸递给杰姆斯。他展开看了看说：“我专门带来了这张报纸，要把这篇文章念给这群美丽的女士和铁建先生听。”

记者把镜头对准了杰姆斯。他开始念——

世界上有群最勤奋的人，他们是中国的下乡知青、高考学子、出国留学生、下海闯荡的人和进城务工的人，短短二十多年创造了世界奇迹，把一个几乎最落后的中国变成经济总量世界第二。

的确，当年中国到处是扬尘的碎石公路，“难民营”一样的火车站和汽车站，烟雾弥漫、轰隆直响的破旧火车，城市里到处是战争后的成片旧房，到处是肮脏、臭气熏天的农贸市场……建国七十年来，这群中国人“晴天抢干，雨天巧干，白天大干，晚上加班干”，当欧洲人每天工作五个小时时，他们每天工作十五个小时；当印度人躺在恒河边等下辈子时，他们心中只有“只争朝夕”；当美国人疯狂地在中东不断寻找敌人时，他们默念“发展是硬道理”。迅速连通全中国的高速公路，迅速铺满全中国的高速铁路，不断扩大的飞机场，不断增加的飞行航线，现代化的飞机场和火车站，成千上万拔地而起的现代化大中小城市，看不完、玩不够的自然和文化旅游景点，数不清的现代化十足的购物城、购物中心，全世界最多的现代化工厂。

中国人不知不觉，世界却惊奇不已，太快了！太不可思议了！于是，都注意到这群伟大的人。历史会记住他们，人类会记住他们，以这个人口最多、历史悠久的国家的名义，以这个饱受苦难却毅然崛起的民族的名义，向这群人深深致敬！

是啊，遗憾的是，当年下乡的知青已有许多白发，当年高考的学子眼角已多了皱纹，当年的出国留学生都没有了灵活的腿脚，当年的下海“弄潮儿”都多少有了老年“三高”，当年的农民工也早已累弯了腰。但我们现在的巾帼英雄们却闪烁着迷人的光芒，她们的身上散发着青春的芳香，她们的骨子里透露着不屈不挠的精神。看看眼前这群女将，就知道当今中国女人的风采。看看男人们一张张饱经风霜的脸庞，就知道今天中国的变化是多么神奇。

他们老了，他们努力过了，奋斗过了。看到今天的中国，看到今天的世界，他们值了。他们对得起自己，对得起中国！

杰姆斯眼里一直透着钦佩的目光。念完那篇文章，他最后说：“请允许我向你们表达我本人的心声——铁建先生这群人，还有这些年轻、美丽的女士们，你们也会在中国高铁的建设中脸上逐渐布满皱纹，在不知不觉中由青年变为中年，再变为老年……中国高铁速度领先了世界，而你们的步履却会随着岁月的流逝变得越来越慢……我要代表世界高铁建设者，向你们献上最真诚的敬意！”说着，他深深地鞠了一躬。此刻，女职工们个个都在轻轻地擦拭着眼角激动而伤感的泪水，男人们则陷入沉思。现场先是一阵沉静，随之爆发出一阵热烈的掌声。

访问团的到来，让张福臣、铁建和现场所有人的心灵受到深深触动。不久，上级决定南北高铁“十一”正式通车，向国庆献礼。铁建他们决定在祖国生日那天，借着通车典礼的大好日子，举行集体婚礼。

“十一”长假的前两天，铁宏歌先乘高铁再转绿皮火车来到了工地。她要参加父亲和王若云及所有新人的婚礼。姜再明带着姜小珊来了，丽娜为祝福金帼英，也专程赶来。王秋燕的父母也来到了工地，她们已经七八十岁，走起路来脚下颤颤巍巍。

到的那天，两个民工和李卫民、王秋燕，搀扶着王大成的父母顺着山路往山上走。他们走得很慢，脚步很沉重。两位老人流着泪，心里滴着血，浑身战栗着走到王大成的墓碑前，围着坟转了几圈，双手不停地颤抖。继而，王大成的母亲双手扒着墓碑哇哇放声大哭：“大成……我的儿子，为什么要白发人送黑发人啊……”撕心裂肺的哭声震荡在山谷之间。山坡上点响了鞭炮。老人在哭泣，群山旋转，高铁却驶出隧道飞速而去。

李卫民站在旁边摆上三支烟，一直默默地流泪，嘴里不知道念叨些什么。王大成的父母不肯下山，围着坟边转边看，眼泪也流干了。李卫民和王秋燕又拉又劝，最后他们弯下身子把酒洒在墓前说：“儿子，咱们到那边再见吧。看你这一回，我们离走的日子也不远了，让妈再摸摸你的脸。”下山前，母亲布满青筋的老手一直抚摸墓碑。

“十一”通车这天，高铁列车已经停靠在站台上，车头上绑着用红绸缎做成的大红花。红色的背景墙上印着“南北高铁通车典礼”，站台广播里播放着歌曲《今天是你的生日》。职工方队站满了站台，新闻媒体的记者扛着摄像机不停地拍摄各种镜头。市县领导和张福臣、黄总监、卢总体、王县长、赵主任等众多来宾都先后到达贵宾室。而另一块背景墙下，正在举行一场盛大的集体婚礼。

党红旗手持麦克风高声宣布，中铁工程局南北高铁项目职工集体婚礼正式开始，欢迎七对新人入场。在《婚礼进行曲》中，王若云身穿白色的婚纱，挽着铁建的臂弯步入现场，后面一对对新人紧随其后。金帼英、石惊天，孔庆荣、紫祺，朱红军、安雪容，宝铁、崔凌花，杨晓、李欣欣，王方太、梁丽丽，个个脸上挂着幸福的笑容。

铁宏歌、丽娜和几个女生一身伴娘打扮随在七对新人两侧。男男、姜小珊则作为花童，随在一队新人左右。广播中饱含深情地播送着张爱玲的诗句："于千万人之中遇到你所要遇到的人，于千万年之中，时间的无涯的荒野中，没有早一步，也没有晚一步，刚巧赶上了。"

党红旗按照出场顺序介绍了每一对新人，围观群众和职工的掌声、笑声、赞美声合在一起，气氛格外热烈。轮到新人表白时，掌声又一次响起来。铁建与王若云深情地对望着。铁建说："若云，我的余生从此拜托给你。"王若云说："我奉陪到底。"铁建情不自禁地抱住她，说："谢谢你，我的爱人。"铁宏歌看着他们俩流下了悲喜交集的热泪。

金帼英和石惊天面对面相望。石惊天深情地说："我的新娘，我想问你何为思念？"金帼英动情地说："日月，星辰，旷野雨落。""可否具体？""山川，江流，烟袅湖泊。""再具体一点。"金帼英柔情似水："万物皆是你，我无处可躲藏。"顿时，随着几声"好，好"的叫喊声，全场掌声雷动。

党红旗把握着时间，进行完婚礼程序，让铁建发表最后感言。铁建戴着胸花，神采奕奕地走到队列前，声音洪亮激动，说他今天的身份很特殊，既是指挥长，也是新郎，要为自己和所有的新人主婚。

铁建确实异常激动，因为七对新人结合以及那天的婚礼，与经过四年拼搏迎来的高铁通车之日是在同一天。在1460多个日日夜夜里，他们在工作中相识、相知、相恋、相爱，经历了多少风雨、多少坎坷、多少磨难啊，但他们都坚持下来了，相信了真爱，相信付出终究会得到回报。他抑扬顿挫地说："我相信，群山和高铁见证了我们这群人的青春与成长，见证了每一名职工的奉献与牺牲，更见证了每一对新人的爱情与幸福……来，请大家放开嗓子跟我一齐喊吧——高铁为我们作证！"现场一片呐喊和掌声。"高铁为我们作证"的喊声震耳欲聋，回荡在天空、大地、群山和动车行驶的高铁线路上。

婚礼结束时，有人看到兰花朵挽着张福臣的秘书小汪的臂弯从人群中走来。过了几天，又有人看到，蓝燕儿挽着一个男人的胳膊，站在赵化亮墓前，在朝墓碑深深地鞠躬。山下一列高铁列车呼啸而来又奔向远方。铁建、党红旗、金帼英、石惊天、赵化亮与王大成这群人，永远定格在了高铁建设的历史画卷中。

南北高铁竣工之后，铁建和王若云、金帼英、石惊天等人，又奉命前往海外，站在了广饶而贫瘠的非洲大地上，揣着中国高铁这张名片走向了世界……

图书在版编目（CIP）数据

高铁作证 / 孟广顺著. —北京：中国工人出版社，2019.9
ISBN 978-7-5008-7258-0

Ⅰ. ①高…　Ⅱ. ①孟…　Ⅲ. ①长篇小说—中国—当代　Ⅳ. ①I247.5

中国版本图书馆CIP数据核字（2019）第194796号

高铁作证

出 版 人	王娇萍
责任编辑	安　静
文字编辑	刘广涛
责任印制	栾征宇
出版发行	中国工人出版社
地　　址	北京市东城区鼓楼外大街45号　邮编：100120
网　　址	http://www.wp-china.com
电　　话	（010）62005043（总编室）　（010）62005039（印制管理中心） （010）62382916（职工教育分社）
发行热线	（010）62005996　（010）82075964（传真）
经　　销	各地书店
印　　刷	北京美图印务有限公司
开　　本	710毫米×1000毫米　1/16
印　　张	34
字　　数	630千字
版　　次	2019年10月第1版　2022年3月第8次印刷
定　　价	68.00元